W0471418

DIE LEGENDE VON SKRIEK

Der Smaragdkelch

K. A. Stone

Umschlaggestaltung:
Juliana Schneeweiss,
www.juliane-schneeweiss.com

Bildmaterial:
www.depositphotos.com

Lektorat:
Melanie Vogltanz
www.melanie-vogltanz.net

***Wenn eine Gemeinschaft dem Wohle aller dienen soll,
dann müssen die Starken die Schwachen
mit Geduld und Liebe führen.***

***Wenn eine Gemeinschaft dem Wohle aller dienen soll,
dann müssen die Schwachen den Starken
Respekt und Anerkennung zollen.***

Amazonische Weisheit

01

Hier im Wald ist es mitten in der Nacht so finster, dass man kaum die Hand vor Augen sieht. Eingehüllt in meinen dunklen Kapuzenmantel und, wie ich hoffe, gut verborgen vor unseren zahlreichen Feinden, die in ganz Ostalien nach uns suchen, liege ich in einer flachen, grasbewachsenen Mulde und versuche einzuschlafen. Doch das gelingt mir nicht so recht. Meine Seele ist zu aufgewühlt, zu empört über all das, was uns in den letzten Tagen widerfahren ist. Und mir ist kalt. Die Erde fühlt sich kühl und feucht an und mein Kapuzenmantel kann mich kaum wärmen. Verärgert und frierend starre ich mit müden Augen zu den Bäumen. Rundum stehen Großteils Buchen, Birken und Eschen, vereinzelt wachsen auch Fichten und Tannen. Welke, abgefallene Blätter liegen neben und unter meinem grün geschuppten, über zwei Meter großen Körper und rascheln, wenn ich mich ein wenig bewege.
Der Wald vermittelt mir ein beklemmendes Gefühl von Einsamkeit und ich danke meinem Gott Thurantuh in Gedanken, dass ich nicht ganz alleine die Nacht hier draußen verbringen muss. Unmittelbar neben mir in der Mulde lagern meine fünf Gefährten. Es sind dies Sincha Ankonski und Clarina Haffina, die beiden letzten überlebenden Amazonen unseres misslungenen Attentatsversuchs, die eben zu dieser Stunde Wache halten und so wie ich in das Dunkel der Nacht lauschen, während zwei weitere Gefährten, die harbaischen Zwillinge namens Romaldo und Knut, sich unter ihren Reisedecken im Schlaf zur Seite drehen und leise schnarchen. Ihre Seelen verwehren ihnen offensichtlich nicht den so dringend benötigten Schlaf. Die Fünfte im Bunde ist Kathinka Ebensa. Auch sie, meine unberührbare Geliebte, der ich mich auf ewig als treuer Paladin verschworen habe, hat das Land der Träume schon vor einiger Zeit betreten. Leicht wie eine Feder liegt sie in meinem Arm und einzelne Spitzen ihres langen schwarzen Haares kitzeln gelegentlich meinen schuppigen Hals. Ein, zwei Mal streiche ich mit meiner kralligen Hand sanft über ihr Haar und die Sehnsucht nach ihr scheint mich schier zu übermannen, aber ich verhalte mich weiterhin still, so schwer es mir auch fallen mag, und lausche auf die nächtlichen Geräusche des

Waldes. Marder schleichen auf leisen Pfoten durch das dichte Buschwerk und ich vermeine, den Jagdruf einer Schleiereule zu vernehmen. Tief atme ich die frische Waldluft ein. Mein schuppiger Brustkorb hebt und senkt sich. Dank meiner feinen Nase kann ich mühelos den nahenden Herbst riechen. Noch ist Spätsommer, aber bald, in wenigen Tagen, wird es deutlich kühler werden. Dichte Nebelfelder werden sich von den Zhokanischen Gebirgszügen kommend auf den Kontinent Euptonien herabsenken und die Wesen des Landes frierend bei ihren Feuerstellen Zuflucht suchen lassen.
Ich drehe meinen Kopf zur Seite und meine Gedanken gleiten, wie so oft in den letzten Stunden, zu den Ereignissen des gestrigen Tages zurück. Wir alle sind schmählich verraten worden! Von einem Zauberer namens Erik Anfohrrnus, dem wir bedingungslos vertraut haben. Unser aller Leben haben wir ohne zu zögern in seine Hände gelegt und seiner Anleitung und Führung überlassen. Wir sind bereit gewesen, für Erik den aberwitzigen Versuch zu unternehmen, König Angrias, den despotischen Herrscher aus Ostalien, der mit grausamen Feldzügen fast ganz Euptonien unterworfen hat, zu meucheln. Aber König Angrias ist weiterhin wohlauf, und wessen Schuld ist das? Erik, der Zauberer, und Angrias, der Herrscher, haben gemeinsame Sache gemacht und uns mit verabscheuungswürdiger Hinterlist dazu gebracht, Prinz Baldwin, den ältesten Sohn von König Edwin, zu töten. Wir sind in eine heimtückische Falle getappt, die Erik und Angrias von langer Hand geplant hatten. König Edwin ist der letzte Verbündete der Amazonen gewesen. Nun, nach dem abscheulichen Mord an seinem Sohn durch zwei Amazonenkriegerinnen, wird er sich unweigerlich von den kämpferischen Frauen abwenden und wohl alles daran setzen, Baldwins Tod zu rächen. Die Amazonen stehen jetzt ganz allein gegen Angrias Kriegstruppen, ihrer letzten Unterstützung beraubt.
Und auch die Zauberer, die ihren Sitz im Bastolischen Schloss auf Allunien haben, werden den Untergang der Amazonen nicht mehr verhindern können. Nein, ich befürchte sogar, dass die Zauberer König Edwin bei seiner Rache unterstützen werden. Erik, der verräterische, schlaue, alte Fuchs wird schon dafür sorgen, dass alles nach seinen Plänen abläuft. Er ist es ja auch

gewesen, der uns einen anderen Zauberer, dessen Namen wir bis heute nicht kennen, auf den Hals gehetzt hat. Thurantuh sei Dank, dass es uns gelungen ist, den Zauberer zu überwältigen und zu töten. Kathinka hat ihm voller Wut den Schädel mit meinem Kampfstab eingeschlagen. Romaldo, der eitle Prinz, hat dann die Leiche mit der ihm eigenen Selbstherrlichkeit geköpft und den Schädel des Zauberers theatralisch von sich geschleudert. Es ist kein schöner Anblick gewesen und wir haben damit ganz sicherlich den Zorn unzähliger Wesen heraufbeschworen. Zauberer werden beinahe in allen Reichen als Heilige verehrt und gelten als Heiler, Richter und Friedensstifter. Niemals zuvor hat jemand einen Zauberer erschlagen. Nun ist es erstmals eingetreten und wir haben es getan. Sobald die enthauptete Leiche des Zauberers gefunden wird, wenn dies nicht ohnehin schon geschehen ist, werden alle Söldner und Zauberer der beiden Kontinente nach uns suchen. Dafür wird Erik Anfohrrnus gewiss Sorge tragen.
Thurantuh, fluche ich in Gedanken zu meinem Gott, was sollen wir nur tun? Ich will Rache.
Rache ist immer gut, wispert Thurantuh in meinem Hinterkopf. Da kann ich ihm nicht widersprechen.
Grübelnd blicke ich zu den harbaischen Brüdern. Knut ist von Anfang an der Meinung gewesen, dass wir uns nach Amazonien begeben sollten. Er glaubt mit beharrlicher Überzeugung, dass wir dort auf Erik und Angrias stoßen, da sie sicher mit den ostalischen Truppen in das Land der kriegerischen Frauen einmarschieren werden. Wir anderen sind im Prinzip mit Knut einer Meinung und glauben auch, dass in Amazonien die entscheidende Schlacht stattfinden wird. Erik und Angrias setzen mit Sicherheit alles daran, den grünen Smaragdkelch, die heilige Reliquie der Amazonen, in ihre Gewalt zu bekommen. Bisher haben die sieben Pforten, unüberwindbare Mauern von gewaltigen Ausmaßen, erfolgreich verhindert, dass Amazonien jemals erobert worden ist. Aber vor der geballten Macht der beiden Armeen von König Angrias und König Edwin sowie der zu erwartenden Unterstützung vom Rat der Zauberer und den Gilden aus Yestshire wird Amazonien wohl fallen. Erik und Angrias werden den Kelch an sich nehmen und zu ihren drei Reliquien hinzufügen; die dritte besitzt eine Hohepriesterin aus Hestard, die mit den beiden gemeinsame Sache macht. Durch

das Zusammenfügen von vier Reliquien erhält man die Macht, die fünfte Reliquie zu finden, die im Dunkel der Zeit verschwunden und seit Jahrtausenden von unzähligen vergeblich gesucht wird. Diese fünfte Reliquie soll einem, wenn die alten Legenden stimmen, beinahe gottähnliche Macht verleihen. Und nur darum geht es Erik, Angrias und der Hohepriesterin aus Hestard. Sie wollen die absolute Herrschaft über alle Kontinente erringen. Zumindest behaupten dies Sincha und Kathinka. Und die beiden werden es schon wissen. Sie sind klug und erfahren. In ihren Köpfen scheinen sich unzählige Gedanken zu bilden und ich wundere mich gelegentlich, dass die Schädeldecken der beiden Frauen bei all ihrem Grübeln und Spekulieren nicht platzen.
Mir hingegen sind die Reliquien herzlich egal. Ich habe andere Ziele und Pläne, und die haben mit meinem schuppigen, muskulösen Körper, meinen skriekischen Instinkten, meinen scharfkralligen Fingern und Zehen und meinen beiden Kampfäxten zu tun. Ich will Blut und Rache. Erik Anfohrrnus und König Angrias müssen sterben, denn sie haben meine Ehre in den Schmutz gezogen und meine Selbstachtung in den Staub getreten. Wie ein dummer Frischling bin ich in ihre Falle getappt, und dafür werden sie mit ihrem Leben bezahlen. Das bin ich mir schuldig. Und natürlich auch meinem Gott Thurantuh, der mich als seinen Krieger anerkannt hat. Ich diene ihm mit scharfem Eisen, harten Schlägen und tödlichen Krallen. Zahlreiche Wesen habe ich ihm in den letzten Jahren bereits geopfert. Auch wenn er mich gelegentlich rügt und maßregelt, so weiß ich doch, dass er auf mich und meine Kampfkraft stolz ist; und auch mich erfüllt es mit Stolz, dass Thurantuh unter all den vielen kriegerischen Wesen mich als seinen Diener erwählt hat. Thurantuh hat mir nach einigem Zögern sogar gestattet, dass ich Kathinkas Paladin werde und mit meinem Leben für sie bürge. Das ist eine große Ehre, die meine Seele befreit und erhebt. Nun bin ich nicht länger nur mehr ein Schlächter und Zerstörer, nein, ich bin auch ein Bewahrer und Erhalter. Ich bin Kathinka verpflichtet und werde, wenn es denn sein muss, mit meinem Leben für sie einstehen.
Ein leichter Wind kommt auf und streicht über ihre Wange. Unruhig regt sie sich im Schlaf und ich frage mich, ob sie gerade ein schlimmer Traum quält oder ob der kühle Lufthauch

sie frösteln lässt.
Kathinka, die geheimnisvolle Formwandlerin, ist jene Menschenfrau, um die meist all meine Gedanken kreisen. Oft bin ich wegen ihr in Sorge. Kann ich Kathinka, frage ich mich jeden Tag aufs Neue, vor allem Unheil bewahren? Werden meine Fähigkeiten ausreichen, um sie stets beschützen zu können? So viele Gefahren harren unser und die Feinde scheinen überall und übermächtig zu sein. Doch ich versuche, so gut es geht, die Zweifel zu verdrängen und stets wachsam zu sein.
Wenn ich ehrlich bin, brennt mir noch eine andere Frage unter meinen kralligen Nägeln: Werde ich eines Tages bei Kathinka liegen dürfen, so wie es zwischen Mann und Frau, die sich lieben, sein sollte? Bis jetzt hat sie mir auf unserer gemeinsamen Reise stets unmissverständlich zu verstehen gegeben, dass sie es nicht ertragen würde, in meinen Armen zu liegen und mich zu liebkosen. Kathinkas Seele ist durch all das Schreckliche, das sie erlebt hat, zu verletzt, zu krank. Sie würde es derzeit nicht verkraften, einen Mann körperlich zu lieben, aber ich hoffe dennoch inständig, dass ihre Wunden eines Tages heilen werden. Irgendwann wird die Zeit kommen, da mich Kathinka in ihre Arme schließen kann, ohne Ekel, Abscheu und Angst zu verspüren.
Thurantuh, bete ich, gib mir die Kraft, geduldig zu sein. Bitte!
Du liebeskranker Schwächling bist eines wahren Kriegers unwürdig!, knurrt Thurantuh verärgert. *Du sollst an Blut und Kampf denken und nicht an schlanke Hüften und volle Brüste. Dummer Schuppenkopf!*
Verzeih mir, Gott des Kampfes.
Schlaf endlich! Du brauchst morgen deine Kraft.
Ich tue, wie Thurantuh mir befiehlt und schließe meine Skriekaugen. Mag ich auch nicht so viele Gedanken wie Kathinka und Sincha in mir tragen, so bin ich doch klug genug, meinem Gott nicht zu widersprechen. Thurantuh kann recht ärgerlich werden, wenn man seinen Anordnungen nicht Folge leistet.

Als ich endlich eingeschlafen bin, kommt ein seltsamer Traum zu mir. Mein grün geschuppter Körper, halb Mensch, halb Skriek, scheint plötzlich schwerelos zu sein und meine Seele löst sich von meinem schlafenden Leib. Wie ein Vogel gleite ich über die Wipfel der Bäume und fliege Richtung Süden. Mir ist, als ob ich einem geheimnisvollen Ruf folgen würde. Höher und höher steige ich in den sternlosen Nachthimmel und langsam wird mir bewusst, wohin meine Traumreise mich führen wird: nach Yestshire, jener riesigen, autonomen Handelsstadt, in der uns Erik Anfohrrnus so schändlich betrogen hat. Wenige Augenblicke später sehe ich bereits den riesigen, trutzigen Turm, das Wahrzeichen von Yestshire. Ich schwebe etwas tiefer und nähere mich den ersten Ausläufern der Stadt. Gedrungene Häuser, Schmieden, Ställe und Schänken stehen dichtgedrängt. Noch weiter sinke ich in meinem Traum hinab auf die Erde, bis ich schließlich, unsichtbar für die wenigen Nachtschwärmer, die um diese späte Zeit noch unterwegs sind, in einer schmalen Gasse lande. Unmittelbar vor mir ist eine Tür, die fest verschlossen ist, doch mein substanzloser Körper gleitet einfach durch das massive Holz mit seinen Eisenbeschlägen. Ich komme an eine schmale Treppe, die tief nach unten führt. Immer noch höre ich diesen seltsamen Ruf, der mich lockt, und ohne zu zögern folge ich den Stufen hinab, bis ich schließlich an eine weitere Tür komme. Auch diese stellt kein Problem für mich dar. Mit einem Gedanken bin ich hindurch und gelange in einen Raum, der nur spärlich von zwei Kerzen erhellt wird, die auf einem knorrigen Tisch stehen und ihr flackerndes Licht verströmen. Ich schwebe an die Decke; unsichtbar, leise und mit gespitzten Ohren.

An dem Tisch sitzen drei Wesen und ich kann ihre Macht und Gefährlichkeit spüren. Nach einem Wimpernschlag erkenne ich die drei. An einem Ende des Tisches sitzt der verräterische Erik Anfohrrnus. Er trägt die traditionelle Kleidung der Zauberer des Bastolischen Schlosses: einen grauen Mantel mit den beiden Runensymbolen auf Schulterhöhe, eine purpurne Schärpe und darunter eine weiße Toga. In seiner linken Hand hält er einen langen Stab aus Zedernholz, um dessen Enden schmale Eisenbänder geschmiedet sind. Ein dunkler Bart umrahmt seinen schmallippigen Mund, über dem eine für Menschen ungewöhnlich große Nase sitzt. Seinen Schlapphut mit den breiten Rändern hat er auf die Sessellehne gehängt. Vor ihm liegt ein blauer Siegelring. Eine gewaltige magische Kraft geht von dem Ring aus und ich weiß sofort, dass er eine Reliquie ist,

ein magisches Artefakt, mit dem man die Welt verändern kann. Erik Anfohrrnus streicht mit seinem rechten Zeigefinger über den Siegelring und seufzt.
Ich kann nicht verhindern, dass sich ein wehmütiges Lächeln in meine Mundwinkel stiehlt und meine vier spitzen Eckzähne entblößt. Wie oft habe ich den Zauberer in der Vergangenheit schon seufzen gehört? Unzählige Male. Es ist mir vertraut und erinnert mich an eine Zeit, als Erik und ich noch Gefährten gewesen sind. Wut brennt plötzlich durch meinen körperlosen Magen und ich wende den Blick zum anderen Ende des Tisches. Dort sitzt König Angrias, der Herrscher mit der dunklen Maske. Er ist schlank wie eine Stahlfeder und trägt dunkle Kleidung. Seine Hände verhüllen schwarze Lederhandschuhe. Hunderte kleine Diamanten, die in seine Maske gestickt sind, funkeln im Kerzenlicht. Die Augen hinter den schmalen Sehschlitzen sind nicht zu erkennen, an seiner linken Seite hängt ein Rapier und vor ihm ist ein bronzener Armreif, die zweite Reliquie der Macht. Auch sie umgibt eine ungewöhnlich starke Aura, die ich dank meines Traumkörpers deutlich spüren kann.
Zwischen den beiden Männern sitzt eine dunkelhäutige Frau von unglaublicher Schönheit. Es ist die Hohepriesterin. Langes schwarzes Haar umfließt ihr liebliches Gesicht und ein smaragdgrüner Stirnreif schmückt ihr Haupt. Sie trägt ein grünes, enganliegendes Kleid, das kaum etwas von ihrer herrlichen Figur verhüllt. An ihren Füßen sind goldene Sandaletten mit glitzernden Edelsteinen. Um ihre schmalen Hüften schlingt sich ein kunstvoll gefertigter Ledergürtel, an dem zwei lange, spitzzulaufende Dolche befestigt sind. Eine silberne Halskette liegt vor ihr auf dem Tisch. Es ist die dritte Reliquie der Macht und sie strahlt noch stärker als Siegelring und Armreif.
Ich erschauere und ein klammes Gefühl der Angst steigt in mir hoch. Diese drei Wesen können unsere Welt aus den Angeln heben und alles Leben zerstören.
Erik Anfohrrnus seufzt lange, bevor er spricht. „Die Dinge sind im Gange. Bald wird die vierte Reliquie uns gehören. Amazonien wird in wenigen Monaten fallen. Alles ist vorbereitet.“
„Du bist sehr zuversichtlich“, schnarrt Angrias. Seine Stimme ist ungewöhnlich brüchig und rau.

„Erik hat alles gut bedacht.“ Die Hohepriesterin schenkt dem Zauberer ein weiches Lächeln.
„So ist es, meine Liebe.“ Zärtlich berührt er ihre Hand und für einen Moment habe ich das Gefühl, die beiden würden einander innig lieben. Verwirrt schüttle ich meinen Kopf. Erik liebt niemanden. Der verlogene Zauberer strebt allein nach Macht und Herrschaft; höchstwahrscheinlich spielt er daher auch mit der Hohepriesterin seine Spiele. Erik ist ein böser, alter Fuchs, und Ränke zu schmieden ist seine zweite Natur. Mich kann er mit seinen zärtlichen Gesten und schmachtenden Blicken nicht täuschen.
Die Hohepriesterin lächelt immer noch und berührt sanft Eriks Schulter. Für einen kurzen Moment verschmelzen die Blicke der beiden. Wieder spüre ich so etwas wie Liebe zwischen Erik und der Hohepriesterin. Bevor ich aber noch weiter darüber nachdenken kann, ergreift Angrias erneut das Wort. „Sincha Ankonski und die anderen sind immer noch auf freiem Fuß.“
„Ist das ein ernsthaftes Problem?“, fragt die Hohepriesterin.
Erik schüttelt seufzend den Kopf. „Nicht wirklich, meine Liebe. Aber Sincha und ihre Gefährten könnten lästig werden.“ Er betrachtet den blauen Siegelring. „Sie haben Juseph Amantinuh getötet. Er war ein kampferprobter Zauberer. Gestern fanden wir seine Leiche.“ Erik seufzt erneut. „Wir wissen nicht, wie viel er ihnen verraten hat, aber das Meiste können sie sich wohl selbst zusammenreimen. Sie wissen jetzt bestimmt, dass ich sie hintergangen habe und es unser Ziel ist, die Reliquie der Amazonen zu erobern.“
„Meine Soldaten werden Sincha jagen und töten“, brummt Angrias.
„Das sollen sie ruhig tun, obwohl ich befürchte ...“ Erik hält mitten im Satz inne und verzieht seinen Mund. „Verteile auf jeden Fall in ganz Euptonien Steckbriefe von ihnen. Setze eine hohe Belohnung aus und lasse überall verlauten, dass Sincha und ihre Gefährten wegen Mord und Diebstahl gesucht werden.“
„Wir müssen verhindern, dass die sechs etwas ausplaudern“, meint die Hohepriesterin. „Unsere Pläne sind noch nicht so weit gediehen, dass wir sorglos sein können.“
„Ich befürchte, Angrias Soldaten werden nicht ausreichen.“ Erik streicht über seine lange Nase. „Sincha und diese andere

Amazone, eine gewisse Clarina Haffina, sind gewitzte, kampferprobte Kriegerinnen. Die harbaischen Zwillinge tragen eine uralte, gefährliche Magie in sich. Kathinka Ebensa ist eine äußerst ungewöhnliche Formwandlerin, die vor Hass nur so brennt. Auch sie darf man nicht unterschätzen. Und dann gibt es noch diesen schuppigen Halbskriek. Er ist ein einfältiger Esel und dient einem bizarren Kriegsgott namens Thurantuh, aber er hat dennoch seine Qualitäten. In einem Kampf verhält er sich wie ein wahnsinniger Berserker. Er giert nach Blut und Schmerz." Erik hebt seinen Zeigefinger. „Dank seines schlichten Gemüts ist er sehr leicht lenkbar. Kathinka und Sincha könnten ihn jederzeit als Bauernopfer einsetzen und damit ihre eigene Flucht vorantreiben."

Mein Traumkörper ballt seine kralligen Fäuste. Irgendwann werde ich Erik Anfohrrnus sein verfluchtes Maul stopfen!

„Ich befürchte daher", fährt der Zauberer fort, „dass Angrias Soldaten nicht in der Lage sein werden, die sechs zu stoppen." Er blickt zu Angrias. „Haben die dunklen Boten schon etwas entdeckt?"

„Noch nicht." Der Herrscher schüttelt beinahe unmerklich seinen verhüllten Kopf. „Dutzende Rabenmenschen sind unterwegs. Früher oder später werden sie Sincha und die anderen finden."

„Gut." Erik seufzt.

„Sind die sechs also doch ein Problem?", hakt die Hohepriesterin nach.

„Nein, meine Liebe", sagt Erik und klingt sehr sicher. „Wir müssen nur die richtigen Vorkehrungen treffen." Er deutet mit seinem Kinn auf Angrias. „Schick den sechsen eine Gruppe Hexen und Hexer hinterher."

Angrias berührt sein Rapier. „Du kennst meine Leute, Zauberer. Wen würdest du wählen?"

„Nun, es gibt ja den alten Spruch: sechs Elemente, fünf Reliquien, vier Wahrheiten. Ich würde daher sagen, schicke sechs deiner Leute aus. Drei Hexen, drei Hexer. Jedes magische Element soll vertreten sein – Feuer, Wasser, Erde, Luft, Holz und Metall. So sind sie auf etwaige Eventualitäten besser vorbereitet."

„Wie du wünschst." Angrias nickt knapp.

„Es gibt vier Wahrheiten." Die Stimme der Hohepriesterin

bekommt ein dunkles Timbre. „Das heißt, ich werde vier Meuchlerinnen entsenden."
„Hast du tatsächlich Meuchlerinnen nach Yestshire mitgebracht, meine Liebe?", wundert sich Erik.
„Natürlich, Liebster. Ich bin immer vorbereitet."
„Wie klug von dir."
„Meine Göttin hat mich nicht umsonst unter tausenden Frauen erwählt."
„Sie traf eine hervorragende Wahl", schmeichelt Erik.
„Ich weiß", sagt die Hohepriesterin.
Ich finde, der wunderschönen, dunkelhäutigen Frau mangelt es wahrlich nicht an Selbstvertrauen.
„Wer sind die vier Meuchlerinnen?", will Erik wissen.
„Lass dich überraschen."
Er nickt. „Ich hoffe, sie sind besser als jene, die du nach Amazonien geschickt hast, um den Smaragdkelch zu stehlen."
Ein Schatten huscht über das Gesicht der Hohepriesterin. „Die Amazonen haben meine Meuchlerinnen wie Tiere abgeschlachtet. Diese Schmach habe ich bis heute nicht vergessen." Sie drückt ihre strahlend weißen Vorderzähne in ihre volle Unterlippe. „Diese vier Meuchlerinnen, die ich nach Yestshire mitgenommen habe, sind viele Jahre lang ausgebildet worden. Sie sind schnell, stark, gefährlich und tödlich." Ihre Stimme senkt sich zu einem heiseren Flüstern. „Über Wochen haben sie sich meiner Göttin Haspanarte verschworen. Sie mussten unvorstellbare Schmerzen ertragen, aber jetzt sind sie stärker als je zuvor. Ihre Magie ist erstaunlich. Und es wird Zeit, dass ich sie erprobe." Sie hebt ihren Blick. „Sincha und ihre Gefährten werden die ersten Opfer meiner vier Meuchlerinnen."
„Es sei denn, meine Leute sind schneller", wirft Angrias ein.
„Unterschätze niemals meine Hexer und Hexen. Jeder und jede von ihnen verfügt über Elementarmagie."
„Dann lass uns doch einen kleinen Wettkampf austragen", gurrt die Hohepriesterin. „Deine Leute gegen meine Meuchlerinnen. Wir werden ja sehen, wer die sechs zuerst erledigt."
„So sei es."
Herrscher und Hohepriesterin nicken sich zu.
„Dann wäre das geklärt", sagt Erik und greift nach seinem blauen Siegelring. „Und nun zu Amazonien und seiner Eroberung. Ich habe einige Pläne und die eine oder andere

Überraschung vorbereitet. Hört mir genau zu.“
Angespannt spitze ich die Ohren. Was plant Erik Anfohrrnus noch? Ich muss es wissen. Vielleicht gibt uns das einen Vorteil in die Hand. Doch da erfasst ein Sog meinen Traumkörper und zieht mich unaufhaltsam aus dem Raum und aus der Stadt. In Sekundenschnelle überwinde ich Meile um Meile und nach wenigen Augenblicken bin ich wieder zurück in meinem Körper. Ich erwache blinzelnd und knurre ungehalten, da ich nur zu gerne erfahren hätte, was der verschlagene Zauberer noch alles plant. Mit einem Gefühl des Unbehagens schäle ich mich aus meinem Kapuzenmantel, mit dem ich mich notdürftig zugedeckt habe, um die Kälte und Feuchtigkeit des Waldes von mir fernzuhalten, und hebe meinen Kopf ein wenig an.
Thurantuh!, rufe ich in Gedanken. Bahluna, die Göttin des Mondes und der Träume, hat mir einen Traum geschickt.
Versündige dich nicht, dummer Skriek!, schimpft Thurantuh.
Aber ...
Nicht nur die Mondgöttin kann Träume schicken!
Dann hast du ...?
Ja, das habe ich.
Ich dachte, Träume seien etwas für schwächliche Weiber. Zumindest waren das deine Worte, murmle ich in Gedanken und hoffe, meinen Gott nicht noch mehr zu verärgern.
Wer bist du, dass du an mir zweifelst?, knurrt Thurantuh in meinem Hinterkopf. Durch seinen Ärger hindurch kann ich aber spüren, dass ihm selbst nicht ganz wohl ist. Es ziemt sich für einen Kriegsgott nicht, mit den Mitteln einer Mondgöttin zu arbeiten. Das weiß Thurantuh. Und ich weiß es auch.
Dieser Traum war wichtig, rechtfertigt sich Thurantuh.
Ist alles wahr, was ich gesehen habe?, frage ich.
Selbstverständlich!
Wirst du mir weitere Träume schicken?
Auf keinen Fall, du Dummkopf! Thurantuh klingt ernstlich böse.
Du weißt jetzt alles, was du wissen musst. Der Rest liegt an dir.

02

So früh am Morgen ist es hier im Wald unter all den Laubbäumen noch sehr kühl. Kleine weiße Wölkchen schweben aus meinem Mund und eine klamme Kälte dringt durch meinen Kapuzenmantel bis zu meinen Schuppen, die mich kurz schaudern lässt. Während ich mich von meinem Schlaflager aufrichte, sehe ich mich mit müden Augen um. Die Eichen, Buchen, Eschen und Birken wachsen hoch in den wolkenverhangenen, trüben Himmel. Ich weiß nicht, wie der Wald genannt wird, in dem wir uns befinden, aber er ist sehr weitläufig und nach der Größe der Bäume zu schließen uralt. Gestern sind wir anfangs Richtung Norden geflohen, dann haben wir einen Bogen nach Westen geschlagen, um eventuelle Verfolger abzuschütteln. Meiner ungefähren Schätzung nach bewegen wir uns auf das Fürstentum Karnium zu, das schon vor vielen Jahren unter Angrias Knute geraten ist. Etwa fünfundzwanzig Meilen haben wir gestern wohl zwischen Yestshire und uns gebracht. Das ist nicht sehr viel, aber wir können es nicht riskieren, die große Handelsstraße zu nehmen, da überall ostalische Soldaten lagern, die mit wachsamen Augen die Straße beobachten. Und dann sind da auch noch die dunklen Boten; Menschen, die sich dank ihrer Wandelmagie in schwarze Raben verwandeln können und in ganz Euptonien die Befehle von Angrias ausführen. Wie ich aus meinem Traum weiß, suchen sie uns längst. Aber für dieses Wissen hätte ich keinen Traum benötigt, es ist von Anfang an klar gewesen, dass die dunklen Boten uns unerbittlich suchen werden. Deswegen bleibt uns nichts anderes übrig, als durch dichtes Unterholz zu schleichen; allein die Äste und Blätter der Bäume geben uns etwas Schutz vor den neugierigen Blicken der dunklen Boten. Mit grimmigen Gedanken an tote, gerupfte Raben geselle ich mich zu Kathinka, Clarina und Sincha, die ein Stück von meinem Nachtlager entfernt am Waldboden sitzen. Die drei Frauen haben ihre Schlafdecken um ihre Schultern gewickelt und stecken schon wieder die Köpfe zusammen. Offensichtlich beratschlagen sie unsere nächsten Schritte. Von den harbaischen Zwillingen ist im Moment nichts zu sehen. Vielleicht suchen sie ja nach einem Bach, um Wasser in ihre Trinkschläuche füllen zu können.

Im Näherkommen betrachte ich Kathinka eingehend. Ich bin jeden Tag aufs Neue über ihren bezaubernden Anblick überrascht. Wie schön sie doch ist! Lange schwarze Locken umrahmen ein schmales Gesicht mit unglaublich intensiv

blickenden, veilchenblauen Augen. Solche Augen habe ich bis jetzt noch bei keiner anderen Menschenfrau gesehen. Kathinka hat eine schmale gerade Nase und volle, weiche Lippen, die ich schon einmal geküsst habe; es ist kurz vor Yestshire gewesen und wir haben alle geglaubt, dass wir unser Vorhaben, Angrias zu meucheln, nicht überleben werden. Das ist wohl mit ein Hauptgrund gewesen, warum Kathinka mich geküsst hat. Ob es jemals wieder vorkommen wird, weiß ich nicht, aber ein Teil von mir befürchtet, dass Kathinkas Wunden an ihrer Seele niemals heilen werden. Einst hat sie selbst zu den Rabenmenschen gehört und als dunkle Botin die Lüfte Euptoniens durchpflügt. Könige und Fürsten haben Kathinka gut dafür bezahlt, dass sie so manch geheime Botschaft überbracht hat, die nicht für die Augen einfacher Menschen bestimmt gewesen ist. Als dann Angrias vor vielen Jahren damit begonnen hat, die Königreiche und Fürstentümer des Kontinents zu unterwerfen, sind die dunklen Boten scharenweise in seinen Dienst getreten; und auch Kathinka ist mit ihren Eltern an Angrias Hof gekommen. Doch Kathinka hat die Grausamkeiten des dunklen Herrschers nicht ertragen und zusammen mit ihrem Vater geplant, aus Ostalien zu fliehen. Kathinkas Mutter hat ihre Pläne aber an Angrias verraten. Ostalische Soldaten haben daraufhin Kathinkas Vater getötet, Kathinka selbst in ein Verlies geworfen und sie über Wochen und Monate immer wieder brutal vergewaltigt. Ihre Mutter ist an vielen Abenden mit anderen dunklen Boten in das Verlies gekommen und hat Kathinka mit Peitsche und Rohrstock gezüchtigt. Noch heute kann man die Narben auf Kathinkas Rücken, Gesäß und Oberschenkeln deutlich erkennen. Kathinka ist an all dem beinahe zerbrochen. Doch dann hat Erik Anfohrrnus sie eines Tages mit seiner Zauberermagie aus dem Verlies befreit und ihr gezeigt, dass sie nicht nur eine dunkle Botin ist, sondern auch eine ganz besondere Magie in sich trägt. Kathinka kann das Aussehen von Gegenständen und Wesen für kurze Zeit verändern. So hat sie einst einen Haselnusszweig in einen Zauberstab verwandelt. Der verwandelte Zweig hat einem Zauberstab täuschend ähnlich gesehen, auch wenn er natürlich keinerlei Zauberermagie in sich getragen hat.
Langsam lasse ich mich neben Kathinka auf dem Waldboden nieder. Sie trägt weiche kniehohe Stiefel und braune

Lederhosen, ein graues, grob gewebtes Hemd und eine mit Fransen besetzte Wildlederjacke, die ihre weibliche Figur gut zur Geltung bringt. An ihrer Seite hängt ein Koboldsäbel, ihre einzige Waffe. Kathinka ist keine große Kämpferin mit Schwert und Säbel, aber trotzdem sollte man sie nicht unterschätzen. Neben ihr liegt der Zauberstab, den wir jenem Zauberer namens Juseph Amantinuh, wie ich aus meiner Traumreise nun weiß, abgenommen haben und den sie mittlerweile als ihr Eigentum betrachtet.
Von Kathinka geht meist eine tiefe Schwermut aus und ich denke, es ist mein skriekischer Anteil, der mich spüren lässt, wie viel Wut und Schmerz sie in sich trägt. Zärtlich berühre ich ihren Oberarm und lächle kurz. Dabei kommt mir in den Sinn, wie verschieden Kathinka doch zu der Hohepriesterin aus meinem Traum ist. Kathinka ist schön, aber nicht perfekt. Kleine schmale Kerben sind in ihren Mundwinkeln, ihr Gesicht ist ein wenig unsymmetrisch und zeugt von erlebter Trauer. Ihre Augen blicken oft müde und abgehetzt. Die Hohepriesterin hingegen wirkt wie eine erhabene Göttin; wunderschön, vollkommen und völlig fehlerlos. Dennoch ist es Kathinka, für die mein Herz schlägt. Sie ist jenes weibliche Wesen, dem ich mich als Paladin verschworen habe. Und vielleicht, denke ich, liegt es gerade an Kathinkas Schwermut, dass ich mich ihr so nahe fühle. Auch in mir toben dunkle Stürme.
Ich streiche mit der Kralle meines rechten Zeigefingers langsam in Richtung ihres Ellbogens und überlege für einen kurzen Moment, wie es wohl sein würde, wenn Kathinka und ich nicht allein nur für unsere Rache leben würden. Einem Teil von mir würde es gefallen, mit Kathinka in meiner alten Höhle zu leben und die Knochenflöte zu spielen. Wir könnten unsere verletzten Seelen trösten und darauf hoffen, dass wir eines Tages heil würden. Vielleicht würde Kathinka einen kleinen Gemüsegarten anlegen. Ich könnte aus einem der umliegenden Dörfer Lebensmittel stehlen und uns mit Brot und Wein versorgen. Das wäre doch ein herrliches, friedliches Leben! Sinnend blicke ich in Kathinkas Gesicht und ebenso schnell, wie meine Träume einer idyllischen Zukunft aufgetaucht sind, verschwinden sie auch wieder. Allein in Kathinkas Augen liegen soviel Zorn und Wut, dass ich jeden Gedanken an ein friedliches Leben mit ihr vergessen kann. Kathinka will Rache.

Ist es einst nur König Angrias gewesen, den sie meucheln wollte, so ist jetzt auch noch Erik Anfohrrnus hinzugekommen. Sie wird nicht eher ruhen, bis die beiden Männer tot sind. Frustriert schnaube ich leise durch meine skriekische Nase. Es ist alles so sinnlos. Angrias und Erik sind viel zu mächtig. Unsere Niederlage steht bereits fest. Es ist nur mehr eine Frage der Zeit, wann wir sterben werden. Erneut schnaube ich. Alles in mir sehnt sich nach einem langen Leben mit Kathinka, doch ich spüre genau, dass es mir nicht vergönnt sein wird.
„Willst du Kathinka die ganze Zeit über anschmachten", knurrt mich Sincha Ankonski an, „oder hast du auch etwas zu sagen, Schuppenkopf?"
Ich schrecke aus meinen Gedanken hoch. Anscheinend bin ich schon eine Weile neben den drei Frauen gesessen, ohne etwas von ihrem Gespräch mitbekommen zu haben. Langsam, fast unwillig, löse ich meinen Blick von Kathinka und wende ihn Sincha zu. Die Heerführerin der Amazonen ist groß, schlank, sehnig, hager – und sie ist eine kompromisslose, gefährliche Kriegerin, die keinen Kampf scheut.
Ihre braunen Haare hat sie, wie es die Art der Amazonen ist, zu unzähligen kleinen Zöpfen geflochten. Ihre grünen Augen blicken hart und befehlsgewohnt. Ihr spitzes Kinn macht einen überaus energischen Eindruck und die eintätowierten Spinnennetze auf ihrem Gesicht geben ihr ein gefährlich wildes Aussehen. Ihr eisenharter Körper steckt in schwarzen Hosen und einer gefütterten Jacke. Sie trägt dunkle Stiefel und einen breiten Gürtel voller Wurfmesser. Überkreuz auf ihrem Rücken hat sie die traditionellen Waffen der Amazonen befestigt: zwei Krummsäbel, die unglaublich scharf und tödlich sind und von Sincha vorzüglich beherrscht werden. Normalerweise haben die Amazonen links und rechts an ihren Hüften kleine Rundschilder, doch die liegen jetzt neben Sincha auf dem Waldboden, da sie beim Sitzen in die Seite drücken und stören.
„Ich habe etwas zu sagen", brumme ich.
„Das habe ich befürchtet." Clarina Haffina, die neben ihrer Heerführerin sitzt, spuckt verächtlich aus. Sie ist ebenso hager und sehnig wie Sincha, hat aber rote Haarzöpfe und graue Augen. Etwas weniger Spinnweben sind auf ihre blasse Gesichtshaut tätowiert, was ein Zeichen dafür ist, dass sie in der militärischen Rangordnung der Amazonen unter Sincha

Ankonski steht.
„Thurantuh hat mir einen Traum geschickt“, sage ich.
Die beiden Amazonen wirken mit einem Mal interessiert und auch Kathinka beugt sich neugierig nach vorne.
„Erzähle“, fordert Sincha.
Mit knappen Worten gebe ich meinen Traum wieder.

Sincha flucht. „Hestardische Meuchlerinnen, Hexer und Hexen! Möge Ama uns beistehen!“
Beinahe unbemerkt sind die harbaischen Zwillinge Knut und Romaldo zu uns getreten. Ich bin mir fast sicher, dass sie die Erzählung von meinem Traum mitangehört haben, und als Romaldo jetzt das Wort ergreift, werde ich in meiner Annahme bestätigt.
„Ich fürchte mich vor niemandem“, verkündet der eitle Prinz aus Harba. Mit seinen geölten lockigen Haaren, dem aufgedrehten Schnurrbartenden und den drei zu Zöpfen geflochtenen Kinnbartenden, die mit goldenen Ringen besetzt sind, wirkt er wie ein selbstherrlicher Geck. Und Romaldo ist auch selbstherrlich, keine Frage! Aber deswegen darf man ihn auf keinen Fall unterschätzen. Eine seltsame uralte Magie wirkt in seinem großen, schlanken, breitschultrigen Körper. Zusammen mit seinem verzauberten Rapier, das er stets an seiner Seite trägt, ist er tödlicher und schneller als jede Sandviper. Unzählige Gegner sind seinen Kampfkünsten bereits zum Opfer gefallen.
„Sollen die Meuchlerinnen und Hexer nur kommen!“, tönt er vollmundig. „Innerhalb weniger Augenblicke werde ich sie erledigt haben.“ Er verneigt sich höhnisch in Richtung Sincha, Clarina und Kathinka. „Meine hübschen, furchtsamen Damen, seid unbesorgt. Der tapfere Romaldo wird Euer aller Leben retten.“ Mit einem schiefen Grinsen schiebt er seinen breiten Hut mit der überdimensionalen, violett gefärbten Straußenfeder am Hutband aus seiner Stirn. „Mein Rapier ist schnell und tödlich. Meine Arme sind stark und sicher. Mein Blick ist kühn und wachsam.“ Er rafft seinen weinroten knöchellangen Umhang über seiner Schulter, sodass man kurz sein rüschenbesetztes gelbes Brokathemd sehen kann.
Ich knurre. Romaldo hat sich heute wieder ganz besonders fein herausgeputzt. Selbst seine schwarzen Lederstiefel mit den

silbernen Einsätzen glänzen frisch gewichst und gebohnert, und das bei all dem nassen Laub und dem erdigen Waldboden rundum.
Effektheischend legt er die behandschuhte Rechte auf den Griff seines Rapiers. „Meine Damen, wenn die bösen Meuchlerinnen und Hexen kommen, versteckt Euch hinter meinem breiten Rücken und Ihr seid vor jedem Unbill sicher.“
Sincha und Clarina erheben sich mit fließenden Bewegungen. Ihre hageren Gesichter glühen vor Ärger.
„Hüte deine vorlaute Zunge, Prinz aus Harba!“ Sinchas Worte sind ein grimmiges Flüstern. „Niemals wirst du uns beschützen müssen.“
„Du hörst anscheinend die Wahrheit nicht sehr gerne, Amazone.“ Romaldo stellt seinen geschmeidigen Körper in Pose und verschränkt die Arme vor der Brust.
„Was weißt du schon von der Wahrheit?“, höhnt Sincha und tritt so nahe zu ihm, dass sich die Spitzen ihrer beider Nasen fast berühren.
Kathinka, die neben mir am Waldboden sitzen geblieben ist, wirft mir einen resignierten Blick zu. Wir wissen beide, was jetzt kommen wird. Sincha und Romaldo werden endlos streiten.
Wie um meine Befürchtungen zu bestätigen, feuert Romaldo soeben seine nächste verbale Breitseite in Richtung Sincha ab.
„Ist es denn nicht die Wahrheit, dass du als unsere Anführerin kläglich versagt hast?“ Romaldos graue Augen verengen sich. „Nur wegen deiner Unfähigkeit musste Prinz Baldwin sterben. Und du, Sincha Ankonski, bist auch dafür verantwortlich, dass König Angrias noch immer unter den Lebenden weilt. Wenn ich“, seine Stimme wird noch eindringlicher, „das Kommando gehabt hätte, wäre unser Kontinent längst frei. Angrias würde bereits in der Erde verfaulen! Und noch eines“, Romaldo spielt seinen nächsten Trumpf aus, „Amazonien würde nicht länger von ostalischen Truppen belagert werden. Ja, Heerführerin, allein deiner Unfähigkeit ist es zu verdanken, dass tausende Amazonen sterben werden.“ Er hebt seinen rechten Arm und deutet mit seinem Zeigefinger anklagend auf Sincha. „Von der Reliquie ganz zu schweigen.“
Sincha streitet schon zu lange mit Romaldo, um sich von ihm vorschnell verunsichern zu lassen.
„Unter deiner Führung, eitler Prinz, hätten wir Yestshire gar nie

erreicht“, geifert sie. „Du hättest bereits in Karnium das erstbeste Tuchgeschäft aufgesucht, um dich neu einkleiden zu lassen. Noch heute würdest du selbstverliebt vor einem Spiegel posieren, dich mit edlen Stoffen behängen und wie ein selbstverliebter Gockel auf und ab spazieren.“
„Es ist kein Verbrechen, auf sein Äußeres zu achten“, knurrt Romaldo. „Und um der Wahrheit die Ehre zu geben, dein knochiger Hintern würde in einem raffiniert geschnittenen Seidenkleid wesentlich besser zur Geltung kommen.“
„Ich glaube kaum, dass dich mein Hintern zu interessieren hat, Prinzlein. So wie ich das sehe, machst du dich ja vor allem schön, um anderen Männern zu gefallen.“
Romaldo verzieht seine Mundwinkel hämisch. „Komm heute Nacht in meine Arme und ich werde dir solche Freuden schenken, dass deine Lustschreie bis zu den entferntesten Sternen dringen werden.“
„Ich denke, dass an dir alles so klein wie dein Verstand ist. Daher wird es dir wohl kaum gelingen, mir auch nur etwas Freude zu schenken“, höhnt Sincha.
„Dann lass es uns doch auf einen Versuch ankommen, Amazone. Oder bist du dazu zu feige?“
Sincha will schon eine gepfefferte Antwort geben, doch plötzlich hält sie irritiert inne und wirft einen raschen Seitenblick in unsere Richtung. Clarina, Kathinka und ich machen große Augen und um unsere Mundwinkel zuckt es verdächtig.
Sincha räuspert sich. Ihr wird mit einem Schlag bewusst, in welche Bahnen sich ihr Streitgespräch mit Romaldo bewegt hat. Erneut räuspert sie sich und spuckt vor Romaldo aus. „Niemals, du Pfau, werde ich mich in deine Arme legen! Alles an dir widert mich an!“
Romaldo zupft verärgert an seinem mittleren Kinnbartzopf. „Nicht für einen einzigen flüchtigen Augenblick, Hagere, würde ich dich in meine Arme schließen. Meine Wonnen bleiben dir auf ewig versagt.“
„Und dafür danke ich meiner Göttin Ama aus ganzem Herzen.“ Sincha dreht sich von Romaldo weg, stapft zu unserem Lagerplatz und baut sich vor mir auf. „Los, Skriek, beweg dich! Geh auf die Jagd und fang uns ein Frühstück! Wir haben nicht ewig Zeit. Also, beeil dich. Unsere Verfolger werden nicht

lange auf sich warten lassen."
„Jawohl, Heerführerin!" Ich stehe auf, salutiere und greife nach meinem Kampfstab.
Sincha nickt knapp. Für einen Moment meine ich, so etwas wie Dankbarkeit in ihren Augen zu entdecken. Sie scheint verstanden zu haben, dass ich absichtlich so schnell ihrem Befehl nachkomme, um ihre Autorität vor Romaldo nicht noch weiter zu untergraben.
Romaldo scheint mein Verhalten wohl ähnlich zu interpretieren und will daher vor der Heerführerin nicht zurückstehen.
„Knut", befiehlt er mit lauter Stimme seinem stummen Bruder, „geh mit der hässlichen Eidechse und sorge dafür, dass wir etwas Ordentliches zu essen haben."
„Grumpf." Der zungenlose Knut nickt ergeben und stapft los.
Sincha und Romaldo werfen sich böse Blicke zu. Aber jetzt, nachdem sie Knut und mich angepflaumt und damit anscheinend ausreichend ihre erhitzten Gemüter abgekühlt haben, werden sie an diesem Morgen wohl keinen weiteren Streit vom Zaun brechen.
Kathinka winkt mir mit einem Lächeln zu, das mich wohl ein wenig trösten soll. Ich erwidere es nur sehr kurz. Clarina, die neben Kathinka hockt, grinst mich derweil verächtlich an. Sie hält mich trotz allem, was wir gemeinsam erlebt und durchlitten haben, immer noch für ein dummes, axtkämpfendes Monster, das sich völlig hoffnungslos in eine Menschenfrau verliebt hat.
Knut gesellt sich mit einem ablehnenden Schnauben zu mir. Er stinkt nach kaltem Schweiß und hat erbärmlichen Mundgeruch.
„Grumpf", knurrt er und es ist ihm deutlich anzusehen, dass er überhaupt keine Lust darauf hat, mit mir auf die Jagd zu gehen, aber um seinen Bruder vor den Amazonen nicht zu blamieren, macht er gute Miene zum bösen Spiel.
Ich merke wieder einmal überdeutlich, wie sehr mich, Kathinka natürlich ausgenommen, meine Gefährten anwidern.

03

Knut marschiert neben mir durch den frühmorgendlichen Wald. Kühler Tau tropft von den Blättern und vereinzelt ziehen dünne Nebelschwaden an uns vorbei. Meine beiden Kampfäxte und

den großen Rundschild, den ich meist auf meinen Rücken geschnallt trage, habe ich im Lager zurückgelassen, da mich diese Waffen bei der Jagd nur behindern würden. Meinen Stab mit den eisenverstärkten Enden trage ich jedoch bei mir. Er kann mir gute Dienste leisten, wenn es darum geht, Wölfe oder Wildschweine abzuwehren. Ansonsten verlasse ich mich auf meine Krallen, meine Instinkte, mein feines Gehör und meine scharfen, jeden menschlichen Augen weit überlegenen Skriekaugen.
Knut hat sich neben mir in einen rauen Lodenmantel gehüllt und die Kapuze tief ins Gesicht gezogen, um seinen kugelrunden Glatzkopf vor der Kälte zu schützen. Lediglich seine breite Nase, seine ungewöhnlich großen fleischigen Ohren und sein verkniffener Mund, der von einem struppigen Vollbart umrahmt wird, sind zu sehen. Behände huscht er neben mir über den Waldboden und ich bin immer wieder überrascht, wie leise sich der klobige Mann bewegen kann. Knut ist nur knapp einen Meter sechzig groß und fast eben so breit. Seine Arme sind lang und massig; sie würden wesentlich besser zu einem Riesen passen als zu seinem vierschrötigen, untersetzten Körper mit den krummen Beinen. Einmal habe ich Knut in Unterhosen gesehen und sein Anblick hat mich angeekelt. Dicke, wulstige Muskeln, die von weit verästelten blauen Adern durchzogen sind, wuchern unter seiner speckigen Haut und geben ihm das Aussehen einer zerklüfteten Felswand. Ich selbst bin ja auch wahrlich keine Schönheit und viele Wesen, vor allem Menschenfrauen, schrecken bei meinem schuppigen Anblick zurück, aber neben dem hässlichen Knut erscheine ich beinahe ansehnlich.
Wirklich erschreckend ist der kleine Mann aus Harba, wenn er zu lächeln versucht. Sein abstoßendes Gesicht verzieht sich dann zu einer bizarren Fratze des Grauens. Aber heute besteht diese Gefahr nicht. Knut ist überaus mürrisch und übellaunig. Ständig grumpft er gereizt vor sich hin und ich bin wieder einmal recht froh darüber, dass er nicht sprechen kann. Ich weiß, dass er als Kind magische Tränke verabreicht bekommen hat, die ihn unter großen Schmerzen zu jenem seltsamen Wesen gemacht haben, das er heute darstellt. Durch die Magie ist seine Zunge zu einem schwarzen Klumpen verätzt worden und seither kann er nur mehr mühsam grumpfen. Erstaunlicherweise

versteht aber sein Bruder Romaldo, den die magischen Tränke offensichtlich in einen schleimigen Schönling verwandelt haben, ganz genau, was Knut sagen will. Auch Kathinka kann Knut verstehen. Das liegt daran, zumindest behauptet das Kathinka, dass sie und Romaldo magische Wesen sind. Dies ermöglicht ihnen auf eine ganz eigene Weise, mit Knut zu kommunizieren. Die Amazonen hingegen sind keine magischen Wesen und verstehen daher genauso wenig wie ich von dem, was Knut uns sagen will. Die erstaunliche Kraft und Schnelligkeit der kriegerischen Frauen kommt zwar auch von magischen Tränken, doch hält deren Wirkung nie lange an. Deshalb müssen sie innerhalb gewisser Zyklen erneut getrunken werden. In Knut, Romaldo und Kathinka hingegen ist die Magie für immer mit ihren Seelen verbunden.

Mir ist die Magie und alles, was damit zu tun hat, herzlich egal. Kein Zauber kann in meinen Augen scharf geschliffenen, tödlichen Stahl ersetzen. Und eine solide Waffe hat den eindeutigen Vorteil, dass ich sie verstehe und mir nicht der Kopf schwirrt, wenn ich sie schwinge. Magie hingegen ist so vielschichtig und kompliziert, dass sie mich immer wieder verwirrt.

Kathinka dagegen hat großes Interesse an allem, was mit Magie und Zauberei zu tun hat. Ich seufze in mich hinein. Kathinkas Seele ist voll seltsamer Kräfte und ihre Wandelmagie vermag mich durchaus in Erstaunen zu versetzen, aber mir wäre es deutlich lieber, wenn sie einfach nur eine ganz normale Menschenfrau wäre. Natürlich ist mir klar, dass ich sie so annehmen muss, wie sie ist. Ich habe mich ihr als Paladin verpflichtet, da ich ihr aus ganzem Herzen zugetan bin und sie vor jedem Unheil beschützen will. Und nach meiner Vorstellung von Liebe besteht der Sinn zu lieben darin, das geliebte Wesen, in meinem Fall eben Kathinka, in allen Facetten so anzunehmen, wie es ist.

Ich knurre ungehalten. Was weiß ich schon von der Liebe? Nicht sehr viel, wie mir scheint. Ich bin nur gut im Beschützen und Zuschlagen. Gefühle zeigen oder gar ansprechen kann ich nicht besonders gut; vielleicht, weil mich so ein Verhalten zu sehr an meine Kindheit bei den Skriek erinnern würde. Im Stamm meiner Mutter wurde jedes Gefühl, jede Stimmung den anderen mitgeteilt. Mit Tänzen und dem Spielen der

Knochenflöten haben die Skriek ihre Seelen vor ihrer Göttin Bahluna dargebracht und sie an jeder Regung, an jeder noch so kleinen Emotion teilhaben lassen. Noch heute schaudere ich, wenn ich daran zurückdenke. Stets habe ich mich unter den Skriek als Außenseiter gefühlt, als dumpfer Klotz, der seine Wut nicht unter Kontrolle gehabt hat und sein Anderssein nicht ertragen konnte. Oft habe ich mein menschliches Erbe verflucht; mein Vater war ein wilder Nordmann, der meine skriekische Mutter brutal vergewaltigt und mich so gezeugt hat. Aber mit der Zeit habe ich gelernt, die Gaben meines Vaters zu schätzen. Ich bin nicht sanftmütig, vertrauensvoll und verzeihend wie die friedliebenden, harmlosen Skriek. Nein, in mir leben auch viele menschliche Anteile. Ich bin rachsüchtig, hinterhältig, verschlagen, zornig und jederzeit bereit, zu töten. Diese Eigenschaften haben mir schon in vielen Kämpfen gute Dienste geleistet und mich zu einem gefährlichen Krieger gemacht. Und mit Knut ist es wohl ebenso. Auch er ist ein Mann, der in einem Kampf keine Kompromisse eingeht. Hart und tödlich ist er, ohne Gewissen und Rücksicht, allein seinen Zielen verpflichtet. Eigentlich ist mir der kleine Mann mit dem struppigen Bart gar nicht einmal so unsympathisch. Seine Entschlossenheit imponiert mir, seine gewaltige Körperkraft flößt mir durchaus Respekt ein und seine verzauberte Kriegskeule ist eine überaus mächtige Waffe. Ja, Knut hat einiges an sich, das ich mag. Auch sein mürrisches Wesen stößt mich nicht ab. Aber, und das ist eben der entscheidende Punkt, er ist der Bruder des niederträchtigen Romaldos. Und ich bin mir ganz sicher, dass der eitle Schönling irgendetwas im Schilde führt, von dem wir anderen nichts ahnen. Romaldo ist so verschlagen wie ein Wüstenschakal und man darf ihm niemals vertrauen. Ich spüre immer wieder, wie gefährlich und hinterlistig er ist. Er würde auf uns nicht die geringste Rücksicht nehmen, wenn wir seinen Plänen hinderlich wären. Kathinka hat einst sogar geträumt, dass Romaldo und ich eines Tages einen Kampf auf Leben und Tod austragen werden, den ich höchstwahrscheinlich verlieren werde. Ich bin also, was Romaldo betrifft, doppelt vorsichtig. Wenn Kathinka nicht der Meinung wäre, dass wir Romaldo noch auf unserer Reise benötigen, hätte ich ihn schon längst im Schlaf gemeuchelt. Das wäre die sicherste Methode, ihn loszuwerden, denke ich. Aber da ich mit Kathinka keinen unnötigen Streit vom Zaun brechen will, füge ich mich im Moment ihren Wünschen. Außerdem ist mir klar, dass ich, wenn ich Romaldo im Schlaf erschlage, im gleichen Atemzug auch Knut töten muss. Und im Augenblick, da hat Kathinka sicherlich recht, können wir es uns nicht leisten, zwei so erfahrene Kämpfer zu verlieren; zu viele Verfolger sind uns auf den Fersen. Aber vielleicht kommt irgendwann der Tag, an dem ich mir die beiden harbaischen Brüder vom Hals schaffen kann. Wie gesagt, Knut ist mir nicht wirklich unsympathisch, aber ich kann natürlich auch nicht zu viel Sympathie für ein Wesen aufbringen, das ich über kurz oder lang töten werde. So etwas würde die Dinge nur unnötig komplizieren.

Leise schleichen wir weiter durch das Unterholz. Vor uns sind Hasenköttel. Wir sind auf der richtigen Spur. Bald werden wir unser Frühstück gefangen haben. Schritt um Schritt kommen wir an dicken Baumstämmen und langblättrigen Waldfarnen vorbei und achten penibel darauf, auf keine abgebrochenen knackenden Zweige zu treten oder durch raschelndes Laub unnötig Aufmerksamkeit auf uns zu lenken. Nach einer Weile äugen wir verstohlen um einen Busch und sehen nicht weit von uns entfernt eine Lichtung. Ein gutes Dutzend großer, brauner Waldkaninchen hat sich samt zahlreichem Nachwuchs zwischen Stauden und Gräsern zum Äsen eingefunden. Ich zeige mit meinem kralligen, beschuppten Zeigefinger nach links und Knut versteht. Seine Kriegskeule fest in der Hand haltend, geht er in die Knie und robbt zur Seite. Ich verharre auf meinem Platz und warte, bis der Wind sich ein wenig nach Osten dreht, um den feinen Nasen der Kaninchen nicht vorzeitig anzuzeigen, dass ich mich ihnen nähere. Nach einer Weile ist es soweit und ich kann mit dem Anschleichen beginnen. Zum Rand der Lichtung sind es gut zwanzig Meter. Bis dorthin schützen mich Eschen und Birken vor neugierigen Blicken. Ich drehe meinen Kopf nach links und spähe durch das Unterholz. Knut hat seine Position erreicht und ich hebe kurz meinen Arm. Knut nickt mir zu und erhebt sich leise aus seiner knienden Position. Mit einem Knurren stürze ich vorwärts, die Krallen zu Klauen gekrümmt. Links von mir höre ich ein Grumpfen. Knuts Kriegskeule saust über die Lichtung. Zuerst trifft sie ein großes Kaninchen tödlich,

dann schwenkt sie zur Seite und trifft ein weiteres. Anschließend dreht sich die Keule einmal um sich selbst und fliegt zurück in Knuts Hand. Wenn ich diese magische Waffe nicht schon öfters im Einsatz gesehen hätte, würde mich ihr Anblick bei meiner Attacke sicherlich in Erstaunen versetzen und bremsen, aber die Fähigkeiten der Kriegskeule sind mir vertraut und so lasse ich mich nicht einen Augenblick ablenken. Noch bevor die Kaninchen ernsthaft auf die Kriegskeule und den Tod ihrer Gefährten reagieren können, bin ich unter ihnen. Meine Krallen zischen durch die Luft und ich fauche vor Jagdlust. Ein, zwei Wimpernschläge später liegen drei weitere tote Kaninchen vor mir. Der Rest flieht panisch von der Lichtung. Ich lasse sie laufen.
Knut stapft aus seinem Versteck und zeigt ein flüchtiges, hässliches Grinsen.
„Grumpf“, brummt er. Offensichtlich ist er mit seinem Wurf und der Jagdbeute zufrieden. Ich nestle aus meiner Gürteltasche, die ich vor vielen Jahren von meiner Mutter bekommen habe, mehrere Lederschnüre und binde die Hinterläufe der toten Kaninchen zusammen. Mit meinen Krallen öffne ich die Halsschlagadern der Tiere und hebe sie an meinem ausgestreckten Arm hoch. Nach wenigen Minuten sind sie ausgeblutet und ich kann die Kaninchen an meinem Gürtel befestigen. Dabei achte ich darauf, dass nicht zu viele Blutspritzer meine Hose benetzen. Kathinka mag es nicht, wenn Blut an mir klebt, und darauf nehme ich natürlich Rücksicht. Knut steht neben mir im hohen Gras und wischt seine Keule an einem Farnblatt sauber.
„Lass uns zurückgehen“, sage ich zu ihm.
Er grumpft kurz zustimmend, doch plötzlich dreht er seinen Kopf zur Seite und seine kleinen dunklen Schweinsäuglein verengen sich. Ich folge seinem Blick und sehe gerade noch, wie ein gedrungener Hirsch mit ausladendem Geweih im Dickicht verschwindet.
„Grumpf.“ Knut stürmt los.
„Warte!“, rufe ich ihm hinterher. „Wir haben genug zum Frühstück.“
Kurz bleibt er stehen, grumpft, deutet auf seinen leeren Nahrungsbeutel und auf seinen voluminösen Bauch.
Ich glaube, ihn zu verstehen. Wir haben bei unserer

überstürzten Flucht durch die Kanalisation von Yestshire nur das Nötigste mit uns genommen. Unsere Essensvorräte sind aufgebracht. Natürlich bietet der Wald auch jetzt im Spätsommer genug Nahrung. Es gibt Nüsse, Pilze, Eckern und zahlreiche essbare Kleintiere wie Hasen, Kaninchen oder auch den einen oder anderen Vogel, aber es kostet viel Zeit, unsere Versorgung zu sichern. Das Fleisch eines Hirsches, gut tranchiert, gewürzt, gesalzen und in großen Huflattichblättern eingewickelt, würde uns über viele Tage ausreichend ernähren und wir müssten nicht mühsam und zeitraubend Nahrung suchen. Daher nicke ich Knut zu und folge ihm und dem Hirsch. Das Tier kann keinen großen Vorsprung haben. Wenn wir Glück haben, holen wir es bald ein. Jagdlust erfüllt mich erneut und mit weitausholenden Sprüngen stürme ich knapp hinter Knut durch den Wald.
Nach einer Weile halte ich an, hebe meine feine Nase in den Wind und schnuppere. Wenn mich nicht alles trügt, kommen wir dem Hirsch mit seinem prächtigen Geweih beharrlich näher. Vor uns ist ein leicht abschüssiger Hohlweg, der von Haselnusssträuchern und ausgedorrten Heidelbeeren gesäumt ist. Nicht allzu weit entfernt ist eine Klamm oder eine Schlucht; ich kann grauen Stein zwischen dem Grün und Braun des Waldes erkennen. Eilig laufe ich weiter und achte gar nicht auf Knut, der deutlich zurückfällt, bis ich ihn plötzlich ungewöhnlich laut grumpfen höre. Widerwillig halte ich auf dem Hohlweg an und drehe mich um. Knut grumpft erneut. Seine Augen sind zu schmalen Schlitzen verengt und er hat seine Kriegskeule erhoben, sodass er jederzeit zum Wurf bereit ist.
„Knut! Was soll das?“, knurre ich und spanne meinen Körper an, als ich sehe, dass er bedrohlich auf mich zugeht. Er ist nur mehr knapp zwei Dutzend Schritte von mir entfernt, als seine Haltung noch eine Spur angriffslustiger wird.
Als seine Augen die meinen fixieren, zuckt ein Gedanke durch mein Hirn: Die Jagd auf den Hirsch ist eine Falle gewesen! Knut hat mich nur noch weiter von unserem Lager weglocken wollen, damit niemand unseren Kampf hören kann, wenn er mich mit seiner Kriegskeule angreift.
Ich halte meinen Stab quer vor meinen Körper und gehe in Kampfposition. Für einen flüchtigen Moment wünsche ich, dass

ich meine Kampfäxte mitgenommen hätte, aber rasch schüttle ich diesen unsinnigen Gedanken wieder ab. Hier und jetzt zählt nur die Realität, und die besagt ganz eindeutig, dass mein Kampfstab als Waffe ausreichen muss.
Ich sehe, wie Knut stehen bleibt und seine Keule ein weiteres Stück nach hinten zieht. Sein klobiger Körper ist straff wie ein Stahlseil gespannt und jederzeit bereit, zuzuschlagen und einen tödlichen Wurf anzubringen.
Alle meine Sinne sind angespannt und ich gehe noch etwas tiefer in die Knie. Mit einem mulmigen Gefühl denke ich daran, wie schnell der kleine Mann ist. Ich bin mir alles andere als sicher, ob ich seinem Wurf ausweichen kann. Hinzu kommt noch, dass die Keule irgendwie auf seine Gedanken reagiert. Wenn ich dem ersten Wurf ausweiche, kann es gut sein, dass die Keule mit rasendem Tempo eine Kurve beschreibt und mir mit voller Wucht in den Rücken knallt. Das muss ich unbedingt verhindern. Mag Knut auch unglaublich stark sein, in einem Nahkampf, das glaube ich zumindest, bin ich ihm überlegen. Meine scharfen Krallen können seine Muskeln zerfetzen und meine spitzen Zähne kann ich in seinen dicken Hals schlagen. Es wäre daher dumm, noch weiter abzuwarten und darauf zu hoffen, dass mich Knut verfehlt. Ich darf ihm das Gesetz des Handelns nicht überlassen. Wenn sein Wurf trifft, bin ich verloren. Mir bleibt nur ein überraschender Angriff, der mich nahe genug heranbringt, um seinen feisten Leib aufzuschlitzen. Ein leises Knurren entringt sich meiner Brust, als ich vorwärts stürze.
Knut grumpft und wirft. Die Kriegskeule saust schneller auf mich zu, als ich vermutet habe. Augenblicklich erkenne ich, dass mir keine Zeit zum Ausweichen bleibt. Im Vorwärtshasten spanne ich die Muskeln an, um den Aufprall der Keule auf meinem Körper etwas abzufangen, obwohl ich weiß, dass mit einem Treffer von Knut der Kampf zu Ende ist, bevor er begonnen hat. Selbst wenn mich die Keule nicht tötet, so wird sie mir doch zahlreiche Knochen brechen und mich kampfunfähig machen.
„Thurantuh!“, fluche ich.
Doch zu meiner grenzenlosen Überraschung saust die Keule in einem Bogen an mir vorbei, gewinnt unglaublich rasch an Höhe und verschwindet aus meinem Blickfeld. Ein Schrei ertönt

hinter mir und ein kurzer magischer Blitz erhellt die Umgebung. Rasend schnell wirble ich um meine Achse, um gerade noch zu sehen, wie ein Wesen mit blasser Menschenhaut und langen schwarzen Haaren von dem Ast einer Buche auf den Waldboden fällt und zahlreiche welke Blätter aufwirbelt. Ich eile heran. Vor mir liegt eine nackte Menschenfrau mit zerschmettertem Brustkorb. Sie hat äußerst attraktive, weibliche Rundungen und veilchenblaue Augen. Ich erstarre, da ich solche Augen zuvor erst bei einer Frau gesehen habe, nämlich bei Kathinka. Mit einem Schlag wird mir so einiges klar. Vor mir liegt eine dunkle Botin tot am Boden. Sie muss in ihrer tierischen Gestalt als Rabe auf der Suche nach uns durch den Wald geflogen sein. Nachdem sie uns entdeckt hat, ist sie auf einem Ast gelandet, um uns zu beobachten. Dank seiner seltsamen Magie hat Knut gespürt, dass der Rabe auf dem Ast kein echtes Tier ist, sondern eine dunkle Botin, die er augenblicklich mit seiner Keule erledigt hat. Knut macht nicht gerne halbe Sachen, wie mir scheint.
„Die Menschenfrau ist sehr schön", sage ich.
„Grumpf." Knut kniet neben ihr nieder und betrachtet das leblose Gesicht. Fast zärtlich streicht er das dunkle Haar aus der bleichen Stirn.
Meiner Schätzung nach ist die Rabenfrau noch keine zwanzig Jahre alt und für einen kurzen Moment tut sie mir leid. Doch dann besinne ich mich, wer sie ist; eine dunkle Botin, ausgesandt von König Angrias, um uns zu finden und zu verraten.
Verächtlich spucke ich aus. „Komm, Knut, wir gehen zurück ins Lager. Der Hirsch ist längst weg."
Knut schüttelt den Kopf, grumpft und deutet mit seinen dicken Fingern abwechselnd auf die tote Rabenfrau und den klammen Waldboden.
„Nein." Ich schüttle den Kopf. „Ich werde die Frau nicht begraben."
„Grumpf." Knut zeigt auf den Hohlweg.
„Ja, hier wird man die Frau schnell finden. Das stimmt." Ich blicke mich um. „Da vorne ist eine Klamm oder Schlucht. Bei den Felsen verstecken wir die Leiche."
„Grumpf", stimmt Knut zu, befestigt die Kriegskeule an seinem Gürtel und hebt die tote Rabenfrau mühelos hoch.

Wir beeilen uns, ohne ein weiteres Wort zu verlieren. Wo ein dunkler Bote ist, sind andere nicht weit. Das wissen wir beide. Nach wenigen Minuten erreichen wir das Ende des Hohlweges. Schon beim Näherkommen haben wir gesehen, dass vor uns eine Schlucht liegt, deren Wände steil nach unten abfallen. „Warte hier“, sage ich zu Knut. Ich will mich vergewissern, was genau vor uns liegt. Bevor wir die Leiche in die Schlucht werfen, möchte ich sicher sein, dass uns von unten niemand beobachtet. Außerdem will ich darauf achten, dass die Rabenfrau nicht auf einem Felsvorsprung landet, wo sie von der Luft aus für andere dunkle Boten leicht zu entdecken wäre. Vorsichtig gehe ich in die Hocke und spähe über den Rand der Schlucht nach unten. Anfangs sehe ich nur grauen Stein, steil abfallende Wände und dürre Ranken, die spärlich in den Felsnischen wachsen. Mein Blick gleitet tiefer und plötzlich weiten sich meine Augen überrascht.
Auf dem Grund der Schlucht lagert ein Wesen. Es scheint, tief eingehüllt in Reisedecken, noch immer zu schlafen. Das Lagerfeuer neben dem Wesen ist längst erloschen. Ein braunes Pferd, festgebunden an einem verkrüppelten Strauch, zupft bedächtig Gras. Ich beuge mich noch weiter nach vorne und blinzle. Das Wesen kommt mir bekannt vor. Woher kenne ich es bloß? Mein Blick wandert zwischen einem weißen Zauberstab, einem großen Schlapphut, der auf einem zusammengerollten Reisesack liegt, und langen braunen Haaren, die ein herbes weibliches, schlafendes Gesicht umrahmen, hin und her. Und plötzlich fällt es mir ein. Diese Frau ist die Zauberin Erina Jastantino, eine Bekannte des verräterischen Zauberers Erik Anfohrrnus. Erina Jastantino ist bei dem misslungen Attentat auf König Angrias im Turm von Yestshire gewesen. Sie hat eigenhändig eine Amazonenkriegerin getötet. Und jetzt verfolgt sie uns. Die Zauberer haben unsere Spur schneller gefunden, als ich erwartet habe.

04

Knut und ich sind ziemlich außer Atem, als wir das Lager erreichen. Achtlos lasse ich die fünf toten Kaninchen neben meinem Schlafplatz zu Boden gleiten und greife nach meinem

Reiserucksack. Währenddessen eilt Knut zu seinem Bruder, der etwas abseits von den Frauen sein Rapier schärft, und grumpft ihn lauthals an. Romaldos Gesichtsausdruck wird zusehends verkniffener, seine Finger gleiten wie von selbst zu seinen penibel gestutzten Schnurrbartzöpfen und beginnen an den Enden herumzuziehen.
Ich grinse bei dem Anblick des Prinzen hämisch. Romaldo hat, wie mir scheint, durch Knuts Gegrumpfe offensichtlich ordentlich Muffensausen bekommen.
Kathinka wirft Romaldo einen schnellen und recht skeptischen Seitenblick zu und tritt dann mit besorgter Miene vor mich hin.
„Was ist los?“, fragt sie.
„Knut hat eine dunkle Botin getötet“, sage ich.
Kathinka schluckt. Sincha und Clarina eilen mit gespitzten Ohren zu uns und stellen sich links und rechts von Kathinka auf. Auch Romaldo hat mittlerweile von dem Gegrumpfe seines Bruders genug und gesellt sich zu Kathinka und den Amazonen, um meinen Worten zu lauschen.
„Aber das ist nicht alles.“ Ich befestige meinen Rundschild mit routinierten, über viele Jahre hinweg eingeübten Bewegungen unter meinem Kapuzenmantel am Rücken. „Die dunkle Botin dürfte unser geringstes Problem sein.“ Meine Kampfäxte gleiten in die Schlaufen hinter meinen Schulterblättern. Nur mehr die scharfen Schneiden der Äxte sind links und rechts neben meinem Kopf zu sehen. „Zwei, drei Meilen in östlicher Richtung lagert eine Zauberin. Sie schläft im Moment noch, aber sie ist uns bereits dicht auf den Fersen.“
„Bei Ama!“, fluchen die Amazonen.
„Bei meinem Gott Ganthron, dem Mächtigen!“, schnauft Romaldo.
„Grumpf!“, grumpft Knut.
„Bei Thurantuh!“, sage ich und blicke auffordernd zu Kathinka. Sie erwidert meinen Blick und ich kann deutlich erkennen, dass sie ganz genau weiß, was ich jetzt von ihr hören will. Bei unserem letzten Kampf hat Kathinka mehrmals den Namen meines Gottes ausgerufen, während sie den Kopf des alten Zauberers mit meinem Kampfstab malträtiert hat. Seither hat sie aber Thurantuh mit keiner Silbe mehr erwähnt, und ich selbst habe durch unsere überstürzte Flucht auch keine Möglichkeit gehabt, mit ihr in Ruhe darüber zu reden. Aber ihr

ist natürlich klar, wie ich über die Angelegenheit denke; es würde mich außerordentlich freuen, wenn sie jetzt, so wie die anderen auch, einen Gott, in ihrem Falle eben Thurantuh, anrufen würde. Im Prinzip würde es mir ja eigentlich schon genügen, wenn es nur in Form eines harmlosen Fluches wäre.
Kathinka nickt mir nach einem Moment des Zögerns langsam zu.
„Bei Thurantuh", sagt sie mit belegter Stimme, „eine Zauberin ist hier im Wald."
Ich grunze ein wenig ungehalten. Kathinka hätte Thuranthus Namen ruhig mit etwas mehr Emotion erwähnen können.
Sie blickt mich ein wenig herausfordernd an und zieht ihre Mundwinkel nach oben. Ehrlich gesagt bin ich mir nicht sicher, ob mir Kathinka jetzt ein Lächeln oder eine schnippische Grimasse zeigt. Vielleicht sollte ich doch so schnell wie möglich mit ihr über meinen Gott reden. Mein Gefühl sagt mir, dass Thurantuh auf Spott nicht sehr wohlwollend reagieren wird.
„Ist die Zauberin allein unterwegs?", fragt Sincha in meine Überlegungen hinein.
Ich nicke. „Übrigens, ich kenne die Zauberin. Sie war im Turm von Yestshire und hat eine deiner Kriegerinnen getötet. Ich glaube, es war Zebuna Godana."
Sincha zieht an einem ihrer unzähligen Zöpfe. „Erik hat uns erzählt, dass eine gewisse Erina Jastantino die Zauberer bei den Verhandlungen vertritt. Und wenn mich nicht alles täuscht, haben wir Erina sogar kurz auf der Handelsstraße gesehen, als sie an unserem Planwagen vorüber geritten ist."
„So ist es", bestätige ich. „Und jetzt wurde die Zauberin losgeschickt, um uns zu jagen."
„Bei Ganthron!", flucht Romaldo erneut. „Worauf warten wir noch? Wir sollten schleunigst unsere Sachen zusammenpacken und Fersengeld geben. Mit Zauberern ist nicht zu spaßen."
„Er hat recht", stimmt Sincha zu. „Wir dürfen keine Zeit verlieren."
Knut und Romaldo wenden sich ihren Schlafdecken zu und Sincha und Clarina greifen nach ihren Trinkschläuchen, während ich selbst die toten Kaninchen hochhebe und überlege, ob ich die Tiere offen an meinem Gürtel trage oder sie besser in Blätter wickle und in meinem Reiserucksack verstaue. Kathinka mag den Anblick von toten Wesen nicht und ich möchte darauf

Rücksicht nehmen, also werde ich wohl noch rasch einige große Blätter suchen müssen, bevor wir aufbrechen können. Ich gehe ein, zwei Schritte zur Seite und sehe mich um.
„Warte, Skriek“, sagt Kathinka, die die ganze Zeit über unbeweglich auf ihrem Platz verharrt ist.
Ich drehe mich zu ihr. „Soll ich die Kaninchen doch an meinem Gürtel tragen? Trotz der Blutflecken?“ Ich hebe sie hoch. „Du befürchtest, dass sie zu stinken anfangen, wenn ich sie in den Reiserucksack gebe, nicht wahr?“
„Was?“ Kathinka blickt mich verständnislos an.
„Die Kaninchen“, brumme ich. „Wie soll ich sie tragen?“
„Die Kaninchen sind doch vollkommen egal“, schnappt Kathinka. „Von mir aus hänge sie dir als Kette um deinen Hals.“
„Aber ...?“
„Skriek, irgendetwas kommt mir seltsam vor.“
„Nun, ehrlich gesagt finde ich dich im Moment ein wenig seltsam“, schnarre ich. „Du magst kein Blut und kannst tote Tiere kaum ansehen. Jedes Mal ekelt es dich vor mir, wenn nach einem Kampf Blutspritzer auf meiner Kleidung sind. Und jetzt kannst du dir plötzlich vorstellen, das ich tote Kaninchen als Halskette trage.“ Meine blauen Skriekaugen verengen sich. „Das ist doch seltsam.“
„Verdammt, Skriek!“ Sie tritt zu mir. „Darum geht es doch nicht. Ich habe über die Zauberin nachgedacht.“ Sie kommt noch näher und steht nun unmittelbar vor mir, direkt neben den toten Kaninchen, die an Lederschnüren von meiner kralligen Hand baumeln und leicht gegen ihre Hose stoßen. Kathinka verzieht das Gesicht. „Gib endlich die verdammten Kaninchen weg!“
Ich werfe die Tiere zur Seite und beschließe, sie später in Blätter zu wickeln und in meinem Reiserucksack zu verstauen. Kathinka ist anscheinend nicht in der Lage, einen klaren Gedanken zu fassen, sobald es um tote Tiere geht.
Sie fuchtelt mit ihrem Zeigefinger vor meiner Nase herum. „Denk doch nach, Skriek. Eine Zauberin soll uns ganz allein verfolgen. Das ist doch widersinnig. Sie könnte uns sechs doch niemals ins Bastolische Schloss oder nach Yestshire bringen. Dazu braucht sie bei all ihrer Magie die Hilfe von Soldaten. Und hast du irgendwo ostalische Schergen gesehen?“

„Nein. Kein einziger Soldat war in der Nähe.“
„Daher glaube ich nicht, dass die Zauberin uns sucht.“
„Und was ist mit der dunklen Botin?“, halte ich dagegen.
„Die Rabenfrau kann ebenso gut der Zauberin Informationen überbracht haben, die nichts mit uns zu tun haben. Oder, und das halte ich für noch wahrscheinlicher, die Zauberin steht mit der dunklen Botin gar nicht in Verbindung. Es kommt, wie du selbst weißt, nur äußerst selten vor, dass dunkle Boten und Zauberer zusammenarbeiten. Höchstwahrscheinlich war die Rabenfrau im Auftrag von Angrias unterwegs und hat mit der Zauberin, die zufällig in der Nähe lagerte, nichts zu tun.“
„Das mag ja alles sein“, sage ich nach kurzem Überlegen, „aber es ändert nichts an unserer Situation. Die dunklen Boten sind uns auf der Spur und diese Zauberin wird auch nicht lange zögern, wenn sie uns entdeckt. Also, egal ob diese Erina Jastantino uns nun jagt oder nicht, wir müssen auf jeden Fall sehen, dass wir ausreichend Meilen zwischen uns und sie bringen.“
„Nicht unbedingt.“ Kathinka streicht eine Haarsträhne zurück. „Vielleicht ist die Zauberin für uns auch eine Chance.“
Romaldo stolziert heran. „Tempo, ihr zwei! Die Zeit drängt.“
„Ich bin mir nicht sicher, ob wir so überhastet aufbrechen sollen“, sagt Kathinka und ihre veilchenblauen Augen blicken überaus ernst.
„Nun“, Romaldo räuspert sich, „für dich, Formwandlerin, mag es ja wie eine feige Flucht aussehen. Aber ich kann dir versichern, das ist es nicht. Wenn du soviel Ahnung von militärischen Manövern wie ich hättest, würdest du wissen, dass wir soeben einen geordneten, wohlüberlegten Rückzug antreten, der uns in eine bessere Position bringt, um unseren mehr als nur gerechten Kampf weiterführen zu können.“
Sincha hat aus einiger Entfernung zugehört. „Romaldo mag ja ein Schleimer und Schönredner sein, aber in diesem Punkt hat er recht. Wir dürfen nicht länger zuwarten.“
„Ich bin weder ein Schleimer noch ein Schönredner“, giftet Romaldo in Richtung Sincha. „Allein meine gute Erziehung verhindert, dass ich dir jetzt aufgrund deiner Beleidigungen gegenüber meiner respektablen Person dein flaches Hinterteil versohle.“
„Sei einfach ruhig!“, knurrt Sincha ungehalten.

„Ich glaube“, Kathinka klingt sehr bestimmt, während sie versucht, die verbalen Scharmützel zwischen Romaldo und Sincha zu ignorieren, „dass die Zauberin wegen eines anderen Auftrages durch diesen Wald reist und gar nicht nach uns sucht. Sie hat keine ostalischen Soldaten bei sich und schläft um diese Zeit immer noch bei ihrem Lagerplatz. Das deutet nicht gerade darauf hin, dass sie in großer Eile ist.“ Kathinka wirft einen Blick in die Runde. Sie hat jetzt die Aufmerksamkeit von uns allen. „Weder König Edwin noch die Zauberer des Bastolischen Schlosses wissen, wie sehr uns Erik Anfohrrnus hintergangen hat. Für alle Welt sind wir Mörder und Verräter. Erik wird es, wenn niemand über seine wahren Absichten Bescheid weiß und sich ihm entgegenstellt, über kurz oder lang gelingen, die Reliquie der Amazonen zu rauben.“
„Das werden wir verhindern“, wirft Clarina selbstsicher ein. „Und deswegen reisen wir auch so schnell es geht nach Amazonien.“
„Wir sind nur sechs Wesen“, entgegnet Kathinka.
„Sechs sehr ungewöhnliche Wesen mit großer Kampfkraft“, sagt Clarina und ihre grauen Augen funkeln. „Man sollte uns nicht unterschätzen.“
„Wir müssen trotzdem realistisch sein“, beharrt Kathinka. „Selbst wenn wir Amazonien rechtzeitig vor der Endschlacht erreichen, werden wir den Ausgang des Kampfes nicht zu unseren Gunsten verändern können. Die Gegner sind viel zu zahlreich.“
„Wir werden bis zuletzt unserer Königin zur Seite stehen.“ Clarina kreuzt trotzig die Arme vor ihrem hageren Brustkorb.
„Das ehrt dich, Amazone.“ Kathinka hebt einen Finger. „Dennoch brauchen wir Verbündete.“
„Du meinst damit doch nicht diese Zauberin namens Erina Jastantino?“, spottet Romaldo.
„Irgendjemand muss die Wahrheit erfahren, sonst ist Amazonien verloren“, sagt Kathinka. „Und mit Amazonien fällt auch die Reliquie.“
„Die Zauberin wird uns niemals glauben“, gibt Sincha zu bedenken. „Und wir haben einen Zauberer getötet. Das spricht nicht gerade für uns.“
„Eriks Verrat muss aber aufgedeckt und gerächt werden.“ Kathinka klingt schneidend und eine pochende Ader zeigt sich

links von ihrem Kehlkopf. „Ich werde nicht ruhen, bis Erik tot vor meinen Füßen liegt."
„Aus dir spricht nichts als reiner Hass." Sincha runzelt ungehalten die Stirn. „Und Hass ist kein guter Ratgeber."
„Ja, ich bin voll Hass, Heerführerin. Aber ich kann dennoch klar denken. Wir müssen mit der Zauberin sprechen. Vielleicht glaubt sie uns ja. Und selbst wenn sie uns nicht glaubt, werden wir sie zumindest skeptisch und misstrauisch machen, was Erik Anfohrrnus betrifft. Solange niemand unsere Geschichte erfährt, kann Erik ungehindert tun und lassen, was er will. Niemand wird ihm entgegentreten und versuchen, ihn aufzuhalten."
„Vielleicht könnten wir ja tatsächlich Zweifel bei der Zauberin wecken", sagt Romaldo und zwirbelt seinen Schnurrbart, „aber sie wird uns niemals gehen lassen, nachdem wir unsere Geschichte erzählt haben."
„Nun", Kathinka zeigt ihre weißen Zähne, „wir haben schon einen Zauberer besiegt."
„Das haben wir." Romaldo zwirbelt seinen Schnurrbart noch etwas heftiger. „Aber, um der Wahrheit die Ehre zu geben, das gelang uns nur, weil der Zauberer den hässlichen, dummen Skriek für tot hielt und nicht damit rechnete, dass eine Axt aus dem Hinterhalt seinen Rücken treffen würde."
„Ich bin nicht dumm", knurre ich Romaldo an, aber ich wirke dabei nicht sehr ungehalten oder gar bedrohlich. Das liegt daran, dass Romaldo soeben zum ersten Mal zugegeben hat, dass mein damaliger Axtwurf das Blatt gewendet und uns erst ermöglicht hat, den Zauberer zu besiegen.
„Wenn wir einmal einen Hinterhalt gelegt haben", sagt Kathinka, „dann sollte uns das auch ein zweites Mal gelingen."
„Was hast du vor, Formwandlerin?", will Sincha wissen und ihre Stimme klingt etwas bang.
„Wir gehen zu der Zauberin und sagen ihr, was wirklich vorgefallen ist."
„Sie wird uns augenblicklich gefangen nehmen."
„Möglich. Dennoch wird sie uns anhören. Zauberer sind bekannt dafür, dass sie stets nach Wissen und Geschichten streben."
Sincha verzieht den Mund. „Wenn wir gefangen sind, können wir Amazonien nicht helfen."
„Wir haben starke Männer in unseren Reihen, Heerführerin. Sie

sollen sich im Unterholz verstecken. Wenn nötig, können sie rasch und effektiv zuschlagen und uns befreien."
„Willst du noch einen Zauberer töten?"
„Ja, wenn es nötig ist, Amazone, würde ich keine Sekunde zögern."
„Dein Hass wird dir eines Tages noch zum Verhängnis werden, Kathinka Ebensa."
„Ich weiß, Sincha Ankonski."
„Nun gut." Die Heerführerin streicht kurz über ihre tätowierte Wange. „Dann lassen wir es eben auf einen Versuch ankommen."
„Einen Augenblick!", fordert Romaldo und packt Sincha ungehalten bei den Schultern. „Willst du etwa dem wahnwitzigen Plan der Formwandlerin zustimmen? Hast du den Verstand verloren?"
„Grumpf", knurrt Knut neben ihm. Seine Schweinsäuglein haben einen gefährlichen Glanz angenommen.
Sincha befreit sich mit einer abrupten Bewegung aus Romaldos Griff. „Hast du Angst, Prinz aus Harba?"
„Ich bin mutiger als jeder andere Mann auf Erden." Romaldo stellt sich in Position. „Aber Mut allein macht keinen großen Krieger aus. Es braucht auch Verstand und Berechnung, um stets zu obsiegen."
„Nun, du mutiger Mann", höhnt Sincha, „wir Frauen, und damit meine ich auch den Schuppenkopf, werden auf jeden Fall zur Zauberin gehen. Das ist beschlossen."
Meine vier spitzen Eckzähne schlagen wütend aufeinander. Wie kann es die Amazone wagen, mich mit den Frauen in einen Topf zu werfen? Auch ich bin ein Mann! Mit geballten Fäusten trete ich einen Schritt auf Sincha zu. Kathinka errät meine Absicht und berührt hastig meinen Oberarm.
„Ganz ruhig, Skriek", flüstert sie. „Sincha hat es nicht so gemeint."
„Aber sie hat es so gesagt", knurre ich. „Ich bin keine Frau."
„Ich weiß. Du bist ganz eindeutig ein Mann. Und ich denke sogar, dass du der mutigste Mann der Welt bist", lächelt Kathinka.
Ich weiß ganz genau, dass sie mich nur beruhigen will, aber dennoch kann ich mich ihrem Lächeln und ihren schmeichelnden Worten nicht entziehen. Ich öffne meine Fäuste.

„Sinchas Sicht der Dinge spielt keine Rolle“, raune ich. „Nur du allein bist mir wichtig.“
„Du übertreibst“, raunt Kathinka zurück und lächelt noch einmal kurz. Anscheinend ist auch sie für schmeichelnde Worte nicht ganz unempfänglich.
Währenddessen hat sich Romaldo vor Sincha, die meinen Ärger gar nicht bemerkt hat, wie ein eitler Pfau aufgeplustert. „Nur durch wahre Intelligenz und Weisheit werden Schlachten entschieden. Lass dir gesagt sein, Amazone, dass allein meine umfassende Weitsicht uns alle retten wird. Ich werde uns sicher nach Amazonien führen, wenn wir jetzt aufbrechen. Der Gedanke an die Zauberin soll unser Gemüt nicht schwer machen. Lass uns frohen Herzens weiterziehen und Amazonien retten.“
„Tu, was immer du tun willst, Prinz.“ Sincha streicht einen geflochtenen Zopf zurück, der ihr in die Stirn gefallen ist. „Aber ich werde den Schwanz nicht einziehen und vor einer Begegnung mit der Zauberin kneifen.“
„Also, das ist doch ...!“
Bevor Romaldo richtig loslegen kann, dreht ihm Sincha demonstrativ den Rücken zu und wendet sich direkt an Kathinka. „Ich hoffe, du weißt, was du tust, Formwandlerin. Ich lege das Schicksal Amazoniens in deine Hände.“
Kathinka wirkt plötzlich sehr ernst. „Und ich hoffe, dass ich mich deines Vertrauens würdig erweise.“ Sie kaut auf ihrer Unterlippe herum. „Ich bin nicht sicher, wie die Zauberin reagieren wird. Aber ich glaube wirklich, dass sie eine Chance darstellt, noch alles zum Guten zu wenden.“ Ihre Zähne haben Abdrücke auf ihrer Unterlippe hinterlassen. „Ich habe, ehrlich gesagt, Angst. Große Angst. Zauberer sind meist reizbar, launisch und unberechenbar. Außerdem kann es natürlich gut sein, dass Erina Jastantino eine Vertraute von Erik ist. Obwohl ich das eigentlich nicht glaube, aber man weiß ja nie.“ Kathinka schluckt. „Trotzdem sollten wir das Risiko eingehen.“
„Ja, das sollten wir.“ Sincha drückt Kathinkas Unterarm. „Auch wenn es viel Mut erfordert.“
„Was heißt da Mut?“, geifert Romaldo hinter Sinchas Rücken. „Es braucht nichts als Dummheit, um sehenden Auges in seinen Untergang zu rennen.“
„Grumpf, grumpf, grumpf“, brummt Knut, stößt seinen Bruder

energisch in die Seite und hebt seine Kriegskeule.
Romaldo blinzelt Knut ungehalten an und verharrt einen Moment. Dann senkt er seine Stimme und klingt plötzlich deutlich weniger eifrig. „Natürlich, mein Bruder, werden wir die schwachen, geistig armen Frauen begleiten und beschützen. Das ist eine Frage der Ehre." Er wirft sich in die Brust. „Und niemand hat jemals an der Ehre eines harbaischen Prinzen gezweifelt. Niemand!"
„Wunderbar", sagt Sincha und ein höhnisches Schmunzeln versteckt sich in ihren Mundwinkeln. „Dann ist ja alles klar und wir können uns unverzüglich auf den Weg zur Zauberin machen."
Romaldo schnaubt. „Ich bin von Narren umgeben. Ach, Ganthron, mächtiger Gott, wie sehr belasten doch all diese minderwertigen Wesen meinen großen, weisen Verstand!"
Alle ignorieren den Prinzen, selbst Knut enthält sich eines Grumpfens.
Kathinka blickt zu mir. „Was ist los, Skriek, warum machst du so ein mürrisches Gesicht?"
„Das wird alles furchtbar schiefgehen, Kathinka. Zauberern darf man niemals vertrauen. Hast du deine Lektion nicht gelernt?"
„Ich habe mehr Lektionen lernen müssen, als mir lieb war."
„Dann solltest du dir diese vielleicht ersparen."
„Skriek, warum glaubst du, dass alles schiefgehen wird?"
„Meine Instinkte sagen es mir ganz unzweifelhaft. Und meine grüne, schuppige Haut juckt äußerst unangenehm."
„Vielleicht solltest du einfach optimistischer sein, mein treuer Paladin."
„Ich war noch nie optimistisch", knurre ich. „Noch nie."
„Ja, das ist mir aufgefallen", seufzt Kathinka.

05

Gut eine Meile von jener Stelle entfernt, wo die Zauberin ihr Lager aufgeschlagen hat, klettern wir so leise wie möglich die steilen Wände der Schlucht nach unten. Die Anspannung ist uns allen in die Gesichter geschrieben. Es ist einfach aberwitzig, sich an eine Zauberin anschleichen zu wollen, von der wir nicht

einmal wissen, auf welcher Seite sie tatsächlich steht. Und dass wir ihren Ordensbruder, diesen Zauberer namens Juseph Amantinuh, erschlagen haben, spricht auch nicht gerade für uns. Hinzu kommt noch, dass sich Kathinka beharrlich weigert, den Zauberstab, den wir Juseph entwendet haben, aus der Hand zu geben.
Meiner Meinung nach braucht man mir wahrlich nicht mangelnden Optimismus vorzuwerfen, wenn wir sehenden Auges in den Untergang gehen. Überhaupt finde ich, dass Kathinka seit unserer Flucht aus Yestshire nicht besonders wertschätzend mit mir umgeht. Entweder reagiert sie auf mich genervt, wie bei den toten Kaninchen, oder sie kritisiert mich unterschwellig, indem sie über meinen fehlenden Optimismus lamentiert. Ist irgendetwas in den letzten vierundzwanzig Stunden vorgefallen, das mir entgangen ist und Kathinka so übellaunig und gereizt agieren lässt?
Im Stillen verfluche ich meine skriekischen Anteile, die mich immer wieder zu sehr auf die Gefühle der anderen achten lassen. Natürlich ist es mir wichtig, wie es Kathinka geht, aber im Prinzip ist zwischen uns beiden alles geklärt. Ich bin für sie ihr treuer Beschützer und Paladin und sie ist für mich die Frau, der ich mich verschworen habe. Ich meine, dass dies genügen muss, um miteinander wertschätzend und einigermaßen respektvoll umzugehen. Aber schon bei unserer Reise nach Yestshire ist mir aufgefallen, dass Kathinka wiederholt Sticheleien austeilt und den einen oder anderen Scherz über mich gemacht hat. Das gefällt mir nicht besonders. Wenn sie mich einfach nur als verlässlichen Kämpfer sieht, der wenig Interesse an Feingeistigem und Finesse hat, dann könnte ich damit durchaus leben. Es scheint mir ja selbst nicht besonders erstrebenswert, sich über alles und jeden den Kopf zu zerbrechen. Das entspricht nicht meiner Kriegerphilosophie über das Leben. Aber Kathinka reicht es anscheinend nicht, mit mir nur einen verlässlichen Beschützer an ihrer Seite zu haben. Sie will eindeutig mehr, aber ich weiß nicht, was es ist. Um körperliche Nähe geht es ihr offensichtlich nicht, denn sie macht keine Anstalten, mich zu küssen oder zu berühren. Vielleicht will sie ja durch ihr kritisches Verhalten mir gegenüber nur meiner Seele näherkommen und durch Sticheleien und Gereiztheit erfahren, wie ich wirklich bin? Möglicherweise wartet sie auf

eine Reaktion von mir, die ihr zeigt, wie ich tief in meiner Seele fühle? Der Skriek in mir kann das sogar verstehen, aber der wilde Nordmann, meine zweite und, meiner Meinung nach, deutlich stärkere Seite will davon nichts wissen. Verworrene Gefühle und seltsame emotionale Spielchen machen alles nur viel zu kompliziert. Allzu leicht wird man vom Wesentlichen, nämlich zu überleben, abgelenkt.
Innerlich knurre ich ungehalten. Am liebsten würde ich Thurantuh um Beistand bitten, aber ich kann mir mühelos ausmalen, wie er auf mein Ansinnen reagieren wird. Also halte ich meine Gedanken in Zaum und konzentriere mich auf den Abstieg. Im Endeffekt geht es nur darum, dass ich mir selbst als Paladin und Krieger treu bleibe. Wenn ich dazu Kathinkas Sticheleien und Vorwürfe ertragen muss, dann ist das eben so. Obwohl es mir natürlich lieber wäre, wenn Kathinka mich einfach stillschweigend annehmen würde, wie ich bin.
Wie jämmerlich du doch bist!, murrt Thurantuh in meinem Hinterkopf.
Ich schlucke. Wieder einmal habe ich vergessen, dass meinem Gott kaum ein Gedanke von mir entgeht. Verärgert schlage ich meine vier spitzen Eckzähne aufeinander und klettere weiter.

Endlich haben wir die Talsohle erreicht. Links und rechts von uns ragen steile Felswände nach oben. Der Himmel hat mittlerweile aufgeklart, die Morgennebel sind verdunstet und die klamme Kälte verschwindet zusehends. Heute wird ein warmer Spätsommertag, die Sonne wirft bereits ihre ersten Strahlen über den Wald, die aber noch nicht bis zu uns in die Schlucht gelangen.
Misstrauisch blicke ich mich um. Die Schlucht ist recht schmal, vielleicht zwanzig Meter an der breitesten Stelle, und die Vegetation wächst nur spärlich. Es wird für die harbaischen Zwillinge und mich alles andere als leicht werden, sich unbemerkt der Zauberin zu nähern. Trotzdem müssen wir es versuchen. Während sich Romaldo und Knut nach links wenden, suche ich mir auf der rechten Seite einen Weg entlang der Felsen, an dem dürren Gestrüpp vorbei. Dank meiner Krallen kann ich die Wände mühelos besteigen, trotzdem bin ich voll Sorge. Hier gibt es einfach zu wenig Deckung. Verbissen steige ich weiter und erste Schweißperlen bilden sich auf meiner Stirn.

Kathinka scheint das alles nicht zu bekümmern. Selbstsicher steht sie da, den Zauberstab von Juseph Amantinuh fest in ihrer rechten Hand haltend. Die Amazonen wirken deutlich nervöser. Für eine Weile verharren die drei Frauen, um uns etwas Zeit zu geben, ein Versteck nahe der Zauberin zu finden.

Ich warte kniend hinter einer schmalen Kiefer, die meinen Körper nur notdürftig verbirgt. Gut fünfzehn Meter unter mir sehe ich die Zauberin. Sie ist mittlerweile erwacht und hat ein Feuer entzündet. Seelenruhig bereitet sie sich ein Frühstück aus geröstetem Schinken, Brot und Tee. Im rußigen Topf, der über den Flammen an einem Dreibein hängt, köchelt heißes Wasser. Sie will wohl noch ein, zwei weitere Tassen Tee trinken. Genügend getrocknete Kräuter hat sie dabei, soviel ich aus meiner Position sehen kann. Wie ich die Zauberin so beobachte, fällt mir auf, welches Selbstbewusstsein sie besitzt und auch ausstrahlt. Kein normales weibliches Wesen, sei es eine Menschenfrau, eine Zwergin oder eine Trollin, würde dermaßen unbekümmert mitten in der Wildnis kampieren. Höchstens eine Riesin hätte noch die Chuzpe, ganz allein durch den Wald zu reisen. Aber diese Frau dort unten ist eben eine Zauberin und braucht sich daher keine Sorgen zu machen. Selbst ein marodierender Trupp von zwanzig bis dreißig schwer bewaffneten Söldnern stellt für sie keine ernsthafte Gefahr da. Ebenso wenig wie wir, wenn ich es genau bedenke, weshalb unsere oberste Priorität ist, nicht aufzufallen. Das allerdings ist nicht so einfach. Wenn die Zauberin sich aus ihrer sitzenden Position erhebt und den Kopf in den Nacken legt, wird sie mich unweigerlich entdecken. So leise wie möglich versuche ich mich noch kleiner zu machen, während meine Blicke die gegenüberliegende Felswand absuchen. Romaldo und Knut haben einen Platz zwischen struppigen, dicht wachsenden Farnen gefunden. Ihr Versteck ist deutlich besser als meines, auch wenn man gelegentlich Romaldos violette Straußenfeder zwischen dem Grün der Farne aufblitzen sieht. Irgendwie ärgert mich der Anblick der Feder. Selbst jetzt, mit der Zauberin in unmittelbarer Nähe, bringt es der eitle Prinz nicht über sich, seinen Hut abzulegen. Welch selbstverliebter Narr er doch ist! Wütend balle ich meine kralligen Finger zu Fäusten. Mit seiner Eitelkeit bringt uns Romaldo noch alle in Gefahr.

Da höre ich Schritte und wende meinen Kopf nach links. Endlich kommen die Frauen zum Lager der Zauberin. Meiner Meinung nach haben sie sich lange genug Zeit gelassen. Kathinka geht in der Mitte, den Zauberstab vor ihren Körper haltend. Sincha und Clarina flankieren sie rechts und links mit wachen, trotzigen Blicken.
Die Zauberin registriert das Näherkommen der drei Frauen mit einem Hochziehen der rechten Augenbraue. Eine Weile bleibt sie reglos sitzen, dann greift sie, ganz so, als ob sie einen inneren Entschluss gefasst hätte, seufzend nach ihrem Zauberstab, der neben ihr am Boden liegt, und hebt ihn leicht an. Als Kathinka und die beiden Amazonen noch näher herankommen, steht sie mit einer fließenden Bewegung auf. Sie ist eine große schlanke Frau jenseits der vierzig mit herben Gesichtszügen, die einen strengen und unnachgiebigen Eindruck vermitteln. Ihre Haare sind von einem honigfarbenen Gelb und, soweit man dies unter ihrem großen Schlapphut erkennen kann, energisch nach hinten gekämmt.
„Sei gegrüßt, Erina Jastantino“, sagt Kathinka mit belegter Stimme und bleibt gut zehn Meter vor der Zauberin stehen. Die Amazonen stellen sich links und rechts von Kathinka auf und sind überaus angespannt und wachsam.
„Du kennst also meinen Namen.“ Erina Jastantino klingt nur mäßig überrascht, als ihr Blick über die drei Frauen gleitet, um schließlich wieder fragend auf Kathinka haften zu bleiben.
„Ich bin Kathinka Ebensa. Dies hier sind Leutnant Clarina Haffina und Heerführerin Sincha Ankonski.“
Die Zauberin neigt ihren Kopf. „Von dir, Sincha Ankonski, habe ich schon viel gehört. Und auch du, Clarina Haffina, bist mir dem Namen nach nicht unbekannt.“ Sie wendet sich wieder Kathinka zu. „Aber wer bist du, Kathinka Ebensa?“
Kathinka räuspert sich. „Ich will nicht lügen. Einst war ich eine dunkle Botin, die in König Angrias Diensten stand.“
„Du bist viel mehr als nur eine dunkle Botin. Du bist eine Formwandlerin.“ Die Augen der Zauberin verengen sich. „Und wenn du nicht lügen willst, dann sage mir, wie du an Juseph Amantinuhs Zauberstab gekommen bist.“
Kathinka wird bleich um die Nase. „Ich habe Juseph erschlagen und seinen Stab gestohlen.“
Nun ist die Zauberin doch ein wenig erstaunt. Sie schnauft

ungehalten und blinzelt verärgert. „Erzähl mir keine Lügen, Formwandlerin!“
„Er hat uns angegriffen und wollte uns ermorden“, verteidigt sich Kathinka. „Die Amazonen sind meine Zeuginnen.“
Erinas Blick wird noch stechender. „Mir ist nicht bekannt, dass Juseph tot sein soll.“
Jetzt ist es an Kathinka und den Amazonen, überrascht zu sein. Auch ich in meinem Versteck komme ins Grübeln. Warum weiß die Zauberin nichts von Josephs Tod?
Jusephs Leiche würde nur unnötige Fragen aufwerfen. Das wollen Erik Anfohrrnus und König Angrias um jeden Preis verhindern. Sie haben die Leiche des Zauberers heimlich verschwinden lassen, brummt Thurantuh.
Wie klug du doch bist, sage ich in Gedanken. Das erklärt, warum die Zauberin nichts von Jusephs Tod weiß.
Natürlich bin ich klug. Ich bin schließlich ein Gott!
Kathinka und die Amazonen sind in der Zwischenzeit anscheinend zu derselben Erkenntnis wie Thurantuh gekommen, denn die Verblüffung verschwindet zusehends aus ihren Gesichtern. Mit einem Räuspern ergreift Kathinka erneut das Wort. „Ich möchte dir unsere Geschichte erzählen, Zauberin. Dann wirst du alles verstehen.“
„Wir Zauberer mögen Geschichten, Kathinka Ebensa.“ Erina hebt ihren Zauberstab. „Aber zuerst will ich dir etwas über die Zauberei erzählen.“ Sie streckt ihren Unterkiefer nach vorne, was sie noch grimmiger erscheinen lässt. „Hexen und Hexer beherrschen meist nur ein Element. Manchmal, aber nur sehr selten, geschieht es, dass sie zwei Elemente beherrschen. Das können Luft und Wasser sein, oder Metall und Feuer. Solche Kombinationen kommen vor. Wir Zauberer hingegen beherrschen alle sechs Elemente. Wasser, Feuer, Erde, Luft, Metall und Holz.“ Ihre Stimme wird noch eine Nuance schneidender. „Ich zum Beispiel arbeite sehr gerne mit Holz. Es ist so lebendig und voller Kraft.“ Ihr linker Arm zuckt für einen Sekundenbruchteil durch die Luft, ihre Finger vollführen eine seltsame Bewegung und plötzlich schnippt sie drei Mal.
Ehe sich die harbaischen Brüder und ich versehen können, schießen Wurzeln und Ranken aus dem Boden und umschließen unsere Beine und Oberkörper innerhalb weniger Augenblicke. Wütend knurre ich. Meine Muskeln spannen sich mit aller Kraft,

doch die Wurzeln sind viel zu eng um meinen Körper geschlungen und zu dick, als dass ich sie zerreißen kann. Trotz meiner Krallen und meiner Stärke wird mir schnell klar, dass es ein Ding der Unmöglichkeit ist, mich selbst zu befreien. Hilfesuchend blicke ich daher zu Romaldo und Knut, doch die beiden sind ebenso sorgfältig gefesselt wie ich. Zorn spiegelt sich auf ihren verzerrten Gesichtern. Knut grumpft erbärmlich und Romaldo flucht gotteslästerlich.

Mit einem Zischen ziehen Clarina und Sincha ihre Krummsäbel und stürzen vorwärts. Erina genügt ein leichtes Neigen ihres Zauberstabes, um die Amazonen mit einem heftigen Windstoß zu Boden zu werfen. Die Krummsäbel fallen den beiden Kriegerinnen aus den Händen und sie haben Mühe, ausreichend Luft zu bekommen. Schwer atmend bewegen sich ihre Brustkörbe auf und ab, während sie benommen am Boden liegen bleiben.

Erina Jastantino blickt befehlend zu Kathinka. „Gib mir Jusephs Zauberstab, Formwandlerin, wenn du deinen Kopf noch länger auf deinen Schultern tragen willst."

Kathinka tritt einen Schritt nach vorne. „Wie du wünschst, Zauberin", sagt sie leise und überreicht den Stab. Dabei wirkt sie weder besonders überrascht noch besonders besorgt.

Ein befremdlicher Gedanke stiehlt sich in meinen Kopf und ich kann mich mit einem Mal des Eindrucks nicht erwehren, dass Kathinka niemals damit gerechnet hat, dass die harbaischen Brüder und ich sie beschützen können. Sie hat uns lediglich diese Möglichkeit in Aussicht gestellt, damit wir wie brave Schafe mitkommen; Kathinka ist wohl von vornherein der Überzeugung gewesen, dass wir gegen die Zauberin nichts ausrichten können. Und sie hat ja auch recht, wie es aussieht. Doch auch ich habe mit meinem mangelnden Optimismus recht gehabt: Alles läuft furchtbar schief. Die harbaischen Brüder und ich sind gefangen, die beiden Amazonen ringen am Boden liegend noch immer schwer nach Luft und Kathinka ist ihren Zauberstab los. Eine zornige Ader bildet sich auf meiner Stirn. Kathinka kann über Optimismus sagen, was sie will, ich werde meine realistische Sicht der Dinge auch in Zukunft beibehalten, ob es ihr passt oder nicht.

Erinas blonde Augenbrauen bilden einen geraden Strich. „Du hast also Juseph Amantinuh getötet, Formwandlerin?"

„So ist es.“ Kathinka streicht eine schwarze Haarsträhne aus ihrer Stirn und ich sehe, dass ihre Finger kaum zittern. Widerwillig zolle ich ihr Respekt für ihre tapfere Haltung. „Zauberin, ich weiß, dass es dich viel magische Kraft kostet, die drei Männer in ihren Verstecken zu binden. Und auch die Amazonen werden sich bald von deinem Luftangriff erholen.“ Kathinka schluckt. „Es wird allerdings nicht weiter nötig sein, meine Gefährten in Schach zu halten. Wir wollen keinen Streit mit dir. Ganz im Gegenteil, wir brauchen deine Hilfe. Die drei Männer, die du mit deiner Holzmagie gebunden hast, hätten mich niemals begleitet, wenn ich ihnen nicht zugesagt hätte, dass sie sich im Gebüsch in einen Hinterhalt legen dürfen. Diese drei Männer haben sich nur heimlich an deinen Lagerplatz angeschlichen, weil sie mich beschützen wollen.“ Kathinka zeigt ein schmales Lächeln. „Und weil sie Angst vor dir haben.“

„Ja, vielen Männern fehlt es oft an Mut“, schnarrt die Zauberin. Also doch!, denke ich. Meine Vermutung ist richtig gewesen. Kathinka hat die harbaischen Brüder und mich manipuliert; sie hat uns niemals als wirklichen Schutz betrachtet. Voller Wut zerre ich fluchend an den dicken Wurzeln, die mich immer noch unerbittlich festhalten. Aber es ist sinnlos. Trotz all meiner Bemühungen kann ich mich nicht befreien.

„Das geschuppte Wesen ist recht aggressiv“, meint die Zauberin.

„Das ist Skriek, mein Paladin. Er beruhigt sich schon, wenn ich es ihm befehle“, sagt Kathinka leichthin.

Ich werde noch wütender. Ein grimmiger Schrei löst sich aus meiner Brust.

„Dann befiehl es ihm“, fordert die Zauberin. „Sein Geheul schmerzt in meinen Ohren.“

„Skriek, sei bitte leise!“, ruft Kathinka zu mir.

„Bei Thurantuh und allen Höllen, ich werde ...!“

Die Zauberin schnippt mit den Fingern und die Wurzeln pressen sich plötzlich so fest um meinen Brustkorb, dass ich kaum noch Luft bekomme und ernsthaft befürchte, innerhalb weniger Minuten zu ersticken.

„Bist du jetzt endlich ruhig?“, fragt Kathinka unbeeindruckt.

Ich nicke. Was bleibt mir auch anderes übrig?

Du bist einfach nur peinlich, Schuppenkopf!, schimpft

Thurantuh.
Beschämt senke ich den Kopf. O ja, ich weiß ganz genau, warum ich kein Optimist bin.
„Zauberin", sagt Kathinka, „wir brauchen wirklich deine Hilfe. Und bitte glaube mir, wir kommen in friedlicher Absicht. Du musst unbedingt hören, was uns widerfahren ist. Das Ende von ganz Euptonien und vielleicht auch von Allunien ist nahe, wenn nichts geschieht."
Die Zauberin senkt ihren Zauberstab ein Stück. „Du machst mich neugierig, Formwandlerin. Sag deinen Gefährten, sie sollen aus ihren Verstecken herauskriechen und zu mir herunterkommen." Die Zauberin schnippt drei Mal und die Wurzeln und Ranken lösen sich von den harbaischen Zwillingen und mir. Keuchend stehe ich mit wackeligen Beinen auf.
Währenddessen bewegt die Zauberin ihren Stab und schickt eine frische Brise zu den immer noch am Boden liegenden Amazonen. Hustend und schwer nach Luft schnappend rappeln sich die beiden Kriegerinnen mit krebsroten Gesichtern auf. Erina Jastantino tritt mehrere Schritte zurück und fordert uns unmissverständlich auf, uns ihr gegenüber auf der anderen Seite des Lagerfeuers in einem Halbkreis aufzustellen. Murrend und übellaunig gehorchen die harbaischen Brüder und ich den Anordnungen der Zauberin. Die Amazonen und Kathinka wirken nicht sehr widerwillig, als sie ihren Platz im Halbkreis einnehmen.
„Legt all eure Waffen vor euch auf dem Waldboden ab", ordnet die Zauberin an. „Dann können wir uns unterhalten."
„Niemals, Zauberin", geifert Romaldo, dessen Hut ordentlich ramponiert ist. Die Wurzeln haben seiner schmucken Kopfbedeckung ziemlich zugesetzt. „Mein edles Rapier und ich sind eins. Niemals werde ich mich von ihm trennen!"
Erina Jastantino senkt ihren Stab in Richtung Romaldos Hüfte. „Willst du sterben, schöner Mann? Ich kann mit einem Wimpernschlag deine Männlichkeit von deinem Körper trennen und in winzige Teile zerreißen."
Der Prinz aus Harba hustet kläglich. Seine Wangen färben sich ungewöhnlich bleich. „Nun, als kluger Mann weiche ich selbstverständlich der rohen Gewalt." Missmutig zieht er sein Rapier aus der Scheide und legt es ein Stück vor sich auf den

Boden.
„Ich sagte alle Waffen." Die Zauberin klingt tödlich kalt.
„Meinetwegen." Romaldo, der eitle Prinz, wirkt plötzlich verlegen. Nach und nach fördert er sieben scharfe, spitzzulaufende Dolche, drei Messer und vier winzige Giftpfeile aus seiner Kleidung zutage.
Ich schlucke. Romaldo hat all die Zeit über, verborgen vor uns anderen, zahlreiche Waffen bei sich getragen. Diese hinterhältige Giftkröte! Man darf ihm nicht das kleinste Stück über den Weg trauen.
Wir anderen entledigen uns auch der Waffen. Knut legt lediglich seine Keule auf dem Boden ab, und da die Zauberin zu ihm nichts weiter sagt, ist dies anscheinend wirklich seine einzige Waffe.
Die beiden Amazonen brauchen etwas länger, da sie neben ihren Krummsäbeln auch gut ein Dutzend Wurfdolche haben, aber schließlich sind wir alle waffenlos.
Die Zauberin mustert uns eingehend. „Eine schwarze Botin mit Wandelmagie. Zwei harbaische Brüder, die mit ihren Waffen magisch verbunden sind. Ein schuppiges Wesen, halb Skriek, halb Mensch. Und zwei amazonische Kriegerinnen. Eine wahrhaft ungewöhnliche Gemeinschaft seid ihr." Sie geht einen Schritt auf Sincha und Clarina zu. „Vor gut achtundvierzig Stunden haben zwei Amazonen König Edwins Sohn, den Prinzen Baldwin, feige ermordet. Ich habe es mit eigenen Augen gesehen. Und nun treffe ich hier, mitten im Wald, mehr als tausend Meilen von Amazonien entfernt, zwei überaus gefährliche amazonische Kriegerinnen. Das ist doch kein Zufall."
„Nein, Zauberin, das ist es nicht." Sinchas Augenlider flattern. „Es waren zwei von meinen Kriegerinnen, die Prinz Baldwin getötet haben."
„Ach?" Die Gesichtszüge der Zauberin werden noch eine Spur härter.
„Ich habe", raunt Kathinka, „mit meiner Wandelmagie das Aussehen der beiden Amazonen in Schankzofen verwandelt, damit sie unentdeckt in den Turm gelangen konnten."
„Warum wundert mich das nicht?" Die Drohung in Erina Jastantinos Stimme ist nicht mehr zu überhören.
„Grumpf", sagt Knut. „Grumpf, grumpf, grumpf."

„Wenn ich den dicken kleinen Mann recht verstehe“, Erina runzelt die Stirn, „dann wolltet ihr eigentlich König Angrias ermorden. Stimmt das?“
Romaldo verneigt sich. „So ist es, werte Dame. Mein Bruder spricht, wie immer, die Wahrheit.“
Wir anderen nicken einhellig zu Romaldos Worten.
„Jetzt bin ich wirklich auf eure Geschichte gespannt“, seufzt die Zauberin.

06

Nachdem Kathinka und Sincha abwechselnd unsere Geschichte in groben Zügen erzählt haben, halten sie angespannt inne und betrachten die Zauberin mit gerunzelten Stirnen. Erina Jastantino verharrt sinnend und schweigend auf ihrer Seite des Lagerfeuers. Kein Muskel bewegt sich in ihrem herben Gesicht. Nach zwei, drei bangen Minuten wird die Nervosität unter uns sechsen immer größer. Unruhig scharren wir mit den Füßen, jederzeit bereit, auf einen Angriff der Zauberin zu reagieren. Meine kralligen Finger schließen sich zu Fäusten, öffnen sich wieder, da ich keinen aggressiven Eindruck vermitteln will, um doch wenige Augenblicke später erneut eine Faust zu bilden. Mir ist klar, dass unser aller Zukunft auf des Messers Schneide steht. Einen Kampf mit der Zauberin werden wir nicht überleben. Unser Hinterhalt ist vereitelt und unsere Waffen liegen vor uns auf dem Boden. Doch selbst schwer bewaffnet, da mache ich mir nichts vor, wären wir keine ernsthaften Gegner für die Zauberin. Ich beschließe trotzdem, während meine Finger schon wieder eine Faust bilden, nicht mehr lange zuzuwarten. Sobald die Zauberin sich auch nur ein kleines Stück bewegt, werde ich, so schnell es meine Beine zulassen, lossprinten, über das Lagerfeuer hechten und versuchen, meine Krallen in den Leib der Zauberin zu schlagen. Natürlich werde ich es nicht schaffen, die Zauberin zu erreichen, aber es erscheint mir am ehrenhaftesten, den ersten Angriff zu starten. Außerdem muss ich dann nicht mitansehen, wie Kathinka stirbt. Das würde ich nicht ertragen. Ein Grollen löst sich aus meiner Kehle und schwarze Trauer umfasst mein Herz, als mir bewusst wird, dass ich Kathinka nicht länger beschützen kann. Hier und jetzt werde ich als Paladin versagen. Die Zauberin ist zu mächtig. Erneut grolle ich. Kathinka blickt mich warnend an. Weiß sie, was ich vorhabe? Unmerklich schüttelt sie den Kopf. Sie will nicht, dass ich angreife. Ich nicke. Nun gut, einige wenige Augenblicke werde ich der Zauberin noch gönnen. Doch dann bin nicht ich derjenige, der die erste Reaktion setzt. Romaldo schiebt ungeduldig seinen zerzausten Hut mit der ramponierten Straußenfeder aus der Stirn. „Werte Dame“, knurrt er, „würdest du vielleicht die Güte haben, mit uns zu sprechen?“

Erina Jastantino schnaubt ungehalten und betrachtet jeden von uns eingehend. Schließlich senkt sie ihren eigenen Zauberstab ein kleines Stück, den von Juseph hingegen hält sie weiterhin hoch erhoben an ihrer linken Seite. „Das ist das Lächerlichste, was ich je gehört habe“, sagt sie.

„Es ist die Wahrheit.“ Sincha Ankonski steht kerzengerade da.

„Erik Anfohrrnus soll also ein Verräter sein.“ Erina schnalzt mit der Zunge. Unter ihrem großen Schlapphut kann man deutlich ihre grimmigen Züge erkennen. „Eure Königin hat tatsächlich mit ihm zusammen geplant, König Angrias zu meucheln. Und ihr sechs solltet mit einem Trupp Amazonen diesen Auftrag erledigen.“ Sie streckt ihr Kinn nach vorne. „Das alles klingt für mich nicht sehr überzeugend.“

„Erik Anfohrrnus will unseren Smaragdkelch, die vierte Reliquie der Macht.“ Sincha wirkt noch eine Spur angespannter. „Nur darum geht es ihm.“

„Wir sollten uns setzen“, sagt die Zauberin. Sie rafft ihre lange weiße Toga mit zwei freien Fingern ihrer linken Hand und hockt sich für uns völlig überraschend an das Lagerfeuer. „Was ist? Braucht ihr eine Sondereinladung?“ Sie legt Jusephs Zauberstab neben sich ins Gras, während sie uns mit ihrem eigenen Stab weiterhin mühelos unter Kontrolle hält.

Unsicher blicken wir uns an. „Nein, natürlich nicht.“ Kathinka ist die erste, die sich zur Zauberin setzt. Wir anderen folgen hastig.

Ich bin mir nicht sicher, was die Zauberin mit ihrem Verhalten bezweckt. Wenn wir im Rund um das Feuer sitzen, ist sie uns deutlich näher. Unsere Chancen, sie mit einem überraschenden Angriff zu überrumpeln, steigen dadurch beträchtlich. Oder schätzt die Zauberin uns für so ungefährlich ein, dass sie keine

weiteren Vorsichtsmaßnahmen für nötig erachtet? Ich weiß es nicht. Aber ich werde wachsam sein und mir nicht die kleinste Möglichkeit entgehen lassen, der magischen Frau an die Gurgel zu springen.
Erina Jastantino seufzt. „Ihr seid recht mutig, das will ich nicht bestreiten. Und vielleicht ist ja nicht alles völlig erlogen, was ihr mir erzählt habt. Aber“, sie hebt einen Zeigefinger, „niemals würde sich ein Zauberer zu einem Meuchelmord herablassen. Niemals!“
„Zauberern kann man nicht vertrauen“, fauche ich, ohne nachzudenken.
Ihr Blick wird stechend hart. „Wer sagt das, Halbblutwesen?“
Ich schlucke. „Die Skriek sagen das.“
„Was wissen die Skriek schon über uns Zauberer?“
„Sie wissen, dass die Zauberer die Skriek stets im Stich gelassen haben.“ Meine Krallen bilden schon wieder Fäuste, während Bitterkeit in meine Kehle steigt. „Gnome, Trolle, Zwerge, Kobolde und Riesen haben über all die Jahre tausende von Skriek getötet, ohne dass ihr Zauberer diese Wesen dafür zur Rechenschaft gezogen habt. Zahlreiche skriekische Familien, ja, ganze Sippen wurden erschlagen und geschändet. Niemand aus dem Bastolischen Schloss hat diesem Treiben Einhalt geboten.“
„Die Skriek waren einst gefährlicher als ein tollwütiges Rudel Bergtrolle“, entgegnet Erina Jastantino. „Die Sache ist komplizierter, als du denkst.“
„Es ist nicht kompliziert, Zauberin“, halte ich dagegen. „Die Skriek werden von allen Völkern gejagt und abgeschlachtet. Und ihr Zauberer tut nichts dagegen.“ Ich spucke aus. „Jeder weiß, dass die Skriek Bahluna verehren. Es gibt keine sanfteren und friedfertigeren Wesen als die Skriek. Also, erzähle mir nicht, dass die Skriek gefährlich wären!“
„Bahluna hat viel Gutes für den Kontinent Allunien bewirkt und die Skriek befriedet. Das ist wahr.“
„Wahr ist, dass die Skriek bald ausgerottet sind, wenn ihnen niemand hilft.“
„Ich sehe, dass in dir viel Trauer und Schmerz ist“, sagt die Zauberin. „Das verstellt dir zwar den klaren Blick auf die Realität, aber es ehrt dich auch, dass du für deine Stammesmitglieder noch immer Mitleid empfindest.“

„Ich habe keinen Stamm. Ich bin allein“, krächze ich, verwundert darüber, dass mich das Schicksal der Skriek anscheinend noch immer nicht völlig kalt lässt. Ein Teil in mir empfindet es als schlimmes Unrecht, wie mit den Skriek umgegangen wird. Und ein anderer Teil, wesentlich größer als der erste, ist voller Wut darüber, dass sich die Skriek ohne Gegenwehr abschlachten lassen. Mit ihren stahlharten Muskeln und messerscharfen Krallen bräuchten sie kein anderes Wesen zu fürchten und könnten so manchen Kampf siegreich bestehen. Aber daran haben sie kein Interesse. Sie suchen ihr Seelenheil ausschließlich darin, Bahluna zu dienen und ein Leben in Frieden und Harmonie zu führen. Wie feige sie doch sind!
Die Zauberin deutet in die Runde. „Nun, du hast zumindest fünf Gefährten.“
„Du lenkst vom Wesentlichen ab, Zauberin.“ Meine pupillenlosen blauen Augen funkeln. „Ihr Zauberer seid selbstherrlich und tut, was immer ihr wollt. Warum sollte dann nicht einer von euch, zum Beispiel ein gewisser Erik Anfohrrnus, danach streben, die ganze Welt zu unterwerfen?“
„Hüte deine vorlaute Zunge“, warnt Erina Jastantino.
Meine Gefährten halten besorgt den Atem an, doch das ist mir gleich. Meine Angst vor der Zauberin ist mittlerweile längst einem gerechten Zorn gewichen. „Ich werde nicht schweigen, nur weil du die Wahrheit nicht hören willst, Zauberin. Und die Wahrheit ist nun einmal, dass du und deinesgleichen keinen Finger gerührt haben, um Allunien für uns Skriek sicherer zu machen. Daher werde ich euch Zauberern niemals mehr vertrauen.“ Meine Stimme knarrt. „Erik war der einzige Zauberer, dem ich einst Vertrauen und Sympathie entgegengebracht habe. Doch auch er hat uns schmählich betrogen und hintergangen.“ Ich recke mein Kinn. „Ihr Zauberer verhaltet euch selbstgefällig wie Götter, und dafür verachte ich euch.“
„Wie kannst du es wagen, so zu sprechen, Halbblutwesen?“ Erinas Wangen färben sich vor Ärger rot.
Ich deute mit meinem schuppigen Finger auf ihren Brustkorb. „Du bist eine Zauberin und tust sowieso, was du willst, weil du vor niemandem Rechenschaft ablegen musst. Du bist ebenso verlogen und machtgierig wie Erik Anfohrrnus.“
„Ich tue nicht, was ich will. Ich tue das, was ich für richtig

erachte." Ihre Finger tanzen. „Und jetzt erscheint es mir sehr richtig, dir den Mund zu verschließen."
Mit einem „Plopp" klappen meine Lippen aufeinander. Ich erstarre. So sehr ich mich auch mühe, kein Wort kommt mehr aus meinem Mund. Meine blauen Augen weiten sich wütend, meine Krallen zucken. Am liebsten würde ich mich auf die Zauberin stürzen, doch ein letzter Funke Vernunft hält mich zurück. Ich habe die Zauberin schon genug mit meinen unüberlegten Worten gereizt. Noch einen Fauxpas wird sie mir nicht durchgehen lassen. Also füge ich mich mit zornigem Herzen in das Unvermeidliche und verharre mit gesenktem Blick in meiner sitzenden Position. An diesem verfluchten Morgen hat mich die Zauberin, nachdem sie mich erst vor wenigen Minuten mit Wurzelwerk gefesselt hat, nun ein zweites Mal schwer gedemütigt. Jetzt bin ich sogar mundtot gemacht.
Thurantuh!, rufe ich in Gedanken.
Doch mein Gott hat im Moment anscheinend derart genug von mir, dass er sich nicht einmal mehr dazu herablässt, mich zu verspotten.
„Deine Luftmagie ist wirklich beeindruckend", sagt Kathinka zu der Zauberin, ohne mir auch nur einen flüchtigen Blick des Trosts zuzuwerfen. „Und selbst auf die Gefahr hin, dass du mich ebenfalls mit Luft knebelst, so muss ich dir dennoch sagen, dass Skriek im Prinzip recht hat. Woher willst du wissen, dass du Erik Anfohrrnus bedingungslos vertrauen kannst?"
„Er ist ein Zauberer", entgegnet Erina Jastantino. „Erik hat all die langwierigen Prüfungen des Bastolischen Schlosses bestanden und seine heiligen Eide geschworen. Wir Zauberer sind stets verpflichtet, den anderen Wesen zu dienen. Es ist unsere immerwährende Aufgabe, die Schwachen und Unwissenden mit Güte, Weisheit und Gerechtigkeit anzuleiten."
„Vielleicht", gibt Sincha zu bedenken, „hat seine Reliquie ihn verändert."
„Ich habe bei Erik nie einen solchen Ring gesehen, Heerführerin." Erina richtet nachdenklich ihren Mantel mit den beiden Runensymbolen auf Schulterhöhe. „Außerdem ist jeder Zauberer verpflichtet, wenn er denn tatsächlich eine Reliquie findet, diese beim Hohen Rat abzuliefern." Sie senkt ihre Stimme. „Und seid versichert, ich würde es spüren, wenn

jemand eine Reliquie der Macht bei sich trägt."
„Erik trägt sie ganz bestimmt nicht bei sich", kontert Sincha. „Er hat sie sicherlich an einem geheimen Ort versteckt."
„Und wie erklärst du dir, Zauberin", fügt Clarina hinzu, „König Angrias ungewöhnlichen Aufstieg? Ostalien war einst ein kleines Königreich. Nun herrscht es beinahe über einen ganzen Kontinent."
„Und noch eines, Erina Jastantino", sagt Kathinka. „Glaubst du wirklich, dass es reiner Zufall ist, wenn sich alle gegen Amazonien verschwören? Gegen ein Amazonien, das eine Reliquie der Macht beherbergt, dank sieben mächtiger Pforten eigentlich bestens geschützt ist und nur durch die geballte Macht unzähliger Krieger zerstört werden kann?"
Die Zauberin blinzelt ein, zwei Mal. „Die Königin der Amazonen hat es sich selbst zuzuschreiben."
„Sie ging in Eriks Falle!", ereifert sich Sincha. „Niemals hätten wir Amazonen Prinz Baldwin ermordet. Er war der Sohn unseres einzigen Verbündeten. Für wie dumm hältst du uns, Zauberin, dass wir so etwas tun würden?"
„Viele sagen, dass eure Königin den Verstand verloren hat", entgegnet die Zauberin. „Sie ließ zahlreiche Zwerge aus König Sinnlys Reich von ihren Kriegerinnen ermorden, obwohl stets Frieden zwischen den Amazonen und dem Zwergenreich König Sinnlys herrschte."
„Ehrlich gesagt", Sincha senkt den Kopf, „waren wir es, die die Zwerge getötet haben."
Erina Jastantino erstarrt.
„Wir haben vor einigen Monaten sechs Zwergenkrieger und zwei Grenzwächter getötet", schnarrt Clarina mit gesenktem Kopf. „Unter ihnen war leider auch der berühmte Dammky von Getalfy, der das besondere Vertrauen von König Sinnly besaß."
„Ihr habt also Dammky erschlagen." Die Zauberin löst sich aus ihrer Erstarrung und seufzt lange. „Aber", fährt sie schließlich fort, „um das klarzustellen: Ich rede hier nicht von lediglich acht toten Zwergen. Es geht um Dutzende Krieger aus König Sinnlys Gefolgschaft. Überall im Felsenland fand man tote Zwerge. Und daneben die Leichen von Amazonen, die ihre Krummsäbel noch in den Händen hielten."
„Erik Anfohrrnus ist ein verdammter Schuft!", flucht Sincha. „Er steckt dahinter. Das musst du mir glauben, Zauberin. Erik

hat durch seine Schergen die Zwerge abschlachten lassen. Wahrscheinlich hat er zahlreiche Amazonen entführt und ihre Leichen neben die Zwerge gelegt, damit es so aussieht, als ob unsere Königin den Verstand verliert. Mit allen Mitteln versucht Erik, König Sinnly zu einem Krieg mit uns Amazonen zu bewegen."
„Das, was du sagst, erscheint mir sehr weit hergeholt." Erina beugt sich ein Stück nach vorne. „Außerdem wird es so schnell keinen Angriff auf Amazonien geben."
„Wieso glaubst du das?", fragt Sincha.
„Bevor ich von Yestshire aufgebrochen bin, habe ich gehört, dass König Edwin den Kopf eurer Königin will."
„Was soll das bedeuten?"
„Das bedeutet, Heerführerin, dass König Edwin, trotz all dem Schmerz über den Tod seines Sohnes, sich nicht von seinem Zorn leiten lässt. Er denkt nicht daran, ganz Amazonien für das Attentat auf seinen Sohn verantwortlich zu machen. In den nächsten Tagen wird er im Bastolischen Schloss den Antrag stellen, dass Amazonien seine derzeitige Königin ausliefert und eine neue unter den Priesterinnen eurer Göttin Ama bestimmt."
„Niemals wird Amazonien seine Königin ausliefern", sagt Sincha ernst. „Unsere Königin wird unter hunderten von Priesterinnen von unserer Göttin Ama mithilfe des Smaragdkelchs erwählt. Es ist ein heiliges Privileg, unsere Königin zu sein und daher ganz und gar unmöglich, dass sie ausgeliefert wird. Eher gibt es Krieg."
„Nun, wir werden sehen." Die Zauberin teilt Sinchas Ansicht offensichtlich nicht. „Die Amazonen werden es sich gut überlegen, ob sie tatsächlich einen Krieg wollen."
„Unsere Gesetze verbieten es, unsere Königin auszuliefern." Sincha zieht an einem ihrer Zöpfe. „Du kannst es sicher in den Annalen des Bastolischen Schlosses nachlesen." Sincha zerrt an einem anderen Zopf. „Und ich bin mir ganz sicher, dass Erik über unsere Gesetze Bescheid weiß. Er war ja lange Zeit ein enger Vertrauter unserer Königin."
Die Zauberin verzieht den Mund. „Nun, vielleicht kenne ich nicht alle Gesetze deines Landes, Amazone. Und du wirkst recht überzeugend, aber das bedeutet noch lange nicht, dass ich dir glaube."
„Du könntest dich doch umhören. Heimlich die Augen und

Ohren aufsperren“, meint Sincha.
„Hast du sonst noch Wünsche an mich, Heerführerin?“ Erina Jastantino klingt zynisch, doch Sincha geht nicht darauf ein.
„Benachrichtige unsere Königin. Sag ihr, dass Erik Anfohrrnus ein falsches Spiel mit ihr treibt. Meine Königin weiß nicht, was genau in Yestshire vorgefallen ist. Sie muss es unbedingt erfahren.“
„Ach, ich soll also eure Botin spielen?“ Die Zauberin wirkt zusehends ungehaltener.
„Ja, bitte. Tu es für uns. Für die gerechte Sache“, rufen meine Gefährten. Ich kann leider nur wütend nicken, da ja mein Mund magisch versiegelt ist; aber mein Verstand funktioniert noch, und so kann ich mir, während die anderen die Unterhaltung ohne mich bestreiten, zahlreiche Tötungsarten für Erina Jastantino überlegen. Soeben stelle ich mir vor, wie meine Axt ihren Hinterkopf spaltet und sich ihr Zaubererhirn über den Waldboden verteilt.
„Ich weiß nicht“, sagt Erina in meine mordlüsternen Gedanken hinein, „ob ihr sehr dreist, oder sehr dumm seid.“ Sie seufzt. In ihrem Kopf scheinen unzählige Gedanken zu kreisen, und sie wirkt mit einem Mal unentschlossen und unsicher. Das verblüfft mich nicht wenig. Zauberer treten stets selbstsicher auf und zeigen sich allen anderen Wesen weit überlegen, sodass man sich neben ihnen klein und unwichtig fühlt, doch Erina Jastantino scheint ganz ernsthafte Zweifel über ihr weiteres Vorgehen zu haben.
„Werte Dame“, säuselt Romaldo in Richtung der Zauberin, „ich bitte dich aus ganzem Herzen: Hilf uns! Wir müssen durch dichtes Unterholz unseren Weg nach Amazonien suchen. Von ostalischen Häschern, Hexern und hestardischen Meuchlerinnen werden wir verfolgt. Wenn es uns überhaupt glückt, dann werden wir sehr lange Zeit benötigen, um Amazonien zu erreichen. Du jedoch, werte Dame, bist frei wie ein Vogel und kannst unbehelligt die handelsüblichen Straßen benutzen. Sehr viel schneller als wir könntest du die Königin der Amazonen warnen und ihr von dem schändlichen Verrat erzählen.“
Die Zauberin schnaubt zu Romaldos Worten und wendet sich nach einem Augenblick des Zögerns an uns alle. „Glaubt ihr, dass ein einziges Wesen das Schicksal einer ganzen Welt verändern kann?“

Meine Gefährten nicken. „Ja, das glauben wir. Jeder kann etwas verändern."
Ich schüttle unwillig meinen Kopf. Wie einfältig sie doch sind! Ein Einzelner kann gar nichts verändern. Die Zauberin blickt zu mir und erneut schüttle ich für alle deutlich sichtbar den Kopf. Kathinka, die Amazonen und die harbaischen Brüder starren mich verärgert an.
„Zauberin, beachte den Schuppenkopf gar nicht", schnarrt Sincha. „Er hat wie üblich keine Ahnung."
„Skriek ist eben kein Optimist", fühlt sich Kathinka zu einer Erklärung bemüßigt. „Aber er hat eine schlichte, vertrauensvolle Seele."
„Meiner Meinung nach", gibt auch noch Romaldo seinen Senf dazu, „ist vor allem sein Denkvermögen sehr schlicht."
Die Zauberin blickt zu mir. „Ich bin mit dem Halbblutwesen einer Meinung. Ein Einzelner kann den Lauf der Welt nicht verändern." Sie greift nach Jusephs Zauberstab und steht mit einer fließenden Bewegung auf. „Und nur darum lasse ich euch jetzt gehen. Ich glaube, dass ihr nichts bewirken werdet. Und ich halte euch nicht für Meuchelmörder. Wahrscheinlich seid ihr schlicht und einfach nur Narren."
Am liebsten hätte ich meinen Gefährten laut „Da habt ihr es! Die Zauberin stimmt mir zu! Ein Einzelner kann gar nichts bewirken!" zugerufen, aber da ich nicht sprechen kann, brumme ich nur grimmig und funkle die Amazonen und die harbaischen Zwillinge böse an. Dann hefte ich meinen Blick erneut auf die Zauberin. Egal ob sie mir recht gibt oder nicht, ich hasse sie immer noch.
„Versprichst du uns, deine Augen und Ohren offenzuhalten und meine Königin zu warnen?", fragt Sincha nach.
„Heerführerin, ich verspreche dir gar nichts. Sei deiner Göttin Ama dankbar, dass ich dich nicht in Ketten ins Bastolische Schloss schleppe." Die Zauberin bedeutet uns, die wir immer noch am Boden verharren, endlich aufzustehen.
Sincha Ankonski rappelt sich eilig hoch und verbeugt sich knapp vor ihr. „Ich danke dir zumindest dafür, dass du uns angehört hast."
„Als Zauberin bin ich allen Wesen verpflichtet", brummt Erina Jastantino. „Und wenn ihr schon unbedingt nach Amazonien müsst, dann marschiert nicht durch das Tor von Santanien. Es

wird von König Angrias und seinen Soldaten streng bewacht. Sucht euch einen Weg nach Timion und reist von dort über die Meerenge von Baarth nach Allunien. Dann wendet euch nach Norden und wandert bis zu den Zhokanischen Bergen und König Sinnlys Felsenland. Versucht auf diesem Weg nach Amazonien zu kommen.“
„Warum sagst du uns das?“, will Sincha wissen.
„Nun, wenn ich euch schon laufen lasse, dann solltet ihr zumindest den Funken einer Chance haben, Amazonien zu erreichen.“ Sie wendet sich direkt an Kathinka. „Hier hast du Jusephs Zauberstab zurück.“
Kathinka ist völlig verdattert. „Du gibst mir den Stab des Zauberers. Wieso?“
„In dir steckt mehr, als du denkst, Formwandlerin. Der Stab wird dir helfen, dein wahres magisches Potenzial zu erkennen.“
„Aber ich habe Juseph erschlagen“, stammelt Kathinka.
„Das sagtest du schon.“ Erinas Gesichtszüge werden noch eine Spur härter.
„Dann glaubst du uns also.“ Kathinka zeigt ein scheues Lächeln.
„Sei dir nicht zu sicher, was mich betrifft, Kathinka Ebensa. Vielleicht weiß ich ja mehr, als du denkst, und habe bereits meine eigenen Schlüsse aus euren Erzählungen gezogen.“ Sie drückt ihren Schlapphut nach hinten und einzelne blonde Strähnen sind zu sehen. „Es könnte sein, dass dir meine Schlüsse nicht gefallen werden, Formwandlerin.“ Ihre Stimme klingt beinahe vertrauensvoll, als sie sich näher zu Kathinka beugt. „Und ich befürchte, dass am Ende deiner Reise eine herbe Enttäuschung auf dich warten wird. Dunkle Boten ziehen Verrat nahezu magisch an.“
Kathinka wird bleich um die Nase. „Ich bin keine dunkle Botin mehr. Ich habe mich von meiner Sippe schon vor langer Zeit losgesagt.“
Die Zauberin geht darauf nicht ein. Stattdessen stellt sie sich vor mich hin. „Soll ich den Luftzauber von ihm lösen?“, fragt sie in die Runde.
Alle blicken von mir zu der Zauberin, sagen aber kein Wort zu meinen Gunsten. Während die Amazonen, Kathinka und Knut keine Miene verziehen, erdreistet sich Romaldo, mich in meiner demütigenden Position auch noch hämisch anzugrinsen. Ich knurre und meine Krallen zucken. Was ist nur mit meinen

Gefährten los? Verachten sie mich so sehr, dass sie kein einziges gutes Wort für mich aufbringen können? Wollen sie mich weiter mundtot und geknebelt sehen?
Kathinka, flehen meine Augen, sag etwas. Bitte die Zauberin, meinen Knebel zu lösen.
„Oder ist es euch lieber“, will Erina Jastantino wissen, „wenn sich in einigen Stunden der Zauber von selber löst?“
„Ja, das ist uns lieber“, bestätigen die Amazonen, Knut und Romaldo.
Kathinka streicht nachdenklich über ihr Kinn. „Skriek wird ziemlich wütend sein, wenn wir seinen Knebel nicht gleich lösen.“
„Das spielt keine Rolle“, meint Romaldo. „Der Schuppenkopf ist stets übellaunig und gereizt.“
Clarina nickt. „Das stimmt.“
„So ist er“, sagt Sincha.
„Grumpf“, meint Knut.
„Also, was ist jetzt?“ Die Zauberin klingt ungeduldig.
Kathinka betrachtet ihren Zauberstab. „Bitte löse den Knebel. Kein Wesen sollte unnötig leiden.“
„Wie du willst, Formwandlerin.“ Die Zauberin bewegt Daumen und Zeigefinger der rechten Hand, während die Amazonen und die harbaischen Brüder unwillig murren.
Ein sanfter Windhauch streicht plötzlich über meine Lippen und ich kann meinen Mund wieder bewegen. Ich würdige meine Gefährten und die Zauberin keines Blickes und gehe knurrend zu meinen Waffen. Die beiden Kampfäxte gleiten in die Halterungen an meinem Rücken; meinen Kampfstab halte ich fest in der Hand, als ich mich an Kathinka wende, die neben mir, so wie die anderen, ihre Waffen aufhebt.
„Ich bin dein Paladin, Kathinka Ebensa“, raune ich voll Ingrimm.
„Und deswegen habe ich die Zauberin auch gebeten, deinen Knebel zu lösen.“
„Du hast dir aber reichlich Zeit gelassen.“
„Das kam dir nur so vor.“ Sie tätschelt gönnerhaft meine Schulter.

07

Zügig marschieren wir Richtung Nordwesten. Die Sonne steht mittlerweile hoch am Himmel und schenkt uns einen warmen Spätsommertag. Selbst zwischen all den Laubbäumen, die unseren Weg säumen, gelangen einzelne Sonnenstrahlen zu uns herab und wärmen unsere Glieder. Vögel zwitschern und ringsum kann man, wenn man über so feine Ohren wie ich verfügt, ein Geraschel und Getümmel hören, das von vielen kleinen Waldbewohnern stammt. Vor allem die Eichhörnchen und Kaninchen sind um diese Tageszeit sehr aktiv. Anhand der Geräusche rundum, die mir vertraut und unaufgeregt erscheinen, gehe ich davon aus, dass uns im Moment keine Verfolger unmittelbar auf den Fersen sind.

Sincha und Clarina haben, nachdem wir die Zauberin verlassen haben, ihre Landkarten ausführlich studiert und uns anderen über die nähere Umgebung informiert. Daher weiß ich jetzt, dass wir uns schon seit gestern im Funduswald befinden, einem langgezogenen, dichten Forst, der sich von den Ausläufern Yestshires im Süden bis ins Karnische Hügelland im Norden erstreckt. Bei unserer Anreise nach Yestshire haben wir die ostalische Handelsstraße genommen und sind so einen großen Teil des Funduswaldes umgangen, aber in unserer jetzigen Lage können wir es nicht riskieren, uns ganz offen den Blicken all der Reisenden auszusetzen. Außerdem stehen entlang der Handelsstraße Dutzende ostalische Wegposten, die mit schwerbewaffneten, wachsamen Soldaten besetzt sind. Unsere Reise würde auf der Handelsstraße ein sehr schnelles Ende nehmen. Doch auch hier im Wald, befürchte ich, sind wir nicht viel sicherer, selbst wenn von König Angrias Häschern bisher weder etwas zu sehen noch zu hören ist.

Vorhin haben die Amazonen den Vorschlag der Zauberin, das Tor von Santanien zu meiden und stattdessen lieber über Timion und die Meerenge von Baarth zu reisen, anhand ihrer Landkarten überprüft, ausführlich diskutiert und schlussendlich für gut befunden. Augenscheinlich vertrauen sie der Zauberin und sind ohne großes Zögern bereit, jene Route zu nehmen, die Erina Jastantino uns angeraten hat, auch wenn sie keinen unerheblichen Umweg bedeutet.

Ich halte das für äußerst unklug! Wir wissen doch gar nicht, aus welchen Motiven uns die Zauberin diese Reisestrecke empfohlen hat. Meiner Meinung nach sollten wir den schnellsten Weg nach Amazonien einschlagen. Die Zeit drängt eindeutig, egal was Erina Jastantino auch über König Edwins Antrag im Bastolischen Schloss sagen mag. Erik Anfohrrnus und König Angrias werden nicht mehr lange zuwarten, bevor sie ihren Erstschlag gegen Amazonien setzen. Da kann Erina Jastantino noch so viel von diplomatischen Verwicklungen und den daraus resultierenden Verzögerungen sprechen. Ich glaube ihr nicht, dass uns noch viel Zeit bleibt. Und überhaupt kann man Zauberern nicht vertrauen! Aber da weder Kathinka noch Romaldo irgendwelche Bedenken bezüglich unserer neuen Route vorgebracht haben, habe auch ich meinen Mund gehalten. Innerhalb unserer Gruppe habe ich wahrlich nicht den besten Stand, selbst Kathinka verhält sich mir gegenüber seit unserer Flucht aus Yestshire nicht gerade freundlich. Also ist es wohl besser, wenn ich mich im Moment etwas zurückhalte. Ich habe auch schon so genug Ärger am Hals, da kann ich es nicht brauchen, wenn mich meine Gefährten zusätzlich anfeinden. Außerdem würde es die Meinung der anderen wohl kaum ändern, wenn ich meine Bedenken bezüglich unserer neuen Route äußern würde.

Vorne weg geben die beiden Amazonen die Richtung vor, während sie sich immer wieder kurz unterhalten und ihre Karten studieren. Hinter den beiden Kriegerinnen marschieren Kathinka und ich. Wir halten soviel Abstand, dass wir leise miteinander sprechen können, ohne dass die anderen uns hören. Knut und Romaldo gehen hinter uns und achten ebenfalls darauf, dass zwischen ihnen und uns genug Distanz ist, damit es uns nicht möglich ist, ihre Gespräche mitanzuhören.
Ich denke, dass die Anordnung unseres Marsches überaus bezeichnend für unsere Gruppe ist. Die Amazonen bilden ebenso wie die harbaischen Zwillinge eine in sich abgeschlossene Einheit. Und Kathinka und ich sind ebenfalls ein abgeschiedenes Zweierteam, obwohl man sagen muss, dass Kathinka sich mit den Amazonen eigentlich nicht so schlecht versteht. Aber im Endeffekt gehört sie eben doch nicht zu den beiden Kriegerinnen.
Nachdem Kathinka und ich schon eine Weile schweigend nebeneinander durch den Wald gegangen sind, richte ich das

Wort an sie.
„Ich hatte vorhin mit meiner realistischen Einschätzung recht“, sage ich.
Kathinka blickt überrascht zu mir hoch. Offensichtlich hat sie nicht damit gerechnet, dass ich mit ihr reden will, und ich habe sie mit meinen Worten wohl aus ihren stillen Überlegungen gerissen. „Was meinst du, Skriek?“
„Bei der Zauberin ist alles furchtbar schief gelaufen.“
„Das sehe ich nicht so“, entgegnet sie.
Ich knurre. „Die Zauberin hat mich mit Wurzeln gefesselt, mundtot gemacht, beschämt und erniedrigt. Und die Amazonen und die Zwillinge wollten, dass ich weiterhin geknebelt bleibe.“
Kathinka winkt ab. „Aber du hast doch alles unbeschadet überstanden.“
„Meine Seele hat sehr gelitten.“
„Sie wird wieder heilen“, sagt Kathinka unbeeindruckt. „Skriek, wichtig ist nur, dass wir alle überlebt haben. Keiner von uns wurde gefangen genommen und wir haben bei der Zauberin erste Zweifel bezüglich Erik Anfohrrnus gesät. Außerdem hat sie uns wertvolle Hinweise gegeben.“
„Auf diese Hinweise würde ich nichts geben.“ Meine Eckzähne knirschen. „Erina Jastantino spielt höchstwahrscheinlich ein falsches Spiel mit uns.“
„Das glaube ich nicht.“ Kathinka bleibt stur bei ihrer Sicht der Dinge. „Und die Amazonen und die harbaischen Brüder glauben es auch nicht. Sieh nur, wie gelöst sie alle sind.“
Ich blicke mich skeptisch um. Ja, doch, es stimmt, was Kathinka sagt, muss ich widerwillig zugeben. Rundum herrscht eine entspannte Stimmung. Die Gesichter meiner Gefährten sind nicht mehr so verkniffen und ein kaum greifbares Gefühl der Hoffnung macht sich breit.
„Glaubt du denn wirklich, dass wir in Erina Jastantino eine Verbündete gefunden haben?“, zweifle ich. „Das darf doch nicht wahr sein!“
„Sie ließ uns gehen.“ Kathinka deutet auf ihren Zauberstab. „Und sie vermachte mir dieses wertvolle Geschenk.“
„Hm.“ Eine grüne Schuppe über meinem Auge juckt und ich kratze mit meinem kralligen Finger darüber, während ich mir das eine oder andere überlege. „Ich vermute“, sage ich schließlich, „dass Erina niemandem, und schon gar nicht

irgendwelchen Zauberern, erklären will, wie sie zu Jusephs Zauberstab gekommen ist. Sie kann ihn wohl schwerlich mit sich nehmen, denn dann müsste sie erzählen, dass sie uns getroffen hat und anschließend wieder laufen ließ, obwohl wir auf allen Steckbriefen Euptoniens als Mörder und Diebe gesucht werden."

„Erina will uns einfach nur helfen."

Ich ignoriere Kathinkas Einwand. „Hast du schon bedacht, dass der Zauberstab ein klares Indiz dafür ist, dass wir Juseph erschlagen haben? Du trägst quasi unser Schuldeingeständnis stets mit dir herum."

„Der Zauberstab ist eine mächtige Waffe, die uns allen noch von Nutzen sein wird."

„Außerdem", rede ich ungerührt weiter, „wird jeder dahergelaufene Dieb alles daran setzen, den Zauberstab zu stehlen. Die Zauberin hat dir wahrlich keinen Gefallen getan."

Kathinka funkelt mich an. „Ich fürchte keine Diebe!"

„Wie mutig von dir!", schnarre ich. „Und du findest es also nicht überaus verdächtig, dass uns die Zauberin einfach so gehen ließ?"

„Sie will uns helfen. Geht das nicht in deinen Dickschädel? Außerdem sagte Erina, dass sie mehr weiß, als wir vermuten. Wahrscheinlich hat sie gute, edle Gründe für ihr Verhalten."

Kathinka streicht sinnend über das weiße Holz des Zauberstabes.

„Die Zauberin hat aber selbst gesagt, dass wir ihr nicht vertrauen sollen", gebe ich zu bedenken, während eine zweite Schuppe in meinem Gesicht zu jucken beginnt. Seit unserer Flucht aus Yestshire habe ich keine Gelegenheit gefunden, mich zu waschen. Ich denke, es wäre langsam wieder einmal an der Zeit, ein Bad in einem Bach zu nehmen. Aber das muss wohl noch warten.

„Erina möchte mit dieser Aussage wohl vermeiden, dass wir uns nur auf sie verlassen. Sie will, dass wir weiterhin wachsam bleiben und eigenständig denken."

„Nun, wenn das so ist, dann denke ich jetzt ganz eigenständig, dass die Zauberin uns hintergehen und verraten wird."

„Nun, und ich denke, dass Erina uns einfach nur helfen will."

„Pah! Niemals!", schnaube ich.

„Du wirst schon noch sehen!"

„Ich sehe nur, dass wir beide in diesem Punkt ganz eindeutig unterschiedlicher Meinung sind“, maule ich.
„Das hast du messerscharf erkannt, mein kluger Paladin.“
„Dann lass uns doch über etwas anderes reden“, schlage ich vor, da ich keine Lust auf weitere Diskussionen habe und auch ein wenig die Befürchtung hege, bei einem länger andauerndem verbalen Scharmützel wieder einmal als Verlierer vom Platz zu gehen.
„Meinetwegen.“ Kathinkas veilchenblaue Augen verengen sich nachdenklich. „Ich überlege schon die ganze Zeit, was die Zauberin damit gemeint hat, dass der Zauberstab mein wahres magisches Potenzial zum Vorschein bringen kann.“
„Das ist wahrscheinlich auch nur Zauberergeschwätz“, murmle ich.
„Nein, Skriek, ich spüre doch ganz genau, dass in mir noch eine weitere Form der Magie schlummert. Ich weiß nur nicht, wie ich sie ergreifen und für mich nutzbar machen kann.“
„Reicht dir deine Formwandelmagie nicht?“
„Wenn sie alles wäre, was ich habe, dann würde sie reichen“, sagt Kathinka nach einigem Zögern. „Aber in mir ist noch mehr. Als magisches Wesen drängt meine Seele stets nach all der Magie, die in mir ist. Ich spüre eine Unruhe und ein tiefes Sehnen.“
„Magie ist sehr kompliziert.“
„Ja, das ist sie“, stimmt Kathinka zu. „Du, Skriek, trägst keine Magie in dir. Also kannst du kaum nachvollziehen, was mich bewegt.“
„Dir ist die Magie wohl sehr wichtig?“
„Ich wurde als dunkle Botin geboren“, sagt Kathinka. „Magie hat mich von Anfang an umgeben. Als dunkle Botin diente ich Fürsten, Herzoginnen und Königen. Von klein auf überbrachte ich Botschaften, die nicht für die Ohren einfacher Menschen bestimmt waren. Die Leute in den Städten und Dörfern versenden ihre Nachrichten mit der Postkutsche, oder gelegentlich, wenn sie es sich leisten können, mit Brieftauben. Die meisten Menschen wissen gar nicht, dass es dunkle Boten gibt, auch wenn wir nicht völlig im Geheimen leben. Doch da nur die Adligen und Mächtigen sich unsere Dienste leisten können, sind wir fast ausschließlich für diese Menschen tätig.“
„Und was hat das jetzt mit Magie zu tun?“

Ein wehmütiges Lächeln gleitet über Kathinkas Gesicht. „Die Adligen und Mächtigen arbeiten meist eng mit Hexen und Magiern zusammen. Viele Botschaften, die ich überbracht habe, waren magischer Natur. So erfuhr ich von Kindesbeinen an viel über die Beschaffenheit der Magie. Ich vermute, dass nur die Zauberer des Bastolischen Schlosses mehr über Magie wissen als die dunklen Boten. Und auch bei König Angrias habe ich viel über das Wesen der Magie gelernt. Er versendet ständig seine Botschaften an Hexen und Hexer. Ich konnte als eine seiner Botinnen an einem fast unerschöpflichen Wissen teilhaben und ich lernte begierig alles, was ich erfahren konnte, auch wenn mich seine Grausamkeiten fast um den Verstand gebracht haben.“ Sie blinzelt gegen die Sonne. „Was ich damit sagen will, ist Folgendes: Magie hat mich von klein auf umgeben und war immer ein wesentlicher Teil meines Lebens. Und das wird für alle Zeit so bleiben. Wenn ich jetzt spüre, dass ein noch unentdeckter Teil von Magie in mir ist, und eine Zauberin mir dies sogar bestätigt, dann kann ich nicht ruhen, bis ich diese Magie gefunden habe.“

„Ich verstehe.“

Kathinka blickt zu mir hoch. „Ja, vielleicht verstehst du wirklich.“

Die Lider meiner pupillenlosen Augen senken sich. „Die Zauberer können unser Leben mit wenigen Worten verändern, selbst wenn sie keine Magie wirken.“

„Ich weiß.“ Kathinka nickt. „Zum Abschluss hat die Zauberin noch zu mir gesagt, dass mich jemand verraten wird.“

„Das habe ich gehört“, brumme ich. „Aber mach dir deswegen keine Sorgen. Die Zauberin will nur Zwietracht säen. Niemand wird dich verraten.“

„Skriek, verflucht! So glaube mir doch! Die Zauberin ist auf unserer Seite.“

„Bei Thurantuh! Das glaube ich eben nicht!“ Langsam wird mir klar, dass es gar nicht so leicht ist, mit Kathinka unterschiedlicher Meinung zu sein. Wir haben beide so unsere Schwierigkeiten damit, die Dinge auf sich beruhen zu lassen.

„Kathinka“, sage ich in eindringlichem Ton, „verraten kann dich ohnehin nur jemand, dem du vertraust. Mach es doch so wie ich und vertraue niemandem.“

„So ein Pech aber auch!“ Kathinkas Stimme klingt eisig. „Rein

zufällig vertraue ich aber einem Wesen. Und das bist du, mein treuer Paladin."
„Niemals werde ich dich verraten!", fahre ich auf.
Kathinka blickt mich grimmig an. Das Gespräch mit mir scheint ihr mehr und mehr zu missfallen. „Vielleicht wirst du mich nicht absichtlich oder wissentlich verraten, aber trotzdem könnte mir deinetwegen ein Unglück widerfahren", schnappt sie gereizt. „Du wirst ja wohl nicht leugnen wollen, dass du einen Hang zur Einfältigkeit hast. Es kann also durchaus sein, dass du in eine Falle tappst und mich verrätst, ohne es zu wollen."
„Misstraust du mir jetzt?" Ein Knoten ist plötzlich in meinem Hals. „Hat es die Zauberin geschafft, dich mit einem einzigen Satz gegen mich aufzubringen?"
„Nein, das hat sie natürlich nicht." Kathinka zupft unbehaglich an den Fransen ihrer Wildlederjacke und ich habe ein wenig den Eindruck, dass sie die Worte über meine Einfältigkeit mittlerweile bereut. „Du bist mein Paladin. Daher lege ich wohl oder übel mein Leben in deine Hände. Und, wie gesagt, ich vertraue nur dir."
„Trotzdem lauert ab jetzt in deinem Hinterkopf der Gedanke, dass ich dich eines Tages, wenn auch vielleicht unwissentlich oder aus reiner Einfalt, verraten könnte, nicht wahr?" Auch mir gefällt es ganz und gar nicht, wohin unser Gespräch uns führt.
„So ist es." Kathinka lacht plötzlich und für mich völlig überraschend auf.
„Was gibt es zu lachen?"
„Du sagst ja immer, ich sei zu optimistisch."
„Das tue ich."
Kathinka gluckst. „Nun, ich denke, ich sollte noch viel, viel optimistischer sein, was deine Person betrifft. Ganz egal, was die Zauberin auch gesagt hat, ich gehe einfach davon aus, dass mit dir alles gut wird."
„Ach ja?" Ich grinse ziemlich schief. „Wenn einer von uns realistisch bleibt, wird es wohl genügen."
„Du bist kein Realist. Du bist ein Pessimist."
„Das sind doch Haarspaltereien", brumme ich.
Kathinka lacht erneut kurz auf.
„Du wirkst heute fröhlicher als in den letzten Tagen", stelle ich fest und bin sehr erleichtert, dass wir nicht länger über Verrat

und enttäuschtes Vertrauen reden.
„Ja." Kathinka schreitet etwas forscher aus. „Trotz allem hat uns die Zauberin gut getan. Sie gab uns Hoffnung."
Darauf sage ich nichts, obwohl mir so einiges einfallen würde, aber ich will auf keinen Fall die neu aufgekommene positive Stimmung zwischen Kathinka und mir trüben.
„Skriek?"
„Ja?"
„Ich weiß, dass ich in letzter Zeit oft übellaunig zu dir war", murmelt Kathinka.
„Das warst du."
„Und es tut mir leid." Sie berührt kurz meine Schulter. „Aber für mich sind die Dinge nicht so einfach wie für dich. Der Weg nach Yestshire war hart und voller Gefahren. Stets musste ich wachsam sein. Dann kam der böse Verrat durch Erik. Wir mussten durch die Kanalisation von Yestshire fliehen und gegen einen Zauberer kämpfen. Jetzt sind wir erneut auf der Flucht und unser Leben ist in ständiger Gefahr. Das zehrt an mir. Ich sehne mich nach Ruhe."
„Auch ich will Ruhe und Frieden", sage ich und denke an meine alte Höhle mit dem tosenden Wasserfall zurück, wo ich Kathinka zum ersten Mal getroffen habe. Damals hielt sie mich für ein wildes, tollwütiges, verabscheuungswürdiges Tier. Mittlerweile bin ich ihr Paladin. So vieles hat sich verändert und nicht alles zum Schlechteren, denke ich. „Hier im Wald, Kathinka, mit dir an meiner Seite, fühle ich mich sehr wohl", sage ich, um sie an meinen Gedanken teilhabenzulassen.
„Skriek, ich wünschte, ich hätte dein schlichtes Gemüt", seufzt sie.
„Ich bin nicht dumm, Formwandlerin."
„Das habe ich auch nie behauptet. Natürlich bist du nicht dumm. Aber dein Leben erscheint mir oft so einfach. So schlicht." Kathinka spricht rasch weiter. „Skriek, du bist meist zufrieden, wenn du einen Platz zum Schlafen und reichlich zu essen hast. Die langen Märsche, die zahlreichen Entbehrungen, die allgegenwärtigen Gefahren ringsum scheinen dich kaum zu beeindrucken."
„Erst vorhin bei der Zauberin haben die Amazonen und die beiden Brüder behauptet, dass ich ein übellauniger und leicht reizbarer Zeitgenosse bin."

„Sie haben sich über dich lustig gemacht“, meint Kathinka. „Skriek, du bist immer ein Außenseiter gewesen. Spott und Hohn von Wesen, die anders sind als du, begleiten dich seit vielen Jahren. Die meisten würden daran zerbrechen. Aber du machst unbeirrt weiter. Wenn man dich korrekt behandelt, bist du ein ziemlich angenehmer und meist friedlicher Gefährte. Man darf dich nur nicht reizen.“

„Und das spricht für mein schlichtes Gemüt?“

„Worum drehen sich denn deine Gedanken?“

„Nun, ich will Thurantuh dienen und dich beschützen.“ Ich räuspere mich. „Und natürlich will ich einen Schlafplatz und genügend zu essen.“ Da fällt mir noch etwas ein. „Rache. Ich will auch Rache nehmen.“

„Siehst du, Skriek, du machst dir um vier, fünf Angelegenheiten Gedanken. Ich hingegen grüble stets darüber nach, was das Leben mir noch bringen wird. Wie wirkt meine wahre Magie? Werde ich sie je in mir finden? Und wenn ich sie finde, wird sie mich verändern? Oft frage ich mich auch, ob die Wunden an meiner Seele je heilen werden? Werde ich jemals wieder von ganzem Herzen fröhlich sein? Und ich frage mich jeden Tag, ob Amazonien gerettet werden kann? Wenn ja, wie wird dann mein weiteres Leben aussehen? Und was wird geschehen, wenn wir scheitern und Erik triumphiert? Wird er mit der Macht der Reliquien die ganze Welt unterwerfen?“

„Du machst dir wirklich sehr viele Gedanken.“

„Und du sehr wenige.“

„Ich das schlecht, Kathinka Ebensa?“

„Nein, das ist es nicht.“ Sie schüttelt den Kopf. „Wegen deines schlichten Gemüts bist du nur übellaunig, wenn man dich ärgert. Aber wenn man dich in Ruhe lässt, verhältst du dich die meiste Zeit über recht friedfertig.“

„Ach, und du bist deswegen so oft gereizt, weil du zu wenig Ruhe hast, dir ausreichend Gedanken zu machen.“

„So ist es, Skriek.“

„Das erscheint mir nicht sehr logisch.“

„Es erscheint dir nur unlogisch, weil du zu wenig nachdenkst.“

„Sehr witzig“, knurre ich.

Kathinka schmunzelt. „Ich unterhalte mich gerne mit dir.“

Eine Weile gehen wir schweigend weiter, da aber Kathinka heute offensichtlich guter Stimmung ist, ergreife ich schließlich

erneut das Wort, da ich noch etwas ansprechen will, das mir auf der Seele brennt.
„Kathinka, was denkst du über meinen Gott Thurantuh?"
Sie blickt mich nachdenklich an. „Als ich Jusephs Schädel zertrümmerte, rief ich Thurantuhs Namen. Er ist ein Kriegsgott und es schien mir damals richtig, in seinem Namen zu kämpfen. Und als du heute Morgen ins Lager gestürmt bist und von der toten dunklen Botin und der Zauberin erzählt hast, habe ich bei Thurantuhs Namen geflucht. Aber nur, weil du das offensichtlich so wolltest."
„An welchen Gott glauben die dunklen Boten?", frage ich.
„Sie verehren die Raben als göttliche Wesen", sagt Kathinka ausweichend.
„Das ist alles?" Ich bin verwundert. „Haben die Rabenmenschen denn keinen eigenen Gott?"
„Doch, den haben sie", räumt Kathinka ein. „Aber aus alter Tradition verehren sie meist jene Götter, die auch ihre Auftraggeber verehren."
„Hast du es auch so gehalten, als du noch mit den Rabenmenschen geflogen bist?"
„Ja."
„Welchen Gott verehrt denn König Angrias?"
„Er dient der Göttin Haspanarte."
„Oh!" Meine blauen Skriekaugen weiten sich. „Die Hohepriesterin aus Hestard dient doch auch dieser Göttin."
„So ist es."
„Eigenartig", murmle ich und meine Gedanken kreisen.
„Was ist jetzt mit Thurantuh?", will Kathinka wissen.
„Nun, ehrlich gesagt habe ich mich gefragt, ob du nicht Thurantuh dienen willst. Zumindest auf dieser Reise."
„Warum nicht?" Kathinka zuckt mit ihren Schultern. „Aber was sagt denn dein Gott dazu?"
Ich drehe meinen Kopf zur Seite.
Thurantuh!, rufe ich in Gedanken. Ich möchte mit dir reden!
Ich will diese Frau nicht!, heult Thurantuh im hinteren Teil meines Schädels. *Sie kämpft wie ein Waschweib!*
Die Formwandlerin trägt eine geheime Magie in sich, entgegne ich.
Das ist mir egal!
Kathinka könnte sehr mächtig werden. Und ich glaube, dass du

nicht zu wählerisch sein solltest. Es wird wohl nicht mehr allzu viele Skriek geben, die dich anbeten. Und wenn es noch welche gibt, dann verwenden sie stets deinen falschen Namen. Also, ehrlich gesagt, ich vermute, dass du außer mir kaum noch einen Diener hast.

Es spielt keine Rolle, wie viele Diener ich habe!, grollt er, aber ich spüre, dass es ihn bedrückt, so wenige Wesen zu haben, die ihn anbeten.

Kathinka ist sehr hübsch, sage ich lockend.

Nun ja, für eine Menschenfrau ist sie recht ansehnlich.

Thurantuh schnaubt. *Meinetwegen, ich akzeptiere sie als meine Dienerin.*

Danke!

Ich wende mich an Kathinka. „Thurantuh freut sich über alle Maßen, dass du ihm dienen willst."

„Wirklich?" Kathinka lächelt. „Das hätte ich nicht gedacht. Aber", ihr Lächeln wird breiter, „es ist für mich eine große Ehre, dass mich dein Gott mit so großer Freude annimmt."

Ich lächle zurück. „Er ist von dir geradezu begeistert."

Ich bin nicht begeistert!, schnaubt Thurantuh in meinem Hinterkopf. *Und jetzt sag der Frau, dass sie vor mir niederknien soll!*

08

Wir sind den ganzen Tag über tüchtig ausgeschritten und haben trotz der dicht stehenden Bäume und der unzähligen Farne und Wurzeln, die unseren Weg beharrlich erschweren, einige Meilen Wegstrecke hinter uns gebracht. Nun dämmert der Abend heran, Wolken ziehen auf und es wird spürbar kälter. Zum Glück haben wir vor einer knappen halben Stunde eine alte Waldläuferhütte entdeckt. Sie liegt versteckt zwischen dicken Baumstämmen und in der Nähe eines Baches, in dem es, soweit ich gesehen habe, reichlich Saiblinge und Forellen gibt. Rasch stand unser Entschluss fest, die Nacht in der Hütte zu verbringen, um ein wenig besser vor der Kälte geschützt zu sein. Die Wände und das Dach werden die Feuchtigkeit des Waldes und die Frische des morgendlichen Taus von uns fernhalten. Im Innern der Hütte befinden sich ein wurmstichiger wackeliger

Tisch, zwei Stühle, eine Holzbank und drei zerschlissene Strohmatten. Im hinteren Teil ist eine Vorratskammer, in der ein Sack Kartoffeln, ein Bündel Karotten und sechs geräucherte Speckschwarten eingelagert sind. Neben der Tür ist ein gemauerter Kamin, den wir aber nicht benützen. Den Speck und die Karotten jedoch lassen wir uns schmecken. Dicht gedrängt sitzen wir rund um den wackeligen Tisch und langen ordentlich zu. Soeben säbelt Romaldo mit einem seiner Messer ein großes Stück Speck für sich und seinen Bruder von der Schwarte ab. Während die Frauen und Knut den Boden der Hütte gefegt, die Strohsäcke aufgeschüttelt und Wasser geholt haben, habe ich die fünf toten Kaninchen tranchiert, gesalzen und haltbar gemacht. Romaldo hingegen hat lediglich ein paar Flusen und kleine Blätter von seinem Hut gepflückt und mit Akribie und Leidenschaft seine ramponierte Straußenfeder zurechtgezupft. Anschließend hat er seine Haare im nahen Bach gewaschen und geölt. Zu guter Letzt sind zwei winzige Risse an seinem Mantel penibel vernäht und seine Stiefel sorgfältig geputzt worden. Nun ist er sichtlich mit sich und der Welt zufrieden und genehmigt sich ein weiteres Stück Speck.

„Wie meinen wachen Augen nicht entgangen ist“, schmatzt er genüsslich, „sind wir alle heute recht froher Stimmung. Und mir ist natürlich durchaus bewusst, dass ihr alle diesen angenehmen Umstand nur ganz allein mir verdankt. Aber als großherziges, bescheidenes Wesen, das ich nun einmal bin, erwarte ich keinen besonderen Dank von euch.“

Er blickt sich dankheischend um.

Knut schaufelt knackend Karotten in sich hinein und ignoriert seinen Bruder. Auch Kathinka, Clarina und ich vermeiden tunlichst, auf die Worte des Prinzen einzugehen, und widmen uns hingebungsvoll dem Abendessen. Es ist einfach zu mühsam, sich mit dem eitlen Gecken zu unterhalten.

Aber Sincha erträgt Romaldo noch deutlich weniger als wir anderen und ganz offensichtlich reizt sie heute allein seine Anwesenheit schon so sehr, dass sie jetzt, nach seinen selbstbeweihräuchernden Worten, einfach nicht den Mund halten kann.

„Wofür, bitte schön, sollen wir dir denn danken?“ Die Stimme der Heerführerin klingt ziemlich angriffig. „Dafür, dass du beim Zubereiten des Abendessens nicht mitgeholfen hast? Oder

vielleicht dafür, dass wir die Hütte ohne dich in Ordnung gebracht haben?"
„Aber ich bitte dich, das sind doch unwichtige Kleinigkeiten, mit denen sich ein wahrhaft erhabener Geist nicht beschäftigen kann. Das wirst du doch einsehen, Mylady?" Sein „Mylady" klingt so zynisch und herausfordernd wie eh und je.
„Ich sehe nur, dass du bisher auf unserer Reise so gut wie nichts geleistet hast, Prinzlein", kontert Sincha.
Kathinka, Clarina und ich verdrehen die Augen. Das nächste Streitgespräch zwischen der Amazone und Romaldo ist unvermeidbar. Die beiden werden erst weiteressen, wenn sie sich ausreichend Kränkungen und Beleidigungen an den Kopf geworfen haben.
„Ich habe am meisten von allen auf dieser Reise geleistet", sagt Romaldo. „Und heute Morgen bei der Zauberin war es ganz allein mein Verdienst, dass alles so gut verlaufen ist."
„Dein Verdienst?" Sincha funkelt ihn an.
Auch wir anderen können gar nicht glauben, was wir da hören.
„Selbstverständlich war es mein Verdienst." Romaldo strafft seine breiten Schultern. „Allein meinem männlichen Charme und meinem gewinnenden Äußeren ist es zu verdanken, dass die Zauberin auf meine Bitte hin bereit war, uns zu helfen."
„Das ist doch lächerlich!", schnauft Sincha empört. „Außerdem hat die Zauberin gesagt, dass sie uns gar nichts versprechen kann. Das hat sie sogar ausdrücklich betont."
„Ach, Frauen sind doch so leicht zu durchschauen." Romaldo seufzt selbstgefällig. „Natürlich wird Erina nicht in Bausch und Bogen auf meine Bitte eingehen. So funktionieren die Spiele zwischen Mann und Frau nicht. Aber davon hast du ja keine Ahnung, Amazone. Ich jedenfalls habe in Erinas Augen deutlich gesehen, dass sie mir verfallen ist. Ihr Herz war in dem Moment, als sie meiner ansichtig wurde, für mich entflammt." Er zieht geziert an seinem mittleren Kinnbartzopf.
„Selbstverständlich will sie mir als kluge, mächtige Frau nicht auf der Stelle zeigen, wie sehr sie mich begehrt. Das wäre ihrer auch unwürdig. Und sie will mich natürlich auch ein wenig locken, damit sie für mich noch interessanter wird. Aber das ändert eindeutig nichts daran, dass Erina für mich eine große, unstillbare Leidenschaft empfindet und alles tun wird, um meiner Bitte zu entsprechen."

„Deine Selbstüberschätzung spottet jeder Beschreibung!“ Sincha kann kaum mehr an sich halten. „Erina Jastantino hat dich doch kaum eines Blickes gewürdigt!“
„Ja, für dich herbe Kriegerin, die allem Weiblichen abgeschworen hat, mag es ja vielleicht so aussehen, als ob Erina kein Interesse an mir hätte. Aber ich, ein überaus erfahrener Mann in den Belangen der Liebe, weiß jedes noch so kleine Detail richtig zu deuten. Für mich war vom ersten Augenblick an offensichtlich, dass Erina mir aus der Hand fressen wird. Sie hat in mir den Mann ihrer Träume gefunden.“ Er blickt mit einem strahlenden Lächeln in die Runde. „Daher, meine einfach gestrickten Gefährten, seid unbesorgt, Erina und ich werden alles zum Besten wenden.“
„Halte dich lieber weiter im Hintergrund, damit du nicht zu viel unnötigen Schaden anrichtest!“, blafft Sincha. „Und am besten wäre es, wenn du dich nicht nur im Hintergrund, sondern auch dein vorlautes Maul halten würdest. Es ist schon schlimm genug, dich tagein, tagaus wie einen buntgeschmückten Pfau herumstolzieren zu sehen. Wenn ich mir dann noch zusätzlich dein dummes Geschwätz anhören muss, wird es einfach unerträglich.“
Romaldos Mundwinkel zucken verärgert. „Du vergreifst dich im Ton, hageres Weib!“
„Du bist ein schleimiger, verlogener, selbstgefälliger Ochsenmaulfrosch!“ Sinchas ungezähmte Wut ist beinahe körperlich greifbar.
Romaldo beugt sich drohend nach vorne. „Nun höre mir gut zu, du ...“
Weiter kommt er nicht. Knuts große Faust kracht, begleitet von einem dumpfen „Grumpf“, auf die Tischplatte und verarbeitet den Tisch zu Kleinholz.
Alle springen überrascht auf.
„Grumpf! Grumpf!“ Knut deutet abwechselnd mit seinem dicken Zeigefinger auf Sincha und Romaldo. Sein hässlich rundes Gesicht hat sich zu einer zornigen Grimasse verzogen. „Grumpf! Grumpf!“, dröhnt er erneut und man hat fast den Eindruck, dass sich seine struppigen Barthaare vor Ingrimm sträuben.
Noch einmal grumpft Knut, dann stampft er aus der Hütte und knallt die Holztür wuchtig hinter sich zu.

Für eine Weile herrscht eine unangenehme Stille.
„Nun denn", räuspert sich schließlich Romaldo. „Anscheinend ist mein liebenswerter Bruder heute ein wenig gereizt. Ich denke, es ist meine brüderliche Pflicht, ihm in dieser schweren Stunde beizustehen." Der Prinz aus Harba lüpft seinen breitkrempigen Hut, ganz so, als ob er uns zum Abschied grüßen möchte, dann eilt er hastigen Schrittes aus der Hütte.
„Was war denn nur mit Knut los?", wundert sich Sincha.
Während Clarina und ich die zersplitterten Holzteile und die am Boden liegenden Essensreste aufklauben, wendet sich Kathinka an die Heerführerin. „Ich denke, dem guten Knut schlagen deine Streitereien mit Romaldo ziemlich aufs Gemüt."
„Hm, ja." Sincha zieht an einem Haarzopf. Die ganze Situation ist ihr sichtlich unangenehm. „Aber irgendwer", rechtfertigt sie sich nach einer Weile, „muss diesem eitlen Prinzen doch Paroli bieten. Es ist mittlerweile unerträglich, sein selbstbeweihräucherndes Geschwätz länger anzuhören. Seit Monaten marschiert er an unserer Seite. Niemals steht sein Mund still. Es ist nicht mehr zu ertragen."
Wir anderen nicken zustimmend.
„Was hat Knut eigentlich genau gegrumpft, nachdem er die Tischplatte zertrümmert hat?", will Sincha von Kathinka wissen.
Diese schmunzelt. „Nun, ehrlich gesagt, Knut hat dir und Romaldo vorgeschlagen, dass ihr miteinander Liebe machen sollt, damit endlich eure Streitereien aufhören. Er hat gemeint, dass erst wieder Frieden zwischen euch herrscht, wenn ihr eine leidenschaftliche Nacht miteinander verbracht habt."
„Also, das ist doch ...!" Sincha will wütend Romaldo und Knut hinterher stürmen, doch Clarina stellt sich ihr in den Weg.
„Sincha, lass es gut sein. Das bringt doch nichts."
„Sag mir nicht, was ich zu tun habe. Ich bin deine Heerführerin", grollt Sincha. „Außerdem kann ich Romaldo und Knut ihre Frechheiten nicht länger durchgehen lassen."
Clarina schluckt. „Verzeih mir, Heerführerin. Aber ich glaube, dass Knut schon dafür sorgen wird, dass sich Romaldo in nächster Zeit zurückhält."
„Ich finde, wenn du jetzt den beiden Brüdern hinterherläufst", mischt sich Kathinka ein, „wirkt es ein wenig so, als ob du wirklich mit Romaldo eine Nacht verbringen willst." Kathinka hebt einen Holzsplitter auf, während sie weiterspricht. „Sincha,

an deiner Stelle würde ich hier in der Hütte bleiben und alles Knut überlassen. Wir wissen doch alle, dass Romaldo, wenn es hart auf hart geht, stets das tut, was sein Bruder will."
Clarina nickt zu Kathinkas Worten. „Die Formwandlerin hat recht. Und es macht ja auch wirklich kein gutes Bild, wenn du jetzt den beiden hinterherläufst. Ich weiß ja, dass du mit Knut und Romaldo nur ein paar klare Worte wechseln willst, aber im Moment scheint dafür nicht der geeignetste Augenblick zu sein."
Sincha atmet durch. „Na schön." Ihr spitzes Kinn zuckt. „Im Moment lasse ich es dabei bewenden."
„Das ist klug", stimme ich ihr zu. „Und wenn die Streitereien wirklich weitergehen sollten, kannst du ja immer noch mit Romaldo Liebe machen."
Sincha wendet sich mir zu. Ihre Augen schlagen Blitze. „Skriek!"

Rundum ist es ziemlich dunkel. Ich habe die erste Wache übernommen und das ist mir ganz recht, denn die erste Wache hat den Vorteil, dass man noch nicht geschlafen hat, bevor man an der Reihe ist. Natürlich übernehme ich auch ohne zu klagen die zweite oder dritte Wache, je nachdem, wie mich Sincha Ankonski einteilt, aber die erste ist mir die liebste. Normalerweise halten wir ja immer zu zweit Wache. Sincha und Clarina bilden ein Team, Romaldo und Knut auch, und eben Kathinka und ich. Da aber Kathinka an Körperkraft und Ausdauer den Amazonen, den harbaischen Brüdern und mir deutlich unterlegen ist, braucht sie mehr Schlaf als wir anderen. So hat es sich in den letzten Tagen eingebürgert, dass ich meine Wache alleine halte, während Kathinka sich von den langen Märschen und den zahlreichen Anstrengungen erholt. Sincha hat bis jetzt nichts dazu gesagt, also nehme ich an, dass es auch der Heerführerin recht ist, wenn Kathinka mehr Schlaf als wir anderen erhält. Außerdem weiß Sincha genau, wie scharf meine Augen und Ohren sind. Ich brauche keinen Zweiten an meiner Seite, um uns alle gut zu bewachen. Und so gerne ich Kathinka auch mag, so ist es mir doch nicht unangenehm, wenn ich eine gewisse Zeit für mich allein habe. Jetzt in der Nacht, wo ich ringsum nur vereinzelt leise Geräusche vernehme, herrscht eine entspannte Stimmung, die ich sehr schätze. Ich kann mich, an

einen Baumstamm gelehnt, meinen Gedanken hingeben und die Erlebnisse des Tages Revue passieren lassen.
Ich denke an Sincha und wie sie mich vorhin in der Hütte nach meinen Worten anschnauzen wollte. Wenn nicht Kathinka und Clarina lauthals losgelacht hätten, hätte ich eine ziemliche Abreibung von ihr bekommen.
Eine Schuppe auf meiner Brust juckt und ich kratze sie mit einem kralligen Fingernagel.
Andererseits hätte ich mir von der Heerführerin nicht allzu viel gefallen lassen. Mein Problem ist nur, dass ich in einem verbalen Schlagabtausch alles andere als geschickt bin. Meist fehlen mir recht schnell die passenden Worte und ich kann nur in sehr geringem Maße zynisch oder gar höhnisch sein. Daher greife ich bei Streitgesprächen meist mangels Alternativen auf meine Muskelkraft und Körpergröße zurück, zeige meine Eckzähne und knurre bedrohlich. Das scheint mir aber nicht gerade die eleganteste Art zu sein, solche Auseinandersetzungen zu führen.
Vielleicht, grüble ich, während ich eine Schuppe auf meinem Bauch kratze, bin ich ja wirklich so schlicht in meinem Denken, wie Kathinka immer behauptet; andererseits scheinen mir aber all die großen klugen Worte, die Kathinka, Sincha und Romaldo absondern, deren Leben auch nicht glücklicher oder gar sicherer zu machen. Natürlich kann man sich über alles seine Gedanken machen und sich sorgen, was die Zukunft bringen wird. Aber ich finde, in unserer Situation können wir uns schon glücklich schätzen, wenn wir die nächste Woche überleben. Außerdem, das habe ich von meinem Gott Thurantuh gelernt, lenkt zu viel Denken vom Wesentlichen ab. Und das kann sehr gefährlich sein. Ein Krieger wird auf lange Sicht nur überleben, wenn er stets wachsam und bereit ist.
Eine weitere Schuppe juckt unangenehm. Ich kratze kräftig meine linke Seite.
Andererseits ist Kathinka eindeutig keine Kriegerin. Vielleicht, frage ich mich, ist es als Formwandlerin ja sogar richtig, sich über die Magie und all die anderen Dinge fortwährend seine Gedanken zu machen? Während ich eine Schuppe an meinem rechten Unterschenkel kratze, steigt in meinem Geist eine Erinnerung an meine Mutter aus längst vergangenen Tagen auf. Sie hat mir eines Morgens, wir sind gerade durch die

Pastallischen Haine gezogen, erzählt, dass Bahluna, die Mondgöttin, für jedes Wesen einen ganz bestimmten Platz und ganz bestimmte Eigenschaften vorgesehen hat. Bei den Skriek hat es die Sänger, die Knochenflötenspieler, die Dichter und die Legendenerzähler ergeben. Manche Skriek sind handwerklich sehr geschickt gewesen und haben wunderschöne Wanderstäbe aus Holz gefertigt, andere haben eine Meisterschaft im Knüpfen von Teppichen oder im Verweben von Wolle entwickelt. Jedes Wesen hat bei den Skriek seiner Bestimmung zufolge die entsprechenden Eigenschaften bekommen. Vielleicht, überlege ich, während mich eine weitere Schuppe aufreizend juckt, ist es bei uns sechsen genauso. Kathinka verfügt über Wandelmagie, die jeden Gegenstand verändern kann, und deswegen sind ihre Gedanken ebenfalls ständig in Bewegung; Sincha ist eine amazonische Heerführerin und sehr klug, aber auch sehr herrisch; Clarina ist eine überaus tapfere Soldatin, die es innerhalb der amazonischen Armee bis zum Leutnant gebracht hat. Sie kann einerseits Befehle ausgezeichnet ausführen, andererseits macht sie sich auch durchaus ihre eigenen Gedanken. Romaldo ist so schnell und tödlich wie eine Giftschlange und ebenso eitel und selbstgefällig. Knut ist stark wie ein Büffel und ein machtvoller Kämpfer, sein Charakter scheint sehr einfach, aber überaus verlässlich und treu zu sein. Ich schlucke, als ich meine Überlegungen fortsetze. Eigentlich bin ich Knut sehr ähnlich. Auch ich bin ein starker Kämpfer und stehe treu zu meinen Gefährten, vor allem zu Kathinka. Und da kommt mir ein weiterer Gedanke: Ich bin fast genauso hässlich wie Knut! Ungehalten schnaufe ich. Eigentlich bin ich nicht sehr glücklich darüber, wohin meine Gedanken mich führen. Ich möchte auf keinen Fall mit Knut in einen Topf geworfen werden. Unwillig schüttle ich meinen Kopf. Da juckt es mich schon wieder. Dieses Mal sind es sogar zwei Schuppen. Seufzend drücke ich mich vom Baumstamm ab und lausche in die Dunkelheit. Kein verdächtiges Geräusch ist zu hören. Nun, es nützt wohl alles nichts. Es ist Zeit für ein Bad im nahen Bach, um mir all den Schmutz und Staub von Haut und Schuppen zu waschen. Noch länger will ich das Jucken nicht ertragen. Leise, um die anderen nicht zu wecken, folge ich dem Rauschen des nahen Wassers. Nach wenigen Dutzend Schritten habe ich den Bach erreicht. Weiden und Ginster wachsen links und rechts

des Baches. Hinter mir ragen Buchen und Erlen bis hoch in den Himmel. Das Licht des zunehmenden Mondes dringt im Augenblick nicht bis zum Waldboden, da es teilweise von Wolken verdeckt wird. Eilig lege ich meine Äxte, den Schild und meinen Kampfstab ins hohe Schilfgras. Anschließend schlüpfe ich aus meinem Kapuzenumhang, aus Hemd und Hose und löse die Schnallen meiner Gürteltasche. Nur meine Unterhose behalte ich an. Auch wenn es rundum sehr dunkel ist, will ich nicht riskieren, von unerwünschten Blicken nackt gesehen zu werden. Vorsichtig gehe ich bis zum Bachbett. Meine bloßen, krallenbewährten Füße verhindern, dass ich am feuchten, glitschigen Ufer ausrutsche. Einmal atme ich tief durch, dann steige ich ins kalte Nass. Ich schaudere ein wenig, als ich mich auf meinen Hosenboden plumpsen lasse. Wasser schwappt über meine Schultern und meinen Kopf. Prustend tauche ich vollends unter und halte die Luft an, aber schon nach wenigen Augenblicken tauche ich wieder auf und beginne energisch, meine menschliche Haut und die zahlreichen Schuppen zu säubern. Relativ rasch wird mir im Bach ziemlich kalt und ich schrubbe schneller. Da höre ich nicht weit entfernt ein ungewohntes Geräusch. Es klingt hell, fein und recht leise. Abrupt halte ich im Waschen inne und lausche mit angehaltenem Atem. Da ist es schon wieder. Fein und hell.
So leise es mir möglich ist, gleite ich aus dem Bach und greife schnell nach einer von meinen Äxten. Dann lausche ich erneut. Das helle Klingen kommt näher, und jetzt kann ich erstmals auch vorsichtige Schritte vernehmen. Eiligst gleite ich hinter einen dicken Baumstamm und verenge meine Skriekaugen zu schmalen Schlitzen. Da vorne zwischen den hochstehenden Zweigen der Weiden kann ich eine Gestalt ausmachen. Sie erscheint mir eher klein und gedrungen zu sein. Und wenn mich meine Augen nicht täuschen, dann hat das seltsame Wesen auf der anderen Seite des Baches ein Fell.
Ich greife den Griff meiner Axt etwas fester und warte.
Das Wesen verharrt ebenfalls. Jetzt hebt es den Kopf ein wenig und wittert in die dunkle Nachtluft.
Meine Gedanken kreisen. Wer ist das Wesen? Ist es allein? Soll ich es so schnell wie möglich töten und anschließend meine Gefährten warnen? Oder soll ich versuchen, es gefangen zu nehmen? Vielleicht hat es ja wertvolle Informationen für uns?

Aber, andererseits, was soll dieses eher kleine Wesen schon wissen?
Thurantuh!, rufe ich in Gedanken. Was soll ich tun?
Mein Gott schweigt. Also muss ich selbst eine Entscheidung treffen. Einfacher ist es auf jeden Fall, das kleine Wesen mit einem gezielten Axtwurf zu töten. Die Kraft meines Armes und die Schärfe des Axtblatts würden es augenblicklich vernichten. So wäre sichergestellt, dass es keinen Laut von sich gibt oder gar um Hilfe ruft. Andererseits mag Kathinka keine unnötige Gewalt. Und sie würde, neugierig, wie sie nun einmal ist, das kleine Wesen sicherlich gerne befragen. Auch Sincha hat möglicherweise ein Interesse daran, sich mit ihm zu unterhalten, selbst wenn es nur darum gehen sollte, eine ortskundige Wegbeschreibung zu bekommen, die uns schneller durch den Funduswald führt. Außerdem, denke ich, kann ich das kleine Wesen später immer noch töten.
Abschätzend blicke ich von meiner Lauerstellung zu den Weiden auf der anderen Seite des Baches, wo das Wesen immer noch unbeweglich verharrt. Ich vermute, dass ich innerhalb weniger Augenblicke durch den Bach gestürmt und bei den Weiden sein werde. Eigentlich müsste ich schnell und überraschend genug sein, sodass das kleine Wesen nicht mehr fliehen kann. Sicherheitshalber lege ich aber doch meine Axt neben mir auf den Boden. Die schwere Waffe bremst meine Geschwindigkeit nicht unerheblich, daher gehe ich lieber kein Risiko ein. Ich kann es mir nicht leisten, unnötig Zeit zu verlieren oder gar mit meinem klobigen Axtblatt an einem vorstehenden Ast hängen zu bleiben; es wäre ziemlich peinlich, wenn mir das kleine Wesen entkommen würde.
Ich will mich soeben aufrichten, als das kleine Wesen seinen Platz verlässt und sich langsam durch die Dunkelheit und zwischen den Weiden hindurch vorwärts tastet. Vorsichtig späht es mehrmals in alle Richtungen und verharrt erneut, aber es entdeckt mich nicht, da ich hinter meinem Baumstamm zu gut verborgen bin. Endlich steigt es in den kalten Bach und watet los.
Ich kann jetzt ein wenig mehr erkennen. Das Wesen ist wahrlich nicht groß, knapp mehr als einen Meter nur. Das Wasser des Baches geht ihm bis zu den schmalen, pelzigen Schultern. Als es endlich das Ufer auf meiner Seite erreicht hat,

klappern seine Zähne. Wärme suchend schlingt es die pelzigen Arme um seinen triefnassen Körper und wirkt für kurze Zeit unaufmerksam. Ich zögere nicht länger und nutze den Moment. Mit einem Satz bin ich heran und meine krallige Faust schmettert wuchtig gegen das runde Kinn des kleinen Wesens. Mit einem schmatzenden Laut sackt es bewusstlos in sich zusammen. Ich beuge mich zu dem Wesen hinab, um es aus der Nähe zu begutachten. Knurrend schlage ich meine vier spitzen Eckzähne aufeinander. Das Wesen ist ein verfluchter Kobold!

09

Kurz nachdem ich in meine Kleider geschlüpft bin, ist der zunehmende Mond hinter einer Wolke hervorgekommen. Seine fahle Sichel wirft nun ein wenig Licht zwischen die Bäume des Waldes und ermöglicht mir so, den bewusstlosen Kobold zu meinen Füßen eingehender zu betrachten. Wie ich vorhin schon vermutet habe, ist sein kleiner, wohlgenährter Körper mit einem dichten, blauen Fell bewachsen. Er hat einen kugelrunden Kopf, schwarze, seitlich abstehende Fledermausohren und eine plumpe, breite Nase. Um seinen Hals trägt er eine Bernsteinkette, an der unzählige winzige Kristalle befestigt sind, die mit dünnen Fäden miteinander verbunden sind und seltsame Figuren bilden. Ich denke, dass die Kristalle der Kette vorhin dieses seltsame hohe Geräusch verursacht haben, das ich gehört habe. Bekleidet ist er nur mit einer ärmellosen Weste und einer knielangen Hose aus Biberfell. Seine unförmigen Hände und Füße haben dicke, eingerissene Nägel, die in einem seltsamen Orange schimmern. Um seinen feisten Bauch trägt er einen Gürtel mit einem guten Dutzend kleinerer und größerer Taschen. Eine Art längliches Hohlrohr ist an einer Schleife befestigt. Ansonsten besitzt er noch ein schmales, recht scharfes Messer, das an seiner Hüfte in einer Hülle steckt, und einen kleinen Rucksack, in dem sich ein Mantel, eine Jacke, zwei Unterhosen und ein wenig Reiseproviant befinden.
Das Messer nehme ich ihm sicherheitshalber ab und stecke es in meinen Gürtel, die anderen Sachen lasse ich ihm. Während ich in meinen Taschen nach einer Lederschnur suche, um seine Arme an den Handgelenken verknoten zu können, höre ich ein

leises Schnaufen. Es kommt von dem Kobold. Er murrt, dreht sehr langsam seinen Kopf zur Seite und öffnet blinzelnd die Lider. Jetzt sehe ich, dass er große, runde, grüne Augen hat, die von einer sich nach oben und unten verjüngenden schwarzen Pupille geteilt werden und ihm ein katzenhaftes Aussehen verleihen.
Es überrascht mich, wie schnell sich der Kobold von meinem Faustschlag erholt hat. Der dicke, kleine Kerl ist anscheinend härter im Nehmen, als ich gedacht habe. Daher lege ich schnell meine krallige Hand um seinen pelzigen Hals. „Ein Mucks und du bist tot!“, drohe ich.
„Ich komme in Frieden“, schnarrt der Kobold. Seine Stimme klingt seltsam dumpf und kratzig, aber dennoch irgendwie melodiös; er dürfte ein guter Sänger sein.
„Warum schleichst du nächtens durch den Wald?“, frage ich und lockere ein wenig meinen Griff, da ich ihm nicht die Gurgel abdrücken will.
Seine grünen Augen verengen sich. „Was bist du für ein seltsames Wesen? Bist du so eine Art Skriek?“
Ich gehe auf seine Frage nicht ein. „Was suchst du hier?“
„Nahrung“, sagt er nach einigem Zögern.
Meine Nasenflügel vibrieren. Ich spüre, dass er lügt. „Wenn du noch eine Weile leben willst, sagst du mir besser die Wahrheit, Kobold.“
„Ich suche Nahrung“, krächzt er. „Das ist die Wahrheit.“
Ich packe deutlich fester zu. Die Kralle meines rechten Daumens drückt gegen seinen Kehlkopf. Er quiekt erschrocken auf und greift mit seinen breiten Händen nach meinem rechten Unterarm, doch das nützt ihm nichts, da ich viel stärker bin. Der Druck meiner Daumenkralle erhöht sich und ich spüre eine klebrige Feuchtigkeit über meine Finger rinnen. Es ist Blut. Koboldblut.
Erneut quiekt er. „Lass mich los, Schuppenwesen! Ich werde dir die Wahrheit sagen!“
Ein wenig löse ich meine Kralle von seinem Hals. „Sprich!“, fordere ich.
Er schluckt heftig. „Ich suche eine mächtige Kriegerin. Ihr Zeichen ist eine Spinnwebe, die sich über eine Hälfte ihres Gesichtes zieht“, krächzt er schließlich und wischt über das Blut auf seinem Fell.

Jetzt bin ich verblüfft. Spricht der Kobold etwa von Sincha Ankonski, der Heerführerin?
„Was willst du von der Kriegerin?“, frage ich.
„Kennst du sie denn?“, fragt er ein wenig vorlaut zurück.
Einen gewissen Respekt nötigt mir der kleine Kerl durchaus ab. Trotz der lebensbedrohlichen Situation wirkt er nicht besonders ängstlich. Sicherheitshalber verstärke ich den Druck meiner Kralle erneut. Ich mag keine Kobolde, und vorlaute schon gar nicht.
„Antworte nur auf meine Fragen“, knurre ich.
Hastig nickt er. Meine Kralle dürfte ihm ziemliche Schmerzen bereiten. „Ich will die Kriegerin warnen. Sie ist in großer Gefahr.“ Seine Stimme klingt nicht mehr ganz so melodiös.
„Welche Gefahr droht ihr?“
„Angrias Schergen verfolgen sie.“
Verächtlich spucke ich aus. „Ich denke, das wird die Kriegerin schon selber wissen.“
„Nur wenige Meilen von hier entfernt lagern die Schergen. Ich habe sie selbst gesehen. Ein Riese führt sie an. Sie haben Trolle bei sich und ein halbes Dutzend Gnome, die ihnen als Fährtensucher dienen.“
Wenn das, was der Kobold sagt, stimmt, dann sind das äußerst schlechte Nachrichten. Wir haben Angrias Schergen nicht so nahe gewähnt.
Meine Augen verengen sich zu schmalen Schlitzen. „Warum willst du der Kriegerin helfen?“
„Mein Gott hat es mir befohlen.“
„Wer ist dein Gott?“, will ich wissen.
„Mein Gott ist der, der in allen Dingen lebt.“
„Den kenne ich nicht.“
„Das solltest du aber“, schnarrt der Kobold. „Er ist der einzige Gott, den es gibt.“
Ich betrachte ihn herablassend. „Wie dumm du doch bist, kleiner Mann! Es gibt so viele Götter und Göttinnen. Bahluna und Thurantuh, Ganthron und Ama, Asalon und Haspanarte, um nur ein paar zu nennen.“
„Das sind doch nur Emanationen“, sagt der Kobold. „Aspekte des einen wahren Gottes, der in allen Dingen lebt.“
Töte diesen Unhold! Er betreibt Blasphemie!, brüllt Thurantuh erbost in meinem Hinterkopf.

Später, vertröste ich meinen Gott in Gedanken, erst muss ich den Kobold zu Sincha bringen.
Thurantuh schnauft empört.
Währenddessen legt der Kobold seinen Kopf zur Seite und beäugt mich neugierig. „Warum hast du vorhin diesen Gott namens Thurantuh erwähnt?“
„Er ist mein Kriegsgott“, erkläre ich knapp.
„Ach?“ Der Kobold ist von meinem Gott anscheinend nicht sehr fasziniert, aber zumindest scheint er ihn zu kennen. Das ist bemerkenswert. Nur sehr wenige Wesen wissen, dass es Thurantuh gibt. Ich beschließe, wenn es sich später irgendwie einrichten lässt, den Kobold genauer zu Thurantuh zu befragen, aber im Moment stehen dringlichere Dinge an.
„Die Kriegerin, die du suchst, heißt Sincha Ankonski“, sage ich daher zu dem Kobold. „Sie lagert hier in der Nähe. Ich bringe dich zu ihr.“
„Meinem Gott sei Dank“, flüstert er sichtlich erleichtert.
Ich löse meinen Griff um seinen Hals und deute mit meinem Zeigefinger auf seine breite Nase. „Ich mag keine Kobolde.“ Meine Stimme klingt hart, als ich daran denke, dass es Kobolde gewesen sind, die Fangdeso und Junkoloso, zwei äußerst friedliche Skriekmänner und einstige langjährige Stammesgefährten von mir, getötet haben. „Schon mit zwölf Jahren habe ich meinen ersten Kobold erschlagen.“
„Dann war er sicherlich verletzt und unbewaffnet“, gibt der kleine Kerl unbeeindruckt zurück. „Ansonsten hätte er dich damals mit Leichtigkeit besiegt.“
Ich schlucke überrascht. Es stimmt, was der freche kleine Kerl sagt. Jener Kobold ist damals tatsächlich unbewaffnet und verletzt gewesen. Aber das würde ich natürlich niemals zugeben, zumindest nicht vor dem Kobold.
„Hüte deine Zunge, Blaupelz!“, drohe ich ungehalten. „Ich habe bereits hunderte Kobolde mit meinen Äxten getötet.“
Das ist zwar sehr übertrieben, aber das muss er ja nicht wissen.
„Ich sehe schon“, schnappt der Kobold böse, „wir werden noch richtig gute Freunde.“

Minuten später erreiche ich die Waldhütte. Ich habe darauf verzichtet, den Kobold zu fesseln. Nach meinem Faustschlag brummt ihm sicherlich immer noch ordentlich der Schädel.

Außerdem ist er für mich kein Gegner. Wenn er versuchen würde zu fliehen, hätte ich ihn innerhalb weniger Augenblicke wieder gefasst.
Mit einem Schubs stoße ich den Kobold in das Innere der Hütte und wecke meine Gefährten mit einem Ruf.
Fluchend und knurrend schälen sie sich aus ihren Reisedecken und Umhängen. Ich entzünde einen harzigen Kienspan und gebe ihn in die Halterung über dem Ofen. Nun haben wir so viel Licht, dass wir das Nötigste erkennen können.
Romaldo richtet seinen Hut und sein Rapier. Dann tritt er nach vorne und beäugt den Kobold skeptisch mit schmalen Augen.
„Wie kannst du es wagen, meine Nachtruhe zu stören, du blauer Winzling? Weißt du denn nicht, wer ich bin?“
„Äh ... nein.“ Der Kobold wirkt sichtlich verunsichert.
„Nun, so wisse denn, ich bin Romaldo, der unvergleichliche, einzigartige, großmütige Prinz aus Harba.“ Romaldo stellt sich theatralisch in Pose.
„Oh mein Gott, bei allen Kupferkesseln!“, stöhnt der Kobold. Sein Kristallamulett vibriert kurz und gibt, wie von Geisterhand gelenkt, einen hellen Ton von sich. Ergriffen sinkt der kleine Kerl in die Knie. „Du bist ein harbaischer Zwilling! Ein mächtiges Wesen voll Magie.“ Er senkt ehrerbietig seinen kugelrunden, blauen Kopf. „Welche Ehre, dich zu treffen. Schon mein ganzes Leben träumte ich davon, einem harbaischen Königssohn zu begegnen. Einem herrlichen Prinzen, der über wahre Macht und Magie verfügt.“
Romaldo lässt den Kobold eine Weile in demütiger Haltung vor sich knien, schließlich räuspert er sich. „Du scheinst mir ein Kobold mit außerordentlichem Verstand zu sein. So erhebe dich, es ist nicht angebracht, unnötig lang vor einem anderen, und sei er auch noch so wunderbar, zu knien.“
„Danke, edler Prinz“, haucht der Kobold und steht auf. Seine grünen Augen mit den seltsam katzenhaften Pupillen starren begierig auf Romaldos Rapier.
„Nun denn“, dröhnt Romaldo. „So sprich zu uns: Was führt dich in dieser Nacht hierher?“
„Eigentlich“, der Kobold wirkt ein wenig kleinlaut und senkt den Blick vor Romaldo, „habe ich eine Botschaft für die Kriegerin mit dem Spinnennetz im Gesicht.“
„So, so.“ Romaldo schnauft ungehalten.

„Aber meine Freude“, stammelt der Kobold, „dich hier zu treffen, edler Prinz, ist über alle Maßen groß. Ich bin mir der Ehre, mit dir in diesem Raum sein zu dürfen, überaus bewusst.“
„Zumindest hast du gute Manieren.“ Romaldo wirkt immer noch ein wenig gekränkt darüber, dass der Kobold eine Botschaft für Sincha und nicht für ihn hat. „Also, überbringe deine Botschaft.“
Mit Schwung wirft er seinen Mantel über seine rechte Schulter, dreht sich um und zieht sich in den hinteren Teil der Hütte zurück. Romaldos Interesse an dem Kobold ist deutlich abgeflaut.
Sincha Ankonski drängt sich nach vorne, doch bevor sie das Wort an den Kobold richten kann, ist er an ihr vorbeigehuscht und wirft sich vor Knut auf den Boden.
„Der zweite Zwilling!“ Seine grünen Augen glänzen vor Freude. „Welche Ehre! Diese Nacht werde ich nie vergessen.“
„Grumpf“, sagt Knut und bedeutet dem Kobold aufzustehen. „Grumpf.“
„Du bist ein Kriegskeulenkämpfer!“ Der kleine Kerl platzt fast vor Begeisterung. „Wie überaus selten!“
„Grumpf, grumpf.“ Knut zieht eine Schnute.
„Wie du willst.“ Der Kobold erhebt sich ehrfürchtig, verbeugt sich noch einmal vor Knut und geht an seinen alten Platz zurück, wo Sincha noch immer auf ihn wartet.
Knut gesellt sich mit einem Grumpfen zu seinem Bruder.
„Im Endeffekt“, raunt Romaldo in Richtung Kobold, „ist ein Rapier einer Kriegskeule immer überlegen, da sie die feinere und schnellere Waffe ist. Das solltest du niemals vergessen.“
„Wie du befiehlst, edler Prinz.“ Der Kobold nickt in Richtung Romaldo. „Und du hast ja so recht. Dein Rapier ist ein Wunderwerk an Schmiedekunst und Magie.“
Romaldo grunzt zufrieden und zwirbelt seinen Schnurrbart. Wie immer ist es ihm überaus wichtig, allen seine vermeintliche Überlegenheit zu demonstrieren.
Sincha hat inzwischen beinahe die Geduld verloren. Sie baut sich vor dem Kobold auf. „Sag mir deinen Namen!“
„Ich heiße Gemtiolinko Emtandulus Karansymphby.“ Er grüßt Sincha sehr höflich, aber von der ehrfürchtigen, unterwürfigen Begrüßung, die er den harbaischen Zwillingen hat angedeihen lassen, ist gegenüber der Amazone nichts zu bemerken. „Und

ich habe dich gesucht, Heerführerin.“
„Diese verfluchten Koboldnamen kann sich niemand merken“, mault Clarina, die unmittelbar neben Sincha steht. „Wir sollten ihn einfach nur Gem nennen. Das müsste reichen.“
Sincha nickt. „Also, Gem, warum suchst du mich?“
„Ich habe es dem Schuppenwesen schon gesagt. Ich bin gekommen, um dich vor Angrias Schergen zu warnen. Sie lagern unweit von hier und zählen gut dreißig Kämpfer. Ein Riese führt sie an und sie haben Trolle, Gnome und ostalische Bogenschützen bei sich.“
Sinchas grüne Augen verengen sich und mir fällt plötzlich auf, dass das Grün darin dem des Kobolds nicht unähnlich ist.
„Warum willst du mich warnen?“, fragt sie misstrauisch.
„Mein Gott hat es mir befohlen.“
„Hm.“ Sinchas spitzes Kinn spannt sich. „Wie hast du mich gefunden?“
Der Kobold deutet auf seine Bernsteinkette. „Meine Kristalle haben mich geführt.“
„Seit wann suchst du mich?“
„Seit vielen Wochen, Heerführerin. Anfangs marschierte ich auf der Handelsstraße Richtung Yestshire, doch als ich vorgestern vor den Toren der Stadt stand, vibrierten meine Kristalle und zeigten mir an, dass du nun Richtung Timion unterwegs bist. Ich folgte dir durch den Funduswald und traf auf das Schuppenwesen.“ Sein Blick richtet sich anklagend auf mich. „Es hat mich brutal niedergeschlagen und gewürgt. Seine Krallen ritzten meinen Hals und ich hatte Angst, zu ersticken.“
Kathinka betrachtet zuerst die dunklen Blutflecken auf Gems Hals, dann wirft sie mir einen bösen Blick zu. Ich zucke mit den Schultern. Was will sie? Wir wissen ja immer noch nicht, ob der Kobold nicht ein Spion ist, den König Angrias oder Erik Anfohrrnus ausgesandt haben.
„Deine Kristalle scheinen recht erstaunlich zu sein“, meint Sincha mit starrem Blick.
„Mein Gott gab sie mir“, murmelt Gem.
„Der kleine Kerl ist ein Kristallträger“, sagt Kathinka erklärend in die Runde und tritt einen Schritt auf den Kobold zu.
„Du weißt, wer ich bin?“, haucht Gem und erstarrt beinahe, als er Kathinkas Zauberstab sieht. Man meint förmlich zu sehen, wie die Gedanken in seinem Kopf dahinrasen. „Nur wenige

wissen über uns Kristallträger Bescheid.“
„Ich bin, so wie du, ein magisches Wesen und weiß so einiges.“ Kathinkas veilchenblaue Augen fixieren Gem. „Kristallträger gelten bei den Kobolden als Orakel, die ihnen die Zukunft voraussagen. Sie verfügen über eine seltsame Magie der Weissagung und Vorausschau. Jeder Koboldstamm hütet seinen Kristallträger wie einen Augapfel. Und den Kristallträgern ist es auf das Strengste verboten, ihren Stamm zu verlassen.“
„Nun, das stimmt im Prinzip.“ Gem leckt nervös über seine schwarzen Lippen und entblößt dabei breite gelbliche Mahlzähne. „Es gab in meinem Dorf leider das eine oder andere Problem. Deswegen hat man mich sozusagen verbannt.“
„Kristallträger werden nicht verbannt“, sagt Kathinka gefährlich leise. „Wenn sie als Orakel irren und ihre Voraussagen nicht eintreffen, werden sie enthauptet. Kein Kristallträger kann sein Dorf lebend verlassen.“ Sie deutet auf den Koboldsäbel, der an ihrer Hüfte hängt. „Ich habe schon den einen oder anderen Kobold getötet. Es scheint mir daher äußerst unklug, wenn du mir nicht augenblicklich die ganze Wahrheit erzählst.“
Schau einer an, denke ich. Kathinka kann durchaus sehr bedrohlich sein.
Sincha tippt mit ihrem Zeigefinger gegen die pelzige Brust des Kobolds. „Wir befinden uns im Krieg. Wir haben keine Zeit für Geduld. Entweder erzählst du uns alles, was wir wissen wollen, oder ich schlage dir eigenhändig deinen Kopf ab.“ Die Griffe ihrer beiden Krummsäbel ragen über ihren Schultern bedrohlich empor und ich meine zu erkennen, dass Gem unter seinem blauen Fell eine bleiche Gesichtsfarbe bekommt.
„Ihr scheint alle große Freude daran zu haben, Kobolde zu töten“, krächzt er.
„Das stimmt“, bestätige ich.
„Mein Gott, warum prüfst du mich so sehr?“ Der Kobold verdreht seine runden Augen.
„Sprich endlich.“ Sincha tippt noch einmal gegen die Brust des Kobolds.
„Ich bin“, sagt er mit rauer Stimme, „einer der besten Kristallträger, die es unter den Kobolden gibt. Die Magie fließt stark in meinen Adern.“ Er deutet in Knuts Richtung. „Daher kann ich den harbaischen Kriegskeulenkämpfer auch mühelos

verstehen.“ Gem blinzelt. „Meine Kristalle können so vieles voraussagen. Aber ihre Magie ist kompliziert und vielschichtig. Nicht alles erscheint auf den ersten Blick so klar, wie man vermuten möchte. Und so war es auch mit einer meiner Voraussagen. Mein Dorf wollte eines Tages im heurigen Frühsommer von den Gnomen ein paar Kühe stehlen und befragte mich nach dem günstigsten Zeitpunkt für den Überfall. Ich warf die Kristalle und gab meinen Brüdern und Schwestern die entsprechende Antwort. Sie brachen zwei Nächte später bis an die Zähne bewaffnet auf, um die Kühe zu stehlen. Ich wartete friedlich in meinem Dorf auf die Rückkehr meiner Geschwister und betrachtete die Sterne über mir, nichts Böses ahnend. Da vibrierten plötzlich meine Kristalle. Sie schienen mir förmlich vor Magie zu brennen und so befragte ich sie erneut. Mit einem Mal hatte ich so ein Gefühl, als ob sich die Zukunft ein wenig verschoben hätte. So etwas kann vorkommen, auch wenn es natürlich sehr, sehr selten geschieht. Auf jeden Fall stellte ich mit Schrecken fest, dass plötzlich auch ein Trupp Zwerge mit ins Spiel kam. Anscheinend hat es im Felsenland einige unliebsame Zwischenfälle gegeben und die Zwerge haben ihre Patrouillen verstärkt. Später erfuhr ich, dass die Amazonen damit begonnen hatten, Zwerge anzugreifen. Daher haben die Zwerge ihre Aufmerksamkeit stark erhöht und deutlich mehr Patrouillen rund um das Felsenland ausgeschickt.“ Gem schnauft. „Lange Rede, kurzer Sinn. Die Zwerge hielten meine bewaffneten Koboldgeschwister für eine Bedrohung und es kam zu einem Gemetzel. Nur sehr wenige Kobolde überlebten.“ Er schluckt. „Dank meiner Kristalle ahnte ich bereits, dass der geplante Raubzug schrecklich schiefgegangen ist und überlegte daher fieberhaft, was ich tun sollte. So eine falsche Voraussage ist das Ende für jeden Kristallträger. Meine Tage als Orakel waren gezählt. Ich musste etwas unternehmen. Im Dorf waren ja in jener Nacht nur mehr einige hochschwangere Frauen, kleine Kinder und ein paar steinalte Kobolde. Fast alle kampffähigen Dorfbewohner waren losgezogen, um die Kühe zu rauben. So nutzte ich die Gunst der Stunde und schlich mich heimlich aus dem Dorf, bevor die wenigen überlebenden Kobolde zurückkommen und mich enthaupten konnten.“ Seine Lippen beben. „Mir war klar, dass ich nicht länger in Allunien bleiben konnte. Die Kobolde jedes

noch so kleinen Dorfes würden mich ab jetzt unerbittlich jagen. Und so floh ich über das Tor von Santanien nach Euptonien."
„Und dann?", will Sincha wissen.
„Und dann, eines Abends, sprach mein Gott durch die Kristalle zu mir. Er befahl mir, die mächtige Kriegerin mit dem Zeichen der Spinnwebe im Gesicht zu suchen und vor drohender Gefahr zu warnen." Seine Stimme wird noch kratziger. „Anscheinend, werte Heerführerin, hängt das Überleben der Welt ganz eng mit deinem Überleben zusammen. Bei dir laufen viele magische Zeitstränge zusammen. Es ist von enormer Bedeutung, dass du überlebst." Gem klingt sehr eindringlich. „Von dem Schuppenwesen erfuhr ich vorhin deinen Namen. Sincha Ankonski. Dein Name ist mir bekannt und ich weiß, dass du eine berühmte amazonische Heerführerin bist." Er breitet die Arme aus. „Verfüge über mich, Amazone."
Sincha ist ein wenig verblüfft und sucht nach den richtigen Worten. Damit hat sie wohl nicht gerechnet.
„Wir sollten ihn töten", schlage ich daher vor, bevor Sincha uns ihre Anordnungen geben kann. „Meiner Meinung nach lügt der Kobold das Blaue vom Himmel."
Kathinka schüttelt den Kopf. „Nein, Skriek, ich spüre die Magie in ihm. Er ist ein wahrer Kristallträger." Sie beugt sich zu dem kleinen Kerl hinab. „Aber ich bin mir nicht sicher, ob du uns die ganze Wahrheit erzählt hast."
„Bei meinem Gott schwöre ich, dass ..."
Ich unterbreche ihn und wende mich direkt an Kathinka. „Der Kobold weiß, wo wir sind und kann uns jederzeit verraten. Nur wenn er tot ist, stellt er keine Gefahr mehr dar."
„Er könnte uns mit seinen Kristallen sehr helfen", entgegnet Kathinka.
„Willst du jetzt auf seine Orakelkräfte vertrauen?", frage ich verärgert. „Er hat uns ja eben selbst erzählt, dass er sich schon einmal getäuscht hat."
„Gem hat uns vor Angrias Schergen, den Hexern und den Meuchlerinnen gefunden. Das scheint mir keine geringe Leistung zu sein." Kathinka deutet mit ihrem Zauberstab ungehalten auf mich. „Wir sollten seine Fähigkeiten nicht achtlos vergeuden."
Romaldo macht sich mit einem wichtigtuerischen Räuspern bemerkbar. „Dieser Gem scheint ein vernünftiges Wesen zu

sein, das einen edlen Prinzen durchaus zu würdigen weiß. Es wäre daher alles andere als ehrenhaft, ihn jetzt zu töten."
Seltsamerweise geben Romaldos Worte den Ausschlag, denn nicht nur Kathinka, auch die Amazonen nicken einhellig zu dem Gesagten. Knut grumpft ebenfalls zustimmend.
Der Kobold wird also nicht getötet, na schön! Damit steht es wieder einmal fünf zu eins gegen mich. Ich betrachte resigniert meine kralligen Hände, die sich so gern um den Hals eines Kobolds gelegt hätten, und halte den Mund. Es bringt nichts, jetzt noch etwas zu sagen. Die Entscheidung ist bereits gefallen.
„Wir werden ja bald sehen, ob Gem die Wahrheit gesagt hat."
Sincha klopft mir leicht auf die Schulter. „Wenn uns Angrias Schergen tatsächlich so dicht auf den Fersen sind, wie der Kobold behauptet, und ihre Gnome nicht völlig unfähig im Fährtenlesen sind, werden sie uns wohl schon im Morgengrauen angreifen. Wir sollten uns gut darauf vorbereiten."
Ich nicke. „Meinetwegen."
Insgeheim hoffe ich, dass sich auch ein paar Kobolde unter Angrias Schergen befinden. Meine Kampfäxte warten schon.

10

An Schlaf ist in dieser Nacht nicht mehr zu denken gewesen. Nun bricht der Morgen an und es ist abzusehen, dass heute ein kalter, nebeliger Tag wird. Der Spätsommer ist wohl endgültig vorbei. Tau tropft von den Blättern der Bäume, Büsche und Farne ringsum, und vom Waldboden steigt klamme Feuchtigkeit auf. Feine Wölkchen kommen aus unseren Mündern. Jeder hat sich fest in seinen Mantel gehüllt und versucht so, dem unwirtlichen Wetter ein wenig zu trotzen. Unsere Blicke gleiten immer wieder zu dem wolkenverhangenen Himmel und wir alle hoffen, dass es heute nicht regnet. Es kämpft sich besser, wenn einem nicht dicke, prasselnde Tropfen die Sicht erschweren, und auch der Untergrund ist bei einigermaßen trockenem Wetter deutlich weniger rutschig. Feuchte schlammige Erde ist schon so manchem Kämpfer zum Verhängnis geworden.
Unweit der Hütte halten wir uns zwischen alten Eichenstämmen

versteckt und harren der Dinge, die da kommen werden. Kathinka steht gut zehn Meter hinter uns, verborgen von dichtem Blattwerk. Vor ihr sitzt ein an Händen und Füßen gefesselter Gem, der noch zusätzlich einen Knebel verpasst bekommen hat und äußerst unglücklich in die Gegend späht. Es passt ihm wohl nicht, dass wir ihn so verschnürt haben, aber wir wollen kein unnötiges Risiko eingehen. Auch wenn wir den Kobold noch nicht getötet haben, bedeutet das keineswegs, dass wir ihm vorbehaltlos vertrauen. Was meine Person anbelangt, bin ich sowieso mehr als nur misstrauisch bezüglich Gems, doch auch bei meinen Gefährten scheint wieder etwas Vernunft eingekehrt zu sein, und deswegen ist Gem jetzt außer Gefecht gesetzt. Kathinka, die von uns sechsen mit Abstand die schwächste Kämpferin ist, ist von Sincha abgestellt worden, den Kobold zu bewachen, und sie scheint ihre Aufgabe durchaus ernst zu nehmen. Mit gezogenem Koboldsäbel in der einen Hand und fest ergriffenem Zauberstab in der anderen steht sie da und beäugt skeptisch das Unterholz. Im Moment wirkt sie beinahe kriegerisch, und ich kann nicht umhin, ein wenig stolz auf sie zu sein. Mag sie auch nicht über die Kraft, Kampftechnik und Schnelligkeit von uns anderen verfügen, so mangelt es ihr ganz sicher nicht an Mut und Entschlossenheit.
Der Himmel wird ein Stück heller und die Nebelschwaden verdichten sich mit dem anbrechenden Tag noch weiter. Nur träge scheint die Zeit zu verstreichen. Das Warten zehrt an unseren Nerven. Wir alle haben deutlich früher mit einem Angriff von Angrias Schergen gerechnet. Wo bleiben sie? Und kommen sie überhaupt? Immer mehr wächst in mir der Verdacht, dass uns Gem belogen hat. Wundern würde es mich nicht, Kobolde sind in allen Landen als verschlagen und hinterlistig bekannt.
Sincha senkt neben mir ein wenig ihren Krummsäbel, den sie in der rechten Hand kampfbereit hält. „Wir warten noch eine Weile“, flüstert sie leise, da sie unsere Unruhe deutlich spürt. „Alles bleibt so wie besprochen. Zuerst schalten Clarina und ich die Gnome aus, damit sie nicht ihre vergifteten Blasrohrpfeile auf uns abschießen können. Anschließend greifen wir die ostalischen Bogenschützen an. Knut soll uns mit seiner Keule unterstützen und so viele Gegner wie möglich töten, die über Fernwaffen verfügen. Vielleicht sind ja auch Armbrustschützen

unter den Schergen. Gem hat selbst gesagt, dass er gestern Nacht unsere Gegner nur sehr schemenhaft erkannt hat. Wir müssen also auf alles vorbereitet sein. Erst wenn es uns gelungen ist, die Schützen unschädlich zu machen, stürmen wir zwischen den Eichen hervor und stellen uns dem Nahkampf. Wir können es nicht riskieren, von Pfeilen gespickt zu werden. Denkt alle daran, was bei unserem letzten Kampf mit Angrias Schergen geschehen ist. Emmensa wurde von einem vergifteten Pfeil tödlich getroffen, als wir auf unsere Gegner zuliefen. Wir können es daher nicht riskieren, unsere sichere Deckung vorzeitig zu verlassen. Wir sind nur zu fünft, zu sechst, wenn wir Kathinka mitzählen, und laut Gem stehen wir gut und gern dreißig Kriegern gegenüber. Wir müssen also äußerst vorsichtig und überlegt vorgehen. Ist das allen klar?"
Wir nicken einhellig.
„Gut", raunt Sincha. „Und nun lasst uns weiter warten."

Meinem Zeitgefühl nach vergeht beinahe eine halbe Stunde, bis wir endlich jene Geräusche hören, auf die wir so lange gewartet haben. Verstohlene Schritte, das leise Klirren von Metall, geflüsterte Befehle. Endlich ist es so weit. Ich zurre noch einmal am Gurt meines Rückenschilds, dann greife ich die Handgriffe meiner beiden Kampfäxte noch fester und schlage meine metallenen Armbänder gegeneinander. „Thurantuh, Thurantuh, Thurantuh!"
Ich bin bereit.
Vorsichtig und in gebückter Haltung tauchen Angrias Schergen zwischen den Bäumen auf. Sie kommen, wie wir erwartet haben, aus nördlicher Richtung. Vor der Hütte ist eine breite Lichtung, die sie überqueren müssen, wenn sie uns angreifen wollen. Diese Lichtung, so scheint mir, ist unser einziger Vorteil. Die Amazonen haben freies Wurffeld für ihre tödlich spitzen Dolche und können wohl schon einige Bogenschützen und Gnome aus der Ferne erledigen.
Mehr und mehr Krieger sind in den wabernden Nebelschwaden zu erkennen. Einige von ihnen tragen das Zeichen Ostaliens auf ihren Schilden und Rüstungen – einen Adler mit einem Schwert in seinen Krallen –, und alle wirken sehr diszipliniert und konzentriert. Mir wird klar, dass wir es hier mit äußerst erfahrenen Veteranen zu tun haben. Das wird alles andere als

ein leichter Kampf.
Mit schmalen Augen beginne ich unsere Gegner zu zählen. Ich sehe sechs gnomische Fährtensucher mit langen, schmalen Blasrohren. Hinter ihnen kommen mehr als ein Dutzend ostalische Bogenschützen, die zusätzlich zu Pfeil und Bogen noch mit handlichen Kurzschwertern bewaffnet und anscheinend auch im Nahkampf geübt sind.
Eine Handvoll Trolle schließt zu den Bogenschützen auf. Sie halten wuchtige Speere in ihren Pranken. Diese Speere dienen eher als Stoß- denn als Wurfwaffen und sind überaus gefährlich, wenn sie von einem Troll gehandhabt werden. Trolle sind gut zweieinhalb Meter groß, haben eine warzige schwarze Haut, gelbliche Augen, dicke Muskeln und sind meist wütend und gereizt.
Neben den Trollen marschieren noch zahlreiche waffenstarrende, gut gepanzerte Zwerge, die Äxte und Rundschilde in den Händen halten. Ihre geknüpften Bartzöpfe sind feucht vom Nebel und kleben an ihren Brustharnischen. Ich kenne diese Art von Zwergenschlag. Sie sind beinharte, rücksichtslose Kämpfer, die für ausreichend Goldstücke bereit sind, jede Schandtat zu begehen.
Insgesamt stehen wir, wenn ich mich nicht verzählt habe, zweiunddreißig kampferprobten Kriegern gegenüber. Angeführt werden die Schergen von einem Riesen, der selbst für seine Rasse ungewöhnlich groß ist. Er hat eine rissige, felsenähnliche, graue Haut und gewaltige Muskeln. Zahlreiche Tätowierungen bedecken seinen fast vier Meter großen Körper. Sein Kopf wird von einem blaugefärbten Eisenhelm geschützt, in den Händen trägt er eine lange Metallstange mit spitzen Enden. Mich wundert es nicht, dass ein Riese Angrias Schergen anführt. Diese großen Wesen ertragen es nur in Ausnahmefällen, von anderen Befehle entgegenzunehmen. Sie fühlen sich allen anderen Rassen bei weitem überlegen und reißen stets das Kommando an sich. Da sie die stärksten Kämpfer der Welt sind, macht ihnen auch niemand so schnell die Befehlsgewalt streitig.
Während ich den Riesen genauer betrachte und abzuschätzen versuche, fällt mir auf, dass König Angrias verstärkt auf diese großen Wesen unter seinen Söldnern setzt. Hat er vielleicht eine geheime Vereinbarung mit ihnen geschlossen? Da ich es nicht weiß, zucke ich nur kurz mit den Schultern. Im Grunde spielt es

auch keine Rolle. Heute Morgen zählt nur das Hier und Jetzt und ich muss mit allen Sinnen bei der Sache sein. Jede noch so kleine Ablenkung könnte tödlich sein. Neben meiner Achtsamkeit ist natürlich auch meine Erfahrung als Kämpfer von nicht geringer Bedeutung. Immerhin habe ich bereits zwei Mal gegen Riesen gekämpft. Einmal ist es im Zhokanischen Gebirge gewesen, wo ich einem jungen und noch sehr unerfahrenen Riesen gegenübergestanden bin. Dummerweise habe ich mich damals nicht mit einem ehrenhaften Sieg begnügt, sondern den jungen Riesen unnötigerweise auch noch getötet. Das hat mir die immerwährende Feindschaft seines Vaters, eines Stammesführers namens HamSamKoLo, eingebracht. HamSamKoLo hat mir damals auch prompt einen Kopfgeldjäger auf den Hals gehetzt, der uns ziemliche Scherereien bereitet hat. Meinen zweiten Kampf gegen Riesen habe ich mit einer Riesin in einem Scharmützel gegen König Angrias Schergen ausgefochten, kurz nachdem wir die ostalische Grenze überschritten haben. Leider haben wir in jener Auseinandersetzung die Amazone Emmensa verloren. Die Riesin ist damals aber keine ernsthafte Gegnerin für mich gewesen. Ihre Leute waren längst geschlagen und ihr Kampfeswille war gebrochen. Sie ist bereit gewesen, sich uns zu ergeben, aber natürlich bin ich nicht auf ihr Angebot eingegangen und habe sie meine scharfen Axtblätter kosten lassen.
Nun, wie auch immer. Dieser mächtige Riese, der soeben mit seinem Trupp immer näher kommt und bald die Lichtung erreicht haben wird, ist von einem ganz anderen Kaliber. Ihn kann man mit dem unerfahrenen, jungen Riesen und der Riesin mit dem gebrochenen Kampfeswillen nicht vergleichen.
Ich verenge meine Augen noch ein wenig mehr, da mir plötzlich etwas auffällt. Einer der Trolle, der neben dem Riesen einhergeht, ist gar kein richtiger Troll; er hat zwar die gleiche dunkle warzige Haut wie seine vermeintlichen Artgenossen, aber er ist einen Kopf größer als sie und verfügt über ebenso wulstige Augenbrauen wie ein Riese. Auch seine Klauen erinnern an die plumpen Finger von Riesen und auf seinem breiten Kinn wuchert ein struppiger Bart, ganz so, wie es bei vielen Riesen üblich ist. Ein Mischwesen, erkenne ich, halb Troll, halb Riese. Ich habe schon von solchen Kreaturen gehört.

Sie sollen überaus schnell und stark sein. Mein Blick fällt auf seine Waffe. Er trägt weder den Speer eines Trolls noch die Metallstange eines Riesen, sondern hält einen Bihänder in seiner Pranke. Das ungewöhnlich große Schwert wird von menschlichen Soldaten mit zwei Händen geführt, aber das Mischwesen hält den Bihänder so mühelos, als ob er nicht mehr als ein amazonischer Krummsäbel wiegen würde. Auf jeden Fall bin ich gewarnt. Der hünenhafte Riese und das seltsame Mischwesen sind überaus gefährliche Gegner. Das wird, denke ich erneut, kein leichter Kampf.
Die Gnome haben angehalten und wittern in die morgendliche Luft. Irgendetwas scheint sie zu beunruhigen. Können sie uns mit ihren feinen Nasen zwischen den alten Eichenstämmen riechen? Ein klammes Gefühl macht sich in meiner Brust breit. Erneut halten die Gnome ihre kurzen Nasen in die Luft und tuscheln aufgeregt miteinander. Der Riese und das Mischwesen treten zu ihnen und sagen etwas, das ich über die weite Entfernung nicht hören kann.
„Wir warten“, raunt Sincha. „Lasst sie auf mindestens sechzig Meter herankommen.“
Ich schätze die Entfernung zu den Schergen ab. Meiner Meinung nach sind sie noch mindestens hundertfünfzig Meter von uns entfernt. Es wird ein ziemliches Geduldsspiel werden, wenn unsere Gegner weiterhin so umsichtig vorgehen.
Der Riese und das Mischwesen beratschlagen immer noch mit den Gnomen. Nun gesellen sich auch die Zwerge und Trolle hinzu.
„Habt Geduld“, fordert Sincha.
Da greifen die ostalischen Bogenschützen plötzlich zu ihren Pfeilen und legen sie an die Sehnen ihrer Bögen. Zwei Gnome fuchteln mit ihren dürren Armen durch die Luft und zeigen in unsere Richtung.
„Bleibt ruhig“, flüstert Sincha. „Selbst wenn die Gnome etwas riechen, so können sie uns hier zwischen den Bäumen unmöglich sehen.“
„Grumpf!!!“, brüllt Knut.
Seine Keule rast an meinem rechten Ohr vorbei, nimmt ein irrwitziges Tempo auf, fliegt schneller als jeder gefiederte Pfeil über die Waldlichtung und kracht Augenblicke später gegen den Schädel des Riesen. Die splitternden Eisenteile des

blaugefärbten Helmes bohren sich mit einem hässlich klatschenden Geräusch in seine zertrümmerten Schädelknochen. Kurz wankt das große Wesen. Die Metallstange fällt aus seinen zuckenden, kraftlosen Händen. Riesenblut färbt das Blau des Helmes dunkel. Selbst aus der Entfernung kann ich kurz die Überraschung im Gesicht des Riesen erkennen. Dann knickt er ein und kracht auf den Waldboden. Der Riese ist tot.
Knuts Keule wirbelt herum, fährt zwischen zwei ostalische Bogenschützen und tötet auch diese.
„Grumpf!“ Knut stürzt vorwärts und hält seine rechte Hand mit weit gespreizten Fingern nach vorne gestreckt. Sekunden später landet die Keule in seiner schwieligen Hand. Selig grumpfend sprintet Knut den Schergen von König Angrias weiter entgegen.
„Für Ganthron!“, dröhnt Romaldo und hat mit seinen langen Beinen seinen Bruder rasch eingeholt.
Auch mich packt die Kampfeslust. „Thurantuh! Thurantuh! Thurantuh!” Schon nach wenigen Metern schließe ich zu den harbaischen Zwillingen auf.
„Diese verdammten Idioten!“ Sincha ist außer sich vor Zorn über unser ungestümes, völlig ungeplantes Vorwärtspreschen, doch das hindert sie nicht daran, eiligst ihre Wurfdolche zu ziehen und Richtung Gnome zu schleudern, während sie uns hastig hinterher eilt.
Clarina ist neben ihr. Ihre zahlreichen schmalen, roten Zöpfe tanzen auf und ab, ihre Beine fliegen über den Boden, ihr Wurfarm schleudert mit großem Geschick Dolch um Dolch. Endlich hat der Kampf begonnen.

Für einen kurzen Moment sind unsere Gegner wie gelähmt. Der überraschende Tod ihres Anführers hat sie eindeutig am falschen Fuß erwischt. Hektische Rufe ertönen, Waffen klirren. Doch schon nach wenigen Augenblicken macht sich ihre langjährige Kampferfahrung bemerkbar. Das Mischwesen reißt das Kommando an sich und erteilt rasch Befehle. Die abgebrühten Veteranen gehorchen unverzüglich und nehmen die ihnen zugeteilten Positionen ein. Ihre Gesichter sind nun grimmig entschlossen, Zorn funkelt in ihren Augen und sie wollen wohl alles daran setzen, den plötzlichen Tod ihres Anführers zu rächen.
Die ostalischen Bogenschützen treten zwei Schritte nach vorne,

die Bögen voll durchgespannt. Zwerge und Trolle gruppieren sich rund um das Mischwesen und bilden das Zentrum der Verteidigung. Die sechs Gnome eilen nach links, laden ihre Blasrohre und setzen sie an die Lippen.
Da schleudert Knut erneut seine Kriegskeule. Wie ein wild gewordener Derwisch kracht sie mitten unter die Gnome und zersplittert Knochen und Blasrohre, bevor die kleinen Wesen auch nur ihre Backen aufblasen können. Sincha und Clarina werfen ihre letzten Dolche und zwei Bogenschützen sterben mit durchbohrten Hälsen. Im Vorwärtshasten ziehen die Amazonen ihre Krummsäbel und lösen ihre kleinen Rundschilde mit einer einzigen fließenden Bewegung von ihren Hüften.
Die restlichen Bogenschützen lassen ihre Pfeile fliegen. Sie haben überaus gut gezielt. Die Spitzen rasen auf uns zu. Doch wir haben Romaldo mit seiner seltsamen harbaischen Magie in unseren Reihen. Gedankenschnell schlägt er mit seinem Rapier in einem irrwitzigen Zickzack zahlreiche Pfeile aus ihrer Flugbahn. Die wenigen, an die er nicht herankommt, werden von den Amazonen mit ihren Schilden abgewehrt. Ein verirrter Pfeil prallt gegen mein linkes Axtblatt und schlägt surrend Funken. Und dann sind wir heran.
Wir kämpfen wie die Wahnsinnigen. Alle fünf sind wir, so scheint es mir zumindest, von einem bizarren Blutrausch erfüllt. Krummsäbel und Rapier stoßen unerbittlich zu. Knut wuchtet seine Kriegskeule. Meine Äxte brechen Rüstungen auf und schneiden tief in das Fleisch der Schergen. Mit meinem letzten bewussten Gedanken wird mir klar, dass unsere Gegner nun unseren aufgestauten Frust und unseren glühenden Zorn zu spüren bekommen. Wir wurden belogen und betrogen. Treue Gefährten haben wir verloren. Seit Monaten werden wir gejagt und gehetzt. Unsere Mission ist durch schändlichen Verrat gescheitert und unzählige Feinde sind uns beharrlich auf den Fersen. Irgendwann ist es zu viel und all die aufgestauten Gefühle müssen sich entladen. Nun ist dieser Zeitpunkt gekommen.
Angrias Schergen merken rasch, dass sie unserer geballten Wut nichts entgegenzusetzen haben. Reihum fallen unsere Gegner wie die Fliegen. Nach wenigen Minuten ist kein Gnom und kein ostalischer Bogenschütze mehr am Leben. Die letzten überlebenden Trolle versuchen als Erste zu fliehen. Nur die

eisern disziplinierten Zwerge und das Mischwesen leisten noch Widerstand.
Wir knurren und brüllen. Blut tropft von unseren Waffen. Unser Atem geht schwer. Die Amazonen, Knut und Romaldo stellen sich den zwergischen Kämpen, die eine waffenstarrende Phalanx gebildet haben.
Ich stürze mich auf das Mischwesen. Sein Bihänder saust mir entgegen, ich blocke mit meiner linken Axt. Der heftige Schlag erschüttert meinen Arm und sticht bis in die Schulter, aber in meinem Blutrausch spüre ich den Schmerz kaum. Seitlich rolle ich mich ab und tauche unter einem weiteren Schlag des Mischwesens hindurch. Meine rechte Axt wuchte ich parallel, knapp eineinhalb Meter über den Erdboden gegen die Hüfte des Mischwesens. Mit Mühe kann es meinen Schlag parieren, doch da saust schon meine linke Axt heran. Es will noch ausweichen, doch ich bin zu schnell. Schmatzend frisst sich meine Axt durch die dunkle Trollhaut in die linke Schulter des Mischwesens. Es stöhnt auf. Blut spritzt. Hektisch versucht es mit seinem Bihänder, nach mir zu schlagen. Mit gefletschten Zähnen holt es aus. Erneut bin ich schneller. Meine Axt splittert durch die dicken Rippen seines Brustkorbes. Das Mischwesen röchelt und spuckt Blut. Ein letzter, heftiger Schlag mit meiner Axt und es ist vorbei. Schnaufend drehe ich mich um und sehe aus den Augenwinkeln gerade noch, wie der letzte Zwerg unter Clarinas Krummsäbel fällt.
Ein sattes Grinsen drängt in mein Gesicht und mir ist nach Jubeln zumute. Ich hebe meine Äxte. „Thurantuh! Thurantuh!“, rufe ich und preise so meinen Gott.
Clarina grinst nun ebenfalls, während sie ihre Klinge am Wams eines toten Zwerges von Blut und Knorpelresten säubert. Im Näherkommen sehe ich, dass sie eine große Beule auf der Stirn hat und ihr Blick leicht glasig ist. Sie hat wohl einen recht heftigen Schlag abbekommen.
Links neben mir vernehme ich ein leises Stöhnen. Ich wende den Kopf und sehe, dass Sincha im Gras hockt und ihre rechte Hand gegen ihre blutige linke Schulter drückt. Zahlreiche frische Kratzer sind in ihrem Gesicht zu sehen und um die Nase ist sie käseweiß. Sie hat bei der Schlacht ganz offensichtlich ordentlich einstecken müssen. Knut kniet neben ihr und untersucht sie grumpfend, die Keule liegt griffbereit neben ihm

am Boden. Romaldo steht etwas abseits, richtet seine Straußenfeder und wirkt mit sich und der Welt zufrieden.
Nun gut, denke ich, zwei ramponierte Amazonen, aber ansonsten sind alle heil. Wir sind recht glimpflich davongekommen.
Da höre ich plötzlich gellende Hilferufe.
Kathinka!, hämmert es durch mein Hirn.
Ich wirble um meine Achse und stürme los. Sofort sehe ich, was vor sich geht. Zwei überlebende Trolle sind bei ihrer Flucht in die Richtung von Kathinka und Gem gelaufen und wollen sich nun an den beiden schadlos halten. Mit spitzen Speeren treten sie Kathinka entgegen, die sich vor dem geknebelten und gefesselten Gem mit erhobenem Koboldsäbel und nach vorne gerichtetem Zauberstab aufgebaut hat.
Ich höre meine Gefährten hinter mir irgendetwas brüllen, aber ich achte gar nicht darauf. Mein alleiniges Streben richtet sich darauf, so schnell wie möglich Kathinka zu erreichen und zu beschützen, auch wenn mir mein Verstand sagt, dass meine Beine mich niemals schnell genug voranbringen werden. Trommelnd stürme ich über den Waldboden und mein Herz schlägt mir bis zum Hals.
Da greift ein Troll an. Kathinka will seinen Stich mit dem Koboldsäbel parieren, doch der Troll ist viel zu stark. Seine Speerklinge prellt den Säbel aus Kathinkas Hand. Sie stöhnt auf und taumelt zwei Schritte rückwärts, unmittelbar vor den immer noch am Boden hockenden Gem. Nun hat Kathinka nur mehr den Zauberstab.
„Flieh, Kathinka! Lauf!“ Meine Stimme überschlägt sich kreischend.
Doch Kathinka hört nicht auf mich. Todesmutig kontert sie den erneuten Angriff des Trolls mit dem Zauberstab. Speerklinge und Stab treffen aufeinander. Und da geschieht etwas Seltsames. Ein Lichtfunke blitzt auf und der Speer zerbirst in Dutzende Stücke. Grunzend und überrascht springt der Troll rückwärts. Er wirkt nun deutlich vorsichtiger. Der zweite Troll hingegen will wohl nicht wahrhaben, was er gesehen hat. Knurrend sticht er nach Kathinkas Bauch. Instinktiv und beinahe schon reflexartig kann Kathinka ihren Stab ein wenig senken. Wieder blitzt ein heller Funke auf. Ein zweiter Trollspeer wird zerstört. Kathinka schreit triumphierend auf und schwenkt ihren Stab

drohend von links nach rechts. Sie will die Trolle mit dieser Geste wohl einschüchtern und Zeit gewinnen.
Meine Beine brennen. Schweiß perlt von meinem Rücken. Aber ich sprinte weiterhin, so schnell ich kann und lasse nicht einen Moment an Geschwindigkeit nach. Nur noch wenige Augenblicke und ich bin bei Kathinka.
Die Trolle heulen vor Wut. Ihre Rasse ist dafür bekannt, dass sie gereizter als ein bösartiges Warzenschwein reagiert, wenn ihr Widerstand entgegengesetzt wird. Auch wenn Kathinka die beiden Trolle für kurze Zeit verunsichert hat, so gewinnt doch rasch deren angeborene Aggression und Tollheit die Oberhand. Erneut greifen sie an. Und sie haben aus ihren Fehlern ganz eindeutig gelernt. Man kann Trolle zwar nicht als überaus intelligent bezeichnen, aber ein wenig Verstand besitzen sie doch und sie verfügen über die Instinkte von Kriegern.
Während der eine Troll ein breites Messer aus seinem Gürtel zieht und Kathinka mit dieser Bewegung ablenkt, fasst der andere Troll mit seiner Pranke nach Kathinkas Zauberstab und entreißt ihn ihr blitzschnell und mühelos.
Der Troll mit dem Messer hebt seine Waffe ein weiteres Stück. Kathinka erstarrt. Ich brülle vor innerer Qual, da ich in diesem Moment begreife, dass ich nicht schnell genug bin. Den tödlichen Messerstoß des Trolls kann ich nicht verhindern.
Doch da ist noch Gem. Obwohl er gefesselt und geknebelt ist, wirft er sich knurrend und mit einem überaus grimmigen Gesichtsausdruck gegen die Kniekehlen des Trolls. Dieser wankt für einen Moment und ist bemüht, das Gleichgewicht zu halten. Sein Messerstich geht knapp fehl und Kathinka erwacht aus ihrer Erstarrung. Katzengleich hechtet sie zur Seite und rollt sich über den Boden ab, bis sie unsanft zwischen Farnen und Wurzeln zum Liegen kommt. Hastig drückt sie sich etwas hoch und robbt blitzschnell auf allen vieren um einen borkigen Baumstamm.
Mit einem Blick sehe ich, dass Kathinka außer Reichweite der Trolle und damit in Sicherheit ist. Ich atme erleichtert auf.
Gem wimmert in seinen Fesseln und panische Angst zeigt sich in seinen Zügen. Ich sprinte die letzten Meter und erreiche endlich den Schauplatz des Geschehens. Demonstrativ stelle ich mich keuchend vor Gem, die Äxte kampfbereit. Der Kobold hat es nicht verdient, von den Trollen getötet zu werden. Immerhin

hat er vorhin sein Leben für Kathinka riskiert.
Der Troll mit dem Messer dreht sich zu mir, während der andere schnaubend mit Kathinkas Zauberstab auf mich zeigt.
Da saust etwas über meinen Kopf hinweg und zertrümmert die hässlich breite Nase des Trolls rechts von mir. Kathinkas Stab entgleitet seinen kraftlosen Händen. Mit einem Ächzen fällt er nach hinten. Seine plumpen Beine zucken noch kurz, dann haucht er sein Leben aus.
Knut grumpft laut und zufrieden einige Dutzend Meter hinter mir.
Der andere Troll spuckt Geifer.
Ich zeige drohend meine vier spitzen Eckzähne. Der Troll hat nur ein Messer, ich hingegen zwei langstielige Kampfäxte.
Knurrend gehe ich in Angriffsposition, während ich höre, dass meine Gefährten hinter meinem Rücken heraneilen.
Der Troll rollt mit seinen Augen und schnaubt durch die Nase. Ihm wird wohl plötzlich klar, dass er gegen unsere Übermacht keine Chance hat.
Fluchend macht er kehrt und will zwischen den Bäumen verschwinden.
„Bei Thurantuh!“ Meine Axt bohrt sich zwischen seine Schulterblätter und der Troll ist tot, bevor er auf dem Boden aufschlägt.
Kathinka eilt hastig herbei. In ihren langen schwarzen Haaren stecken kleine Blätter und dünne Ästchen. Grüne Flecken sind auf den Knien ihrer Lederhose zu sehen.
Mit einem Ruf der Erleichterung geht sie neben Gem in die Hocke und löst mit fliegenden Fingern seinen Knebel.
„Bei allen Kupferkesseln!“, japst der Kobold. „Das war knapp.“ Seine kugelrunden Augen werfen einen raschen Blick in die Runde. „Noch nie habe ich Wesen so kämpfen gesehen wie euch. Es war beeindruckend, aber auch grausam und wild. Ihr wart wie Berserker! Unaufhaltsam! Unbesiegbar!“
„Danke“, murmle ich ein wenig verlegen.
Kathinka knüpft währenddessen seine Fuß- und Handfesseln auf.
„Danke, Gem“, sagt sie. „Vielen Dank. Du hast mir das Leben gerettet.“
„Aber das mache ich doch gerne“, grinst der Kobold.
Kathinka umarmt ihn. „Du warst überaus mutig.“

Der Kobold erwidert die Umarmung. „So ein überaus hübsches Wesen wie du sollte auch nicht von einem hässlichen Troll getötet werden."
Kathinka lacht. „Du bist ja ein Charmeur, Gem."
Jetzt reicht es mir. Geräuschvoll trete ich zu Kathinka und dem mickrigen Kobold. „Kathinka, ich habe den Troll getötet, der dich mit dem Messer angegriffen hat." Mit meinem kralligen Daumen zeige ich auf das Schlachtfeld hinter uns. „Und da drüben liegen gut ein halbes Dutzend Wesen, die ich mit meinen Äxten erschlagen habe, damit sie dir kein Leid zufügen können."
Romaldo grinst hämisch zu meinen Worten, Knut grumpft verächtlich.
Kathinka blickt zu mir hoch. „Du, mein treuer Paladin, warst natürlich auch sehr tapfer", sagt sie knapp, während sie mit den Fingern ihrer linken Hand das pelzige Kinn des Kobolds krault. Gem gibt ein Geräusch von sich, das an das zufriedene Schnurren einer Katze erinnert.
Ich weiß nicht, ob ich es schon erwähnt habe, aber ich hasse Kobolde.

11

Das Gute an einem gewonnenen Kampf ist, dass man seine besiegten Gegner um ihre Nahrungsmittel und Goldmünzen erleichtern kann. Romaldo, Knut, Kathinka und Gem gehen von Scherge zu Scherge und durchwühlen Taschen, Beutel und Gürtel nach Verwertbarem. Der blaupelzige Kobold tut sich dabei ganz besonders hervor. Aufgeregt springt er von Leichnam zu Leichnam und tastet mit seinen dicken, kurzen Fingern vor allem nach Goldstücken und Dinaren. Wenn er fündig wird, huscht ein breites Grinsen über sein rundes Gesicht und er lobpreist seinen Gott und diverse Kupferkessel. Mir ist sein Verhalten sehr zuwider, vor allem, da es ihn so glücklich zu machen scheint und ich es nicht ausstehen kann, dass dem so ist. Viel lieber wäre es mir, wenn sich der Kobold leidend und unglücklich oder zumindest besorgt und ängstlich zeigen würde. Aber anscheinend entspricht es den Charakterzügen eines Kobolds, schnell jede Unbill zu vergessen und sich

unverzüglich den neuen sich bietenden Möglichkeiten zuzuwenden. Von der Angst und Anspannung, die er während unseres Kampfes mit den Schergen gezeigt hat, ist nichts mehr zu bemerken. Auch dass wir ihn für einige Zeit geknebelt und gefesselt haben, scheint ihn nicht mehr zu stören. Kobolde sind, wie jeder Allunier weiß, sprunghafte Wesen, die stets versuchen, die Sonnenseite des Lebens zu sehen; und Gem ist ein besonders aktiver Vertreter dieser Wesensart. Fast könnte man sagen, er ist ein unverbesserlicher Optimist. Und das gefällt mir nicht.
Kathinka hingegen hat an dem kleinen, schmerbäuchigen Blaupelz anscheinend einen Narren gefressen. Immer wieder schenkt sie ihm ein Lächeln. Wenn sie, was des Öfteren vorkommt, bei der Durchsuchung der toten Schergen in seine Nähe kommt, berührt sie sein Fell und tätschelt seine Schulter. Es ist beinahe widerlich, mitansehen zu müssen, wie vertraut die beiden miteinander umgehen, obwohl sie sich erst wenige Stunden kennen. Ein Teil meines Gehirns signalisiert mir zwar sehr klar, dass Kathinkas Zuneigung zu Gem vor allem daran liegt, dass beide magische Wesen sind und der Kobold vorhin recht heldenhaft Kathinkas Leben gerettet hat. Ein weitaus größerer Teil in mir will jedoch seinen Tod, und ich bin mir sicher, über kurz oder lang werde ich den Blaupelz schon um die Ecke bringen. Vielleicht, denke ich, wäre es sogar klüger gewesen, ihn gleich gestern Nacht zu erwürgen. Es hätte mir viel Unliebsames erspart. Andererseits hat der Kobold durchaus wichtige Informationen gehabt und Kathinka vor den Trollen gerettet, und das wiegt ja eindeutig schwerer als meine persönlichen Befindlichkeiten. So gesehen, zumindest vermute ich das, ist es schon in Ordnung gewesen, den Kobold mit zur Hütte zu nehmen. Aber wozu wir ihn jetzt noch brauchen, will mir nicht einleuchten. Meiner Meinung nach hat er seine Pflicht erfüllt.
Mürrisch krame ich in meiner Gürteltasche nach Nadel und Faden. Sincha sitzt direkt vor mir im hohen Gras und lehnt ihren Rücken gegen meine angezogenen Knie. Sie ist immer noch sehr bleich um die Nase und drückt ihre Finger gegen die blutende Stelle an ihrer linken Schulter. Ihre Jacke und ihr Unterhemd hat sie ausgezogen, lediglich ein zerfranster Büstenhalter verdeckt ihre flachen Brüste. Neben ihr hockt

Clarina und presst ein feuchtes Tuch gegen die Beule an ihrer Stirn. Ihr glasiger Blick ist auf mich geheftet und ich bin mir nicht sicher, warum sie mich derart seltsam ansieht. Will sie lediglich darauf achten, dass ich Sincha nicht unsittlich berühre, während der Oberkörper der hageren Heerführerin nur sehr spärlich verhüllt ist, oder führt die rothaarige Amazone noch anderes im Schilde? Glaubt sie vielleicht, dass ich die klaffende Wunde von Sincha nicht ordentlich vernähen kann? Nun, wahrscheinlich hätte Clarina die Wundversorgung ihrer Heerführerin gerne selbst übernommen, aber da ihr Schädel immer noch gewaltig brummt und ihre Finger leicht zittern, ist es wohl besser, wenn ich die Sache in die Hand nehme. Von meiner Mutter habe ich so einiges über das Verarzten von Wunden gelernt, obwohl ich nie ihre Heilqualitäten erreicht habe. Auch jeder durchschnittliche Feldarzt ist mir wahrscheinlich an Können deutlich überlegen. Aber hier und heute bin ich von allen wohl der Geeignetste, um Sincha zu versorgen.
Mit Bedacht fädle ich einen dunklen Zwirn durch das kleine Nadelöhr.
„Wir sollten sehen, dass wir den Kobold loswerden“, raune ich Sincha ins Ohr und beuge mich ein Stück nach vorne, um ihre Schulterwunde besser begutachten zu können.
Sie schüttelt leicht den Kopf. „Gem bleibt bei uns. Er ist ein koboldisches Orakel und kann uns noch eine große Hilfe sein.“
Langsam nähert sich meine Nadel der klaffenden Wunde. Nach der Tiefe und Beschaffenheit der Verletzung zu schließen, ist Sincha von einem Kurzschwert getroffen worden, das die ostalischen Bogenschützen im Nahkampf verwendet haben. Das verwundert mich ein wenig. Menschliche Soldaten sind eigentlich keine ernsthaften Gegner für die kampferfahrene Amazone.
Sincha gibt ihre rechte Hand zur Seite, damit ich ungehindert den ersten Stich setzen kann. Es ist nicht notwendig, die Nadel über einem Feuer zu desinfizieren. Die seltsamen Selbstheilungskräfte der Amazonen verhindern zuverlässig, dass sich ihre Körper entzünden können.
„Kobolden darf man nicht vertrauen“, beharre ich auf meiner Meinung.
Sincha zuckt ganz leicht, als die Nadel ihre Haut durchbohrt.

„Deiner Meinung nach, Skriek, darf man weder Zauberern noch Kobolden vertrauen.“ Sie schnaubt. „Ich vermute stark, dass du niemandem vertraust.“
„Ich bin eben ein Realist.“
Sie schnaubt erneut. „Gem bleibt bei uns.“
„Der Blaupelz ist nutzlos.“
Sincha schnaubt ein drittes Mal. „Ich weiß genau, was dich bewegt, Skriek. Du bist eifersüchtig auf den kleinen Kerl, weil er Kathinka zum Lächeln bringt.“
„Das ist nicht wahr“, maule ich.
Nun ist es an Clarina zu schnauben. Trotz ihres glasigen Blickes hat sie ganz offensichtlich meine Unterhaltung mit Sincha mitbekommen. „Natürlich ist es wahr, Schuppenkopf.“ Ihre Mundwinkel verziehen sich verächtlich. „Ist es sehr schlimm, so unglücklich verliebt zu sein?“
Ich starre zu ihr. „Wenn ich mich recht erinnere, Clarina Haffina, dann warst du einst nicht abgeneigt, dich in meine Arme zu schmiegen.“
Die Amazone spuckt aus. „Da wusste ich noch nicht, was für ein Narr du bist.“
„Ich bin ein Paladin“, rechtfertige ich mich und spüre, wie ich zusehends ärgerlicher werde. Ich mag solche flapsigen Streitgespräche nicht. Schon jetzt gehen mir die passenden Worte aus und mir fällt beim besten Willen nicht ein, wie ich Clarina Kontra geben könnte. Knurrend steche ich mit der Nadel fester als nötig zu.
Sincha faucht ungehalten. „Skriek, halte deine Gefühle im Zaum.“ Sie funkelt Clarina an. „Und du sei ruhig, bis das Schuppenwesen mit seiner Arbeit fertig ist.“
Die rothaarige Amazone senkt ein wenig den Kopf, ohne mich jedoch aus den Augen zu lassen. „Wie du befiehlst, Heerführerin.“
Ich kann nicht anders, ich muss Clarina ein höhnisches Grinsen zuwerfen.
Verärgert streckt sie mir die Zunge heraus.
Sincha bemerkt dies mit einem Seitenblick und seufzt. „Es ist nicht leicht, eure Anführerin zu sein.“
Ich setze den nächsten Stich, dieses Mal wieder deutlich behutsamer. „Eines wundert mich, Amazone“, sage ich. „Eigentlich bin ich davon ausgegangen, dass dir Romaldo nach

unserem misslungenen Attentatsversuch die Führung streitig machen wird. Aber er tut nichts dergleichen.“ Ich vernähe ein Fadenende. „Natürlich verhöhnt er dich, wann immer sich die Gelegenheit dazu bietet, und prahlt mit seinen überragenden Fähigkeiten. Aber er macht dir deine Führungsrolle innerhalb unserer Gruppe nicht ernsthaft streitig.“
„Romaldo ist äußerst gewieft“, entgegnet Sincha. „Solange wir im Prinzip das tun, was er will, wird er sich nicht groß auflehnen. Romaldo setzt alles daran, so schnell wie möglich nach Amazonien zu kommen. Nur mit Knut wird er Amazonien wohl nicht erreichen, er braucht kampferprobte Gefährten an seiner Seite. Im Augenblick sind wir die beste Begleitung, die er finden kann.“ Sie schluckt hörbar, als ich eine weitere Hautfalte durchbohre. „Romaldo muss um jeden Preis nach Amazonien, wenn er Angrias und Erik habhaft werden will. Und König Edwin wird ebenfalls dort sein.“
Ich weiß, worauf Sincha mit ihren Worten anspielt. Als König Angrias vor einigen Jahren das kleine Königreich Harba angegriffen hat, hat Romaldos Vater, der König von Harba, den benachbarten König Edwin, der über das riesige Salur regiert, um Hilfe gebeten. Der König von Harba hat als Gegenleistung für mögliche militärische Unterstützung sogar eine seiner Töchter zur Vermählung angeboten. Er hat gehofft, dass König Edwins Sohn Baldwin, den die Amazonen vor wenigen Tagen irrtümlich ermordet haben, in die Heirat einwilligen und Salur so ein mächtiger Verbündeter für Harba werden würde. Doch König Edwin hat nicht nur das Heiratsangebot abgelehnt, sondern auch jede militärische Hilfe verweigert. Harba ist mehr als nur erzürnt gewesen und hat Salur für seine mangelnde Unterstützung lauthals verflucht. König Edwin hat aber gewusst, dass Harba gegen Ostaliens Angriff nicht zu halten gewesen wäre, und daher seine Streitkräfte lieber in der Nähe von Amazonien zusammengezogen. Aus militärischer Sicht, so hat mir das Sincha einst erklärt, soll das überaus vernünftig gewesen sein. Es hätte König Edwin nichts gebracht, seine Truppen in sinnlosen Scharmützeln aufzureiben.
Romaldo, der eitle harbaische Königssohn, sieht das natürlich völlig anders. Ostalische Truppen haben Harba im Sturm erobert und Romaldos Familie wurde beinahe zur Gänze ausgelöscht; lediglich Romaldo und Knut entkamen den

ostalischen Schergen und Hexen. Seither sinnt Romaldo unerbittlich auf Rache und will um alles auf der Welt König Edwin, der in seinen Augen ein Verräter ist, tot sehen.
Dies wiederum führt gelegentlich zu gewissen Spannungen zwischen Sincha und Romaldo, da die Heerführerin wider besseres Wissen immer noch darauf hofft, dass König Edwin, trotz der Ermordung seines Sohnes Baldwin, Amazonien wieder als Bündnispartner unterstützt, wenn er die Wahrheit über das fehlgeschlagene Attentat erfährt. Sincha kann es daher gar nicht leiden, wenn Romaldo über seine Meuchelpläne bezüglich König Edwins prahlt. Da aber Amazonien noch weit, die Wahrscheinlichkeit, dass wir alle überleben, äußerst gering ist und die Möglichkeiten von Romaldo, neben Erik und Angrias auch noch König Edwin zu töten, praktisch gegen Null gehen, kontert Sincha Romaldos Ankündigungen reichlich schaumgebremst. Es gibt ohnehin schon genügend Punkte, bei denen sich die beiden in die Quere kommen. Eine heftige Diskussion über König Edwin und dessen mehr als unwahrscheinliche Ermordung durch Romaldo ist daher nicht noch zusätzlich nötig. Zumindest scheint Sincha das so zu sehen.
„Lange wird Romaldo deine Führung nicht mehr akzeptieren“, orakle ich. „Es widerspricht seinem Wesen zu sehr, Befehle entgegenzunehmen.“
„Lass Romaldo nur meine Sorge sein.“ Sie dreht den Kopf ein wenig zu mir. „Viel mehr sollte dich Kathinka beschäftigen. Über sie kannst du dir Sorgen machen.“
„Zwischen der Formwandlerin und mir ist alles geklärt“, behaupte ich.
„Ich habe dir schon einmal gesagt“, brummt Sincha ungehalten, „dass du erschreckend naiv bist, Skriek. Kathinka wird dich genau so lange als Paladin behalten, wie sie dich noch benötigt. Falls es uns tatsächlich gelingt, Amazonien zu retten und Erik und Angrias zu besiegen, wird sie dich mit einem Fußtritt fortjagen. Keine Frau will einen hässlichen, gewalttätigen Schuppenkopf an ihrer Seite, wenn friedliche Zeiten anbrechen.“
Sinchas Worte verletzen mich tiefer, als ich erwartet habe.
„Vergiss nicht“, knurre ich, „dass ich soeben deine Wunde zusammennähe.“ Mein nächster Stich ist recht heftig.

„Du bist kindisch, Skriek“, stöhnt Sincha.
„Kathinka vertraut mir“, sage ich und setzte den nächsten kräftigen Stich.
Sincha keucht. Schweiß perlt von ihrer Stirn. „Nun, du hast es ja selbst von der Zauberin gehört. Erina Jastantino hat prophezeit, dass Kathinkas Vertrauen schwer enttäuscht werden wird.“
„Aber nicht von mir, Amazone.“
„Hm, ja.“ Sincha nickt zustimmend, was mich jetzt doch etwas überrascht. „Vermutlich wirst du Kathinka nicht verraten. Trotz deiner Einfalt scheinst du ein Gefühl für Ehre zu haben.“ Sie wischt mit ihrer Hand über ihre schweißnasse Stirn. Meine Nadel dürfte ihr nicht unerhebliche Schmerzen bereiten und das ist mir auch ganz recht so. Es ist nur schade, dass in zwei, drei Stichen die Wunde endgültig vernäht ist. Ich hätte die Amazone gerne noch ein wenig länger malträtiert. Verdient hat sie es meiner Meinung nach, so oberlehrerhaft, wie sie mit mir spricht.
„Skriek“, sagt sie soeben, „du solltest deine Kräfte auf ein lohnendes Ziel richten.“
„Kathinka ist alles, was ich will.“
„Du wirst sie niemals bekommen, zumindest nicht so, wie du es dir wünschst“, behauptet Sincha. „Setze nicht all deine Hoffnungen auf die Formwandlerin und benutze endlich deinen Verstand.“
„Soll ich vorbehaltlos Amazonien dienen? Wäre dir das recht?“ Hohn klingt in meiner Stimme mit.
Sincha schüttelt den Kopf. „Hier geht es um mehr als Amazonien. Es geht um die Errettung der Welt, wie wir sie kennen. Rundum geschieht Schreckliches. Dunkle Mächte haben sich verbündet und wollen ganze Kontinente unterwerfen.“ Ihre Stimme wird anklagend. „Und du, Skriek, sorgst dich allein darum, dass Kathinka gut beschützt ist. Ich denke, dass sich deine Sicht der Dinge schnell und wesentlich ändern sollte.“
Ich setze den letzten Stich. „Was willst du von mir, Amazone?“
Sincha Ankonski räuspert sich. „Skriek, ist dir aufgefallen, dass Clarina und ich während des Kampfes mit den Schergen als einzige Schrammen abbekommen haben?“
„Nun, ich denke, es wird wohl daran liegen, dass wir deine ausgefeilte Taktik nicht befolgt haben.“ Für einen Moment

spüre ich ein schlechtes Gewissen. Nach Knuts Keulenwurf sind die harbaischen Brüder und ich ohne groß nachzudenken einfach auf die ostalischen Schergen zugestürmt. Das hätte leicht ins Auge gehen können. Und es hat auf jeden Fall Sinchas Plan massiv unterminiert.
Die Heerführerin zischt wütend. „Eure mangelnde Disziplin ist zwar äußerst ärgerlich und wird uns allen wohl noch einmal zum Verhängnis werden, aber sie trägt keine Schuld daran, dass Clarina und ich nicht gut gekämpft haben."
„Ach?" Ich bin über Sinchas Worte erstaunt. Niemals hätte ich gedacht, dass sie ihre eigenen Kampffähigkeiten kritisieren würde.
„Skriek", Sincha senkt ihre Stimme, „die Zeit des elften Vollmondes ist gekommen."
„Ja, und?" Der elfte Vollmond sagt mir nichts.
„Es ist zunehmender Mond", fährt Sincha fort. „Der elfte in diesem Jahr nach amazonischer Zeitrechnung. Während des elften Vollmondes müssen wir Amazonen unsere Kräfte erneuern."
„Ihr habt noch mehr als genug von euren magischen Teeblättern", sage ich. „Erst gestern Abend habe ich es gesehen."
„Es geht nicht um die Teeblätter, davon haben wir wahrlich genug." Sie greift nach ihrem Unterhemd und streift es sich vorsichtig über. Meine Nähte, wie ich mit einigem Stolz feststelle, halten recht gut. „Skriek, wir Amazonen müssen einmal im Jahr, eben zur Zeit des elften Vollmondes, für drei Tage und Nächte unser Leben ganz unserer Göttin Ama weihen. Wir zelebrieren heilige Rituale, beten und fasten. Nur einen ganz besonderen Tee trinken wir, ansonsten kasteien wir uns und reinigen unsere Seelen, damit Ama uns ihre Kraft schenken kann."
„Drei Tage und Nächte ist ziemlich lange. Reicht es nicht aus, einmal im Monat abends euren magischen Tee zu trinken wie sonst auch?"
„Leider nicht." Sincha zieht ihr Lederwams an. „Clarina und ich werden bereits schwächer. Bald wird uns jeder gewöhnliche ostalische Soldat ebenbürtig sein. Wir müssen unbedingt die Rituale des elften Vollmondes zelebrieren, wenn wir unsere magischen amazonischen Kräfte behalten wollen."

„Drei Tage und Nächte können wir uns nicht leisten“, gebe ich zu bedenken.
„Es muss aber sein“, beharrt Sincha.
„Nun gut.“ Ich kratze nachdenklich über eine grüne Gesichtsschuppe. „Was willst du also von mir?“
Sincha dreht sich ganz zu mir und blickt mir direkt und fest in die Augen. „Romaldo und Knut werden Clarina und mich in der Zeit des elften Vollmondes nur solange beschützen, wie es ihnen selbst zum Vorteil gereicht. Mit Kathinka verhält es sich ebenso. Sie wird nicht zu unserem Schutz ausharren, wenn ihr Leben ernstlich bedroht ist. Kathinka und den harbaischen Brüdern geht es vor allem um ihre Rache. Amazonien und seine Reliquie stehen bei den dreien bei weitem nicht an erster Stelle.“
„Das ist aus Kathinkas Sicht ja wohl auch durchaus nachvollziehbar“, werfe ich ein.
Sincha geht darauf gar nicht ein. „Gem kennen wir zu wenig, um ihm schon vorbehaltlos vertrauen zu können.“
„Auch das erscheint mir sehr nachvollziehbar.“
Sincha knurrt. „Aber der Kobold ist ein Orakel und hat gesehen, dass ich unbedingt überleben muss, wenn Amazonien gerettet werden soll.“
„Glaubst du dem kleinen Blaupelz?“, frage ich. Meine Augen verschmelzen mit Sinchas und für einen winzigen Moment fühle ich mich ihr sehr nahe.
Die Amazone nickt. „Ja, ich glaube Gem. Aber frage mich nicht, warum ich das tue.“
Ich nicke ebenfalls. Irgendetwas habe ich bei Sincha gespürt, das mich eigenartiger Weise tief berührt hat, und ich kann mir jetzt ernsthaft vorstellen, dass Sincha noch Großes vor sich hat; was auch immer das sein mag. „In diesem einen Punkt bin auch ich geneigt, Gem zu glauben“, sage ich daher und meine Stimme klingt seltsam belegt. Erst jetzt wird mir bewusst, dass Sincha von allen Gefährten, Clarina natürlich ausgenommen, anscheinend mir am meisten vertraut.
„Das ist gut.“ Sincha atmet aus und schiebt einen dünnen Haarzopf hinter ihr linkes Ohr. „Was wirst du tun, wenn wir während des elften Vollmondes angegriffen werden und Kathinka in Gefahr gerät?“
„Heerführerin, ich glaube wahrhaftig, dass dein Überleben für

Allunien, Euptonien und all seine Wesen von großer Bedeutung ist. Daher werde ich dich und Sincha mit ganzer Kraft beschützen, wenn euch Gefahr droht." Ich hebe meinen kralligen Zeigefinger. „Aber Kathinka steht für mich immer an erster Stelle. Ihr bin ich als Paladin verschworen."
Sinchas Kieferknochen kauen und es entsteht kurz der Eindruck, als ob sich die Fäden ihres eintätowierten Spinnennetzes ein wenig hin und her bewegen würden. In ihren Augen liegt ein schwer zu deutender Ausdruck, aber sie sagt kein Wort. Weiterhin hält sie ihren Blick ohne zu blinzeln auf mich gerichtet.
„Amazone", ich zeige ihr meine vier spitzen Eckzähne, „ich denke, dass meine Äxte für die Spanne von drei Tagen und Nächten neben Kathinka auch dich und Clarina ausreichend beschützen werden."
Sincha verharrt für einen Moment schweigend. „Nun", sagt sie schließlich, „das ist wohl alles, was ich an Versprechen von dir bekommen werde." Mit einer fließenden Bewegung steht sie auf. „Ich danke dir, Skriek."
„Sei unbesorgt, Amazone." Ich erhebe mich ebenfalls aus meiner hockenden Position.
„Eine sorglose Amazone ist eine tote Amazone, sagt man bei uns in Ontron." Sincha lässt ihre beiden Krummsäbel in die Rückenhalterungen gleiten.
„Und die Skriek sagen: Ein Tag ohne Musik ist ein verlorener Tag." Meine Gedanken gleiten zu meinem alten Stamm. Unzählige Male habe ich in meiner Kindheit die Knochenflöten vernommen.
Da gesellt sich Kathinka in Begleitung des widerlichen Gems zu uns.
In ihrer rechten Hand hält sie den Zauberstab, in ihrer linken ein ostalisches Kurzschwert. „Tauscht ihr Sprichwörter aus?", fragt sie mich mit einem zögerlichen. Lächeln. Sie ist es nicht gewohnt, Sincha und mich so einträchtig beieinander stehen zu sehen.
Ich nicke, während ich böse zu Gem starre. Er soll verschwinden!
„Ich weiß auch ein Sprichwort", trompetet der Kobold lauthals.
„Wie lautet es?", will Kathinka wissen.
„Wir Kobolde sagen: Nur ein toter Skriek ist ein guter Skriek."

Bevor der Blaupelz einmal blinzeln kann, bin ich heran, umfasse seinen haarigen kurzen Hals und drücke zu. Seine runden grünen Augen weiten sich vor Schreck. „Hilfe!“, keucht er. „Kathinka, hilf mir!“
Ungerührt schüttelt sie den Kopf. „Das hast du dir selbst zuzuschreiben.“ Nachlässig tippt sie auf meine Schulter. „Würge ihn nicht zu stark, wir brauchen ihn noch.“
„Kathinka!“ Gems Augen treten beinahe aus ihren Höhlen, doch Kathinka ignoriert seine flehentlichen Blicke. Währenddessen durchströmt mich ein warmes Gefühl der Zuneigung für Kathinka und einen Moment lang glaube ich, sie deutlich besser als sonst zu verstehen. Sie ist eine Frau von klaren Grundsätzen, unabhängig von der jeweiligen Person. Kathinka hat ihre Sicht der Dinge, an der sie konsequent festhält. Sie hasst ganz eindeutig unnötige Gewalt und mag es auch nicht, wenn andere Wesen auf böse Art und Weise verhöhnt und verspottet werden. Daher findet sie, dass Gem ein bisschen Halsweh für seinen abschätzigen Spruch durchaus verdient hat. Wenn ich ihn jedoch zu fest würge, dann wird sie auf mich ärgerlich werden. Vor einiger Zeit hat Kathinka zu mir gesagt, dass Gerechtigkeit eine Frage der Balance ist, und ich vermeine nun zu begreifen, was sie damit gemeint hat.
Mit einem Stoß lasse ich Gem los. Fluchend landet er auf seinem Hosenboden und betastet rasch seinen Hals. Nachdem er festgestellt hat, dass sein Kehlkopf noch heil ist, wirft er mir überaus herausfordernde, böse Blicke zu. Ungerührt erwidere ich sie.
Kathinka tritt zu Gem und reicht ihm die Hand. „Ich hoffe, das war dir eine Lehre. Reize Skriek nicht unnötig.“
Der Kobold ergreift ihre Hand und lässt sich auf die Füße ziehen. „Ja, es war mir eine Lehre, Formwandlerin.“ Er schenkt ihr ein breites Lächeln, das seine plumpen gelben Zähne deutlich entblößt. Mit diesem Lächeln will er wohl andeuten, dass zwischen ihm und Kathinka alles gut ist, auch wenn sie ihm vorhin nicht beigestanden ist.
Ich trete zu Kathinka und deute auf das Kurzschwert in ihrer linken Hand. „Willst du dir eine neue Waffe zulegen?“
„Nein, ich will nur etwas überprüfen.“ Sie reicht mir das Kurzschwert. „Schlag damit gegen meinen Zauberstab. Aber nicht zu fest.“

„Wie du willst." Ungelenk ergreife ich das für meine Hand viel zu kleine Schwert und hebe es hoch. Mit meinen langgliedrigen Fingern habe ich Mühe, den Griff richtig festzuhalten.
Kathinka hält mir ihren Zauberstab entgegen und ihre veilchenblauen Augen funkeln begierig und neugierig.
„Schlag zu, mein Paladin."
Eher langsam und vorsichtig senke ich das Schwert, da ich auf keinen Fall Kathinkas Zauberstab beschädigen will. In dem Moment, als die Eisenklinge den Stab berührt, gibt es einen blitzhellen Funken. Sekundenbruchteile später wird mir das Kurzschwert mit unwiderstehlicher magischer Kraft, die eindeutig von dem Zauberstab ausgeht, aus der Hand gerissen. Das Schwert wirbelt hoch in die Luft und zersplittert in zahlreiche Einzelteile, die rundum ins Gras fallen.
Ich bin beeindruckt. Und wenn ich so in die Runde sehe, geht es den anderen ebenso.
Kathinka strahlt. „Ich denke, ich habe das Prinzip begriffen."
„Welches Prinzip?", frage ich.
„Das Prinzip des magischen Zauberstabes." Kathinka betrachtet den Stab mit einem beinahe seligen Gesichtsausdruck.
„Lass mich sehen", sage ich und greife nach dem Stab. Er fühlt sich ungewöhnlich leicht und dennoch sehr stabil an. Mit der spitzen Kralle meines rechten Zeigefingers versuche ich, einen schmalen Span von dem weiß lackierten Holz abzukratzen, um zu sehen, woraus der Stab tatsächlich gemacht ist. Doch vergeblich! Meine Kralle, die mühelos ganze Rindenstücke von einem Baum reißen kann, hinterlässt nicht den geringsten Abdruck auf dem Stab. Ich drücke fester. Und noch fester. Doch es ist sinnlos, der Stab bleibt völlig unbeschädigt.
„Erstaunlich", sage ich und gebe Kathinka den Zauberstab zurück.
Sincha streicht nachdenklich über ihre tätowierte Wange, und ich kann mich des Eindrucks nicht erwehren, dass sie sich wegen des Zauberstabs zahlreiche Gedanken macht. „Du hast nun eine überaus mächtige Waffe in deinen Händen, Formwandlerin."
„Dessen bin ich mir durchaus bewusst, Heerführerin."
Für einen Moment starren sich die beiden Frauen herausfordernd an, bevor jede rasch den Kopf ein wenig zur Seite dreht.

Was, frage ich mich, geht zwischen den beiden vor?

12

Wir sind in den letzten drei Tagen recht zügig vorangekommen und haben die Ausläufer des Funduswaldes erreicht. Das Unterholz hat sich deutlich gelichtet und so haben wir unser Marschtempo erhöhen können. Zwei Mal haben wir kleinere Flüsse durchquert, in der Hoffnung, unsere Spur durch das Wasser zumindest für kurze Zeit verbergen zu können, wenn unsere Verfolger Fährtenhunde einsetzen. Meist sind wir Richtung Osten marschiert und Sincha hat gemeint, dass wir, wenn alles gut geht, morgen das Fürstentum Timion und seine westliche Grenzregion, die Braunen Tiefen, erreichen werden. Die Amazone will einen großen Bogen um Timions Hauptstadt Brack schlagen und versuchen, durch die Hügel von Ephtalon zu marschieren. Dort hofft sie wohl, auch wenn sie diesbezüglich zu uns kein Wort gesagt hat, einen Platz zu finden, wo sie den elften Vollmond zelebrieren kann. Angeblich gibt es in den Ephtalonischen Hügeln zahlreiche Höhlen, die uns als Unterschlupf dienen können. Nun, wir werden sehen. Auf jeden Fall ist uns allen bekannt, dass Timion zwar schon vor vielen Jahren von König Angrias Truppen erobert worden ist, seine Bevölkerung aber als ausgesprochen widerspenstig und halsstarrig gilt. Angrias Truppen haben daher wenig Lust, dort auf Patrouillen zu gehen, und das erhöht unsere Chancen, unbemerkt durch die Hügel von Ephtalon zu kommen.
Nach dem Kampf mit Angrias Schergen haben wir ordentlich Fersengeld gegeben. Jedem von uns ist bewusst gewesen, dass kein ostalischer Trupp ohne dunkle Boten durch die Wälder zieht. Wir haben also getrost davon ausgehen können, dass schon nach wenigen Stunden unsere Spur wiederentdeckt wird. Aber anscheinend ist dies doch nicht der Fall gewesen; seit Tagen haben wir keinen einzigen dunklen Boten gesehen, obwohl wir alle überaus wachsam gewesen sind. Trotzdem bleiben wir weiter auf der Hut und blicken häufig über unsere Schultern und in den langsam dunkler werdenden Himmel. Über kurz oder lang, da bin ich mir sicher, werden Angrias dunkle Boten uns finden. Es wäre unrealistisch, sich in dieser

Hinsicht falschen Hoffnungen hinzugeben.
Als es noch dunkler wird und die herbstliche Kälte in unsere Kleider schlüpft, befiehlt uns Sincha, unter einigen alten Eichen und Erlen anzuhalten. Im Schein eines entzündeten Kienspans studiert sie kurz ihre Karten und nickt schließlich zufrieden.
„Noch gut zwei Meilen, dann endet der Funduswald und geht in die Braunen Tiefen über, eine Art sumpfige Steppenlandschaft. Die Braunen Tiefen markieren die Grenze zu Timion. Morgen verlassen wir endgültig das Ostalische Kernland."
„Grumpf", grinst Knut über sein ganzes Gesicht. „Grumpf, grumpf."
„Wahrlich, Bruder", stimmt ihm Romaldo zu. „Ostalien ist nichts anderes als ein stinkender Schweineverschlag. Kein harbaischer Königssohn sollte länger als unbedingt nötig dort verweilen."
Wir richten das Lager. Sincha befiehlt mir, ein Feuer zu machen und darauf zu achten, dass die Flammen zumindest einigermaßen verborgen bleiben.
Ich lege Kampfstab, Schild und Äxte ab und mache mich auf die Suche nach Kleinholz. Mittlerweile wird es nächtens so kalt, dass wir es uns nicht mehr erlauben können, auf ein wärmendes Feuer zu verzichten. Natürlich erhöht sich damit die Gefahr, schon von weitem gesehen zu werden, und das macht uns alle ein wenig nervös. Ich versuche stets, nur ganz trockenes Holz zu verwenden, damit sich so wenig Rauch wie möglich bildet. Auch hänge ich gut zwei Meter über den Flammen, die ich immer in einer tiefen Erdgrube entzünde, mittels Schnüren und Sehnen grünes Blattwerk auf, sodass das Feuer zusätzlich ein wenig verdeckt ist.
Heute werde ich die fünf Kaninchen, die Knut und ich erlegt haben, über dem Lagerfeuer grillen. Sie haben sich recht gut gehalten und sind durchaus noch genießbar, aber langsam wird es Zeit, sie zu verzehren. Mit den Lebensmitteln der toten Schergen könnte es heute Abend ein durchaus schmackhaftes Mahl geben.
Nicht unzufrieden mit mir und der Welt schlichte ich Holzscheite in der Form eines spitzen Kegels in der Erdgrube und halte einen Kienspan an das dürre Geäst, das ich unter die Scheite gelegt habe. Schnell züngeln die Flammen auf und knisternd beginnt das Holz zu brennen. Einen Moment blicke

ich in die Lohen und beobachte ein paar tanzende Funken. Ich mag das Feuer. Sein Orange, Rot und Gelb geben mir ein Gefühl von Sicherheit. Aber auch die kleinen blauen Flammen faszinieren mich, erinnert mich ihre Farbe doch an die Augenfarbe meiner Mutter. Kurz schweifen meine Gedanken in die Vergangenheit, zurück in jene Jugendtage, als ich mit meiner Mutter durch Allunien gezogen bin und das Knochenflötenspiel erlernt habe. Auch heute noch habe ich stets eine Knochenflöte bei mir, aber es liegt schon Monate zurück, dass ich auf ihr gespielt habe.
Seufzend greife ich nach meinem Reiserucksack und ziehe meine Knochenflöte hervor. Sie ist aus dem Oberschenkel eines Trolls gemacht und gibt tiefe, erdige Töne von sich. Langsam drehe ich sie zwischen meinen kralligen Händen und mir wird bewusst, wie gerne ich jetzt auf ihr gespielt hätte; aber ich weiß natürlich, dass ich dies nicht riskieren kann. Den tiefen Ton der Knochenflöte kann man meilenweit hören. Und gnomische Späher, die ja meist von den ostalischen Truppen als Fährtensucher eingesetzt werden, reagieren ganz empfindlich auf den Klang einer Knochenflöte. Mit ihren faltigen Bauschohren könnten sie mich wahrscheinlich noch aus sehr großer Entfernung wahrnehmen. Mit einem Gefühl des Bedauerns lege ich die Flöte neben mich auf den Waldboden und ermahne mich, dass ich mich auf das Wesentliche konzentrieren muss. Meine Gefährten haben Hunger und es gilt, die Kaninchen noch ein wenig zu würzen, bevor sie in das Feuer kommen.
Da setzt sich Kathinka mit untergeschlagenen Beinen zu mir. Ich blicke sehnsüchtig zu ihr. Endlich ist sie einmal allein. Meist scharwenzelt ja Gem um sie herum und spricht ununterbrochen. Es kommt mir fast so vor, als ob sein Mund niemals geschlossen ist. Kathinka scheint seine Nähe aber dennoch zu schätzen und unterhält sich oft ausführlich mit ihm über die unterschiedlichen Aspekte und Facetten der Magie. Ich höre schon gar nicht mehr hin, wenn Gem neben uns einher marschiert. Und, ich muss es zugeben, ich kann den kleinen Blaupelz von Tag zu Tag weniger leiden. Aber leider bin ich mit diesen Gefühlen der Einzige in unserer Runde. Romaldo, der eitle Narr, fühlt sich von Gems unterwürfigen Schmeicheleien und Lobpreisungen natürlich sehr

gebauchpinselt. Ein, zwei Mal hat er dem Kobold sogar wohlwollend den Kopf getätschelt und Gem hat wie ein Honigkuchenpferd gegrinst. Aber auch Knut kommt mittlerweile mit dem kleinen Schleimer ganz gut aus. Da Gem Knuts Gegrumpfe versteht, führen die beiden immer wieder Gespräche, und Knut ist zusehends mehr und mehr von Gem angetan. Manchmal würde es mich beinahe interessieren, was die beiden zu besprechen haben. Aber dann denke ich mir wieder, was sollen ein harbaischer Kriegskeulenkämpfer und ein koboldisches Orakel einander schon groß zu sagen haben? Auch die Amazonen wehren sich nicht gegen Gems Kontaktversuche. Sincha hat gelegentlich sogar die eine oder andere Frage an ihn. Mir ist auch aufgefallen, dass sich Gem bei Clarina ziemlich ins Zeug legt und immer wieder versucht, die rothaarige Amazone mit seinen Geschichten und Späßchen zum Lachen zu bringen. Wahrheitsgemäß muss ich zugeben, dass ihm dies recht oft gelingt. Na gut, denke ich mir dann immer, der kleine Kerl ist eben lustig, aber was besagt das schon? Ich mag ja nicht sehr unterhaltsam sein, zugegeben, aber dafür bin ich eben realistisch. Und das scheint mir der eindeutig bessere Charakterzug zu sein.
„Möchtest du gerne die Knochenflöte spielen?“, fragt Kathinka in meine Gedanken hinein.
Ich nicke langsam, während ich das erste Stück Kaninchenfleisch auf einen zugespitzten Stock stecke.
„Vielleicht“, sagt sie, „kannst du in einer der Ephtalonischen Höhlen spielen. Da drinnen dürfte man deine Musik nicht allzu weit hören.“
„Ja, vielleicht.“ Ich blicke mich um. Die Amazonen flechten soeben, etwas abseits von unserem Feuer, ihre vom anstrengenden Tagesmarsch zerzausten Zöpfe neu und sprechen leise miteinander. Romaldo und Knut sind ein großes Stück zur Seite gegangen und nesteln an ihren Waffen herum. Von Gem ist im Moment nichts zu sehen, er treibt sich wohl irgendwo im Unterholz herum. Da ich den ganzen Tag über dank dem dauerplappernden Gem kaum dazu gekommen bin, mit Kathinka ein paar Worte zu wechseln, nütze ich jetzt die Gelegenheit.
„Weißt du eigentlich, dass das Knochenflötenspiel zu Ehren von Bahluna erfunden wurde?“

„Natürlich weiß ich das, Skriek." Kathinka spießt auch ein Stück Kaninchenfleisch auf.
„Ich kann mir gar nicht mehr so recht vorstellen", sage ich, „wie es gewesen ist, Bahluna zu dienen."
„Nun, ich denke, Thurantuh passt auch eindeutig besser zu dir."
Ich räuspere mich. „Wie geht es dir mit Thurantuh?"
„Gut." Eine dunkle Haarsträhne verdeckt eine Hälfte ihres Gesichtes. „Ich mag ihn. Und auf dieser gefahrvollen Reise kann ich mir eigentlich keinen besseren Gott als den kriegerischen Thurantuh vorstellen."
„Und nach unserer Reise?", frage ich bang.
„Damit will ich mich im Moment nicht beschäftigen." Kathinka nimmt ein weiteres Stück Kaninchenfleisch.
Ich schlucke. Thurantuh, sage ich in Gedanken, hast du das gehört? Kathinka ist sich nicht sicher, wie lange sie dir dienen wird.
Was hast du erwartet, Dummkopf?, brummt Thurantuh. S*ie ist eine Formwandlerin.*
Aber ...!
Lass mich in Ruhe, ich habe zu tun.
Wie du wünschst, mächtiger Kriegsgott.
In meinem Kopf schwirrt es und ich denke an mein Gespräch mit Sincha nach dem Kampf mit Angrias Schergen. Sie hat mich davor gewarnt, dass Kathinka nur ihre eigenen Ziele verfolgen wird. Das hat mich damals eigentlich nicht besonders gestört, da ich meine, dass im Prinzip jedes Wesen, die altruistischen Skriek jetzt einmal ausgenommen, sich selbst an erster Stelle sieht. Da bin ich realistisch. Aber dass Kathinka so wenig Interesse an meinem Gott hat, stört mich mehr, als ich sagen kann. Weiß sie denn nicht, wie viel mir Thurantuh bedeutet? Er hat meinem Leben erst einen Sinn gegeben. Er ist es gewesen, der mir meine Einsamkeit erträglich gemacht und mir die Kraft gegeben hat, mein Außenseiterdasein zu ertragen. Stets bin ich anders als die anderen rund um mich gewesen. Bei den Skriek habe ich als Halbseele gegolten, in den Menschenstädten bin ich als Monster begafft worden und selbst unter meinen jetzigen Gefährten, die ja wahrlich recht ungewöhnlich sind, ist keiner so wie ich. Aber ich habe dank Thurantuh gelernt, damit zu leben. Und mein Gott hat in mir auch den Gedanken gepflanzt, dass ich nicht nur anders,

sondern auf meine Art auch einzigartig bin. Das hat mir die Kraft gegeben, weiterzumachen, wenn ich das Gefühl gehabt habe, dass eine dunkle Trauer meine Seele zu zerstören droht. Thurantuh ist mir enorm wichtig. Für Kathinka hingegen ist er nur ein weiterer Gott auf der Liste all jener, denen sie schon gedient hat.
Thurantuh hat ja vorhin zu mir gesagt, dass sie eine Formwandlerin ist. Offensichtlich hat er selbst nicht damit gerechnet, dass sie ihm für alle Ewigkeit verschworen bleibt. Und das lässt für mich Sinchas Worte plötzlich in einem ganz anderen Licht erscheinen. Ist Kathinka wirklich so wandelhaft, wie es ihre Magie verheißt? Kann ich mir nicht mehr sicher sein, dass sie mich für immer und ewig als ihren Paladin will? Hat Sincha recht, wenn sie meint, dass kein weibliches Wesen in friedlichen Zeiten mein hässliches Gesicht und meine ungestüme Kampfeslust ertragen wird? Vermutlich wird es so sein, gebe ich mir selbst die Antwort. Aber ändert das wirklich so viel für mich?, überlege ich weiter. Schließlich und endlich habe ich mich Kathinka verschworen, und diesen Schwur will ich um alles in der Welt erfüllen. Das muss ich tun, um mir selbst treu zu bleiben. Ich sehe mich als jemanden, der seinen Grundsätzen verpflichtet ist. Wenn ich nicht mehr meine Kriegerehre habe, bleibt nichts von mir übrig, auf das ich noch stolz sein könnte. Dann bin ich nicht mehr als ein schuppiges, krallenbewährtes Tier, das mit Axt und Kampfstab eine blutige Spur durch Allunien und Euptonien zieht, bis es endlich von seinen Häschern erlegt wird.
Das, was mich wahrlich am Leben erhält, ist meine Ehre. Ich habe einen Schwur geleistet und das allein ist es, was für mich zählt. Natürlich würde es mich mehr als nur freuen, wenn meine Verlässlichkeit von Kathinka mit tiefer Zuneigung erwidert und sie bei mir bleiben würde, aber auch, wenn dem nicht so wäre, ändert es nichts an meinem Tun.
Und außerdem, da mache ich mir nichts vor, werden wir unsere Reise ohnehin nicht überleben.
„Du bist so still, Skriek“, sagt Kathinka. „Woran denkst du?“
„Ich denke daran, dass ich meinem Gott immer dienen werde. Nie werde ich meinen Glauben an ihn verlieren.“
„Auch ich, mein treuer Paladin, werde meinen Glauben nicht verlieren.“

„Bist du dir sicher?“, frage ich leicht gereizt.
„Hör mir jetzt bitte gut zu“, fordert Kathinka, die anscheinend genau spürt, was in mir vorgeht. Sie zeigt einen sehr entschlossenen, beinahe grimmigen Gesichtsausdruck. „Es gibt viel Götter und Göttinnen. Einigen habe ich als dunkle Botin schon gedient, ganz so, wie es mein jeweiliger Herr oder meine jeweilige Herrin eingefordert haben.“ Sie fixiert mich mit ihren wunderschönen veilchenblauen Augen, die manchmal so überraschend hart und zwingend blicken können. „Du weißt ja, Skriek, dass ich in den letzten Jahren sehr viel Schmerz und Leid erfahren habe. Meine Seele ist gebrochen. Ich sehne mich nach Heil und Glück, aber es ist soweit weg von mir, dass ich nicht einmal mehr ahnen kann, wie es sich anfühlt.“
„Ich weiß, dass du leidest“, krächze ich.
„Thurantuh ist ein mächtiger Kriegsgott und wir beschreiten seit Monaten den Weg des Kampfes. Es scheint mir daher gut und richtig, Thurantuh auf unserer Reise anzubeten und um Beistand bei unseren Kämpfen zu bitten. Ich kann mir, wie ich dir vorhin schon sagte, im Moment wirklich keinen besseren Gott als Thurantuh vorstellen.“ Ihre Stimme senkt sich. „In mir ist das starke Gefühl, dass wir den Kampf um die Reliquien siegreich bestehen und König Angrias und Erik vernichtet werden. Und wenn die letzte Schlacht geschlagen ist und ich gerächt bin, möchte ich neu beginnen. Skriek, ich habe seit jeher Gewalt und Kampf verabscheut. Blutende Körper, zerschmetterte Knochen und qualvolle, schmerzverzerrte Gesichter will ich nicht mehr sehen. All das Kämpfen und Morden zerreißt mein Herz.“
„Du glaubst ernsthaft, dass wir obsiegen werden?“
„Ja, das glaube ich.“ Ihre Veilchenaugen funkeln. „In meinen Träumen wurde es mir vorausgesagt.“
Ich erwidere ihren eindringlichen Blick eine Weile; und plötzlich durchzuckt mich eine Vision von unglaublicher Klarheit: Ich stehe einer Übermacht von Riesen gegenüber; Kathinka ist gefangen und in der Gewalt ostalischer Schergen; HamSamKoLo und Erik Anfohrrnus triumphieren höhnisch.
„Was war das?“, fragt Kathinka. „Mir war fast so, als hätte sich für einen magischen Augenblick die Zeit verschoben.“
„Ich habe plötzlich so eine Art Zukunftsvision bekommen. Das geschieht bei den Skriek manchmal. Mir selbst ist es bislang

erst zwei Mal passiert. Das erste Mal geschah es, als ich noch ein kleiner Junge war."
„Was hast du gesehen?"
Ich senke den Kopf. „In meiner Vision werden wir nicht überleben."
Kathinka schnaubt. „Deine Visionen sind doch ausschließlich von deinem Pessimismus geprägt. Glaube mir, ich habe recht. Am Ende werden wir siegen. Es wird genau so sein, wie meine Träume es mir verheißen."
Kathinka irrt sich, das spüre ich mit jeder Faser meines Seins, aber ich sage nichts mehr dazu.
„Um auf vorhin zurückzukommen", Kathinka spießt das letzte Stück Kaninchenfleisch auf und wir halten die ersten Spieße über die Flammen. „Wenn das alles hier vorbei ist, will ich mir einen sanften, gütigen Gott suchen, der mich tröstet und heilt. Irgendwann muss das Kämpfen und Töten aufhören und Frieden in meiner Seele einkehren." Sie schluckt. „Skriek, ich bin nicht so wankelmütig, wie du aufgrund meiner Magie vermutest. Auch ich sehne mich nach Sicherheit und Beständigkeit, mehr vielleicht sogar, als du dir im Moment vorstellen kannst."
„Was willst du mir damit sagen?" Ich bin ein wenig verwirrt. Kann sie etwa meine Gedanken lesen? Oder kennt sie mich mittlerweile nur zu gut?
„Ich will dir damit sagen", Kathinka lächelt, „dass ich in ferner Zukunft vielleicht einen anderen Gott erwähle werde, aber ganz sicher keinen anderen Paladin."
„Oh." Mir wird ganz warm ums Herz und das liegt nicht an dem prasselnden Lagerfeuer. „Du könntest Bahluna verehren. Sie ist die Göttin des Mondes und der friedlichen Seelen."
Kathinka nickt. „Daran habe ich auch schon gedacht. Ich glaube, dass ich Bahluna eines Tages aus ganzem Herzen anbeten könnte."
„Nun, warum nicht?" Irgendwie glaube ich, dass es schon ein wenig seltsam wäre, wenn Kathinka Bahluna anbeten würde, während ich weiterhin Thurantuh diene. Die beiden skriekischen Götter sind nicht unbedingt gut aufeinander zu sprechen. Aber das Leben geht eben oft seltsame Wege und es gibt ja noch wesentlich bizarrere Möglichkeiten der Gottesverehrung. Sofort denke ich an Gem.

„Stell dir vor, der kleine Kobold huldigt einem Gott, der sich der Gott, der in allen Dingen lebt, nennt."
„Ja, das hat er mir erzählt." Kathinka wendet den Blick von mir ab.
„Was soll denn das für ein Gott sein?", frage ich verächtlich. Kathinka schnauft leise. „Skriek, das wird dich jetzt wahrscheinlich sehr verwundern, aber der Gott, der in allen Dingen lebt, ist mir sehr gut bekannt."
„Du bist eine dunkle Botin gewesen und weißt daher sehr viel über die beiden Kontinente und ihre Götter, also verwundert es mich kaum, dass du auch diesen Gott kennst."
„Hm."
„Was ist?" Kathinkas Verhalten macht mich neugierig.
„Hast du dir schon einmal überlegt, welchen Gott die Zauberer verehren?"
„Nein, das habe ich nicht", brumme ich. „Zauberer sind doch viel zu selbstherrlich, um einem Gott zu dienen." Dann fällt mir etwas ein. Als ich damals mit Erik Anfohrrnus zum Turm von Yestshire gegangen bin, hat er mir erzählt, dass er die Geheime Göttin anbetet; und das sage ich Kathinka jetzt auch.
„Ach, ja? Wirklich? Das hätte ich niemals erwartet." Kathinka klingt sichtlich überrascht. „Nun gut, Erik mag ja möglicherweise die Geheime Göttin anbeten. Das würde auch so einiges erklären. Aber die anderen Zauberer ganz bestimmt nicht."
„Und wen beten die selbstherrlichen, allmächtigen Zauberer dann an?", will ich ein wenig ungeduldig wissen.
Gedankenverloren dreht Kathinka an einem Holzspieß. „Die Zauberer verehren den Gott, der in allen Dingen lebt."
„Warum?" Nun bin ich ernsthaft verwundert.
„Weil es in Wahrheit nur einen Gott gibt", sagt Kathinka. „Die Zauberer wissen das. Und die dunklen Boten auch. Aber natürlich kann sich jeder einen bestimmten Aspekt jenes einen Gottes, der in allen Dingen lebt, anvertrauen."
„Die Zauberer glauben an den einen Gott, der in allen Dingen lebt? Und die dunklen Boten auch?", stammle ich und mein Blick sucht den von Kathinka. „Glaubst du auch an diesen einen Gott?"
„Ja, das tue ich." Ihre Augenlider senken sich ein wenig. „Und auf unserer jetzigen Reise verehre ich eben Thurantuh, den Gott

des Kampfes. Er ist eine mächtige Emanation des einen Gottes, der in allen Dingen lebt.“
Thurantuh!, brülle ich in Gedanken. Sag was!
Ich denke, dass alles gesagt ist. Thurantuh klingt seltsam fern.
Ich erstarre. „Dann hatte Gem also recht“, sage ich zu Kathinka und meine Stimme droht beinahe zu brechen.
Fürsorglich berührt sie meine Schulter. „Skriek, Gem hat ...“
Bevor sie weiterreden kann, tritt der Kobold mit einem fragenden Gesicht zu uns an das Lagerfeuer. „Was ist mit mir?“
Ich bin so in das Gespräch mit Kathinka vertieft gewesen, dass ich gar nicht auf meine Umgebung geachtet und daher die Schritte des Kobolds überhört habe. Verärgert starre ich zu ihm.
Gem lässt sich neben Kathinka nieder. Seine grünen Augen funkeln neugierig im Feuerschein. „Ihr habt also über mich gesprochen.“
Kathinka wirft mir einen raschen, fragenden Seitenblick zu. Ich schüttle ablehnend den Kopf und signalisiere ihr so, dass ich mit Gem nicht über den einen Gott, der in allen Dingen lebt, reden will. Das hätte mir im Augenblick wahrlich noch gefehlt!
Kathinka akzeptiert meinen Wunsch mit einem knappen Nicken.
„Gem“, sagt sie daher, „Skriek und ich haben uns vorhin überlegt, wozu du das seltsame Rohr benötigst, das an deinem Gürtel befestigt ist.“
„Ach, darüber habt ihr euch also unterhalten.“ Der Blaupelz lässt sich nicht anmerken, ob er uns glaubt. Mit einer weitausholenden Geste zieht er das dicke, kurze Rohr aus seinem Gürtel und hält es angeberisch neben dem Feuer hoch, damit wir es besser betrachten können. „Das ist ein Blasrohr.“
Ich atme schnaufend durch die Nase aus. „Du trägst eine Gnomenwaffe bei dir.“
„Das ist keine Gnomenwaffe“, giftet er. „Das ist ein koboldisches Blasrohr.“
„Es ist viel zu kurz und dick“, gebe ich unbeeindruckt und ungefragt meine Meinung zum Besten. „Die Blasrohre der Gnome scheinen mir wesentlich besser zu sein.“
Gem springt auf. „Ich werde dir etwas zeigen, mein schuppiger Freund.“
Ich stehe ebenfalls auf. „Ich bin nicht dein Freund, Blaupelz.“
„Da könntest du recht haben.“ Er nestelt an seinem Gürtel herum und befördert eines von seinen durchsichtigen, kleinen

Gläsern, die er stets bei sich trägt, und drei Pfeile hervor. Die anderen ringsum merken, dass am Lagerfeuer etwas vor sich geht. Eiligen Schrittes kommen die beiden Amazonen näher und wie aus heiterem Himmel tauchen auch die harbaischen Zwillinge auf.
„Gem", erklärt Kathinka, die ebenfalls aufgestanden ist, den anderen, „will uns sein koboldisches Blasrohr zeigen."
Der Kobold tritt einen Schritt zurück und steht nun direkt neben mir. Seine fledermausartigen Ohren reichen gerade bis zu meinem Bauchnabel. „Ihr werdet staunen." Seine melodiöse Stimme klingt freudig erregt. Mit wenigen wohl geübten Bewegungen taucht er überaus vorsichtig seine drei Pfeile in die durchsichtige Flüssigkeit seines Glases und schiebt dann einen Pfeil nach dem anderen in das dicke Rohr. „Skriek, sei doch so nett und lege auf den Baumstamm dort drüben drei Äpfel."
„Mach deinen Kram doch selber!", kontere ich. Der vorlaute Kobold soll sich gefälligst einen anderen Lakaien suchen!
„Schon gut, ich mache das." Kathinka kramt in ihrem Reiserucksack und befördert drei Äpfel zutage, die wir vor drei Tagen neben zahlreichen anderen Lebensmitteln den ostalischen Schergen abgenommen haben. „Ist der Baumstumpf nicht zu weit entfernt?"
„Auf keinen Fall." Der Kobold schüttelt selbstsicher den Kopf.
„Das ist lächerlich", schnaube ich. Der Baumstumpf ist gut und gern fünfzig Meter weit weg und rundum ist es mittlerweile finster geworden. Nur die wenigen Sterne am Nachthimmel und unser flackerndes Feuer spenden etwas Helligkeit. Gem kann niemals die drei kleinen Äpfel auf diese Entfernung treffen. Und wozu er alle drei Pfeile auf einmal in das kurze Rohr geschoben hat, ist mir auch nicht klar.
„Das ist eine wahrlich große Herausforderung", lässt sich jetzt auch Romaldo vernehmen.
„Edler Prinz", katzbuckelt der Kobold, „ich bitte dich, lass mich dieses Kunststück in deinem Namen versuchen."
„Dein Wunsch sei dir gewährt." Romaldo nickt gnädig.
Gem geht ein Stück zur Seite und wartet, bis Kathinka die Äpfel auf den Baumstumpf gelegt hat. Als sie zurück ist, blinzelt ihr der Kobold verschwörerisch zu und legt das dicke Blasrohr mit den drei Pfeilen an seine Lippen. Wichtigtuerisch

bläst er die Backen auf und zielt. Ein kurzes, scharfes Pusten ist zu vernehmen und die Pfeile sausen so schnell aus dem Rohr, dass unsere Augen ihnen nicht zu folgen vermögen. Es gibt ein knappes „Tack“ als die Pfeile zu treffen scheinen. Hastig eilen wir zu dem Baumstumpf. In jedem Apfel steckt ein Pfeil, obwohl der Kobold nur einmal gepustet hat.
„Dein Rohr trägt eine seltsame Magie in sich“, staunt Kathinka.
„Grumpf“, stimmt Knut zu.
„Erstaunlich, erstaunlich“, murmelt Romaldo und zieht an seinem linken Kinnbartzopf.
Gem grinst zufrieden über sein ganzes rundes Koboldgesicht. „Ich habe euch ja gesagt, dass ihr staunen werdet.“
Sincha geht ein Stück näher und will nach einem Apfel fassen.
„Finger weg, Amazone!“, ruft Gem.
Sincha hält augenblicklich inne. „Was ist?“, will sie wissen.
„Warte noch einen kurzen Moment“, schnarrt der Kobold.
Und dann sehen wir es alle.
Die Äpfel verschrumpeln innerhalb weniger Sekunden zu kleinen schwarzen Klumpen.
„Das Gift in den Pfeilspitzen ist absolut tödlich“, erklärt Gem unnötigerweise.
„Erstaunlich, erstaunlich“, wiederholt Romaldo und zupft nun an seinem rechten Kinnbartzopf.
„Grumpf“, stimmt Knut zu.
Auch Kathinka und die Amazonen sind sichtlich beeindruckt.
Mit schmalen Augen betrachte ich Gem, der sich in der Überraschung der anderen sonnt.
Der kleine Blaupelz ist wesentlich gefährlicher, als ich gedacht habe.

13

Nach einem strammen Fußmarsch von knapp einer Stunde haben wir heute Morgen endlich den Funduswald hinter uns gelassen. Nun liegen vor uns die Braunen Tiefen, eine steppenartige Landschaft, die sich in einem breiten Band von Nord nach Süd zieht, ausgehend von Karnium bis hin zu den Hängen des Mistallos. Ihren Namen haben die Braunen Tiefen von dem hüfthohen, dunkelbraunen Steppengras, das rundum

wächst. Jetzt im Herbst hat sich das dunkle Braun leicht aufgehellt und zeigt beige Sprenkel. Der Anblick des weitläufigen Grases, das sich im Wind leicht wiegt, ist recht beeindruckend und vermittelt eine gewisse Ruhe. Nur vereinzelt sieht man kleinere Bäume, meist Platanen und Obstbäume, deren Früchte längst geerntet oder von den unzähligen Vögeln, die die Braunen Tiefen bevölkern, aufgefressen worden sind. Wir werden die Steppenlandschaft, die von den moorigen Ursprüngen im Norden bis zu den trockenen Hängen des Mistallos tief im Süden mehrere hundert Meilen misst, von West nach Ost durchqueren. Kathinka hat uns heute Morgen erzählt, dass sie einst vor vielen Jahren als dunkle Botin über die Braunen Tiefen in Gestalt eines Raben geflogen ist. Sie schätzt, dass wir bei raschem Tempo keinen ganzen Tag benötigen werden, um die Steppe zu queren und die Ephtalonischen Hügel, unser nächstes Ziel, zu erreichen. Sincha hat so wie jeden Tag ihre Reisekarten zu Rate gezogen und Kathinka nach einer kurzen Berechnung zugestimmt. Heute Abend sollten wir die Hügel erreichen.
Dicht gedrängt stehen wir vor den ersten Ausläufern der Braunen Tiefen. Die dicken Grashalme verströmen einen seltsamen Geruch nach Erde, Moschus und Moos, der in meiner Nase ein wenig kitzelt.
Neben mir blickt sich Gem misstrauisch um. Einige Gräser sind sogar ein Stück höher als der kleine Kobold, und ich vermute stark, dass er den ganzen heutigen Tag über nicht viel mehr als braunes Gras und, wenn er seinen Kopf in den Nacken legt, grauen wolkenverhangenen Himmel sehen wird. Natürlich könnte ich Gem auf meine Schultern setzen und durch die Steppe tragen, sein geringes Körpergewicht würde meine Marschgeschwindigkeit nicht bremsen. Aber, bei Thurantuh, warum sollte ich das tun?
Der Kobold räuspert sich ausführlich und wendet sich schließlich an Kathinka. „Weißt du, ob es in dieser Steppe wilde Tiere gibt?“
„Bei meinem Flug über die Braunen Tiefen habe ich nichts von wilden Tieren gesehen, aber ich flog recht hoch und natürlich kann es sein, dass es hier zahlreiche Schlangen und Skorpione gibt. Aber im Großen und Ganzen glaube ich nicht, dass größere Raubtiere diesen Teil der Steppe bevölkern.“ Kathinka

streicht eine Haarsträhne zurück. „Ich habe aber gehört, dass es bei den nördlichen Mooren ein paar Sumpflöwen geben soll. Wir befinden uns zum Glück ja recht südlich. Ich denke also, Gem, du kannst unbesorgt sein."
Sincha richtet ihren Reiserucksack. „Ich möchte nicht auf Sumpflöwen stoßen. Sie sind überaus gefährlich."
„Und sehr leise", fügt Clarina hinzu. „In manchen Ländern werden die Sumpflöwen auch Samtpfoten genannt. Diese Tiere schleichen sich völlig lautlos an und schlagen blitzschnell zu. Man kann sie unmöglich vorher hören."
„Dann will ich wirklich hoffen, dass diese Samtpfoten in den nördlichen Mooren bleiben." Gem schaudert. „So ein wohlgenährter, appetitlicher Kobold, wie ich einer bin, ist sicher eine Delikatesse für diese Tiere."
„Vermutlich bist du den Samtpfoten zu schleimig", sage ich übellaunig und starre den Kobold herausfordernd an. „Bezüglich der Löwen brauchst du dir wohl keine Sorgen zu machen."
„Skriek, du bist freundlich wie eh und je", grummelt er.

Wir marschieren mittlerweile schon gut zwei Stunden durch die Braunen Tiefen und langsam erfasst mich eine gewisse Monotonie. Milliarden von braunen Grashalmen bedecken alles ringsum, jeden Hügel, jede Senke. Auch die Bäume werden seltener, sodass es für meine Augen kaum noch Abwechslung gibt. Der Himmel ist weiterhin wolkenverhangen, und da es leicht zu nieseln begonnen hat, habe ich die Kapuze meines Mantels tief in mein Gesicht gezogen. Mit grimmiger Entschlossenheit halte ich meinen Kampfstab mit den beiden eisenverstärkten Enden in meiner schuppigen Hand und setze Schritt um Schritt. Der Weg durch das hohe Gras wird mit der Zeit zusehends mühsamer und wir ziehen eine breite Spur durch die Steppe. Etwaige Verfolger dürften keine Probleme damit haben, unserer Fährte zu folgen. Die zahlreichen abgeknickten Halme geben einen deutlichen Hinweis auf unseren Weg. Leider ist es unmöglich, in den Braunen Tiefen keine Spuren zu hinterlassen. Daher setzen wir auf Geschwindigkeit und hoffen, dass wir, nachdem wir die Steppe wieder verlassen haben, unsere Spuren so gut verbergen können, dass wir zu den Ephtalonischen Hügeln gelangen, ohne befürchten zu müssen,

dass unsere Verfolger uns dicht auf den Fersen sind.
Sincha hat befohlen, dass wir in Reih und Glied mit knappem Abstand hintereinander marschieren; so muss sich nicht jeder selbst seinen Weg durch das hohe Gras suchen und es ist einigermaßen gewährleistet, dass wir unser Tempo beibehalten können. Ich gehe vorne weg und drücke mit meinem Stab und meinen großen, krallenbewährten Füßen das Gras zur Seite. Unmittelbar hinter mir tappst Gem mit seinen plumpen Koboldfüßen dahin, dann kommen Knut, Kathinka, Sincha, Clarina und zum Schluss Romaldo. Sincha hat ihn als unsere Rückendeckung vorgesehen, da er angeblich, zumindest hat dies die Heerführerin behauptet, über die besten Reflexe verfügt und auf einen Angriff von hinten am schnellsten reagieren kann. Wahrscheinlich hat Sincha damit ja recht, aber so ganz passt es mir nicht, dass sie Romaldos Reflexe über die meinen stellt, und ich grolle der Amazone ein wenig.
Gem schnauft hinter mir und blickt sich immer wieder besorgt um. Er scheint sich nicht ganz sicher zu sein, ob die Samtpfoten tatsächlich in den nördlichen Mooren bleiben werden. Knut grumpft gelegentlich etwas zu Gem. Anscheinend will er sich mit dem Kobold unterhalten, aber der kleine Kerl ist heute, höchstwahrscheinlich aus Angst vor den Sumpflöwen, überaus wortkarg. Dafür danke ich meinem Gott Thurantuh aus ganzem Herzen, auch wenn er angeblich nur ein Aspekt des einen Gottes ist, der in allen Dingen lebt. Ganz kann ich das noch immer nicht glauben, obwohl ich eingestehen muss, dass Kathinka in solchen Angelegenheiten deutlich besser Bescheid weiß als ich und mein Gott ja eigentlich auch zugegeben hat, nur eine Emanation des einen Gottes zu sein. Leider hat sich Thurantuh seit jenem Gespräch mit Kathinka nicht mehr in meinen Gedanken gemeldet, ja, es ist sogar so, dass ich ihn nur äußerst unklar verspüre. Es fühlt sich fast an, als ob er ein Stück weit aus meiner Wahrnehmung verschwunden ist. Das gefällt mir nicht. Thurantuh ist seit Jahren mein treuer Begleiter, immer hat er im Hintergrund gewartet und ist mir mit Rat und Tat zur Seite gestanden. Manchmal, das gebe ich zu, habe ich auch seinen beißenden Spott ertragen müssen, und das ist nicht immer leicht für mich gewesen. Aber im Augenblick fehlt mir sogar sein Spott. Daher wäre ich mittlerweile schon überaus dankbar, wenn ich nur ein einziges Wort von ihm hören würde.

Es gibt im Moment nichts zu sagen, Schuppenkopf!
Thurantuh, mein Gott!, stammle ich in Gedanken.
Wenn es etwas Wichtiges gibt, melde ich mich. Und bis dahin versuche, mich nicht zu sehr zu nerven.
Wie du wünschst, Thurantuh. Ein Lächeln huscht über mein Gesicht. Er ist noch da.

Eine halbe Stunde später befiehlt uns Sincha, anzuhalten. Wir hocken uns in das hohe Gras und greifen nach unseren Trinkschläuchen. Die Amazonen erscheinen mir reichlich müde. Ich habe den Eindruck, obwohl man das bei dem Nieselregen nicht genau sagen kann, dass ihre Gesichter mit Schweiß bedeckt sind. Auf jeden Fall geht ihr Atem schwer und sie trinken mit gierigen Schlucken. Kathinka hingegen wirkt ausgesprochen frisch und erholt. Schon die letzten Tage über hat sie unser Marschtempo mühelos gehalten, im Gegensatz zu früher, als wir oft auf sie gewartet haben. Und an den vier vorhergehenden Abenden ist sie nicht erschöpfter als wir anderen gewesen. Das ist wirklich erstaunlich und ich habe sie auch darauf angesprochen. Kathinka hat nur mit den Schultern gezuckt und lapidar gemeint, dass der Zauberstab ihr soviel Kraft verleiht, dass sie nun mühelos mit uns mithalten kann. Es ist natürlich durchaus günstig für uns, wenn wir nicht mehr länger auf Kathinkas einst eher langsames Tempo Rücksicht nehmen müssen.
Ich will nicht verhehlen, dass es mich doch einigermaßen überrascht, welche Fähigkeiten der Zauberstab bei Kathinka zum Vorschein bringt. Lange Zeit ist es ja der Fall gewesen, dass wir vor allem auf Kathinkas Schutz achten mussten. Mittlerweile habe ich aber den Eindruck gewonnen, dass Kathinka in Zukunft unsere Hilfe immer weniger benötigen wird. Und das wiederum bereitet mir doch ein wenig Kopfzerbrechen. Ich möchte als Paladin nicht überflüssig werden. Meine Treue zu ihr ist das einzige, was ich in die Waagschale um Kathinkas Gunst werfen kann. Wenn sie meine Kampfkraft nicht mehr benötigt, habe ich nichts, das ihr imponieren könnte. Sie hat zwar selbst gesagt, dass ich immer ihr Paladin bleiben werde, und das glaube ich ihr mittlerweile auch, aber welchen Wert besitze ich noch, wenn mir meine Anverschworene dank ihrer ständig wachsenden Magie an

Kraft weit überlegen ist? Mürrisch blicke ich mich um.
Im Gegensatz zu Kathinka verlieren die Amazonen immer mehr von ihrer Kraft und können immer weniger mit uns mithalten. Sincha setzt soeben ihren Trinkschlauch ab und blickt in die Runde. „Ich muss euch etwas sagen.“ Ihre Stimme klingt gepresst. „Clarina und ich werden übermorgen Nacht mit dem Ritual des elften Vollmondes beginnen.“
„Ach, der elfte Vollmond ist morgen.“ Gem stochert mit einem rissigen Fingernagel in seinen Zähnen herum. „Ich mag den Vollmond.“
„Der Vollmond hat schon so manchen Dichter inspiriert.“ Romaldo schiebt seinen Hut nach hinten. „Vielleicht sollte auch ich mich einmal in der poetischen Kunst versuchen. Bei meiner Einfühlsamkeit, meinem Gespür für das rechte Wort zur rechten Zeit und meiner überaus wachen Intelligenz würde es mich nicht wundern, wenn ich die feinsten Reime schmieden könnte.“
„Grumpf, grumpf?“
„Verzeih mir meine Direktheit, liebster Bruder, aber ich denke, es wäre keine gute Idee, wenn du dich bei Vollmond im Gesang üben würdest.“
„Wölfe würden wahrscheinlich schöner heulen“, sagt Clarina.
Mein Blick huscht von einem zum anderen. Irgendwie reagieren meine Gefährten eigenartig. Was ist los?
Da runzelt Kathinka die Stirn. „Der elfte Vollmond sagt mir irgendetwas. Ich habe davon schon einmal gehört.“
„Nun“, Romaldo streckt seine langen Beine, „ich vermute, dass der elfte Vollmond zwischen dem zehnten und zwölften liegt.“
„Sehr witzig, Prinz aus Harba.“ Kathinka zieht eine Schnute.
Und da dämmert es mir. Sincha und Clarina haben meine Gefährten nicht eingeweiht. Die Amazonen haben lediglich mit mir über den elften Vollmond gesprochen. Ich bin natürlich davon ausgegangen, dass die beiden auch die anderen informieren werden, doch das ist offensichtlich nicht der Fall gewesen; nur ich habe Bescheid gewusst. Ein wenig erfüllt mich dieser Umstand mit Stolz. Andererseits zeigt dies aber auch, wie wenig wir uns zu sagen haben; Gem jetzt einmal ausgenommen, der, abgesehen vom heutigen Tag, an dem ihm die Angst vor den Samtpfoten seinen Mund verschließt, ansonsten pausenlos plappert. Aber etwas wirklich Wichtiges

hat er ja auch nicht zu sagen. Und die Amazonen sind wohl im guten Glauben davon ausgegangen, dass ich den anderen alles über den elften Vollmond weitererzähle. Neugierig verengen sich meine Augen. Das kann jetzt ja interessant werden, denke ich. Wie werden meine Gefährten wohl reagieren?
„Sincha“, fragt Kathinka soeben, „hat der elfte Vollmond nicht irgendetwas mit euren magischen Kräften zu tun?“
„So ist es.“ Sincha schraubt langsam ihren Trinkschlauch zu. „Um der Wahrheit die Ehre zu geben, wir Amazonenkriegerinnen müssen einmal im Jahr für drei Tage und Nächte unser Leben der Göttin Ama weihen. Nur so behalten wir unsere Kraft und Schnelligkeit.“ Sie befestigt den halbleeren Trinkschlauch an ihrem Gürtel. „Ohne den elften Vollmond sind wir nicht stärker als ganz normale Menschenfrauen.“
Gem pfeift durch seine Zähne. „Drei Tage und Nächte, Heerführerin, sind eine lange Zeit, um an einem Ort zu verweilen.“
„Ich weiß.“ Sincha blickt in die Runde. „Clarina und ich brauchen eure Hilfe. Während des elften Vollmondes ziehen wir uns in eine Höhle zurück und sind völlig wehrlos. Ihr müsst uns beschützen, wenn wir angegriffen werden.“ Sinchas Blick bleibt auf mir ruhen.
Mir wird klar, was sie jetzt von mir erwartet und warum sie mich als allerersten und bis jetzt wohl einzigen um Schutz gebeten hat.
„Du kannst dir meiner Äxte sicher sein, Heerführerin. Für mich ist es eine Frage der Ehre, für deinen Schutz zu sorgen.“ Ich neige meinen Kopf in Sinchas Richtung und hoffe mit dem Hinweis auf die Ehre, Romaldo so weit in die Ecke zu drängen, dass auch er seinen Schutz Sincha nicht verwehren wird. „Dank meiner Kraft und Schnelligkeit habt ihr Amazonen keine Feind zu fürchten“, setze ich noch eins drauf und klopfe mit der rechten Faust wichtigtuerisch gegen meine Brust, da ich glaube, dass diese Geste Romaldo noch mehr dazu veranlassen wird, sich als Beschützer der Amazonen aufzuspielen. Und ein kleiner Teil von mir hofft, dass mein angeberisches Brustschlagen den eitlen Prinzen recht verärgert. Ansonsten ist es ja immer er, der sich effektheischend in den Mittelpunkt aller Aufmerksamkeit rückt.

„Ich danke dir, Skriek." Sincha neigt nun ebenfalls den Kopf vor mir, so wie ich es vorhin vor ihr getan habe, während Clarina ein wenig überheblich die Augen verdreht. Warum macht sie das? Eigentlich sollte sie mir dankbar sein, dass ich soeben ihre Heerführerin unterstützt habe, aber sie ist es eindeutig nicht. Hält mich Clarina möglicherweise für einen Narren, den man nur allzu leicht manipulieren kann? Oder, in mir keimt ein Verdacht auf, haben die Amazonen von vornherein damit gerechnet, dass ich nichts über den elften Vollmond weitersagen werde und sich lediglich vergewissert, dass ich sie, zumindest so weit es mir als Paladin möglich ist, unterstützen werde? Wollten sie vielleicht jetzt, wo wir die Braunen Tiefen schon zu einem Teil durchquert haben, das Überraschungsmoment auf ihrer Seite haben, um eventuellen Bedenken der anderen zuvorzukommen? Immerhin brauchen sie für ihr Ritual, eine Höhle und da sind die Ephtalonischen Hügel im weiten Umkreis mit Abstand die vielversprechendste Option.

Gem bläst seine runden Backen auf. „Mit meinem Blasrohr und meinen Kristallen", er deutet auf das Kristallamulett um seinen Hals, „werde ich über dein Wohlergehen wachen, Heerführerin."

„Danke, Gem." Sincha berührt kurz seine pelzige Schulter.

„Grumpf", sagt Knut. „Grumpf, grumpf. Grumpf, grumpf. Grumpf." Er wirkt leicht gereizt.

„Ich stimme dir zu", sagt Romaldo zu seinem Bruder und wendet sich dann an uns. „Knut meint, dass es sehr unvernünftig ist, unser aller Leben für Sincha und Clarina aufs Spiel zu setzen. Wenn wir jetzt sterben, können wir Amazonien nicht mehr beschützen und werden keine Rache erhalten."

Das überrascht mich jetzt, ich hätte Knut anders eingeschätzt. Aber, das wird mir jetzt wieder einmal deutlich klar, er ist eben ein harbaischer Zwilling. Mag er auch stumm sein, so ist er ebenso wie sein wortgewaltiger Bruder nur auf seinen Vorteil bedacht. Das darf ich nie vergessen.

Kathinka dreht langsam ihren Zauberstab in der linken Hand und wirkt angespannt. Es behagt ihr wohl nicht, was sie jetzt sagen will. Trotzdem ergreift sie das Wort. „Ich muss schweren Herzens den harbaischen Brüdern zustimmen. Es ist niemandem genützt, wenn wir sinnlos unser Leben für euch

Amazonen geben. Aber“, sie dreht etwas heftiger an ihrem Zauberstab, „solange eine Chance besteht, euch zu beschützen, werde ich es tun. Doch wenn die Übermacht zu groß ist, werde ich fliehen und euch eurem Schicksal überlassen.“
„Du bist sehr ehrlich, Formwandlerin“, krächzt Sincha und ihre grünen Augen funkeln.
„Anscheinend hat von euch nur der schuppige Skriek genügend Anstand im Bauch“, faucht Clarina verärgert.
Gem räuspert sich vernehmlich.
„Und natürlich der Kobold“, murmelt Clarina unfreundlich. Sie hält wohl nicht viel von ihm als Beschützer.
Gem drückt seine schmalen Schultern durch. „Ich bin ein Kobold mit außergewöhnlichen Fähigkeiten, vergiss das nie, rothaarige Amazone.“ Nach einem kurzen Schnauben wendet er sich von Clarina ab und deutet mit seinem dicken, kurzen Zeigefinger direkt auf Kathinka. „Hast du schon vergessen, was mein Kristallamulett vorausgesagt hat, Kathinka Ebensa? Das Schicksal der Welt hängt von Sinchas Überleben ab.“
„Ich will deine Orakelmagie nicht schlechtreden“, sagt Kathinka mit leiser Stimme, „aber es gibt so viele Wahrheiten. Ich selbst hatte mehrere magische Träume, in denen ich sah, dass Angrias und Erik sterben und Amazonien überlebt.“ Sie zeigt mit dem Ende ihres Zauberstabes auf mich. „Skriek hingegen hatte vor kurzem eine Vision, in der er sah, dass wir verlieren und von Erik Anfohrrnus und einem Trupp Riesen gestellt werden.“ Sie blinzelt. „Gem, ich glaube, dass die Zukunft viele Stränge hat und sich nicht jeder erfüllen muss.“
„Bei allen Kupferkesseln, Kathinka!“ Gem kratzt aufgeregt sein linkes Fledermausohr. „Was Voraussagen anbelangt, ist meine Orakelkristallmagie weit über deine magischen Träume oder gar über die seltsamen Visionen des einfältigen Schuppenkopfes zu stellen!“
„He, keine Frechheiten!“, begehre ich auf. Da aber Gem und die anderen mich im Moment völlig ignorieren, klappe ich meinen Mund wieder zu und balle nur frustriert die Fäuste, während ich mir vornehme, dem unverschämten Blaupelz später ordentlich sein Fell zu gerben.
Gem beachtet meinen Einwurf gar nicht und wendet sich direkt an Knut. „Edler Königssohn, ich bin ein großer Bewunderer deiner harbaischen Magie. Das weißt du. Und im Namen der

Magie bitte ich dich, auch meine Magie der Vorausschau zu respektieren. Es ist überaus wichtig, dass Sincha Ankonski überlebt."
„Grumpf", brummt Knut. „Grumpf, grumpf." Er deutet mit seinem dicken Kinn auf Kathinka.
„Die harbaischen Brüder", übersetzt Gem leicht verdrießlich, „werden sich so wie Kathinka verhalten. Solange es Sinn macht, werden sie die Amazonen beschützen, aber sie werden ihr Leben nicht unnütz vergeuden, wenn sie einer Übermacht an Gegnern gegenüberstehen, die sie in einem Kampf nicht besiegen können. Dann werden sie ebenso wie Kathinka fliehen."
„Mein Bruder hat vortrefflich gesprochen", lässt sich Romaldo vernehmen, „und daher gibt es für mich keinen Grund, dem noch etwas hinzuzufügen."
Unsere Mundwinkel zucken verächtlich; Romaldo kann sich wichtig machen, soviel er will, wir wissen mittlerweile alle längst, wer bei den harbaischen Zwillingen das Sagen hat.
„Aber dies wäre dennoch zu sagen", fügt er mit ausholender Geste hinzu, „nämlich, dass wir wie die Teufel kämpfen werden, um das Leben der hageren Kriegerinnen bewahren zu können. Aber, wie schon erwähnt, wenn die Übermacht zu erdrückend ist, werden wir einen strategischen Rückzug antreten und versuchen, Amazonien anderweitig vor den vielfältigen dunklen Gefahren zu erretten."
„Mehr habe ich auch nicht erwartet." Sincha klingt bissig, als sie sich erhebt. „Wenn es hart auf hart kommt, wird einzig Gem Clarina und mich beschützen. Und vielleicht auch noch Skriek, für den das alles ja anscheinend eine Frage der Ehre ist."
Meint Sincha das mit der Ehre jetzt zynisch?, überlege ich, komme aber zu keiner klaren Antwort. Da ich ihre Worte aber auch nicht einfach so stehen lassen will, wende ich mich direkt an sie und blicke aus meiner sitzenden Position zu ihr hoch.
„Heerführerin, ich bleibe bei dem, was wir vor ein paar Tagen besprochen haben. Meine Zusicherung gilt noch immer."
„Davon bin ich immer ausgegangen." Sincha nickt mir kurz zu.
„Einen Moment", sagt Kathinka. „Darüber müssen wir noch reden." Sie erhebt sich ebenfalls und baut sich vor Sincha auf.
„Skriek ist mein Paladin. Es ist seine erklärte Aufgabe, mich zu beschützen. Er wird sein Leben nicht für euch Amazonen

opfern.“
Sinchas Augen verengen sich. „Das hat mir dein Paladin vor wenigen Tagen selbst gesagt.“
Auf Kathinkas Stirn bildet sich eine steile Falte. Sie ist verärgert. „Dann ist ja alles klar, Amazone.“
„So ist es, Formwandlerin.“ Sincha tritt zur Seite und hebt ihren Reiserucksack auf.
Wieder einmal frage ich mich, was zwischen den beiden Frauen vor sich geht. Immer öfter geraten sie sich in die Haare.
Kathinka kommt raschen Schrittes zu mir. Sie wirkt immer noch ärgerlich. „Die Heerführerin hat schon vor Tagen mit dir über den elften Vollmond gesprochen“, sagt sie anklagend. „Aber du hast darüber zu mir kein Wort verloren.“
Ich bin mittlerweile ebenfalls aufgestanden und habe meine Kapuze wieder tief ins Gesicht gezogen. „Ich dachte, du wüsstest Bescheid.“ Demonstrativ zucke ich mit den Schultern, um Kathinka damit anzuzeigen, dass die ganze Sache für mich keine große Rolle spielt. „Außerdem hast du die Amazone vorhin selbst gehört. Es ist alles gesagt. Ich bin dein Paladin und beschütze dich.“
Kathinka sucht meinen Blick unter der heruntergezogenen Kapuze. Schließlich senkt sie den Kopf. „Verzeih mir.“
„Du solltest nicht an mir zweifeln, Kathinka Ebensa.“ Ich grinse. „Wolltest du diesbezüglich nicht optimistischer sein?“
„Ja.“ Sie drückt meinen Oberarm. „Ich arbeite daran.“
Geschmeidig dreht sie sich weg und hebt ihre Sachen auf.
Sincha gibt die Richtung mit einem Handzeichen vor und ich stapfe wieder voraus und bahne mir meinen Weg durch das hohe Gras der Braunen Tiefen.

Es ist vorhin, denke ich, während mein eisenbeschlagener Kampfstab Halme zur Seite drückt, schon sehr bezeichnend gewesen, wie wir miteinander umgehen. Jeder kocht sein eigenes Süppchen und versucht, seine Wünsche durchzusetzen. Und Kathinka ist ja gegenüber Sincha auch deutlich geworden, was meine Person betrifft. Einerseits bin ich froh darüber, wie sehr mich Kathinka als ihren Paladin einfordert, da es mir zeigt, dass sie davon ausgeht, mich auch weiter als Beschützer zu benötigen. Das gibt mir eine gewisse Sicherheit. Andererseits hat sie sich, was meine Person betrifft, Sincha gegenüber

ziemlich besitzergreifend verhalten und das hat mir weniger gefallen. Aber ich will nicht jammern. Im Endeffekt hat Kathinka nur das geltend gemacht, was ich ihr geschworen habe und das ist ja ihr gutes Recht. Im Grunde meines Herzens bin ich zufrieden, wenn ich wie vorhin spüre, dass ich Kathinka wichtig bin und sie mich mit niemandem teilen will, zumindest nicht in meiner Funktion als Beschützer.
Die beiden Amazonen hingegen wirken alles andere als zufrieden. Mit verhärmten, müden Gesichtern und herabhängenden Schultern schleppen sie sich durch das hohe Gras. An ihnen zehrt von Stunde zu Stunde mehr, dass sie an magischer Kraft verlieren. Dass nur Gem bereit ist, sein Leben bedingungslos für ihren Schutz zu geben, dürfte die beiden noch zusätzlich kränken und ihnen Kraft kosten. Es muss nicht leicht sein, denke ich, in einer Gruppe zu marschieren, die eindeutig nicht bedingungslos zu einem steht. Aber im Prinzip, so ehrlich muss man sein, verhält es sich mit uns allen nicht anders. Niemand von uns würde zum Beispiel die harbaischen Brüder mit seinem Leben beschützen. Aber auch Kathinka und mir würden weder die beiden Amazonen noch die harbaischen Brüder bis zum bitteren Ende beistehen. Und mit dem Kobold und seiner Bereitschaft, sich für uns andere aufzuopfern, ist es im Großen und Ganzen das Gleiche. Gut, Gem scheint bereit zu sein, aufgrund seines Kristallorakels für Sincha mit seinem Leben einzustehen, aber für alle anderen würde er keines seiner fledermausartigen Ohren rühren, da kann er den harbaischen Brüdern noch so schmeicheln und mit Kathinka und Clarina noch so oft fröhlich scherzen. Dass Gem und ich uns nicht mögen, ist ja ohnehin hinlänglich klar.
Hinein in meine Gedanken über unsere brüchige Gemeinschaft, machen sich plötzlich meine Instinkte bemerkbar. Ich verenge meine Augen zu schmalen Schlitzen und spähe über das hohe Gras hinweg. Irgendetwas stimmt hier nicht. Aber was?
Gem, der unmittelbar hinter mir geht, bemerkt, dass sich an meinem Verhalten etwas verändert hat.
„Was ist los?“, flüstert er ängstlich. Seine Hände greifen nach dem dicken Blasrohr in seinem Gürtel.
„Hörst du irgendetwas, Kobold?“, frage ich zurück und bleibe stehen. Auch die anderen halten an.
Gems Fledermausohren drehen sich fast im Kreis. Angst ist in

den grünen Augen des Blaupelzes zu erkennen. Schließlich schüttelt er den Kopf. „Ich höre nichts."
„Grumpf", sagt Knut. „Grumpf."
„Bei meinen eingedellten Kupferkesseln!", keucht Gem ängstlich und zieht sein Blasrohr endgültig aus dem Gürtel. „Knut meint, dass möglicherweise ein Sumpflöwe, eine Samtpfote, durch das hohe Gras schleicht." Mit fliegenden Fingern taucht er die Spitze eines Pfeils in ein Giftglas, verschraubt anschließend das Glas wieder und legt den Pfeil in das Blasrohr.
Auch alle anderen haben mittlerweile ihre Waffen gezogen. Ich jedoch behalte lieber meinen Kampfstab in den Fäusten. Im Vergleich zu meinen Äxten hat der Stab eine deutlich größere Reichweite und die ist bei einem Kampf mit einem Löwen sicherlich kein Nachteil.
Mit wachen Instinkten sehe ich mich weiter sorgfältig um. Da ich mit Abstand der Größte von uns allen bin, habe ich den besten Rundumblick. Wenn da draußen ein wildes Tier ist, müssten sich doch zumindest ein paar Grashalme hin und her bewegen. Natürlich kann die leichte Brise meine Sinne täuschen, und wenn das Raubtier sich mit dem Wind und den sich biegenden Halmen anschleicht, kann ich es kaum entdecken, aber trotzdem, irgendetwas Verdächtiges müsste doch auszumachen sein. Ich bleibe weiterhin mit leicht gebeugten Knien auf der Stelle stehen und lausche. Meine Sinne sind angespannt und ich spüre mit jeder Faser, dass da draußen etwas auf uns lauert.
Meine Ohren zucken, neben mir schnaufen Clarina und Sincha verhalten. Der Kobold schwitzt vor Angst, während Kathinka und die harbaischen Brüder trotz allem recht ruhig wirken. Was lauert da zwischen den von Blicken undurchdringlichen Grashalmen? Ist es tatsächlich eine Samtpfote? Angeblich lebt diese gefährliche Löwenart ja in den nördlichen Mooren, aber vielleicht hat sich ja ein Sumpflöwe hierher verirrt? Das könnte schon sein.
Meine Instinkte vibrieren. Ich spüre, dass die Gefahr näherkommt. Meine kralligen Finger fassen den Kampfstab noch fester.
Rundum ist weiterhin nichts zu hören. Selbst die allgegenwärtigen Vögel haben ihr Zwitschern eingestellt, und

das ist ein schlechtes Zeichen.
Leise atme ich aus. Und da sehe ich etwas Braunes blitzschnell an meinem äußersten Gesichtsfeld vorbeihuschen. Wenn mich mein scharfes Skriekauge nicht täuscht, dann hat dieses Etwas gekrümmte Krallen, spitze Zähne und ein dichtes braunes Fell. Ich reagiere instinktiv. Mein Kampfstab fährt zur Seite und erwischt das Tier mitten im Sprung. Gem quiekt. Ich schlage erneut zu. Dieses Mal nehme ich mir einen Sekundenbruchteil mehr Zeit zum Zielen und mein Stab kracht in die Rippen des Angreifers. Mit einem jämmerlichen Winseln kippt das Tier direkt vor Gem zur Seite und bleibt vor seinen breiten, plumpen Füßen liegen.
„Eine Samtpfote", keucht Gem. Da sich der Brustkorb des Tieres noch leicht hebt und senkt, zieht der Kobold blitzschnell sein schmales Messer und sticht mehrmals hektisch in den Hals des Tieres. „Bei allen Kupferkesseln, stirb, verfluchter Löwe! Du wirst mich nicht auffressen! Du nicht!"
„Das ist aber ein ziemlich kleiner Sumpflöwe", meint Sincha und lässt ihre Krummsäbel hinter ihrem Rücken in den Halterungen verschwinden.
Kathinka tritt nach vorne. „Das ist keine Samtpfote. Das ist lediglich ein Erdmarder."
Ich kneife die Augen zusammen. Kathinka hat recht. Vor uns im Gras liegt ein toter, knapp siebzig Zentimeter großer Erdmarder.
„Also hat uns keine Samtpfote angegriffen", haucht Gem. Blut tropft von seiner Klinge.
„Nein", beruhigt ihn Kathinka. „Ein Sumpflöwe ist fünfmal so groß und seine Zähne und Krallen sind dreimal so lang."
„Sagtest du nicht, dass es in den Braunen Tiefen keine Raubtiere gibt?", grummelt Gem Kathinka an.
„Ich wusste nicht, dass Erdmarder für dich als Raubtiere gelten." Kathinka zeigt ein knappes Lächeln. „Für uns ist das keine Bedrohung."
„Ihr seid ja auch Riesen im Vergleich zu mir." Gem wischt an einer Grasnarbe sein Messer sauber. „Für einen Kobold ist ein Erdmarder wahrlich nicht ungefährlich."
Ich baue mich vor Gem auf. „Blaupelz", sage ich, „du schuldest mir etwas. Ich habe dir soeben das Leben gerettet."
„Ich schulde dir gar nichts, Schuppenkopf!", schimpft der

Kobold.
Unbeeindruckt hebe ich mit einer scharfen Kralle sein Kristallamulett, das auf seiner pelzigen Brust anliegt, ein wenig hoch. „Als Orakel scheinst du nicht viel zu taugen. Du hast nicht einmal den gefährlichen Angriff des blutrünstigen Erdmarders vorhergesehen. Kein Wunder, dass du aus deinem Dorf fliehen musstest.“
„Dummer Schuppenkopf, was weißt du denn schon von der Orakelmagie?“, schnappt der Kobold beleidigt und reißt sein Kristallamulett ungehalten von meiner Kralle.

14

Es dämmert der Abend heran, als wir endlich das östliche Ende der Braunen Tiefen erreichen. Die beinahe schon stündlich schwindenden magischen Kräfte der beiden Amazonen haben uns viel an Zeit gekostet. Nun sind Sincha und Clarina körperlich am Ende und blicken verschwitzt und schwer schnaufend zu den Ephtalonischen Hügeln, die unmittelbar vor uns liegen. Soweit wir bei der anbrechenden Dunkelheit erkennen können, reiht sich in einer bizarr verschachtelten Landschaft Hügel an Hügel und alle sind von unterschiedlicher Größe. Die kleineren erreichen kaum eine Höhe von siebzig, achtzig Metern, andere ragen deutlich höher empor. Manche Hügel sind nur spärlich mit Riedgras bewachsen, andere zeigen eine dichte Vegetation von Büschen und Bäumen. An einigen Stellen kann man erkennen, dass die Hügel aus solidem Fels bestehen, viele jedoch sind aus Feldspat und dunkler, lehmiger Erde. Dutzende schmale Pfade führen zwischen den Hügeln hindurch und erinnern an ein Labyrinth. Hier, das wird mir klar, kann man sich ganz vorzüglich vor seinen Verfolgern verstecken. Es würde viele Tage benötigen, alle Pfade und Hügel abzuschreiten.
Neben mir keucht Sincha schwer. Ihr Gesicht zeigt eine überaus besorgte Miene. „Bei Ama!“, flucht sie. „Wie sollen wir bei all diesen Hügeln eine geeignete Höhle finden?“
„Wir brauchen mindestens zwei Höhlen, die eng beieinander liegen“, schnauft Clarina. „Unsere Gefährten sollen nicht zu weit von uns entfernt sein.“

Sincha verengt ihre Augen zu schmalen Schlitzen und hastig wandert ihr Blick umher. „Das wird schwierig."
Gem tritt einen Schritt nach vorne und seine fledermausartigen Koboldohren zucken aufgeregt. „Gibt es Wesen, die hier in den Hügeln wohnen?"
„Ja", sagt Kathinka. „Zwei, drei winzige Ortschaften gibt es hier. Vielleicht wohnen zwei Dutzend Wesen innerhalb der zahlreichen Hügel." Ihr dunkles Haar weht im stärker aufkommenden Wind. „Wir müssen darauf achten, diesen Wesen aus dem Weg zu gehen."
Der Kobold nickt. „Das sollten wir." Plötzlich klirrt sein Kristallamulett deutlich hörbar. Zuerst glaube ich, dass der Wind an den Kristallen gerüttelt hat, doch als ich Gems verwunderte runde Augen sehe, wird mir klar, dass soeben sein Orakel zu ihm gesprochen hat.
Eilig streift der Kobold das Kristallamulett über den Kopf, hält es kurz in seinen Wurstfingern, pustet zweimal auf die Kristalle und wirft es schließlich mit Schwung zu Boden. Erneut klirrt es melodiös.
„Hm", brummt der Kobold, während er nachdenklich die durch den Wurf neu entstandene Anordnung der zahlreichen kleinen Kristalle an ihren Fäden betrachtet.
„Was ist los?", will Sincha wissen.
„Ein Herbstgewitter zieht auf", gibt der Kobold langsam Antwort, ergreift sein Amulett und legt es sich wieder um den Hals.
Wir blicken uns an und jeder bekommt bei Gems Worten einen grimmigen Gesichtsausdruck. Herbstgewitter sind äußerst selten und äußerst unangenehm. Anfangs nimmt der Wind innerhalb weniger Stunden enorm an Stärke zu, bis er sich beinahe zu einem Orkan auswächst, der riesige Bäume mühelos entwurzeln kann. Eine Nacht im Freien sollte man daher tunlichst vermeiden. Dann, wie von Geisterhand gelenkt, flaut der Sturm nach wenigen Minuten völlig ab und eine seltsame Stille greift um sich. Aber diese ist nur von kurzer Dauer, ganz so, als ob sie der Vorbote einer schrecklichen Macht wäre, denn nach der Stille kommen die Blitze. Hunderte zucken im Minutentakt vom Himmel. In allen Farben sind sie auszumachen: Blau, rot, gelb, orange und silbern zischen sie todbringend Richtung Erde. Nichts und niemand kann, solange

er sich nicht in einer sicheren Unterkunft befindet, der Gewalt dieser Blitze entgehen. Herbstgewitter sind, das wissen wir alle nur zu gut, eine überaus gefährliche Sache und haben schon unzähligen Wesen das Leben gekostet.
„Das hat uns noch gefehlt.“ Clarina zieht an einem ihrer feuerroten Haarzöpfe. „Wann kommt das Gewitter?“
„Spätestens übermorgen“, meint Gem. „Und es wird sehr heftig ausfallen und mehrere Stunden anhalten.“
Ein Schnaufen und Schlucken ist rundum zu hören.
„Vielleicht irren sich ja deine Kristalle“, sage ich, da es meiner Meinung nach überhaupt nicht sicher ist, dass Gem mit seiner Orakelei recht hat.
„Meine Kristalle irren sich nicht.“ Gems Ohren flattern verärgert.
„Ich spüre auch, dass etwas in der Luft liegt“, sagt Kathinka. „Die Zeit drängt. Und daher werde ich jetzt meine Rabengestalt annehmen und schnell nach geeigneten Höhlen suchen. Wir können es nicht riskieren, noch länger hier herumzustehen.“
„Wir können es vor allem nicht riskieren, dass du dich in einen Raben verwandelst!“, fauche ich sie an. „In ganz Euptonien sind dunkle Boten unterwegs und suchen uns. Als Rabe bist du ihnen schutzlos ausgeliefert.“
„Ich beeile mich.“ Kathinkas veilchenblaue Augen lassen erkennen, dass die Entscheidung bereits gefallen ist; sie wird sich von mir nicht umstimmen lassen.
Trotzdem bin ich noch nicht bereit, klein beizugeben. „Wir können auch so geeignete Höhlen finden.“
„Nein, Skriek, wir haben nur mehr für wenige Minuten Licht. Zu Fuß können wir keinen einzigen Hügel rechtzeitig erkunden.“
„Wir haben Fackeln dabei“, beharre ich. Warum will Kathinka so ein Risiko eingehen? Das verstehe ich nicht. Allzu leicht kann sie, wenn sie am Himmel ihre Kreise zieht, entdeckt werden.
„Die Formwandlerin soll losfliegen“, sagt Sincha, deren Atem sich langsam wieder beruhigt hat. Sie tritt zu mir. „Langwierige Diskussionen können wir uns jetzt wahrlich nicht leisten.“
„Kathinka ist in der Luft auf sich allein gestellt!“, fahre ich die Amazone an. „Willst du sie sehenden Auges in den Tod treiben?“

Sincha bleibt von meinem Gefühlsausbruch völlig unbeeindruckt. „Du unterschätzt die Formwandlerin.“
„Ich bin ein überaus tüchtiges Mädchen und kann gut für mich selbst sorgen.“ Kathinka zeigt mir ein knappes, stahlhartes Grinsen. „Und jetzt, Skriek, geh mit mir ein paar Schritte zur Seite.“
Wortlos folge ich ihr und zu meiner Überraschung kommt auch Sincha mit uns.
Hinter einem Schlehdorn hält Kathinka an und reicht mir ihren Zauberstab und ihren Koboldsäbel. „Skriek, ich werde hier landen. Halte meine Kleider bereit. Ich will nicht, dass die anderen mich nackt sehen.“
„Beeil dich.“
„Das werde ich tun, mein Paladin.“
Kathinka schließt ihre veilchenblauen Augen und konzentriert sich für einen Moment. Ein Lichtblitz zuckt wie aus dem Nichts rund um ihren Körper und ein unterdrückter Schrei ertönt. Nur wenig später hört man ein heiseres Krächzen und vor Sincha und mir sitzt ein kohlrabenschwarzer Rabe. Kathinkas Verwandlung hat nur wenige Sekunden gedauert. In ihrer Rabengestalt nickt sie uns kurz zu, krächzt einmal und erhebt sich mit eleganten Flügelschlägen in den Himmel. Bald ist von ihr nicht mehr als ein winziger schwarzer Punkt zu sehen.
Ich reiche Sincha Zauberstab und Krummsäbel, dann hebe ich Kathinkas Kleider auf und falte sie zu einem Stapel, den ich in meiner linken Armbeuge halte. Ihre Stiefel lasse ich am Boden stehen.
Sincha steckt den Koboldsäbel in ihren breiten Ledergürtel und betrachtet mit mäßigem Interesse den Zauberstab. Sie wirkt sehr müde. Ihr ohnehin schon hageres Gesicht erscheint im fahlen Dämmerlicht noch ausgemergelter.
„Heerführerin, was läuft da zwischen dir und Kathinka?“
„Was soll sein?“, fragt sie zurück.
„Sag du es mir, Amazone.“
Sincha seufzt. „Ist es nicht offensichtlich?“
„Für mich nicht.“ Mein Blick wandert suchend über den Himmel, aber ich kann Kathinka nicht mehr sehen.
„Die Formwandlerin“, sagt die Amazone mit leiser Stimme und streicht gedankenverloren über ihre Gesichtstätowierungen, „ist eine mächtige magische Frau. Sie wäre eine große

Bereicherung für Amazonien." Sincha lässt ihre Hand sinken und schnaubt. „Wenn uneheliche Frauen oder herrenlose Mägde ein Kind empfangen, oder wenn geschändete Frauen von ihren Vergewaltigern schwanger werden, dann haben sie die Möglichkeit, wenn ihr Kind ein Mädchen ist, es vor die Pforten meines Landes zu bringen. Sie können sicher sein, dass ihre Töchter von uns aufgenommen und einmal starke, selbstbewusste und freie Frauen werden. Wenn Ehefrauen von ihren Männern geschlagen und gedemütigt werden, können sie bei uns Zuflucht suchen. Aus ihnen werden zwar keine Kriegerinnen, da sie schon zu alt für eine Kampfausbildung sind, aber sie können bei uns in Sicherheit leben und ihren Beitrag als Bäckerinnen, Köchinnen, Schusterinnen, Schankmaiden oder Bäuerinnen leisten."

„Und was hat das alles mit Kathinka zu tun?"

„Erst letztens", sagt Sincha, „habe ich gesehen, wie sehr der Zauberstab Kathinka stärkt. Mir wurde wieder einmal bewusst, welche Möglichkeiten Kathinkas Wandelmagie für Amazonien bedeuten würde."

Ich nicke. „Mir ist nicht entgangen, welchen Blick du Kathinka zugeworfen hast."

„Die Formwandlerin interessiert sich nicht für Amazonien. Für sie sind wir nur knapp zehntausend Frauen, die hinter dicken Pforten leben und eine Göttin namens Ama anbeten. Doch wir sind viel mehr als das. Amazonien ist nicht nur ein Hort von Frauen, sondern es ist auch ein Symbol von Freiheit und Sicherheit. Amazonien gibt den Frauen beider Kontinente die Gewissheit, dass sie sich nicht bedingungslos den Männern unterwerfen müssen. Amazonien bietet eine Alternative und Lösung."

„So habe ich das noch nie gesehen."

„Die Formwandlerin könnte für Amazonien überaus wichtig sein. Allein von ihrer Lebensgeschichte her, ist sie dafür prädestiniert, anderen Frauen Mut und Hoffnung zu machen. Kathinka Ebensa hat unglaubliche Qualen ertragen müssen und ist trotzdem nicht zerbrochen." Sinchas Mundwinkel spannen sich an. „Leider lebt sie allein für ihre Rache. Wenn alles vorbei ist, wird sie ihrer Wege gehen und uns alle links liegen lassen. Sie will einfach nicht wahrhaben, welche Bedeutung Amazonien für die ganze Welt hat."

„Und deswegen bist du ihr gram“, beginne ich zu begreifen. „Du wirfst Kathinka vor, nur selbstsüchtig auf ihren Vorteil zu achten.“
„So ist es“, nickt Sincha.
„Hat Kathinka, nach all dem Schrecklichen, das sie erlebt hat, nicht jedes Recht, ihre Fasson des Glücks zu suchen?“
„Natürlich hat sie das.“ Sinchas grüne Augen suchen die meinen. „Aber, Skriek, glaubst du wirklich, dass die Formwandlerin einfach so heilen wird? Ist es nicht viel wahrscheinlicher, dass sie in einer Gemeinschaft von Frauen, die sie unterstützen und wertschätzen, genesen wird? Amazonien bietet ihr eine sinnvolle Aufgabe, Schutz und bedingungslose Treue. Sind nicht das die Voraussetzungen, die Kathinka benötigt, um über all das Grausame, das sie ertragen musste, hinwegzukommen? Und gleichzeitig würde sie dank ihrer Wandelmagie für die Gemeinschaft der Amazonen von großem Nutzen sein und aufgrund ihrer besonderen Kräfte Achtung und Anerkennung erhalten, was ihr wiederum nur gut tun kann. Ihre ertragenen Erniedrigungen könnte sie endlich vergessen, wenn sie sieht, wie viel Ehrerbietung wir Amazonen ihr entgegenbringen, wenn sie eine von uns wird.“
Ich spüre ein Kratzen in meinem Hals. „Ich möchte bei Kathinka bleiben.“
„Das kannst du auch.“ Sinchas Mundwinkel deuten ein Lächeln an, es erreicht aber nicht ihre Augen. „In Amazonien wäre immer ein Platz für dich. Ich denke, einen guten Kämpfer können wir noch gebrauchen.“
„Ich bin aber ein Mann.“
„Das ist mir nicht entgangen.“
„Als ich bei euch in Ontron war, hat mir eine Amazone erzählt, dass bei euch nur die Frauen Kriegerinnen sein dürfen. Die Männer arbeiten bei euch auf den Feldern und in der Stadt, aber sie dürfen sich nicht an den Kämpfen beteiligen.“
„Das ist im Prinzip richtig, aber ich denke, bei dir könnten wir eine Ausnahme machen.“ Sie deutet auf meine Knochenflöte, deren Ende ein kleines Stück aus meinem Reiserucksack hervorlugt. „Oder du wirst Musikant.“
„Ja, warum nicht?“ Ich kratze eine Schuppe. „Manchmal sehne ich mich tatsächlich nach einem friedlichen Leben.“
Sincha streicht einen Zopf zur Seite. „Ich auch.“

Bevor ich noch etwas darauf erwidern kann, höre ich ein entferntes Krächzen. Durch das Gespräch mit Sincha habe ich ganz vergessen, mir wegen Kathinka Sorgen zu machen. Nun verengen sich meine Augen und ich sehe einen Raben, der mit gleichmäßigen Flügelschlägen auf uns zusteuert. Ist es Kathinka? Ja, es scheint ganz so. Erleichtert atme ich auf.
Mit einem erneuten Krächzen kommt der schwarze Vogel noch näher, fliegt eine flache Kurve und landet direkt vor meinen Füßen. Es blitzt und ein Lichtfunke blendet mich. Augenblicke später sitzt Kathinka nackt am Boden und blickt zu mir hoch.
„Gib mir meine Kleider, Skriek."
Rasch reiche ich sie ihr und schlucke verhalten. Während Kathinka in ihre Kleider schlüpft, komme ich nicht umhin, die dicken Narben auf ihrem Rücken, ihren Oberschenkeln und ihrem Gesäß zu sehen. Kathinka hat sich schon früher einmal in einen Raben verwandelt und ich habe bei der Rückverwandlung ihren bloßen Körper mit all den Narben gesehen. Daher habe ich gedacht, dass mich dieses Mal ihr Anblick nicht mehr so tief berühren und ergrimmen würde, aber dem ist nicht so. Erneut steigt in mir ein überaus bitterer Hass auf König Angrias und seine Schergen hoch. Warum haben sie Kathinka nur derart grausam misshandelt?
„Hast du etwas gefunden, Formwandlerin?" Sincha reicht ihr Zauberstab und Krummsäbel.
„Im Norden sind zahlreiche Höhlen, die dicht beieinander liegen und für unsere Zwecke geeignet erscheinen", sagt Kathinka. „Nur ein schmaler Pfad führt dorthin. Und der Zugang ist gut einsehbar. Etwaige Verfolger dürften Mühe haben, uns zu überraschen."

Zwei Stunden später erreichen wir die von Kathinka beschriebenen Höhlen. Der Hügel, auf dem wir uns befinden, ist aus massivem Fels und etwas niedriger als die umliegenden. Das erscheint mir günstig, da wir so zusätzlich vor fremden Blicken geschützt sind. Es gibt vier Höhlen. Die größte ist knapp unter der Kuppe des Hügels. In ihr werden die beiden mittlerweile völlig entkräfteten Amazonen ihr Lager beziehen. Jeder, der zu ihnen will, muss zuerst an den unteren drei Höhlen und damit an uns vorbei, die wir Sincha und Clarina bewachen. Gem hat anfangs mit Kathinka und mir eine Höhle beziehen

wollen, aber ich habe ihm schnell und unmissverständlich klargemacht, dass er unerwünscht ist. Also hat er bei den harbaischen Brüdern sein Glück versucht, aber auch Knut und Romaldo wollen offensichtlich ihre Ruhe von dem blaubepelzten Plappermaul haben. Grummelnd hat er sich daher vor wenigen Minuten in die unterste und kleinste Höhle zurückgezogen und ich habe seither nichts mehr von ihm gesehen.
Die Amazonen richten soeben hektisch ihre sieben Sachen, während Romaldo, Knut, Kathinka und ich die Umgebung wachsam im Auge behalten. Doch selbst für meine empfindlichen Skriekaugen ist kaum etwas zu sehen. Das Licht der wenigen Sterne am wolkenverhangenen, regnerischen Himmel reicht nicht einmal aus, um im Umkreis von fünf Schritten irgendetwas anderes als graue Schatten erkennen zu können.
„Ihr dürft“, schärft uns Sincha erneut ein, „in den nächsten drei Tagen und Nächten auf keinen Fall unsere Höhle betreten. Egal, was ihr hört!“
„Das sagtest du schon“, brummt Romaldo.
Die ansonsten so wortkarge Clarina wirkt seltsam aufgeregt.
„Ich werde meine Göttin Ama tief in meiner Seele spüren“, sprudelt es aus ihr heraus, während sie ein weiteres Päckchen mit getrockneten Kräutern herrichtet. „Ama wird mich berühren und stärken.“
„Ama ist lediglich ein Aspekt des einen Gottes, der in allen Dingen lebt“, sage ich zu der rothaarigen Amazone, um sie ein wenig zu ärgern.
„Ama ist die wichtigste Emanation des einen Gottes“, kontert Clarina ungerührt.
„Welch Infamie!“, grollt Romaldo. „Mein Gott Ganthron ist der wichtigste Aspekt des einen Gottes.“
„Grumpf“, stimmt Knut seinem Bruder zu.
„Für euch Brüder aus Harba mag ja Ganthron am wichtigsten sein“, gibt auch noch Sincha ihren Senf dazu, „aber für uns Amazonen spiegelt sich nur in Ama die wahre Macht des einen Gottes.“
„Also, Thurantuh ist doch eindeutig ...“, hebe schließlich auch ich an, da ich mich ebenfalls an dem Gespräch beteiligen will, doch irritiert halte ich mitten im Satz inne, da mir plötzlich klar

wird, dass anscheinend jeder meiner Gefährten über den einen Gott, der in allen Dingen lebt, Bescheid weiß.
„Du machst dich für Thurantuh nicht besonders stark, Skriek“, stichelt Kathinka in meine Richtung.
Ich werfe ihr einen bösen Blick zu, den sie völlig ungerührt und herausfordernd erwidert, und das wiederum ärgert mich ungemein. „Thurantuh ist der einzig wahre Aspekt“, sage ich daher mit lauter, knarrender Stimme. „Nur er allein verleiht wahre Kampfkraft.“
„Ama stärkt tausende Amazonen!“, ruft Clarina und ihre Augen funkeln. „Sie ist die Mächtigste!“
„Das ist doch lächerlich!“ Romaldo zwirbelt seinen Schnurrbart. „Ganthron ist unübertroffen und einzigartig! Niemand kann sich mit seiner Macht messen!“
„Ist Ganthron“, fragt Kathinka scheinheilig, „nicht auch der Gott der Hinterlist, Täuschung und Lüge? Ich meine, gehört zu haben, dass zahlreiche Diebe und Betrüger in Euptonien Ganthron anbeten?“
„Versündige nicht, dummes Weib!“ Romaldo richtet mit einer herrischen Geste sein Rapier und stolziert von dannen.
Knut folgt demonstrativ seinem Bruder. „Grumpf!“, knurrt er erbost.
Die Amazonen blicken den harbaischen Brüdern hämisch hinterher.
„Tja.“ Kathinka kann sich ein kleines Schmunzeln nicht verkneifen. „Knut und Romaldo hören die Wahrheit wohl nicht so gern.“

Eine Viertelstunde später habe ich in unserer Höhle ein kleines Feuer entzündet. Kathinka hat währenddessen den Eingang mit reichlich Gestrüpp notdürftig verdeckt, sodass man von außen unser Feuer kaum erkennen kann. Es ist kalt in der Höhle, vom Eingang her hört man den stärker werdenden Regen rauschen und der Rauch des Feuers brennt in unseren Augen, da die Höhle keinen richtigen Abzug hat. Trotzdem fühle ich mich hier herinnen recht wohl. Die Höhle erinnert mich an mein altes Zuhause neben dem Wasserfall, wo ich viele Jahre alleine gelebt habe, bis eines Tages Erik Anfohrrnus, Kathinka und die harbaischen Brüder aufgetaucht sind.
Kathinka hängt an einem provisorischen Dreibein, das wir aus

dicken Ästen gefertigt haben, einen alten Eisentopf über das Feuer und gibt Wasser und einige Kräuter hinein. Ein würziger Tee ist jetzt wahrlich nicht schlecht.
„Die Sache mit dem einen Gott“, sagt Kathinka, „scheint dich recht zu beschäftigen:“
„Ja“, gebe ich zu. „Aber etwas anderes beschäftigt mich ebenso.“
„Was denn?“
„Vor Yestshire, als wir noch mit dem Planwagen gereist sind, hast du mich einmal geküsst. Seither aber nicht mehr.“
Kathinka blickt sich kurz in der Höhle um und ihr wird plötzlich klar, dass wir seit Wochen das erste Mal ungestört von den anderen sind. Sie seufzt. „Willst du meinem Körper nahe sein?“
„Ja, natürlich.“ Meine Stimme klingt seltsam belegt. „Aber noch mehr sehne ich mich danach, deinem Herzen und deiner Seele nahe zu sein.“
Kathinkas Gesicht ist voll Melancholie. „Ich habe es dir ja schon mehrmals gesagt, mein Herz ist gebrochen und meine Seele zerstört. Ich war zu lange unter König Angrias Knechtschaft. Und der Verrat meiner Mutter hat tiefere Narben in mir hinterlassen als jene, die auf meiner Haut zu sehen sind.“
Kathinka blinzelt ein wenig und mir kommt es so vor, als ob sich Tränen in ihren Augenwinkeln sammeln würden. Ob sie von dem Rauch des Feuers oder von den bitteren Erinnerungen kommen, vermag ich nicht zu beurteilen.
„Skriek, ich wünsche mir mit jeder Faser meines Seins, dass ich wieder einem Mann nahe sein kann.“ Sie senkt den Kopf. „Aber ich weiß nicht, ob ich dazu schon bereit bin.“
„Ich verstehe“, krächze ich.
„Ich möchte endlich wieder ein anderes Wesen spüren, es berühren und umarmen, ohne dass dabei grauenvolle Bilder vor meinem inneren Auge erscheinen.“ Eine tiefe Niedergeschlagenheit schwingt in ihrer Stimme mit. „Ich möchte Zärtlichkeiten geben und empfangen, aber ich befürchte, dass ich zu viel innige Nähe nicht ertragen kann.“ Ihre Stimme ist mittlerweile nicht mehr als ein heiseres Krächzen. „Skriek, ich trage zu viel Seelenschmerz in mir. Irgendwann werde ich daran zerbrechen.“
Langsam rutsche ich näher zu ihr und lege meinen Arm um ihre

Schulter. „Verzeih mir, ich wollte dich nicht quälen."
„Es gibt nichts zu verzeihen, mein Paladin." Jetzt, aus der Nähe, sehe ich die Tränen in Kathinkas Augen deutlicher. „Und ich verstehe nur allzu gut, dass du mehr von mir erwartest, als ich dir im Moment geben kann."
„Ich werde warten", brumme ich.
Kathinka schluchzt auf. „In jede Schlacht wirfst du dich mutig und entschlossen. Nur bei mir bist du ein braves, duldsames Schaf."
„Ich bin ein Schaf?"
„Und ein Esel!", fügt Kathinka hinzu.
„Oh."
„Skriek." Kathinka schnaubt wenig damenhaft durch ihre Nase. „Ich bin eine Frau und will umschwärmt und begehrt werden. Es tut mir gut, wenn du mir schmeichelst und mir zeigst, dass du mich begehrst. Mach mir ruhig das eine oder andere Kompliment. Dann fühle ich mich besser und sicherer. Skriek, ich denke, du solltest mir gegenüber nicht allzu duldsam sein."
Kurz schlucke ich. „Du bist wunderschön", schnarre ich unbeholfen. „Und deine veilchenblauen Augen gefallen mir ganz besonders gut. Und du hast wunderbare Haare, so lang und schwarz."
„Du Charmeur." Kathinka bläst eine Haarsträhne, die ihr ins Gesicht gefallen ist, zur Seite. „Hör mir bitte gut zu. Ich weiß selbst zur Genüge, dass mir schweres Unrecht angetan wurde. Es ist also nicht nötig, dass du mich auch noch mit Glaceehandschuhen anfasst und so daran erinnerst."
„Heißt das, ich sollte versuchen, dich zu küssen?"
„Ja, das solltest du." Sie hebt den Kopf und blickt mich direkt an.
„Darf ich deinen Rücken streicheln, wenn ich dich küsse?", frage ich.
„Ich denke schon."
„Und deine Brüste? Darf ich sie auch berühren? Sie sind nämlich wunderschön."
„Wir werden sehen."
Ich rücke noch näher zu ihr und spitze in froher Erwartung meine Lippen.
„Einen Moment noch", sagt Kathinka. „Wir können uns küssen und berühren. Aber erwarte dir im Moment nicht mehr."

„Ich sagte es schon, ich kann warten.“ Meine Augen suchen die ihren, da ich unbedingt eine Antwort brauche. „Kathinka, warum darf ich dich heute küssen?“
Kathinka seufzt verhalten. „Weißt du, Skriek, ich möchte einfach etwas anderes als Hass und Wut in mir verspüren. Und deine bedingungslose Zuwendung tut mir einfach gut.“
Meine Lippen nähern sich den ihren. Vielleicht, denke ich mit einem Anflug von Trauer, hat Sincha mit dem, was sie vorhin über Kathinka zu mir gesagt hat, tatsächlich recht.

15

Heute Morgen gießt es wie aus Eimern. Der Regen prasselt, von einem heftigen Sturm gepeitscht, mit Urgewalten vom Himmel und rauscht so stark, dass man selbst in der Höhle sein eigenes Wort kaum verstehen kann. Der orkanartige Wind tut sein Übriges, sodass ein beinahe orchestraler Lärmpegel die Ephtalonischen Hügel erfüllt. Schon in der Nacht haben Regen und Sturm stark zugenommen, was mir jedoch nicht unrecht gewesen ist. Ich hätte um keinen Preis der Welt Wache stehen wollen, da es mir letzte Nacht ja ausschließlich darum gegangen ist, all meine Zeit und Aufmerksamkeit Kathinka zu widmen. Bei dem tobenden Unwetter vor unserer Höhle habe ich mir aber ohnehin, Thurantuh sei Dank, keine Sorgen wegen eventueller Verfolger machen müssen, denn kein Wesen hätte sich unbeschadet diesen wütenden Elementen aussetzen können. Doch jetzt wünsche ich mir fast, ich hätte in der Nacht die Wache übernommen. Zwischen Kathinka und mir herrscht in der Höhle schon seit geraumer Weile ein bedrückendes Schweigen. Wir sitzen einander bei einem schwach flackernden Feuer gegenüber und wissen beide nicht, was wir sagen sollen. Gestern hat alles noch so gut angefangen. Unsere Küsse sind zärtlich und behutsam gewesen. Meine kralligen Hände haben vorsichtig Kathinkas Körper gestreichelt und für einen kurzen, flüchtigen Moment habe ich mich ihr sehr nahe gefühlt.
Seit ich ein kleiner Junge gewesen bin, hat mich die glatte, schuppenfreie Haut der Menschenfrauen fasziniert. Auch von ihrer dichten langen Haarmähne bin ich immer sehr angetan gewesen. Skriekfrauen sind ja leider über und über mit

Schuppen bedeckt und völlig ohne jegliche Behaarung, was mir persönlich gar nicht gefällt. Kathinka hingegen finde ich wunderschön, trotz der zahlreichen Narben, die auf ihrer Haut zu sehen sind. Sie ist ein weibliches Wesen, dessen Anblick mich jeden Tag aufs Neue erfreut. Erst einmal bin ich bei einer Menschenfrau gelegen, bei einer amazonischen Schankmaid namens Anninka, die mich im Auftrag des Riesen HamSamKoLo, dessen Sohn ich dummerweise getötet habe, ermorden wollte. Nur mit viel Mühe habe ich den hinterhältigen Anschlag überlebt. Meine einzige sinnliche Erfahrung mit einer Frau ist daher von Verrat und Gewalt überschattet. Noch nie habe ich es erlebt, nach einer lustvollen Nacht aufzuwachen und eine geliebte Frau in meinen Armen zu halten. Deswegen ist mir die letzte Nacht auch so überaus wichtig erschienen.
Mir ist natürlich von vorne herein klargewesen, dass es zwischen Kathinka und mir nur zu sehr harmlosen Zärtlichkeiten kommen wird. Kathinka, das habe ich gewusst und sie hat es mir auch unmissverständlich gesagt, ist noch lange nicht soweit, sich einem Mann ganz hinzugeben. Aber ich habe zumindest die Hoffnung gehegt, Kathinkas Seele nahe zu sein. Und, wie gesagt, für einen flüchtigen Moment mag mir dies auch gelungen sein. Aber recht bald habe ich bemerkt, dass Kathinka bei meinen Berührungen Mühe hat, nicht zurückzuzucken. Ihr Leib ist angespannt und ihre Küsse sind flüchtig und voller Sorge gewesen.
Kathinka hat sich wahrlich angestrengt, meine Zärtlichkeiten zu erwidern. In dieser Hinsicht kann ich ihr beim besten Willen nichts vorwerfen. Mit jeder Faser ihrer Seele hat sie mir Liebe und Nähe geben wollen, aber es ist ihr nicht gelungen. In Kathinka lebt noch immer ein zu großer Schmerz. Sie kann mich freundschaftlich umarmen und festhalten, sie kann bei mir Sicherheit und Beständigkeit suchen, ja, es ist ihr sogar möglich, dass sie mich kurz und innig auf den Mund küsst, aber für leidenschaftliche Berührungen ist sie noch nicht bereit. Und ich bin mir nicht mehr sicher, ob sie das jemals sein wird.
Irgendwann hat sich Kathinka letzte Nacht mit einem Schluchzen aus meinen Armen gelöst. „Skriek, ich kann nicht", hat sie gestammelt und unzählige Tränen sind über ihre Wangen gelaufen.
„Es ist schon gut", habe ich gesagt, obwohl gar nichts gut

gewesen ist.
Kurz darauf habe ich gespürt, wie in meiner Seele langsam eine erdrückende Dunkelheit aufgestiegen ist. Dämonen aus meiner Vergangenheit haben lautstark zu tanzen begonnen, und Bilder von Menschenfrauen, die schreiend vor mir Reißaus nehmen, in mein Gehirn gebrannt. Mit geballten Fäusten bin ich neben dem Feuer in der Höhle gesessen und habe wieder und wieder jene Erinnerungen durchlebt, in denen Menschenfrauen angeekelt von meinem schuppigen Äußeren die Flucht ergriffen haben. Niemals habe ich einer Frau Gewalt angetan, meist habe ich nur das Gespräch gesucht, in der Hoffnung, dass eines Tages vielleicht mehr daraus werden könnte. Aber mein Anblick ist zu grässlich gewesen und keine Frau hat ihn ertragen. Wie kann also so jemand wie ich, der vier spitze Eckzähne, krallige Hände und Füße sowie unzählige Schuppen hat, einer Frau jene Wonnen bescheren, nach denen sie sich sehnt? Ist es, frage ich mich wohl zum hundertsten Male, nicht reine Torheit von mir gewesen, zu glauben, dass ausgerechnet ich Kathinka von ihrer Seelenqual erlösen kann, hässlich und furchterregend, wie ich nun einmal bin? Ja, es ist Irrsinn gewesen, gebe ich mir selbst die Antwort. So ein abstoßendes Wesen wie ich kann die wunderschöne Kathinka nicht zu Zärtlichkeiten animieren. Insgeheim muss sie sich vor mir zutiefst ekeln, und nur aus einer inneren Verpflichtung heraus, die sie mir gegenüber zu haben meint, weil ich mich als ihr Paladin verschworen habe, hat sie gestern Nacht versucht, mir Nähe zu schenken. Und sie hat es wahrhaftig und verzweifelt versucht, aber es ist über ein Versuchen nicht hinausgegangen. Das ist die Wahrheit, und damit werde ich von jetzt an leben müssen. Die Frau, die ich über alles liebe und die seit Monaten stets an meiner Seite ist, ist weiter von mir entfernt als Sonne, Mond und Sterne. Ich kann sie umarmen, ich kann mit ihr reden, gelegentlich bringe ich sie sogar zum Lachen, aber ich werde niemals ihrer Seele so nahe sein, wie ich es sein möchte. Ich bin ihr Paladin, ihr Beschützer, aber ich bin nicht jenes Wesen, das sie vielleicht eines Tages lieben könnte.
„Glaub mir, Skriek“, hat Kathinka gestern Nacht unter Tränen hervorgepresst, „es ist nicht deine Schuld.“
Nun, es ist vielleicht nicht meine Schuld, was kann ich persönlich schon für meine Hässlichkeit, aber es ist auf jeden

Fall mein Schicksal, dass Kathinka niemals jene Liebe für mich empfinden wird, nach der ich mich so sehr sehne.
„Es ist alles gut“, habe ich gestern Nacht zu ihr gesagt. Kathinka hat aufgeschluchzt und wir haben beide gewusst, dass dies eine Lüge ist.

Eine gute Stunde später sitzen wir immer noch unbehaglich und schweigsam vor dem Feuer in unserer Höhle. Ich habe den Eingang freigemacht und das Gestrüpp beiseite geräumt, damit der beißende Qualm zumindest ein wenig abziehen kann. In unserer Höhle ist es stickig und verraucht und ich sehne mich nach frischer Luft, aber draußen tobt ein so heftiges Unwetter, dass man kaum die eigene Hand vor Augen sieht.
Plötzlich erhebt sich Kathinka. „Ich werde nach Gem sehen“, sagt sie. „Der arme Kerl sitzt ganz allein in seiner Höhle.“
Ich zeige zum Ausgang. „Willst du wirklich da hinaus?“
„Die paar Tropfen können mir nichts anhaben.“ Sie schluckt. „Wie es aussieht, kann mir anscheinend fast nichts etwas anhaben.“
Als ich die Traurigkeit in ihrer Stimme höre, weiß ich, was sie mit ihrem letzten Satz gemeint hat. Kathinka hält sich wohl für verloren, weil ihre Seele hinter einem eisernen Panzer eingesperrt ist. Da ich aber beim besten Willen nicht weiß, was ich ihr als Trost oder Aufmunterung sagen könnte, versuche ich, das Thema zu wechseln. „Gem hat mit seinem Amulettorakel wohl recht. Es kommt tatsächlich ein Herbstgewitter“, sage ich. „Es werden tausende Blitze vom Himmel zischen.“
Kathinka blickt mich an und ich kann erneut die tiefe Niedergeschlagenheit in ihren Augen erkennen. Kurz scheint es mir, dass sie noch etwas Persönliches sagen möchte, doch dann presst sie ihre Lippen aufeinander und wickelt sich noch fester in ihre Reisedecke. „Ich gehe jetzt zu Gem.“

Es tut verdammt weh, ganz alleine in der Höhle zu sitzen. Ein dunkler Schmerz tobt in mir und eine Seelenqual erdrückt mich, die ich gar nicht benennen kann. Mein Leben erscheint mir so sinnlos, so ohne Hoffnung.
Du bist ein Krieger!, grollt Thurantuh plötzlich durch meinen Hinterkopf und mitten in mein stummes Leiden hinein.
Kathinka wird mich niemals lieben, jammere ich. Für sie werde

ich immer nur ihr treuer, hässlicher Beschützer sein.
Denkst du nie an deine Mutter? Thurantuh ist sichtlich ungehalten.
Was ist mit ihr?
Sie gab ihr Leben für dich. Sie opferte sich, damit du überleben konntest.
Das weiß ich!, schnauze ich zurück, wohlwissend, dass man mit seinem Gott nicht so reden sollte.
Wofür hat sich deine Mutter aufgeopfert? Für einen hässlichen, jammernden Sohn, der wegen einer unerfüllten Liebe zerbricht?

Ich zerbreche nicht!, knurre ich.
Tu einfach das Richtige!, befiehlt Thurantuh.
Was soll das sein?
Beschütze deine Gefährten und töte deine Feinde.
Nichts anderes habe ich bis jetzt getan.
Dann ist es ja gut. Thurantuh verschwindet ebenso schnell aus meinem Hinterkopf, wie er gekommen ist.
Sinnend greife ich zu meiner Knochenflöte und denke an meine Mutter. Sie ist eine Frau gewesen, die stets nach Liebe und Wahrheit gesucht hat. Oft habe ich ihr reines Herz nicht ertragen, noch öfter habe ich sie in Gedanken verspottet, weil sie so verzeihend und friedfertig gewesen ist. Heute bedaure ich das.
Ich lege meine kralligen Finger auf die Löcher der Flöte und blase hinein. Ein tiefer Ton erklingt. Meine Finger heben und senken sich. Weitere Töne entschweben der Flöte. Ich denke an meinen Stamm, an meine Mutter und an Kathinka, und eine lähmende Schwermut strömt in meine Seele. Ich spiele mit Hingabe und geschlossenen Augen, mehr und mehr überlasse ich mich der Melodie, die meine Knochenflöte erzeugt. Schwarze Melancholie mischt sich mit Schmerz und Gram, Ton reiht sich an Ton, Leid und Trauer verschmelzen zu einem einzigen Punkt der verzweifelten Enttäuschung.
Abrupt halte ich inne und nehme die Flöte von meinen Lippen. Ich will nicht, dass jemand mein Lied hört. Auch wenn draußen das Unwetter ungehemmt stürmt und wohl jedes Flötenspiel übertönt, will ich nichts riskieren. Jeder würde anhand meiner Melodie sofort meine Seelenpein erkennen, doch die will ich keinem anderen zeigen. Außerdem beginnen Thurantuhs Worte immer mehr, in mir zu arbeiten. Ich möchte nicht, dass meine

Mutter ihr Leben sinnlos für mich hingegeben hat. Wenn ich schon dazu bestimmt bin, nicht mehr als ein einsamer Krieger zu sein, dann will ich mich dem auch nicht länger verwehren. Hinzu kommt, dass das Flötenspiel mir beinahe gut getan hat. Irgendwie habe ich den Eindruck, dass ich durch meine Gefühlsmelodie, die ich der Flöte entlockt habe, etwas Abstand zu meiner Seelenqual gewonnen habe. Die Gewissheit, für Kathinka als Mann nicht zu genügen, lastet nicht mehr ganz so schwer auf mir, auch wenn mein Herz noch immer voll Schmerz und unerfüllter Sehnsucht ist.
Seufzend stehe ich auf. Ich mag nicht länger alleine in der Höhle hocken und Trübsal blasen. Bevor ich ins Freie trete, ziehe ich die Kapuze meines dunklen Mantels tief in mein Gesicht. Prasselnder Regen schlägt mir peitschend entgegen, ein heftiger Sturm rüttelt an mir und bringt mich beinahe aus dem Gleichgewicht. Nur mit Mühe können meine kralligen Zehen einen Sturz vermeiden.
Wenige Meter über mir ist der Eingang zu jener Höhle, in der die Amazonen den elften Vollmond zelebrieren. Ein wenig neugierig gehe ich ein paar Schritte den schmalen Pfad hinauf, als ich plötzlich die Nase rümpfe. Trotz des ungemein heftigen Regens kann ich die bestialischen Dämpfe riechen, die aus der Amazonenhöhle kommen. Was treiben Sincha und Clarina da drinnen? Ich verharre einen Augenblick, und da höre ich durch das Prasseln seltsam hohe Schreie. Es klingt fast so, als ob ein quiekendes Schwein abgestochen wird.
Da erwacht plötzlich und für mich völlig überraschend mein *mahamsanazu*; es ist das skriekische Erbe meiner Mutter und hat mich seit Yestshire nicht mehr befallen. Jeder Skriek trägt das *mahamsanazu* in sich. Es ist eine unbändige Neugierde nach allem Neuen und Unbekannten. Ist ein Skriek von *mahamsanazu* erfüllt, wird er alles daran setzen, seine Neugierde zu stillen. Dies hat einerseits dazu geführt, dass die Skriek über ein ausgesprochen großes Wissen verfügen, andererseits hat es auch schon vielen Skriek den Tod gebracht.
Ich spanne meine Muskeln an und kämpfe gegen mein *mahamsanazu* an. Innerlich verfluche ich mein skriekisches Erbe. Die Amazonen haben uns strengstens verboten, ihre Höhle zu betreten und ich will mich unbedingt daran halten. Womöglich störe ich die Zeremonie des elften Mondes mit

meiner kaum stillbaren Neugierde so sehr, dass die Amazonen ihre Kraft und Schnelligkeit nicht zurückgewinnen. Das darf auf keinen Fall passieren. Wir benötigen die Amazonen dringend, sie müssen unbedingt im Vollbesitz ihrer Fähigkeiten sein.
Meine Eckzähne schlagen aufeinander, während ich mich gegen mein *mahamsanazu* stemme. Wenn es zu stark ist, das habe ich selbst schon mehrmals erfahren müssen, dann bin ich chancenlos und muss seinem Ruf folgen. Aber heute fühlt es sich nicht ganz so intensiv an und ich hoffe zutiefst, dass ich widerstehen kann. Meine Hände bilden Fäuste und ich stöhne wütend auf, als ich in die Knie sinke. Die Krallen meiner Finger schneiden in die Innenflächen meiner Hände und schmerzen. Mein Ingrimm wächst und ich fletsche meine Zähne. Trotz des heftigen Regens spüre ich, dass ich meine Unterlippe blutig gebissen habe. Ein Schrei entringt sich meiner Brust.
Und dann ist es vorbei. Das *mahamsanazu* verschwindet so rasch, wie es gekommen ist.
Schwer keuchend stehe ich auf und taumle den schmalen Pfad nach unten, bis ich Gems Höhle erreiche. Mit ein, zwei raschen Griffen räume ich die Zweige, die den Eingang seiner Höhle bedecken, zur Seite und trete ins Innere. Gems Höhle ist deutlich kleiner als die von Kathinka und mir und ebenso verraucht und stickig.
Kathinka blickt überrascht zu mir hoch. „Skriek, du blutest", sagt sie.
Ich lecke mit der Zunge über meine Unterlippe. „Ich bin gestolpert."
Gem, der gerade einen Kessel mit frischem Regenwasser über dem Feuer aufgehängt hat, starrt mich an. „Schuppenkopf, du bist hier nicht erwünscht", murrt er und verwendet fast die gleichen Worte wie ich gestern Abend ihm gegenüber, als ich ihn meiner Höhle verwiesen habe.
Ich hocke mich zu ihm, greife den Saum seiner ärmellosen Weste mit meiner rechten Hand, ziehe ihn nahe an mich heran und knurre laut und vernehmlich.
„Andererseits", meint Gem, „kann ein wenig Gesellschaft ja nicht schaden." Er lächelt recht zaghaft und ängstlich, wie mir scheint. „Ich setze gerade Teewasser auf. Bleib doch hier und trinke eine Tasse mit mir, mein schuppiger Freund."

„Ich bin nicht dein Freund.“ Langsam lasse ich seine Weste los.
„Ja, das hast du schon mehrmals erwähnt.“ Gem wendet sich mit verkniffenem Gesicht und einem vielsagenden Zungenschnalzen seinem Teekessel zu.
„Wir könnten uns die Zeit vertreiben und Ratespiele spielen“, schlägt Kathinka vor. „Ich liebe Ratespiele und jeder von uns weiß sicher das eine oder andere Rätsel.“ Sie will wohl ganz offensichtlich nicht, dass sich der Blaupelz und ich noch länger anfeinden und hofft wohl, uns mit einem gemeinsamen Spiel freundlich zu stimmen.
„Eine wunderbare Idee!“ Gem klatscht erfreut in die Hände. „Ich weiß ein herrliches Rätsel.“
Wieder einmal wird mir bewusst, welch sonniges Gemüt der unnütze Kobold doch hat. Gerade eben noch habe ich ihn nicht gerade sanft behandelt, aber er steckt das unglaublich schnell weg und freut sich schon wieder des Lebens. Irgendwie ist diese Eigenschaft durchaus bewundernswert, das will ich nicht verhehlen. Aber mich nervt das fröhliche Wesen des Kobolds ganz gewaltig. Und jetzt ist er auch noch dazu bereit, mit Kathinka und mir Ratespiele zu spielen. Bei Thurantuh, bin ich ein kleines Kind oder ein blutrünstiger Krieger?
„Ich mag keine Rätsel und spiele ganz sicher nicht mit“, stelle ich ein für alle Mal klar.
„Zu dritt ist es aber lustiger“, meint Gem.
„Das ist mir egal.“ Demonstrativ verschränke ich meine Arme vor der Brust und lehne mich gegen die felsige Höhlenwand.
„Nun gut.“ Gem schenkt Kathinka ein koboldhaftes Grinsen. „Anstatt miteinander zu rätseln, könnte ich euch auch einen Schwank aus meiner Jugend erzählen.“
„Ja, bring mich zum Lachen.“ Nun ist es Kathinka, die erfreut in die Hände klatscht.
Ich verspüre einen Stich in der Brust. Natürlich will ich, dass es Kathinka gut geht, aber dass sie nach der schlimmen letzten Nacht ihr Gleichgewicht, so wie es aussieht, ausgesprochen schnell wiedergefunden hat, stört mich doch sehr. Oder spielt sie Gem und mir nur etwas vor? Vielleicht will sie nicht, dass irgendjemand sieht, wie es tief in ihr aussieht? Ich weiß es nicht.

Wenig später kommen auch noch Knut und Romaldo in Gems Höhle. Das verwundert mich sehr. Endlich könnten wir alle ein

wenig Abstand von einander haben, und jetzt hocken wir doch wieder eng beieinander, noch dazu in der kleinsten Höhle.
Gem reicht als guter Gastgeber eine neue Runde Tee und erzählt eine weitere Geschichte aus seiner Jugend, die wie seine erste, zumindest meiner Meinung nach, alles andere als lustig ist. Die harbaischen Brüder und Kathinka sind aber anscheinend anderer Ansicht, denn alle drei lachen fröhlich auf und Gem keckert mit, zufrieden darüber, dass seine Geschichte soviel Anklang findet.
Eigentlich, denke ich, sollte ich in meine Höhle zurückkehren. Hier bei Gem sind alle nur furchtbar nervig und anstrengend, aber irgendwie kann ich mich schlussendlich doch nicht dazu aufraffen, meine mühsamen Gefährten zu verlassen.
Irgendwann fängt dann zu allem Überdruss auch noch Romaldo zu lamentieren an, dass es für einen harbaischen Königssohn äußerst unwürdig ist, in einer verrauchten Höhle zu sitzen und schwächliche Amazonen zu beschützen. Als erhabenen Prinzen würde es ihm geziemen, zu allen Zeiten in den schönsten und feudalsten Schlössern zu residieren, wo er in der Gesellschaft edler und kulturell gebildeter Wesen seine Tage mit Musik und Malerei verbringen könnte.
Als Romaldo endlich mit seiner Tirade zu Ende kommt, blickt er uns alle der Reihe nach herausfordernd an, aber keiner von uns geht auf das ein, was er soeben gesagt hat. Gem schenkt weiterhin mit Akribie Tee in die halbleeren Tassen, während Kathinka, Knut und ich teilnahmslos in die Flammen starren und einfach nur froh sind, dass der eitle Prinz aus Harba endlich den Mund hält.
Romaldo wartet eine Weile, aber nachdem niemand von uns reagiert, beginnt er ungehalten mit den Sohlen seiner auf Hochglanz polierten Stiefeln über den Höhlenboden zu scharren.
„Grumpf“, sagt Knut. „Grumpf.“
„Ja, du hast recht“, stimmt Kathinka zu. „Romaldo vermisst Sincha sehr.“
„Wieso?“, frage ich.
„Weil er unter uns hier niemanden zum Streiten hat“, erklärt Kathinka. „Sincha ist die einzige, die ihm Konter gibt.“
„Grumpf“, bestätigt Knut.
„Die hagere Amazone ist wenigstens nicht auf den Mund gefallen“, mault Romaldo.

Am Abend ziehen wir uns alle in unsere jeweiligen Höhlen zurück. Kathinka legt sich neben mich und ergreift meine Hand.
„Verzeih mir, Skriek."
„Es gibt nichts zu verzeihen", sage ich.
„Ich habe letzte Nacht deine Erwartungen enttäuscht."
„Vielleicht hast du meine Erwartungen enttäuscht, aber die Schuld daran liegt eindeutig nicht bei dir. Sie waren ganz einfach unrealistisch", brumme ich.
„Ach, Skriek!" Kathinka schmiegt sich eng an mich und bald darauf schläft sie ein.
Ich selbst liege noch stundenlang wach und lausche Sturm und Regen. Eine wütende Kaskade aus Rauschen und Heulen tobt vor der Höhle und ich spüre, dass das Herbstgewitter immer näher kommt.

„Skriek, wach auf!"
Blinzelnd öffne ich die Augen.
„Wach auf!" Es ist Gem, der unmittelbar vor meinem Lager kauert und nach mir ruft. Sein Gesicht ist voll Sorge.
„Was ist los?", will ich wissen.
„Mein Amulett hat mich vor einer großen Gefahr gewarnt."
Ich richte mich von meinem Lager auf, währenddessen weckt Gem Kathinka mit einem sanften Rütteln an ihrer Schulter.
„Kommt schnell mit mir", drängt uns der Kobold.
Knapp eine Minute später treten Kathinka und ich voll bewaffnet vor die Höhle, wo bereits Knut und Romaldo warten. Regen und Sturm haben für einen Moment aufgehört. Der Himmel ist dunkelgrau und rundum ist es ungewöhnlich still. Diese Stille ist, wie ich weiß, der Vorbote jedes Herbstgewitters. Ich verenge meine Augen und blicke nach Osten. Die ersten zuckenden Blitze sind am Firmament auszumachen, aber noch ist kein Donner zu vernehmen. Das Gewitter ist noch zu weit entfernt, aber es wird rasch näherkommen, und dann mögen uns alle Emanationen des einen Gottes gnädig sein.
Knut und Romaldo nicken uns knapp zu. Die beiden harbaischen Brüder wirken heute ausgesprochen angespannt.
„Grumpf", sagt Knut und hebt seine Kriegskeule.
„Was sagt er?", frage ich Kathinka.
„Knut meint, dass uns allen eine große Gefahr droht. Er spürt es

in seiner Seele. Magische Gegner nähern sich unseren Höhlen."
„Na wunderbar." Ich packe die Griffe meiner Kampfäxte noch fester.
Aus der Höhle der Amazonen dringen seltsame, unverständliche Gesänge. Sincha und Clarina sind also auch schon wach. Hoffentlich, denke ich, können wir sie beschützen.
„Lasst uns ein Stück abwärts gehen und hinter den vorragenden Felsen dort unten Schutz suchen", schlägt Kathinka vor.

Während wir gut verborgen hinter den Felsen warten, lädt Gem sein Blasrohr mit vier Giftpfeilen.
„Unsere Gegner sollen nur kommen." Seine runden Katzenaugen funkeln erwartungsvoll.
Wir warten eine Weile und starren den schmalen Weg hinab, der unmittelbar vor uns steil nach unten führt.
„Dein Amulett ist völlig unfähig", murre ich schließlich, nachdem nichts und niemand zu sehen ist.
Gem befingert sein magisches Kleinod. „Ich weiß ganz genau, dass unsere Feinde über kurz oder lang hier auftauchen werden. Habt nur etwas Geduld."
Und plötzlich, wie um Gems Worte zu bestätigen, gelangen vier Wesen in Sichtweite. Sie bewegen sich ohne Hast gemessenen Schrittes auf uns zu. Noch sind sie mehr als vierhundert Meter von uns entfernt, aber sie kommen beharrlich näher. Unbeirrt und beinahe sorglos, wie mir scheint, marschieren sie den gewundenen Pfad nach oben. Nach gut einem Dutzend Schritten können meine scharfen Skriekaugen die Wesen besser erkennen. Es sind vier große, schlanke Frauen; sie sind ganz in Schwarz gekleidet und tragen Lederstiefel, enganliegende Hosen und Jacken. Ihre Gesichter haben sie hinter schwarzen Tüchern verborgen, die sie um ihre Köpfe gewickelt haben. Nur ihre Augenpartien sind unbedeckt, aber das reicht mir, um festzustellen, dass die vier Menschenfrauen eine dunkelbraune Hautfarbe haben. In ihren Gürteln stecken schmale Kurzschwerter, deren Klingen in einem seltsamen Blau leuchten, und unterarmlange, äußerst scharfe Dolche, deren Parierstangen zusätzlich mit zwei schräg abstehenden, nach außen spitzzulaufenden Metallteilen verstärkt worden sind.
„Das sind hestardische Meuchlerinnen", flüstert Kathinka.
„Sincha hat mir erzählt", flüstere ich zurück, „dass ein Trupp

Amazonen in den unterirdischen Gängen von Ontron einst drei hestardische Meuchlerinnen gestellt und besiegt hat."
„Aus wie vielen Kriegerinnen besteht ein Trupp Amazonen?", will Kathinka wissen.
„Aus zehn", gebe ich zur Antwort.
„Wenn zehn Amazonen drei Meuchlerinnen besiegt haben, dann stellen diese vier Meuchlerinnen für uns wahrlich keine Gefahr dar", meint Kathinka hoffnungsfroh.
„Wir sollten trotzdem nichts riskieren." Gem hält sein Blasrohr an den Mund. „Ich werde versuchen, alle vier Meuchlerinnen mit einem Schuss zu erledigen."
„Viel Glück", raunt Kathinka.
Einige Schritte lässt Gem die Meuchlerinnen noch näher herankommen, dann zielt er sorgfältig und pustet heftig in das Rohr.
Schneller, als jedes Auge zu folgen vermag, rasen die vier vergifteten Pfeile auf die Meuchlerinnen zu. Und dann geschieht etwas, womit keiner von uns gerechnet hat. Die schwarzgekleideten Frauen weichen den Pfeilen mit atemberaubender Geschwindigkeit aus. Ansatzlos drehen sie ihre Körper zur Seite oder tänzeln geschmeidig einen Schritt nach rechts oder links, je nach Flugbahn des Pfeils. Kein einziger trifft.
„Bei allen lecken Kupferkesseln!", flucht Gem und ladet hastig nach, ohne sich dieses Mal die Zeit zu nehmen, die Pfeile in eines seiner Giftgläser zu tauchen.
Erneut zielt Gem und pustet. Und erneut reagieren die Meuchlerinnen wie auf ein geheimes Kommando. Mühelos und ohne einen Ton von sich zu geben, weichen sie auch dieser Pfeilsalve mühelos aus.
Dann gehen sie unbeeindruckt weiter – nicht einmal ihre Kurzschwerter ziehen sie, so sicher fühlen sich die vier Meuchlerinnen.
„Da soll mich doch der Teufel holen!", faucht Gem frustriert.
„Die Meuchlerinnen verfügen über ungewöhnlich starke Magie." Romaldos Stimme klingt sehr ernst, als er sich aus seiner hockenden Position erhebt.
„Grumpf", stimmt Knut zu und stellt sich neben seinen Bruder. Die vier Frauen können die harbaischen Brüder nun deutlich erkennen, machen aber keine Anstalten, etwas an ihrem äußerst

gemächlichen Marschtempo zu ändern.
„Da stimmt doch etwas nicht“, raunt Kathinka. „Warum gehen die Meuchlerinnen derart langsam auf uns zu?“
„Vielleicht wollen sie uns ablenken?“ Misstrauisch blicke ich mich um, kann aber nichts Verdächtiges entdecken.
„Ja, das könnte gut sein.“ Kathinka äugt skeptisch zu den Meuchlerinnen, die plötzlich wie auf Befehl stehen geblieben sind. Jetzt greifen sie doch zu ihren seltsam blau funkelnden Kurzschwertern, ziehen sie aus ihren Hüftgürteln und stellen sich in Position.
„Knut und ich“, sagt Romaldo, „werden mit den Meuchlerinnen kämpfen. Ihr anderen geht zu den Amazonen und beschützt sie vor etwaigen Gefahren.“

16

Es erstaunt mich immer noch, wie schnell Kathinka, Gem und ich Romaldos Anordnungen Folge geleistet und uns vor der Höhle der Amazonen postiert haben. Kein Wort des Widerspruchs, kein Wort des Bedenkens ist über unsere Lippen gekommen. Gut, von Gem habe ich auch nichts anderes erwartet. Der Kobold himmelt die harbaischen Brüder derart an, dass er sich eher auf die Zunge beißt, bevor er etwas sagt, was Romaldo und Knut nicht hören wollen. Aber von Kathinka hätte ich doch angenommen, dass sie nicht so folgsam und rasch auf Romaldos Befehle reagiert. Andererseits spürt sie als magisches Wesen vielleicht etwas, das sie so widerspruchslos gehorchen lässt. Das könnte durchaus sein, denn auch meine Instinkte warnen mich eindringlich, dass irgendwo dort draußen, gut versteckt zwischen den Ephtalonischen Hügeln, eine weitere Gefahr lauert. Wahrscheinlich sind die vier Meuchlerinnen tatsächlich nur ein Ablenkungsmanöver, das unsere Aufmerksamkeit fesseln soll, sodass etwaige andere Gegner uns überraschend in den Rücken fallen können. Wachsam sehe ich mich zum wiederholten Male um, es ist aber nichts Verdächtiges zu sehen. Aus der Höhle der Amazonen ist mittlerweile kein Gesang mehr zu hören. Spüren Sincha und Clarina, dass hier draußen etwas vor sich geht, oder befinden sie sich in tiefer Trance und sind ihrer Spinnengöttin ganz nahe?

Ich zucke mit den Schultern. Wie auch immer; die Amazonen sollten im Augenblick meine geringste Sorge sein. Mein Blick wandert vom Eingang der Höhle zu den harbaischen Brüdern. Knuts Gesichtsausdruck ist noch bedrohlicher als sonst. Seine meist so stoische Gelassenheit hat sich in eine nervöse Anspannung verwandelt. Auch Romaldo wirkt anders; von seinem geckenhaften Getue ist nichts mehr zu bemerken. Er hat seinen breitkrempigen Hut mit der imposanten Straußenfeder abgenommen und seinen bauschigen Mantel abgelegt, selbst die silbernen Sporen und Spangen an seinen Lederstiefeln hat er entfernt. Er will wohl keinen Zierrat am Körper tragen, der ihn auch nur im Geringsten behindern kann. Niemals zuvor hat er dies vor einem Kampf getan. Was befürchtet Romaldo?
Die harbaischen Zwillinge halten noch eine geraume Weile inne, bevor sie sich überaus bedächtig und wachsam in Bewegung setzen.
Die vier Meuchlerinnen verharren noch immer auf ihrer Position. Schlank und drahtig stehen sie schwarz gewandet da und strahlen Gefahr und Tod aus. In der einen Hand halten sie ihre unterarmlangen Dolche, in der anderen ihre seltsam blau schimmernden Kurzschwerter. Gelassen warten sie darauf, dass Romaldo und Knut nahe genug herankommen, um mit dem Kampf beginnen zu können.
Währenddessen zucken nur mehr wenige Meilen entfernt vielfarbige Blitze vom Himmel und ein erstes leises Donnergrollen ist zu vernehmen. Das Herbstgewitter kommt unaufhörlich näher und man kann seine gewaltigen, elementaren Kräfte bereits spüren.
Romaldo zieht im Gehen sein Rapier und hält es kurz an seine Lippen. Keine Tiraden, keine Schmähungen der Meuchlerinnen, keine Beweihräucherung seiner eigenen Person sind zu hören. So schweigsam ist Romaldo noch in keine Auseinandersetzung gezogen und das bereitet mir ein überaus mulmiges Gefühl im Magen. Spürt seine harbaische Magie vielleicht etwas, das mir als nicht-magisches Wesen verborgen bleibt?
In meiner Traumreise, die ich im Funduswald gemacht habe, habe ich die Hohepriesterin, König Angrias und Erik Anfohrrnus bei ihrem Gespräch belauscht und so erfahren, dass sich die vier Meuchlerinnen unter unsagbaren Schmerzen ihrer Göttin Haspanarte verschworen und von ihr gewaltige Kräfte

erworben haben. Auch die harbaischen Brüder sind mittels magischer Rituale ihrem Gott Ganthron geweiht worden und haben dadurch ihre Fertigkeiten als Rapiermeister und Kriegskeulenkämpfer erhalten. Fast erscheint es mir, als ob hier, vor dem dunklen Hintergrund eines heranziehenden Herbstgewitters, die Vertreter zweier Götter aufeinandertreffen.
Die harbaischen Zwillinge gehen ansatzlos zum Angriff über. Sie sind schnell, präzise und kampferfahren, eine starke Magie wirkt in ihnen. Trotzdem geht ihr erster Angriff fehl. Beinahe mühelos weichen die vier Meuchlerinnen den Attacken aus und tänzeln schweigend zur Seite.
Knut und Romaldo wirbeln herum. In ihren Gesichtern kann man kurz die Verwunderung über ihren fehlgeschlagenen Angriff erkennen; sie fluchen erbost. Die Meuchlerinnen sind nicht nur dem kastenförmigen Knut, sondern auch dem wieselflinken Romaldo an Schnelligkeit und Beweglichkeit weit überlegen. Soviel ist nach den ersten Sekunden schon klar zu erkennen.
Geschmeidig treten die dunklen Kämpferinnen sechs, sieben Schritte zurück, sprinten dann blitzartig vorwärts und springen. Welche Kraft ist in ihnen?, frage ich mich, als ich sehe, wie ihre Sprünge sie weit mehr als drei Meter hoch in die Luft befördern. Die Meuchlerinnen schlagen mehrere Saltos über die Köpfe der harbaischen Zwillinge hinweg, ihre blauen Klingen funkeln und Knut schreit auf. Seine Schulter hat einen ersten Treffer abbekommen und er blutet. Romaldo hat nur mit größter Mühe den überraschenden Luftangriff der Meuchlerinnen abwehren können.
Die Frauen landen katzengleich auf ihren Füßen und starten die nächste Attacke. Sie sind perfekt aufeinander abgestimmt, ihre Bewegungen gleichen einem überaus gut choreographierten Tanz. Ihre Füße scheinen kaum den Boden zu berühren, ihre verhüllten Körper bewegen sich geschmeidig, ihre Schwerter stoßen, ihre Dolche blocken. So schnell kommen die Schläge, dass man keine einzelne Bewegung mit dem Auge ausmachen kann. Blut fließt erneut bei den harbaischen Zwillingen, deren Deckung wiederholt durchbrochen wird.
Romaldo und Knut kämpfen mittlerweile um ihr Leben. Riposte folgt auf Finte, Schlag auf Schlag, Füße wirbeln, Klingen fliegen.

Die Meuchlerinnen sind wie flüchtige Schatten. Ihre Aktionen bilden eine harmonische Einheit aus Kraft, Geschick und Schnelligkeit. Die Magie ihrer Göttin Haspanarte fließt stark in ihnen. Ihre gelenkigen Körper wenden, springen, ducken und drehen sich mit einer Präzision und Schnelligkeit, die ihresgleichen sucht. Die blauschimmernden Kurzschwerter vermitteln den Eindruck, mit den Meuchlerinnen verwachsen zu sein.

Ähnlich wie die leuchtenden Blitze den dunklen Himmel erhellen und von großer Macht künden, so bilden die leuchtenden blauen Schwerter auf dem Hügelpfad eine zuckende und unauflösliche Verbindung aus Stahl und Verderben.

Zum wiederholten Male greifen die Meuchlerinnen an. Kein Laut kommt von ihren verhüllten Lippen, wenn sie tänzelnd und selbstsicher ihre Schläge heran sausen lassen. Jeweils zwei attackieren einen Zwilling.

Ich habe Romaldo und Knut schon ein paar Mal kämpfen gesehen und weiß daher, dass sie mehr als nur hervorragende Kämpfer sind, aber niemals zuvor haben ihnen ihre Gegner auch nur im Ansatz soviel abverlangt wie diese vier dunklen Frauen.

Die harbaischen Brüder bluten mittlerweile aus mehreren Wunden; Romaldo hat zusätzlich noch eine Schramme über seiner linken Augenbraue, die zusehends anschwillt.

Immer weiter werden die Zwillinge zurückgedrängt. Die Meuchlerinnen gewinnen mehr und mehr die Oberhand. Knut erhält einen weiteren Treffer auf seiner ohnehin schon ramponierten Schulter und grumpft erbärmlich.

Die Zwillinge versuchen zu kontern, Gegenangriffe zu setzen, aber die Meuchlerinnen sind ihnen überlegen. Romaldo bewegt sich schneller als jede Giftviper, täuscht, duckt, weicht aus, springt, aber kein Stoß findet sein Ziel. Knut schlägt seine Keule, rammt sie nach links und rechts, dreht sich um seine Achse, doch vergebens. Die Meuchlerinnen können mit beinahe traumwandlerischer Sicherheit jeden Angriff, jeden Hieb voraussehen. Ohne innezuhalten, springen sie über die Schläge der Zwillinge hinweg oder tauchen darunter hindurch, um einen Wimpernschlag später selbst wieder zum Angriff überzugehen und erneut zu treffen.

„Verflucht", schnarre ich mit angespannter Stimme, „wir müssen etwas unternehmen."
„Wir dürfen", sagt Gem, „Sincha Ankonski nicht unbewacht lassen."
„Skriek hält hier mit mir Wache." Kathinka blickt den Kobold an. „Du schleichst dich näher an die Meuchlerinnen heran und versuchst sie mit deinen Giftpfeilen zu erledigen."
„Das habe ich doch schon probiert", jammert Gem. „Die vier sind viel zu schnell."
„Ich glaube aber kaum, dass sie im Rücken Augen haben." Kathinka zeigt nach unten. „Und jetzt geh!"
Gem schluckt und nickt. Gebückt rennt er den geschwungenen Pfad abwärts und hockt sich tief zusammengekauert hinter einen Felsblock, der groß genug ist, um ihn völlig zu verbergen.

Gut hundertfünfzig Meter von Gems Lauerposition entfernt kracht Stahl auf Stahl. Romaldo taumelt soeben von einem überraschenden Fußtritt getroffen nach hinten. Eine Meuchlerin springt über seinen Kopf hinweg und landet mit stoßbereitem Dolch hinter seinem Rücken. Romaldo wirft sich gedankenschnell bäuchlings zu Boden, kann aber nicht vermeiden, dass er noch im Fallen an der Hüfte getroffen wird. Er dreht sich mit einer fließenden Bewegung auf den Rücken, drückt sich mit den Schultern vom Boden ab, hebt das Rapier und blockiert einen von oben geführten Schlag. Ein zweiter Schlag folgt und wischt das Rapier gefährlich nah an Romaldos Kehle zur Seite. Der Prinz aus Harba keucht auf, stemmt sich hoch und versucht, die Meuchlerin von sich zu stoßen. Doch sie ist zu schnell. Romaldos Stoß geht fehl und die Meuchlerin rammt ihren Oberschenkel in seinen Unterleib. Keuchend geht der Prinz in die Knie. Eine zweite Meuchlerin fliegt heran, landet auf seinem Rücken und schlägt den Knauf ihres Dolches gegen seinen Nacken. Ächzend sinkt Romaldo zur Seite. Für einen Moment ist er wehrlos. Die Meuchlerin, die unmittelbar vor ihm lauert, nützt dies gnadenlos aus und hebt ihr Schwert zum tödlichen Stoß.
Bevor sie aber Romaldos Ende besiegeln kann, entringt sich ihrer Kehle ein Stöhnen und sie wankt zur Seite. Einer von Gems Giftpfeilen hat sie präzise im Genick getroffen. Für einen

Augenblick sieht es so aus, als ob sie auf den Beinen bleiben könnte, doch dann knickt sie doch ein und kippt zu Boden. Ihre Beine zucken kurz und sie haucht ihr Leben aus.

„Kathinka, du hattest recht!“, triumphiert der Kobold lauthals. „In ihren Hinterköpfen haben diese verfluchten Meuchlerinnen tatsächlich keine Augen.“
Die zweite Kämpferin, die Romaldo so wild bedrängt hat, schlägt drei schnelle Rückwärtssaltos, mit denen sie sich aus dem Schussfeld von Gems Blasrohr bringt, und landet geschmeidig in einer hockenden Position, das Kurzschwert weit von sich gestreckt. Ihre Augen suchen den Kobold.
Romaldo rappelt sich wankend auf. Sein linkes Auge ist nun beinahe völlig zugeschwollen. „Gem!“, ruft er. „Keine Pfeile mehr! Das ist allein unser Kampf!“
„Wie du wünschst, edler Prinz!“, ruft Gem zurück und verstaut umgehend sein dickes Blasrohr in seinem Gürtel.
„Hör nicht auf den dummen Gecken!“, brülle ich.
Der Blaupelz sieht zu mir und zeigt mir seine leeren Hände mit einem bedauernden Grinsen.
Ich fluche innerlich. Der schwachsinnige Kobold hört für meinen Geschmack ein bisschen zu sehr auf Romaldo.

Währenddessen kämpft Knut um sein Leben. Die beiden anderen Meuchlerinnen haben ihm weitere Wunden zugefügt. Nur seine dicken Muskeln und seine gewaltigen Fettmassen haben bis jetzt verhindert, dass seine Innereien ernsthaft verletzt worden sind; aber das wird nicht mehr lange so bleiben. Immer präziser und härter kommen die Schläge der dunklen Frauen und immer langsamer und torkelnder reagiert Knut. Er ist mittlerweile überaus schwer ramponiert, an seiner Kleidung klebt sein eigenes, bereits reichlich vergossenes Blut. Stich- und Stoßwunden sind an seinem Körper deutlich zu erkennen. Knut ist bereits ein gutes Dutzend Mal getroffen worden; wahrscheinlich hält ihn nur noch ein grimmiger Trotz auf den Beinen.
Aber irgendwann scheint auch der sture Knut einzusehen, dass er den beiden Meuchlerinnen mit seiner Keulenkampftechnik klar unterlegen ist. Daher lässt er mit einem Grumpfen seine Keule los und startet ein beinahe hoffnungsloses Unterfangen.

Mit seiner ganzen Körpermasse wirft er sich in das Schwert jener Meuchlerin, die rechts von ihm steht. Ihre Klinge dringt tief in seine rechte Seite und ich höre bis herauf zu mir, wie Rippen bersten.
Schnaubend vor Ingrimm fasst Knut den Kopf der Meuchlerin, die soeben versucht, die Spitze ihres Schwertes wieder aus Knuts feistem Leib herauszuziehen. Mit einem unmenschlichen Schrei reißt er den Kopf der dunklen Frau von links nach rechts. Sie erschlafft mit gebrochenem Genick in seinen Händen und Knut lässt sie los. Beim Hinabsinken schneidet das Schwert in der leblosen Hand der Meuchlerin eine weitere tiefe Wunde in Knuts rechte Seite.
Er spuckt Blut, sein Körper erzittert. Die zweite Meuchlerin wuchtet ihr Schwert gegen seinen kugeligen Glatzkopf. Im letzten Moment ist Romaldo heran. Er kann einen erneuten Treffer der Meuchlerin zwar nicht ganz verhindern, aber es gelingt ihm zumindest, den tödlichen Schlag so weit zu bremsen, dass Knut daran nicht stirbt, sondern nur eine weitere klaffende Wunde davonträgt.
Romaldo schlägt mit seiner linken Faust nach der Frau. Sie duckt sich weg, wirbelt herum und landet nach einem wilden Überschlag direkt neben ihrer Gefährtin. Die Meuchlerinnen sind jetzt nur noch zu zweit, aber trotzdem haben sie nichts an ihrer Siegesgewissheit eingebüßt.
Knut ist überaus schwer verletzt und auch Romaldo wankt bedrohlich, seine Kräfte drohen zu erlahmen. Wenn er bis jetzt auch keine große Wunde davongetragen hat, so hat er doch zahlreiche Stiche und Schnitte abbekommen, die alle heftig bluten und über kurz oder lang, wenn sie nicht umgehend verbunden werden, zu einem lebensbedrohlichen Blutverlust führen werden.
Die beiden noch lebenden Meuchlerinnen hingegen sind völlig unversehrt.
Da grumpf Knut seinen Bruder auffordernd an.
„Nein", stammelt Romaldo, wird weiß um die Nase und will ihm die Kriegskeule reichen, die er vorhin im Vorbeilaufen aufgehoben hat.
Knut lehnt die Keule ab. „Grumpf", beharrt er kopfschüttelnd auf seinem Vorhaben und hechtet vorwärts. Mit weit ausgebreiteten Armen startet er einen absolut

selbstmörderischen Angriff. Die Augen der beiden Meuchlerinnen weiten sich überrascht, als sie Knut unbewaffnet auf sich zustürmen sehen. Der kastenförmige, kleine Mann scheint endgültig den Verstand verloren zu haben. Ungebremst und ohne Schutz läuft er auf die beiden dunklen Frauen zu. Diese machen sich gar nicht erst die Mühe, ihm auszuweichen, sondern nützen die Gelegenheit, die sich ihnen bietet, umgehend aus. Ihre Dolchspitzen bohren sich tief in Knuts fetten Bauch und erneut spritzt Blut. Knut stoppt abrupt. Mit einem verzweifelten Röcheln packt er mit seinen dicken Wurstfingern die Meuchlerinnen an den Handgelenken und hält sie fest, wohlwissend, dass dadurch der Stahl der Dolche in seinem Körper noch mehr Schaden anrichtet.
Jetzt, da Knut ächzend und schweißgebadet unmittelbar vor ihnen steht, haben die dunklen Frauen Mühe, ihre Kurzschwerter effektiv einzusetzen. Doch mit einer weit ausholenden Bewegung gelingt es einer Meuchlerin, ihr Schwert in Knuts Rücken zu stechen. Die andere rammt währenddessen mehrmals ihren Kopf in wahnwitziger Geschwindigkeit gegen seine unförmige Nase, bis sie schließlich knirschend bricht. Knut grumpft jämmerlich, unmenschlich große Schmerzen erschüttern seinen malträtierten Körper. Blut und Speichel rinnen über seinen struppigen Bart, doch er lässt die Handgelenke der Meuchlerinnen noch immer nicht los – auch wenn das bedeutet, dass sich die Dolche immer tiefer in seine Gedärme bohren.
Und dann ist Romaldo heran. Die Spitze seines Rapiers durchbohrt das linke Auge der einen Meuchlerin. Die andere lässt ihr Schwert los und stemmt sich mit der Faust gegen Knuts Brustkorb, um endlich dem Griff des kleinen Mannes zu entkommen. Romaldos Rapier zerschneidet ihre Kehle mit einem Zischen. Tödlich getroffen fällt sie gegen Knut.

Zwei blaue Blitze zucken vom Himmel, ein roter und ein silberner folgen. Das Herbstgewitter kommt immer näher. Dicke Regentropfen klatschen zu Boden, doch es ist weiterhin erstaunlich windstill.
Romaldo tastet hektisch nach Knuts Kriegskeule und drückt sie seinem Bruder in die Hand. Anschließend hebt er sein Rapier und presst es gegen die Beule über seinem linken Auge. Die

harbaische Magie der Waffen wird die oberflächlichen Wunden schnell heilen. Ob sie auch die tiefen Verletzungen an Knuts Oberkörper und in seinem Bauch zu beheben vermag, kann ich nicht sagen, aber ich hoffe es.
„Soll ich zu den Zwillingen gehen?“, frage ich Kathinka.
„Warte“, sagt sie und deutet nach unten. „Da kommt jemand.“
Ein Reiter trabt um die Ecke des Hügelpfades. Er trägt einen großen Schlapphut und einen Zauberstab. Ein roter Blitz leuchtet hinter seinem Rücken auf.
„Bravo, Brüder aus Harba. Ihr habt überaus tapfer gekämpft“, sagt Erik Anfohrrnus, der von uns allen so verhasste Zauberer.

17

Romaldo stellt sich mit erhobenem Rapier vor seinen immer noch am Boden liegenden und aus zahlreichen Wunden blutenden Bruder. „Willst du uns töten, Zauberer?“ Hass und Ingrimm liegen in seiner Stimme.
Erik Anfohrrnus seufzt. „Nicht unbedingt.“ Er hebt seinen Zauberstab ein Stück an. „Seltsamerweise scheine ich an euch allen einen Narren gefressen zu haben.“ Er seufzt erneut. „Ihr seid tapfere Kämpfer. Mutig, stark und schnell. Und zu allem entschlossen, wie man soeben an Knut gesehen hat. Das imponiert mir nicht wenig.“ Er seufzt ein drittes Mal. „Und im Namen meiner nicht zu verhehlenden Wiedersehensfreude will ich euch meinen guten Willen zeigen.“ Ein winziger Funke löst sich aus seinem Zauberstab, und ehe Romaldo reagieren kann, wird sein Bruder von dem Funken getroffen.
„Mörder!“, brüllt Romaldo und will angreifen.
„Warte!“ Erik hebt seine linke Hand. „Sieh, was ich aus reiner Güte getan habe.“
Hastig wirft Romaldo einen misstrauischen Blick über seine Schulter, und bei dem, was er sieht, weiten sich seine Augen vor Überraschung. Knuts Wunden beginnen zu heilen. Die Schnitte an seiner Schulter hören zu bluten auf, die gebrochenen Rippen verbinden sich mit einem gruseligen Knacken und selbst die tiefen Bauchwunden schließen sich.
„Grumpf?“, stammelt Knut. Er wirkt völlig verwirrt und überrumpelt. „Grumpf!“ Mit seinen riesigen Händen betastet er

ungläubig seinen genesenen Körper. „Grumpf?“ Mit noch etwas wackeligen Knien und fest umklammerter Kriegskeule steht der kleine Mann auf.
„Ja“, bestätigt der Zauberer, „du bist wieder völlig hergestellt.“
Romaldo äugt skeptisch zu Erik Anfohrrnus. „Warum tust du das?“
Blitze zucken immer heftiger vom Himmel. Bald ist das Herbstgewitter bei uns. Eigentlich sollten wir alle schleunigst einen geeigneten Unterschlupf suchen, aber das ist jetzt natürlich nicht möglich.
Während Erik mit den Zwillingen geredet und Knut geheilt hat, haben Kathinka und ich uns zu Gem gesellt. Der Kobold hockt immer noch hinter dem Felsen. Er hält sein Blasrohr an die Lippen und lugt zwischen zwei Grasbüscheln hervor, die ihn vor fremden Blicken gut verbergen. Vorhin hat er uns zugeraunt, dass er sein Rohr mit fünf Giftpfeilen gefüllt hat. Nun zielt er ununterbrochen auf den Zauberer.
Kathinka richtet sich ein Stück weit auf. „Erik Anfohrrnus, es würde auch mich interessieren, warum du Knut geheilt hast!“, ruft sie zu dem Zauberer hinunter, der gut hundertfünfzig Meter unter uns auf seinem fahlen Pferd sitzt.
„Sei gegrüßt, Kathinka Ebensa. Es freut mich, dich gesund und unversehrt wiederzusehen. Du bist, wenn ich das sagen darf, so bezaubernd wie eh und je.“ Erik zeigt ein freundliches Lächeln. „Aber, um auf deine Frage zurückzukommen: Ist das denn nicht offensichtlich? Ich habe es ja schon erwähnt. Ich mag euch und ihr imponiert mir mit eurem Kampfgeist.“ Sein Zeigefinger deutet auf Kathinkas Zauberstab. „Es ist euch sogar gelungen, Juseph Amantinuh zu besiegen. Eine wahrlich erstaunliche Leistung.“ Er breitet seine Arme aus. „Schließt euch mir an. Ich bin gerade dabei, eine wunderbare neue Welt zu erschaffen. Tapfere Männer und Frauen kann ich in meinen Reihen stets gebrauchen.“
Ich richte mich neben Kathinka auf. „Gib es doch zu, Erik Anfohrrnus! Du willst über alle Wesen herrschen. Alle Kontinente sollen dir Untertan sein.“
„Ah, Skriek!“ Er schnalzt mit der Zunge. „Wie geht es dir, mein alter Freund?“
„Mir geht es schlecht, weil du noch lebst.“ Meine vier spitzen Eckzähne schlagen aufeinander. „Und ich bin nicht dein

Freund."
„Du scheinst", murmelt Gem, ohne dabei das Blasrohr von seinen Lippen zu nehmen, „ganz grundsätzlich wenig Freunde zu haben."
Ich werfe dem vorlauten Blaupelz einen drohenden Blick zu.
„Du wirkst verbittert, Skriek", sagt Erik Anfohrrnus. „Aber wenn ich mich recht erinnere, trägst du diese Bitterkeit schon lange in dir." Er zieht an seiner für einen Menschen so überaus langen Nase. „Ja, ich möchte gar nicht verhehlen, dass ich die Herrschaft über die drei Kontinente erlangen will. Doch dies strebe ich nicht allein an. König Angrias und eine bezaubernde Hohepriesterin unterstützen mich."
„Angrias ist eine bösartige Bestie!" Kathinka hat Mühe, an sich zu halten. „Wie kannst du dich nur mit so einem grausamen Sadisten verbünden?"
„Tja, ich gebe zu, Angrias könnte noch ein Problem werden. Er ist recht unbeherrscht", murmelt Erik und ein Schatten huscht über sein Gesicht.
„Angrias, die Hohepriesterin und du, ihr habt bereits drei Reliquien." Kathinkas veilchenblaue Augen funkeln wütend. „Und nun wollt ihr die vierte Reliquie, den Smaragdkelch, von den Amazonen stehlen. Wenn ihr die vierte habt, könnt ihr auch die fünfte finden. Und diese verheißt gottähnliche Macht. Und nur darum geht es dir, Erik Anfohrrnus."
„Ach, Kinder, wie naiv und einfältig ihr doch seid." Er beugt sich im Sattel etwas nach vorne, während die verschiedenfarbigen Blitze stetig näherkommen. Es kann sich nur noch um wenige Minuten handeln, bis das Herbstgewitter uns endgültig erreicht hat. „Die Reliquien sind nur ein Mittel zum Zweck. Die Rechnung ist doch so einfach. Wenn jeder der drei Kontinente von einem Wesen beherrscht wird, das sich mit den beiden anderen gut versteht und dieselben Ziele verfolgt, gibt es keinen Krieg mehr. Und Krieg, das wissen wir alle, ist die Hauptursache für fast jedes Leid. Männer, Frauen und Kinder sterben einen sinnlosen Tod, weil sich die Völker gegenseitig abschlachten."
„Wenn du den Amazonen die Reliquie raubst, werden zehntausende sterben", wirft Kathinka ein.
„Auch diese Rechnung, schöne Formwandlerin, ist sehr einfach. Ich setze den Tod von vielleicht zwanzigtausend gegen das

Überleben von hunderttausenden." Seine Stimme wird leicht knarrend. „Wenn ihr so wie ich Jahrzehnt um Jahrzehnt im Bastolischen Schloss verbracht und all den Beratungen beisitzen hättet müssen, würdet ihr mich besser verstehen. Der Hohe Rat diskutiert und palavert, während Kriegshorden ihre Gräueltaten vollbringen. Dem muss doch irgendwann Einhalt geboten werden. Schließt euch mir an und erschafft mit mir eine neue, eine bessere Welt. Helft mir, alle fünf Reliquien zu bekommen, und ihr werdet sehen, welch friedvollen, sicheren Ort ich erschaffen werde."

„Im Prinzip, Zauberer", knurre ich, „magst du mit deinem Geschwafel ja recht haben. Aber du hast mich bereits einmal hintergangen, also kann ich dir nie mehr wieder ein Wort glauben. Und für deinen Verrat werde ich dich töten."

„Skriek, du bist sehr einfach gestrickt", meint Erik mit einigem Bedauern.

„Das Schuppenwesen ist zwar tatsächlich ein Idiot", räumt Romaldo ein, „aber heute bin ich ausnahmsweise einmal seiner Meinung. Du solltest in der Hölle verrecken, Zauberer!"

„Grumpf", pflichtet Knut seinem Bruder bei.

Blitze zucken immer näher heran. Die ganze Atmosphäre ist aufgeladen und knistert.

„Kinder, jetzt denkt doch einmal nach", fordert Erik Anfohrrnus. „Wenn ihr euch mir anschließt, werdet ihr leben und mithelfen, eine bessere Welt zu bauen. Wenn ihr euch aber weiterhin gegen mich stellt", er seufzt, „dann muss ich euch leider hier und jetzt töten. Das versteht ihr doch?"

„Und ich hoffe, du verstehst, Zauberer", ruft Kathinka von ihrer erhöhten Position, „dass wir nicht so wehrlos sind, wie du denkst!"

Er schiebt seinen Hut in den Nacken und beäugt kurz den immer dunkler werdenden Himmel. „Kathinka Ebensa, ich würde mich nicht auf die beiden Amazonen verlassen. Soweit ich informiert bin, müssen sie gerade den elften Vollmond zelebrieren, nicht wahr?" Er senkt seinen Kopf ein Stück. „Eigentlich wäre der elfte Vollmond geradezu optimal, um Amazonien anzugreifen. Aber für dieses Jahr ist es bereits zu spät, und nächstes Jahr wird Amazonien, wie ich stark vermute, nicht mehr als ein Trümmerhaufen sein."

„Ich rede nicht von den beiden Amazonen", kontert Kathinka,

„ich rede von einem Kobold, der ein mit giftigen Pfeilen befülltes Blasrohr auf dich gerichtet hat."
„Ein Kobold? So, so." Erik hebt seinen Zauberstab ein winziges Stück. „Er möge sich zeigen."
„Nein, auf keinen Fall", flüstert Gem und große Sorge ist in seinem Gesicht zu sehen.
„Steh auf", flüstert Kathinka zurück, „sonst glaubt uns Erik nicht."
„Er wird mich töten", jammert Gem ängstlich.
„Zeig ihm nur einen Teil deines Gesichtes", schlägt Kathinka vor. „Und vertraue mir. Unsere Chancen stehen nicht so schlecht."
„Bei allen Kupferkesseln!" Schnaubend erhebt sich der Kobold ein paar Zentimeter und nun lugt seine linke Gesichtshälfte hinter dem grauen Fels hervor.
„Sieh einer an", lächelt Erik Anfohrrnus. „Wenn das nicht Gemtiolinko Emtandulus Karansymphby ist, der Geschwistermörder?"
„Geschwistermörder?", frage ich Gem und bin ziemlich erstaunt darüber, dass der Zauberer den Blaupelz kennt.
„Das ist eine lange und unglückliche Geschichte", winkt Gem ab, verschwindet wieder hinter dem Felsen und zielt erneut zwischen zwei dürren Grasbüscheln hindurch, die aus dem Stein heraus wachsen, auf den Zauberer.
Auch meine Gefährten sind von dieser Entwicklung rund um Gem etwas überrascht und stehen für einen kurzen Moment grübelnd da. Kathinka beendet als Erste das Schweigen. „Nun, Erik, wenn du den Kobold kennst, dann weißt du ja auch, was er mit dem Blasrohr vermag."
„Ein Kobold und sein Blasrohr, meine Liebe, können mich beim besten Willen nicht aufhalten!"
„Normalerweise nicht", stimmt Kathinka zu. „Aber du hast das Herbstgewitter vergessen. Ihr Zauberer wirkt reine Elementarmagie. Wasser, Feuer, Erde, Luft, Holz und Metall sind euch Untertan. Doch in einem Gewitter spielen die Elemente verrückt. Die Blitze verzerren die magische Realität. Wenn du also nicht über die Gelenkigkeit und Schnelligkeit von hestardischen Meuchlerinnen verfügst, alter Mann, dann schätze ich im Augenblick die Chancen fünfzig zu fünfzig, dass Gem dich mit einem seiner fünf Giftpfeile treffen wird."

Wie um Kathinkas Worte zu unterstreichen, fahren keine zweihundert Meter hinter Erik zwei silberne Blitze in einen grasbewachsenen Hügel. Zischend kocht verdampfende Flüssigkeit hoch.
„Schieß“, flüstere ich leise, aber eindringlich zu Gem, „So eine gute Chance, den Zauberer zu töten, bekommen wir nie wieder.“
„Wenn Erik meine Giftpfeile abwehrt, sind wir Sekunden später alle tot“, raunt Gem. „Willst du das wirklich riskieren, Schuppenkopf?“
„Nun ...“ Ich bin unsicher.
Erik Anfohrrnus scheint ähnlich wie ich zu fühlen. Für einen kurzen Moment blinzelt er irritiert und zupft mit seiner freien Hand an seinem penibel gestutzten Kinnbart.
„Nun denn“, sagt er schließlich und seine Stimme klingt mit einem Schlag stahlhart. Von seinem höflichen, fast freundlichen Benehmen von vorhin ist nichts mehr zu bemerken. „Ich denke, die Fronten sind geklärt. Heute gibt es wohl ein Unentschieden zwischen uns. Aber seid versichert, das nächste Mal, wenn wir uns treffen, werde ich nicht so gnädig sein. Und ich vermute stark, dass sich unsere Wege bald wieder kreuzen werden.“
Er schnalzt mit der Zunge und zieht an den Zügeln seines Pferdes. Langsam wendet das Tier sich auf dem Pfad. Erik Anfohrrnus dreht sich im Sattel, sodass er uns alle weiter im Blickfeld behalten kann. Seinen Zauberstab hält er zum Schutz quer vor seinen Körper. Weitere Blitze sausen zu Boden. Bald ist das Inferno da. Erik drückt seine Fersen in die Flanken des fahlen Pferdes. Es trabt an und reitet fort von dem tobenden Herbstgewitter. Im hellen Flackern der Blitze sehen wir, dass das Tier merklich lahmt.
Bevor wir alle richtig durchatmen können, bricht die Hölle los. Wir raffen unsere Sachen zusammen und eilen, so schnell uns unsere Füße tragen, in die nächste Höhle. Es ist die von Gem. Eng zusammengekauert hocken wir auf dem felsigen Boden und hüllen uns in unsere Mäntel. Draußen spielen die Elemente ein vielfarbiges Todeslied. Blitz um Blitz saust herab. Funken sprühen und ein nicht enden wollendes, gewaltiges Donnergrollen erschüttert unsere Ohren. Irgendwann lässt der tosende Lärm ein wenig nach und die Blitze werden seltener. Ich sitze direkt neben Gem und nütze die Gelegenheit, um ein

kurzes Gespräch mit ihm zu beginnen.
„Du bist also ein Geschwistermörder?", brülle ich dem Blaupelz in sein Fledermausohr, um das Donnergrollen zu übertönen.
Der Kobold zuckt mit den Achseln. Ganz offensichtlich will er damit andeuten, dass er darüber nicht reden möchte. Als er aber auch der fragenden Blicke der anderen gewahr wird, schluckt er kurz und vernehmlich. Ihm wird klar, dass er nicht darum herumkommt, uns Rede und Antwort zu stehen.
„Eigentlich", sagt er mit lauter Stimme, sodass wir ihn trotz des abziehenden Gewitters verstehen können, „habe ich euch gar nicht belogen, als ich von meiner Flucht aus dem Dorf erzählt habe. Lediglich ein paar Kleinigkeiten ließ ich aus."
„Erzähle uns von diesen Kleinigkeiten", fordert Kathinka mit ernster Miene.
„Meine Flucht verlief nicht ganz unproblematisch. Ein paar Kobolde stellten sich mir in den Weg", er deutet auf sein Blasrohr, „und ich musste zu recht unkonventionellen Mitteln greifen."
„Du hast also die anderen Kobolde mit deinen Giftpfeilen getötet", stellt Romaldo ungerührt fest. Die Schwellung über seinem Auge ist deutlich zurückgegangen, die meisten Kratzer und Schnittwunden sind mittlerweile völlig verheilt. „Wie viele waren es?"
„Fünf." Gem senkt den Kopf.
„Erik Anfohrrnus nannte dich Geschwistermörder", hakt Romaldo nach. „Waren alle fünf Kobolde deine Geschwister?"
„Ja."
„Wie viele Geschwister hast du denn?", wundere ich mich.
Gem dreht den Kopf zur Seite und presst die Lippen mit starrer Miene aufeinander.
„In einem Koboldorf", erklärt Kathinka an seiner statt, „sehen sich der Einfachheit halber alle als Geschwister an, obwohl sie unterschiedliche Mütter haben."
„Aber die Kobolde werden doch zumindest wissen, ob sie einen gemeinsamen Vater haben", meine ich. „Und wenn sie keinen gemeinsamen Vater haben, dann sind sie logischerweise auch keine Geschwister."
„Nun, die Kobolde wissen eben nicht, ob sie einen gemeinsamen Vater haben." Kathinka streicht eine Haarsträhne

zurück. „Sie kennen lediglich ihre Mütter, ihre leiblichen Väter sind ihnen nicht bekannt. Daher wissen sie nicht genau, wer ihre Halbbrüder oder ihre Halbschwestern sind.“
„Aber wie ist das möglich?“, überlege ich laut. „Oh!“, sage ich schließlich, als mir die Antwort einfällt.
„Hat die einfältige Eidechse es endlich auch kapiert“, spottet Romaldo.
„Die Kobolde leben eben promiskuitiv“, sagt Kathinka, „und haben ihre ganz eigene Sexualmoral.“
„Die Kobolde scheinen sich ähnlich wie Meerschweinchen zu paaren“, schnaube ich verächtlich.
„Wie wir in unseren Dörfern zusammenleben, geht dich nichts an, Schuppiger!“, faucht Gem beleidigt.
„Grumpf“, sagt Knut, bevor ich dem Kobold noch das eine oder andere sagen kann. „Grumpf, grumpf.“
„Wie bitte?“ Nun sind Gem und Kathinka erstaunt.
„Was sagt der Keulenschwinger?“, will ich wissen.
„Die harbaischen Brüder kennen im Gegensatz zu den Kobolden zwar ihren Vater, aber nicht ihre Mütter“, übersetzt Kathinka.
„Mütter?“, frage ich nach.
„Unser Vater“, erklärt Romaldo und zieht an seinem mittleren Kinnbartzopf, „pflanzte seinen Samen in zwei verschiedene Frauen. Nach drei Monaten Schwangerschaft wurden Knut und ich aus den Unterleibern unserer ersten Mütter mit harbaischer Magie entfernt und mittels eines magischen Rituals in zwei andere Frauen eingepflanzt. Dies wiederholte sich noch zwei Mal. Kurz vor der Geburt kamen wir gemeinsam in unsere Endmutter, die uns schließlich auch gebar.“
„Sind eure Mütter alle tot?“, fragt Kathinka mit heiserer Stimme.
„Ja, nur die Endmutter überlebte für einige Wochen. Sie war es auch, die uns anfangs stillte, bis eben die harbaische Magie ihren Tribut von ihr forderte.“
„Verfügten eure Mütter über besondere Fähigkeiten?“ Kathinka ist ganz gebannt.
„Die Zwischenmütter hatten alle unterschiedliche magische Fähigkeiten. Aber nur besonders begabte Frauen kommen als Endmütter in Frage “ Romaldo deutet mit dem Kinn auf Kathinka. „Eine Formwandlerin wie du würde eine

hervorragende Endmutter abgeben. Vielleicht wäre es dir sogar möglich, einen harbaischen Langschwertkämpfer auszutragen. So einen Zwilling hat es seit über tausend Jahren nicht mehr gegeben."
Kathinka schaudert. „Nein! Niemals!"
„Wie du meinst." Romaldo zuckt mit den Achseln und wendet sich an seinen Bruder. „Das Gewitter ist endgültig vorübergezogen. Wir sollten uns beeilen und rasch aufbrechen."
„Grumpf!!", sagt Knut ungehalten. „Grumpf, grumpf!"
„Es tut mir leid, Bruder, aber da bin ich ausnahmsweise einmal anderer Meinung als du. Wir müssen den Zauberer verfolgen." Romaldo wirkt sehr bestimmt. „Sein Pferd lahmt, seine Magie ist durch das Herbstgewitter geschwächt und er rechnet sicher nicht damit, dass wir uns an seine Fersen heften."
„Grumpf!!!" Knut schüttelt energisch und ablehnend den Kopf.
„Mein Bruder", Romaldos Stimme klingt plötzlich stählern, „ich folge meist deinem Rat. Doch heute fordere ich jene brüderliche Treue von dir, die unser Vater bei unserer Geburt Ganthron geschworen hat. Diese Treue kannst du mir nicht versagen. Sie ist heilig und magisch." Romaldo legt seine flache linke Hand auf sein Herz. „Mein Bruder, verfolge gemeinsam mit mir den verräterischen Zauberer. Wir können ihn töten. Das spüre ich genau."
Knut starrt zu Romaldo, seine Kiefermuskeln arbeiten, eine Lidfalte zuckt über seinem rechten Auge. Schließlich senkt er den kugelrunden Glatzkopf und nickt unglücklich und grumpfend.
Mit einem zufriedenen Lächeln steht Romaldo auf; auch Knut drückt sich hoch und stellt sich neben seinen Bruder.
„Ich erlaube es nicht, dass ihr uns verlasst!", fährt Kathinka Romaldo an. „Wir müssen die Amazonen beschützen und die Reliquie verteidigen. Ohne euch kommen wir niemals nach Ontron."
„Wir können dir und den Amazonen keinen größeren Dienst erweisen, als Erik Anfohrrnus zu töten." Romaldo steht in der niedrigen Höhle gebückt da und richtet sein Rapier.
„Erik wird euch töten", prophezeit Kathinka.
„Das glaube ich nicht." Arroganz und Selbstherrlichkeit strahlen von Romaldo aus. „Und nun aus dem Weg, Formwandlerin, und wage es nicht, mich aufzuhalten."

„Lass die Zwillinge doch gehen“, sage ich zu Kathinka. „Wir brauchen sie nicht.“ Ich hebe eine Augenbraue. „Ehrlich gesagt bin ich froh, wenn wir die beiden endlich los sind.“
Kathinka seufzt. „Ohne die Zwillinge werden wir Amazonien nie erreichen.“
„Ihr seid stärker, als ihr glaubt, Kathinka Ebensa.“ In Romaldos Augen ist ein seltsames Glühen. „Grüßt Sincha Ankonski von mir. Und auch Clarina Haffina.“ Er verbeugt sich vor Kathinka. Dann wendet er sich an den Kobold. „Lebe wohl, Gem. Vielleicht sehen wir uns ja in Amazonien wieder.“
„Grumpf“, ergänzt Knut.
„Alles Gute, ihr edlen Prinzen. Ich werde stets an euch denken und für euch beten.“ Ehrfürchtig verneigt sich der Blaupelz vor den Brüdern.
Ich spucke geräuschvoll und verächtlich aus. Der Kobold ist einfach nur peinlich in seiner schleimigen Unterwürfigkeit.
„Du hast wie üblich keine Manieren, Schuppenkopf“, knurrt Romaldo. Nur sehr knapp nickt er mir zum Abschied zu. Dann verlässt er mit Knut die Höhle.

18

Eine halbe Stunde nach den Zwillingen verlassen auch Gem, Kathinka und ich die Höhle. Das Herbstgewitter ist Richtung Westen abgezogen. In der Ferne können wir noch vereinzelt schwache Lichtblitze erkennen. Im Osten klärt der Himmel bereits auf und die Sonne schickt ihre ersten Strahlen, dennoch bleibt es relativ kühl. Die Luft ist nach dem wilden, reinigenden Gewitter ungewöhnlich erfrischend und ich atme tief ein.
Kathinka hockt sich neben dem Eingang der Amazonenhöhle auf einen abgerundeten Stein und starrt mit gefurchter Stirn den geschwungenen Pfad hinab. Tiefe Sorgenfalten zeigen sich rechts und links von ihren Mundwinkeln. Gem setzt sich neben sie und hält mit grimmiger Entschlossenheit sein dickes Blasrohr in seinen Pfoten, das immer noch mit den fünf Giftpfeilen gefüllt ist.
Ich lehne mich an die felsige Wand und versuche meine Gedanken zu ordnen. Heute Morgen, denke ich, hat sich in zu kurzer Zeit zu viel ereignet. Da ist der Kampf zwischen den

harbaischen Zwillingen und den vier Meuchlerinnen gewesen; dann das überraschende, wenn auch nur kurze Wiedersehen mit Erik Anfohrrnus und schließlich auch noch der, meiner Meinung nach, völlig unsinnige und deutlich übereilte Aufbruch von Romaldo und Knut. Das alles muss ich erst einmal verdauen. Vorhin habe ich zu den Zwillingen gesagt, dass sie nur gehen sollen, da wir sie ohnehin nicht brauchen; und wenn es nur nach meinen Gefühlen geht, dann empfinde ich dies auch weiter so. Die Zwillinge können von mir aus dorthin ziehen, wo der Pfeffer wächst. Aber wenn ich meinen Verstand gebrauche, muss ich leider zugeben, dass wir die Zwillinge überaus dringend benötigen. Ohne ihre magische Kampfkraft habe ich nicht mehr die geringste Hoffnung, dass wir Amazonien erreichen werden.
Kathinka und Gem scheinen ähnliche Gedanken zu plagen. Während Kathinka weiterhin ihr sorgenvolles Gesicht zeigt und verdrießlich schweigt, ist Gem dazu übergegangen, lauthals über sein Unglück zu jammern.
„Bei allen rußigen Kupferkesseln!“, lamentiert er soeben. „Erik Anfohrrnus hat mich erkannt. Jetzt ist alles verloren. Oh Gott, welch Unglück!“
Ich drücke mich mit den Schultern von der felsigen Wand ab und gehe ein, zwei Schritte auf den Kobold zu.
„Woher kennt dich Erik eigentlich?“, will ich wissen.
Gem bläst die Backen auf. „Ich bin ein Orakel.“
„Ja, und?“
„Orakel und Zauberer kennen sich.“
„Wieso?“
„Wieso?“ Gem zeigt seine gelben Zähne. „Weil Zauberer ebenso wie Orakel Magie wirken. Wir sind zwar sehr unterschiedlich und jeder hat seine eigene Art, aber uns verbindet eben ein magisches Band. Manchmal holen Zauberer bei uns Orakeln auch Ratschläge ein und wir müssen für sie zukünftige Ereignisse prophezeien.“
„Dann war also Erik schon einmal bei dir in deinem Dorf?“
„Ja, vor vielen Jahren.“ Gem spuckt verächtlich aus. „Aber meine Orakelmagie hat er nicht benötigt. Er kam vom Bastolischen Schloss, um einen mühseligen Gebietsstreit mit einer Horde Gnome zu regeln. Er hat sozusagen die Verhandlungen zwischen uns und den Gelbhäuten geleitet. Als

Dorforakel war ich natürlich bei allen Besprechungen dabei."
„Und Erik hat sich seit damals deinen Namen gemerkt?"
„Er ist eben ein Zauberer."
„Aber wie konnte er dich erkennen?", frage ich. „Für mich sehen alle Kobolde gleich aus. Blau, klein, fett und hässlich."
„Das ist eine bodenlose Frechheit, du blindes Schuppenmonster!" Gem ballt seine pelzigen Finger zu Fäusten. „Ich bin, wie jeder, der Augen im Kopf hat, sehen kann, ein überaus attraktiver Kobold. Viele Koboldinnen kamen von weit her, nur um eine Nacht mit mir zu verbringen."
„Angeber!" Mit einer lässigen Handbewegung versuche ich den Eindruck zu vermitteln, dass mir Gems Liebeleien völlig egal sind, aber ich kann nicht verhehlen, dass ich einen kleinen Stich der Eifersucht verspüre. Gem hat anscheinend in seinem Leben bisher ausreichend Liebeserfahrungen gesammelt. Ich hingegen habe außer einer einmaligen Begebenheit mit einer amazonischen Schankmaid, die mir fast das Leben gekostet hat, keinerlei Erfahrungen vorzuweisen. Ich weiß nur darüber Bescheid, denke ich verbittert, wie man seine Angebetete sinnlos anschmachtet.
„Was ist nun so schlimm daran, Gem", mischt sich Kathinka in unser Gespräch ein, „dass dich Erik erkannt hat?"
„Ich habe es euch doch schon erzählt", raunzt er gereizt. „Die Kobolde Alluniens suchen mich, um mir meinen Kopf abzuschlagen."
„Und was hat das mit Erik zu tun?", bohrt Kathinka nach.
„Nun, Kobolde sind nicht gerade sehr ausdauernd", sagt Gem. „Länger als eine Woche haben sie damals meine Spur nicht verfolgt, da es ihnen schnell zu langweilig wurde, mir hinterherzulaufen. Wenn ihnen jetzt aber Erik sagt, wo ich mich befinde, werden sie augenblicklich losstürmen und mich erneut verfolgen."
„Blödsinn!" Ich spucke aus. „Du bist doch viel zu unwichtig. Erik wird sich keinen Deut darum scheren, was mit dir geschieht. Außerdem hat er eindeutig Wichtigeres zu tun, als dem nächstbesten Kobold zu verraten, wo du dich gerade aufhältst."
Gem blickt zu mir hoch. „Hat dir schon einmal jemand gesagt, dass man manchmal auch zu ehrlich und direkt sein kann?"
Ich schüttle den Kopf. „Nicht, dass ich wüsste."

„Dann sage ich es dir jetzt. Du bist beinahe schon unverschämt ehrlich und viel zu direkt." Er stochert mit seiner Zunge in einer Zahnlücke herum. „Aber bei dem einen Gott, der in allen Dingen lebt, hoffe ich zutiefst, dass du recht hast. Vielleicht bin ich ja wirklich zu unwichtig für den großen Erik Anfohrrnus."
„Ganz bestimmt", sage ich.
„Da wäre ich mir nicht so sicher", meint Kathinka. „Erik kann furchtbar nachtragend sein. Er wird nicht so schnell vergessen, dass du ihn mit Giftpfeilen bedroht hast."
„O Gott!" Gem wird leicht käsig unter seinem blauen Fell. „Wie schrecklich! Ich habe ab sofort einen Zauberer als Todfeind."
„Apropos Zauberer." Kathinka bleibt von Gems Gefühlsausbruch völlig unbeeindruckt. „Kennst du eine Zauberin namens Erina Jastantino?"
„Die herbe Erina?" Gems Fledermausohren wackeln. „Nachdem ich alle Zauberer kenne, kenne ich natürlich auch Erina."
„Die herbe Erina. Das passt zu ihr." Kathinka betrachtet ihren Zauberstab und ich weiß, dass sie an die Worte von Erina Jastantino denken muss. „Gem, wie ist diese Erina?"
„So gut kenne ich sie dann auch wieder nicht. Sie kam zwei Mal in unser Dorf und hat bei jedem Besuch kurz mit mir gesprochen." Gem bohrt seinen stummeligen Zeigefinger in sein schwarzes Fledermausohr und dreht ihn geräuschvoll. „Aber sie heißt nicht umsonst die herbe Erina. Sie ist noch strenger und übellauniger als die meisten anderen Zauberer."
„Ist sie gerecht?", will Kathinka wissen.
Gem überlegt eine Weile. Schließlich nickt er. „Ja, ich denke schon. Gerecht ist sie auf jeden Fall."
„Das ist gut." Kathinkas Miene lässt darauf schließen, dass ihre Gedanken rasend schnell kreisen. Nach einer knappen Minute steht sie auf und blickt mich an. „Skriek, ich bin seit unserem Treffen mit Erina immer davon ausgegangen, dass sie unsere einzige Chance ist, dies alles hier heil zu überstehen. Gem bestätigt mir jetzt, dass Erina gerecht ist. Und wir kämpfen für eine gerechte Sache. Das heißt, die Zauberin wird alles daran setzen, Eriks Machenschaften aufzudecken. Da bin ich mir mittlerweile völlig sicher."
„Das sehe ich ganz anders, Kathinka. Wir dürfen uns auf

niemanden verlassen.“
„Ohne Hilfe sind wir verloren, Skriek. Vor allem jetzt, wo uns auch noch Knut und Romaldo verlassen haben.“ Kathinkas veilchenblaue Augen bekommen einen dunklen Farbton. „Erik hat die Zwillinge mittlerweile längst abgeschüttelt. Oder, was ich noch eher glaube, er hat sie getötet. Das heißt, wir haben nicht mehr viel Zeit. Erik ist sicherlich nicht alleine unterwegs. Über kurz oder lang werden Angrias Schergen oder Hexen hier eintreffen. Die Amazonen benötigen noch den heutigen und den ganzen morgigen Tag für ihre Rituale. So viel Zeit haben wir nicht, um hier auszuharren. Wir müssen schnellstens nach Amazonien und die Königin warnen. Ich vermute stark, dass wir dort auch Erina Jastantino antreffen werden. Sie hat wahrscheinlich schon die eine oder andere Erkundigung eingezogen.“
„Was willst du denn jetzt tun?“, frage ich, da ich nicht ganz verstehe, worauf Kathinka hinaus möchte.
„Hier vor der Höhle können wir nicht länger verweilen. Die umliegenden Hügel sind alle deutlich höher und das bedeutet, dass wir keinen Ausblick haben. Viel zu leicht können sich Angrias Schergen anschleichen. Wir müssen hier weg.“
„Ich habe Sincha und Clarina versprochen, sie zu beschützen.“
„Skriek, es ist vorbei.“ Kathinka berührt kurz meine Schulter. „Du verlierst deine Ehre nicht, wenn du jetzt gehst.“
„Ich habe gesagt, dass ich erst gehe, wenn du ernsthaft in Gefahr bist. Bis dahin harre ich hier vor der Höhle aus.“ Wenn es sein muss, kann ich auch recht stur sein.
„Wie du willst, aber ich gehe jetzt.“ Kathinka zeigt ein flüchtiges Lächeln, das sehr siegessicher wirkt und mich daher nicht wenig ärgert. „Wenn du mich jetzt nicht begleitest, mein Paladin, dann setzt du mich wahrlich großen Gefahren aus. Überall lauern Schergen, Soldaten und Hexen. Ohne dich werde ich die Reise nach Amazonien gewiss nicht überleben.“
„Von Angrias Schergen oder Hexen ist noch weit und breit nichts zu sehen“, knurre ich und versuche erst gar nicht, meinen Ärger zu verbergen.
„Wenn wir die Angreifer sehen, ist es ohnehin zu spät.“ Kathinka klingt spröde. „Als die Zwillinge noch bei uns waren, sah die ganze Sache anders aus. Aber so wie es jetzt steht, haben wir keine Chance gegen unsere Verfolger.“

„Ich bin ein mächtiger Kämpfer“, sage ich und drücke mein breites Kreuz durch.
„Die Übermacht ist zu groß.“ Kathinka ist anzumerken, dass sie nicht länger mit mir diskutieren will. „Ich gehe jetzt los. Und ich hoffe, mein Paladin, dass du mir folgst.“
Sie sagt schon wieder „mein Paladin“, um mich darauf aufmerksam zu machen, dass ich ihr verschworen bin.
„Bei Thurantuh!“, fluche ich, weil mir klar wird, dass ich keine Wahl habe. Natürlich könnte ich sie mit sanfter Gewalt festhalten, aber nach letzter Nacht, die unsere Beziehung deutlich angespannter werden ließ, will ich nicht riskieren, dass sie sich innerlich noch weiter von mir entfernt.
Gem springt auf. „Kathinka, denk an meinen Orakelspruch! Denk an Sincha Ankonski!“
„Die Entscheidung ist gefallen“, sagt Kathinka. „Weiter zu warten, wäre Wahnsinn.“
Gems rundes Gesicht zeigt eine überaus verkniffene Miene und seine runden grünen Augen huschen hin und her. Hastig leckt er sich über seine schwarzen Lippen. Es ist offensichtlich, dass er einen Ausweg aus seinem Dilemma sucht. Allein, und das weiß er ganz genau, kann er die beiden Amazonen niemals beschützen.
„Kathinka, ein Vorschlag zur Güte“, haspelt er schließlich und die Worte sprudeln nur so aus seinem Mund. „Wir warten auf einem der erhöhten Hügel da drüben.“ Er zeigt nach Süden. „Da haben wir eine bessere Rundumsicht. Wenn Erik den Schergen den Standort der amazonischen Höhle verrät, werden sie uns nicht so schnell finden, da wir nicht mehr hier sind, sondern auf einem anderen Hügel. Und falls keine Schergen kommen, was ich stark annehme, dann sind wir noch da, wenn die Amazonen morgen ihre Höhle verlassen.“
„Wieso nimmst du an, dass keine Schergen kommen werden?“, fragt Kathinka ungehalten.
„Weil mein Kristallamulett schweigt.“ Gem streckt sich zu seiner vollen Körpergröße. „Du musst selbst zugeben, Formwandlerin, dass es uns zuverlässig vor den vier Meuchlerinnen gewarnt hat.“
Kathinka steht einen Moment unbeweglich da und ihre Finger streichen gedankenverloren eine dunkle Strähne zur Seite.
„Also gut, Kobold. Wir warten auf einem der Hügel dort drüben.

Vielleicht sagt dein Amulett ja tatsächlich die Wahrheit. Wenn dem so ist, wäre es dumm, auf die Kampfkraft der Amazonen zu verzichten. Wir sind ohnehin schon genug geschwächt."
„Ich danke dir." Gem verbeugt sich tief und voller Dankbarkeit vor Kathinka.
Mir wird wieder einmal bewusst, wie sehr Gem seinem Kristallamulett vertraut und wie felsenfest er davon überzeugt ist, dass Sincha Ankonski für das Bestehen unserer Welt noch eine große Bedeutung haben wird. Aber welche, grüble ich, soll das sein? Ist sie vielleicht dazu auserkoren, König Angrias oder vielleicht sogar Erik Anfohrrnus zu töten? Aber wie soll das gehen? Die Amazone hat gegen die beiden Reliquienträger nicht den Funken einer Chance. Also, worin soll ihre Bedeutung liegen?
Unwillig schüttle ich den Kopf. Mir will nichts einfallen. Und da selbst Gem, der ja das Orakel ist, keine Ahnung hat, was genau Sincha so besonders macht, werde ich wohl kaum auf die Lösung kommen.
Eigentlich, merke ich, ist es mir auch völlig egal, welche großartige Bedeutung Sincha haben soll. Überhaupt geht mir das ganze Gerede über Magie und Bestimmung, über Orakel und Zauberer, die harbaischen Fähigkeiten, die Hexen und Meuchler, die amazonischen Rituale des elften Vollmonds, die Reliquiensuche und Kathinkas Zauberstab, der ihre wahren Kräfte hervorbringen soll, zusehends auf die Nerven. Ich sehne mich nach einer ehrlichen Schlichtheit, nach einem einfachen Kampf Wesen gegen Wesen, wo Stahl auf Stahl trifft und der Stärkere oder der Schnellere triumphiert. Das wäre etwas, das mein Herz erfreuen würde. Aber diese ganzen Überlegungen und Ränke machen mich krank.

Als der nächste Morgen anbricht, bin ich beinahe starr vor Kälte. Mit klammen Fingern wickle ich mich aus meiner Decke und stehe mit knackenden Gelenken auf. Überall in den Ephtalonischen Hügeln wabert der Morgennebel. Der Himmel ist grau, und Reif liegt über den Gräsern und Blättern. Noch dieser eine Tag, denke ich, und wir können endlich weiterziehen.

Zu Mittag essen wir Brot und Hartkäse und starren zu der gut

fünfhundert Meter entfernten Höhle der Amazonen. Rundum ist weiterhin alles ruhig und wir werden zusehends entspannter. Anscheinend hat Gems Kristallamulett recht, denn es schweigt weiterhin und kündigt keine drohenden Gefahren an. Zu einem Teil bin ich mittlerweile sogar bereit, an die Orakelkräfte des Kobolds zu glauben.
Vielleicht sollte ich den Blaupelz darum bitten, mache ich müßige Gedankenspiele, um mir die Wartezeit zu verkürzen, einen kleinen Blick in meine gemeinsame Zukunft mit Kathinka zu werfen. Aber ernsthaft und in der Realität würde ich Gem natürlich niemals darum ersuchen. Einerseits wäre es mir zu peinlich, ihn nach Kathinka und mir zu befragen; andererseits, und das ist etwas, das mein Gemüt immer schwerer belastet, ist es wohl so, dass es für Kathinka und mich nach jener unsäglichen Nacht wohl keine gemeinsame Zukunft geben wird. Und für dieses Wissen brauche ich kein Orakel und kein Kristallamulett.

Kurz bevor die Abenddämmerung einsetzt, tut sich etwas bei der Höhle der Amazonen. Die Zweige werden zur Seite geräumt und Sincha und Clarina treten ins Freie. Mit raschen Schritten eilen wir ihnen entgegen und ich bin ein wenig überrascht darüber, dass ich mich doch sehr freue, dass die beiden Frauen ihren elften Vollmond unbeschadet überstanden haben. Vielleicht stehen mir Sincha und Clarina doch näher, als ich bisher gedacht habe.
Gem wirft sich vor den beiden Amazonen theatralisch zu Boden und dankt seinem Gott mit ergriffener Stimme. Kathinka und ich gehen es deutlich gelassener an und nicken Sincha und Clarina nur zu. Die beiden sehen jetzt nach vollendeter magischer Zeremonie deutlich besser aus als noch drei Tage zuvor. Die Müdigkeit ist völlig aus ihren Gesichtern verschwunden. Ihre Augen haben wieder diesen stahlharten Glanz angenommen, der für Amazonen so typisch ist. Ihre Körper wirken erholt und ausgeruht. Sie vermitteln große Kraft und enorme Zähigkeit.
„Wie geht es euch?“, will Kathinka wissen.
„Wir sind wieder ganz die Alten.“ Sincha zeigt ein knappes Lächeln. „Unsere Göttin hat uns reich beschenkt. Wir sind stark und schnell wie eh und je.“

„Das ist gut." Kathinka atmet auf. „Wir brauchen jetzt all unsere Kräfte."
Clarina sieht sich um. „Wo sind die Zwillinge?"
„Es ist in den letzten drei Tagen sehr viel geschehen", sagt Kathinka. „Wir müssen sehen, dass wir von hier wegkommen. Packt rasch eure Sachen zusammen. Ich kann euch währenddessen alles erzählen."
„Wir sind gut ausgeruht", meint Clarina. „Wir können, wenn es ein muss, die ganze Nacht durchmarschieren." Mit raschen Schritten geht sie zu ihrem Reiserucksack.
Sincha fixiert Kathinka mit ihren grünen Augen.
„Formwandlerin, warum habt ihr auf dem Hügel da drüben gelagert?"
„Aus Sicherheitsgründen." Kathinka nagt an ihrer Unterlippe; ganz wohl scheint ihr bei der Frage der Heerführerin nicht zu sein.
„Wäre es nicht sicherer gewesen, zumindest für Clarina und mich, direkt vor unserer Höhle zu warten?", fragt Sincha knarrend.
Kathinka strafft sich. „Sei froh, dass wir überhaupt noch hier sind."
„Nun, ehrlich gesagt seid ihr zahlreicher, als ich erwartet habe." Sincha zieht an einem ihrer schmalen Zöpfe. „Was ist mit den harbaischen Zwillingen? Wo sind sie?"
„Dir wird nicht gefallen, was du jetzt hören wirst, Amazone", sagt Kathinka.

19

Seit dem Ende des elften Vollmondes sind drei Tage vergangen und wir haben die meiste Zeit über ein zügiges Marschtempo vorgelegt. Zwar befinden wir uns immer noch im Königreich Timion, aber gestern haben wir endlich die Ephtalonischen Hügel hinter uns gelassen. Nun halten wir uns weiter nordöstlich und marschieren durch die Sekintysche Tiefebene. Wir vermeiden tunlichst jede Straße und achten darauf, nicht zu hoch in den Norden zu kommen, da wir die timionische Hauptstadt Brack mit ihren zahlreichen Festungstürmen und Wachposten weitläufig umgehen wollen.

Die Sekintysche Tiefebene ist ein flaches Steppengebiet mit schwachem
Baum- und Buschbewuchs, das nur sehr dünn besiedelt ist. Gelegentlich sehen wir kleine timionische Ansiedlungen mit vier, fünf Häusern, aus deren Kaminen Rauch aufsteigt. Wir halten uns von all den Ortschaften fern, um kein unnötiges Aufsehen zu erregen. Wie Sincha vorausgesagt hat, sind hier in Timion kaum ostalische Spähtrupps unterwegs. Die grimmige, timionische Bevölkerung hat bei den meisten Soldaten jegliche Lust auf Patrouillen stark unterminiert. Die Ostalier gehen daher meist nur auf Kundschaft, wenn sie dringliche Befehle aus Vinbon dazu zwingen. Viel lieber verweilen die Soldaten in ihren trutzigen Wehrtürmen entlang der Straßen und drehen Daumen.
Einmal haben wir aus der Ferne einen Trupp von acht ostalischen Soldaten ausgemacht. Sie sind im zügigen Tempo Richtung Norden geritten, vermutlich haben sie nach Brack gewollt. Kurz haben wir uns bäuchlings auf den Boden gelegt, um vor feindlichen Blicken sicher zu sein. Die ostalischen Soldaten haben aber nicht die geringsten Anstalten gemacht, die Umgebung näher zu erkunden, sodass wir bald wieder unseren Marsch aufgenommen haben.
Ich bin immer noch verwundert, wie wenig ernsthaft König Angrias nach uns sucht. Er hätte doch ganz andere Möglichkeiten, uns schwer in Bedrängnis zu bringen. Aber bis auf jenen Trupp, der von einem Riesen angeführt worden ist und den wir kurzerhand erledigt haben, sind uns bis jetzt keine weiteren ostalischen Schergen begegnet. Und die Meuchlerinnen hat uns ja, wie die Bilder meiner Traumreise gezeigt haben, nicht Angrias, sondern die Hohepriesterin aus Hestard auf den Hals gehetzt.
Ich will mich auch gar nicht groß darüber beschweren, dass Angrias Schergen uns so wenig Mühe bereiten, aber es verwundert mich eben. Zu einem Teil mag es vielleicht daran liegen, dass Angrias fast sein ganzes Truppenkontingent vor die Tore Amazoniens verlegen will, da dort die entscheidende Schlacht um die Reliquie stattfinden wird. Zu einem anderen Teil ist es wahrscheinlich so, dass wir von Angrias, und wohl auch Erik, nicht ernsthaft als Bedrohung angesehen werden. Außerdem haben die beiden ohnehin genug damit zu tun, ihre

Ränke zu schmieden und weitere Vorbereitungen für die alles entscheidende Schlacht mit den Amazonen zu treffen. Den Zauberern des Bastolischen Schlosses muss die endgültige Zustimmung für einen Angriff noch abgerungen, König Edwin und seine salurische Armee müssen bei der Stange gehalten und König Sinnly und seine waffenstarrenden Zwergentrupps als Verbündete erhalten werden. Und die Gilden von Yestshire werden die Amazonen auch nicht völlig unentgeltlich bekämpfen, selbst wenn der Mord an König Edwins Sohn im Turm von Yestshire als großer Affront gegenüber der Stadt angesehen wird. Es sind also noch reichlich Arbeiten, aber vor allem wohl Bestechungen und Intrigen nötig, die die Reliquienträger zu leisten haben, um ihr großes Ziel zu erreichen. Trotzdem habe ich keinen Zweifel daran, dass Erik und Angrias über kurz oder lang die Pforten der Amazonen überwinden werden. Meiner Schätzung nach wird es in zwei, drei Monaten soweit sein, aber ich muss zugeben, dass ich von Politik und Strategie keine Ahnung habe, und daher sind meine Schätzungen reine Spekulation.
Nun, auf jeden Fall scheint Angrias schwer beschäftigt zu sein, und das kann uns nur recht sein. Ein weiterer Aspekt der ganzen Angelegenheit ist natürlich auch, dass uns Angrias ohnehin drei Hexen und drei Hexer hinterhergeschickt hat. Vielleicht ist er ja so felsenfest davon überzeugt, dass diese sechs dunklen Wesen bei weitem genügen, um uns den Garaus zu machen, dass er sich wegen uns gar nicht weiter den Kopf zerbricht.
Und höchstwahrscheinlich, das muss ich wohl oder übel zugeben, liegt Angrias mit seiner Einschätzung durchaus richtig. Wenn ich nur an unseren Kampf mit jenem Metallhexer namens Zambrynus zurückdenke, der uns vor wenigen Monaten beinahe im Alleingang besiegt hätte, wird mir ganz flau im Magen. Hexer und Hexen sind zwar jedem Zauberer und jeder Zauberin deutlich unterlegen, da sie nur eines der sechs Elemente beherrschen, aber für uns sind sie dennoch nur sehr schwer bezwingbare Gegner. Eine Hexe oder einen Hexer könnten wir wohl gemeinsam besiegen, aber gegen sechs sind wir absolut machtlos.
Daher hoffe ich sehr, dass diese sechs dunklen Wesen uns niemals einholen werden. Und die sicherste Methode, eine Konfrontation mit ihnen zu vermeiden, ist jene, unser Tempo so

hoch wie möglich zu halten.
Seit die Amazonen das Ritual des elften Vollmondes vollzogen haben, sind sie wieder so schnell und stark wie früher. Sie legen eine ordentliche Schlagzahl an den Tag und bremsen unsere Marschgeschwindigkeit nicht länger. Kathinka ist dank des Zauberstabes mittlerweile so kräftig, dass sie mit Sincha und Clarina locker mithalten kann. Lediglich Gem zeigt konditionelle Mängel. Als die Amazonen noch geschwächt gewesen sind, hat er unser Tempo mitgehen können, aber jetzt schafft er das mit seinen plumpen Füßen nicht länger. Die letzten Tage haben von ihm ihren Tribut gefordert. Heute hat der Blaupelz schon am frühen Morgen wie ein alter Teekessel gekeucht und Sincha hat mir eingedenk seiner schlechten körperlichen Verfassung befohlen, ihn auf meinem Rücken zu tragen, damit wir nicht an Geschwindigkeit verlieren. Anfangs ist es mir gar nicht recht gewesen, den dauerschwätzenden Kobold buchstäblich ständig in meinem Genick zu haben, aber mittlerweile bin ich darüber gar nicht mehr so unglücklich.
Die letzten drei Tage sind die Amazonen stets hurtigen Schrittes vorausgeeilt, nur gelegentlich haben sie angehalten und ihre Karten befragt. Kathinka, Gem und ich sind meist ein gutes Stück hinter den beiden Kriegerinnen marschiert. In regelmäßigen Abständen ist Gem aber nach vorne geeilt und hat die Amazonen vollgeplappert. Kathinka ist bei mir geblieben, und wir hätten durchaus die Möglichkeit gehabt, das eine oder andere Wort miteinander zu wechseln; aber das haben wir nicht getan. Zu schwer lastet noch jene unglückliche Nacht auf uns. Kathinka hat sich von mir zurückgezogen und wirkt noch spröder und leidender. Eine Aura der Düsternis und tiefen Melancholie umgibt sie und es nagt unübersehbar schwer an ihrer Seele, dass sie weder Zärtlichkeiten geben noch annehmen kann. Sie hat sich so sehr gewünscht, wieder einem anderen nahe zu sein und ihn berühren zu können; und in mir, ihrem treuen, geduldig wartenden und nur wenig fordernden Paladin hat sie gehofft, einen Mann zu finden, vor dem ihr nicht ekelt. Aber dieser Mann bin ich leider nicht. Und das zehrt wiederum an meiner Seele. Wiederholt habe ich in den letzten Tagen mein hässliches Äußeres verflucht und mir, dumm wie ich nun einmal bin, das hübsche Aussehen eines Menschenmannes gewünscht. So sehr ich meine Krallen und Eckzähne auch in

einem Kampf schätze, so stark mein grün geschuppter Körper auch sein mag und so scharf meine pupillenlosen Skriekaugen auch sehen, manchmal würde ich sie liebend gern gegen eine schuppenlose Haut, krallenfreie Hände und Füße und menschliche Augen eintauschen. Aber das ist natürlich nicht möglich und ich muss wohl oder übel mit meinem Körper vorliebnehmen, so wie er ist.
Gelegentlich denke ich, dass ich mich selbst besser ertragen würde, wenn ich in jener Nacht in Kathinkas Augen nicht die Abscheu gesehen hätte, die sie empfunden hat, als sie meine Schuppen berührt hat. Und dass sie dann auch noch versucht hat, tapfer ihren Ekel zu überwinden, tut mir doppelt weh. Sie hat sich wegen mir unnötig gequält und ist sogar bereit gewesen, weit über ihre Empfindungsgrenzen zu gehen, doch es ist ihr trotzdem nicht möglich gewesen, auch nur den Anschein von Nähe aufkommen zu lassen. Mittlerweile ist es so weit gekommen, dass sie sich nächtens, wenn wir alle rund um ein Feuer lagern, nicht einmal mehr in meine Arme schmiegt und dort einschläft. Aber vielleicht ist das auch besser so. Es würde, vermute ich, nur unnötig und erneut jene Wunden aufreißen, die wir beide in uns tragen und die einfach nicht heilen wollen. Weiterhin habe ich starke Gefühle für Kathinka, aber mir fehlen die Worte, um sie auszudrücken. Ich bin nahezu verstummt. Weder kann ich mit ihr über jene Nacht reden, noch ist es mir möglich, belanglose, unwichtige Alltagsgespräche mit ihr zu führen. Kathinka scheint es ähnlich zu gehen. Wiederholt habe ich den Eindruck, dass sie zu mir etwas sagen will, wenn wir alleine sind, aber jedes Mal schließt sich ihr Mund, bevor sie auch nur einen einzigen Satz hervorbringt.
So gesehen, das finde ich zumindest im Moment, ist es gar nicht so unvorteilhaft, wenn Gem wie eine lästige Zecke auf meinem Rücken hängt und vor sich hin schwadroniert. Dadurch ist zumindest gewährleistet, dass Kathinka und ich nicht in einem unbehaglichen Schweigen nebeneinander durch die Sekintysche Tiefebene marschieren.
Wenn einmal selbst dem geschwätzigen Gem die Worte ausgehen, dann bläst er seine pelzigen Backen auf und pfeift fröhliche Koboldweisen. Auch daran werde ich mich noch gewöhnen.

Am Abend lagern wir in einer geräumigen Senke. Ein Feuer ist entzündet und wir haben uns fest in unsere Mäntel und Reisedecken gewickelt. Der Himmel ist bewölkt. Rundum herrscht eine grimmige Kälte. Vereinzelt tanzen kleine Schneeflocken durch die Luft und wir sind froh, dass wir zwei große Erlen gefunden haben, unter deren breiten Ästen wir ein wenig Schutz finden, auch wenn schon fast alle Blätter abgefallen sind. Unsere Reise wird uns, wenn wir Timion wie geplant in den nächsten Tagen hinter uns lassen, noch deutlich nördlicher führen, bis wir endlich unser nächstes Ziel, das Königreich Karnium, erreichen. Es ist davon auszugehen, dass die ersten vereinzelten Schneeflocken, die im Moment auf uns herabrieseln, nur schwache Vorboten einer weitaus schlimmeren Kälte sind, die uns unzweifelhaft erwartet.
Kurz mache ich mir Sorgen, wie es wohl sein wird, wenn endgültig der Winter hereinbricht. Schnee und Frost werden, da bin ich mir sicher, uns alles abverlangen und unser Vorankommen stark behindern. Wir wollen, weil uns dies die Zauberin Erina Jastantino so geraten hat, mit einem Schiff entlang der Meerenge von Baarth bis ins Zhokanische Gebirge der Riesen reisen. Höchstwahrscheinlich werden Teile des Meeres mit Eis bedeckt sein, und das Zhokanische Gebirge ist für seine reichlichen Schneemassen und überaus gefährlichen Lawinen bekannt. Zum wiederholten Male spüre ich, wie schon öfters in letzter Zeit, dass es mir in der Brust eng wird. Ich befürchte, vor uns liegen viel zu gewaltige Aufgaben, als dass wir sie bewältigen könnten. Aber dann ermahne ich mich selbst in Gedanken. Es bringt nichts, sich unnötig um eine weit entfernte Zukunft zu sorgen. Wer weiß, ob wir überhaupt die nächsten Tage unbeschadet überstehen?
Ich tauche aus meiner tiefen Versunkenheit auf und merke, dass sich Sincha räuspert. Mittlerweile kenne ich sie so gut, dass ich weiß, dieses Räuspern ist meist ein Hinweis darauf, dass sie das eine oder andere mit uns besprechen will.
Vielleicht, überlege ich, will sie endlich etwas zu Romaldo und Knut sagen. Als Sincha vom überstürzten Aufbruch der Zwillinge erfahren hat, hat sie lauthals und gotteslästerlich geflucht, aber seither ist diesbezüglich kein Wort mehr über ihre Lippen gekommen. Mit keiner einzigen Silbe hat sie das Fehlen der harbaischen Brüder beklagt. Fast hat es den

Anschein, als ob Romaldo und Knut für Sincha gestorben wären, oder vielleicht sogar gar nie existiert hätten. Auch wir anderen haben erstaunlich wenig über Romaldo und Knut gesprochen, wie mir jetzt bewusst wird. Gem hat ein, zwei Mal erwähnt, dass ihm die Zwillinge fehlen, aber nachdem Kathinka und ich darauf nicht eingegangen sind, hat auch er nichts mehr dazu gesagt.
Und wenn ich ehrlich bin, im Augenblick vermisse ich die Brüder nicht im Geringsten. Natürlich, wenn es zu einer kriegerischen Auseinandersetzung kommt, würden wir sie dringend benötigen. Aber bis jetzt sind wir ja seit ihrem Aufbruch völlig unbehelligt geblieben, und ich hoffe, dass es noch lange so bleiben wird, auch wenn ich weiß, dass diese Hoffnung recht unrealistisch ist.
Sincha räuspert sich erneut. „Ich möchte mit euch über Erik Anfohrrnus reden."
Aha, denke ich, die Zwillinge werden also weiter totgeschwiegen. Sincha muss mehr als nur empört über das unerwartete Verschwinden der beiden sein.
„Ich habe", sagt sie, „die letzten Tage mit Clarina über vieles nachgedacht. Uns sind recht bald einige Zweifel gekommen, was das Verhalten von Erik Anfohrrnus nach dem Kampf mit den Meuchlerinnen betrifft. Ich will nicht leugnen, dass ein Herbstgewitter die Elementarmagie eines Zauberers stark erschüttern kann, und Erik war in jenem Moment wahrscheinlich wirklich so sehr geschwächt, dass Gems Giftpfeile für ihn eine Bedrohung darstellten. Aber nichtsdestotrotz wäre es ihm jederzeit möglich gewesen, das Herbstgewitter vorüberziehen zu lassen, umzukehren und uns alle zu töten. Aber das hat er nicht getan. Und jetzt frage ich mich natürlich, warum? Wir haben uns ihm quasi auf dem Servierteller präsentiert und er hat uns dennoch nicht vernichtet."
„Wir waren ihm nicht wichtig genug", brumme ich.
„Das kann es nicht sein, Skriek." Sincha schüttelt kurz den Kopf. „Erik verfolgt uns über mehrere Tage hinweg mit vier Meuchlerinnen und dann nimmt er sich nicht die Zeit, ein paar Stunden abzuwarten, bis das Herbstgewitter vorüber ist? Das ergibt doch keinen Sinn!"
„Wir wissen doch gar nicht, ob Erik mit den Meuchlerinnen

gereist ist“, wirft Kathinka ein. „Vielleicht war er zufällig in der Nähe und wurde durch den Kampflärm angelockt.“
„Ich glaube nicht an solche Zufälle“, sagt Sincha.
Kathinka senkt den Kopf. „Ich, ehrlich gesagt, auch nicht.“
„Also!“ Sincha blickt in die Runde. „Wie ist Eriks Verhalten zu erklären?“
„Ist das denn wichtig?“ Ich hebe meine krallige Hand. „Erik Anfohrrnus ist durchtrieben und hinterhältig. Das wissen wir doch längst. Und er ist ständig am Betrügen und Intrigieren. Da spielt es doch keine Rolle, was er noch alles plant.“
„Er hat uns am Leben gelassen“, erwidert Sincha. „Das bedeutet ja wohl, dass er mit uns noch Pläne hat.“
„Er hat uns nach Yestshire diesen Zauberer namens Juseph Amantinuh auf den Hals gehetzt, der uns alle töten sollte“, gebe ich zu bedenken. „Warum soll uns Erik jetzt auf einmal verschonen?“
„Woher nimmst du die Gewissheit, dass damals Juseph Amantinuh den Auftrag gehabt hat, uns alle zu töten?“ Sincha blickt mich durchdringend an. „Er hätte auch den Auftrag haben können, einen oder zwei von uns am Leben zu lassen.“
Ich schlucke. Kann es wirklich sein, dass Erik einen von uns verschonen will? Nun, bei dem Zauberer ist alles möglich, aber warum, bei allen Höllen, sollte er das tun?
„Vielleicht“, überlegt Gem, „weiß auch Erik, dass Sinchas Überleben wichtig für unsere Welt ist. Schließlich ist er nicht nur ein überaus mächtiger Zauberer, sondern auch ein Reliquienträger. Das heißt, er weiß über die Stränge der Zeit wahrscheinlich noch besser Bescheid als ich.“
Sincha nickt langsam. „Ich will nicht verhehlen, dass auch meine Gedanken in diese Richtung gegangen sind. Erik Anfohrrnus hält mich irgendwie für wichtig. Und daher möchte ich wissen, was der verschlagene Zauberer mit mir vorhat.“
„Du glaubst also tatsächlich, Sincha Ankonski“, meint Kathinka ein wenig ungläubig, „dass Erik aufgrund der veränderten Umstände uns alle am Leben ließ, damit wir dich weiter beschützen und sicher nach Amazonien bringen können?“
„Ja, Formwandlerin, das glaube ich.“ Sincha zieht an einem Zopf. „Was erwartet mich in Amazonien? Das möchte ich nur zu gerne wissen.“
Wir schweigen, da wir keine Antworten haben.

Eine Stunde später halten Kathinka und ich die erste Wache. Kathinka lässt es sich jetzt, wo sie ebenso schnell und ausdauernd wie wir anderen ist, nicht mehr nehmen, ihren Teil der Wache einzuhalten. Sie lehnt mit dem Rücken am Stamm einer Erle und ist in ein nachdenkliches Schweigen versunken. Ich sitze grübelnd neben ihr und betrachte die tanzenden Schneeflocken. Irgendwann drehe ich, ohne groß zu überlegen, den Kopf in ihre Richtung. „Kathinka, die Zauberin Erina Jastantino hat dir ja prophezeit, dass du betrogen und hintergangen werden wirst. Glaubst du, dass sie damit den Aufbruch von Romaldo und Knut gemeint hat? Ist das der Verrat, von dem sie gesprochen hat?"
Kathinka bewegt die Schultern, um die klamme Kälte zu vertreiben. „Ich glaube nicht, dass Romaldo der Verräter ist."
„Und was ist mit Knut?"
„Er ist auch kein Verräter."
„Sie haben uns aber im Stich gelassen", gebe ich zu bedenken. „Und so etwas nenne ich einen Verrat."
„Die Verfolgung von Erik Anfohrrnus ist kein Verrat."
„Was meinst du damit?"
„Hör zu, Skriek, ich habe in den letzten Tagen, ebenso wie die Amazonen, reichlich Zeit zum Nachdenken gehabt. Immer wieder habe ich über den von der Zauberin prophezeiten Verrat nachgedacht. Mir ist allmählich klargeworden, dass ein Verrat damit zu tun hat, dass man anders handelt, als man vorgibt, handeln zu wollen. Wenn Romaldo Erik verfolgt, um an ihm Rache zu nehmen, dann verrät er damit seine Grundsätze nicht. Romaldo hat immer gesagt, dass er Erik töten will. Es ist also kein Verrat, wenn er seinen Worten gemäß handelt."
„Was hat die Zauberin denn dann gemeint?"
„Ich weiß es nicht." Kathinka blinzelt eine Schneeflocke weg, die auf ihren langen Wimpern gelandet ist. „Aber ich spüre ganz genau, dass ich ständig auf der Hut sein muss."
Ich zeige meine spitzen Eckzähne. „Bist du immer noch der Meinung, dass ich dich verraten werde, wenn auch vielleicht nur unabsichtlich?"
„Ach, Skriek." Mit einem Seufzer lehnt sie sich an meine Schulter. „Es läuft nicht gut zwischen uns, nicht wahr?"
„So ist es", schnarre ich mit belegter Stimme.

„Du fühlst dich von mir zurückgestoßen“, flüstert Kathinka. „Du glaubst, dass ich dich nicht leiden kann.“
„Ich weiß, dass ich hässlich bin.“
„Das bist du, mein Paladin.“ Sie schenkt mir ein zartes Lächeln. „Es ist aber nicht dein Äußeres, das mich daran hindert, mit dir Zärtlichkeiten auszutauschen. Es sind meine Erinnerungen, die es mir unmöglich machen, dir nahe zu sein.“ Ihr Lächeln verschwindet. „Lass mir einfach noch Zeit. Bitte!“
Ich nicke. „Nimm dir alle Zeit der Welt.“
„So lange wirst du nicht warten.“
„Ich denke schon“, brumme ich.
Kathinka sieht mich lange an. „Ja, vermutlich.“

Am nächsten Morgen ziehen wir nach einem raschen Frühstück unverzüglich weiter. Mir ist ganz leicht ums Herz, da das Eis zwischen Kathinka und mir seit unserer gestrigen Wache endlich gebrochen ist; ich bin versucht, ebenso wie Gem, eine fröhliche Melodie zu pfeifen; im Endeffekt lasse ich es aber bleiben, da es mir für einen wilden Krieger unschicklich erscheint.
Kathinka hat mir heute während des Marsches sogar das eine oder andere Mal kurz zugelächelt; die Wand zwischen uns hat kleine Risse bekommen und das freut mich sehr.
Du bist einfach nur lächerlich!, schnauzt Thurantuh.
Ich zucke überrascht zusammen. Da ich schon seit längerem nichts mehr von meinem Gott gehört habe und er bei seinem letzten Auftauchen in meinen Gedanken doch recht kritisch mir gegenüber gewesen ist, habe ich nicht damit gerechnet, dass er sich in nächster Zeit so schnell wieder bei mir melden wird.
Du bist eine Schande für jeden aufrechten Krieger!
Das verstehst du nicht, sage ich in Gedanken.
Was soll ich daran nicht verstehen? Du benimmst dich wie ein Jungspund, der noch grün hinter den Ohren ist.
Kathinka ist mir eben sehr wichtig, rechtfertige ich mich.
Allein deine Äxte sind wichtig!, knurrt er und verschwindet ebenso schnell, wie er aufgetaucht ist, wieder aus meinem Hinterkopf.
Am liebsten hätte ich ihm hinterhergerufen, dass er sich dafür, dass er nur ein Aspekt des einen Gottes ist, der in allen Dingen lebt, ziemlich wichtig macht, aber ich getraue es mich dann

doch nicht. Auch als Aspekt ist Thurantuh überaus mächtig. Und überaus jähzornig.

Zwei Stunden später nimmt die Vegetation leicht zu. Man sieht jetzt häufiger Büsche und Sträucher, auch die Bäume werden zahlreicher. Ich gehe direkt neben Kathinka und spüre, dass zwischen uns wieder fast alles so wie früher ist. Diese eine unglückliche Nacht ist endlich abgehakt. Selbst das ständige Geplapper von Gem kann meine Laune im Moment nicht trüben.
Nach einer Weile blickt Kathinka zu mir hoch. „Es fängt stärker zu schneien an“, sagt sie.
Ich nicke. „Heute Nacht wird es eisig kalt.“
„Ja.“ Kathinka schüttelt sich. „Ich mag den Winter nicht. Der Frühling ist mir lieber.“
„Bei meiner alten Höhle war es im Sommer immer ganz besonders angenehm“, sage ich mit einiger Wehmut.
„Weißt du, Skriek, als ich noch als dunkle Botin gedient habe, habe ich einmal einen ganzen Sommer an den Westküsten Zambiens verbracht.“ Kathinkas Blick schweift sehnsuchtsvoll in die Ferne. „Da gab es winzige Boote, die über die blauen Wellen geschippert sind. Überall roch es nach Meer und Sand und ...“
Während Kathinka von ihrem Sommer in Zambien erzählt, schwafelt Gem auf meinem Rücken ungerührt weiter. Soeben gibt er eine Geschichte über einen geglückten koboldischen Raubzug zum Besten. Es scheint ihn nicht sonderlich zu stören, wenn Kathinka und ich uns unterhalten und ihm gar nicht richtig zuhören. Gem ist schon glücklich, wenn er nur seine eigene Stimme hört.
Irgendwie, finde ich, ist der blaupelzige Quasselkopf für sein sonniges Gemüt beinahe zu beneiden. Aber das kann ich ihm natürlich nicht sagen.
Als Gem nach einer Weile immer noch ungerührt von Kathinkas Erzählung vor sich hinschnattert und ich zusehends Mühe habe, Kathinkas Worten zu lauschen, drehe ich reichlich ungehalten und verärgert meinen Kopf ein Stück nach hinten, um dem Blaupelz unmissverständlich klarzumachen, dass er endlich sein Maul halten soll; andernfalls würde ich mich gezwungen sehen, es ihm mit meiner kralligen Faust zu stopfen.

Da sehe ich plötzlich aus den Augenwinkeln einen vorbeihuschenden Schatten.

Kathinka wird innerhalb eines Sekundenbruchteils zu Boden gerissen und schreit vor Schmerzen auf.

Ein riesiges Tier mit zotteliger Mähne hat sich in ihrer rechten Schulter verbissen. Blut fließt.

Mit einem panikartigen Reflex stoße ich Gem von meinem Rücken und lasse meinen Kampfstab fallen.

Mit entblößten Eckzähnen und scharfen Krallen stürze ich mich auf das Tier. Ich setzte all meine unerfüllte Liebe für Kathinka und meine Sorge um ihr Leben gegen den Hunger und die Jagdlust der Bestie.

Es ist von vornherein ein ungleicher Kampf. Das Tier hockt auf Kathinka und zeigt mir seinen bloßen Rücken und seine ungeschützten Seiten. Es bietet mir mehr Angriffsflächen, als ich benötige. Und das nütze ich ohne zu zögern aus.

Mit aller Kraft schlage ich meine Zähne in den Hals der Bestie, während meine Krallen unerbittlich seine rechte Seite aufreißen.

Kathinka schreit erneut. Sie muss schreckliche Schmerzen ertragen.

Die Krallen meiner rechten Hand bekommen die Gedärme der Bestie zu fassen. Mit einem gewaltigen Ruck reiße ich daran.

Neben mir singt Sinchas Säbel und bohrt sich in das Ohr des riesigen Tieres. Röchelnd verendet es.

Mit einem wütenden Aufschrei rolle ich die leblose Bestie von Kathinka und erstarre für einen Moment. Thurantuh, hilf!

Kathinka ist bewusstlos. Ihr Atem geht ganz flach und jegliche Farbe ist aus ihrem Gesicht gewichen. Ihre Schulter ist schlimm zerbissen und die Krallen des Tieres haben auf ihrem Oberkörper eine blutige Spur gezogen.

„Kathinka!“ Ich löse mich aus meiner Erstarrung und beuge mich vorsichtig zu ihr. Mit einem Blick sehe ich, dass sie mit dem Tode ringt.

„Das war ein Sumpflöwe“, keucht Sincha neben mir.

„Eine Samtpfote.“ Gem erschauert. „Man kann diese Monster tatsächlich nicht hören, wenn sie sich anschleichen.“

20

Sincha und Clarina schneiden ein weißes Hemd, das sie aus ihrem Reiserucksack genommen haben, eilig in lange, schmale Streifen. Ich hocke neben Kathinka und lege so vorsichtig, wie es mir möglich ist, ihre Wunden frei. Die Verzweiflung droht mich zu übermannen, als ich sehe, wie tief die Krallen und Zähne des Sumpflöwen in Kathinkas Fleisch eingedrungen sind. Eine blutige Spur zieht sich zwischen ihren Brüsten bis zum Bauchnabel. Organe scheinen auf den ersten Blick zwar keine verletzt zu sein, aber rissige Hautfetzen klaffen weit auseinander und die längliche Wunde blutet stark. Noch bedrohlicher ist die Bisswunde an ihrer rechten Schulter. Die Samtpfote hat ihr ein ordentliches Stück herausgerissen und man kann im rohen Fleisch die Adern pulsieren sehen.

Hektisch greife ich zu den Stoffstreifen, die mir die Amazonen reichen. Meine größte Sorge ist, dass mir Kathinka unter meinen kralligen Händen verblutet. Ihr Atem geht nur mehr schwach und sie ist in eine tiefe Bewusstlosigkeit hinübergeglitten. Ihr Gesicht ist derart wächsern, dass es mein Herz vor Kummer zusammenzieht. Mit einiger Mühe ermahne ich mich, konzentriert zu bleiben. Kathinkas Leben hängt vorerst einmal davon ab, dass ich jetzt keine Fehler mache. Die □lutungen müssen unbedingt gestoppt werden, sonst stirbt sie in den nächsten Minuten. Ob sie überhaupt eine Überlebenschance hat, kann ich nicht beurteilen. Ich habe gehört, dass sich die Wunden, die Sumpflöwen schlagen, rasch entzünden und dann stets tödlich enden.

Aber soweit sind wir noch nicht! Jetzt muss ich, so schnell und gut ich es vermag, die Stoffstreifen der Amazonen zu ordentlichen Verbänden umfunktionieren. Dicke Schweißperlen tropfen trotz des kalten Herbstwetters von meiner Stirn, bis ich endlich die Schulterwunde so fest abgebunden habe, dass sie zu bluten aufhört; dann wende ich mich der Wunde längs ihres Oberkörpers zu. Beim Säubern sehe ich, dass zwei Krallen der Samtpfote, die tief in Kathinkas Leib geschlagen worden sind, für diese Verletzung verantwortlich sind. Kurz ist es mir ein wenig peinlich, dass alle Kathinkas entblößte Brüste sehen können, aber dann denke ich, dass das im Moment wahrlich keine Rolle spielt. Relativ rasch gelingt es mir, auch die Blutungen der zweiten Wunde zu stoppen. Keuchend sinke ich nach hinten und atme durch. Schwindel erfasst mich und meine

Beine zittern unkontrolliert. Ich habe in meinem Leben zu viele schwere Wunden gesehen, um nicht zu wissen, dass Kathinka, wenn sie nicht bald Hilfe erhält, den nächsten Tag nicht überleben wird.
Gem legt Kathinkas Zauberstab in ihre erschlaffte Hand. „Vielleicht gibt er ihr Kraft“, meint er.
Für einen kurzen Moment bin ich dem Kobold für diese Geste dankbar. „Ja, vielleicht.“ Meine Stimme droht zu brechen. Ich hebe meinen Blick. „Sincha, was sagen deine Karten? Wo ist die nächste Ortschaft? Wir brauchen dringend einen Heiler. Ohne Hilfe stirbt Kathinka.“
Sincha rollt mit geübten Griffen eine ihrer Karten auseinander und studiert sie kurz. „Etwa drei Meilen nördlich von hier liegt ein kleines Dorf.“
„Das ist gut.“ Äußerst behutsam schiebe ich meine Unterarme unter Kathinkas malträtierten Körper und hebe sie hoch. Dabei achte ich darauf, dass ihr Kopf sicher abgestützt ist, sodass sie ihre Zunge nicht verschlucken kann. „Beeilt euch. Wir dürfen keine Zeit verlieren.“
„Warte“, sagt Gem. „Wir wissen doch gar nicht, ob in dem Dorf ein Heiler lebt.“
„Zumindest irgendeinen Bader werden sie in dem Dorf wohl haben“, knurre ich ungehalten, da wir uns keine Verzögerung leisten können.
„Skriek, lass mich rasch mein Kristallamulett befragen.“ Mit seinen pelzigen Stummelfingern streift Gem das bernsteinfarbene Amulett über seinen Kopf und pustet dreimal auf die winzigen Kristalle. Dann wirft er es mit Schwung in die Luft. Klirrend fällt es auf den Boden der Tiefebene. Gem geht in die Knie und betrachtet sinnend die Muster, die die kleinen Kristalle bilden.
„Wir müssen in diese Richtung.“ Er deutet nach Süden. „Dort finden wir Hilfe.“
„Bist du dir sicher, Kobold?“ Sincha zeigt deutlich ihre Zweifel. „Auf meiner Karte ist in südlicher Richtung keine Siedlung eingezeichnet. Zumindest nicht innerhalb der nächsten zehn, zwölf Meilen.“
„Mein Amulett lügt nicht.“ Gem schmatzt mit seinen schwarzen Lippen. „Wir müssen nach Süden marschieren, wenn wir Kathinka retten wollen.“

Thurantuh!, flehe ich in Gedanken. Nach Norden oder nach Süden?
Vertrau dem fetten Blaupelz!
Danke, großer mächtiger Gott!, stammle ich.
Ohne ein weiteres Wort verschwindet Thurantuh aus meinem Hinterkopf.
„Wir laufen nach Süden", sage ich.
„Das bringt uns aber weit von unserem Weg ab", brummt Clarina.
„Wir laufen nach Süden", wiederhole ich knurrend.
„Schon gut." Clarina zeigt die Innenflächen ihrer Hände. Damit will sie wohl andeuten, dass auch ihr viel an Kathinkas Überleben liegt.
Gem trippelt zu mir. „Danke für dein Vertrauen in mein Amulett", schnurrt er. Seine grünen Koboldaugen funkeln zufrieden.
„Dein Amulett ist mir egal, Blaupelz. Mein Gott hat gemeint, dass du ausnahmsweise einmal recht hast."
„Ausnahmsweise? Na, meinetwegen." Gem kratzt sein linkes Fledermausohr. „Thurantuh hatte schon immer Schwierigkeiten damit, bei anderen etwas gutzuheißen."
Schon wieder tut Gem so, als ob er Thurantuh recht gut kennen würde. Irgendwann muss ich ihn genauer nach meinem Gott befragen. Aber nicht jetzt.
„Sincha", sage ich, „nimm Gem huckepack. Wir können uns keine Verzögerung leisten."
„Wenn du meinst." Sincha klingt nicht gerade begeistert, aber sie fügt sich meiner Anordnung. Auch wenn sie unsere Anführerin ist, so ist ihr im Moment doch klar, dass es sehr unklug wäre, sich meinen Wünschen zu widersetzen. Jetzt, wo es um Kathinkas Leben geht, bin ich nicht sehr kompromissbereit.

Wir eilen dahin. Gem hängt auf Sinchas Rücken und wird ordentlich durchgeschüttelt. Die Amazone kann mein Tempo halten, selbst wenn sie mittlerweile schwer keucht. Aber mir geht es auch nicht viel besser. Kathinka mag zwar nur knapp sechzig Kilo wiegen, doch mittlerweile spüre ich ihr Gewicht sehr deutlich. Da ich jeden Stoß mit meinen Armen und Schultern abfangen will, damit die Wunden nicht erneut

aufbrechen, brennen meine Muskeln ganz gewaltig.
Kathinka ist immer noch in einer tiefen Bewusstlosigkeit. Sie rührt sich nicht und ihre Atmung wird immer flacher.
Permanent schwanke ich zwischen Panik und Hoffnung. Und ich beginne insgeheim, Gem und sein Kristallamulett zu verfluchen. Was ist, wenn der Kobold sich geirrt hat?
Wir laufen, so schnell uns unsere Beine tragen, nach Süden, aber weit und breit ist keine Hilfe auszumachen. Es ist leider genau so, wie Sincha gesagt hat: In dieser Richtung gibt es keine Ortschaften. Und wenn es keine Ortschaften gibt, dann gibt es wohl auch keinen Heiler, denke ich mit zunehmender Verzweiflung.

Der Schneefall wird stärker und eine steife Brise frischt auf. Ich bin langsam mit meinen Kräften am Ende, aber ich weigere mich, innezuhalten. Neben mir stolpert Sincha dahin. Sie hat Gem vor wenigen Minuten an Clarina weitergereicht, die nun mit rotem Kopf und keuchendem Atem dahin hastet.
„Anhalten!“, brüllt der Kobold plötzlich und deutet nach links. Wir sehen ein schiefes, bemoostes Schindeldach und zwei verwitterte Stützbalken hinter einem flachen Hügel hervorragen. Einige wenige Baumspitzen sind ebenfalls auszumachen.
Gems Amulett klirrt. „Wir sind da“, frohlockt er. „Oh ja, bei allen angebrannten Kupferkesseln, ich bin ein wahrlich großartiges Orakel!“
„Das war keine schlechte Leistung“, brumme ich zustimmend. Er ist zwar ein Großmaul, aber wo er recht hat, hat er recht.
Gem rutscht von Clarinas Rücken. Die beiden Amazonen ziehen ihre Krummsäbel und wir schleichen uns näher heran. Nach gut drei Dutzend Schritten haben wir einen Teil des Hügels umrundet und sehen vor uns, vielleicht noch zweihundert Meter entfernt, ein uraltes, baufälliges, kleines Haus mit schiefen Giebeln und winzigen Fenstern. Es ist eine ländliche Hube im typisch timionischen Baustil, die bereits teilweise von Ranken überwuchert ist. Links davon steht ein abgespannter Wagen mit vier schmalen Rädern und einem hohen Kutschbock. Unmittelbar hinter der Hube können wir die Seitenwand einer recht geräumigen Tenne erkennen. Wir kommen rasch näher und achten nicht mehr sonderlich darauf, uns so leise und vorsichtig wie möglich anzuschleichen. Zu

groß ist die Hoffnung in uns, dass wir hier Hilfe und Heilung für Kathinka finden. Wiederholt hören wir Tiere schnauben und rumoren. Es dürften Pferde, Kühe und ein paar Schafe sein, wenn mich meine scharfen Ohren nicht täuschen. Nach einigen weiteren raschen Schritten sehe ich, dass meine Ohren recht behalten haben. Die Tiere sind in einem kleinen Verschlag untergebracht, der seitlich an die Tenne angebaut ist. Wir laufen rechts an der Hube vorbei, und ich vernehme ein klackendes Geräusch, das ich gut kenne. Irgendjemand hackt Holz.
„Bleibt wachsam“, zischt Sincha und huscht gedankenschnell weiter.
Clarina folgt ihr auf dem Fuß. Gem und ich halten etwas Abstand. Der Kobold ist für einen Nahkampf denkbar ungeeignet und ich trage Kathinka auf meinen Armen. Es ist also durchaus sinnvoll, wenn erst einmal die beiden Amazonen die Lage erkunden.

Im Innenhof steht eine schlanke Frau und bearbeitet mit ihrer Axt ein großes Holzscheit. Sie hat uns den Rücken zugewendet und scheint uns nicht zu hören, obwohl die Stiefel der Amazonen im frisch gefallenen Schnee ein wenig knirschen. Clarina und Sincha halten ein paar Schritte hinter der Frau an und deuten Gem und mir, in sicherem Abstand stehen zu bleiben. Ihre Krummsäbel sind in Angriffsposition, als sich Sincha vernehmlich räuspert.
Ruckartig hält die Frau inne und dreht sich um. Als sie unserer ansichtig wird, erstarrt sie für einen Moment.
„Du solltest dir einen Wachhund zulegen“, meint Sincha.
Die Frau hebt ihre kurzstielige Axt ein wenig, aber das wirkt nicht sehr bedrohlich. Ihre kleine Axt mag ja recht scharf und durchaus geeignet zum Holzhacken sein, aber als Waffe ist sie nur wenig eindrucksvoll.
„Was wollt ihr von mir?“, fragt sie, nachdem sie uns alle eine Weile betrachtet hat. Ihre Stimme klingt erstaunlicherweise nicht besonders ängstlich.
Im Näherkommen sehe ich, dass sie lange, gewellte, braune Haare, blaue Augen und ein hübsches herzförmiges Gesicht mit einem entschlossenen, selbstbewussten Zug um den Mund hat. Die Frau mag so an die dreißig Jahre alt sein und wirkt recht resolut, aber das muss sie wohl auch sein, wenn sie hier

heraußen abseits all der Dörfer in der Tiefebene lebt.
Sie trägt ein dunkles Kleid, eine Weste und eine blaue Schürze. Ihre Füße stecken in pelzigen Stiefeln. Zum Schutz vor der Kälte hat sie einen speckigen Hut aufgesetzt, der ihr ein verwegenes Aussehen verleiht.
„Leg deine Axt auf den Boden!“, befiehlt Sincha.
Die Frau schnauft. „Ich kenne euch.“
„Ach ja?“ Sincha klingt gefährlich leise.
„Ich war neulich in Pastanx, das ist die nächste Ortschaft von hier. Dort habe ich eure Steckbriefe gesehen. Ihr seid gesuchte Mörder.“ Mit scharfem Blick dreht sie den Kopf von rechts nach links. „Wo sind die beiden Männer, die mit euch reisen? Der kleine Dicke und der große Hübsche?“
„Findest du es besonders klug, uns zu sagen, dass du uns kennst?“ Sincha geht zwei Schritte auf die Frau zu.
„Ich finde es vor allem nicht sehr klug, wenn ich jetzt meine Axt weglege.“ Ihre blauen Augen verengen sich zu schmalen Schlitzen. Sie ist bereit, zu kämpfen. Und ein wenig, das kann ich riechen, fürchtet sie mittlerweile um ihr Leben.
„Wie heißt du?“, fragt Sincha.
„Ich bin Susanna.“ Sie hebt ihre Axt ein weiteres Stück.
„Unsere Gefährtin“, sagt Sincha und deutet mit dem Daumen nach hinten, ungefähr in jene Richtung, wo sie Kathinka und mich vermutet, „wurde von einer Samtpfote schwer verletzt. Wir brauchen dringend Hilfe.“
„Was hat das mit mir zu tun?“, will Susanna wissen.
„Ziemlich viel, denke ich.“ Sincha greift völlig überraschend und blitzschnell an. Bevor Susanna auch nur einigermaßen reagieren kann, ist die Heerführerin heran und schlägt mit ihrem Krummsäbel zu. Der kurze Stiel der Axt wird mit einem glatten Schnitt knapp über Susannas Fingern durchtrennt. Das Axtblatt fällt zu Boden. Susanna hat nur mehr den Axtgriff in ihrer Hand. Sie schluckt vernehmlich, als sie die Spitze von Sinchas Krummsäbel an ihrem Hals spürt.
„Bist du eine Heilerin, Susanna?“
„Ja.“ Ihre Stimme klingt mit einem Mal sehr trocken.
„Das ist gut.“ Wie durch Zauberhand verschwindet Sinchas Krummsäbel in der Rückenhalterung, während Clarina Susanna weiterhin überaus wachsam beobachtet.
Gem watschelt heran und begrüßt die Heilerin knapp mit einem

freundlichen Nicken. „Menschenfrau“, sagt er, „gib mir deine rechte Hand.“
Zögernd hält ihm Susanna ihre Hand entgegen. Gem ergreift sie mit seiner blaubepelzten Pfote und schließt die Augen. „Ah ja“, summt er. „Du trägst ein wenig Heilmagie in dir. Nicht übermäßig viel, aber ausreichend. Dein Element ist das Wasser, nicht wahr?“
Susanna nickt überrascht. „Du hast recht, Kobold. Ich wirke ein wenig Wassermagie. Zu wenig, um als Wasserhexe durchzugehen, aber genug, um als Heilerin zu wirken.“
„Ich bin ein überaus mächtiges Orakel“, erklärt Gem völlig überflüssigerweise, „und daher entgeht mir fast nichts.“
Ich trete, von schwerer Ungeduld geplagt, mit Kathinka auf meinen Armen nach vorn. „Genug geredet, Susanna. Heile augenblicklich diese Frau.“
„Wenn ich meine Heilmagie gewirkt habe, werdet ihr mich töten.“ Susanna klingt so, als ob sie sich keine Illusionen machen würde.
„Nein, das werden wir nicht“, knurre ich. „Mir geht es allein um diese Frau. Ich bin ihr als Paladin verschworen und muss ihr Leben mit aller Kraft beschützen. Doch das kann ich nicht alleine. Ich brauche dringend Hilfe. Deine Hilfe.“
„Du bist das Schuppenwesen, von dem die Steckbriefe berichten.“ Susanna schluckt hörbar. „Du sollst ein brutaler Schlächter sein.“
„Rette Kathinka, und du wirst diese Seite von mir niemals kennenlernen.“ Ich zeige meine vier spitzen Eckzähne.
„Du wirst uns helfen, Heilerin“, Sincha klingt sehr bedrohlich, „und dafür lassen wir dich am Leben.“
„Ich glaube euch kein Wort.“ Susanna schwitzt mittlerweile vor Angst.
„Heilerin, du hast keine Wahl.“ Clarina ritzt mit einer ärgerlichen, aber dennoch sehr exakten Bewegung Susannas Hals mit ihrem Krummsäbel. „Wirke endlich deine Heilmagie.“
„Wenn ihr mich tötet, stirbt auch diese Frau.“ Susanna deutet auf Kathinka, während eine dünne Blutspur ihren Hals entlang rinnt.
„Sei vernünftig, Heilerin“, schnarrt Clarina, „und niemand muss sterben.“
„Also gut.“ Susanna strafft ihre Schultern. Sie hat wohl einen

Entschluss gefasst. „Ich weiß über euch Amazonen ein wenig Bescheid. Schwört bei eurer Göttin Ama, dass ihr mich nach erfolgter Heilzeremonie am Leben lasst."
Clarina und Sincha vollführen ohne zu zögern das heilige Zeichen der Amazonen. „Wir schwören es", sagen sie wie aus einem Mund.
Susanna atmet erleichtert auf. Es hat ganz den Anschein, als ob sie dem Schwur der Amazonen vertrauen würde. „Folgt mir ins Haus."

In der kleinen, vollgeräumten Stube der Heilerin lege ich Kathinka behutsam auf einem breiten Bett ab und streiche ihr zärtlich über den Kopf. Falls dies überhaupt noch möglich ist, so scheint mir, dass ihr Gesicht weiter an Farbe verloren hat.
Susanna setzt ihren speckigen Hut ab und bindet ihre blaue Schürze auf, dann entzündet sie eine Kerze.
„Clarina und Gem", befiehlt Sincha, „ihr wartet vor der Hube und behaltet die Umgebung wachsam im Auge."
Die rothaarige Amazone und der Kobold nicken einhellig und trollen sich ins Freie.
Susanna setzt sich zu Kathinka ans Bett und greift zu dem Zauberstab, den ich neben Kathinka gelegt habe. „Nimm den Stab, Schuppenwesen. Er stört meine Magie."
Folgsam greife ich danach, trete mit dem Stab ein paar Schritte zur Seite und lehne ihn an die gegenüberliegende Wand, um Susannas Heilkraft nicht zu stören.
Sincha lümmelt sich in einen Stuhl und zieht die Stirn kraus. Erst jetzt fällt mir auf, wie überaus sorgenvoll das Gesicht der Amazone ist.
Susanna legt ihre rechte Hand auf Kathinkas verletzte Schulter, die linke Hand hält sie mit der Handfläche nach oben ausgestreckt von sich weg. Eine Weile sammelt sich die Heilerin, dann schließt sie ihre Augen. Für einen kurzen Moment bilde ich mir ein, ein bläuliches Glühen um ihre rechte Handfläche auszumachen. Kathinka stöhnt plötzlich auf, ohne aber aus ihrer Bewusstlosigkeit zu erwachen.
Ich bete inbrünstig zu Thurantuh um Hilfe und Heilung für Kathinka. Ob mein Gott mich hört, weiß ich nicht, da er mich ignoriert.
Susanna hat zu singen begonnen, ich kann ihre Worte aber nicht

verstehen; höchstwahrscheinlich verwendet sie einen timionischen Dialekt.
Die Hände der Heilerin beginnen über Kathinkas Körper zu kreisen. Hin und her, auf und ab. Ihr Singsang wird lauter, Schweiß rinnt über ihre Stirn und es ist nicht zu übersehen, dass die Heilzeremonie ihr sehr viel Kraft kostet.
Irgendwann hält Susanna inne und sinkt mit einem Stöhnen unmittelbar neben dem Bett auf den Holzdielenboden, wo sie schwer atmend sitzen bleibt. Sincha springt sofort aus dem Stuhl, eilt zum Bett und betrachtet kritisch Kathinkas immer noch leblosen Körper.
Währenddessen trete ich schnell zu der Heilerin und ziehe sie ungeduldig an den Oberarmen hoch. Kurz will sie sich wehren, doch dann sieht sie ein, dass sie gegen mich keine Chance hat, und gibt ihren Widerstand auf. Mit einem Ruck stelle ich sie wieder auf die Füße; sicherheitshalber halte ich sie weiter fest, da sie immer noch schwer nach Atem ringt. Ich will nicht, dass sie noch einmal umkippt, bevor ich meine Antworten habe. Und ich möchte mit ihr von Angesicht zu Angesicht sprechen, wenn ich sie zu Kathinka befrage. Ich hoffe, dass mein grimmiges Äußeres sie davon abhält, mir Lügen zu erzählen.
Susanna schnauft verärgert. Obwohl ihr Kopf nicht einmal bis zu meinem Brustbein reicht, klingt sie mir gegenüber recht entschlossen, wenn auch kurzatmig. „Lass mich sofort los, du Monster!“
Meine kralligen Hände bleiben, wo sie sind. Anscheinend macht allein meine Nähe ihr Angst. Und das ist auch gut so.
„Wird Kathinka wieder gesund?“
Ihre Augen blicken unendlich müde. Erneut holt sie tief Atem. „Ja, sie wird wieder gesund. Aber sie braucht viel Ruhe. Sie muss sich mehrere Tage erholen. Ihr Körper war durch die Krallen und Zähne der Samtpfote schon schwer vergiftet. Ohne meine Hilfe wäre sie spätestens morgen verstorben.“
„Ich danke dir, Susanna“, stammle ich; meine Instinkte sagen mir, dass die Heilerin die Wahrheit spricht. Ich lasse ihre Oberarme los und Tränen bilden sich in meinen pupillenlosen Augen.
„Auch ich möchte dir danken.“ Sincha ignoriert meine Tränen, schiebt mich zur Seite und tritt vor Susanna hin. „Meine Gefährten und ich müssen eiligst von hier verschwinden. Ich

habe gesehen, dass du einen Kutschwagen und Pferde hast. Ich würde dir den Wagen und eines deiner Pferde abkaufen, damit wir Kathinka transportieren können." Sincha zeigt ein sehr knappes Lächeln. „Was verlangst du für Pferd und Kutschwagen, Susanna?"
„Pferd und Kutschwagen sind unverkäuflich. Ich brauche sie, um hier heraußen zu überleben."
„Ich gebe dir zwanzig Goldstücke", sagt Sincha.
Susanna schluckt. „Das ist mehr, als Pferd und Wagen wert sind." Langsam schüttelt sie den Kopf. „Aber ich kann sie dir trotzdem nicht verkaufen."
„Ich verstehe." Sinchas Faust kracht knallhart gegen Susannas Kinn. Mit einem Seufzer knickt die Heilerin ein. Sincha fängt Susanna noch rechtzeitig mit ihren starken Armen auf, bevor sie hinfallen kann, und legt sie behutsam auf dem Boden ab. Mit geübten Bewegungen fesselt und knebelt sie die bewusstlose Heilerin, deren Kinn bereits kräftig anschwillt. Anschließend steht Sincha auf und zieht eine Geldkatze aus ihrem Wams. Penibel zählt sie zwanzig Goldstücke ab und legt sie auf einen kleinen Tisch.
„Es war doch gut, dass wir Angrias Schergen um ihr Erspartes gebracht haben", meint sie und angelt zusätzlich zwei Dinare aus der Geldkatze. „Die Dinare sind als Wiedergutmachung für Susannas Kopfschmerzen gedacht." Sincha zieht eine Schnute. „Trotzdem vermute ich, dass mir Susanna, wenn sie wieder zu sich kommt, ziemlich gram sein wird."
Äußerst vorsichtig hebe ich die immer noch bewusstlose Kathinka hoch. „Immerhin", sage ich zu Sincha, „hast du deinen Schwur gehalten und die Heilerin nicht getötet. Den Verlust von Wagen und Pferd wird sie schon verschmerzen."
Sincha wirft der geknebelten und gefesselten Susanna einen letzten Blick zu, dann greift sie Kathinkas Zauberstab und wendet sich zur Tür. „Skriek, lass uns gehen."
„Jawohl."
Kathinka fühlt sich in meinen Armen gut an. Ein wenig Farbe ist in ihr Gesicht zurückgekehrt und auch ihr Herz spüre ich kräftiger schlagen. Erleichtert atme ich durch und erneut schießen Tränen in meine Augen. Ich hoffe nur, dass mich Thurantuh jetzt nicht sehen kann.
Kurz nach Sincha trete ich ins Freie und es dauert einen

Augenblick, bis ich registriere, dass irgendetwas nicht stimmt. Mit einem Zischen springen Sinchas Krummsäbel in ihre Hände.
„Achtung! Gefahr!“ warnt sie.
Und jetzt sehe ich es auch. Neben dem Kutschwagen liegen Clarina und Gem bewegungslos und seltsam verkrümmt am Boden.

21

Sincha will zu Clarina und Gem eilen, doch sie hält inne, als wir ein Krächzen hören. Auf dem Giebel der Tenne sitzen drei schwarze Raben und keckern schadenfroh. Die dunklen Boten haben uns gefunden! Schnell wende ich mich wieder der Haustür zu. Ich will Kathinka ins Innere der alten Hube bringen, da ich hoffe, dass sie dort vorerst etwas mehr Sicherheit und Schutz hat. Außerdem kann ich nicht kämpfen, solange sie bewusstlos in meinen Armen liegt.
Aber ich habe mich noch gar nicht zur Hälfte umgedreht, als etwas Unsichtbares an meiner Schulter zerrt und mich mit großer Kraft herumreißt. Nur mit Mühe und dank meiner bloßen kralligen Füße kann ich einen Sturz vermeiden. Eine Kaskade an flüchtigen Überlegungen rast durch meinen Kopf, aber es gelingt mir nicht, einen klaren Gedanken zu fassen.
Neben mir hat Sincha ihre Krummsäbel fallengelassen. Ihr Kopf ist von einer blauen, wässrigen Blase eingehüllt. Sincha zerrt wie verrückt an dem Gebilde und drückt mit ihren Fingern vehement dagegen, aber es gelingt ihr nicht, sich zu befreien.
„Lege die Formwandlerin auf den Boden!“, befiehlt eine heisere weibliche Stimme.
Ich wende meinen Kopf in Richtung der Stimme und sehe sechs Wesen, die in geschlossener Formation gelassenen Schrittes auf Sincha und mich zukommen. Es sind drei Frauen und drei Männer. Sie tragen lange schwarze Mäntel, kniehohe Stiefel, schwarze Lederhosen, an deren Seiten zahlreiche dunkle Bänder befestigt sind, und dicke Westen mit Emblemen, die einen Adler zeigen, der ein Schwert in seinen Krallen hält. Dieser Adler ist das Zeichen Ostaliens. Und die sechs dunklen Wesen, das wird mir augenblicklich klar, sind die Hexer und Hexen, von denen ich in meiner Traumreise gehört habe und

die uns von Angrias hinterher geschickt worden sind. Sie haben uns zu einem denkbar ungünstigen Zeitpunkt gefunden. Romaldo und Knut haben uns verlassen, Kathinka ist immer noch bewusstlos und Clarina und Gem sind bereits ausgeschaltet. Mit einem schnellen Seitenblick auf Sincha stelle ich fest, dass auch sie es nicht mehr lange machen wird. Ihre Augen treten aus den Höhlen und sie bekommt innerhalb der blauen Wasserblase um ihren Kopf keine Luft mehr.

„Wollt ihr die Amazone auch töten?“, schnarre ich in hilfloser Wut.

„So schnell stirbt hier niemand.“ Eine blonde Frau mit hohen Wangenknochen tritt einen Schritt nach vorne. Ich erkenne ihre Stimme wieder. Sie ist es gewesen, die mich vorhin aufgefordert hat, Kathinka abzulegen.

Die blonde Frau zeigt auf mich. Ein heller Funke tanzt auf ihrem Finger. „Wie du unschwer erkennen kannst, bin ich eine Feuerhexe“, sagt sie. „Und jetzt tu, was ich dir gesagt habe.“

Ich starre sie einen Moment an. Im Endeffekt, denke ich, behindert mich Kathinka ohnehin nur, wenn ich sie weiter in meinen Armen halte. Es ist also durchaus von Vorteil, wenn ich sie neben mir auf dem Boden ablege, dann habe ich endlich meine Hände zum Kämpfen frei. Aber ich bin Realist. Gegen die sechs dunklen Wesen habe ich nicht die geringste Hoffnung, obsiegen zu können. Wahrscheinlich wird es mir nicht einmal gelingen, meine Äxte zu ziehen.

Hier also, brennt es mir siedend heiß durch mein Hirn, endet unsere Reise.

Neben mir sinkt Sincha in die Knie. Ihre Kräfte schwinden zusehends, lange hält sie nicht mehr durch.

Mit einem Seufzer des Bedauerns lehne ich Kathinkas reglosen Körper mit Rücken, Kopf und Schultern an die Wand der Hube und achte darauf, dass sie nicht zur Seite kippt. Schneeflocken wirbeln durch die Luft. Es wird immer kälter. Mein Atem bildet weiße Wolken und der eisige Wind nagt an mir. Das Wetter ist passend für den heutigen Tag. Es ist genau richtig, um zu sterben.

Die Feuerhexe nickt einem älteren, untersetzten Mann mit Kinnbart zu; der Hexer senkt seinen Arm und die Wasserblase um Sinchas Kopf fließt plätschernd nach unten. Endlich kann sie wieder frei atmen, aber das nützt ihr leider nichts mehr. Mit

einem Röcheln geht sie endgültig zu Boden. Ihre Augenlider flattern kurz, bevor sie sich schließen.
Ich richte mich anklagend auf. „Ihr habt die Amazone getötet!“
„Noch nicht“, sagt der untersetzte Hexer. „Meine Wassermagie hat sie lediglich für längere Zeit betäubt.“
„Gib uns deine Äxte!“, fordert die Feuerhexe, und ein zweiter Funke tanzt auf ihren Fingern.
„Warum tötet ihr uns nicht einfach?“, will ich wissen, während sich meine kralligen Hände langsam den Äxten auf meinem Rücken nähern.
„Oh, ihr werdet sterben“, sagt eine kleine Frau mit langen schwarzen Haaren. Ihre Arme bilden zwei stählerne, spitz zulaufende Stümpfe. Sie ist eine Metallhexe, erkenne ich. Einst habe ich gegen einen Metallhexer namens Zambrynus gekämpft. Er ist mir an Kampfkraft deutlich überlegen gewesen.
„König Angrias wünscht sich aus ganzem Herzen, bei eurem Ableben anwesend zu sein.“ Ein noch sehr junger Mann mit zahlreichen Sommersprossen im Gesicht verzieht seinen Mund zu einem spöttischen Grinsen. Seine Finger bewegen sich kurz und ein heftiger Windstoß schlägt gegen meine Brust; ich stolpere einen Schritt rückwärts und knurre. Er ist es also gewesen, der mich mit seiner Luftmagie daran gehindert hat, Kathinka ins Innere der Hube zu bringen.
„Angrias wird uns foltern und quälen, bevor er uns tötet.“ Meine pupillenlosen Augen wandern über die sechs dunklen Wesen.
„Ja.“ Der Wasserhexer nickt. „Und er wird sich sehr viel Zeit nehmen, seine nahezu unerschöpfliche Grausamkeit an euch zu erproben.“
„Leg deine Äxte ab!“, fordert die Feuerhexe erneut, dieses Mal deutlich ungeduldiger.
Thurantuh! Meine Muskeln spannen sich an. Kampflos werde ich mich nicht ergeben! Vielleicht, hoffe ich voll Ingrimm, ist mein Angriff ja so ungestüm und wild, dass die dunklen Wesen keine andere Wahl haben, als mich mit ihrem Gegenschlag gleich hier und jetzt zu töten; ich möchte auf keinen Fall in Angrias Gefangenschaft geraten. Kathinka hat mir wiederholt von seinen Grausamkeiten erzählt. Angrias ist ein Meister der Folter und Qual; seine Opfer haben stundenlang darum gebettelt, dass er sie endlich töten möge.

Thurantuh! Mit einem letzten Gebet und einem hässlichen Fluch auf den Lippen greife ich an. So schnell wie noch nie zuvor in meinem Leben ziehe ich meine Äxte. Meine kraftvollen Beinmuskeln treiben mich vorwärts. Meine Sinne sind voll angespannt, doch ich komme nicht weit.
Eine dunkle Frau mit braunen, kurzgeschnittenen Haaren und stechend blauen Augen bewegt ihre Hände. Die Erde unter mir öffnet sich einen Spalt breit und ich stürze hinein, ehe ich mich versehen kann. Augenblicke später schließt sich die Erde wieder und ich stecke bis zu den Knien fest.
Bei Thurantuh! Mein rechter Wurfarm schnellt nach hinten. Wenn ich mich schon nicht mehr bewegen kann, so will ich wenigstens versuchen, mit einem Axtwurf zumindest eines dieser dunklen Wesen zu töten.
Mitten in der Bewegung stoppt eine starke Kraft meinen rechten Arm. Die Axt wird mir aus den Fingern gerissen und ein Stück weit zur Seite geschleudert. Dann erfasst mich eine weitere luftmagische Strömung und mein rechter Arm wird unerbittlich an meinen Körper gepresst. Ich knurre vor Verzweiflung und Wut. Der Lufthexer mit den vielen Sommersprossen zeigt mir ein böses Grinsen.
Aus der Erde schießen zwei Wurzelstränge, die sich eilig oberhalb meiner Knie um meine Beine und meinen linken Arm wickeln; mit Urgewalt wird er gegen meine Seite gedrückt. Die Axt bleibt zwar in meiner linken Hand, aber es ist mir nicht mehr möglich, sie zu benutzen. Heißes Blut kocht in mir hoch; ich zerre und wüte, aber es ist sinnlos. Ein großer, breitschultriger Hexer hält seine beiden Zeigefinger auf mich gerichtet. „Holzmagie ist überaus mächtig“, sagt er.
Der untersetzte Wasserhexer tritt zu mir. Seine Hand kreist und plötzlich bildet sich um meinen Kopf, ebenso wie zuvor bei Sincha, eine bläuliche Wasserblase. Ich habe verloren, bevor der Kampf überhaupt richtig begonnen hat.
Die Feuerhexe nickt ihren Gefährten zufrieden zu. „Das war ja noch leichter, als ich gedacht habe.“
„Sie waren keine ernsthaften Gegner für uns“, stimmt der Lufthexer zu.
„König Angrias wird sehr zufrieden sein“, grinst die Feuerhexe böse. „Rufe jetzt die Soldaten zu uns. Sie sollen unsere Gefangenen fesseln, knebeln und sicher verwahren.“

„Wie du wünschst.“ Der Lufthexer dreht sich zur Seite und bildet mit seinen Händen einen Trichter. Sein Ruf nach den Soldaten wird mit Luftmagie derart verstärkt, dass man ihn weithin deutlich verstehen kann.
Die Feuerhexe leckt begierig über ihre Unterlippe. „Wir brechen in wenigen Minuten auf. König Angrias wartet schon sehnsüchtig auf uns.“
„Was machen wir mit dem Kobold?“, fragt die Metallhexe. „Von ihm hat König Angrias nichts gesagt. Wir könnten ihn doch gleich hier und jetzt töten. Es wäre mir ein Vergnügen, spitzen Stahl durch sein Koboldherz zu bohren.“
„Ich verstehe deine Wünsche durchaus“, sagt die Feuerhexe. „Aber wir bringen auch den Kobold zu Angrias. Vielleicht hat er ja Fragen an ihn.“
„Unser Herrscher wäre sicherlich alles andere als erfreut, wenn wir ihm einen Gefangenen vorenthalten würden“, ergänzt der Holzhexer.
Während die dunklen Wesen sich weiter unterhalten, beginnt in meinen Ohren das Wasser zu rauschen. Dunkle Flecken tanzen vor meinen Augen, meine Lungen brennen und ich spüre, wie meine Kräfte schwinden.
Die dunklen Wesen lösen ihren Pulk auf und gehen ein paar Schritte auf mich zu. Aus den Augenwinkeln sehe ich, dass der Lufthexer ausschert und direkt auf Kathinka zusteuert.
Und dann wischt etwas Schnelles und Dunkles an meinem Gesichtsfeld vorbei.
Mit einem satten Schmatzen, das ich in meiner Wasserblase nur sehr gedämpft wahrnehme, zerplatzt der Schädel des Lufthexers; dann höre ich ein zufriedenes Grumpfen und lächle.
Sekundenbruchteile später bohrt sich die Spitze eines Rapiers von hinten durch die Brust des Wasserhexers, der immer noch unmittelbar vor mir steht. Der gedrungene Mann mit dem Kinnbart spuckt Blut und seine Wassermagie versiegt. Ein weiterer blitzschneller, scharfer Hieb, und sein Kopf wird vom Körper getrennt.
Romaldo hat es also nicht vergessen; Hexer und Hexen tötet man, indem man ihnen die Köpfe abschlägt, oder, wie in Knuts Fall, eben zertrümmert; denn dann kann ihnen selbst ihre angeborene Heilmagie nicht mehr helfen.
Die Blase um meinen Kopf löst sich auf und ich schnappe

keuchend nach Luft.
Seitlich von mir kreischt die Erdhexe kurz auf, dann taumelt sie mit zerschmettertem Brustkorb zur Seite. Knut hat erneut zugeschlagen.
Romaldos Rapier singt sein Todeslied; er köpft die Erdhexe und vollendet das Werk seines Bruders.
Da fliegen Feuerfunken, Wurzeln knacken und Metall trifft auf Metall. Die drei verbliebenen dunklen Wesen, die Feuerhexe, der Holzhexer und die Metallhexe, sind zum Gegenangriff übergegangen.
Romaldo springt zur Seite, schlägt einen Salto, wehrt eine Feuerzunge ab und wird immer weiter abgedrängt. Flammen schlagen nach ihm. Die meisten kann er mit seinem Rapier abwehren, aber einige Angriffe treffen seinen Körper und scheinen ihm, nach seinem grimmigen Gesichtsausdruck zu schließen, erhebliche Schmerzen zu bereiten.
Unerbittlich setzt die Feuerhexe Angriff um Angriff. Romaldos Abwehr wird zusehends langsamer und er muss zwei weitere Treffer einstecken. Sein Gesicht ist mittlerweile schweißüberströmt. Rauch steigt von seinem ramponierten Umhang auf und er gerät mehr und mehr in die Defensive. Lange wird sein Widerstand nicht mehr andauern.
Knut hält sich anfangs besser. Seine Kriegskeule wummert gegen die Metallstümpfe der Hexe und zwingt die dunkle Frau einige Schritte rückwärts. Doch dann greift der Holzhexer ein und Wurzeln winden sich in atemberaubender Geschwindigkeit um Knuts Beine. Er stolpert und das nützt die Metallhexe gnadenlos aus. Ihre wuchtigen Schläge prallen gegen die Keule und Knut kann sich ihrer kaum mehr erwehren.
Ich stecke immer noch bis zu den Knien in der Erde, doch langsam komme ich wieder zu Atem. Jetzt, wo der Holzhexer mit Knut beschäftigt ist, kann er seine Magie nicht mehr auf mich lenken. Mit gefletschten Zähnen reiße ich mit meiner rechten Krallenhand die Wurzeln von meinem linken Arm, der noch immer die Axt krampfhaft festhält. Als er endlich frei ist, schleudere ich mit aller Kraft, die ich aufbringen kann, meine Axt. Sie trifft den Holzhexer knapp über seinem linken Knie in die Rückseite des Oberschenkels. Blut spritzt und mit einem Schrei sinkt er zu Boden. Doch da sehe ich schon, wie der Holzhexer Heilmagie wirkt. Die klaffende Wunde, die die

Schneide meines Axtblattes geschlagen hat, beginnt sich langsam zu schließen. Alles in mir giert danach, diesen Augenblick zu nutzen und mich auf den Holzhexer zu stürzen, aber, bei Thurantuh, die verfluchte Erde hält mich immer noch gefangen. Ich beuge meinen Körper nach hinten und mache mich so lang, wie es nur geht, trotzdem kann ich meine zweite Axt nicht erreichen. Der Lufthexer hat sie zu weit von mir weggeschleudert. Ich heule auf und beginne, wie ein Wahnsinniger mit meinen Krallen die Erde beiseite zu schaufeln, in die ich bis zu meinen Knien eingesunken bin. Romaldo ist währenddessen weiterhin arg in Bedrängnis, seine Kräfte schwinden zusehends und er hat mittlerweile zahlreiche schwere, qualmende Brandwunden an seinem Körper. Die Feuerhexe ist ihm deutlich überlegen, das ist leider nicht zu leugnen.
Aber auch um Knut ist es schlecht bestellt. Er blutet aus mehreren Wunden und die Metallhexe triumphiert mit einem gehässigen Lächeln.
Ich schlage meine Krallen weiterhin mit aller Kraft, die in mir ist, in das Erdreich, aber es scheint mir, als ob ich nur quälend langsam vorankomme.
Der Holzhexer hat sich mittlerweile vollständig geheilt, von der tiefen Wunde, die meine Axt geschlagen hat, ist nichts mehr zu sehen; lediglich ein langer Riss in seiner Hose, der sich quer über die Rückseite seines Oberschenkels zieht, zeugt noch von meinem Axtwurf. Mit wütend blitzenden Augen starrt er zu mir und hebt seine Hand.
„Schuppenwesen, das wirst du bereuen“, knurrt er.
Meine Eckzähne schlagen aufeinander und ich halte in verzweifelter Resignation den Atem an.
„Das Schuppenwesen wird ganz bestimmt noch so einiges bereuen“, knurrt Clarina, während ihr Krummsäbel in den Nacken des Holzhexers kracht. Knorpel und Knochen splittern. „Aber nicht heute.“ Sie schlägt erneut zu. Und noch einmal.
Meine Hände scharren hektisch. „Ich danke dir, Amazone.“
„Und ich danke Ama, dass ich mich endlich vom Angriff des Wasserhexers erholt habe. Aber mein Schädel dröhnt immer noch entsetzlich.“ Sie lächelt knapp und hastet weiter, um ihren nächsten Angriff auf ein dunkles Wesen zu starten.
Die Metallhexe hat Clarina aber bemerkt, wirbelt blitzschnell

um ihre Achse und stellt sich der rothaarigen Amazone in den Weg. Clarinas Krummsäbel zischt heran, doch die Metallhexe ist noch eine Spur schneller und kann den Angriff blocken.
Da beugt sich Knut grumpfend zur Seite, um Schwung für einen Wurf holen zu können. Er blutet aus zahlreichen Wunden, aber trotzdem ist noch ein wenig Kraft in seinen schaufelartigen Händen. Sein Gesicht verzieht sich zu einer hässlichen Fratze des Schmerzes, als er seine Keule nach der Metallhexe wirft, die soeben einen erneuten Angriff Clarinas mit ihren Metallstümpfen kontert. Im letzten Moment sieht die Hexe aus den Augenwinkeln die Keule kommen und wehrt sie mit einer raschen, heftigen Bewegung ab. Krachend fällt die Keule vor ihre Füße und kurz senkt die Hexe ihren Blick. Clarina will diesen Moment nutzen und greift erneut an, aber die Metallhexe ist zu schnell und stark. Beinahe mühelos schlägt sie Clarinas Angriff zurück.
Wenn wir nicht den Überraschungseffekt auf unserer Seite haben, wird mir allmählich klar, ist jeder einzelne von uns den dunklen Hexern und Hexen eindeutig unterlegen.
Knut reißt an den Wurzeln, die immer noch seine Beine fesseln. Als er sich beinahe befreit hat, grumpft er laut und ruft so seine Keule, die die Hexe vorhin abgewehrt hat, zu sich zurück. Doch damit hat die Metallhexe offenbar gerechnet. Bevor die Keule noch in Knuts Hand landen kann, ist sie heran und schlägt zu. Knut kann seinen Kopf zwar noch ein kleines Stück zur Seite drehen, dennoch trifft ihn die Hexe, wenn auch nicht voll. Aber es reicht aus, dass Knut bewusstlos und wie ein dicker, gefällter Baumstamm zu Boden kracht.
Clarina greift ein weiteres Mal beherzt an, und das gibt mir die Zeit, die ich benötige, um endlich freizukommen.
Währenddessen wehrt sich die Metallhexe geschickt gegen Clarinas Schläge und setzt überraschend einen Konterangriff. Ihr Stumpf kracht gegen Clarinas Schulter. Mit einem Schmerzensschrei taumelt die Amazone zur Seite.
Ich halte mich gar nicht damit auf, zu meiner zweiten Axt zu laufen und sie aufzuheben. Mit gefletschten Zähnen, spitzen Krallen und unbändiger Wut stürze ich blindlings vorwärts.
„Für Thurantuh!“, brülle ich, als meine Krallen sich in das Fleisch der Metallhexe bohren.
Eiligst versucht sie, Teile ihres verletzten Körpers mit

Metallmagie zu schützen, doch es ist bereist zu spät für sie. Ich bin zu nahe und wüte wie ein Raubtier. Meine Zähne zerfetzen ihre Kehle, meine Krallen reißen an ihrem Fleisch. Röchelnd stirbt die Metallhexe unter meinem Ansturm schieren Hasses.
„Skriek!“, schreit Clarina und deutet nach links. „Romaldo benötigt Hilfe!“
Ich sehe, was sie meint.
Der eitle Prinz aus Harba wird erneut von einem Feuerstoß getroffen und das Rapier fällt aus seiner Hand.
Ich springe auf. Das Blut der Metallhexe tropft von meinen Zähnen und Krallen, während ich lauthals vorwärts stürme.
Die Augen der Feuerhexe weiten sich für einen Moment überrascht, als sie mein Brüllen hört, doch sie fängt sich rasch und schleudert eine helle Brunst gegen mich. Ich spüre die gewaltige Hitze ihres Angriffs, und nur dank meiner skriekischen Reflexe kann ich den Flammen gerade noch ausweichen.
Die Hexe flucht und startet eine neue Attacke.
Durch meinen wilden Ansturm hat sie aber für einen Moment Romaldo vergessen. Und das erweist sich nun als großer Fehler.
Der Prinz aus Harba hat sein Rapier wieder aufgehoben und schlägt nun unerbittlich und mit der ihm eigenen magischen Geschwindigkeit zu.
Bevor ich die Feuerhexe erreichen kann, segelt ihr abgeschlagener Kopf schon durch die Luft.
„Das war knapp“, keucht Romaldo. Zahlreiche Rußflecken verunzieren seine angesengte Kleidung.
Ich nicke schwer atmend.
Da höre ich erneut die Raben krächzen. Mit kräftigen Flügelschlägen heben sie vom Dach der Tenne ab, wo sie während des Kampfes mit gierigen Augen alles beobachtet haben, und entfernen sich pfeilschnell. Ich kann nicht das Geringste dagegen unternehmen, und so balle ich nur in hilfloser Wut meine Fäuste, in dem Wissen, dass Angrias Boten uns entkommen sind.
Neben der Tür steht Sincha, von Clarina gestützt, mühsam auf. Sie ist endlich aus ihrer Bewusstlosigkeit erwacht. Mit zusammengebissenen Zähnen greift sie nach ihren Krummsäbeln, die ihr bei dem Angriff des Wasserhexers aus den Händen gefallen sind.

Auch Knut kommt langsam wieder zu sich. Anfangs ist sein Blick noch recht glasig, doch er erholt sich schnell und nach wenigen Augenblicken zerreißt er grumpfend die letzten Wurzeln, die ihn noch halten.
Gem hingegen rührt sich noch immer nicht. Der Kobold hat wohl so einiges an Hexenmagie abbekommen, das sein kleiner pelziger Körper nicht verkraftet hat.
Auch Kathinka ist noch immer bewusstlos, aber ihr Gesicht bekommt zusehends mehr Farbe und ich vermute, dass sie eindeutig auf dem Weg der Besserung ist.
Rasch wische ich mir das Hexenblut von Mund, Zähnen und Krallen, atme durch und gehe zu Kathinka.
Da stürmen acht ostalische Soldaten mit gezückten Spießen und Schwertern um die Ecke und ich erinnere mich wieder, dass der Lufthexer vorhin lauthals nach ihnen gerufen hat. Vermutlich haben die Soldaten während des Kampfes im Verborgenen still gehalten, um den Hexern und Hexen bei ihren magischen Attacken nicht in die Quere zu kommen. Aber nach der vernichtenden Niederlage der dunklen Wesen sehen sie es nun anscheinend als ihre Pflicht an, den Kampf fortzuführen. Wenn sie nur ein bisschen Verstand hätten, würden sie ordentlich Fersengeld geben, aber es ist wohl ihre tiefsitzende Angst vor König Angrias, dem Herrscher mit der dunklen Maske, die es nicht zulässt, dass sie fliehen.
„Zum Angriff!“, ruft der Anführer der Soldaten.
„Das übernehmen Clarina und ich“, sagt Sincha, obwohl sie immer noch ein wenig wackelig auf den Beinen ist.
„Wie du willst“, brumme ich und gehe neben Kathinka in die Hocke.
Da Romaldo und Knut ebenfalls nichts Gegenteiliges sagen, gehe ich davon aus, dass auch die harbaischen Brüder damit einverstanden sind, wenn Clarina und Sincha sich den hirnlosen, ostalischen Soldaten zu zweit stellen.
Es wird, wie ich vermutet habe, nur ein sehr kurzer Kampf. Genau genommen könnte man auch von einem Gemetzel sprechen. Die Amazonen lassen ihre Krummsäbel fliegen und schon nach wenigen Augenblicken liegen die acht Soldaten leblos am Boden, wo sie der stärker werdende Schneefall langsam mit seiner weißen Pracht bedeckt.
Ohne schwerer zu atmen, säubern die Amazonen mit

ausdruckslosen Gesichtern ihre Krummsäbel. Der Kampf hat sie nicht einmal ansatzweise gefordert. Es ist eindeutig, dass sie seit dem elften Vollmond wieder im Vollbesitz ihrer Kräfte sind. Clarina setzt sich mit Sincha zu Gem und hebt seinen Kopf an. „Der kleine Kobold braucht rasch Hilfe“, sagt die rothaarige Amazone. „Sein Atem geht ganz flach.“
„Im Haus“, meint Sincha, „haben wir eine gut verschnürte Heilerin.“
Romaldo und Knut stellen sich vor den Amazonen hin.
„Es freut mich, euch wiederzusehen.“ Romaldos Augen blicken seltsam ernst. Nichts ist mehr von dem einstigen Spott, der stets in ihnen gelegen ist, zu bemerken. Auch seine Stimme klingt frei von Zynismus und seine Mundwinkel verziehen sich nicht spöttisch.
Aber das Verwunderlichste ist, dass er nicht lauthals damit prahlt, wie wunderbar und großartig er soeben gekämpft hat.
„Grumpf“, sagt Knut. Er blickt seltsam traurig, beinahe verloren in die Welt. Eine tiefe, schwarze Wehmut liegt in seinem hässlichen Gesicht.
Die Amazonen und ich sehen uns skeptisch an. Die harbaischen Brüder haben sich stark verändert. Was ist ihnen widerfahren, seit sie uns in den Ephtalonischen Hügeln verlassen haben?

22

Clarina eilt ins Innere der Hube, während wir anderen bei Gem und Kathinka warten. Wiederholt wirft Sincha Romaldo und Knut neugierige Blicke zu. Sie hätte wohl so einige Fragen an sie, aber dafür ist jetzt keine Zeit. Wir müssen so rasch wie möglich von hier aufbrechen. Die dunklen Boten werden über kurz oder lang auf ostalische Patrouillen treffen und ihnen unverzüglich unseren jetzigen Standort mitteilen. Da Gem und Kathinka noch immer bewusstlos sind, wollen wir auf keinen Fall einen weiteren Kampf riskieren.
Clarina befördert Susanna, die mittlerweile wieder von ihren Knebeln und Fesseln befreit ist, mit einem kräftigen Schubs zu uns auf den Innenhof. Die Augen der Heilerin drohen beinahe aus ihren Höhlen zu treten, als sie die Leichen der Hexen, Hexer und Soldaten sieht.

„Bei meiner Göttin Ystellante." Sie formt ein heiliges Zeichen, das ich nicht kenne.
Sincha, die mit besorgter Miene neben Gem kniet, erhebt sich bei Susannas Anblick und geht ihr ein paar Schritte entgegen.
„Heilerin", sagt sie, „ich habe erneut Arbeit für dich."
Susanna, deren Kinn von Sinchas Faustschlag dick angeschwollen ist, spuckt vor der Amazone aus. „Sei verflucht, Kriegerin!"
„Immerhin lebst du noch." Sincha deutet ungerührt auf Gem. „Heile den Kobold. Er wurde von einem Hexer angegriffen."
„Es war Wassermagie", ergänzt Clarina. „Eine blaue, wässrige Blase lag um seinen Kopf und nahm ihm jede Luft zum Atmen."
„Werde ich wieder niedergeschlagen, wenn ich den Kobold geheilt habe?" Susanna funkelt Sincha an.
„Heilerin, ich denke, es gibt nichts mehr, was du verraten könntest. Die dunklen Boten haben unseren Kampf beobachtet und sind dann geflohen. Sie werden bald Meldung gemacht haben. Das heißt, unsere Feinde wissen ohnehin Bescheid." Sincha streicht über ihre linke Wangentätowierung. „Du hast von mir nichts zu befürchten, wenn du den Kobold heilst. Und wenn ich dir einen Rat geben darf: Sammle von den dunklen Wesen und Soldaten so viele Goldmünzen ein, wie du tragen kannst. Und dann fliehe von hier. Bald werden ostalische Häscher eintreffen und nicht eben zimperlich mit dir umgehen, wenn sie dich zwischen all den Leichen antreffen."
Susanna schluckt. Ich meine beinahe zu sehen, wie zahlreiche Gedanken durch ihren Kopf jagen und schlussendlich zu einem Ergebnis kommen, das Susanna ganz und gar nicht gefällt.
„Meine Hube, meine Tenne, mein Land und meine Tiere werde ich verlieren", sagt sie mit kratziger Stimme. „Und ihr seid daran schuld. Wenn ihr nicht auf meinen Hof gekommen wärt, dann könnte ich weiterhin hier bleiben und den Wesen des Landes als Heilerin dienen."
„Du kannst überall als Heilerin dienen", meint Romaldo und tritt einen Schritt auf Susanna zu. „Es mag durchaus sein, dass dir durch uns großes Unrecht widerfährt, aber wir leben in gefährlichen Zeiten, in denen man schon froh sein muss, wenn man überhaupt sein Leben behält. Beklage dich nicht zu sehr und heile unseren kleinen blauen Freund. Mit dem Gold der

Hexen und Soldaten kannst du irgendwo anders neu beginnen."
Ich starre zu Romaldo. Was ist nur mit dem Prinzen los? Er wirkt so ernst und seine Rede ist ohne Spott und Größenwahn.
„Wohin soll ich mich denn wenden?", klagt Susanna. „Dies hier ist meine Heimat."
„Fliehe in den Norden zu den wilden Bergstämmen", empfiehlt Romaldo. „Bis dorthin reicht Ostaliens Arm noch nicht."
Susanna blickt ihn eindringlich an. „Nehmt mich mit euch."
„Das geht leider nicht." Romaldo schüttelt bedauernd den Kopf. „Du würdest uns nur aufhalten."
„Ich bin eine Heilerin und kann euch bestimmt helfen. Mein Körper ist noch jung und sehr ausdauernd. Ich wäre keine Last für euch."
„Nein, Heilerin, dein Weg ist nicht der unsere." Romaldo drückt kurz ihren Oberarm. „Heile den Kobold und fliehe dann Richtung Norden, wenn du überleben willst."
Die Heilerin senkt den Kopf. Ihr wird klar, dass das letzte Wort in dieser Angelegenheit gesprochen ist. „Nun gut." Mit müden, unsicheren Schritten und sorgenvoll gerunzelter Stirn setzt sie sich zu Gem.
So wie vorhin bei Kathinka, konzentriert sie sich für eine Weile und wieder meine ich, ein kurzes blaues Leuchten auf ihrer rechten Hand zu sehen.
Susanna atmet tief ein und aus und berührt den Hals des Kobolds. Ihre Hand wandert zu seinem Herzen und verweilt dort für einen Augenblick.
Plötzlich krächzt Gem und schlägt seine kugelrunden, grünen Katzenaugen auf. „Wo bin ich?", fragt er verwirrt.
Susanna schnauft. „Du hattest Glück, Kobold, dass ich Wassermagie zur Heilung verwende und du mit Wassermagie angegriffen wurdest. Wäre ein anderes Element gegen dich eingesetzt worden, hätte ich dich wohl nicht mehr retten können."
Gem fällt der Heilerin mit seinen pelzigen Armen um den Hals. „Ich danke dir, Menschenfrau."
„Schon gut", brummt Susanna, löst sich aus den Armen des Kobolds und steht auf. „So wie ich es sehe, hatte ich keine Wahl."
Sincha geht zu der Heilerin. „Beeile dich jetzt. Die Zeit drängt."

Clarina und Sincha haben auf die etwa zwei Meter lange Ladefläche des Wagens dicke Decken und Susannas Strohmatratze gelegt, in der Hoffnung, so eine Vielzahl der zu erwartenden Stöße etwas zu dämpfen. Ich bette Kathinka vorsichtig auf die Matratze und wickle sie anschließend in zwei warme Reisedecken. Gem hockt sich mit ernstem Gesichtsausdruck zu ihr und drückt den Zauberstab fürsorglich in ihre Hand.
Knut hat währenddessen zwei Pferde angespannt und setzt sich nun mit einem erschöpften Grumpfen auf den Kutschbock. Da er und ich zusammen zu schwer für den nicht sehr robusten Wagen sind, klettere ich von der Ladefläche. Dabei sehe ich, dass Knuts Unterarme mit unzähligen kleinen Brandblasen übersät sind, die nur sehr langsam zu heilen scheinen. Das ist seltsam. Normalerweise sorgt die harbaische Magie in recht kurzer Zeit für eine fast vollständige Wundheilung. Was ist nur mit den harbaischen Zwillingen geschehen? Nun, ich werde es schon noch erfahren.
Sincha, Clarina und Romaldo kommen mit drei Pferden an, die die ostalischen Soldaten hinter der Tenne angebunden haben und die uns nun gute Dienste leisten werden.
Wegen der scharfen Krallen an meinen Füßen, die bei einer falschen Bewegung jeden Pferdebauch aufschneiden würden, kann ich nicht reiten, aber das macht mir nichts aus. Auf lange Sicht ist es mir möglich, mit den Pferden mitzuhalten, nur bei einem kurzen Sprint würde ich zurückbleiben. Da wir aber noch eine sehr, sehr lange Strecke vor uns haben, wird es keine Galoppstrecken geben. Wir müssen alle darauf achten, unsere Kräfte gut einzuteilen.
Knut schnalzt mit den Zügeln und die beiden angespannten Pferde setzen sich in Bewegung. Es rumpelt ein wenig, als die vier dünnen Räder durch den frisch gefallenen Schnee rollen. Ich laufe mit wachsamen Blicken links von dem Wagen. Clarina, Sincha und Romaldo folgen im leichten Trab.
Gem sitzt neben Kathinka und starrt in den wolkenverhangenen Himmel. Ich weiß, was er denkt. Mit dem Wagen und den Pferden sind wir für die dunklen Boten viel zu leicht zu entdecken. Lange können wir es uns nicht leisten, diese Art der Fortbewegung beizubehalten. Eher früher als später werden wir uns wieder ins Unterholz schlagen und unseren Weg erneut zu

Fuß fortsetzen müssen.

Als es Abend wird, errichten wir unser Nachtlager in der Nähe eines Waldrandes. Es hat vor knapp einer Stunde zu schneien aufgehört und das ist mir sehr recht. Durch den Wagen, der uns vor Wind und neugierigen Blicken schützt, und dank der Decken, die wir Susanna abgenommen haben, ist unser Lagerplatz so bequem wie schon seit Ewigkeiten nicht mehr. Es brennt bereits ein Feuer und ich habe mich mit Kathinka nahe zu den Flammen gesetzt. Sie ist am späten Nachmittag endlich wieder zu sich gekommen und hat begierig nach allem gefragt, was uns und ihr widerfahren ist. Ihre letzte Erinnerung ist das weit aufgerissene, scharfzahnige Maul der Samtpfote. Von all dem, was seither geschehen ist, hat sie nichts mitbekommen, zu tief ist ihre Bewusstlosigkeit gewesen. Da Gem ohnehin für sein Leben gern plappert, hat er sogleich die Aufgabe des Berichterstatters übernommen. Kathinka hat mit einigem Staunen seinen Worten gelauscht und immer wieder die eine oder andere Frage gestellt, sodass sie sich bald ein klares Bild von den Vorkommnissen machen konnte.
Und nun sitzt sie, fest eingewickelt in dicken Decken, wohlauf neben mir am Lagerfeuer. Sie ist zwar noch etwas bleich um die Nase, aber ihre veilchenblauen Augen blicken wieder wachsam und mit der Kathinka so eigenen Schwermut in die heranrückende Dunkelheit.
Die anderen sind damit beschäftigt, weiteres Holz zu holen, ihre Waffen zu schärfen, die Pferde zu versorgen und ein Abendessen zu richten. Sogar Romaldo beteiligt sich ohne zu murren an den Arbeiten. Da ich bereits das Feuer entzündet habe, sehe ich keine Notwendigkeit, noch länger mit Hand anzulegen, und nütze die Gelegenheit, um mit Kathinka zu sprechen. Die anderen sind alle in unserer Nähe und daher senke ich meine Stimme. Es sind zwar keine großen Geheimnisse, die ich mit Kathinka bereden will, aber ich halte es trotzdem nicht für nötig, dass jeder zuhören kann.
„Du wirst wieder vollständig gesund“, flüstere ich. „Das hat die Heilerin versprochen.“
Kathinka streicht über den strammen Verband an ihrer rechten Schulter. „Werde ich Narben von den Krallen und Zähnen der Samtpfote davon tragen?“

„Ja."
„Sind die Narben so groß wie auf meinem Rücken?"
„Nein. Sie sind dicker und länger." Ich blicke ihr unmittelbar in die Augen. Es macht keinen Sinn, ihr die Wahrheit zu verschweigen. In wenigen Tagen wird sie die Verbände abnehmen und selbst sehen, was der Sumpflöwe ihr angetan hat. Kathinka schluckt. „Es ist wohl mein Schicksal, einen Körper voller abstoßender Narben zu haben."
„Du bist wunderschön", raune ich.
Kurz huscht ein dunkler Schatten über ihr Gesicht und ich meine, Ärger, ja beinahe Wut in ihren Zügen zu entdecken.
„Was weißt du schon von Schönheit, Skriek?"
Ich drehe den Kopf zur Seite und starre in die Flammen.
„Meine Mutter hat mir erzählt, dass alle Dinge auf dieser Welt zwei gegensätzliche Seiten haben. Die Sonne scheint hell und dennoch wirft sie Schatten. Das Wasser kann uns laben oder ertränken. Die Steine können als Schutz gegen den Wind zu einer Mauer aufgestapelt werden oder als Wurfgeschosse Schädeldecken einschlagen."
„Und was hat das alles mit Schönheit zu tun, mein philosophischer Paladin?"
Ich habe keine Mühe, Kathinkas Spott aus ihren Worten herauszuhören, trotzdem spreche ich ungerührt weiter. „Dank meiner Hässlichkeit erkenne ich wahre Schönheit auf den ersten Blick. Schön und hässlich sind lediglich zwei Seiten von ein und derselben Medaille. Die hässlichen Wurzeln, die weit in die kalte Erde ranken, gehören ebenso zu einem Baum wie seine schöne, blühende Krone. Und der Baum weiß um beides Bescheid, um die Wurzeln und um die Krone."
„Und du, Skriek, bist also ein Baum?"
„Ja, in meiner Seele." Meine vier spitzen Eckzähne funkeln im Licht des Feuers. „Mein Körper ist hässlich, doch meine Gedanken sind klar und rein. Dank meiner skriekischen Halbseele, Kathinka Ebensa, weiß ich über Schönheit sehr wohl Bescheid."
„Ach ja?" Ihre Mundwinkel zucken. „Und ich bin also wahrhaft schön?"
Ich nicke mit großer Überzeugung. „So ist es."
„Skriek, was du da erzählst, ist der größte Schwachsinn, den ich seit langem gehört habe."

„Das ist schon möglich. Aber wahrhaft schön bist du trotzdem.“
Kathinka zeigt ein zaghaftes Schmunzeln. „Nun gut, mein Paladin, du redest zwar nur Blödsinn, aber wenigstens lenkst du mich damit von meinen trübsinnigen Gedanken ab.“
„Ich bin froh, dass du überlebt hast.“
Sie lehnt ihren Kopf an meine Schulter. „Es war wohl sehr schlimm für dich, als du mich leblos im Gras liegen gesehen hast.“
„Ja, das war es“, krächze ich.
„Hast du um mich geweint?“
„Ich bin ein Krieger“, murre ich. „Und Krieger weinen nicht.“
„Nicht eine einzige, kleine Träne hast du um mich geweint?“
Ich räuspere mich. „Nun, vielleicht eine.“
Sie drückt sich fester an mich. „Ich bin froh, wieder bei dir zu sein, mein harter, wortkarger Krieger.“
„Ich sage nur deswegen so wenig, weil man bei Gem einfach nicht zu Wort kommt“, rechtfertige ich mich.
„Kobolde sind eben kleine Plappermäuler.“ Sie dreht ihren Kopf so, dass sie mir direkt in die Augen sehen kann. „Skriek, ich hatte während meiner Bewusstlosigkeit einen magischen Traum.“
„Ach?“
„Der Traum enthielt eine klare Botschaft, die mit meiner Wandelmagie zu tun hat. Ich weiß jetzt um das volle Potenzial meiner Kräfte und Möglichkeiten und ich bin wild entschlossen, sie vollständig zu entwickeln.“
„Erzähle“, fordere ich.
„Alles werde ich dir noch nicht verraten, da ich vorher noch etwas üben möchte“, sie greift nach ihrem Zauberstab, der neben ihr auf dem Boden liegt, „aber ich denke, eine Sache kann ich dir bereits zeigen.“ Sie löst sich von mir und richtet sich im Sitzen ein wenig auf. „Sieh her!“
Mit entschlossener Miene hebt Kathinka den Zauberstab an und streckt ihn von sich. Sie konzentriert sich eine Weile und dann glaube ich, meinen Augen nicht zu trauen. Der Zauberstab ist plötzlich nicht mehr zu sehen. Er scheint sich in Luft aufzulösen, zu verschwinden. Kathinka frohlockt. Und dann verschwindet auch ihre Hand, die den Zauberstab hält. Nur mehr ihr Handgelenk, das aus der fransigen Lederjacke hervorsteht, ist zu sehen.

„Bei Thurantuh!“, staune ich.
„Erstaunlich, nicht wahr?“, schnurrt Kathinka selbstzufrieden und schnalzt mit der Zunge.
„Ist deine Hand verschwunden?“, frage ich.
„Nein, sie ist unsichtbar.“ Kathinkas Wangenmuskeln straffen sich. Anscheinend hat sie Mühe, die Wandelmagie für längere Zeit aufrechtzuerhalten. „Mit meiner Magie kann ich Wesen und Dinge transformieren und verändern. Ich kann ihnen sozusagen ein anderes Aussehen geben. Und eine Form des veränderten Aussehens ist eben die Unsichtbarkeit.“
„Kannst du deinen ganzen Körper unsichtbar machen?“
„Noch nicht, aber irgendwann, wenn ich fleißig übe, werde ich es schaffen.“
„Kannst du auch andere Wesen unsichtbar machen?“
„Noch nicht.“
„Und kannst du dein eigenes Aussehen, wenn du dein Potenzial voll nutzt, so verändern, wie du willst?“, frage ich weiter. „Oder kannst du dich weiterhin nur in einen Raben verwandeln?“
„Nur in einen Raben“, sagt sie knapp. Es fällt ihr zusehends schwerer, ihre Wandelmagie zu wirken.
„Wieso?“
„Das ist das magische Erbe meiner Mutter. Sie war eine Rabenfrau.“
„Aber uns andere kannst du verwandeln, in was auch immer du willst?“, hake ich nach.
„Wenn sie lange genug stillhalten, dann schon“, sagt Kathinka und ich sehe, wie sich ihr Ärmel senkt. Dann funkelt es kurz seltsam auf und Zauberstab und Hand sind wieder sichtbar. Die anderen, angetrieben von ihrer Neugierde, sind schon vor einer Weile zu uns getreten und haben alles mitangehört. Nun zeigen sie erstaunte Gesichter.
„Wie schon einmal erwähnt“, meint Romaldo, „du, Kathinka Ebensa, wärst wahrhaftig eine ganz wunderbare Endmutter.“

Endlich ist das Abendessen fertig. Alle greifen tüchtig zu. Nachdem Sincha ihre Schüssel mit Fleisch und gekochten Bohnen zur Hälfte geleert hat, wendet sie sich an Romaldo.
„Prinz aus Harba, erzähle uns, was du in letzter Zeit erlebt hast.“
„Ich will euch gerne alles berichten. Ihr habt ein Recht darauf,

zu hören, was Knut und mir widerfahren ist." Er wirkt bei seinen Worten seltsam ernst, beinahe niedergeschlagen, und ich frage mich zum wiederholten Male, wo seine penetrante Arroganz und sein beinahe schon lächerlich anmutender Größenwahn geblieben sind.
Romaldo stellt seine Schüssel zur Seite. „Wir verfolgten Erik Anfohrrnus in der Hoffnung, ihn endlich für seinen bösen Verrat bestrafen zu können. Sein Pferd lahmte und durch das heftige Herbstgewitter waren seine elementaren Magiestränge geschwächt. Dies schien uns eine überaus günstige Gelegenheit, die wir nicht ungenützt verstreichen lassen wollten." Er räuspert sich kurz. „Zumindest war dies meine Meinung. Knut wollte ja nicht mit, doch durch unsere brüderliche Verbundenheit zwang ich ihn dazu." Eine neue Traurigkeit ist in seinen grauen Augen zu sehen. „Alles, was uns Unglückliches widerfahren ist, ist daher allein meine Schuld." Er räuspert sich erneut und seine Stimme wird immer kratziger. „Wir holten rasch auf, und nach einer knappen halben Stunde konnten wir Erik in der Ferne sehen. Er war von seinem Pferd, das immer stärker lahmte, abgestiegen und marschierte Richtung Norden. Südlich von ihm tobte immer noch das Herbstgewitter und der Zauberer versuchte, das Gewitter zu Fuß zu umgehen. Knut und ich frohlockten bereits, da wir uns nun sicher waren, dass uns Erik nicht mehr entkommen konnte. Knut zog seine Kriegskeule aus dem Gürtel, bereit, zuzuschlagen, sobald wir nahe genug heran waren. Stetig holten wir auf. Nur mehr wenige Meilen trennten uns von dem Zauberer. Da wurde er unserer ansichtig, als er auf einem Hügel stehend über seine Schulter nach hinten blickte. Wir dachten, er würde auf dem Hügel warten und sich einem Kampf stellen. Auch wenn seine Magie sehr geschwächt war, so musste er doch davon ausgehen, uns besiegen zu können. Wir wiederum vertrauten auf unsere harbaische Magie. Auch wenn unsere Chancen nicht die besten waren, so waren sie doch höher als je zuvor." Romaldo zieht verärgert an seinem linken Kinnbartzopf und seine Finger gleiten dabei über die goldenen Ringe, die seine Barthaare umschließen. „Doch Erik stellte sich nicht dem Kampf. Er ließ das Pferd zurück und floh, so schnell ihn seine Beine trugen. Da war uns klar, dass das Herbstgewitter ihn noch wesentlich mehr geschwächt hatte, als wir gedacht hatten. Nun, Erik ist ein älterer Mann und nicht

mehr der Schnellste. Er verwendete zwar ein wenig Magie, um seine Geschwindigkeit zu erhöhen, dennoch holten Knut und ich weiter auf. Zu unserer Überraschung schlug Erik nach einiger Zeit einen Bogen nach Süden und lief direkt in das Herbstgewitter hinein. Anfangs dachten wir, er hätte den Verstand verloren, doch dann wurde uns klar, dass seine einzige Hoffnung, uns abzuschütteln, darin bestand, zwischen den herabzischenden Blitzen hindurch zu eilen und so unseren Blicken zu entkommen."

„Grumpf", bestätigt Knut.

„Wir folgten Erik mitten in das Herbstgewitter hinein", fährt Romaldo fort. „Immer wieder konnten wir ihn zwischen den verschiedenfarbigen Blitzen ausmachen. Er bewegte sich beharrlich auf den südlichen Rand des Herbstgewitters zu. Wir hasteten ihm hinterher und holten weiter auf, auch wenn die zischelnden Blitze uns ebenfalls einiges an Geschwindigkeit kosteten, da wir immer wieder anhalten oder ausweichen mussten. Mit viel Glück erreichte Erik die ersten Ausläufer des Gewitters und eilte unbeirrt weiter Richtung Süden. Nach einer guten Meile hatte er das Herbstgewitter zur Gänze durchquert. Wir waren ihm mittlerweile aber knapp auf den Fersen, grob geschätzt hatte er vielleicht noch an die zweihundert Meter Vorsprung."

„Grumpf", nickt Knut zustimmend.

„Mein Bruder erreichte unmittelbar neben mir die letzten Gewitterausläufer, blieb stehen, hob seine Kriegskeule an und zielte sorgfältig. Er hoffte, wie ich sehr genau spürte, Erik mit einem einzigen Wurf zu töten. Knut holte also aus und in diesem Moment zuckte ein silberner Blitz heran. Er wurde wohl von dem Metall in Knuts Kriegskeule unwiderstehlich angezogen. Zischend und funkensprühend raste der Blitz zuerst in die Keule und dann durch Knuts Körper hindurch. Mein Bruder wurde mit Urgewalt zu Boden gerissen und verlor augenblicklich das Bewusstsein. Seine Keule fiel zur Seite und hunderte Brandblasen bildeten sich innerhalb weniger Sekunden auf seinem Körper."

„Grumpf." Knut krempelt die Ärmel seiner Jacke auf und nun kann ich die unzähligen Brandblasen, die seine Unterarme bedecken, noch besser als vorhin betrachten.

„Die Verfolgung des Zauberers war damit zu Ende. Erik setzte

seinen eingeschlagenen Weg fort und entkam uns dank des Blitzes mit mehr Glück als Verstand. Anscheinend hatten sich die Elemente selbst gegen Knut und mich verschworen."
Romaldo streicht gedankenverloren über sein Gesicht, bevor er weiterspricht. „Nur mit großer Mühe gelang es mir, Knut aus der Gewitterfront zu schleifen. Er war über zwei Tage hinweg bewusstlos und ich befürchtete schon, dass er sterben würde, da seine Brandwunden nur sehr schlecht heilten. Doch schlussendlich rettete ihn dann doch seine harbaische Magie und er überlebte den Blitzschlag."
„Grumpf", ergänzt Knut
„Als es meinem Bruder wieder besser ging, suchten wir nach euch. Und Ganthron sei Dank, dass wir euch rechtzeitig fanden, um euch gegen die Hexen und Hexer beizustehen."
„Dafür danken wir dir und deinem Bruder." Sinchas Augenlider sind halb geschlossen, als sie sich direkt an Romaldo wendet. „Knut ist also wieder völlig gesund."
„Wir sind noch immer mit unseren magischen Waffen verbunden und haben weiterhin unsere Kraft und Schnelligkeit." Romaldo schluckt. „Aber der silberne Blitz hat unser magisches Bruderband zerstört."
„Was heißt das?", will Sincha wissen.
„Das heißt, Amazone, dass ich die Gedanken meines Bruders nicht mehr lesen kann. Und ich spüre nicht mehr, was mein Bruder fühlt. Unsere Seelen sind nicht mehr unmittelbar miteinander verbunden. Seit unserer Geburt waren wir eins. Eine Seele, ein Gedanke, ein Gefühl. Stets wussten wir, wo der andere war und was er tat. Wir konnten schmecken, was der andere aß. Wir träumten dieselben Träume. In einem Kampf handelten wir wie ein Wesen. Immer waren wir uns bewusst, was der andere plante, wo er focht und stritt und wohin er sich wenden würde." Romaldos Stimme bricht beinahe. „Bei dem Kampf mit den Hexern und Hexen wurde ich von Knut getrennt, obwohl wir abgesprochen hatten, uns gegenseitig Rückendeckung zu geben. Die Feuerhexe drängte mich mit ihren Feuerbällen rückwärts und ich wich schließlich mit ein, zwei Saltos zur rechten Seite aus. Knut jedoch lief nach links. Wir wussten nicht mehr, was der andere vorhatte und wurden auseinandergetrieben. Ohne euer Eingreifen hätten wir gegen die dunklen Wesen verloren, obwohl unsere harbaische Magie

der Kunst der Hexer und Hexen in nichts nachsteht." Romaldo senkt den Kopf. „Das magische harbaische Bruderband ist zerstört. Mein Bruder und ich sind jetzt zwei getrennte Wesen."
„Grumpf", schluchzt Knut und dicke Tränen laufen über sein hässliches rundes Gesicht.

23

Wir sind in den letzten fünf Tagen ungewöhnlich zügig vorangekommen und es ist uns gelungen, Furtenstadt ohne Zwischenfälle weiträumig zu umgehen. Gestern Abend haben wir das Königreich Karnium in nordöstlicher Richtung verlassen und befinden uns nun im Herzogtum Pontinus, das direkt am Allunischen Meer liegt. Die Gegend wird zunehmend felsiger, die sanften Hügel von Ephtalon und die großen Steppen von Timion und Karnium haben wir endgültig hinter uns gelassen. Das Herzogtum Pontinus ist recht klein und besitzt nur eine einzige Handelsstraße, die längs der Hauptstadt Krakus direkt zur Meerenge von Baarth führt, unserem nächsten Ziel. Wir wissen, dass die Handelsstraße für uns tabu ist, da zu viele ostalische Soldaten dort nach uns suchen.
Es wird täglich kälter, der Winter ist nicht mehr weit. Derzeit fällt aber kein Schnee vom Himmel, was uns allen nur recht ist. Die Pferde und vor allem der Kutschwagen kommen so rascher voran. Es weht aber ein eisiger Nordwind, der unsere Wangen, Nasen und Ohren rötet und dafür sorgt, dass uns nie richtig warm wird.
Um die Mittagszeit hebt Sincha die Hand und befiehlt uns, anzuhalten. Geschmeidig springt sie von ihrem Pferd, greift nach ihrer Reisetasche und holt eine vergilbte Landkarte hervor. Clarina stellt sich zu ihr und gemeinsam studieren die Amazonen die Karte.
„Ich denke", sagt Sincha und dreht sich zu uns anderen, „dass wir Krakus südlich umgehen sollten. Es führt ein Pfad durch eine langgezogene, verästelte Klamm namens die Schroffen Wände. Wenn wir ihm folgen, erreichen wir einige Meilen unterhalb von Baarth das Allunische Meer."
Gem zieht ein langes Gesicht „Das heißt dann wohl, dass ich nicht länger gemütlich neben Kathinka sitzen und auf der

Ladefläche des Wagens mitfahren kann."
Sincha nickt. „Genau das heißt es, Kobold."
„Nun gut, dann setze ich mich eben auf Skrieks breite Schultern." Gem hüpft aus dem Wagen und beginnt, seine Habseligkeiten zusammenzusuchen.
Ich baue mich vor ihm auf. Es ärgert mich nicht nur, dass der Blaupelz ständig die Sonnenseiten des Lebens sieht; es stört mich ebenso, dass er einfach davon ausgeht, dass ich ihn tragen werde. Eine höfliche Anfrage ist das Mindeste, was ich von ihm erwarte. „Kurzer", sage ich daher, „du wirst mit deinen hässlichen Beinen gehen. Ich trage dich ganz bestimmt nicht. Ständig steht dein Mund offen und zu allem Überdruss sabberst du mein Genick auch noch durch dein Gequatsche mit deinem Koboldspeichel voll."
„Du unverschämte Eidechse!" Gem funkelt mich mit seinen runden Koboldaugen an. „Glaubst du denn, es ist ein Vergnügen, auf deinem ungewaschenen stinkigen Schuppenkörper zu sitzen und deine ewig üble Laune zu ertragen?"
Ich stupse knurrend mit meinem kralligen Zeigefinger gegen seine pelzige Brust. Gem tappst zwei Schritte rückwärts.
Da mischt sich überraschend Romaldo ein. „Wir wollen nicht streiten", sagt er. „Wenn Skriek Gem nicht tragen will, dann kann auch ich das übernehmen. Außerdem glaube ich, dass die Schroffen Wände recht steil und schmal sind. In so einem Gelände kann Gem durchaus mit uns mithalten, wir haben ja keine Ebenen zu durchqueren, wo lange Beine eindeutig von Vorteil sind."
„Du würdest mich tragen, edler Prinz?" Gems Fledermausohren wackeln in freudiger Erwartung.
„Selbstverständlich", bestätigt Romaldo.
Kurz starren wir anderen den harbaischen Prinzen an. So ganz haben wir uns an seine neue Art noch nicht gewöhnt. Schon die letzten fünf Tage über war er höflich, hilfsbereit und zuvorkommend. Von seiner Arroganz oder Selbstherrlichkeit ist derzeit nichts mehr zu bemerken. Meist verhält er sich recht still und man kann unschwer eine tiefe Melancholie in seinen Gesichtszügen erkennen. Doch wenn man mit ihm spricht, gibt er ruhig Antwort und zeigt sich nicht länger herablassend und höhnisch. Sincha hat sogar ein, zwei Mal das Gespräch mit ihm

gesucht und es ist erstaunlicherweise zu keinem Streit gekommen. Ganz im Gegenteil, ich habe sogar den Eindruck gehabt, dass die streitbare Amazone und der einst so eitle Prinz richtig gut miteinander ausgekommen sind. Eigentlich kann man sagen, dass wir uns alle so friedlich wie noch nie zuvor benehmen. Es gibt kaum Wortgeplänkel, und ernsthafte Auseinandersetzungen scheinen überhaupt der Vergangenheit anzugehören. Wenn uns ein Außenstehender oberflächlich betrachten würde, könnte er sogar zu dem Schluss kommen, dass wir eine recht harmonische Gruppe sind. Nur wenn er tiefer blickt, würde er feststellen, dass wir zwar nicht mehr heftig miteinander streiten, dass aber trotzdem bei weitem nicht alles im Lot ist. Uns alle, den penetrant fröhlichen Kobold einmal ausgenommen, umgibt eine dunkle Aura der Trostlosigkeit. Sincha und Clarina sind stets voll Sorge um ihr geliebtes Amazonien; Kathinka leidet still und mit zunehmender Verbitterung unter all dem Bösen, das ihr in der Vergangenheit zugefügt worden ist. Ich selbst trage in mir eine Sehnsucht nach Kathinkas Nähe, die sich wohl nie erfüllen wird; gleichzeitig spüre ich aber auch eine seltsame Angst, dass ich Kathinka nicht mehr lange beschützen kann, die mir schier den Atem nimmt. Es ist fast wie die Vorahnung eines drohenden Unheils, und ich vermute, dass ich deswegen meist ein grimmiges Gesicht mache und viel zu leicht wegen Kleinigkeiten wütend werde.
Und die harbaischen Brüder sind beinahe schon der Inbegriff des seelischen Schmerzes. Seit ihr magisches Brüderband zerrissen ist, sind sie nur mehr Schatten ihrer selbst. In Knuts Augen bilden sich oft dicke Tränen. Romaldo weint zwar nicht, aber er ist so geknickt und still, dass es fast so scheint, als ob er noch mehr als sein schluchzender Bruder trauert.
Nun, einerseits verstehe ich natürlich den Schmerz der harbaischen Brüder, andererseits, um der Wahrheit die Ehre zu geben, ist es mir ganz recht, dass Romaldo endlich nicht mehr das unerträglich selbstherrliche Großmaul von früher ist.

Der Weg durch die Schroffen Wände ist recht beschwerlich. Teilweise müssen wir über Felsen klettern, und so kommt es, dass Gem mit seinen plumpen Füßen tatsächlich mit uns Schritt halten kann. Der Kobold ist ein überaus geschickter Kletterer

und steht mir mit seinem Können in nicht viel nach.
Neben mir geht Kathinka entlang einer steilen Rinne und ist kaum außer Atem. Ich kann mich noch erinnern, wie wir einst durch das Zhokanische Gebirge geeilt sind, verfolgt von wütenden Riesen, und Kathinka mit den harbaischen Brüdern und mir nicht im Geringsten mithalten konnte. Ihr Körper ist damals nicht stärker und schneller als der einer ganz normalen jungen Menschenfrau gewesen. Mittlerweile hat sie dank des Zauberstabes und ihrer Wandelmagie enorm an Kraft und Ausdauer dazugewonnen. Ich vermute, dass sie, wenn sie weiter mit ihrer Magie wächst, bald den Amazonen ebenbürtig sein wird.
Kathinka wirft mir einen Blick zu. „Denkst du wieder über mich nach?"
„Über deine erstaunliche Magie habe ich nachgedacht. Und darüber, dass du immer stärker wirst."
„Bald werde ich dich beim Armdrücken besiegen", grinst sie knapp, das Lächeln erreicht aber nicht ihre melancholischen veilchenblauen Augen.
„Hah!", knurre ich. Jetzt hat sie mich bei meiner Kriegerehre gepackt. „Solange ich dich mit einer Hand mühelos hochheben kann, bist du keine Gegnerin für mich, Kathinka Ebensa. Und beim Armdrücken wirst du mich niemals besiegen."
„Ich könnte dich, wenn du schläfst, in ein Streifenhörnchen verwandeln."
„Und wie soll ich dich dann beschützen?" Ihre Worte erzeugen in meinem Magen ein mulmiges Gefühl. Wie kommt Kathinka darauf, mich in ein Streifenhörnchen verwandeln zu wollen? Hat sie über diese Möglichkeit vielleicht schon einmal nachgedacht?
„Mächtige Formwandlerinnen brauchen keinen Beschützer." Nun ist nicht nur ein Grinsen auf ihren Lippen zu sehen, auch ihre Augen funkeln vergnügt.
Ich weiß genau, dass sie mich nur auf die Schippe nimmt, aber ihre Worte rühren an etwas in mir, das mir insgeheim große Sorge bereitet, und so kann ich nicht anders, als gereizt zu reagieren.
„Wenn du mich loswerden willst, sag es doch einfach!"
„Skriek!" Kathinka starrt mich einen Moment überrascht an, dann begreift sie, was in mir vorgeht, und berührt sanft meine

Schulter. „Ich habe doch nur Spaß gemacht. Du bleibst für immer mein Paladin."
„Ich weiß." Ein Kloß sitzt in meinem Hals. „Ein Teil von mir stört sich aber daran, dass du mich hauptsächlich als Beschützer brauchst. Ich möchte, dass du um meiner selbst willen meine Nähe suchst."
„Glaub mir, Skriek, ich bin überaus wählerisch, was meine Beschützer anbelangt. Kräftige Muskeln und scharfe Äxte allein genügen mir bei weitem nicht. Oder glaubst du wirklich, dass ich jedem dahergelaufenen Kämpfer meine Gunst schenke?"
„Hm." So habe ich das noch gar nicht gesehen, muss ich in Gedanken zugeben. „Du schätzt also meinen Charakter?"
„Das könnte man so sagen." Eine Windböe bläst Kathinkas dunkles Haar vor ihr Gesicht und für einen Moment kann ich ihre Augen nicht sehen. „Ich fühle mich dir nahe, näher als jedem anderen Wesen. Und ich brauche dich. Aber du, Skriek, brauchst mich auch. Das ist dir doch klar, oder?"
Ich nicke langsam. Sincha hat mir früher schon wiederholt das Gleiche gesagt. Die Amazone hat sogar gemeint, dass ich Kathinka mehr benötige als sie mich, da ich mich vorbehaltlos nach der Zuwendung und Liebe einer Menschenfrau sehne, um die dunklen Stürme in meiner Seele, wenigstens für eine Weile, beruhigen zu können. Vermutlich hat Sincha mit ihrer Sicht der Dinge ja recht, doch ich habe das Gefühl, jetzt ist nicht der richtige Augenblick, das vor Kathinka zuzugeben.
„Ich beschütze auch nicht jede dahergelaufene Formwandlerin", sage ich daher. „Wir Paladine sind ebenfalls überaus wählerisch."
Kathinka gluckst fröhlich und auch ich kann mir ein Schmunzeln nicht verkneifen. Es tut mir einfach gut, wenn ich sehe, dass Kathinka auch kurze Momente der Unbeschwertheit erlebt.
„Apropos wählerisch", mischt sich Gem ein, der völlig ungeniert das Gespräch zwischen Kathinka und mir mitangehört hat, „habe ich euch schon einmal erzählt, wie ich in einer einzigen Nacht zwischen vier Koboldinnen wählen konnte und dummerweise mein Kristallamulett verlegt hatte, das mir bei meiner Wahl hätte helfen können?"
Kathinka schnauft. „Wenn ich mich recht erinnere, hast du mir diese Geschichte bereits dreimal erzählt."

„Ach so.“ Gems Fledermausohren zucken. „Dann erzähle doch du mir von den Fortschritten, die du mit deiner Unsichtbarkeitsmagie machst.“
Da lässt sich Kathinka natürlich nicht lange bitten und beginnt zu erzählen. Sie sagt mit nicht zu überhörendem Stolz in der Stimme, dass sie bereits ihre Arme und Teile des Oberkörpers unsichtbar machen kann und jetzt daran arbeitet, in einem einzigen Moment für alle Umstehenden völlig unsichtbar zu werden – auch wenn es noch viele Wochen benötigen wird, bis sie endlich so weit ist. Anschließend berichtet Kathinka detailgenau und ausführlich über zwei Übungen, die sie erst unlängst entwickelt hat und die offensichtlich ihre Transformationsmagie stärken. Anfangs hört Gem Kathinka noch aufmerksam zu, doch nach einiger Zeit beginnt der ruhelose Kobold, ungeduldig hin und her zu zappeln. Allzu lange hält er es einfach nicht aus, nur der Zuhörer zu sein. Und so unterbricht er Kathinka plötzlich recht forsch mitten im Satz und erzählt nun seinerseits eine Geschichte über einen beinahe unsichtbaren Ochsen, der sein Koboldorf vernichten wollte und nur dank Gems Orakelmagie besiegt werden konnte.

Bevor es dunkel wird, haben wir die Schroffen Wände durchquert und sehen vor uns das Allunische Meer. Am dunklen, wolkenlosen Himmel funkeln zahlreiche Sterne und spiegeln sich im Wasser wider. Der abnehmende Mond wirft sein fahles Licht über die Bucht und zeichnet ein malerisches Bild. Wenn es nicht so bitterkalt wäre, würden wir alle wahrscheinlich einen Augenblick verweilen und die Aussicht genießen. So aber drängen wir weiter und suchen eilig nach einem Platz, wo wir den Abend verbringen und uns ein wenig aufwärmen können. Nach einigen Minuten entdecken wir einen kleinen Einschnitt in der felsigen Bucht, der zwar keine richtige Höhle darstellt, aber uns doch ein wenig Schutz vor dem Nordwind und neugierigen Blicken bietet.
Schnell ist ein Feuer entzündet, und wir hocken uns alle nahe an die Flammen.
„Vor Baarth“, sagt Sincha, „befindet sich laut unseren Karten ein kleines Dorf namens Postingl. Dort ist auch ein Anlegeplatz für Schiffe und Boote. Vielleicht haben wir Glück und finden dort jemanden, der uns mitnimmt.“

„Gnome“, murmelt Romaldo.
„Ja, das denke ich auch. Wenn uns jemand mitnimmt, dann sind das die geldgierigen Gnome. Jeder andere Schiffer wird Reisepapiere von uns verlangen, die wir nicht haben.“
„Den Gnomen kann man nicht vertrauen“, knurre ich.
Die anderen sehen mich grimmig an.
„Wenn mich nicht alles täuscht, Schuppenkopf“, wirft mir Clarina vor, „dann hast du das auch über Menschen, Kobolde, Riesen und Zauberer gesagt.“
Ich hebe meine Arme zu einer beschwichtigenden Geste.
„Schon gut“, sage ich, „ich wollte nur klarstellen, was ich von Gnomen halte.“
„Nun, das hast du ja jetzt getan.“ Sincha räuspert sich kurz.
„Gnome sind die einzigen Schiffer, die bereit sind, Passagiere zu befördern, die nicht über entsprechende Papiere verfügen. Immer vorausgesetzt natürlich, dass wir sie ausreichend bezahlen. Wir wissen ja alle, wie raffgierig Gnome sind. Und genau das ist auch das Problem. Wenn die Gnome uns erkennen, werden sie uns unverzüglich an König Angrias verraten. Die Belohnung für unsere Ergreifung wird deutlich höher ausfallen als jede Bestechungssumme, die wir bezahlen können.“
„Die Gnome“, sagt Romaldo, „dürfen uns auf keinen Fall erkennen. Das wäre unser aller Ende.“
„Wie gut“, meint Kathinka, „dass wir eine Formwandlerin in unseren Reihen haben, nicht wahr?“
„So ist es“, stimmt Sincha zu und gibt damit zu verstehen, dass sie Kathinkas Magie von vornherein in ihre Pläne miteinbezogen hat.
„Also, was soll ich tun?“, will Kathinka wissen.
„Kannst du mich in einen Mann verwandeln?“, fragt Sincha.
„Wieso?“ Kathinkas veilchenblaue Augen blinzeln neugierig.
„Gnome“, erklärt Sincha, „sind ein männerdominiertes Volk. Sie halten Frauen für schwach und dumm. Es wäre daher sehr unklug, wenn ich als Frau vor sie hintreten würde. Die Gnome würden augenblicklich versuchen, mich übers Ohr zu hauen.“
„Was für ein Mann möchtest du sein?“
„Ein Menschenmann.“ Sincha streicht über ihre Tätowierungen.
„Wir sollten uns als Ostalier ausgeben, die desertieren wollen.“
„In Ordnung. Ein Menschenmann kostet mich relativ wenig Kraft.“ Kathinka beugt sich nach vorne und wirft einen Blick in

die Runde. „Eure Verwandlung wird nicht wirklich das Problem sein. Um meine Person mache ich mir Sorgen. Du weißt ja, Amazone, dass ich zwar das Aussehen von anderen Wesen verändern kann, aber mein eigenes Aussehen widersteht meiner Wandelmagie."
„Dank deines mütterlichen Erbes kannst du dich doch jederzeit in einen Raben verwandeln."
„Willst du mich als Rabe auf das Schiff bringen?"
„Das ist tatsächlich eine Überlegung von mir."
Kathinka denkt kurz nach, schließlich zuckt sie mit den Schultern. „Warum auch nicht? Skriek kann mich in einen Sack stecken und an Bord tragen."
„So weit sind wir aber leider noch nicht", gemahnt Sincha. „Erst müssen wir ein Gnomenschiff auftreiben. Das wird schwer genug."
„Das denke ich auch", stimmt Kathinka zu. „Und, Sincha, wer von uns soll dich heute Abend begleiten? Du hast dir doch sicherlich auch dahingehend schon etwas überlegt."
„Ich gehe mit Romaldo und Skriek", sagt Sincha. „Knut fällt von vornherein aus, da er nicht sprechen kann. Er würde nur ein unnötiges Risiko darstellen. Neben mir auch noch Clarina in einen Mann zu verwandeln, wird wohl zu viel von deiner Wandelmagie fordern. Und Gem ist körperlich nicht stark genug. Falls es zu einem Kampf kommt, wäre er keine große Hilfe."
Der Blaupelz zieht eine Schnute, hält aber erstaunlicherweise seinen Mund.
„Ich erinnere mich doch richtig", fährt Sincha an Kathinka gewandt fort, „dass du zwar unser Aussehen verändern kannst, aber auch während der Verwandlung behalten wir unsere Kraft und Schnelligkeit bei?"
„Du erinnerst dich richtig, Amazone."
„Und wie lange hält deine Wandelmagie vor?"
„Meine Magie ist dank des Zauberstabes stärker geworden."
Kathinka wiegt überlegend den Kopf. „Ich denke, dass ich euch drei für gut fünf Stunden verwandeln kann."
„Das muss reichen", sagt Sincha. Sie richtet sich auf. „Wir sollten jetzt schlafen. Morgen werden wir all unsere Kräfte benötigen."
Wir anderen nicken zustimmend.

Knut und Romaldo übernehmen die erste Wache.
Ich wickle mich derweil in meinen Kapuzenmantel und sauge nachdenklich an meiner Unterlippe. Schon die ganze Zeit über rebellieren meine Instinkte. Irgendetwas, da bin ich mir sicher, wird geschehen, das unser Vorhaben zum Scheitern bringt, aber ich weiß leider beim besten Willen nicht, was es ist. Im Großen und Ganzen klingt Sinchas Plan ja recht vernünftig, auch wenn er natürlich zahlreiche Risiken birgt. Wahrscheinlich gibt es, eingedenk unserer prekären Lage, wirklich keine bessere Möglichkeit, als mit einem Gnomenschiff zu reisen, wenn wir das Zhokanische Gebirge erreichen wollen. Dennoch spüre ich genau, dass wir auf immense Schwierigkeiten stoßen werden. Wahrscheinlich, kommt mir ein düsterer Gedanke, wird unser Schiff mitten auf dem Meer kentern.

24

Es ist kurz nach Mittag, als wir uns zu dritt der kleinen Ortschaft Postingl nähern. Kaum ein Sonnenstrahl dringt durch den bewölkten Himmel und ein kühler Nordostwind weht vom nahen Meer zu uns herüber, der an unserer Kleidung zupft. Mein zerschlissener Kapuzenmantel flattert in den regelmäßig wiederkehrenden Böen und verdeckt kaum meinen nun so ungewöhnlich schmächtigen Körper. Ich blicke an mir herab und bin immer noch ein wenig erstaunt, wie mich Kathinkas Wandelmagie verändert hat, auch wenn meine ursprüngliche Größe beinahe gleich geblieben ist; doch sonst erinnert kaum mehr etwas an den alten Skriek. Ich habe nun die Haare, Zähne und Gesichtszüge eines ostalischen Menschenmannes. Jede grüne Schuppe an meinem Körper ist in blasse Menschenhaut transformiert worden, und an meinen Fingern sind keine Krallen mehr zu sehen. Auch meine Füße sind jetzt so klein und schmal wie die eines Menschenmannes und stecken in Romaldos Ersatzstiefeln, die er mir nach einigem Zögern widerstrebend geliehen hat. Ich wanke ähnlich einem alten Säufer auf dem schlammigen Weg Richtung Postingl, da ich es nicht gewohnt bin, Schuhwerk zu tragen. Es bereitet mir große Mühe, mein Gleichgewicht einigermaßen zu halten, auch wenn ich mit der Zeit merke, dass ich langsam besser mit den

ungewohnten Stiefeln klarkomme. Auf meinem Rücken habe ich eine von meinen beiden Kampfäxten festgeschnallt, ansonsten bin ich waffenlos, selbst meinen Schild habe ich bei Kathinka, Clarina, Gem und Knut zurückgelassen.
Sincha und Romaldo haben ebenfalls ihre Waffen, abgesehen von den beiden kurzen Dolchen, die sie an ihren Gürteln tragen, abgelegt, um in Postingl keine unnötige Aufmerksamkeit auf sich zu ziehen. Amazonische Krummsäbel sind ja schon auffällig genug, aber Romaldos magisches, juwelenbesetztes Rapier hätte nicht nur alle Wesen in dem kleinen Hafenort misstrauisch gemacht, sondern sicherlich auch zahlreiche Diebe auf den Plan gerufen. Für Sincha ist es kein ernsthaftes Problem gewesen, sich von ihren Krummsäbeln zu trennen; Romaldo hingegen hat deutlich länger mit sich gehadert, bis er endlich bereit gewesen ist, sein Rapier bei seinem Bruder zu hinterlegen. Dennoch muss ich sagen, dass mich Romaldo wieder einmal, wie schon öfters seit seiner Rückkehr, erstaunt hat. Früher hätte er endlos darüber lamentiert, welch große Seelenqual es für ihn bedeutet, sein geliebtes Rapier aus der Hand zu geben. Heute jedoch hat er still mit sich gerungen und schließlich die Notwendigkeit eingesehen, seine Waffe zurückzulassen. Ich blicke kurz zu ihm. Romaldo scheint tatsächlich ein anderer, ein besserer Mensch geworden zu sein. Er ist nun beinahe ein guter Gefährte, und ich bin froh, ihn jetzt an meiner Seite zu haben. Kathinka hat Romaldos Aussehen mit ihrer Magie nur sehr geringfügig verändert. Sein gezwirbelter Oberlippenbart und seine drei langen, mit Goldringen besetzten Kinnbartzöpfe sind verschwunden und sein dunkles Haupthaar ist deutlich aufgehellt und frei von jeglichem Pflegeöl. Des Weiteren hat er seinen imposanten Straußenfedernhut und seinen weinroten Rüschenmantel abgelegt und dafür ein schlichtes weißes Hemd und einen braunen Mantel angezogen. Nun vermittelt er den Eindruck eines recht normalen Menschenmannes, zumindest in meinen Augen. Die Frauen haben seine doch eher geringfügige Verwandlung wohl deutlich anders als ich empfunden. Befreit von Haaröl, Bartzöpfen und seiner schnöselhaften Kleidung ist er für die Damenwelt plötzlich so attraktiv und ansehnlich geworden, dass unsere Gefährtinnen um ihn herum scharwenzelt sind wie hungrige Katzen um eine Schale Milch. Clarina hat ihn mit großen Augen angesehen und mit ihm den

einen oder anderen Schabernack getrieben, den er in seiner neuen Art höflich und ohne anzüglich oder gar größenwahnsinnig zu wirken, erwidert hat. Kathinka hat ihm ein langes Lächeln geschenkt, und ihre Augen haben ihn auf ganz eigene Weise angefunkelt, sodass die Eifersucht mir beinahe ein Loch in mein Herz gebrannt hätte. Nur mit Mühe habe ich mich zurückhalten können, Romaldo nicht an die Gurgel zu gehen.

Und auch Sincha hat, wenn auch nicht so offensichtlich wie Kathinka und Clarina, ihre Bewunderung für Romaldo kaum verhehlen können und ihn immer wieder aus den Augenwinkeln mit sichtlichem Interesse betrachtet.

Ich knurre innerlich. Warum hat denn eigentlich Kathinka ihre Wandelmagie nicht dazu benutzt, mich in einen hübschen Menschenmann zu verwandeln? Für mich haben die Frauen kaum einen zweiten Blick übrig gehabt. Clarina hat sogar abfällig gemeint, dass es bei mir keine große Rolle spielt, ob ich Schuppen, Krallen oder spitze Eckzähne habe, ich würde immer hässlich aussehen.

Kathinka hat daraufhin schmunzelnd verkündet, dass ihre Magie ihr Möglichstes getan hat, mehr wäre bei mir einfach nicht drinnen.

Natürlich ist das eine Lüge, aber was hätte ich darauf schon sagen sollen? Auch wenn mein Äußeres verwandelt ist, so ist meine verbale Schlagfertigkeit leider immer noch die alte und damit zu nichts zu gebrauchen.

Thurantuh!, fluche ich in Gedanken. Wie schön wäre es doch gewesen, nur einmal ein für Menschenfrauen attraktives Äußeres zu haben und den einen oder anderen bewundernden Blick zu ernten!

Du bist erbärmlich! Thurantuh klingt mehr als nur angewidert von mir.

Verzeih!, bitte ich.

Halte einfach deine weibischen Gedanken im Zaum!

Wie du wünschst, murmle ich und blicke mit zusammengebissenen Zähnen geradeaus.

Unmittelbar vor mir geht Sincha. Sie hat ebenfalls ihre ungefähre Größe beibehalten, auch ihre sehnige Hagerkeit hat ihr Kathinka gelassen. Doch ihre spitzen weiblichen Gesichtszüge und ihre Spinnennetztätowierungen sind völlig verschwunden. Sie hat nun ein breites Männergesicht, das von einem hellbraunen Vollbart umrahmt wird. Kein Wesen würde sie noch als Amazone erkennen. Zumindest hoffe ich das.

Postingl ist ein heruntergekommenes Nest mit zahlreichen Baracken, windschiefen Häusern und einer einzigen schlammigen Straße, die mitten durch das Dorf führt. Nur wenige Wesen sind jetzt um die Mittagszeit zu sehen. Neben einer Ziegelwand, die als notdürftiger Windschutz dient, stehen zwei Menschenmänner und diskutieren verhalten. Bei einem Stapel Holz sitzen zwei Zwerge und ein Kobold einträchtig beieinander und schmauchen ihre Pfeifen. Mehrere Menschenfrauen eilen mit gefüllten Körben dahin und dorthin; sie haben wohl eben für das Mittagessen am nahen Marktstand eingekauft. Niemand beachtet uns besonders, und das ist uns ganz recht.
Postingl liegt direkt am Allunischen Meer und verfügt über einen kleinen Hafen, in dem derzeit mehrere Segelschiffe von unterschiedlicher Größe lagern. Einige Arbeiter, vor allem Menschenmänner, lungern auf umgedrehten Holzkisten herum und unterhalten sich in ihrem für meine Ohren recht ungewohnten Dialekt. Ein alter Troll steht etwas abseits, hält eine halbvolle Flasche Schnaps in seinen klobigen Händen und starrt mit rot umränderten Augen zu uns herüber.
Mit gemessenen Schritten flanieren wir an den Schiffen vorüber und betrachten sie neugierig. Sincha erklärt mir mit knappen Worten, um welche Schiffstypen es sich handelt. Es gibt Schoner, Galeeren und Koggen, sogar eine große Gallone lagert am südlichen Rand des Hafens.
„Du musst tiefer sprechen“, sage ich nach einer Weile zu ihr.
„Oh!“ Sincha räuspert sich.
Kathinka kann zwar unser Aussehen verändern, aber nicht unsere Stimme oder Körperkraft. Ihre Wandelmagie, hat sie uns erklärt, ist eine optische Magie. Sie kann zwar Täuschungen und Illusionen erzeugen, aber nicht tatsächlich den Kern von Wesen oder Dingen ändern.
„Beeilen wir uns“, brummt Sincha mit bemüht tiefer Stimme, „die Zeit drängt. Kathinkas Magie dauert nur für wenige Stunden an.“
Romaldo blickt sich um. „Da vorne sind zwei Wirtshäuser.

Wenn wir irgendwo Gnome antreffen, dann dort."
Ich folge seinem ausgestreckten Zeigefinger mit den Augen. Das Wirtshaus auf der linken Seite macht einen recht respektablen Eindruck. Es hat gerade Balken, einen einigermaßen neuen Anstrich und ein intaktes Schindeldach. Über dem Eingang ist ein großes Schild befestigt, auf dem „Zum Hafenwirt" steht.
Das andere Wirtshaus ist deutlich kleiner als der Hafenwirt, heruntergekommen, schmutzig und ärmlich. Die Eingangstür hängt in windschiefen Angeln, die Fensterscheiben sind trüb vom Dreck und im Dach kann ich deutlich zwei Löcher erkennen. Nicht einmal ein Namensschild hat die verwahrloste Kaschemme.
„Wir gehen zum Hafenwirt", meine ich daher und freue mich schon auf ein gepflegtes Glas Bier. Seit Monaten habe ich keinen Alkohol mehr getrunken, und ich habe vorhin, als wir den Hafen entlang marschiert sind, beschlossen, dem heute Abhilfe zu verschaffen.
„Das wird leider nicht möglich sein." Romaldo greift zu seinem Kinn. Er will aus alter Gewohnheit an einem seiner Bartzöpfe ziehen, doch die sind weg, und so lässt er seine Hand wieder sinken. „Die Gnome sind sicher in diesem wurmstichigen Bretterverschlag dort drüben."
Sincha nickt zu Romaldos Worten. „Die gelbhäutigen Gnome werden von Verfall und Gestank nahezu magisch angezogen."
„Na schön", knurre ich. Es wird wohl auch in der Kaschemme ein Bier geben, hoffe ich.

Romaldo stößt die knarrende Eingangstür auf und wir spähen wachsam ins Innere. Dicke Rauchschwaden wabern durch einen dunklen, niedrigen Raum, der nach Bratenfett, Fisch, Schweiß und abgestandenem Bier stinkt. Der Rauch kommt einerseits von einem schlecht ziehenden Kamin auf der Rückseite des Raumes, andererseits von den zahlreichen Pfeifen, die an den Tischen und der langen Schank geschmaucht werden.
Sincha hustet trocken, als wir eintreten, und auch in meiner Kehle beißt der Qualm unangenehm.
Romaldo geht mit entschlossenen Schritten zu der langgezogenen Theke und lehnt sich mit dem Ellbogen seines rechten Armes auf den Tresen.

Ein winziger Menschenmann mit einer Augenklappe und gelben Stummelzähnen eilt heran. „Was darf es sein?“, fragt er und seine Stimme knarrt wie eine schlecht geölte Tür.
Der Winzling spricht zwar die Euptonische Hochsprache, dennoch habe ich Mühe, ihn zu verstehen, da sein seltsamer örtlicher Dialekt die Wörter ungewöhnlich verzerrt.
„Drei Krüge Bier“, ordert Romaldo.
Wir haben beschlossen, wann immer es möglich ist, hier in Postingl Romaldo für uns alle sprechen zu lassen. Sincha ist zwar unsere Anführerin, doch ihre Stimme klingt zu hell, auch wenn sie sich noch so sehr bemüht, männlich tief zu klingen. Und ich selbst bin wohl nicht besonders gut geeignet, Verhandlungen zu führen, dafür fehlt mir, zumindest meinen das die anderen, angeblich die Gewitztheit.
Der kleine Menschenmann stellt drei Krüge vor uns hin, die bis zum Rand mit Bier gefüllt sind.
Romaldo hebt seinen Krug hoch und beäugt ihn skeptisch. Die Krüge sind alles andere als sauber, das ist nicht zu übersehen, aber darüber sollten wir uns besser nicht mokieren, wenn wir keine unnötige Aufmerksamkeit auf uns ziehen wollen.
„Zum Wohl“, sagt Romaldo.
Sincha und ich prosten ihm zu, dann nehme ich einen großen Schluck. Das Bier schmeckt ungewöhnlich herb und bitter, aber das stört mich nur wenig. Mit Genuss lasse ich die hellgelbe Flüssigkeit durch meine Kehle rinnen. Nach einem weiteren Schluck sehe ich mich unauffällig im Schankraum um.
Hauptsächlich sind hier herinnen Menschenmänner anzutreffen, die meisten von ihnen sind wohl Seeleute und Matrosen, wenn ich ihre Kleidung richtig deute. Neben uns an der Theke stehen zwei gedrungene Zwerge, die mürrisch in ihre halbvollen Gläser starren und kein Wort sagen.
An der hinteren Seite des Raumes, unmittelbar neben dem Kamin, ist ein großer dunkler Tisch. Mehrere Stühle stehen rundum, auf denen sich Gnome schnatternd und schwafelnd niedergelassen haben. Sie unterhalten sich in einem seltsamen Singsang, und da ich kein Wort verstehe, gehe ich davon aus, dass sie einen gnomischen Dialekt verwenden.
Ich starre neugierig zu den seltsamen Wesen.
Gnome sind eine Handbreit kleiner als Zwerge und haben eine glatte, zitronengelbe Haut. Ihre langen, schwarzen Haare

flechten sie zu mehreren dicken Zöpfen, die oft bis zur Mitte ihres Rückens reichen. Ihre Augen sind sehr schmal und völlig schwarz; keine Pupille, keine Iris, kein Weiß sind zu erkennen. Ihre bauschigen Ohren sind ungewöhnlich groß für ihre kleinen Köpfe und laufen nach obenhin spitz zu. Gnome haben winzige, aber überaus feine Nasen und zahlreiche messerscharfe Zähne. Ihre Körper sind meist mit seltsamen, dunklen Zeichen tätowiert. Sie tragen unzählige Schutzamulette um ihre dürren Hälse und mir fällt wieder ein, dass Gnome als außergewöhnlich abergläubisch gelten. Bekleidet sind sie mit Hemden, ärmellosen Jacken, knielangen Hosen und braunen Schaftstiefeln. Ihre Kleider starren meist vor Schmutz und ein strenger, süßlicher Geruch geht von ihnen aus. Bei den gnomischen Vertretern in dieser Kaschemme ist es nicht viel anders, wie ich bis zu meinem Platz an der Theke dank meiner empfindlichen Nase riechen kann.

Die Gnome gelten als vorzügliche Blasrohr- und Armbrustschützen. Für den Nahkampf sind sie mit ihren dürren Armen und Beinen aber nicht zu gebrauchen. Gnome sind verschlagen und hinterlistig und greifen meist aus dem Hinterhalt mit ihren vergifteten Pfeilen an. Ich denke, es ist überflüssig zu erwähnen, dass ich Gnome nicht ausstehen kann, zumindest die, die noch am Leben sind.

„Also dann“, seufzt Romaldo. „Versuchen wir unser Glück.“

Er stößt sich vom Tresen ab, nimmt seinen Bierkrug, von dem er erst einen Schluck getrunken hat, und geht zu den Gnomen. Sincha und ich folgen ihm auf dem Fuß. Im Näherkommen zähle ich die Gnome. Es sind dreizehn. Einer von ihnen trägt einen schwarzen Dreispitz auf dem Kopf und ist offensichtlich ihr Anführer.

Romaldo bleibt vor ihm stehen. „Dürfen wir uns zu euch setzen?“, fragt er.

Der Gnom mit dem Dreispitz beäugt ihn skeptisch. „Warum will sich ein Menschenmann zu einem Gnom setzen?“

„Weil es etwas zu besprechen gibt“, sagt Romaldo.

„Woher kommst du?“, will der Gnom wissen.

„Aus Ostalien.“

„Bist du ein Soldat von König Angrias?“

Romaldo zuckt mit den Schultern und stellt eine Gegenfrage. „Willst du dir zahlreiche Goldmünzen verdienen?“

Nun zuckt der Gnom mit den Schultern. „Das wäre möglich."
„Dann höre mir zu und beantworte meine Fragen", knurrt Romaldo.
„Zuhören und Fragen beantworten macht durstig", sagt der Gnom, und seine Kumpane grinsen zu den Worten ihres Anführers.
Romaldo versteht den Wink und ruft den winzigen Menschenwirt zu sich. „Eine Runde Bier für meine gnomischen Freunde."
Ich leere meinen Krug in einem Zug. „Für mich auch noch eines", sage ich.
Sincha, die an ihrem Bier bisher nur genippt hat, wirft mir einen scheelen Blick zu. Ich versuche, die Amazone zu ignorieren. Ich denke mir, dass es nach der langen Zeit, in der ich eine Schankstube nicht einmal aus der Ferne gesehen habe, durchaus angemessen ist, mir hier und jetzt das Bier reichlich schmecken zu lassen.
„Sind wir denn Freunde?", fragt der Gnom Romaldo und seine nachtschwarzen Augen funkeln seltsam.
Romaldo, der sich mittlerweile zu ihm gesetzt hat, streicht langsam über sein glattes Kinn. „Ich hoffe zumindest, dass wir es werden."
Der Gnom schluckt vernehmlich, da in Romaldos Worten eine gewisse Schärfe liegt, die nur schwer zu überhören ist. „Nun, und wie können wir Freunde werden?" Er leckt nervös über seine schmalen Lippen
„Indem du nicht so viele Fragen stellst." Romaldo umfasst mit seinen Fingern seinen Bierkrug.
Sincha und ich bleiben hinter ihm stehen, lehnen uns mit den Rücken an die Wand neben dem rauchigen Kamin und zeigen grimmige Gesichter. Vielleicht schüchtern wir damit die kleinen Gelbhäute ja ein wenig ein. Außerdem haben wir auf unserem Platz neben dem Kamin einen guten Blick auf das Rudel Gnome vor uns. Falls einer von ihnen so dumm sein sollte und eine falsche Bewegung macht, würden wir ihn uns schnell schnappen können.
Der Gnom nickt auffordernd. „Nun gut, Menschenmann, dann stelle jetzt du deine Fragen."
„Hast du ein Schiff mit großem Laderaum?"
„Ja."

„Könntest du uns nach Norden bringen?"
„Vielleicht."
„Vielleicht sogar bis zu den Yanthischen Bergen?", fragt Romaldo.
Die Yanthischen Berge liegen hoch im Norden und werden vor allem von den Nordmännern bevölkert. Auch mein Vater ist von dort gekommen. Die Nordmänner stehen noch nicht unter König Angrias Knute, was vor allem daran liegt, dass ihre bergigen Ländereien meist mit Eis und Schnee bedeckt und für eine Armee ohne sehr große Verluste nicht einzunehmen sind. König Angrias kann es sich derzeit nicht leisten, auch noch an dieser Front einen neuen Krieg anzufangen. Außerdem besitzen die genügsamen, eisenharten Nordmänner nichts, was für Angrias von Bedeutung wäre. Für unsere Zwecke ist es aber recht raffiniert von Romaldo, dass er die Yanthischen Berge erwähnt, auch wenn wir nur bis ins Zhokanische Gebirge der Riesen reisen wollen. Der Gnom wird sicherlich vermuten, dass wir ostalische Deserteure sind und vor König Angrias Schergen fliehen wollen. Der einzig sichere Ort in ganz Euptonien für Deserteure sind die Lande der Nordmänner. So gesehen, klingt unsere Geschichte in den bauschigen Ohren des Gnoms sicherlich glaubwürdig.
Der Wirt bringt die von Romaldo bestellte Runde Bier und ich schnappe mir schnell einen Krug. „Bei der Gelegenheit", sage ich zu dem Wirt, „kannst du mir gleich noch eines bringen."
„Halte dich ein wenig zurück", zischt Sincha. „Wir müssen hellwach bleiben."
Der Gnomenkapitän trinkt einen Schluck von dem frisch gebrachten Bier. „Die Yanthischen Berge sind weit und die Fahrt dorthin ist sehr gefährlich."
„Kannst du trotzdem für eine sichere Reise garantieren?", fragt Romaldo.
„Selbstverständlich", schnarrt der Gnom und wir alle wissen, dass es eine Lüge ist. Niemand kann für unsere Sicherheit garantieren, und schon gar nicht ein verfilzter, hinterhältiger, schwächlicher Gnom.
Ich leere meinen Krug bis zur Hälfte und betrachte sinnend die Gnome, die rund um den Tisch sitzen und begierig dem Gespräch zwischen ihrem Anführer und Romaldo lauschen. Für mich sehen sich all diese Gelbhäute so ähnlich, dass ich sie

kaum unterscheiden kann; nur einer von ihnen ist deutlich kleiner und dürrer als die anderen und hat seltsam schief stehende, tränende Augen, die ihn noch verschlagener als seine Gefährten erscheinen lassen.
„Wie lange“, fragt Romaldo soeben, „würdest du mit deinem Schiff brauchen?“
„Wie gesagt, der Weg zu den Yanthischen Bergen ist weit.“ Der Gnom schnalzt mit der Zunge. „Der Winter naht und das vorrückende Eis könnte unsere Fahrt erheblich erschweren. Und natürlich sind da noch die ostalischen Galeeren, die bis oben hin voll mit ostalischen Soldaten sind. Aber ich schätze, dass wir in drei, vier Wochen unser Ziel erreicht haben müssten.“
„Wir wollen die ganze Zeit über im Laderaum deines Schiffes bleiben und nicht gestört werden.“
„Ich verstehe.“
„Und wir haben keine Papiere“, flüstert Romaldo.
„Ihr seid wohl Deserteure?“
„Wie gesagt, keine Fragen.“
„Ich verstehe.“
„Wir sind insgesamt zu sechst“, Romaldos Augen verengen sich, „und haben ein Kind dabei, dessen Sicherheit mir sehr am Herzen liegt.“
„Wir Gnome lieben Menschenkinder“, sabbert der Gnomenkapitän, während seine Augen weiterhin unbeirrt hart und berechnend blicken.
„Das ist gut.“ Romaldo nickt.
Kathinka will sich als Rabe an Bord schmuggeln, deswegen behauptet Romaldo gegenüber den Gnomen, dass wir nur zu sechst wären. Außerdem planen wir, den kleinen Gem als Kind auszugeben. Es würde Kathinka zu viel Magie kosten, ihn in einen ausgewachsenen Menschenmann zu verwandeln.
„Wann legst du ab?“, will Romaldo wissen.
„Heute Nacht.“
„Wie gut ist dein Maat?“
Der Gnomenkapitän deutet mit seinem schmalen Daumen auf den triefäugigen Gnom, der mir vorhin schon aufgefallen ist.
„Das ist Huck. Seine Windmagie ist sehr stark. Er kann Stürme und Strömungen auf Tage im Vorhinein riechen.“
Huck starrt zu Romaldo und zeigt seine kleinen messerscharfen Zähne. „Bei Milfaron, ich bin der beste gnomische Maat, den es

gibt."
„Wer ist Milfaron?", raune ich in Sinchas Ohr.
„Sie ist die Göttin der gnomischen Seeleute", raunt Sincha zurück. „Sie wird auch die unsichtbare Göttin mit der Donnerstimme genannt."
„Die Gnome verehren also eine unsichtbare Göttin mit der Donnerstimme." Um meine Mundwinkel zuckt es verächtlich. „Und ich dachte, dass die Gnome Frauen verachten und für minderwertig halten."
„Gnome leben in einer sehr patriarchalen Gesellschaft und unterdrücken ihre Frauen brutal. Das hat aber nichts mit ihrer Hingabe zu dieser Göttin zu tun. Milfaron ist ihnen überaus heilig."
Seltsam, denke ich, da sind diese Gnome eine derart männerdominierte Rasse, und dann verehren sie doch tatsächlich eine weibliche Emanation des einen Gottes, der in allen Dingen lebt.
Hör auf, in Emanationen zu denken! Jeder Gott ist einzigartig!, schreit Thurantuh durch meinen Hinterkopf.
Ich zucke zusammen. Verzeih mir, bitte ich, doch da ist er schon wieder schmollend verschwunden.
Romaldo hat sich, während Sincha und ich miteinander geflüstert haben, etwas näher zum Gnomenkapitän gebeugt. „Kommen wir nun zum Wesentlichen. Wie viel verlangst du?"
Der Gnom streicht über seine kleine Nase. „Zehntausend Goldtaler und keinen einzigen Dinar weniger."
„Das ist lächerlich!", schnaubt Romaldo. „Dein Preis, Gnom, ist unverschämt hoch."
„Er ist überaus korrekt", kontert der Gnom. „Bedenke doch, welch ungemeines Risiko ich auf mich nehme, wenn ich euch alle an Bord meines Schiffes lasse."
„Nun, vielleicht ist ja ein anderer Gnomenkapitän bereit, uns zu befördern", hält Romaldo dagegen.
Ich leere meinen Bierkrug und ordere einen neuen. Sincha knurrt laut und ungehalten, aber ich ignoriere sie erneut, da ich weiß, was jetzt auf uns alle zukommen wird. Romaldo und der Gnom werden endlos lang um den Preis feilschen, und so eine Feilscherei ist meiner Meinung nach nur mit ausreichend Bier zu ertragen. Es wäre viel zu verdächtig, wenn Romaldo sofort und klaglos den unverschämten Forderungen des

Gnomenkapitäns zustimmen würde. Hinzu kommt, dass wir den Betrag von zehntausend Goldtalern, selbst wenn wir wollten, nicht bezahlen könnten. Wir haben zwar die ostalischen Schergen und Soldaten sowie die Hexer und Hexen, die unsere Wege gekreuzt haben, um ihr gesamtes Vermögen erleichtert, das sie bei sich getragen haben, doch das reicht natürlich bei weitem nicht, um den Gnom bezahlen zu können. Sincha hat unsere Goldstücke und Dinare gestern gezählt und ist auf einen Gesamtwert von knapp eintausendzweihundert Taler gekommen. Aber ganz egal, wie gut Romaldo auch verhandelt, der Gnom wird niemals von zehntausend Goldtalern auf eintausendzweihundert heruntergehen; wir können uns den geforderten Betrag so oder so nicht leisten. Jetzt geht es nur darum, dass Romaldo eine Anzahlung aushandelt, die wir auch erbringen können. Später, wenn wir endlich auf dem Schiff sind, werden wir ja sehen, wie sich die Gnome verhalten. Entweder akzeptieren sie unsere eintausendzweihundert Taler als Bezahlung, oder sie werden widerspenstig; und dann müssen wir ihnen wohl oder übel die Köpfe von ihren dürren Hälsen schlagen. Meine Äxte sind auf jeden Fall für ein kleines Gnomengemetzel bereit.

Eine knappe Stunde später leere ich schmatzend meinen neunten und letzten Bierkrug und schnaufe zufrieden. Ich fühle mich angenehm leicht und mein Gemüt ist frei von Zweifeln und Sorgen.
Da nicht nur ich meinen Durst ausreichend gestillt habe, sondern auch die Gnome noch vier weitere Runden Bier bestellt haben, muss Romaldo soeben zähneknirschend eine ordentliche Anzahl von Dinaren bei dem winzigen Menschenwirt abliefern. Sincha wirft mir schon wieder bitterböse Blicke zu, aber daran habe ich mich nach all den Bierkrügen mittlerweile schon gewöhnt, auch wenn ich natürlich spüre, dass die Amazone und der Prinz mir mehr als nur gram sind. Andererseits wäre es aber wirklich ausgesprochen dumm von mir gewesen, diese günstige Gelegenheit zum Biertrinken ungenützt verstreichen zu lassen. Wer weiß, wann ich wieder einen Bierkrug in meine krallige Schuppenhand bekomme?
Nun, wenigstens haben die zähen Verhandlungen mit dem Gnomenkapitän endlich ein Ende gefunden. Der Gnom ist nun

bereit, uns für dreitausend Taler auf sein Schiff zu lassen, eintausend Taler fordert er heute Nacht als Anzahlung.
Romaldo bespricht noch ein paar Details mit dem Kapitän, dann verabschieden wir uns recht schnell von den Gnomen, da wir nicht wissen, wie lange Kathinkas Wandelmagie noch anhält. Wir wollen auf jeden Fall Postingl verlassen haben, bevor wir unser altes Aussehen zurückbekommen.
Eilig treten wir durch die schiefe Tür ins Freie und marschieren los. Dabei gewinne ich zusehends den Eindruck, dass ich wie eine schwangere Bergziege dahinwatschle. Insgeheim bin ich mir nicht ganz sicher, ob mein Watschelgang von den ungewohnten Stiefeln oder den doch recht zahlreich konsumierten Bierchen kommt.
Sincha scheint Letzteres anzunehmen, denn sie rammt mir, während sie mich als verdammten Saufkopf beschimpft, ihren Ellbogen so fest in die Rippen, dass ich laut aufstöhne.

25

Dichte Wolken verdunkeln den Nachthimmel noch zusätzlich und es ist so finster, dass man kaum seine Hand vor Augen sieht; doch das stört uns nicht im Geringsten, da unser Vorhaben nach Möglichkeit von keinen fremden, neugierigen Blicken beobachtet werden sollte. Wir lagern in einem alten Schuppen nahe dem Hafen und warten auf das verabredete Signal. Kathinka hat schon vor einer halben Stunde ihre Wandelmagie gewirkt und unser aller Aussehen verändert. Sincha, Romaldo und ich haben wieder jene Gestalten angenommen, die die Gnome von uns kennen. Gem ist in ein kleines, dickes Kind mit Doppelkinn verwandelt worden. Knut mimt einen klobigen Diener mit strubbeliger Haarmähne und blondem Kinnbart. Clarina hat nun das Aussehen einer ostalischen Frau mittleren Alters. Wir haben es für klug befunden, zumindest eine Frau bei uns zu haben. Die Gnome betrachten Frauen zwar als minderwertige Geschöpfe, aber es wäre wohl recht schwierig gewesen, ihnen zu erklären, warum eine Gruppe von ausschließlich Männern mit einem kleinen Kind eine so lange Reise antritt. Natürlich hätten wir behaupten können, das kleine Kind sei mütterlicherseits ein Waise, aber

alles in allem macht es unsere Geschichte der desertierenden ostalischen Soldaten glaubwürdiger, wenn zumindest eine Frau dabei ist. Falls uns die Gnome näher befragen, wollen wir ihnen erzählen, dass Clarina die Ehefrau von Romaldo ist. Sincha und ich sind seine Cousins, Knut ist unser treuer Diener und Gem das gemeinsame Kind von Clarina und Romaldo. Wir verreisen sozusagen mit unserem ganzen Hausstand und es macht auch Sinn, das vorzugeben. Romaldo muss zumindest ein Offizier sein, um sich die dreitausend Goldtaler leisten zu können; und ein ostalischer Offizier verfügt nun einmal über Familie und Diener.
Kathinka hat vorhin noch weitere Wandelmagie angewendet. Rapier, Kriegskeule, Krummsäbel und Schilde sind in kleine Tonscheiben transformiert worden, die sich leicht zwischen unserem Gepäck verbergen lassen. Der Zauberstab ist zu einem normalen Wanderstab geworden und mein Kampfstab zu einem schmalen Messer, das in meinem Gürtel steckt. Zu guter Letzt hat sich Kathinka dann noch selbst verwandelt und die Gestalt eines schwarzen Raben angenommen. Behutsam habe ich sie hochgehoben und in meinen Reiserucksack gegeben, der neben mir am Boden liegt. Kathinka hockt schon seit Minuten beinahe reglos in dem Rucksack, nur gelegentlich höre ich, dass sie einen ihrer Flügel ein wenig bewegt. Die ungewöhnlich hohe Anwendung von Wandelmagie, die nötig gewesen ist, um uns alle und auch die zahlreichen Gegenstände transformieren zu können, hat Kathinka unglaublich viel Kraft gekostet. Bevor sie Rabengestalt angenommen hat, habe ich in ihren Augen gesehen, dass sie mit ihren Kräften beinahe am Ende ist. Und das macht mir einige Sorgen. Ich hoffe inständig, dass die Gnome bald kommen. Lange wird Kathinkas Magie nicht mehr anhalten.
Neben mir scharrt Sincha mit den Stiefelsohlen. Auch sie ist überaus angespannt und nervös.
Ich drücke meine Finger gegen meine Stirn und atme langsam aus. Mein Kopf schmerzt immer noch ein wenig von den nachmittäglichen Bieren und meine Zunge fühlt sich pelzig an. Um mich von meinen körperlichen Beschwerden ein wenig abzulenken, beschließe ich, mit Sincha eine kurze Unterhaltung zu führen.
„Wir hätten uns niemals auf einen Handel mit den Gnomen

einlassen dürfen“, wispere ich der Amazone zu.
„Wir müssen über den Seeweg in das Zhokanische Gebirge“, wispert Sincha zurück. „Die Gnome sind unsere einzige Chance, unbemerkt dorthin zu gelangen.“
„Ich traue den Gnomen aber nicht.“
„Ich weiß.“
„Das Schiff wird ganz sicher mitten auf dem Meer untergehen“, orakle ich ungerührt.
„Wie kommst du jetzt darauf?“ Sincha wirkt genervt, doch darauf gehe ich nicht näher ein.
„Gnome sind faul, schlampig und überaus nachlässig“, sage ich leise. „Es wäre daher kein Wunder, wenn ihr Schiff voll Wasser läuft, weil sie die Planken am Bauch des Schiffes nicht ordentlich geteert und abgedichtet haben. Denkbar wäre auch, dass ihr Schiff kentert, weil der Hauptmast unter dem Gewicht falsch angebrachter Segel bricht. Ich habe gehört, dass Gnome äußerst unfähige Zimmermänner sind.“
Sincha schnauft gereizt. „Weißt du, Skriek, es ist immer wieder angenehm, sich mit dir zu unterhalten.“
„Ehrlich?“, frage ich ein wenig ungläubig nach, da ich Sinchas gereizten Unterton sehr wohl vernommen habe.
„Ja, ganz ehrlich.“ Ihre Stimme trieft vor Hohn. „Du hast etwas so hoffnungsvoll Positives an dir, das sehr nervenberuhigend wirkt.“
„Sehr witzig!“, fauche ich und drehe mich beleidigt zur Seite. Jetzt ist es in unserer Gruppe anscheinend schon so weit gekommen, dass ich nicht einmal mehr die kleinsten Bedenken anbringen darf.
„Ruhe!“, zischt Clarina. „Die Gnome kommen.“
Angespannt starren wir zum dunklen Hafen und sehen, wie sich eine kleine Galeere nähert, an deren Bug eine Fackel von links nach rechts geschwenkt wird. Das ist das verabredete Zeichen. Ich greife vorsichtig nach meinem Reiserucksack, in dem Kathinka ein kurzes, angespanntes Krächzen vernehmen lässt, und eile mit den anderen zu der Anlegestelle. Mit einem Knarren legt die Galeere längsseits an und ich kann gut zwei Dutzend Gnome an Deck ausmachen. Aufgeregt laufen sie hin und her, nur der Kapitän und sein triefäugiger Maat verharren scheinbar völlig gelassen an der Reling. Zwei dürre Gnome legen hurtig eine Planke ans gemauerte Ufer, und wir

balancieren, so gut es eben geht, darüber hinweg. Die Wellen heben und senken die Galeere klatschend auf und ab, sodass wir Mühe haben, das Gleichgewicht zu halten. Die Gnome mokieren sich über uns. „Landratten kommen an Bord“, spottet einer.

Murrend erreichen wir das Deck und bauen uns vor dem Kapitän und seinem Maat auf.

Romaldo greift in seine rechte Hosentasche und holt einen Beutel mit eintausend Goldtalern, die Sincha vorher penibel abgezählt hat, hervor. „Da ist die vereinbarte Anzahlung“, sagt er.

Der Kapitän schnappt gierig nach dem Beutel und öffnet ihn. Währenddessen bedeutet der Maat den Gnomen mit knappen Handbewegungen, dass sie eiligst ablegen sollen. Die kleinen Gelbhäute lösen die Seile und drücken mit Staken das Schiff vom Kai weg. Wind fährt in das Hauptsegel und langsam dreht die Galeere ihren Bug Richtung offenes Meer.

Der Kapitän hat mittlerweile überblicksartig die Goldtaler gezählt. Mit einem zufriedenen Schmatzen lässt er den Beutel in den Tiefen seines knielangen, schwarzen Mantels verschwinden. Dann starrt er Clarina herausfordernd an. „Das Weib“, knurrt er, „soll von meinem Deck verschwinden. Es bringt Unglück.“ Er spuckt geräuschvoll vor Clarinas Füße. „Alle Weiber sind ein böser Fluch für uns Seeleute.“

„Wo ist der Laderaum?“, fragt Romaldo ungerührt. Er will ganz offensichtlich mit dem Gnomenkapitän nicht über Frauen und deren Auswirkungen auf den Verlauf der Schiffsreise diskutieren.

„Huck bringt euch hin“, brummt der Kapitän.

„Folgt mir“, schnarrt der triefäugige Maat und wirft seinem Kapitän einen seltsam verschlagenen Blick zu, der mir nicht entgeht.

Irgendetwas stimmt hier nicht, das spüre ich ganz genau. Meine Instinkte vibrieren angespannt und ich kann beinahe riechen, dass uns Gefahr droht. Argwöhnisch blicke ich mich um, und jetzt fällt mir auch auf, dass all die Gnome rundum ein hämisches Grinsen auf ihren Lippen haben. Was planen die hinterhältigen Gelbhäute? Meine Fäuste ballen sich vor Sorge und Ingrimm.

Huck öffnet die Luke des Laderaumes, der sich im hinteren

Heck der Galeere befindet.
„Da müsst ihr hinunter“, sagt er und zeigt seine messerscharfen Zähne.
„Das ist eine Falle“, flüstere ich zu Sincha. „Wir sind in großer Gefahr.“
„Sei einfach nur ruhig!“ Sincha schnappt sich einen glühenden Kienspan, um zumindest für kurze Zeit ein wenig Licht zu haben, und klettert über eine Leiter nach unten in den Laderaum. Clarina, Gem, Knut und Romaldo folgen ihr, ohne zu zögern.
Ich starre Huck mitten ins Gesicht. „Wenn du uns betrügst, drehe ich dir deinen faltigen Hals um“, drohe ich.
Der Maat keckert nur höhnisch, sagt aber kein Wort auf meine Drohung.
„Beweg deinen Hintern hier herunter!“, ruft Clarina ungeduldig zu mir nach oben.
Ich blicke nach unten. Anscheinend ist alles in Ordnung, meine Gefährten wurden nicht hinterrücks überfallen.
Nun gut, denke ich, vielleicht bin ich ja manchmal doch zu misstrauisch.
Mit einem Seufzer beginne ich meinen Abstieg.
Huck blinzelt mir herausfordernd zu. „Du bist ein Weichling.“
„Was?“ Ich glaube, meinen Ohren nicht zu trauen. Was erlaubt sich der gelbe Winzling?
„Das Weib ruft und du folgst artig.“ Er schnieft herablassend. „Du bist ein Weichling! Ein Schwächling!“
Ich sage darauf nichts, aber eines ist klar: Der triefäugige Gnom ist schon so gut wie tot.

Als die Sonne am nächsten Morgen aufgeht, fällt ein wenig Licht durch einen schmalen Spalt über unseren Köpfen. Übernächtig und zerknautscht schälen wir uns aus unseren Reisedecken. Das ungewohnte Schaukeln des Schiffes hat uns alle lange Zeit nicht einschlafen lassen. Kathinka wirkt auch heute Morgen noch recht angeschlagen und erschöpft. Ihre Augen sind dunkel untermalt und ihre blassen Wangen eingefallen. Das hohe Ausmaß an Wandelmagie, das sie gestern eingesetzt hat, fordert noch immer seinen Tribut von ihr, auch wenn wir schon seit Stunden unser natürliches Aussehen wiederhaben; die Waffen und der Zauberstab befinden sich ebenfalls wieder in ihrem ursprünglichen Zustand.

Ich reiche Kathinka einen Trinkschlauch. „Wir sind wahrscheinlich schon auf hoher See."
„Sehr gut." Sie trinkt gierig ein paar Schlucke. „Gib mir einen Tag und ich bin wieder völlig bei Kräften." Wasser tropft von ihrem Kinn, als sie mir den Schlauch zurückgibt. „Ohne den Zauberstab hätte ich all die Magie nicht wirken können."
„Deine Kräfte sind beachtlich angewachsen", lobe ich.
„Wie gesagt", sie zeigt ein schiefes Lächeln, „bald werde ich dich beim Armdrücken besiegen."
„Vorher lernen Frösche fliegen", grinse ich zurück.
„Ich könnte die Warzen auf dem Rücken eines Frosches in Flügel verwandeln."
„Hm", brumme ich. Kathinka ist mir, wie üblich, zu schlagfertig.
Da öffnet sich knarrend die Laderaumluke über uns und ein Gnom steckt seinen gelben Schädel herunter.
Wir alle drängen uns hastig gegen die Seitenwände und drehen unsere Gesichter zur Seite, damit der Gnom unser wahres Aussehen nicht erkennen kann.
„Wir wollen ungestört bleiben!", ruft Romaldo ungehalten nach oben. „So ist es mit eurem Kapitän vereinbart."
„Der Kapitän will euch aber dringend sprechen!", ruft der Gnom zurück.
„Uns alle?"
„Nur die drei, mit denen er gestern in der Kaschemme verhandelt hat."
„Was will er von uns?"
Der Gnom zieht eine Grimasse. „Das wird er euch selber sagen."
„Na schön", schnauft Romaldo. „Schließe die Luke, wir kommen in wenigen Minuten zu euch an Deck."
„Bis dann." Der Kopf des Gnoms verschwindet ebenso schnell, wie er aufgetaucht ist, und die Luke fällt krachend ins Schloss.
„Was machen wir jetzt?" Clarina drückt sich von der Wand ab und zieht ärgerlich an einem roten Haarzopf.
„Das ist doch ganz einfach", sage ich. „Wir schnappen unsere Waffen, stürmen an Deck und töten alle Gnome."
„Und wer steuert dann die Galeere, Herr Siebengescheit?", fragt Clarina verächtlich.
„Ein, zwei Gnome lassen wir meinetwegen am Leben", schlage

ich nach kurzem Überlegen vor. „Und wir legen selbst Hand mit an. So schwer kann das Segeln ja nicht sein."
Die anderen blicken sich skeptisch an.
„Grumpf", meint Knut. „Grumpf, grumpf."
„Ja", stimmt Romaldo zu, „ich denke auch, dass wir Skrieks Vorschlag in die Tat umsetzen sollten. Kathinka ist zu geschwächt, um erneut ihre Magie einzusetzen. Und wenn die Gnome erfahren, wer wir wirklich sind, werden sie alles daran setzen, uns gefangen zu nehmen. Das dürfen wir nicht riskieren. Uns bleibt daher wohl nur ein Überraschungsangriff. Ein, zwei Gnome lassen wir am Leben. Am besten wäre es wohl, wenn wir vor allem den Maat verschonen. Seine Gnomenmagie kann uns vor Eisschollen und Unwettern warnen. Ihn sollten wir unbedingt am Leben lassen."
Meine Gefährten, allen voran Sincha, nicken zu Romaldos Worten.
Ich knurre innerlich. Ausgerechnet den triefäugigen Gnom wollen sie am Leben lassen. Für mich kommt das nach seinen Frechheiten mir gegenüber nicht in Frage, aber ich sage nichts, da ich ja weiß, dass in einer Schlacht so manch Unvorhergesehenes geschehen kann. Zum Beispiel könnte eine Axt ihr ursprüngliches Ziel verfehlen und stattdessen ein Triefauge treffen.

Kathinka kauert an der leeseitigen Wand des Laderaumes und blickt mit müden Augen zu uns herüber. Wir anderen haben unsere Waffen bereits in den Händen und verharren am Fuße der Leiter.
„Wir setzen auf Schnelligkeit", flüstert Sincha. „Skriek hebt die Ladeluke an. Romaldo und ich stürmen als erste hinaus und schnappen uns die nächstbesten Gnome. Knut, Clarina und Skriek folgen uns, so rasch es geht, an Deck. Gem, du bist unsere Rückendeckung. Versuche, so viele Gnome wie möglich mit deinen Pfeilen aus den Wanten zu holen."
„Aye, aye, Sir", grinst der Kobold und salutiert zackig.
„Das ist eine ernste Sache", belehrt ihn Sincha.
Gem schluckt. „Verzeihung, Sir."
Sincha boxt gegen seinen Oberarm.

Mit aller Kraft drücke ich, so schnell ich es vermag, die

Ladeluke auf. Wie zwei geölte Blitze huschen Romaldo und Sincha mit gezückten Klingen ins Freie.
Sekundenbruchteile später verharren sie und senken ihre Waffen.
„Verdammt! Was ist los?“ Fluchend stecke ich meinen Kopf durch die offene Luke und verharre nun ebenfalls.
Alle knapp dreißig Kobolde des Schiffes sitzen in den Wanten oder auf den beiden Aussichtsmasten und haben gespannte Armbrüste in den Händen oder Blasrohre an den Lippen. Hastig blicke ich mich um. Sämtliche Segel sind gerafft und das Steuerrad ist mit Lederriemen fixiert. Die Galeere gleitet mit einem kaum merkbaren Auf und Ab über die sanften Wellen der offenen See.
„Keine Bewegung!“, schnarrt der Gnomenkapitän, der sich auf die Spitze des Hauptmastes zurückgezogen hat.
Eines muss man den kleinen Gelbhäuten lassen: Sie sind ausgesprochen hinterhältig und verschlagen. Dadurch, dass sie alle hoch oben im Schiff lauern, können wir keinen erfolgversprechenden Angriff starten. Bevor wir die Gnome erreichen, sind wir mit zahlreichen Pfeilen gespickt, die höchstwahrscheinlich alle vergiftet sind. Romaldos harbaische Magie vermag zwar gut und gern zehn Pfeile aus der Luft zu schlagen, aber bei knapp dreißig Pfeilen versagen auch seine Fähigkeiten. Die Gnome haben uns überlistet.
„Legt augenblicklich eure Waffen nieder!“, befiehlt der Kapitän.
Hinter mir drücken Knut und Clarina gegen meine Hüfte. Sie wollen ebenfalls ins Freie.
„Bleibt im Laderaum“, sage ich. „Die Gnome haben uns eine Falle gestellt.“
„Bei Ama!“, flucht Clarina. „Unternimm etwas!“
„Grumpf!“, fordert Knut wütend.
Meine Eckzähne schlagen grimmig aufeinander. „Im Moment können wir nichts tun. Die Gnome haben uns fest in der Hand.“
Wie um meine Worte zu bestätigen, legen Sincha und Romaldo, nachdem sie der Gnomenkapitän erneut dazu aufgefordert hat, ihre Waffen langsam auf den Planken ab.
„Das Schuppenmonster soll ebenfalls herauskommen und seine Äxte abgeben!“ Der Kapitän deutet unmissverständlich auf mich.
Voll böser Vorahnungen ziehe ich mich nach oben, stelle mich

neben Sincha und Romaldo und lege meine Äxte widerwillig ab. „Sag der zweiten Amazone und dem dicken harbaischen Zwilling, dass sie dir ihre Waffen reichen sollen.“ Der Kapitän klettert geschickt wie ein Affe ein Stück nach unten. „Auch die Formwandlerin soll ihren Koboldsäbel herausgeben. Und ich will all eure Dolche und Messer.“
Ich tue, wie mir befohlen worden ist, und gehe zur Luke. Waffe um Waffe wird mir nach oben gereicht und ich lege sie mit stillem, hilflosem Groll zu meinen Äxten. Möglicherweise haben ja meine Gefährten den einen oder anderen Dolch unten behalten, aber ich befürchte, dass uns das nicht viel nützen wird. Die Gnome sehen es wohl ähnlich, da sie sich erst gar nicht die Mühe machen, nachzukontrollieren, ob wir alle Waffen abgeliefert haben.
„Verschließe nun die Luke“, verlangt der Kapitän.
Fauchend folge ich auch dieser Anordnung
„Woher“, ruft Sincha zu dem Kapitän nach oben, „hast du gewusst, wer wir sind?“
Der Kapitän wackelt selbstgefällig mit seinen bauschigen Ohren. „Mein Maat ist voll Gnomenmagie. Er hat gestern in der Kaschemme gespürt, dass mit euch etwas nicht stimmt. Euch drei umgab eine seltsame Magie, die er zwar nicht kannte, aber sehr wohl riechen konnte. Als ihr gegangen wart, schickte ich einen meiner Männer heimlich hinter euch her. Er sah, dass ihr knapp nach Postingl euer Aussehen verändert habt.“ Der Kapitän schnalzt mit seiner schwarzen Gnomenzunge. „Und er erkannte euch augenblicklich, dank all der Steckbriefe, die überall in Euptonien verteilt worden sind. Ihr seid die Mörder und Diebe, die König Angrias sucht und auf die er eine hohe Belohnung ausgesetzt hat.“ Der Gnom hebt seinen Zeige- und Mittelfinger. „Laut den Steckbriefen werden zu aller erst einmal zwei Amazonen gesucht. Sie hören auf die Namen Sincha Ankonski und Clarina Haffina und sind mit Krummsäbeln und Wurfdolchen bewaffnet.“ Er hebt noch zusätzlich seinen Ringfinger und den kleinen Finger an. Das Aufzählen macht ihm sichtlich großen Spaß. „Außerdem gibt es zwei harbaische Brüder namens Romaldo und Knut. Ihre Waffen sind die Keule und das Rapier. O ja, die Steckbriefe sind sehr genau mit ihren Beschreibungen.“ Er nimmt nun auch noch die Zeige- und Mittelfinger seiner linken Hand zu Hilfe, während er sich

akrobatisch mit seinen Füßen in den Seilen hält. „Und dann haben wir da noch ein überaus hässliches Schuppenmonster mit zwei Äxten und eine Formwandlerin namens Kathinka Ebensa, die einen Koboldsäbel ihr Eigen nennt. Besagte Kathinka hat euer Aussehen verwandelt, bevor ihr mit mir die Verhandlungen aufgenommen habt. Sie scheint sehr begabt zu sein. Und als ihr gestern an Bord meines Schiffes gekommen seid, hat sie die Gestalt des dicken Menschenkindes angenommen, nicht wahr?“
Sincha nickt. „Du bist sehr klug“, schmeichelt sie, in der Hoffnung, dass keiner von uns den Kapitän berichtigt. Aber das haben Romaldo und ich gar nicht vor. Ganz im Gegenteil! Soll der Gnomenkapitän nur bei seiner irrigen Annahme bleiben. Da er nichts von Gem weiß, verwechselt er ihn mit Kathinka. Vielleicht kann uns das noch zum Vorteil gereichen.
„Ja, bei meiner Göttin Milfaron, ich bin klug“, grunzt der Kapitän. „Und dank der Steckbriefe weiß ich auch, dass du, Sincha Ankonski, die Anführerin eures erbärmlichen Haufens bist.“ Er rotzt verächtlich in die Wanten. „Ein Weib als Anführerin! So etwas ist von Anfang an zum Scheitern verurteilt.“
Die amazonische Heerführerin bebt neben mir im stummen Zorn.
„Meine Männer“, sagt der Kapitän zu Sincha, „werden dich jetzt fesseln und neben meiner Kajüte anbinden. Eine falsche Bewegung und ihr seid alle tot.“
Vorsichtig, beinahe ängstlich, nähern sich uns drei Gnome mit Lederriemen, während die anderen weiter überaus wachsam auf uns zielen. Mir wird klar, dass wir Sincha im Moment nicht helfen können. Die Karten sind zu ungünstig verteilt. Alle Vorteile liegen auf Seiten der Gnome.
Mit wenigen geschickten Griffen wird Sincha, die sich klugerweise erst gar nicht zu wehren versucht, an Händen und Füßen gefesselt und vor die Kapitänskajüte gezerrt. Unmittelbar neben der Holztür ist ein stabiler Eisenring in einen Mast geschlagen worden. Daran wird Sincha von den drei Gnomen festgebunden. Dann ziehen sie kleine scharfe Messer aus ihren Gürteln und halten sie drohend an Sinchas Hals. Die Heerführerin ist nun völlig wehrlos und den Gnomen schutzlos ausgeliefert.

Behände springt der Kapitän an Deck des Schiffes und kommt uns ein paar Schritte entgegen. Jetzt, wo er Sincha in seiner Gewalt hat, fühlt er sich so sicher, dass er es sogar wagt, sich Romaldo und mir bis auf wenige Meter zu nähern.
Vier weitere Gnome klettern aus den Wanten und sammeln rasch und in gebückter Haltung unsere Waffen ein. Da Knuts Keule ungewöhnlich schwer ist, müssen sich die kleinen Gelbhäute ordentlich abmühen.
In Romaldos grauen Augen glüht kalter Zorn, als er sich mit gepresster Stimme an den Gnomenkapitän wendet. „Du willst uns also an König Angrias verkaufen?"
„Aber nein, natürlich nicht." Der Gnom winkt lässig ab. „Angrias ist ein perverser Schlächter. Ein Monster. Ein ekliges Scheusal. Jeder aufrechte Gnom hasst den König von Euptonien."
„Was hast du dann mit uns vor?" Romaldo ist ebenso verwundert wie ich.
„Nun, mir ist zu Ohren gekommen, dass ein Stammesführer der Riesen ein recht reges Interesse an euch hat. Vor allem an dem schuppigen Bastard da." Er zeigt mir ein böses Grinsen.
„HamSamKoLo", stammle ich.
„Ja, so lautet der Name des Riesen", bestätigt der Gnomenkapitän. „Und da wir ohnehin Richtung Norden segeln, kommen wir unweigerlich am Zhokanischen Gebirge vorbei. Das trifft sich doch ganz vorzüglich." Erneut grinst er. „Ich war bereits so frei und habe eine Brieftaube vorausgeschickt. HamSamKoLo wird also über unser Kommen bald Bescheid wissen und ich denke, dass er mehr als nur erfreut sein wird, wenn ich euch bei ihm abliefere."
„Wie viel Gold willst du haben?", fragt Romaldo. „Ich bin reich. Ich kann dich sehr, sehr gut bezahlen."
„Du bist vor allem auf der Flucht, Prinz aus Harba", schnarrt der Gnom. „Und HamSamKoLo bietet für euer Ergreifung zehntausend Taler. Soviel Gold habt ihr ganz sicher nicht bei euch, wie ich von unseren gestrigen Verhandlungen weiß. Euer Schicksal ist besiegelt. Ich werde euch zu HamSamKoLo bringen."

26

Ich hocke mit gesenktem Kopf im Laderaum und trage dunkle Gedanken in mir. Schlimme Schuldgefühle nagen an meiner Seele, und ich kämpfe schon seit Stunden dagegen an, nicht in sinnlosem Zorn mit meinen Fäusten gegen die Plankenwände ringsum zu schlagen. Meine Gedanken kreisen um einen einzigen Punkt: Wenn ich damals, als wir das Zhokanische Gebirge erstmals durchquert haben, in meiner übermütigen Dummheit nicht HamSamKoLos Sohn getötet hätte, würden wir jetzt nicht in dieser ausweglosen Situation festsitzen. Natürlich hätte uns der goldgierige Gnomenkapitän trotzdem gefangen genommen, aber er hat ja selbst gesagt, dass er König Angrias hasst. Vielleicht hätten wir uns mit unerfüllbaren Versprechungen an die Gnome und der Zusicherung auf zahlreiche Goldtaler aus diesem Schlamassel heraus lavieren können. So wie ich es sehe, hätte es ohne den Riesen HamSamKoLo deutlich mehr Verhandlungsspielraum mit den Gnomen gegeben, aber jetzt ist das alles Makulatur. Die Gelbhäute werden uns ohne zu zögern an die Riesen ausliefern, mit einem zufriedenen Grinsen das Lösegeld einstreichen und uns unserem Schicksal überlassen.
Ich weiß, dass HamSamKoLo uns alle lebend haben will, um uns ausgiebig foltern und quälen zu können, bevor er uns tötet. Möglicherweise hofft er dadurch, den Schmerz über den Tod seines Sohnes besser ertragen zu können.
Wie auch immer. Unsere Lage ist hoffnungslos und ich bin daran schuld. Sincha ist gefangen, wir anderen sind im Laderaum eingesperrt, darben bei Wasser und schimmligem Brot und wissen ganz genau, dass wir verloren sind. Voll Ingrimm balle ich meine kralligen Hände zu Fäusten und knurre wütend.
Da setzt sich Kathinka zu mir und berührt sanft meinen Oberarm. „Du brütest schon seit zwei Tagen still vor dich hin“, sagt sie mit leichtem Vorwurf.
„Wir werden alle sterben. Und ich ganz allein bin daran schuld.“
„Ja, die Fehler der Vergangenheit werfen lange Schatten“, meint Kathinka ohne jegliches Mitgefühl für meine Stimmungslage.
Ich hebe verärgert meinen Kopf und starre in Kathinkas

veilchenblaue Augen. „Wofür hast du eigentlich diesen Zauberstab, wenn er doch zu nichts nutze ist? Nicht einmal eine einfache Luke kannst du verwandeln!“, werfe ich ihr vor.
Kathinkas Augen verengen sich. „Die Gnome haben unseren Laderaum magisch versiegelt. Sie wissen, dass ich eine Formwandlerin bin, und setzen ihre Magie gegen meine. Aber das habe ich dir ja schon mehrmals erklärt.“
„Versuche es weiter!“, fordere ich. „Verwandle diese verdammte Klappe, die die Luke verschließt, in Stroh oder Gras, ganz egal in was. Ich will nur endlich hier raus und ein paar Gnome erwürgen.“
„Das ist ein Gnomenschiff und die Gnome wirken ihre eigene Magie. Noch einmal, Skriek, ich kann die Luke nicht transformieren.“
Wütend drücke ich mich vom Boden hoch. „Und warum lässt ihr dann nicht Knut und mich die Luke mit unseren Fäusten aufbrechen?“
Kathinka baut sich vor mir auf. „Weil ihr gut ein Dutzend Schläge benötigt, bis ihr die Luke geöffnet habt. Die Gnome hätten alle Zeit der Welt, sich auf unseren Ausbruch vorzubereiten. Außerdem haben sie Sincha in ihrer Gewalt.“
„Dann soll der verfluchte Kobold endlich sein Blasrohr einsetzen. Wenn die Gnome die Luke öffnen, um Wasser und Brot nach unten zu werfen, kann er sie mit seinen Pfeilen töten. Bevor sie die Luke wieder verriegeln können, stürmen wir an Deck, befreien Sincha und töten alle Gnome.“
„Das ist viel zu riskant. Sincha wäre tot, bevor wir unsere Köpfe ins Freie stecken können.“ Kathinka schnauft. „Außerdem würde Gem niemals bei einem so riskanten Unternehmen mitmachen. Du weißt ganz genau, dass er nichts tut, was Sincha in Gefahr bringt.“
„Sincha ist bereits in größerer Gefahr, als sie es jemals zuvor war.“ Ich wende mich von Kathinka ab und trete vor Gem hin, der am Boden kauert und mit zuckenden Ohren Kathinka und mir gelauscht hat. Unsanft stupse ich ihn mit meinem kralligen Fuß an. „Steh auf, du blaupelziger Feigling! Nimm dein Blasrohr und töte jeden Gnom, der sich oben bei der Luke zeigt!“
Gem rappelt sich hoch und funkelt mich verärgert an. „Hör auf, mich zu stupsen!“

Ich packe ihn am Kragen und schüttle ihn. „Wenn du nicht so versessen darauf wärst, unbedingt Sinchas Leben zu retten, wären wir schon längst frei.“ Ich weiß, dass ich ungerecht bin, aber das ist mir im Moment völlig egal.
Clarina eilt herbei und ergreift meinen Unterarm. „Lass Gem los, du schuppiger Bastard! Er ist nicht daran schuld, dass wir eingesperrt sind.“
Ich starre die rothaarige Amazone an. „Der Blaupelz ist nicht bereit, etwas an unserer Lage zu ändern.“
„Er will Sinchas Leben nicht gefährden“, faucht Clarina mich an. „Ganz allein deine tollwütige Brutalität ist daran schuld, dass Sincha gefangen ist und wir ihr nicht helfen können. Und wir wissen nicht einmal, ob sie von den Gnomen nicht grausam gefoltert wird.“
„Hast du sie bis jetzt schreien hören? Ich nicht.“
„Das besagt gar nichts. Vielleicht ist sie ja geknebelt.“
„Du machst dir zu viele Gedanken, Amazone.“ Ich lasse Gem los und drehe mich langsam und drohend zu Clarina. „Sincha wird so oder so sterben. Wir sollten nicht länger auf sie Rücksicht nehmen.“
„Du mieser Bastard!“ Sie spuckt mir mitten ins Gesicht. Knurrend schlage ich im Reflex mit meiner flachen Hand gegen ihr Brustbein. Mit einem Ächzen fliegt die rothaarige Amazone gut zwei Meter rückwärts und landet unsanft auf ihrem Hinterteil. „Das wirst du bereuen!“ Mit einem Zischen zieht sie einen scharfen Dolch aus ihrer Jacke, den sie in einer Innentasche verborgen und nicht bei den Gnomen abgeliefert hat.
Blitzschnell ist sie auf den Beinen und geht in Angriffsposition. Ich zeige ihr meine Krallen. „Willst du, dass ich deine blasse Menschenhaut in Streifen schneide?“
„Ich ramme dir meinen Dolch in dein gefühlloses Herz!“
Romaldo tritt mit einer beschwichtigenden Geste zwischen uns. „Beruhigt euch! Noch ist nicht alles verloren! Ich habe lange nachgedacht und es gibt vielleicht eine Möglichkeit zur Flucht.“
Ich senke meine Krallen und Clarina ihren Dolch.
Gem watschelt zu Romaldo. „Oh, Prinz aus Harba, wenn einer von uns die Geistesgröße hat, einen vortrefflichen Fluchtplan zu ersinnen, dann bist du das ganz allein.“
„Danke, mein Freund.“ Romaldo tätschelt ohne jeden Anflug

von geschmeichelter Selbstherrlichkeit den pelzigen Kopf des Kobolds.
„Und wie sieht dein Plan aus?“, frage ich.
„Alles hängt von Kathinka ab“, sagt Romaldo und lächelt ihr zu. Ich knurre verhalten, da ich es nicht mag, wenn Romaldo Kathinka anlächelt; noch habe ich nicht vergessen, in welch überaus attraktiven Mann sie ihn erst vor wenigen Tagen transformiert hat. Und auch ohne Verwandlung scheint Romaldo Kathinka, ebenso wie den beiden Amazonen, durchaus zu gefallen, seit er sich nicht mehr wie ein arroganter Schnösel aufspielt.
Kathinka streicht eine schwarze Haarsträhne zurück. „Was kann ich schon tun?“, fragt sie Romaldo. „Meine Wandelmagie wird von den Gnomen blockiert.“
„Ich glaube nicht, dass sie deine Magie blockieren. Ich vermute vielmehr, dass sie nur den Laderaum magisch versiegelt haben.“
„Und wo ist da der große Unterschied?“
„Versuche, deine Hand unsichtbar zu machen, so wie du es uns vor einer knappen Woche gezeigt hast.“
„Meinetwegen.“ Kathinka greift nach ihrem Zauberstab, den sie an die Wand des Laderaumes gelehnt hat, und konzentriert sich einen Moment. Anfangs geschieht nicht viel, doch plötzlich ist ein seltsames, leises Surren in der Luft zu hören und Kathinkas Fingerspitzen verschwinden vor unseren Augen.
„Deine Magie ist mit deiner Seele verbunden“, erklärt Romaldo. „Niemand kann sie dir nehmen. Den Gnomen ist es lediglich möglich, die Auswirkungen deiner Wandelmagie zu blockieren. Höchstwahrscheinlich haben sie zahlreiche Amulette rund um die Luke und über unserem Laderaum ausgelegt und verhindern so, dass du die Planken und Bohlen transformierst. Aber dich selbst können sie nicht blockieren.“
Kathinka beginnt zu verstehen. „Dann wäre es doch überaus günstig, wenn ich die Reise ausschließlich dafür verwende, mit meinen Unsichtbarkeitsübungen fortzufahren.“
„So ist es.“ Romaldo nickt. „Und wir alle wissen ja, wie abergläubisch die Gnome sind.“
Über Gems Gesicht zieht sich ein Grinsen. „Und die spitzzahnigen Gelbhäute verehren doch eine unsichtbare Göttin namens Milfaron, die mit einer Donnerstimme spricht.“

Nun grinst auch Clarina. „Ich bin mir sicher, dass die Gnome eine Heidenangst vor Milfaron haben."
„Grumpf", gluckst Knut.
Ich spüre, wie sich die menschliche Haut meiner Wangen leicht rötlich färbt, da ich anscheinend der Einzige bin, der nicht versteht, was die anderen vorhaben. „Was plant ihr?", frage ich mit fordernder, forscher Stimme, um meine Unsicherheit zu kaschieren und die anderen schon im Vorhinein davon abzuhalten, über meine mangelnde Intelligenz zu lästern.
Kathinka erklärt es mir mit knappen Worten.
Ich kratze nachdenklich meine Stirn. „Ich hoffe, euer Plan funktioniert. Er birgt viele Risiken."
Clarina deutet mit ihrem Dolch auf mich. „Hast du eine bessere Idee, Schuppenmonster?"
Ich blicke in ihre grauen Augen und sehe darin all die Sorgen, die sie sich wegen Sincha macht. Langsam neige ich meinen Kopf vor ihr. „Verzeih mir, Amazone, dass ich dich zu Boden gestoßen habe. Ich war vorhin nicht Herr meiner selbst."
„Wann bist du das schon?", schnarrt sie ungehalten.
Kathinka stellt sich zu mir. „Clarina, sei nicht ungerecht. Skriek ist meist friedlich. Doch das schlechte Gewissen nagt an ihm. Die letzten zwei Tage ist er nur stumpf vor sich hinbrütend dagesessen, weil er sich selbst so große Vorwürfe macht. Er weiß ganz genau, dass er an unserer Situation schuld ist und das tut ihm mehr als nur leid. Vorhin sind leider seine Nerven mit ihm durchgegangen, weil er keine Lösung fand, wie er uns helfen könnte. Aus reiner Verzweiflung hat er Gem und dich angepöbelt."
„Na, wenn das so ist", strahlt der fröhliche Gem, „dann verzeihe ich Skriek natürlich. Jeder hat einmal einen schlechten Tag." Er streckt mir seine Hand entgegen.
„Hm", brumme ich mürrisch und ignoriere seine Hand.
Kathinka wirft mir einen auffordernden Blick zu, und da sie sich soeben für mich bei Clarina eingesetzt hat, kann ich wohl oder übel nicht anders, als ihrer Aufforderung nachzukommen. Mit miesepetriger Miene murmle ich eine Entschuldigung, ergreife Gems Hand und drücke sie deutlich fester als notwendig. Der kleine Kobold zuckt zusammen, sagt aber kein Wort.
Ich wende mich wieder an Clarina. „Verzeihst du mir den

kleinen Schubs?“
„Dass du mich umgestoßen hast, ist nicht das Problem.“ Clarina wirkt unversöhnlich. „Deine tierische Rohheit und sinnlose Brutalität widern mich an.“ Sie spuckt erneut aus, dieses Mal zwar nicht in mein Gesicht, aber doch unmittelbar vor meine Füße. „Und dass du Sincha einfach so sterben lassen würdest, werde ich dir nie verzeihen.“
„Nun gut“, knurre ich. „Vielleicht sollten wir uns in nächster Zeit einfach aus dem Weg gehen.“
„Abgesehen davon, dass ich schon lange versuche, mit dir so wenig wie möglich zu tun zu haben, scheint es mir doch recht schwierig, in diesem engen Laderaum nicht über deine hässliche Visage zu stolpern.“ Mit einem letzten geringschätzigen Blick wendet sich Clarina von mir ab und zieht sich in einen hinteren Winkel des Laderaumes zurück.
„Grumpf, grumpf“, sagt Knut.
„Ja“, bestätigt Romaldo, „ich denke auch, dass Clarina wegen Sincha in großer Sorge ist. Wir sollten nicht jedes ihrer Worte auf die Goldwaage legen.“
Ich verziehe das Gesicht, da ich mir sicher bin, dass Clarina jedes ihrer Worte genau so meint, wie sie es gesagt hat.

Zwei Nächte später haben wir dann erstmals Sinchas Schreie vernommen. Sie sind uns alle durch Mark und Bein gegangen und wir sind mit entsetzten Gesichtern dagesessen. Kathinka hat irgendwann zu weinen begonnen, überwältigt von den Erinnerungen an ihre eigenen Misshandlungen, und selbst die knochenharte Clarina hat Tränen in ihren Augen gehabt. Romaldo hat sich schließlich zu ihr gesetzt und seinen Arm tröstend um ihre Schulter gelegt. Ich bin mir sicher gewesen, dass Clarina den Prinzen wegstoßen wird, doch zu meiner nicht geringen Verwunderung hat sie sich an Romaldo gelehnt und sogar zugelassen, dass er ihr beruhigend über den Rücken streicht.
Mittlerweile meine ich, dass es allein Romaldos Verdienst gewesen ist, dass Clarina in jener Nacht nicht völlig durchgedreht ist; immerhin hat es fast zwei Stunden gedauert, bis die Gnome endlich von Sincha abgelassen haben.
„Warum?“, hat Kathinka dann erschüttert gefragt. „Warum?“
Gem hat an unser aller statt geantwortet. „Weil die Gnome

perverse Bestien sind. Sie haben es nicht länger ertragen, Sincha unberührt zu lassen. Ihre dunklen Seelen haben die Oberhand gewonnen. Daher befürchte ich, dass sie von jetzt an jede Nacht über Sincha herfallen und sie quälen werden."
Und ohne seine Orakelmagie bemühen zu müssen, hat Gem leider recht behalten.

Vier weitere schwarze Tage ohne Trost und Linderung sind mittlerweile vergangen. Die Stimmung unserer Gruppe ist auf dem Tiefpunkt. In Clarinas Gesicht ist nur mehr das blanke Entsetzen zu sehen. Ihre Augen liegen tief in den Höhlen und ihre Blicke sind beinahe irr. Früher hat mich Clarina lediglich verabscheut, aber jetzt hasst sie mich regelrecht; das kann ich mit jedem Atemzug spüren. Kathinka übt tagein, tagaus wie eine Besessene an ihrer Unsichtbarkeitsmagie. Wir wissen, dass wir in zwei, drei Tagen das Zhokanische Gebirge erreichen werden. Einerseits sehnen wir diesen Zeitpunkt herbei, da dann endlich diese quälende Reise und hoffentlich auch Sinchas Misshandlungen ihr Ende finden werden; andererseits ist Kathinka noch lange nicht soweit, sich völlig unsichtbar machen zu können; und ich fürchte, die Zeit wird auch nicht mehr dafür ausreichen.
Sinchas nächtliche Schreie und Kathinkas nur sehr geringe Fortschritte setzen uns schwerer zu, als wir wahrhaben wollen. Der ansonsten so redselige Gem ist meist in trübsinniges Brüten versunken; die harbaischen Brüder sind so wie ich in ein beharrliches Schweigen verfallen, das nur von gelegentlichen Gesprächen unterbrochen wird, die Romaldo mit Clarina führt, um ihr Mut zuzusprechen. Viel Erfolg scheint er damit aber nicht zu haben. Die rothaarige Amazone wird von Stunde zu Stunde betrübter; dennoch gewinne ich immer mehr den Eindruck, dass ihr Romaldos Fürsorge und Nähe alles andere als unangenehm sind.
Irgendwann im Laufe des Tages strecke ich mich ein wenig und drehe meinen Kopf nach links, um meinen Trinkschlauch zu suchen, da begegnen meine Augen direkt denen von Gem und mir fällt ein, dass ich den Kobold schon längst zu meinem Gott befragen wollte, aber bis jetzt noch nicht die Zeit und Gelegenheit dazu gefunden habe. Nun scheint mir aber ein günstiger Moment dafür zu sein.

„Blaupelz, was weißt du eigentlich über meinen Gott Thurantuh?“, frage ich
„Vieles.“
„Dann erzähle mir von ihm.“
„Wenn du willst.“ Gem erhebt sich aus seiner Position und setzt sich zu mir. „Du wirst erstaunt sein“, prophezeit er.
Kathinka erwacht aus ihrem unruhigen Schlaf, in den sie vor kurzem nach einer besonders anstrengenden Magieübung gefallen ist. „Was ist los?“
„Ich werde Skriek von Thurantuh erzählen“, sagt Gem.
„Da bin ich aber neugierig.“ Sie gesellt sich mit müden Bewegungen zu uns.
Auch Knut und Romaldo rücken ein Stück näher, nur Clarina bleibt stur auf ihrem Platz, da sie meine Nähe nicht mehr erträgt, seit sie Sincha das erste Mal vor Schmerz schreien gehört hat.
„Also.“ Gem räuspert sich ausgiebig. „Vor vielen tausend Jahren war Allunien in zahlreiche Stämme und Sippen unterteilt. Es gab verschiedene Kriegshorden, die marodierend über das Land zogen und sich gegenseitig bekriegten. Damals gab es noch kein Bastolisches Schloss und all die Zauberer lebten abgeschieden über ganz Allunien verstreut und hatten untereinander kaum Kontakt.“ Gem hebt einen blauhaarigen Zeigefinger. „Damals gab es in Allunien eine Rasse, die alle anderen dominierte: die Skriek.“
Ich gebe einen Laut der Überraschung von mir. Damit habe ich wahrlich nicht gerechnet.
„Die Skriek“, fährt Gem fort, „waren überall als die besten und wildesten Kämpfer gefürchtet. Schon von klein auf wurde jeder Skriek in allen möglichen Kampftechniken geschult. Die Skriek waren so gut gedrillt und ausgebildet, dass bereits ein zehn-, elfjähriges Skriekmädchen jeden von uns mühelos besiegen könnte.“
„Du redest nur Blödsinn, Blaupelz!“, sage ich und blase die Backen auf.
„Von Kindesbeinen an lernten die Skriek mit Waffen, Fäusten und Krallen meisterhaft zu kämpfen. Es gibt Geschichten darüber, dass zwei, drei ausgewachsene Skriek ein ganzes Rudel Trolle vernichten konnten. Angeblich reichten vier Skriek aus, um einen Zauberer zu besiegen.“
„Oho“, sage ich.

„Stell dir, mein schuppiger Gefährte, die Kraft und Schnelligkeit eines über Jahre hinweg trainierten Skriek vor, der über die besten Kampftechniken verfügt und die schärfsten Waffen sein Eigen nennt. Und dann stelle dir eine Gruppe von, sagen wir, zwanzig Skriek vor, die perfekt aufeinander abgestimmt sind. Wer, bitte schön, könnte solche Wesen aufhalten?"
„Dann haben die Skriek vor vielen tausend Jahren über Allunien geherrscht?"
„Sie haben große Bereiche des Kontinentes in Beschlag genommen, aber da sie so kriegerisch, wild, freiheitsliebend und egozentrisch waren, gelang es keinem einzigen Skriekstamm, die anderen unter sich zu vereinen. Wenn es keine Riesen, Gnome, Zwerge, Zauberer, Kobolde oder Trolle gab, die sie abschlachten konnten, bekriegten sich die Skriek untereinander bis aufs Blut.
Doch dann, eines Tages, erhob sich ein Stamm unter der Führung eines mächtigen Skriek namens Sumganthunlo und schickte sich an, all die anderen Stämme zu vereinen. Sumganthunlo behauptete, dass er von Thurantuh auserwählt worden wäre, als König aller Skriek über ganz Allunien zu herrschen."
„Oh!", sage ich.
„Hunderte Stämme folgten Sumganthunlos Ruf und so entstand eine gewaltige Streitmacht, die nahezu unbesiegbar erschien. Alle anderen Rassen erzitterten, und in ihrer Not schlossen sie untereinander einen Pakt und baten die Zauberer um Hilfe."
„Verdammte Zauberer!", knurre ich.
„Die Zauberer wussten jedoch, dass selbst eine vereinte Armee aus Gnomen, Kobolden, Zwergen, Riesen und Trollen, unterstützt durch die Elementarmagie der Zauberer, die Skriek nicht aufhalten konnte. Daher griffen die Zauberer zu einer List. Sie wagten ein überaus gefährliches, magisches Experiment und riefen die Mondgöttin Bahluna zu sich."
„Ach ja?", schnaufe ich.
„Und damals, vor vielen tausend Jahren, geschah erstmals das Unfassbare. Den Zauberern gelang es in einer gewaltigen gemeinsamen Anstrengung, eine Emanation des einen Gottes zu uns auf die Erde herabzurufen. Bahluna wandelte für wenige Tage unter uns geringen Wesen. Schnell erkannte sie all das

Leid der magischen Völker Alluniens und sie beschloss, etwas dagegen zu unternehmen. Sie schlich sich nächtens in Sumganthunlos Träume und gab sich als die, die sie war, zu erkennen. Sumganthunlo erstarrte vor ihrer Präsenz und Macht und wurde Bahlunas erster Diener. Am nächsten Tag zerstreuten sich die einzelnen Skriekstämme in alle Richtungen und die große Gefahr für Allunien war gebannt.
Bestärkt durch ihren gemeinsamen Erfolg, gründeten die Zauberer das Bastolische Schloss und begannen damit, die Geschicke der Völker zu lenken und darüber zu wachen, dass kein Volk mehr zu mächtig wurde.
Die Skriek jedoch hatten nun zwei Götter, Thurantuh und Bahluna. Über die Jahrhunderte wurde Thurantuhs Einfluss immer schwächer, sein Name wurde verfälscht und seine Bräuche verwässert. Jahr um Jahr verlor er an Anhängern und irgendwann gab es nur mehr ganz wenige Skriekstämme, die ihn noch verehrten.
Als weitere Jahrhunderte vergingen, geriet Thurantuh fast völlig in Vergessenheit. Bahluna hatte endgültig gesiegt und die Skriek hatten sich, obwohl noch immer von allen gehasst, in das friedlichste Volk Alluniens verwandelt. Nur mehr wenige Bräuche erinnern an ihre einstige Vorherrschaft."
„Welche?", will ich wissen.
„Nun, zum Beispiel haben die Skriek früher die Oberschenkelknochen ihrer besiegten Feinde vom Fleisch befreit und zu Flöten verarbeitet."
„Oh!"
„So, Skriek, jetzt kennst du die Geschichte von Thurantuh", meint Gem und seine kugelrunden Augen funkeln schelmisch.
„Ja, jetzt kenne ich sie." Verdattert und mit schwirrendem Kopf drehe ich mich zur Seite. Gems Geschichte erklärt so einiges und ich weiß jetzt auch, wozu die Skriek mit ihren kräftigen Muskeln, scharfen Sinnen und spitzen Krallen eigentlich bestimmt sind.
Verflucht sei Bahluna!, giftet Thurantuh plötzlich durch meine Gedanken. *Und verflucht seien alle Zauberer!*
Irgendwann, versuche ich ihn zu trösten, werden die Skriek wieder zu wahren Kämpfern.
Nein, das werden sie nicht. Ihre Zeit ist vorüber. Fast scheint es mir so, als ob Thurantuh einige Tränen zerdrückt, als er aus

meinen Gedanken verschwindet, aber es kann natürlich gut sein, dass ich mich täusche.
Können Götter überhaupt weinen?, frage ich mich.

27

Die Galeere hebt und senkt sich in einer Monotonie, die noch zusätzlich an unseren ohnehin schon bis zum Zerreißen angespannten Nerven zehrt. Wir können den Augenblick, wenn das Schiff endlich anhält und seinen Anker zu Wasser lässt, beinahe nicht mehr erwarten.
Gestern Nacht haben wir erneut Sinchas gequälte Schreie gehört, die plötzlich schlagartig verstummt sind. Für einen Moment haben wir schon alle befürchtet, dass die Gnome in ihrer perversen Lust am Foltern zu weit gegangen sind und Sincha getötet haben. Und so ist es dann fast eine Erleichterung gewesen, als wir Sincha Stunden später wieder schreien gehört haben, auch wenn sie erneut unmenschlich große Schmerzen hat ertragen müssen. Da ich weiß, wie stahlhart die hagere Amazone ist und über welch eiserne Selbstbeherrschung sie verfügt, bedeuten ihre nun schon über viele Nächte andauernden, qualvollen Schreie, dass die Gnome längst jeden Anstand hinter sich gelassen haben. Unsäglicherweise ist leider in allen Landen bekannt, über welch ausgeklügelte Foltermethoden die Gnome verfügen, und irgendwann kann auch die stärkste Amazone, die ihr zugefügten Schmerzen nicht mehr länger ertragen.
Neben meiner Wut und meinem unbändigen Hass auf die Gnome, der an meinen Eingeweiden wie eine tollwütige Ratte frisst, ist in den letzten Tagen auch noch ein Gefühl tiefer Scham hinzugekommen. Ich kann es nicht ertragen, dass Sincha wegen meiner Fehler derart misshandelt wird, und fühle mich entehrt und wertlos.
Meine Krallen haben durch das ständige Ballen meiner Finger bereits blutige Furchen auf den Innenflächen meiner Hände hinterlassen, und ich begrüße den Schmerz und das Blut, auch wenn sie nur eine geradezu winzig kleine Bestrafung meiner selbst darstellen. Am liebsten würde ich mir einen von Clarinas versteckten Dolchen schnappen und damit meine Unterarme

malträtieren, bis der äußere Schmerz meine Seelenqual zumindest für eine kurze Zeitspanne übertüncht.
Neben mir hockt Kathinka und starrt mit teilnahmslosem Blick auf die Innenwand des Laderaumes. Sie hat heute morgen ihre letzte Unsichtbarkeitsübung absolviert und dann gemeint, dass sie nun genug geübt hat und ihre Kräfte für jenen Moment aufsparen muss, wenn die Gnome mit ihrer Galeere an den Gestaden der Riesen anlegen. Lange, so hat es zumindest Kathinka behauptet, wird unsere Reise nicht mehr andauern. Wir anderen haben zu ihren Worten nur stumm genickt.
Ich wickle mich fester in meinen Kapuzenmantel. Rundum herrscht eine klamme Kälte. Tag für Tag sind die Gnome Richtung Norden gesegelt und Tag für Tag sind die Temperaturen beharrlich gefallen. Mittlerweile können wir uns nächtens kaum mehr warmhalten, und auch tagsüber ist es nur wenig besser.
Langsam stehe ich auf und dehne meinen durchgefrorenen Körper. Ich muss schnell und beweglich bleiben, wenn wir überleben wollen.
Kathinka rappelt sich ebenfalls auf und stellt sich zu mir.
„Du schaffst es kaum, die Hälfte deines Körpers unsichtbar zu machen“, sage ich. „Wenn ich ein Realist wäre, würde ich sagen, unsere Lage ist hoffnungslos.“ Ich zeige ihr ein überaus schiefes Grinsen.
„Lass deinen Galgenhumor, Skriek!“ Um Kathinkas ohnehin so ernsten Mund haben sich in den letzten Tagen weitere kleine Sorgenfalten gebildet.
„Tut mir leid.“
Kathinkas veilchenblaue Augen verdunkeln sich. „Sinchas Schreie sind nicht länger zu ertragen.“
Ich spüre ein ätzendes Würgen in meinem Hals. „Sie ist stark.“
„Das ist sie. Aber jedes Wesen kann gebrochen werden.“
„Ich weiß. Sincha wird nicht mehr lange durchhalten.“
Langsam drehe ich den Kopf zur Seite und blicke direkt in Clarinas wutverzerrtes Gesicht.
„Sprich nicht über Sincha!“, faucht sie. „Du bist es nicht wert, auch nur ihren Namen in den Mund zu nehmen!“ Kleine Speichelfäden tropfen von ihren Lippen und ihre Faust schnellt nach vorne.
Wenn ich es gewollt hätte, wäre es ein Leichtes gewesen, ihren

Schlag zu blocken, aber ich begrüße beinahe Clarinas Gewaltausbruch. Klatschend kracht ihre Faust gegen meinen rechten Wangenknochen und reißt meinen Kopf zur Seite. Die Haut über einer Schuppe platzt auf.
Clarinas graue Augen sprühen Funken des Zorns, als sie ihre Ferse mit einem wuchtigen Drehsprung gegen meine Brust donnert. Ächzend sacke ich nach hinten. Clarina setzt nach und tritt mit aller Kraft in meinen Bauch. Ein brennender Schmerz durchzuckt meinen Körper und ich schnappe mühsam nach Luft. Clarina rammt ihre eisenharten Fäuste mehrmals in mein Gesicht. Blut spritzt und ich schnaufe qualvoll, dennoch wehre ich mich nicht. Jeden Schlag, jeden Tritt habe ich verdient. Ich werde klaglos meine Bestrafung annehmen.
Aus den Augenwinkeln sehe ich, wie Clarina plötzlich zur Seite taumelt. Kathinka knurrt wie ein wütender Wolf und rammt ihren Ellbogen in Clarinas Rippen. „Es ist genug!“, schnappt sie. Romaldo eilt herbei und hält Clarinas Unterarme fest, während sich Knut grumpfend vor mich stellt. Ich habe für einen kurzen Moment sogar den Eindruck, dass er mich beschützen will.
Gem baut seinen kleinen pelzigen Körper vor Clarina auf. „Wir müssen im Vollbesitz unserer Kräfte sein, wenn wir Sincha retten wollen.“
„Bei Ama!“, keucht Clarina. Sie starrt den Kobold eine Weile an, dann senkt sie, beschämt über ihren Gewaltausbruch, den Kopf.
Romaldo lässt ihre Unterarme los und zieht sie an seine Brust. Mit einem Schnaufen drückt Clarina ihre Wange an seinen Körper und umarmt ihn heftig. Trotz all meiner Schmerzen komme ich nicht umhin, mich über das anlehnungsbedürftige Verhalten der ansonsten so eisenharten Amazone zu wundern. Andererseits habe ich ja soeben am eigenen Leibe erfahren, wie aufgewühlt und durcheinander Clarina ist. Aber muss sie ausgerechnet bei Romaldo Trost suchen?, frage ich mich verärgert.
Da watschelt der Kobold auf mich zu und lenkt mich von meinen Gedanken ab. „Skriek“, schnurrt er und seine Katzenaugen funkeln belustigt, „jetzt hast du aber ordentlich einstecken müssen. Andererseits bist du ja recht hart im Nehmen.“ Neugierig beäugt er meine Blutergüsse. „Aber ich denke, dass du trotzdem noch länger unter den Prügeln leiden

wirst.“
„Blaupelz, ich werde dir ...“
Da greift Kathinka nach meiner kralligen Hand. „Warum hast du dich nicht gewehrt?“, fragt sie mit knarrender Stimme. Ich kann genau spüren, dass sie ziemlich verärgert ist.
„Ich habe es verdient“, schnarre ich und Blut tropft von meinem Gesicht.
„Du bist einfach nur dumm.“ Kathinka wendet mir demonstrativ den Rücken zu.

Stunden später merken wir, dass die Galeere deutlich an Fahrt verliert, bis sie schließlich beinahe unbewegt verharrt. Über uns ist ein aufgeregtes Gerenne und Gerufe zu hören und die Ankerwinde wird rasselnd betätigt. Es ist soweit. Wir haben die Lande der Riesen und damit die ersten Ausläufer des Zhokanischen Gebirges erreicht.
Kathinka hat ihre Jacke ausgezogen. In tiefer Konzentration versunken, hockt sie schon seit Minuten am Boden des Laderaumes und müht sich mit aller Kraft, ihre Wandelmagie zu wirken. Stück für Stück verschwinden ihre Hände, Arme und Schultern vor unseren Augen; doch dann stockt die Transformation. Kathinka beginnt um ihre Magie zu kämpfen und ihr Atem geht immer schwerer.
Ich spüre, dass sie es nicht schafft, ihren Körper völlig unsichtbar zu machen. Die Zeit hat nicht ausgereicht, um ihre Magie genügend zu schulen.
„Bei allen verschrammten Kupferkesseln! Was machen wir jetzt?“, fragt Gem und seine kugelrunden Katzenaugen sind voll Furcht.
„Wir kämpfen“, sagt Romaldo.
„Grumpf“, stimmt Knut zu.
Clarina zieht einen Dolch. „Wir werden verlieren.“
Romaldo drückt kurz die rechte Schulter der Amazone. „Aber unser Tod wird ehrenvoll sein. Kämpfend und bis zum letzten Atemzug werden wir den Gnomen die Stirn bieten.“
Gem nestelt sein Blasrohr hervor. „Ich werde einige Gelbhäute mit in den Tod nehmen.“
Romaldo klopft nun auch dem Kobold auf die Schulter. „Gut gesprochen, mein wackerer Freund.“
Sag diesen Dummköpfen, sie sollen das Maul halten!, fordert

Thurantuh.
„Seid still!“, zische ich. „Thurantuh spricht zu mir.“
Meine Gefährten starren mich für einen Moment seltsam an, als sie aber meinen Gesichtsausdruck sehen, schließen sie tatsächlich ihre Münder.
Die Formwandlerin soll flehentlich und voll Inbrunst meine Hilfe erbitten!
Ich beuge mich dorthin, wo ich Kathinkas Gesicht vermute, und versuche sie mit einem Finger vorsichtig anzustoßen. Da sie bis zur Hüfte unsichtbar ist, muss ich mich an ihrer Kleidung orientieren. Plötzlich spüre ich einen Widerstand. Wenn mich nicht alles täuscht, habe ich ihren Hals erwischt.
„Verdammt, Skriek, willst du meinen Kehlkopf mit deiner Kralle durchbohren?“, fährt sie mich ungehalten an.
„Kathinka“, sage ich, „bitte Thurantuh schnell um Hilfe. Und sei voll Ehrfurcht.“
„Wieso?“
„Weil er das so will.“
Kathinka zögert. „Hilft er mir?“
„Ich denke schon.“
„Also gut.“ Kathinka drückt ihre Beine durch und richtet sich auf. Es ist ein überaus bizarrer Anblick, der sich uns darbietet; sie ist vollständig bekleidet, aber man kann ihren Kopf, ihren Hals und ihre Hände nicht sehen.
„Großer, allmächtiger, einzigartiger, wunderbarer Thurantuh, bitte hilf mir!“, ruft sie. „Verstärke meine Wandelmagie! Bitte, unbesiegbarer, verehrungswürdiger Thurantuh, hilf mir! Ich flehe dich an, gewähre mir deine göttliche Gunst!“
Na ja, ich habe mir zwar etwas mehr erwartet, aber meinetwegen, brummt er in meinem Hinterkopf.
Thurantuh hat schlechte Laune, das spüre ich genau, aber ich will mich nicht beklagen. Immerhin ist er bereit, uns zu helfen.
Kathinka keucht plötzlich überrascht. Ihr Körper bäumt sich auf und der Zauberstab, der scheinbar frei schwebend in der Luft hängt, vibriert seltsam.
Dann gibt es einen kurzen, hellen Glanz und Kathinka und ihr Zauberstab sind vollkommen unsichtbar.
Ein erstauntes Raunen löst sich aus unseren Mündern. Vor uns scheinen Kathinkas Kleider in der Luft zu hängen. Ihr Hemd, ihr Gürtel und ihre Lederhose schweben über ihren kniehohen,

braunen Stiefeln. Augenblicke später kommt Bewegung in die Kleidungsstücke. Kathinka entkleidet sich. Stück um Stück fällt, schließlich gleiten auch Büstenhalter, Unterhose und Socken zu Boden.

„O Gott, ist mir kalt“, jammert Kathinka.

Ich hebe hastig ihre Kleidung samt Stiefel auf und verstaue sie in Kathinkas Reiserucksack, den ich anschließend neben meinen lege. Unsere Rucksäcke brauchen wir bei dem, was wir jetzt vorhaben, definitiv nicht.

Kathinka drückt sich mit ihrem nackten Körper zitternd gegen mich und ich umfasse die Enden meines Kapuzenmantels und hülle sie darin ein. Es ist ein seltsames Gefühl, der unsichtbaren und nackten Kathinka so nahe zu sein, aber ich will nicht verhehlen, dass es mir gefällt. Um ehrlich zu sein, meinetwegen könnten die Gnome durchaus noch eine Weile zuwarten, bis sie die Luke zu unserem Laderaum öffnen. Doch leider ist mir Kathinkas Nähe nur sehr kurz vergönnt.

Knarrend hebt sich die Luke und eine Gnomenstimme fordert uns unmissverständlich auf, an Deck zu kommen.

Wir werfen uns rasche Blicke zu und nicken grimmig und entschlossen. Jetzt geht es allein darum, dass alles so abläuft, wie wir es besprochen haben.

Ich steige als Erster die Leiter nach oben. Kathinka folgt mir auf dem Fuß. Unmittelbar hinter Kathinka kommt Knut. Da Knut und ich die massigsten Körper haben, hoffen wir, Kathinka zwischen uns am besten vor gnomischen Blicken verbergen zu können, falls ihre Unsichtbarkeitsmagie nachlässt und Teile ihres Körpers wieder sichtbar werden.

Hinter Knut klettern Romaldo und Clarina, während Gem mit geladenem Blasrohr als Rückhand im Laderaum bleibt.

Es ist eiskalt an Deck. Der Himmel ist bewölkt, ein bissiger Nordwind weht und kleine Schneegraupel tanzen durch die Luft. Als ich meinen Kopf durch die Luke stecke, blicke ich mich schnell um. Erneut sitzen die Gnome, mit Blasrohren und Armbrüsten bewaffnet, in den Wanten und auf den beiden Masten. Skeptisch und wachsam beäugen sie uns. Der Kapitän und sein Maat stehen hinter dem Steuerrad. Sincha liegt bewegungslos und nackt, an Händen und Füßen gefesselt, auf den rauen Planken. Ihr verkrümmter Körper ist voller Schrammen, Wunden und schorfiger Blutergüsse, auch ein paar

frische Schnitte und Wundmale sind zu sehen. Ihre Haare sind offen und verdecken ihr Gesicht. Als ich die Augen verenge, sehe ich, wie sich ihr Brustkorb leicht hebt und senkt, und ich atme erleichtert auf. Sincha ist noch am Leben.
Ich drücke meinen Körper ins Freie und gehe drei Schritte vorwärts, um Platz für meine Gefährten hinter mir zu machen. Mein Blick schweift zur Küste, die gut und gern dreihundert Meter entfernt ist. Hier sind die Meeresgestade so flach, dass die Gnomengaleere nicht näher ans Ufer heran konnte. Sechs kleine Beiboote sind über Bord ins Wasser gelassen worden; mit ihnen sollen wir wohl ans Festland gebracht werden.
An der Küste ist ein großer Auflauf auszumachen. Mehr als ein Dutzend Riesen, bewaffnet mit Kolben und Spießen, warten am Strand und starren begierig zu uns herüber. Ein Riese mit mächtigem Vollbart und gewaltig breiten Schultern hebt sich an Körpergröße deutlich von den anderen ab. Er steht etwas erhöht und gibt Befehle. Ich bin mir sicher, dass es sich bei ihm um HamSamKoLo handelt.
Wie wir nicht anders erwartet haben, verharren die Riesen am Strand. Niemals würden sie ein Schiff oder Boot betreten, da sie nicht schwimmen können und darüber hinaus eine Höllenangst vor dem Wasser haben.
Ich trete einen Schritt zur Seite und spüre, wie Kathinka leise und unsichtbar an mir vorbeigleitet. Kurz berührt mich ihr Zauberstab leicht am Oberarm.
„Willkommen an Bord!“, höhnt der Gnomenkapitän. Er trägt seinen schwarzen Dreispitz und ist in einen knielangen Mantel gehüllt. Theatralisch breitet er seine dürren Arme aus und scheint vor lauter Vorfreude auf die kommenden Ereignisse gar nicht zu bemerken, dass Kathinka fehlt.
„Ihr werdet schon sehnsüchtig von HamSamKoLo erwartet.“ Seine Augen funkeln gierig. „Bald werde ich ein reicher Mann sein.“
Die Gnome keckern hämisch in den Wanten und der triefäugige Huck, der unmittelbar neben seinem Kapitän steht, spuckt verächtlich in unsere Richtung.
„Los! Fesselt unsere Beute!“, befiehlt der Kapitän.
Schnatternd seilen sich eine Handvoll Gnome aus den Wanten ab, während uns die anderen weiterhin keinen Moment aus den Augen lassen.

Da ertönt plötzlich ein hässliches, schmatzendes Geräusch und der Dreispitz segelt vom Kopf des Gnomenkapitäns. Sekundenbruchteile später kippt der Kapitän lautlos und mit eingeschlagenem Schädel zu Boden.
„Ich bin eure Göttin Milfaron!“, dröhnt die unsichtbare Kathinka mit tiefer, verstellter Stimme.
Die Köpfe der Gnome rucken überrascht von links nach rechts, aber sie können nicht ausmachen, woher die Stimme kommt.
Der triefäugige Huck schnüffelt argwöhnisch. „Da stimmt doch etwas nicht“, sagt er.
Kathinka schlägt erneut zu und Huck fällt neben seinem Kapitän mit eingeschlagenem Schädel zu Boden.
„Ich bin eure Göttin Milfaron!“, brüllt Kathinka.
Die Gnome kreischen entsetzt. Einer vergisst sich festzuhalten und stürzt aus den Wanten.
„Wie könnt ihr es wagen“, Kathinka klingt überaus wütend, „mit den Erzfeinden unserer Rasse, mit den Riesen, gemeinsame Sache zu machen? Dafür werdet ihr alle in den sieben Höllen schmoren!“
Die abergläubischen Gnome beginnen zu zittern und zu jammern; dass Kathinka in Altallunisch zu ihnen spricht und nicht gerade über eine sehr beeindruckende Donnerstimme verfügt, scheint die dummen Gelbhäute, die zusehends in Panik verfallen, nicht zu verwundern.
„Ich bin eure Göttin Milfaron, und ich befehle euch, alle Riesen zu töten. Springt mit euren Blasrohren und Armbrüsten in die Beiboote und greift unverzüglich die verfluchten Riesen an!“
„Jawohl!“, brüllen die Gnome wie aus einer Kehle.
Blitzartig huschen die Gelbhäute aus den Wanten und von den Masten, hechten über die Reling und springen in die sechs Beiboote. Einige wenige ergreifen die Ruder und legen sich in die Riemen, um die Boote näher ans Ufer zu bringen, während die anderen bereits mit ihren Blasrohren und Armbrüsten auf die Riesen zielen.
Erste Pfeile zischen ans Ufer und die Riesen begreifen endlich, dass hier irgendetwas ganz und gar nicht stimmt.
Die Gnome heulen vor Wut und feuern eine weitere Salve ab. Ein untersetzter Riese mit zahlreichen Bartzöpfen stürzt klatschend und gespickt von vergifteten Pfeilen ins Wasser.
Die Riesen heben ihre Spieße und Kolben und brüllen drohend

zu den Gnomen. Wenn sie etwas mehr Verstand hätten, würden sie vom Ufer verschwinden, aber in ihrer Überraschung und Wut denken sie anscheinend nicht daran. Als ein zweiter Riese stirbt, gehen sie entschlossen zum Gegenangriff über. Mit großer Wucht schleudern sie ihre Spieße und Kolben nach den gnomischen Beibooten; zwei werden getroffen und versinken in den Fluten. Die Gnome bringen sich platschend und kreischend in vermeintliche Sicherheit, schwimmen zu den noch heilen Booten und ziehen sich empor.
Die Riesen, nun waffenlos, greifen zu den zahlreichen Steinen, die am Strand liegen, und werfen sie nach den Gnomen. Diese erwidern den Bewurf mit einer neuen Salve Giftpfeile. Ein weiterer Riese haucht sein Leben aus und erneut werden zwei Gnomenboote zerstört.
Während Gnome und Riesen verbissen miteinander kämpfen, drehen Knut und ich kraftvoll an der Ankerwinde. Stück für Stück hebt sich der Anker. Romaldo steht am Steuerrad und beäugt skeptisch das Fahrwasser am Bug. Clarina kümmert sich währenddessen um Sincha. Die Amazone dreht ihre Heerführerin vorsichtig zur Seite, damit sie ihr die Fesseln an Händen und Füßen lösen kann, und keucht entsetzt auf. Aufgeschreckt durch das Gekeuche, werfe ich rasch einen Seitenblick in Richtung Clarina. Als ich sehe, was die Gnome der Heerführerin in ihrer bestialischen Grausamkeit angetan haben, halte ich mitten in einer Drehbewegung inne. Knut grumpft erst ungehalten, doch dann registriert er, dass ich gebannt auf Sincha starre, und seine Schweinsäuglein folgen meinem Blick. Er grumpft erneut, dieses Mal vor Grauen und Zorn.
Sinchas rechter kleiner Finger ist bis zum letzten Glied abgeschnitten worden, ebenso ihr linker Daumen. Mit ihrer linken Hand wird sie nie mehr einen Krummsäbel führen können. Aber das ist gar nicht das Schlimmste, was die bösartigen Gelbhäute Sincha angetan haben. Zusätzlich zu den zahlreichen tiefen Wunden, die die Gnome ihr zugefügt haben, haben sie auch noch ihr linkes Auge ausgestochen. Ich erschauere. Da, wo einst Sinchas Augapfel mit der grünen Iris gewesen ist, befindet sich jetzt nur mehr eine blutverkrustete schwarze Höhle.

Währenddessen hat der Kampf zwischen den Gnomen und Riesen sein Ende gefunden. Alle Beiboote sind versenkt und alle Gnome erschlagen worden. Trotz einiger Verluste haben die Riesen schlussendlich triumphiert. Nun greifen sie nach neuen Steinen, nehmen Anlauf und holen mit ihren mächtigen Armen weit aus.
Die ersten Steine klatschen noch einige Meter vor der Galeere ins Wasser, doch bald haben sich die Riesen eingeworfen und der erste Stein kracht wuchtig gegen den Hauptmast.
Knut und ich strengen uns noch mehr an, während weitere Steine knapp neben uns auf die Planken schlagen, und endlich ist der Anker gelichtet.
Gem hat sich schon vor einer Weile in den Wanten geschickt empor gehangelt. Knoten um Knoten löst er mit fliegenden Fingern das geraffte Hauptsegel von der Gaffel.
Clarina hat sich mittlerweile aus ihrer Erstarrung gelöst. Nachdem sie ihre Jacke über Sinchas nackten, so schwer misshandelten Körper gebreitet hat, ergreift sie den Großbaum und richtet das Hauptsegel im Wind aus.
Steine krachen gegen die Bordwand und auf Deck. Achtern schlägt ein spitzer Stein eine Schramme in eine Planke.
Romaldo dreht am Steuerrad. Wind frischt auf und fährt in das Hauptsegel. Langsam und knarrend dreht sich die Galeere nach Steuerbord und wir nehmen Fahrt auf.
Ein weiterer Steinhagel geht auf uns nieder und wir ducken uns hinter Fässer, Kisten und Stapel.
Nur Romaldo steht weiter unbeirrt am Ruder, hält den Kurs Richtung offenes Meer und beäugt skeptisch die herandonnernden Steine. Mit seinen magischen Augen kann er mühelos abschätzen, ob ihm ein Stein gefährlich wird. Bis jetzt hat er aber nur einmal seitlich ausweichen müssen, ansonsten ist keines der Geschosse in seine unmittelbare Nähe gekommen.
Endlich, mir kommt es wie eine halbe Ewigkeit vor, sind wir außerhalb der Wurfweite der Riesen. Erleichtert atmen alle auf.
„Das war knapp“, schnauft Kathinka neben mir.
Während der letzten Minuten habe ich gar nicht auf sie geachtet, und durch ihre Unsichtbarkeit ist es mir sowieso unmöglich gewesen, ihre Aktionen zu verfolgen. Doch das ist nun anders. Kathinka ist nicht länger unsichtbar. In all der Aufregung scheint sie dies aber nicht zu bemerken.

„Du bist völlig nackt“, sage ich daher zu ihr.
„Oh! Verflucht!“ Kathinka lässt ihren Zauberstab fallen, bedeckt ihre Blöße mit den Händen und eilt hastig in den Laderaum.

28

„Viel weiter nach Norden sollten wir nicht mehr segeln“, sagt Romaldo und richtet das Steuerrad aus. „Wir müssen das Zhokanische Gebirge durchqueren, um nach Amazonien zu gelangen. Weiter nördlich beginnen die Eisigen Untiefen. Wenn wir erst einmal dort sind, werden wir niemals unser Ziel erreichen.“
Gem nickt neben ihm. „Lass uns rasch irgendwo anlegen.“
„Die Küsten sind zu flach für die Galeere. Wir brauchen ein Beiboot, um an Land zu kommen“, meint der Prinz aus Harba.
„Die Riesen haben alle Boote zerstört.“ Gem kratzt nachdenklich sein pelziges Kinn. „Wir könnten ein paar leere Fässer zusammen zurren und uns an ihnen festhalten. Die Strömung ist zwar recht stark, aber wir müssten das Ufer mit einiger Kraftanstrengung erreichen können.“
Kathinka blickt zu den nahen Gestaden. „Sincha ist immer noch bewusstlos. Ihre Wunden haben sich entzündet. Ich weiß nicht, ob wir sie heil ans Ufer bringen können.“
„Grumpf“, schnauft Knut. „Grumpf, grumpf.“
„Ja“, sagt Kathinka, „wir haben wohl keine Wahl.“
Clarina gesellt sich zu uns. „Das sehe ich auch so. Sincha muss so schnell wie möglich von Bord dieses Schiffes. Wir sind am offenen Meer viel zu leicht für ostalische Kriegsschiffe auszumachen.“
„Dann sollten wir uns beeilen“, sagt Kathinka. „Clarina und ich suchen nach leeren Fässern und binden sie behelfsmäßig zusammen.“ Sie dreht sich zu mir. „Skriek, lass den Anker ins Wasser.“ Sie zeigt auf Knut. „Und du raffst mit Gem das Hauptsegel. Dann sucht unsere Habe zusammen und verstaut unsere Waffen in wasserdichten Säcken. Vergesst nicht, die Kajüte nach Gold und Dinaren abzusuchen. Und nehmt so viele Lebensmittel mit, wie ihr tragen könnt.“
Wie selbstverständlich hat Kathinka das Kommando

übernommen, und weder Clarina, die ja nach Sincha rein rangmäßig an zweiter Stelle steht, noch Romaldo, der ein Königssohn ist, scheinen sich daran zu stören.
Ich selbst bin mir nicht sicher, wie ich mit Kathinkas neuem Selbstbewusstsein umgehen soll. Was sie anordnet, klingt vernünftig, und sie hat sicher den nötigen Überblick, um uns Befehle erteilen zu können, aber irgendetwas in mir reibt sich an der Selbstverständlichkeit, mit der Kathinka uns die diversen Arbeiten anschafft.
Nachdem Gem und Knut das Segel gerafft haben und Romaldo das Schiff mit einer kleinen Wende zum Stillstand gebracht hat, gehe ich murrend zur Ankerwinde und löse den Verschlussbolzen. Rasselnd und polternd scharrt der riesige Anker über die Außenwand, um wenig später mit plötzlicher Stille in die Tiefen des Allunischen Meeres zu sinken. Nach wenigen Momenten fasst er Grund und ein Ruck geht durch die Galeere.
Beim Hinabblicken in die dunkle See ist mir klargeworden, dass ich Kathinkas neues Selbstbewusstsein nicht gut aushalte, weil ich befürchte, dass sie sich mit jedem Schritt der Eigenständigkeit noch mehr von mir entfernen wird.
Jene unsägliche Nacht in der Höhle mitten zwischen den Hügeln von Ephtalon ist mir immer noch überdeutlich in Erinnerung. Damals ist mir klargeworden, dass Kathinka und ich uns niemals körperlich lieben werden, und es hat eine unangenehme Spannung und seltsame Traurigkeit zwischen uns gegeben, die sich erst nach einiger Zeit wieder aufgelöst hat. Seither begegnen wir uns nur mehr wie treue Gefährten, wie gute Freunde, die ein gemeinsames Ziel verfolgen. Das ist zwar nicht das, was ich mir einst von Kathinka gewünscht habe, aber Freundschaft und Kameradschaft sind eben das, was ich von ihr bekommen kann. Und ich bin über diese neue Situation auch nicht mehr so unglücklich, wie ich es früher einst gewesen bin. Ein schuppiger Bastard wie ich muss nehmen, was ihm eine schöne Frau zu geben bereit ist; und wenn es lediglich Vertrauen und Wertschätzung sind und keine Liebe, so ist das eben so und ich will mich, sowie es mir Thurantuh unmissverständlich geraten hat, nicht beklagen. Wenn Kathinka aber mehr und mehr an Selbstbewusstsein gewinnt, dann befürchte ich, dass sie sich über kurz oder lang einen anderen

Kameraden suchen wird, einen der ihr geistig und seelisch das Wasser reichen kann. Sie hat zwar gesagt, dass sie mich immer als Paladin an ihrer Seite wissen will, aber das besagt nicht wirklich viel. Es könnte ja durchaus sein, dass ich zwar weiter ihr Paladin bleibe, aber dennoch stets drei Schritte hinter ihr durchs Leben stapfe, weil sie einen neuen, klügeren Kameraden gewählt hat, mit dem sie sich über Magie und was weiß ich sonst noch alles unterhalten kann, während sie mir nur ein paar Brotkrumen ihrer Aufmerksamkeit zuwirft.
„Skriek!", ruft Kathinka. „Hör auf, ins Meer zu starren und herumzutrödeln!"
„Ich trödle nicht herum!" Meine Stimme ist nicht sehr leise.
Kathinka berührt meine Schulter. „Wir haben die Gnome überlebt. Es gibt keinen Grund, übellaunig zu sein."
„Ich bin nicht übellaunig!", schnauze ich sie an.
„Wie du meinst. Und jetzt beeil dich."
„Ich komme ja schon", knurre ich.

Romaldo und Knut wuchten die sechs aneinandergebundenen Fässer über die Bordwand und lassen sie an einem dicken Strick zu Wasser. Dann rollen sie eine Strickleiter aus und helfen Gem als Ersten über die Reling. Behände klettert der Kobold nach unten und setzt sich auf ein Fass. Mit seinen pelzigen Fingern ergreift er den Strick und versucht, die Fässer nahe an der Schiffswand zu halten. Wenn wir vorhin nicht unverzüglich den Anker zu Wasser gelassen hätten, wäre es für Gem ein Ding der Unmöglichkeit, die Fässer zumindest einigermaßen in Position zu halten. Andererseits zeigt das geankerte Schiff aber auch überdeutlich unseren Landeplatz an, aber wir haben diesbezüglich leider keine Wahl, Sinchas Überleben steht jetzt an erster Stelle. Über unsere Verfolger können wir uns auch noch später die Köpfe zerbrechen.
Romaldo klettert als Nächster hinab, und wir reichen ihm unsere Waffen und unsere restliche Habe, die er auf den Fässern verstaut. Währenddessen hebe ich vorsichtig Sincha hoch, die vorhin von Clarina notdürftig angezogen worden ist, und gehe zur Reling. Knut ist mittlerweile ein paar Sprossen auf der Strickleiter hinabgestiegen und nimmt Sincha von mir entgegen, um sie anschließend behutsam an Romaldo weiterzureichen. Schlussendlich wickelt Gem die Amazone in

eine warme Decke und hält sie fest, damit sie nicht ins Wasser gleiten kann. Nach und nach klettern wir alle auf die wackeligen, auf und ab wippenden Fässer und klammern uns, so gut es eben geht, an den Schnüren fest. Es weht ein leichter, aber überaus kalter Nordwind und die Schneegraupel werden dichter. Niemand von uns möchte in das eisig kalte Wasser fallen.

Als wir endlich das Ufer erreichen, sind wir alle bis auf die Knochen durchgefroren. Wir stampfen mit den Füßen auf und reiben unsere Hände aneinander. Als uns endlich etwas wärmer ist, nehmen wir unsere Waffen aus den Säcken, verstauen den Proviant, richten unsere Trinkschläuche und scharen uns um Clarina, die eine Landkarte entrollt hat. Ich ziehe die Kapuze meines Mantels tief ins Gesicht, um ein wenig vor den unwirtlichen Wetterverhältnissen geschützt zu sein.
Clarina deutet mit ihrem Zeigefinger auf eine blaue Fläche. „Wenn mich nicht alles täuscht, dann sind wir ungefähr an dieser Stelle an Land gegangen. Das heißt, wir sind ein gutes Stück weit zu hoch im Norden. Wir müssen daher einen Bogen nach Südosten schlagen", ihr Finger gleitet über die Karte, „und diese und wahrscheinlich noch eine zweite Klamm durchsteigen. Anschließend marschieren wir zum Wenntler Joch. Von dort können wir über die Kostalischen Gipfel nach Osten abzweigen und über die steilen Felswände von Amazonien zu einem geheimen Zugang klettern, von dem aus wir bis nach Ontron gelangen." Clarina kneift ihre grauen Augen zusammen. „Teilweise kommen wir durch Gebiete, die den Riesen gehören. Da müssen wir höllisch aufpassen. Und hier", sie zeigt auf eine dunkle Erhöhung, „müssen wir unweigerlich durch das Königreich von Zwergenkönig Sinnly. Da heißt es dann, äußerst vorsichtig zu sein." Clarina rollt die Karte zusammen. „Lasst uns aufbrechen. Der Tag dauert nicht mehr lange und wir müssen noch eine gut geschützte Schlafstelle finden."

Wir kommen recht zügig durch die felsigen, leicht verschneiten Ausläufer des Zhokanischen Gebirges und gewinnen stetig an Höhe. Die Vegetation hingegen nimmt zusehends ab und wir müssen eine erste Geröllhalde durchqueren, die unser Marschtempo deutlich bremst. Als dann die Dämmerung

hereinbricht, sehen wir uns notgedrungener Maßen nach einem geeigneten Platz um, wo wir die Nacht verbringen können. Eine windgeschützte Höhle wäre optimal. Darin könnten wir ein kleines Feuer entzünden, ohne gleich befürchten zu müssen, schon von weitem entdeckt zu werden. Die Riesen, davon sind wir alle überzeugt, suchen im gesamten nördlichen Teil des Zhokanischen Gebirges nach uns. Sie haben gesehen, dass wir mit der Galeere Richtung Norden gesegelt sind, und wissen bestimmt, dass wir über kurz oder lang an Land gehen müssen. Es ist nur eine Frage der Zeit, wann sie unsere Spur aufnehmen; vor allem, da die fest verankerte Galeere einen deutlichen Hinweis auf unseren Landeplatz gibt. Riesen sind überaus stur und nachtragend, wie man ja auch an dem auf uns ausgesetzten Kopfgeld von HamSamKoLo sieht. Sie werden daher keine Ruhe geben, bis sie uns endlich gefasst haben. Und hier im Zhokanischen Gebirge, ihrer angestammten Heimat, sind uns die Riesen allein schon an Ortskundigkeit weit überlegen. Höchstwahrscheinlich kennen sie steile Passwege und Abkürzungen, die auf den amazonischen Karten nicht eingezeichnet sind. Es ist daher kein Wunder, dass wir alle überaus angespannt stets die weiß beschneite Landschaft rund um uns im Auge behalten.
Während Knut die immer noch bewusstlose Sincha an mich weiterreicht, um seinen Armen etwas Erholung zu gönnen, klettert Gem über eine graue Felsnase und stößt einen freudigen Ruf aus. „Da hinten ist eine Höhle!“
Wir eilen zu ihm und blicken uns um. Unmittelbar vor uns fällt das Gelände steil ab und neben einem verwitterten Vorsprung ist eine dunkle Öffnung auszumachen, die zwischen mehreren Felsbrocken liegt und recht gut vor neugierigen Blicken geschützt ist.

Wir haben ein Feuer entzündet, über dem Clarina einen amazonischen Heiltee brüht. Sincha ist vor wenigen Minuten endlich erwacht; nun blickt sie sich irritiert und verwundert um. Ihre Wangen sind hohl und blass, ihr verbliebenes rechtes Auge ist rot unterlaufen und voll dunkler Schatten. Die ausgestochene Augenhöhle hat sich stark entzündet und eitert; die Schnittstellen, an denen die Gnome den linken Daumen und den rechten kleinen Finger abgeschnitten haben, sind stark

angeschwollen; kleinere Wunden übersäen ihr hageres Gesicht und Teile ihres Oberkörpers. Sincha stöhnt und wimmert, gequält von all den Schmerzen, die sie ertragen muss. Es dauert eine Weile, bis sie begreift, was die grausamen Gnome ihr alles angetan haben. Mit einem verzweifelten Schrei tastet sie nach ihrer Augenhöhle und erzittert. Tränen bilden sich in ihrem gesunden Auge und rinnen über ihre fahlen Wangen und über ihre bebenden Lippen.
„Es tut mir so leid“, stammle ich und mein Herz zieht sich krampfartig zusammen.
Sincha starrt mit ihrem verbliebenen, tränennassen Auge zu mir hoch. „Hast du mein Auge ausgestochen und meine Finger abgeschnitten, Schuppenkopf?“
„Nein, aber ich ...“ Meine Stimme bricht und ich kann nicht weiterreden.
„Wenn du mir helfen willst, dann erspare mir dein erbärmliches Selbstmitleid“, schnarrt Sincha.
„Aber ...“
„Du bist ein ungestümer, schwachsinniger Narr und hättest niemals den Sohn von HamSamKoLo töten dürfen, aber das hätte nichts daran geändert, dass die Gnome mich gefangen genommen und misshandelt haben.“
„Aber ...“
„Ich weiß, dass der Gnomenkapitän gesagt hat, dass er König Angrias hasst. Aber das hätte ihn niemals daran gehindert, uns alle an Angrias auszuliefern. Und er hätte immer mich als eure Anführerin gefangen genommen. Diesen Verstümmlungen wäre ich also so oder so nicht entkommen.“
„Das klingt logisch“, meint Kathinka.
„Wenn die Riesen auf uns kein Lösegeld ausgesetzt hätten, wäre König Angrias der erste Ansprechpartner des Gnomenkapitäns gewesen“, fährt Sincha fort. „Die bösartige Gelbhaut wäre dann von vornherein Richtung ostalisches Festland gesegelt und hätte erst angelegt, wenn er einen bewachten Hafen voller ostalischer Schiffe und Soldaten erreicht hätte. Von dort, da bin ich mir ganz sicher, wäre uns eine Flucht niemals gelungen. Und selbst wenn, hätten wir mehr als nur wertvolle Zeit verloren und nicht mehr die geringste Chance gehabt, Amazonien vor der Endschlacht zu erreichen.“

„Ach so.“ Ich kratze eine Schuppe rechts von meinem Kehlkopf. „Dann müsst ihr mir ja beinahe dankbar sein, dass ich den Sohn von HamSamKoLo getötet habe.“
Kathinka klopft mir mit der flachen Hand ungehalten auf den Hinterkopf. „Skriek, halt deinen Mund!“

Am nächsten Morgen geht es Sincha, nachdem sie gestern Nacht noch Unmengen des amazonischen Heiltees getrunken hat, deutlich besser. Ihre Schwellungen und Entzündungen sind zurückgegangen, die eitrige Augenhöhle schließt sich langsam und ihre kleineren Wunden scheinen sogar völlig verschwunden zu sein. Dennoch ist sie noch recht schwach und wackelig auf den Beinen, daher wechseln sich Knut und ich beim Tragen der Amazone ab.
Immerhin ist Sincha mittlerweile schon wieder so kräftig, dass sie sich, auf unserem Rücken huckepack sitzend, an unseren Schultern selbst festhalten kann. Sie ist wesentlich leichter und schneller zu transportieren, wenn wir sie nicht auf unseren Armen tragen müssen.
Schwer nach Atem ringend eilen wir durch den knöcheltiefen Schnee und lassen uns weder von eisigen Winden noch vom stärker werdenden Schneefall bremsen. Um die Mittagszeit erreichen wir jene erste Klamm, die uns Clarina gestern auf ihrer Landkarte gezeigt hat. Sincha klettert von meinem Rücken und wir schleichen leise näher heran, da wir davon ausgehen, dass die Riesen alle Passstraßen, Klammen und Seitenwege bewachen. Und wirklich, als wir über eine felsige Kante nach oben blicken, sehen wir vier schwer bewaffnete Riesen, die Signalhörner an ihren Gürteln befestigt haben. Zwei von ihnen halten sogar große Schilde, die mit Eisendornen beschlagen sind, in ihren plumpen Händen.
Ich verenge meine Augen und betrachte die riesigen Wesen genauer. Ihre graue, rissige Haut erinnert an die Felsen rundum. Sie haben dicke Augenwülste, struppige, zottige Bärte, gewaltige Muskeln und sind rund vier Meter groß. Die Riesen tragen trotz der grimmigen Kälte nur einfache, vorne offene Westen und dünne Fellhosen. Ihre Füße stecken in kahnartigen Schuhen mit breiter Sohle. Ihre Arme und ihre Oberkörper sind mit seltsamen Zeichen tätowiert, die einen Hinweis darauf geben, welchen Rang sie in ihrem Stamm innehaben.

Wir ziehen uns ein Stück von der Kante zurück und Sincha beginnt, ihre Landkarte zu studieren. Schließlich seufzt sie. „Es gibt keinen anderen Weg. Wir müssen durch diese Klamm."
„Wir kommen niemals ungesehen an den Riesen vorbei", sagt Clarina.
„Wenn wir sie angreifen, werden sie unverzüglich mit ihren Signalhörnern die anderen Riesen herbeirufen", meint Gem.
„So ist es." Sincha rollt ihre Karte zusammen. „Trotzdem greifen wir an. Wir können sie nicht umgehen."
„Selbst wenn wir die vier Riesen an diesem Ende der Klamm besiegen", gibt Romaldo zu bedenken, „so heißt das noch lange nicht, dass wir anschließend die Klamm gefahrlos durchqueren können. Höchstwahrscheinlich stehen auch am anderen Ende der Klamm einige Riesen Wache."
„Höchstwahrscheinlich", stimmt Sincha zu. „Aber wie gesagt, wir haben keine Wahl."
„Das ist ja wunderbar", knurre ich und ziehe meine beiden Kampfäxte. „Bei Thurantuh, das wird ein Tanz auf der Rasierklinge!"
Sinchas Mundwinkel ziehen sich leicht nach oben. „Dieses Mal kannst du so viele Riesen erschlagen, wie du willst."

Clarina und Kathinka flankieren schützend Sincha, während Knut, Romaldo, Gem und ich schon einige Schritte Richtung Kante gegangen sind. Gem stellt sich neben mich, äugt nach oben und legt recht wichtigtuerisch sein mit fünf Giftpfeilen gefülltes Blasrohr an die Lippen. Dann tritt er zwei Schritte nach vorne und pustet mit aller Kraft; gleichzeitig stürmen Romaldo, Knut und ich vorwärts. Gem und die Frauen folgen uns in einem deutlichen Respektabstand.
Vor uns stürzt der erste Riese zuckend und mit fünf Pfeilen in der Brust zu Boden. Schaum bildet sich auf seinen Lippen und nach einem kurzen Ächzen schließt er für immer die Augen. Während ich vorwärts haste, frage ich mich mit einigem Schaudern, welches hochgiftige Zeug der Kobold wohl auf seine Pfeile gibt, dass sogar ein so gewaltiges Wesen wie ein Riese innerhalb weniger Augenblicke stirbt.
„Grumpf!", brüllt Knut und seine Keule saust den Berg hinauf. Ein Riese hat soeben sein Signalhorn gezogen, doch bevor er noch hineinblasen kann, zerschmettert Knuts Keule seinen

Schädel und verursacht dabei ein hässlich knirschendes Geräusch.
„Grumpf!“ Knut klingt sehr zufrieden.
Romaldo und ich stürmen weiter den Berg hinauf. Einmal rutsche ich im eisigen Schnee beinahe aus, doch dank meiner kralligen Füße verliere ich nicht den Halt.
Die beiden noch lebenden Riesen halten mittlerweile ihre Signalhörner an die Lippen und geben lärmend Alarm. Als wir endlich nahe genug für den Zweikampf sind, lassen sie die Hörner einfach fallen und stellen sich Romaldo und mir knurrend in den Weg.
Die Riesen sind uns an Kraft bei weitem überlegen, daher setzen wir allein auf Schnelligkeit. Streitaxt und Rapier schneiden zischend durch die Luft und schlagen die ersten tiefen Wunden, aber so schnell sind diese mächtigen Wesen nicht zu besiegen. Brüllend heben sie ihre Eisenstangen und schlagen nach uns, doch wir können den ungestümen Angriffen ausweichen.
Etwas surrt an mir vorbei und ich sehe, wie erneut fünf Giftpfeile einen Riesen treffen. Mein Gegner greift sich an den Hals, keucht und stöhnt. Gelber Schaum tropft von seinen Lippen und er stirbt einen schnellen Tod.
„Grumpf!“ Knuts Keule kracht knapp über Romaldos Kopf hinweg gegen die Brust des letzten noch lebenden Riesen, der schwer getroffen rückwärts stolpert. Romaldo setzt blitzartig nach und sticht sein Rapier durch das linke Auge des Riesen. Als er seine Waffe wieder herauszieht, ist der Riese bereits tot und der Schnee ringsum färbt sich blutrot.
Sincha, Clarina und Kathinka hetzen an uns vorbei. „Schnell weg von hier!“ Sie laufen in die Klamm.
Gem zieht seine abgeschossenen Giftpfeile aus den Körpern der beiden toten Riesen, tunkt sie in die kleinen Glasfläschchen an seinem Gürtel und folgt uns dann mit seinen plumpen, pelzigen Koboldfüßen.

Wir laufen durch die schmale Klamm, deren steile Wände hoch in den Himmel ragen. Sincha keucht erbärmlich hinter uns her, sie ist aber für eine kurze Zeit zumindest so weit bei Kräften, dass wir sie nicht tragen müssen. Als wir nach einer guten halben Stunde endlich das andere Ende der Klamm sehen,

stürmen uns sechs brüllende und wütende Riesen entgegen. Gems Blasrohr singt erneut sein Todeslied und ein Riese stirbt, bevor er noch weiß, wie ihm geschieht. Knuts Keule zertrümmert den Schädel eines Riesen und Clarina gelingt ein außergewöhnlicher Wurf. Ihr Dolch saust pfeilschnell durch die Luft und durchtrennt mit unglaublicher Präzision die Halsschlagader eines Riesen.
Drei von den sechs heranstürmenden Riesen sind innerhalb weniger Sekunden erledigt worden, und das macht jetzt die drei noch überlebenden Riesen doch stutzig. Schnaubend stoppen sie ihren Lauf und starren verdutzt zu uns.
Mit Rufen an unsere Götter gehen wir zum Gegenangriff über. Romaldo ist unmittelbar vor mir. Seine langen Beine fliegen beinahe über den felsigen, schneebedeckten Untergrund.
Ein Riese hebt seine metallene Stange und faucht wütend. Sein Schlag ist jedoch viel zu langsam für Romaldo. Der harbaische Prinz springt hoch in die Luft, schlägt einen Salto und stößt punktgenau mit seinem Rapier nach unten. Die stählerne Klinge bohrt sich durch den weit offenen, staunenden Mund des Riesen.
An meiner Hüfte saust Knuts Keule vorbei und zertrümmert krachend die Kniescheibe eines Riesen, der vor Schmerz brüllend zur Seite kippt und für einen Moment völlig wehrlos ist. Meine rechte Axt fährt mit großer Wucht in seinen Hals und trennt beinahe den Kopf von seinen Schultern.
Schnell wende ich mich dem letzten noch aufrecht stehenden Riesen zu, bereit, erneut meine Axt fliegen zu lassen. Doch es gibt, wie ich schnell merke, nicht mehr viel für mich zu tun. Der Riese ist mit Giftpfeilen gespickt und keucht soeben rasselnd seine letzten Atemzüge.
Langsam, das will ich nicht verhehlen, wird mir der Kobold ein wenig unheimlich.

Als wir die Klamm verlassen, nehmen wir die Beine in die Hand und laufen, steigen und klettern, so rasch wir nur können. Bald ist aber Sincha mit ihren Kräften am Ende und ich muss sie wieder huckepack nehmen. Eine knappe Stunde später kann auch Gem mit uns anderen nicht mehr Schritt halten und klettert auf Knuts breiten Rücken. Und weiter geht die wilde Flucht durch das Zhokanische Gebirge.
Immer wieder hören wir hinter uns das Gebrüll von Riesen,

wenn wir uns aber umblicken, ist von ihnen nichts zu sehen. Anscheinend sind sie noch ein gutes Stück hinter uns.
Unsere Muskeln brennen, der Atem geht bei allen nur mehr keuchend und ich bin dankbar, dass Kathinka einen Zauberstab bei sich hat. Ohne ihn würde sie unser Tempo nicht lange mithalten können.
Es geht über Stein und Fels, Schutt und Geröll, und überall liegt kalter, glatter Schnee. Wir verlieren jedes Zeitgefühl.
Irgendwann wird das Gelände steiler und unsere Kräfte erlahmen zusehends. Zuerst wird Clarina immer langsamer, dann ist es Kathinka, die nicht mehr folgen kann, schließlich geht auch Knut die Puste aus.
Gem deutet nach rechts. „Da drüben sind mehrere große Felsen. Dahinter verstecken wir uns."

In den letzten Stunden sind mehrmals Riesenpatrouillen nahe an uns vorübergezogen, sie haben uns aber, Thurantuh sei Dank, nicht entdeckt. Nun ist es Nacht und wir sind fürs Erste relativ sicher. Kein vernunftbegabtes Wesen würde es wagen, sich in der herrschenden Dunkelheit durch dieses tückische, eisglatte Gelände zu bewegen.
Ich sitze etwas abseits von meinen Gefährten auf einem abgeflachten Stein und blicke mit müden Augen zu dem sternenlosen Nachthimmel, der nur die verschwommen fahle Sichel des abnehmenden Mondes zeigt. Mit all den hohen, zugeschneiten Bergen und der ungewohnten Stille rundum fühle ich mich ein wenig verloren und einsam. Meine Gefährten schlafen schon, die Erschöpfung hat von ihnen ihren Tribut gefordert. Dank meines skriekischen Erbes mütterlicherseits habe ich die beste Konstitution von uns allen, um über Fels, Firn und Stein zu hetzen; daher habe ich auch die Wache für mehr als die halbe Nacht übernommen, erst in einigen Stunden werde ich Romaldo wecken. Er hat im Moment nach mir noch die meisten Kraftreserven.
Als ich mich fester in meinen Kapuzenmantel hülle, höre ich hinter mir leise, tapsige Schritte und wende meinen Kopf nach hinten. Es ist Gem. Mir fällt ein, dass er heute ja die meiste Zeit über getragen worden ist und daher eigentlich noch recht munter sein müsste.
„Sei gegrüßt, Riesentöter", schnarre ich gutmütig. „Du hattest

heute deinen großen Tag."
Gem bleibt vor mir stehen. Im fahlen Licht der Mondsichel, das von all dem Schnee nur spärlich reflektiert wird, hätte ich zu sehen erwartet, dass der Kobold ob meiner Worte sein typisches Grinsen zeigt, aber das ist nicht der Fall. Gem wirkt überaus ernst und sehr entschlossen.
„Skriek", sagt er, „mein Kristallamulett hat vorhin zu mir gesprochen. Du musst mich rasch begleiten, sonst sind wir verloren."
„Bekommt dir die Höhenluft nicht, Blaupelz?"
„Komm rasch mit mir, Skriek. Bitte!"
„Wie stellst du dir das vor? Ich habe Wache und kann meine Gefährten nicht im Stich lassen!"
„Vertrau mir und komm mit! Rasch!" Gems Stimme wird immer flehentlicher.
„Frag einen von den anderen."
„Sie sind alle völlig erledigt." Gem hebt beschwörend seine Arme. „Bitte! Bitte, komm mit mir! Unser aller Leben hängt davon ab."
„Und das hat dir dein Kristallamulett gesagt?"
„Es vibrierte in großer Gefahr."
„Nun gut." Ich ziehe meine Streitaxt. Irgendetwas an dem kleinen Kobold überzeugt mich davon, dass ich ihm möglicherweise doch folgen sollte.

29

Gems Koboldaugen scheinen nicht viel schlechter als meine Skriekaugen zu sein. Trotz der Dunkelheit rundum, die nur von einer fahlen Mondsichel und dem weißen Schnee ein wenig erhellt wird, findet der Blaupelz seinen Weg durch die Nacht. Sein Kristallamulett leitet ihn Richtung Süden und er schlägt ein Tempo an, das bei der felsigen, zerklüfteten Landschaft mehr als nur waghalsig ist. Ich mache mir große Sorgen, dass wir über einen Stein oder in eine Rinne stürzen und uns die Knöchel oder Schlimmeres brechen. In unserer jetzigen Situation wäre ein Ungeschick fatal. Wir brauchen ohnehin schon alles Glück und all unsere Kräfte, um den wütenden Riesen entkommen zu können. Mit einer Verletzung wäre unser

Schicksal endgültig besiegelt.
Gem lässt sich von meinen Ängsten aber nicht im Geringsten beirren. Keuchend und voll angespannter Nervosität huscht er über Schnee, Fels und Stein, seine katzenartigen Koboldaugen starr nach vorne gerichtet. Eine immens große Sorge treibt ihn an, und ich habe trotz meiner Krallen teilweise Mühe, ihm zu folgen.
Nach gut zwanzig Minuten hält er endlich an und schnauft durch. „Wir sind jetzt ganz nahe."
„Worum geht es?", will ich unwirsch wissen.
Er schüttelt den Kopf. „Ich weiß es nicht. Zumindest nicht genau. Aber es ist wichtig, hier zu sein. Mein Kristallamulett irrt sich nicht."
„Du bist ein erbärmliches Orakel", knurre ich. „Sogar deine Geschwister wollten dich lynchen."
Gem verengt seine Augen zu schmalen Schlitzen. „Sei still und sieh dich um. Die Zeit drängt."
„Es gibt hier aber nichts zu sehen." Langsam drehe ich den Kopf von links nach rechts. Schnee, Felsen, Dunkelheit und eine drückende Stille umgeben mich. Alles erscheint friedlich. Doch mit einem Mal vibrieren meine Instinkte und meine Nasenflügel beben. Ich wittere Gefahr.
„Da!", sagt Gem und zeigt nach rechts.
Ein roter Lichtschimmer erhellt die Nacht.
„Was ist das?", frage ich.
„Zaubererfeuer." Gem hastet weiter. „Erina ist in Gefahr."
„Erina?" Ich eile an seine Seite und halte ihn an der Schulter fest. „Welche Erina meinst du?"
Er windet sich unter meinem Griff und seine plumpen Koboldfüße rutschen im Schnee. „Jetzt ist nicht die Zeit zum Reden. Lass mich los!"
„O nein! Genau jetzt müssen wir reden." Ich starre ihn an und er sieht meine grimmige Entschlossenheit. Wenn er jetzt nicht den Mund aufmacht, gehe ich keinen Schritt weiter und er kann sich woanders Hilfe suchen.
„Also gut, Schuppenkopf", seufzt er. „Mein Amulett hat mich vorhin vor einer sehr großen Gefahr gewarnt. Ich hatte von Anfang an das Gefühl, dass mächtige Magie mit im Spiel ist. Und Zauberer sind nun einmal die mächtigsten magischen Wesen. Als ich jetzt das rote Zaubererfeuer gesehen habe, mein

Freund, war mir alles klar.“
„Ich bin nicht dein Freund.“ Ich ziehe ihn näher an mich heran.
„Und was war dir alles klar?“
„Jeder Zauberer hat seine eigene magische Signatur. Und du weißt ja, dass ich Erina noch aus meinem Kobolddorf kenne.“
„Du hast erzählt, dass du sie ein, zwei Mal gesehen hast. Sie kam, um irgendwelche Streitigkeiten beizulegen.“
„So ist es.“ Gem zerrt an meinem Griff, aber so schnell lasse ich nicht los. „Als magisches Wesen erkenne ich Zauberer, wenn sie ihre Magie wirken.“ Er deutet nach vorne, wo ein weiterer roter Schimmer die Nacht erhellt. „Da vorne kämpft Erina Jastantino um ihr Leben.“ Plötzlich ist ein gequälter Schmerzensschrei zu hören, der eindeutig von einer Frau stammt. Gem zuckt zusammen. „Lass mich sofort los! Wir müssen Erina helfen!“
„Wieso?“ Meine vier spitzen Eckzähne schlagen aufeinander. „Erina ist eine Zauberin. Ich vertraue ihr nicht. Sie könnte mit Erik Anfohrrnus gemeinsame Sache machen.“
„Erina ist eine von den Guten!“, faucht Gem. Sein pelziges Gesicht zeigt einen so wütenden Ausdruck, wie ich ihn noch nie zuvor gesehen habe.
Dennoch lasse ich ihn nicht los, da ich genau spüre, dass er mir etwas verheimlicht. Was will mir der Blaupelz nicht sagen? Ein weiterer roter Schein glimmt auf, gefolgt von einem gelben Schimmer. Da vorne, wird mir klar, kämpfen magische Wesen erbittert gegeneinander. Jeder, der nur einen Funken Verstand hat, sollte schleunigst das Weite suchen.
„Wir verschwinden von hier“, sage ich zu Gem.
„Nein! Bitte nicht!“, fleht er. Seine Augen verengen sich listig. „Wir müssen auf jeden Fall nachsehen, was da vorne vor sich geht, damit wir unseren Gefährten Bescheid sagen können.“
„Das weiß ich auch so. Zauberer und Hexen schlachten sich gegenseitig ab.“ Ich grunze. „Und das ist gut so.“
„Lass uns nachsehen. Bitte!“ Gem versucht, aus meinem Griff zu entkommen, aber ich bin viel zu stark für den kleinen Kerl. „Wenn es zu gefährlich wird, können wir immer noch verschwinden.“
„Es ist bereits zu gefährlich.“
„Kathinka will ganz sicher wissen, warum sich die magischen Wesen bekämpfen. Vielleicht hat es ja mit Amazonien und dem

grünen Smaragdkelch zu tun." Er blinzelt hinterlistig mit seinen Katzenaugen und spielt seinen letzten Trumpf aus, von dem er sehr wohl weiß, dass er bei mir stechen wird. „Wenn Kathinka jedoch erfährt, dass wir wegen dir feige geflohen sind und keine, möglicherweise überaus wichtigen Informationen eingeholt haben, wird sie auf dich mehr als nur stinksauer sein."
Ich schüttle den miesen, kleinen Blaupelz ordentlich und knurre verärgert. „Also gut. Kathinka zuliebe schleichen wir uns ein Stück weit näher heran. Aber wenn ich den Befehl zum Rückzug gebe, verschwinden wir augenblicklich. Ist das klar?"
„Völlig klar." Gem nickt.
Widerstrebend lasse ich den Kobold los.
Weitere Zaubererfeuer sind zu sehen, als wir eilig näherkommen. Zweimal brüllen Wesen vor Schmerz. Vor uns wird getötet und gestorben. Die Luft knistert von all der Magie und ich habe das Gefühl, dass sich jeden Augenblick mein Magen umdrehen wird. Um meine Angst zu verdrängen, greife ich meinen Axtstiel noch fester und schicke ein kurzes Gebet zu Thurantuh.
Schnaufend ziehen wir uns entlang eines rissigen Felsens hoch, rutschen auf der anderen Seite hinunter und folgen einem schmalen Felsenpfad, bis wir an eine steile Wand kommen.
Gem turnt ein Stück nach oben und klettert dann nach links. Ich folge ihm.
Wir kommen dem Kampf immer näher; nun kann ich auch laute Stimmen vernehmen, ich bin aber noch zu weit entfernt, um einzelne Worte verstehen zu können.
Vorsichtig hanteln wir uns um eine Ecke und gelangen an ein kleines, schneebedecktes Plateau. Gem legt sich auf seinen wohlgenährten Bauch und rutscht bis zur Kante vorwärts. Ich bin unmittelbar neben ihm und starre nach unten. Links von uns, gut hundert Meter entfernt, steht Erina Jastantino mit dem Rücken zu einer Felswand und kann weder vor noch zurück. Ihre Gegner, gut zwei Dutzend Hexer und Hexen in schwarzer Lederkleidung und mit dem Zeichen Ostaliens auf ihren Wamsen, haben sie gestellt, und nun kämpft sie verbissen um ihr Überleben. Ihr Zauberstab speit rotes Feuer und ihre Finger wirken Magie. Sie blutet bereits aus zwei Wunden, und da sie diese nicht augenblicklich heilt, vermute ich, dass sie all ihre noch verbliebene Kraft für den Kampf benötigt.

Vier dunkle Wesen, zwei Hexer und zwei Hexen, liegen bereits mit zerschmetterten Schädeln im Schnee, aber Erinas Gegner sind immer noch zahlreich. Soeben starten sie eine gemeinsame Attacke aus Holz, Metall, Luft und Feuer. Ein dämonisches Gebilde rast auf die Zauberin zu und erst im letzten Moment kann sie den Angriff mit großer Mühe abwehren.
Drei Wasserhexen fassen sich an den Händen und verbinden ihre Magie zu einer Wasserkugel, die sich rasend schnell um Erinas Kopf bildet. Die Zauberin schnappt nach Luft, ihre Finger formen magische Zeichen; die Wasserkugel bricht auf und zersplittert in winzige Eiskristalle. Doch ein Metallhexer hat den Moment genutzt, um näher an Erina heranzukommen. Sein spitzer Metallarm rammt sich in den Bauch der Zauberin. Sie keucht so laut auf, dass wir es bis hier heroben hören können.
Erina wirkt Heilmagie und ihre tiefe Bauchwunde schließt sich in Sekundenschnelle. Gleichzeitig geht sie zum Gegenangriff über und ihre Feuerkugel bringt den Kopf des Metallhexers wie eine reife Melone zum Platzen. Blut, Hirn und Knochen verteilen sich im niedergetrampelten Schnee.
Doch davon lassen sich die restlichen Hexen und Hexer nicht beirren. Erneut greifen sie an. Steine zerbrechen knarrend unter den Füßen der Zauberin und pflügen durch den Schnee. Augenblicke später schießt eine schmale Ranke nach oben und schlängelt sich um Erinas rechten Unterschenkel.
Gems Finger zucken aufgeregt, als er mehrere Pfeile in seine Giftflaschen tunkt. „Wir machen es so“, flüstert er. „Ich versuche, die drei Hexen auf der linken Seite mit meinen Pfeilen unschädlich zu machen. Sobald die erste fällt, stürzt du mit deinen Äxten vorwärts und attackierst die beiden Holzhexer. Ich lade mein Blasrohr nach und greife eine von den Feuerhexen an. Das müsste Erina genügend Luft geben, damit sie dann den Rest erledigen kann.“
Ich starre nach unten. Erina steckt soeben einen weiteren Treffer ein und taumelt zur Seite. Aus den Augenwinkeln sehe ich jetzt auch noch, dass ein Trupp Riesen aus nördlicher Richtung angeeilt kommt.
Gem setzt unerschrocken sein Blasrohr an die Lippen. „Bist du bereit?“, fragt er raunend.
„Ja“, sage ich und wuchte meine Faust recht kräftig an sein

Kinn. Der Kobold kippt bewusstlos zur Seite und ich ziehe ihn ein Stück nach hinten, während ich weiterhin gebannt das Geschehen verfolge. Hier auf meinem Beobachtungsplatz fühle ich mich im Moment recht sicher, da ich nicht befürchten muss, so rasch von den kämpfenden Wesen entdeckt zu werden; zumindest dann nicht, wenn Gem reglos neben mir liegt und mit seinem Blasrohr keine Dummheiten anstellen kann.
Erina tötet einen weiteren Hexer mit ihrem Zauberstab, und die dunklen Wesen ziehen sich ein Stück zurück, um sich für einen erneuten Angriff zu sammeln. Ich habe den Eindruck, dass Erinas Feuerbälle an Kraft verlieren. Und sie hat weitere Wunden, die sie nicht mit ihrer Magie verschließt. Vorhin hat sie ja unverzüglich den Bauchstich geheilt, den ihr der Metallhexer zugefügt hat – und das musste sie wohl auch tun, wenn sie nicht innerhalb weniger Minuten verbluten wollte. Aber der Heilakt hat ihr anscheinend so viel von ihrer magischen Kraft gekostet, dass sie nun ziemlich am Ende ist. Ich vermute, dass sie nicht mehr lange durchhalten wird. Wahrscheinlich kann sie noch ein paar dunkle Wesen mit in den Tod nehmen, aber trotz allem wird sie mehr als zwei, drei konzentrierte Angriffe nicht mehr überstehen.
Da geht ein Raunen durch die Reihen der Hexer und Hexen und ich blicke nach rechts. Der Trupp Riesen, vierzehn bärtige Kämpfer mit dicken Muskeln und gewaltig breiten Schultern, den ich vorhin schon aus der Ferne gesehen habe, ist angekommen und gruppiert sich hinter den dunklen Wesen. Nun ist Erinas Schicksal endgültig besiegelt und ich bin doppelt froh, den unvernünftigen Gem ausgeschaltet zu haben.
Plötzlich verengen sich meine Augen vor Überraschung, als die Riesen nach links und rechts zur Seite weichen und einem Mann mit gepflegtem Kinnbart, Schlapphut und ungewöhnlich langer Nase Platz machen. Es ist Erik Anfohrrnus, und ich zische wütend auf meinem Platz auf dem Plateau.
Erina richtet sich unter Schmerzen auf. „Sei gegrüßt, Erik!“ Kalter Atem strömt aus ihrem Mund.
„Es freut mich, dich einigermaßen unverletzt zu sehen“, sagt der Zauberer, „denn das bedeutet, dass ich nun die Ehre haben werde, dich zu töten, herbe Erina.“
Die dunklen Wesen feixen zu seinen Worten, während die Riesen weniger dezent vorgehen und lauthals Schmähungen

grölen.
„Wir Zauberer haben geschworen, niemals unschuldigen Wesen ein Leid zuzufügen!“, ruft Erina, und in ihrem ohnehin schon scharf geschnittenen Gesicht tauchen neue harte Linien auf.
„Nun, meine Liebe, in meinen Augen bist du alles andere als unschuldig.“ Erik seufzt. „Wie konntest du dich nur gegen mich wenden? Waren wir nicht immer gute Gefährten?“
„Du bist von der Gemeinschaft des Bastolischen Schlosses abgefallen“, sagt Erina mit Ingrimm, greift zu ihrer Magie und heilt ein paar Wunden ihres malträtierten Körpers. Sie weiß wohl, dass es unweigerlich zum Kampf mit Erik kommen wird, und will daher noch schnell dafür sorgen, ihm so unversehrt wie möglich entgegenzutreten.
Erik lässt sie gewähren. „Und, meine Liebe, hast du es gespürt?“
Erinas Augen verengen sich und ihr Gesicht wird bleich. „Dann ist es also wahr!“, keucht sie. „Du hast eine Reliquie!“
„Ja, so ist es.“ Erik nickt, zieht einen blauen Siegelring aus der Innentasche seines Mantels und steckt ihn sich an den rechten Ringfinger. „Sobald man Magie wirkt, spürt man die unglaublich mächtige Kraft der Reliquie. Ist es nicht berauschend?“
„Es ist vor allem gefährlich.“ Erina klingt eindringlich. „Erik, sei vernünftig. Noch kannst du umkehren. Versündige dich nicht länger. Übergib die Reliquie dem Bastolischen Schloss und lass von deinem wahnwitzigen Vorhaben ab.“
„Mein Vorhaben ist nicht wahnwitzig.“ Erik tritt einen Schritt nach vorne. „Ich werde der Welt Frieden bringen.“
„Du bringst nur Leid und Tod!“
„Sei still, Erina Jastantino.“
„Niemand verbietet mir den Mund.“ Erina hebt ihren Zauberstab und wirkt überaus stur und kampfbereit. Ich kann in diesem Moment nicht anders, ich muss ihren Mut aufrichtig bewundern. Die Übermacht ist viel zu groß und trotzdem gibt Erina nicht klein bei. Ja, sie ist eine sehr tapfere Frau. Und dumm ist sie natürlich auch, wenn sie sich gegen Erik wendet. Aber da ist sie ja, wenn ich an meine Gefährten und mich denke, nicht die Einzige.
„Ich werde dafür sorgen, dass dein Mund für immer geschlossen wird.“ Erik schiebt seinen Schlapphut aus der Stirn.

„Weißt du, Erina, ich habe dich einst wirklich gemocht, aber du bist in letzter Zeit einfach zu neugierig gewesen."
„Erik", warnt die Zauberin, „werde nicht zum Mörder. Du hast die heiligen Eide geschworen."
„Ach, ich denke, für mich gelten die heiligen Eide nicht länger." Erik seufzt. „Ich bin ja eigentlich gar kein Zauberer mehr. Ich bin jetzt viel mehr. Ich bin ein Reliquienträger."
Eine blaue Kugel windet sich aus dem Siegelring an seinem Finger und schwebt gemächlich auf Erina zu.
Die Zauberin hebt ihren Stab und aus seinem oberen Ende kommen zahlreiche Feuerstrahlen, die auf die blaue Kugel zurasen und sie vehement angreifen. Doch das hindert die Kugel nicht im Geringsten daran, weiter ihrer Flugbahn zu folgen. Unbeirrt trudelt sie auf Erina zu. Diese will noch ausweichen, aber das gelingt ihr nicht, da die Kugel auffächert, einen Halbkreis bildet und langsam ein blaues Licht über der Zauberin ausstrahlt.
Für einen Moment erzittert Erina, dann knickt sie ein und ein Schrei unsäglichen Schmerzes löst sich von ihren Lippen. Der Zauberstab fällt aus ihrer Hand und kullert ein Stück zur Seite.
Ich erstarre auf meinem Platz. Erina Jastantino ist eine überaus mächtige Zauberin, aber Erik hat sie innerhalb weniger Sekunden ohne die geringste Mühe besiegt. In meinem Kopf dröhnt es und ich habe erstmals das Gefühl, zumindest im Ansatz zu begreifen, welch unglaublich gottähnliche Macht eine Reliquie verleiht.
Während ich noch krampfhaft versuche, meine Gedanken zu ordnen, geht Erik Anfohrrnus gemächlich auf die Zauberin zu. Erina windet sich vor Schmerzen im Schnee, Schaum und Blut kommen stoßweise aus ihrem Mund.
Erik seufzt lange. „Erina", sagt er, „du wirst äußerst qualvoll sterben. Ein, zwei Stunden wirst du noch deine Schmerzen hinausschreien können, dann wird dein Hals zu verfaulen beginnen. Dein Körper wird sich von innen heraus zerstören, ätzende Säuren werden deine Organe angreifen. Deine Beine und Arme werden brennen, deine Augen werden langsam austrocknen und deine Zunge wird zu einem schwarzen Klumpen verdorren. Du wirst mehr Qualen ertragen, als je ein Wesen zuvor. Und dank meiner Reliquienmagie habe ich dafür gesorgt, dass deine Todesqual eine gute Woche andauern wird."

Ächzend dreht sich Erina zur Seite und greift wimmernd nach ihrem Zauberstab. Erik tritt schnell hinzu und reißt ihn ihr aus den Händen. Sein Siegelring leuchtet kurz auf und mit einem Ruck bricht Erik den Zauberstab mitten entzwei.
„Nein! Nicht!", schreit Erina und bittere Tränen rinnen über ihre Wangen.
Erik wirft die beiden Teile des Zauberstabes achtlos zur Seite. Erinas Blick huscht verzweifelt zu ihrem zerstörten Stab. Sie beißt die Zähne zusammen und drückt sich trotz aller Schmerzen auf ihre Knie hoch. Dann keucht sie erbärmlich, sammelt erneut Kraft und versucht, aufzustehen; doch das gelingt ihr nicht. Blaue Flammen züngeln plötzlich über ihre Beine und Erina brüllt ihren Schmerz hinaus. Augenblicke später stürzt sie ungelenk zu Boden.
„Sagte ich dir nicht", schnarrt Erik, „dass deine Arme und Beine brennen werden?"
Funken schießen aus den Innenflächen von Erinas Händen, und ihre Haut beginnt sich zu verfärben und aufzuwellen.
Sie schreit erneut unmenschlich und windet sich; Geifer tropft von ihrem Kinn. „Erik", fleht sie, „bitte töte mich! Bitte!"
„Nein, meine Liebe, ich denke, diese Gnade hast du nicht verdient." Erik zieht mitleidlos an seiner langen Nase. „Eine Woche lang unsägliche, nahezu unerträgliche Schmerzen, die schließlich zu deinem Tod führen, scheinen mir eine durchaus angemessene Strafe zu sein. Immerhin hast du über mich Nachforschungen angestellt und sogar versucht, den einen oder anderen Zauberer gegen mich aufzubringen."
„Sei großzügig!", wimmert Erina. „Bitte erlöse mich! Töte mich!"
„Nein, du sollst leiden." Erik wendet sich von der Zauberin ab und bedeutet den Riesen und dunklen Wesen, dass er hier fertig ist und alles erledigt hat. Innerhalb weniger Augenblicke sind alle bereit, entzünden Fackeln und marschieren los. Die Zauberin windet sich derweil erbärmlich schreiend im kalten Schnee.

Gem hockt mit angeschwollenem Kinn neben Erina und ist der Verzweiflung nahe. „Verdammt, du schuppige Eidechse, halte sie endlich fest!", faucht er und versucht vergeblich, ihr eine Hälfte des entzweigebrochenen Zauberstabes in die Hand zu

drücken.
„Sie brennt!“, fauche ich zurück. „Halte du sie doch fest.“
„Du bist aber stärker.“
„Ja, ich bin sogar so stark, dass ich dich jederzeit bewusstlos schlagen kann.“
„Du bist ein brutaler Schläger!“ Gem fletscht seine Zähne und es ist nicht zu überhören, dass er mir immer noch bitterböse ist.
„Sei mir lieber dankbar, dass ich dir mit einem gezielten Faustschlag das Leben gerettet habe“, sage ich und wickle die Enden meines Mantels um meine Hände, damit ich die Zauberin, die sich immer noch vor Schmerzen windet, besser festhalten kann.
„Fahr zur Hölle, Schuppenkopf!“ Gems Augen verengen sich zu schmalen Schlitzen und seine flache Hand klatscht in Erinas Gesicht. „Verzeih mir, Erina“, murmelt er. Er schlägt ein zweites Mal zu. „Bei allen Kupferkesseln, wach endlich auf!“ Doch Erina rührt sich nicht. Da schlägt er noch mehrmals und jedes Mal deutlich fester zu. Endlich blinzelt Erina benommen und scheint den Kobold für einen Moment wahrzunehmen.
„Gemtiolinko“, haucht sie.
Mit einer überaus zärtlichen Geste streicht ihr der Kobold über das schweißnasse Haar. „Nimm den Zauberstab, Erina.“
Zitternd tasten die Finger der Zauberin, deren Körper weiterhin von großen Schmerzen geschüttelt wird, entlang des Stabes, während ich mit aller Kraft ihre brennenden Schultern festzuhalten versuche. Endlich gelingt es ihr, ein wenig Magie zu wirken, und ein schwaches Licht leuchtet an der Bruchstelle des Stabes auf. Gem drückt das andere Ende in das Leuchten. Langsam und knarrend verbinden sich die beiden Hälften.
„Geschafft!“, jubelt Gem.
Die Flammen auf Erinas Armen verschwinden. Sie keucht, ihr kantiges Kinn spannt sich an und Momente später kippt sie bewusstlos zur Seite, ohne dabei aber den Zauberstab loszulassen. Ich öffne meinen Wasserschlauch und schütte ihr eiskaltes Wasser ins Gesicht. Prustend und schnaubend erwacht sie.
„Das Schuppenwesen“, stammelt sie überrascht, als sie meiner ansichtig wird. Sie scheint ihre Umgebung nun deutlich klarer als vorhin wahrzunehmen.
„Erina!“ Mit einem Freudenschrei wirft sich Gem in ihre Arme.

„Du wirst wieder gesund.“
Die Zauberin zuckt heftig zurück. Sie hat immer noch überaus große Schmerzen. „In mir tobt ein magischer Tod“, keucht sie.
„Aber der Stab“, Gems Lippen zittern, „ist doch wieder ganz.“
„Das wird leider nicht reichen.“ Mit großer Anstrengung wirkt sie Magie und nun verschwinden auch die Flammen auf ihren Beinen. Erneut droht sie, bewusstlos zu werden, und ich stütze sie rasch.
„Gemtiolinko“, flüstert Erina Jastantino, „gib mir dein Kristallamulett.“
„Ja, Herrin.“ Rasch beugt sich Gem nach vorne und streift das Amulett über seinen Kopf.
Mit großer Kraftanstrengung hebt Erina ihre linke Hand und berührt mit dem Zeigefinger die zahlreichen kleinen Kristalle. Ein roter Funke springt aus ihrer Fingerkuppe und tanzt für einen kurzen Moment über die Kristalle, bevor er erlischt. Erina schließt stöhnend die Augen und sinkt in den Schnee. Einmal zuckt ihr Körper noch hoch, dann gleitet sie erneut in eine tiefe Bewusstlosigkeit.
Gem legt das Amulett wieder um seinen Hals, neigt den Kopf zur Seite und lauscht. Seine schwarzen Fledermausohren flattern überrascht.
„Hebe Erina hoch“, sagt er zu mir und setzt sich mit tieftrauriger Miene auf. „Wir bringen sie in eine Höhle.“
„Einverstanden.“ Ich fixiere mit einer Lederschnur ihren Stab an ihrer rechten Hand und hebe sie dann hoch. Sie ist nicht allzu schwer und ich kann sie durchaus eine gewisse Strecke tragen. Mit einem Knurren wende ich mich direkt an Gem. „Du solltest mir so einiges erzählen.“
„Ja, das sollte ich“, bestätigt Gem. Sein Amulett klirrt magisch und gibt die Richtung vor. „Erina möchte selbst, dass du alles erfährst.“ Der Blaupelz räuspert sich kurz. „Ich bin ein Geschwistermörder, das stimmt, aber meine Brüder und Schwestern waren auch keine Heiligen. Soviel möchte ich einmal festhalten. Ja, und ehrlich gesagt, ich bin damals meinen Geschwistern leider nicht entkommen, obwohl ich einige von ihnen mit meinen Blasrohrpfeilen erledigt habe. Schlussendlich haben sie mich doch erwischt und eingesperrt. Sie wollten mich zum nächsten Vollmond lynchen. Erina wurde vom Bastolischen Schloss entsandt, um meinen Fall

beziehungsweise meine Verurteilung zu überwachen. Es ist ja das gute Recht eines jeden Kobolddorfs, sein Orakel zu töten. Erina hält aber nichts von solcher Selbstjustiz, und ich, nachvollziehbarer Weise, natürlich auch nicht." Er spuckt geräuschvoll aus. „Jeder Zauberer hat das Recht, Wesen zu begnadigen, wenn er sie für seine eigenen Dienste benötigt. Erina und ich haben uns immer gut vertragen. Als sie von meiner Gefangennahme erfuhr, ritt sie unverzüglich in mein Dorf und bot mir an, ihr Eleve zu werden. Mit Freuden nahm ich an und diente ihr seither, so gut ich konnte."

Wir gehen ein Stück schweigend nebeneinander her und ich versuche, das Gehörte zu verarbeiten.

„Damals", fährt Gem schließlich fort, „als du mit Knut im Funduswald auf die Jagd gegangen bist, habt ihr beide so einen Höllenlärm veranstaltet, dass ihr nicht zu überhören wart. Ich reiste zu jener Zeit ebenfalls mit Erina durch den Funduswald und sie hat mich losgeschickt, um nachzusehen, wer da durch den Wald strolcht. Natürlich habe ich euch sofort entdeckt und bin euch heimlich gefolgt. Ich wusste dank der Steckbriefe, die überall im Land hängen, wer ihr seid. Außerdem hat mir Erina von dem Anschlag auf König Edwins Sohn im Turm von Yestshire erzählt und dass zwei Amazonen daran beteiligt waren. Und du und Knut, ihr wart ja auch mit Amazonen unterwegs. Vielleicht gibt es da ja einen Zusammenhang?, dachte ich mir damals. Nun, Erina sorgte auf jeden Fall dafür, dass ihr sie entdecktet. Sie vertraute darauf, dass ihr sofort zu den anderen eilen und mit ihnen zurückkommen würdet."

„Und wenn wir nicht gekommen wären?", knurre ich.

„Dann wäre Erina zu euch gekommen."

„Hm."

„Also", sagt Gem, „ich versteckte mich hinter einem Busch, während Erina auf euch wartete, begierig darauf zu erfahren, was ihr zu erzählen hattet."

„Hast du mit einem Blasrohr an den Lippen hinter einem Busch gelauert?", will ich wissen.

„Selbstverständlich."

„Hm."

„Nun, auf jeden Fall hatte Erina von Anfang an das Gefühl, dass im Turm von Yestshire etwas nicht stimmte, aber sie wusste natürlich nicht, was es war. Als sie eure Geschichte

hörte, wurde ihr so einiges klar. Erina beschloss, der Sache auf den Grund zu gehen und selbstständig Nachforschungen anzustellen. Mich selbst schickte sie euch hinterher, um in eurer Nähe zu sein und gegebenenfalls eingreifen zu können."
„Erina hat dich uns hinterhergeschickt?", wundere ich mich.
„Hast du dich nie gefragt, warum ich so plötzlich bei euch aufgetaucht bin, kurz nachdem ihr die Zauberin verlassen habt?"
„Nein", knurre ich. Wegen dem Blaupelz habe ich mir wahrlich kaum Gedanken gemacht. So wichtig ist er jetzt auch wieder nicht. „Dann bist du also nicht wegen Sincha zu uns gestoßen."
„Nein." Er schüttelt den Kopf.
„Aber warum hast du dann erzählt, dass von Sinchas Überleben das Heil der Welt abhängt?"
Gem zuckt mit den Schultern. „Irgendetwas musste ich euch ja erzählen."
„Hm."
„Als mich dann Erik bei euch gesehen und sofort als Eleve von Erina erkannt hat, war mir klar, dass Erina in großen Schwierigkeiten steckt. Aber ich konnte nichts unternehmen, um sie zu warnen. Mir waren die Hände gebunden."
„Warum erzählst du plötzlich so freimütig?", will ich wissen und schnaufe ein wenig; allmählich wird die Zauberin recht schwer in meinen Armen.
Gem deutet mit einem pelzigen Finger auf sein Kristallamulett. „Erina will, dass ihr alles wisst."
„Hat sie dir das vorhin mit ihrer Magie befohlen?"
„Ja, das hat sie." Gems katzenähnliche Augen verengen sich. „Erina wollte sich heute mit zwei befreundeten Zauberern am westlichen Fuße des Zhokanischen Gebirges treffen und das weitere Vorgehen besprechen. Erik Anfohrrnus hat davon aber erfahren und seine Schergen auf Erina und ihre Freunde gehetzt. Die beiden Zauberer sind leider tot. Erina konnte fliehen, wurde aber verfolgt und hier gestellt. Das heißt, dass nun niemand mehr gegen Erik im Bastolischen Schloss Stellung beziehen wird."
„Hat Erina wenigstens die Amazonenkönigin gewarnt?"
„Sie wollte, nachdem sie die beiden anderen Zauberer über Eriks Pläne unterrichtet hatte, sofort nach Ontron reiten und mit der Königin reden."

„Verdammt!“, fluche ich. „Alles geht schief.“
„Komm weiter.“ Gem deutet zum rechten Gipfel eines Bergkammes, der vor uns liegt.
„Gem“, sage ich nach einer Weile, „Erina hat damals in der Schlucht zu Kathinka gesagt, dass jemand sie verraten wird.“
„Ich kann mich daran erinnern.“
„Weißt du, wer Kathinka verraten wird?“, frage ich mit banger Stimme.
„Leider nein. Und Erina weiß es auch nicht. Sie hat damals lediglich gespürt, dass Kathinka in der Zukunft zutiefst enttäuscht, ja geradezu erschüttert sein wird. Ihre Welt wird sich aus den Angeln heben, ihr Vertrauen wird nachhaltig zerstört werden.“ Gem bleckt seine Zähne. „Das waren die Gefühle, die Erina in den Strängen der Zeit über Kathinka empfangen hat.“
„Verflucht! Alles wird schiefgehen“, schnaufe ich erneut und blicke auf die reglose Zauberin in meinen Armen. „Nun, wenigstens wird Erina überleben. Sie kann uns noch eine große Hilfe sein.“
„Das glaube ich ganz und gar nicht“, sagt Gem und seine grünen Augen sind voll Trauer.
„Aber Erina hat doch wieder ihren Zauberstab.“ Ich schlucke. „Und sie schreit auch nicht mehr vor Schmerzen.“
„Sie schreit nicht, weil sie bewusstlos ist.“ Gem zeigt auf sein Kristallamulett. „Ich weiß, wie sehr sie leidet. Und sie wird nicht überleben. Ihre Zeit ist abgelaufen.“
„Warum schleppe ich sie dann auf einen Berg?“, schnarre ich gereizt.
„Da oben ist eine geräumige Höhle. Dort kann sie in Würde sterben.“
„Das ist nicht dein Ernst.“ Ich bleibe stehen.
„Leider doch.“ Tränen glitzern in den sonst meist so fröhlichen Koboldaugen. „Und jetzt, mein Freund, trage sie bitte weiter den Berg hinauf.“
„Na schön.“ Murrend setze ich mich in Bewegung.
„Du hast“, raunt Gem nach ein paar Schritten, „mich gerade eben nicht angeschnauzt, als ich dich meinen Freund genannt habe. Das tust du doch sonst immer.“ Er blickt zu mir hoch. „Vielleicht werden wir ja tatsächlich noch Freunde, Skriek?“
„Halte deinen vorlauten Mund!“ Ich soll mit einem Blaupelz

befreundet sein? Niemals!

30

„Dann hängt das Heil der Welt also nicht von meinem Überleben ab. Nun gut. Ich würde lügen, wenn ich sagen würde, ich wäre nicht erleichtert. Aber Gem hat uns einen richtig großen Bären aufgebunden“, sinniert Sincha. „Und jetzt hat uns der listige Blaupelz also auch noch verlassen.“ Sie hat sich heute Morgen ein Stück Stoff zurechtgeschnitten und so um ihre Stirn gewickelt, dass ihre Augenhöhle verdeckt ist.
„Ja, der Kobold ist ein Schlawiner, aber er beschützt mitten im Gebiet der Riesen die Zauberin und wacht über sie bis zur Stunde ihres Todes“, sagt Romaldo. Er wirkt nach der durchwachten Nacht ziemlich müde und seine Wangen sind eingefallen und hager. „Das erscheint mir überaus ehrenhaft.“ Er reicht Sincha ein Stück Hartwurst, das wir vom Schiff der Gnome mitgenommen haben.
Die Amazone nimmt es dankend an. „Dass Gem ehrenhaft ist, will ich gar nicht bestreiten, aber seine Giftpfeile hätten wir auch weiterhin gut gebrauchen können.“
„Das ist wahr“, stimmt Romaldo zu. Dann zeigt er Sincha ein Lächeln. „Als wir Yestshire verlassen haben, waren wir auch nur zu sechst. Und jetzt ist die alte Ordnung eben wiederhergestellt.“
„Wir haben einiges erlebt.“ Sincha lächelt zurück. „Und wir sind weiter gekommen, als erwartet.“
Romaldo berührt kurz ihre Schulter. „Aber manche von uns haben einen zu hohen Preis bezahlen müssen.“
Sincha senkt ihren Kopf. Sie weiß, dass Romaldo mit seinen Worten ihr verlorenes Auge und ihre beiden Finger meint, die ihr von den Gnomen abgeschnitten worden sind. „Für das Überleben Amazoniens würde ich mit Freuden meine beiden Arme geben.“
„Du bist überaus mutig, Heerführerin.“ Romaldos Stimme klingt sehr sanft.
„Du stehst mir an Mut nicht nach“, schmeichelt Sincha und ihr gesundes Auge blickt ein wenig sehnsüchtig, wie mir scheint.
„Das ist ja nicht zum Aushalten“, raunt Kathinka neben mir

ungehalten. Wir beide sitzen etwas abseits und schnüren soeben unsere Reiserucksäcke.

„Sei doch froh, wenn die beiden nicht mehr streiten", raune ich zurück.

„Mir war es aber lieber, als die beiden sich noch spinnefeind waren", mault Kathinka.

„Warum?"

„Weil ich trotz aller Differenzen Sincha respektiere. Ich will nicht, dass sie zu all ihrer körperlichen Qual auch noch seelischen Schmerz erleidet." Kathinka seufzt. „Wenn Sincha nicht aufpasst, dann wird ihr Herz brechen. Und das will ich nicht. Sie hat schon genug gelitten."

„Ja, Sincha hat große Qualen ertragen, als sie von den Gelbhäuten grausam verstümmelt wurde", sage ich so leise, dass mich die Amazone und der harbaische Prinz nicht verstehen können. „Und Romaldo wurde von seinem magischen Seelenbruder getrennt. Auch in ihm ist viel Schmerz. Es ist daher durchaus verständlich, wenn sie sich gegenseitig Trost spenden."

„Es wird nicht beim Trostspenden bleiben", sagt Kathinka langsam. „Seit die Gnome Sincha misshandelt haben, ist sie voll Schmerz und Scham. Allzu leicht kann sie daher in falscher Liebe entflammen."

„So wie ich das sehe, ist Liebe niemals falsch. Sie ist ein wahrhaftiges und aufrichtiges Gefühl, das hat mich schon meine Mutter gelehrt."

„Aus dir spricht dein skriekischer Anteil", meint Kathinka. „Du solltest mehr auf deine kriegerische Seite achten."

„Meine kriegerische Seite sagt, dass es gut ist, wenn wir uns innerhalb der Gruppe vertragen." Ich räuspere mich. „Romaldo und Knut haben füreinander nicht mehr das blinde Verständnis von früher und dadurch deutlich an Kampfkraft eingebüßt. Sinchas linke Hand kann keinen Krummsäbel mehr schwingen. Wir sind nicht mehr so stark wie früher. Umso wichtiger ist es, dass wir uns nicht durch unnötige Konflikte weiter entzweien."

„Die harbaischen Brüder sind immer noch hervorragende Kämpfer", sagt Kathinka und starrt grübelnd auf den schneebedeckten Boden. „Und seit Romaldo nicht mehr von Arroganz und Hochmut durchdrungen ist, verhält er sich wie ein aufrechter Gefährte. Ich hoffe daher sehr, dass er Sinchas

momentane Schwäche nicht ausnutzt."
„Ja, er hat sich verbessert", gebe ich zu. „Aber er ist und bleibt ein Schönling."
„Es ist kein Verbrechen, gut auszusehen", schnaubt Kathinka.
„Das habe ich auch nicht behauptet", brumme ich. Was ist heute nur mit Kathinka los? Sie verhält sich schon, seit sie aufgewacht ist, recht übellaunig. Vielleicht trägt sie es mir ja nach, dass ich sie in der Nacht allein gelassen und Gem begleitet habe. Wenn es um meine Pflichten als ihr Paladin geht, ist sie überaus penibel. Und dass sich Sincha und Romaldo immer besser verstehen, seit wir das Gnomenschiff verlassen haben, scheint sie darüber hinaus auch noch zu stören.
Natürlich, denke ich, wäre es recht dumm, wenn sich Sincha tatsächlich in Romaldo verlieben würde; vor allem jetzt, nach all der langen Zeit, die die beiden schon gemeinsam durch die Lande ziehen und sich stets spinnefeind gewesen sind.
Andererseits hat sich in den letzten Tagen so einiges verändert.
Und damit meine ich nicht nur Romaldos neues, überaus höfliches Verhalten; auch für Sincha ist nach durchlittener Folter vieles neu. Sie wirkt zwar immer noch stahlhart, aber in ihrem verbliebenen Auge kann man ab und zu eine verborgene Sehnsucht aufblitzen sehen, die mir nicht entgangen ist. Ich vermute daher, dass sie sich gar nicht unbedingt in Romaldo verlieben muss, um seine Nähe zu suchen; vermutlich will sie wirklich nur ein wenig Trost und Zuwendung.
Ich blicke zu dem Prinzen. Soeben reicht er Sincha die Hand, um ihr aufzuhelfen. Natürlich hat die Amazone es nicht nötig, sich helfen zu lassen, sie ist körperlich wieder voll hergestellt, aber trotzdem ergreift sie seine Hand und lässt sich hochziehen.
„Danke", sagt sie.
„Gern geschehen, Mylady." Romaldo verbeugt sich und sein Mylady klingt höflich und wertschätzend.
Kathinka schnappt ihren Reiserucksack, atmet geräuschvoll durch die Nase aus und gesellt sich forsch zu Sincha und Romaldo. Für mich hat es beinahe den Anschein, als ob Kathinka die Amazone ein wenig beiseite drängt.
„Ich möchte mich noch einmal bei dir bedanken", sagt Kathinka zu Romaldo, „dass du heute Nacht für uns alle die Wache übernommen hast. Du musst sehr müde sein."
„Das bin ich." Der Prinz richtet seinen Hut. „Vielleicht kann ich

mich ja mittags kurz ausruhen."
„Ich werde Wache halten, damit du deinen verdienten Schlaf erhältst", lächelt Kathinka und streicht eine dunkle Haarsträhne langsam zurück. Mir kommt diese Bewegung ein wenig kokett vor und ein verärgertes Knurren löst sich aus meiner Kehle.
„Lass uns ein Stück nebeneinander hergehen", sagt Romaldo zu Kathinka. „Dann kann ich dir von Harba erzählen."
„Gerne." Kathinka lächelt ihn schon wieder an. „Und ich wollte dich auch noch wegen dieser Geschichte mit der Endmutter befragen."
„Auch davon kann ich dir erzählen." Kathinka und Romaldo gehen ein paar Schritte und unterhalten sich angeregt.
Sincha streicht mit grimmig herabgezogenen Mundwinkeln über ihren Daumenstumpf, dessen Wundränder mittlerweile gut verheilt sind.
„Bei Ama, ich bin einfach zu hässlich", murmelt sie ganz leise, sodass sie an und für sich keiner verstehen kann. Da ich aber lautlos näher herangetreten bin, höre ich ihre geflüsterten Worte sehr wohl.
„Das bist du, Amazone", raune ich. „Aber neben mir bist du eine Schönheit."
Überrascht blickt sie zu mir hoch. „Deine verfluchten Skriekohren sind viel zu gut."
„Willst du Romaldo für dich?", frage ich ungeniert.
Sinchas gesundes Auge verengt sich zu einem schmalen Schlitz, und im ersten Moment glaube ich, dass sie mir eine gepfefferte Antwort geben wird, doch sie schluckt, was immer sie sagen wollte, hinunter und verzieht nur den Mund. „Romaldo ist jetzt frei von Hochmut und falschem Stolz. Er ist höflich, hilfsbereit, freundlich und charmant. Und dass er verdammt gut aussieht, ist ja nicht zu übersehen." Sie nagt an ihrer Unterlippe. „Ja, seit sein fetter Bruder von dem silbernen Blitz getroffen wurde, gefällt mir Romaldo außerordentlich gut. Aber, wie gesagt, ich bin hässlich. Kathinka passt viel besser zu ihm."
Mein Hals wird auf einmal ganz eng. „Aber Kathinka verabscheut den eitlen Wichtigtuer. Das hat sie mir selbst gesagt."
„Das war früher." Sincha zupft an ihrer Augenbinde. „Romaldo ist nicht mehr eitel, und er ist auch kein Wichtigtuer. Jetzt ist er ein attraktiver Prinz mit einnehmenden Manieren und

ungewöhnlich grauen Augen, in denen sich jede Frau verlieren möchte. Höchstwahrscheinlich auch deine Kathinka."
„Ach, halt doch den Mund, dumme Amazone!" Wut kocht in mir hoch.
„Skriek, sei nicht zu naiv", sagt sie und ich kann das Mitleid in ihrer Stimme hören. „Kathinka mag dich wirklich gern. Aber ich befürchte, dass sie sich eher in einen Prinzen als in eine schuppige Eidechse verlieben wird."
Das Mitleid in Sinchas Stimme schmerzt mich mehr als ihre Worte. „Ich dachte, du bist eine harte Kriegerin, die für einen Sieg alles tut", raune ich. „Wenn dir Romaldo so gut gefällt, dann kämpfe doch um ihn."
„Es gibt Kämpfe, die man nicht gewinnen kann."
„Du meinst also, Heerführerin, wenn es um die Liebe geht, bleiben wir Hässlichen immer übrig?"
„So ist es."

Wir marschieren in südöstliche Richtung, da Erina Jastantino gestern Nacht bei der Höhle mittels ihrer Magie und dem Kristallamulett Gem aufgetragen hat, mir etwas auszurichten. Die Zauberin will, dass wir sechs ins Hohe Karst gehen und dort, im Grauen Zwergenreich, nach Hilfe suchen. Das Graue Zwergenreich wird von einem Zwergenkönig namens Bethul-Ento regiert und liegt am östlichsten Ausläufer des Zhokanischen Gebirges, direkt hinter dem Felsenland von Zwergenkönig Sinnly. Bethul-Ento und Sinnly können einander nicht riechen und leben schon seit Jahrzehnten in Streit und Fehde.
Erina Jastantino möchte, dass wir, falls Amazonien unter dem Ansturm seiner Feinde fallen sollte, gemeinsam mit den Grauen Zwergen die Reliquie in Gewahrsam nehmen und zum Bastolischen Schloss bringen, damit sie nicht in Eriks Hände fällt. Theoretisch mag das ja ein guter Plan sein, aber wie wir ihn praktisch umsetzen sollen, kann ich mir beim besten Willen nicht vorstellen.
Die anderen haben vorhin, als wir kurz gerastet haben, ihre Köpfe zusammengesteckt und zahlreiche Pläne geschmiedet, aber irgendetwas Verwertbares ist dabei, zumindest meiner Meinung nach, nicht herausgekommen.
Clarina hat erzählt, dass sie vor einigen Jahren als Soldatin eine

Abordnung Amazonen in das Hohe Karst begleitet und einige Zeit in König Bethul-Entos Reich gelebt hat. Die Grauen Zwerge sind angeblich, zumindest behauptet das Clarina, überaus übellaunig, streitlustig, stur und von Gold und Edelsteinen nahezu besessen. Sie haben seltsame religiöse Bräuche und mächtige Krieger, die ganz vorzüglich mit ihren kurzen Rundbögen umzugehen vermögen.
Nun gut, denke ich mir, etwas zwergische Unterstützung könnte wahrlich nicht schaden, obwohl König Bethul-Ento ein Narr sein müsste, wenn er den Amazonen gegen die vereinten Heere von König Angrias, König Edwin, König Sinnly plus den Gilden aus Yestshire beisteht. Und seit ich Erik gestern unter all den Riesen gesehen habe, bin ich davon überzeugt, dass auch mit den Riesen Vereinbarungen ausgehandelt wurden. Und wie diese Vereinbarungen aussehen, kann ich mir sehr gut vorstellen: Die Riesen werden ebenfalls gegen die Amazonen in den Krieg ziehen, und das gefällt mir überhaupt nicht.
Murrend gehe ich weiter, während ich mich zum wiederholten Male wachsam umblicke. Von den Riesen ist aber weiterhin weit und breit nichts zu sehen, nicht einmal ihre überlauten knorrigen Stimmen sind irgendwo im Felsenrund zu vernehmen. Wo sind die großen Wesen hin?, frage ich mich. Es kann doch nicht sein, dass HamSamKoLo und seine Krieger unsere Verfolgung so rasch aufgegeben haben. Dafür ist sein Hass auf uns, und ganz besonders auf mich, viel zu groß. Vielleicht, überlege ich, haben die Riesen ja unsere Spur verloren? Oder steckt möglicherweise wieder einmal der verschlagene Erik Anfohrrnus dahinter; vielleicht verdanken wir es ja ihm, dass wir bis jetzt noch nicht von den Riesen angegriffen worden sind? Aber welchen Grund sollte er haben, die Riesen von unserer Fährte zurückzurufen? Wie sich herausgestellt hat, spielt Sinchas Überleben für unsere Welt keine Rolle. Es kann also nicht um die Heerführerin gehen, falls uns die Riesen auf Eriks Anordnung hin im Moment verschonen. Andererseits hat ja Erik auch damals bei den Ephtalonischen Hügeln keinerlei Anstalten gemacht, uns alle zur Hölle zu jagen, obwohl er wahrlich jede Möglichkeit dazu gehabt hätte. Warum hat er uns nicht getötet? Irgendetwas, scheint mir, plant der Zauberer, das mit uns zusammenhängt, aber mir will nicht einfallen, was es sein könnte.

Fluchend greife ich meinen Kampfstab fester und setze den nächsten Schritt. Da gesellt sich Kathinka zu mir.
„Bist du schon wieder übellaunig, mein aufrechter Paladin?“, fragt sie mit leichtem Spott.
„Heute morgen warst du reichlich übellaunig“, werfe ich ihr vor. „Außerdem hast du dich ganz schön lange mit dem eitlen Prinzen unterhalten.“
„Erstens ist er nicht mehr eitel; zweitens kann ich mich ja wohl unterhalten, mit wem ich will; und drittens weiß er wirklich interessante Geschichten zu erzählen.“ Kathinka funkelt mich an. Sie kann es nicht leiden, wenn ich sie kritisiere.
„Ich könnte dir auch genug Geschichten aus meiner Kindheit und Jugend erzählen. Das Leben bei den Skriek war überaus spannend.“
„Ja, du könntest mir bestimmt sehr viel Interessantes erzählen. Aber das tust du leider nicht, weil du eher der schweigsame Typ bist.“
„Und Romaldo ist eher der schleimige Typ“, knurre ich.
„Oho!“ In Kathinkas veilchenblaue Augen stiehlt sich ein belustigtes Funkeln. „Mein edler Paladin ist also eifersüchtig.“
„Das bin ich keineswegs“, schnarre ich gereizt.
„Doch, das bist du.“
„Nein!“
„Doch.“
„Nein!!!“, brülle ich.
„Pst.“ Kathinka legt ihren rechten Zeigefinger auf die Lippen. „Du lockst noch die Riesen an.“
„Du machst mich mit deinen ungerechtfertigten Unterstellungen sehr wütend, Kathinka Ebensa.“
„Wir wissen doch beide, dass du auf Romaldo eifersüchtig bist. Er hat seine Wesensart verändert und ist nun charmant und zuvorkommend. Dass er außergewöhnlich gutaussehend ist, brauche ich wohl nicht extra zu betonen. Und er hat wunderschöne graue Augen. Da ist es nur verständlich, dass wir Frauen seine Nähe suchen.“
„Bei Thurantuh!“, fluche ich. „Sincha hat vorhin genau das Gleiche gesagt.“
„Sincha ist trotz all ihrer Härte eben auch eine Frau.“
„Ihr fehlen zwei Finger und ein Auge. Sie hat kleine Brüste, eine sehnig hagere Figur und ein spitzes Kinn. Du hingegen bist

wunderschön. Romaldo wird dich erwählen."
„Ich bin voller Narben."
„Du bist viel hübscher als Sincha", beharre ich auf meiner Meinung.
„Es ist sehr freundlich, dass du das sagst", schmunzelt Kathinka. „Ja, ich denke auch, dass ich bei Romaldo gute Chancen habe."
„Also doch!" Ich starre Kathinka wütend an, meine vier spitzen Eckzähne knirschen bedrohlich.
„Gib es doch zu!", fordert Kathinka ungerührt. „Du bist eifersüchtig."
„Nun, dann bin ich eben eifersüchtig." Meine Stimme ist heiser vor Zorn. „Spiele nicht mit mir. Ich bin viel stärker als du. Ich könnte dir mühelos einen Arm brechen."
„Das mag schon sein." Kathinka bleibt weiter völlig unbeeindruckt von meinem Ärger und meiner Wut. „Aber du hast ja bei Thurantuh geschworen, mich zu beschützen. Hast du das denn schon vergessen?"
Meine Fäuste ballen sich in hilfloser Wut. Ich starre für eine Weile in ihre großen Augen. Schließlich senke ich den Kopf. „Nein, das habe ich nicht vergessen", murmle ich niedergeschlagen. „Verzeih mir meine unbedachten Worte. Natürlich würde ich dir niemals einen Arm brechen." Mein Kopf sinkt noch ein Stück weiter nach unten und ich bin äußerst beschämt darüber, dass ich Kathinka vorhin in meinem Zorn doch tatsächlich Gewalt angedroht habe. „Bitte glaube mir, ich könnte dir nicht ein Haar krümmen."
„Das weiß ich doch." Kathinka klingt belustigt über meine plötzliche Zerknirschtheit. Sie tritt näher zu mir, ergreift mein Kinn und hebt meinen Kopf ein Stück an. „Hör zu, mein liebenswerter Dummkopf. Zwischen uns ist ein unauflösliches Band, das niemals reißen wird. Du bist genau so, wie ich mir einen Mann wünsche. Ich mag dein echsenhaftes Aussehen, deine grünen Schuppen, deine großen blauen Skriekaugen; deine geschmeidigen Muskeln und deine breiten Schultern beeindrucken mich sogar ein wenig. Deine Hässlichkeit stößt mich nicht ab, sondern sie fasziniert mich viel eher. Du bist ein einzigartiges Wesen, halb Mensch, halb Skriek, und für mich etwas ganz Besonderes. Dass ich meine Nächte nicht mit dir verbringe, liegt allein an meiner Vergangenheit und an sonst nichts. Es ist nicht deine Schuld und es hat nichts mit deinem

Aussehen oder deiner Wesensart zu tun."
„Aber Romaldo ..."
„Romaldo", unterbricht mich Kathinka, „ist nun ein echter Gefährte. Viel zu lange war er nichts weiter als ein arroganter, selbstverliebter Schnösel. Doch durch die seelische Trennung von seinem Bruder wurde er erwachsen und reif. Nun ist er ein wahrer Königssohn."
„Und gutaussehend." Ich schlucke.
„Für einen Menschenmann ist er überaus attraktiv", stimmt mir Kathinka zu. „Aber ich bin nicht in ihn verliebt."
„Hm."
„Ich unterhalte mich gern mit ihm, aber das ist schon alles." Kathinkas veilchenblaue Augen blicken überaus ehrlich, und trotz all meines Misstrauens ist ein Teil von mir geneigt, ihr zu glauben.
„Nun gut", sage ich daher, „das wird Sincha aber freuen."
„Sincha wird so einiges gar nicht freuen."
„Wie meinst du das?"
Kathinka deutet nach vorne. „Siehst du das? Clarina und Romaldo gehen einträchtig nebeneinander her."
„Ja, und?"
„Dir ist anscheinend nicht aufgefallen, dass Clarina, als wir damals in den Laderaum des Gnomenschiffs gesperrt waren, meist gereizt und überaus aggressiv war?"
„Doch, das ist mir aufgefallen. Immerhin war ich dasjenige Wesen, das sie am liebsten erdolcht hätte."
„Und wer konnte als Einziger Clarina beruhigen? Und wer hat die rothaarige Amazone Nacht für Nacht gehalten und getröstet, als Sincha vor Schmerzen geschrien hat?"
„Romaldo?"
„Richtig."
„Und wer scharwenzelt, seit wir das Zhokanische Gebirge erreicht haben, meist um Romaldo herum?"
„Clarina", sage ich, und mir wird klar, dass Kathinka recht hat. Mir ist es bis jetzt nur nicht aufgefallen.
„Ich bin voller Narben. Sincha ist entstellt und hager." Kathinka blinzelt. „Clarina hingegen ist hübsch, schlank und völlig unversehrt. Wen wird Romaldo wohl wählen?"
„Clarina", brumme ich ein wenig ungehalten, da mich Kathinkas Fragerei mittlerweile nervt und ich schon verstanden

habe, worauf sie hinaus will.
„Es gibt für dich also keinen Grund, eifersüchtig zu sein“, stellt Kathinka klar. „Hast du das jetzt verstanden?“
„Es gibt für mich keinen Grund, eifersüchtig zu sein, wenn ich weiß, wen du wählen würdest, wenn du die freie Wahl hättest.“ Ich suche ihren Blick. „Also, Kathinka Ebensa, wen würdest du wählen?“
„Ich habe schon vor langer Zeit gewählt.“
„Und wen?“
„Einen schuppigen Schwachkopf, der oft schrecklich mühsam und unbeholfen ist. Aber er hat ein tapferes Herz und starke Krallen, die mich stets beschützen werden.“
„Dann ist es ja gut.“ Ich bin noch immer nicht ganz besänftigt, da es mir nicht gefällt, dass Kathinka Romaldo als charmant, hilfsbereit und gutaussehend bezeichnet hat und sich in seiner Nähe offensichtlich wohl fühlt. Andererseits sehe ich jetzt auch, nachdem mich Kathinka ja förmlich mit der Nase darauf gestoßen hat, dass sich Clarina und Romaldo anscheinend ganz wunderbar unterhalten, während Sincha den beiden grimmige Blicke zuwirft.
Nun gut, vielleicht gibt es für mich ja wirklich keinen Grund zur Eifersucht, aber meine Hoffnung, dass es in unserer Gruppe in Zukunft ohne Konflikte und Streitigkeiten abgehen wird, kann ich auch begraben.

„Hat Erina noch irgendetwas Interessantes erzählt, das ich wissen sollte?“, fragt mich Kathinka eine gute Stunde später.
„Sie konnte kaum sprechen, da sie starke Schmerzen hatte“, sage ich. „Nur durch Magie und mit Hilfe von Gems Kristallamulett war es ihr überhaupt möglich, mit uns in Kontakt zu treten.“
„Ich habe so große Hoffnungen in Erina gesetzt.“ Kathinka wirkt sehr besorgt. „Und es ist wirklich sicher, dass Erina sterben wird?“
„Der hässliche Blaupelz ist sich sicher.“
„Gem ist ein Orakel. Er irrt sich nie“, seufzt Kathinka niedergeschlagen.
„Einmal hat er sich geirrt und wäre von seinen Geschwistern gelyncht worden, wenn Erina Jastantino nicht eingegriffen hätte“, sage ich und blicke mich um. Wir haben heute schon gut

zehn Meilen hinter uns gebracht; von den Riesen ist weiterhin nichts zu sehen und zu hören. Ich vermute, dass wir morgen um die Mittagszeit, wenn wir unser Tempo beibehalten, die Grenze zum Felsenland übertreten werden.
„Ich hätte Erina gerne noch einmal getroffen", sagt Kathinka und wickelt sich fester in ihren braunen Mantel. Es hat wieder leicht zu schneien begonnen und der Wind frischt auf. Heute Nacht wird es wieder sehr kalt werden. „Ihre Voraussage, dass man mich betrügen wird, beschäftigt mich immer noch."
„Ach, das?" Ich winke ab. „Erina weiß nicht viel mehr, als sie dir ohnehin gesagt hat."
„Hast du mit ihr darüber gesprochen?"
„Sozusagen", bestätige ich. Weiße Wölkchen tanzen in der zunehmenden Kälte aus meinem Mund und werden augenblicklich vom Wind fortgerissen. „Gem hat mir erzählt, dass Erina für einen kurzen Moment jene Gefühle bei dir gespürt hat, die du in der Zukunft einst haben wirst."
„Und welche Gefühle sind das?", drängt Kathinka.
„Eben die, die Erina dir genannt hat. Du wirst eine große Enttäuschung über einen Verrat erleben, der deine Welt aus den Angeln hebt."
„Meine Welt wird aus den Angeln gehoben?"
„Ja, so hat es Gem gesagt."
„Das ist einerseits schlecht, andererseits aber auch gut", sinniert sie.
„Was ist daran gut?", wundere ich mich,
„Wenn die Welt aus den Angeln gehoben wird, dann muss es sich um etwas Epochales handeln. Um etwas, das große Kreise zieht und enorm wichtig ist."
„Ja, und?"
„Die Amazonenkönigin ist wichtig. Sincha Ankonski ist die erste Heerführerin der Amazonen und daher ebenfalls wichtig. Auch Erina Jastantino ist wichtig und natürlich alle Zauberer des Bastolischen Schlosses. König Angrias und König Edwin sind wichtig, ebenso König Sinnly und die Gilden von Yestshire. Sie alle haben eine große Bedeutung für unsere Welt."
„Ja, und?"
„Du hingegen, Skriek, bist nur eine kleine, unwichtige Randfigur in der ganzen großen Angelegenheit. Du spielst nicht

die geringste Rolle. Der Verrat, den ich einst empfinden werde, kann also nichts mit dir zu tun haben. Und das ist das Gute daran: Du wirst mich ganz bestimmt nicht verraten.“ Kathinka zeigt mir ein angedeutetes Lächeln, das ihren Worten den schmerzhaften Stachel nehmen soll, doch das tut es nicht.
„Sei dir da nur nicht zu sicher“, knurre ich gekränkt.

31

Den ganzen gestrigen Tag über hat es stark geschneit und dadurch hat sich unser Vorwärtskommen zusehends schwieriger gestaltet. Wir sind alle ziemlich außer Atem gewesen, als wir endlich das Wenntler Joch überstiegen haben. Nachdem wir ein weitläufiges, ausgedehntes Felsplateau mit weichen Knien überquert haben, hat sich das Wetter allmählich ein wenig gebessert. Der Schneefall ist nach und nach weniger dicht geworden und auch der allgegenwärtige, beißende Wind hat deutlich nachgelassen. Dennoch ist es immer noch grimmig kalt gewesen und unsere Knochen sind bis aufs Mark durchgefroren. Jeder Schritt ist mit der Zeit eine einzige Qual gewesen.
Nach dem Wenntler Joch ist es anfangs leicht abwärts gegangen, doch schon nach einer guten halben Stunde sind wir wieder gezwungen gewesen, uns an den nächsten Aufstieg zu wagen. Irgendwann haben uns gestern dann endgültig die Kräfte verlassen und es ist uns unmöglich gewesen, auch nur eine einzige weitere Meile hinter uns zu bringen. So haben wir früher als sonst unser Lager aufgeschlagen.
Nun hoffen wir, dass sich unsere müden Körper über Nacht gut erholt haben, denn heute wollen wir spätestens zu Mittag den Kostalischen Gipfel bezwingen. Von dort werden wir uns nach Osten wenden, um das Hohe Karst der Grauen Zwerge von König Bethul-Ento zu erreichen. Zuvor müssen wir aber noch durch die Felsenlande von König Sinnly marschieren, und das wird alles andere als ungefährlich werden. König Sinnlys Krieger werden uns, sobald sie uns aufgespürt haben, unerbittlich und gnadenlos jagen, bis sie uns schließlich stellen und töten können. Wir müssen also alles daran setzen, die Felsenlande ungesehen zu durchqueren; aber ich habe so meine Zweifel, ob das auch gelingen wird.

Dennoch will ich nicht zu pessimistisch sein, immerhin haben uns bis jetzt die Riesen nicht in ihre großen Pranken bekommen; ja, die letzten zwei Tage über haben wir von den mächtigen Wesen nicht ein verfilztes Barthaar gesehen.
Kathinka reckt ihre verspannten Schultern und blinzelt müde in die langsam beginnende Morgendämmerung. Sie hat es sich trotz aller Müdigkeit nicht nehmen lassen, gemeinsam mit mir die letzte Nachtwache zu übernehmen. Seither sitzt sie eng an mich gelehnt am Ausgang jener kleinen Höhle, über die wir gestern Abend mehr oder weniger zufällig gestolpert sind. Den Großteil des Höhleneingangs haben wir mit Schnee verschlossen, nur ein kleines Sichtfeld haben wir freigelassen, um mögliche Feinde rechtzeitig entdecken zu können.
Kathinka lehnt sich mit einem Schnauben enger an mich, damit wir uns besser gegenseitig wärmen können. In der Höhle ist es erbärmlich kalt, aber dank unserer dicken Reisedecken und der Körperwärme, die wir alle ausstrahlen, besteht zumindest nicht die Gefahr, dass wir erfrieren.
Kathinka gähnt neben mir. „Mir fehlt Gem“, sagt sie.
„Sei froh, dass wir ihn los sind“, murre ich. „Sein zotteliges Fell war sicher voller Läuse.“
„Gib es doch zu, dass du den kleinen Kerl in dein Herz geschlossen hast und er dir auch ein wenig fehlt“, stichelt Kathinka.
„Der Blaupelz ist ein mühsames, nervtötendes Plappermaul.“
„Er hat aber ein sonniges Gemüt.“
„Er hat meist unerträglich gute Laune.“ Ich richte die Kapuze meines grauen Mantels. „Und er stinkt aus dem Mund.“
Kathinka grinst verhalten. „Ihr werdet bestimmt noch gute Freunde.“
„Schwachsinn!“ Ich ziehe meine Kapuze noch tiefer ins Gesicht. „Außerdem werden wir den Blaupelz ohnehin nicht wiedersehen. Ganz allein hat er nicht den Funken einer Chance, das Zhokanische Gebirge lebend zu durchqueren. Über kurz oder lang werden die Riesen ihn entdecken und töten.“
Kathinka schaudert. „Ob Erina wohl noch lebt?“
„Vermutlich“, schnarre ich. „Erik hat gesagt, dass sie eine Woche lang schreckliche Qualen ertragen muss, bevor sie endlich stirbt.“
Um Kathinkas Mundwinkel zuckt es. „Skriek, es ist immer

wieder ermutigend, sich mit dir zu unterhalten."
„Ich sage nur die Wahrheit. Und ich bin eben ..."
Kathinka unterbricht mich mitten im Satz. „ ... realistisch. Ja, ich weiß." Sie seufzt verhalten.
Ich suche verstohlen ihren Blick. Neben einer tiefen Müdigkeit ist auch eine beinahe hoffnungslose Niedergeschlagenheit in ihren Augen zu erkennen, und mir wird zum ersten Mal so richtig bewusst, dass Kathinka gar nicht mehr ernsthaft an unseren Erfolg glaubt. Sie klammert sich nur mehr verzweifelt an winzige Strohhalme, aber ihr Glaube ist gebrochen. Erst gestern hat sie während einer kurzen Pause wieder einmal davon erzählt, dass ihr in ihren magischen Träumen ein großer Sieg prophezeit worden ist. Ihre Stimme hat dabei so überzeugend und sicher geklungen, dass wir alle neuen Mut gefasst haben. Jetzt wird mir aber klar, dass sich Kathinka mit ihren Worten nur selbst Mut zugesprochen hat.
Ich will aber nicht, dass sie so entmutigt und ohne Hoffnung neben mir sitzt; leider weiß ich aber nicht, was ich sagen soll, um ihr neue Zuversicht zu geben, daher beschließe ich, das Thema zu wechseln. Vielleicht bringt das Kathinka ja auf andere, weniger schwermütige Gedanken.
„Mich wundert es immer noch", sage ich leise, während ich meinen Blick von ihr abwende und wieder die weiße Schneelandschaft vor uns betrachte, „dass sich Sincha plötzlich in Romaldo verliebt haben soll. Bis vor wenigen Tagen haben die beiden noch regelmäßig und heftig miteinander gestritten."
„Ehrlich gesagt, Skriek, glaube ich, dass Sincha schon immer in Romaldo verliebt war. Sie hat es lange Zeit nur nicht gewusst."
„Wie kann man so etwas nicht wissen?"
„Skriek, du hast soeben selbst gesagt, dass sich die beiden von Anfang an in den Haaren gelegen sind und permanent angefeindet haben. Wenn sie einander so egal gewesen wären, hätten sie sich jederzeit aus dem Weg gehen können, aber das haben sie nicht getan. Ganz im Gegenteil, sie waren geradezu darauf erpicht, miteinander zu streiten."
„Und gemeinsames Streiten ist also deiner Meinung nach ein Zeichen von Liebe?", frage ich ein wenig herablassend.
„Wir beide streiten doch auch von Zeit zu Zeit."
„Und du hast dann immer das letzte Wort", werfe ich ihr vor.
„Ich weiß ja nicht, dass du dann nichts mehr sagst", schmunzelt

Kathinka.
„Du weißt aber sehr wohl, dass ich nicht gut bei verbalen Auseinandersetzungen bin." Meine vier spitzen Eckzähne knirschen verärgert.
„Deswegen streite ich auch so gerne mit dir. Ich mag es, als Siegerin vom Platz zu gehen." Kathinkas Schmunzeln vertieft sich.
„Und was ist jetzt mit Romaldo und Sincha?", frage ich mürrisch, da ich schon wieder das Gefühl habe, bei Kathinka den Kürzeren gezogen zu haben.
„Sincha hat Romaldo immer schon für einen starken und mächtigen Krieger gehalten. Und als kampferprobte Amazone hat sie seine Geschicklichkeit und ausgefeilte Technik mit dem Rapier sicherlich beeindruckt. Doch seine arrogante, anmaßende Art hat stets verhindert, dass sich Sincha ihm angenähert hat, obwohl von Anfang an nicht zu leugnen war, dass Romaldo nicht nur einen hervorragender Kämpfer abgibt, sondern auch sehr mutig und ehrenvoll ist. Und er kämpft für eine gerechte Sache. Das alles hat Sincha sehr wohl gesehen, aber wie gesagt, sein schnöselhaftes, selbstverliebtes Verhalten machte es ihr unmöglich, vor sich selbst einzugestehen, dass sie etwas für ihn empfindet." Kathinka hebt einen Zeigefinger.
„Doch jetzt ist eben alles ganz anders. Sincha hätte in letzter Zeit ihre Gefühle schon sehr verleugnen müssen, um sich nicht endlich einzugestehen, dass sie in Romaldo verliebt ist. Außerdem ist sie zu ehrlich, um sich selbst wissentlich zu belügen."
„Aber Romaldo", werfe ich ein, „scheint Sincha nicht zu lieben."
„Romaldo respektiert sie." Kathinka streicht eine Haarsträhne zurück. „Aber ich befürchte auch, dass er sie nicht liebt. Und das finde ich traurig."
„Sincha ist eisenhart. Sie wird eine unerfüllte Liebe schon überleben."
„Das wird sie ganz gewiss." Kathinkas Stimme klingt seltsam belegt. „Aber, und das habe ich dir gestern ja schon gesagt, trotz aller Differenzen und Meinungsverschiedenheiten, die Sincha und ich haben, möchte ich nicht, dass ihr Herz Liebesqualen erduldet."
„Ja, das hast du gesagt." Ich betrachte Kathinka skeptisch aus

den Augenwinkeln und frage mich, ob ihr Interesse an Sinchas Liebeskummer vielleicht etwas mit ihr selbst und ihrer Situation zu tun hat. Und wenn dem so ist, was bedeutet das dann für mich und meine Beziehung zu Kathinka?
Sie bemerkt meinen Blick. „Skriek, ich weiß genau, was du jetzt denkst."
„Ach?"
„Du glaubst, dass meine Sorge um Sincha vor allem mit mir selbst zu tun hat."
„Nun, meine Schöne, vielleicht glaube ich das ja tatsächlich?"
„Nun gut, mein breitschultriger Paladin, vielleicht hast du damit sogar recht." Kathinka blinzelt. „Weißt du, für Sincha ist Amazonien viel mehr als nur ein Land, das von kriegerischen Frauen besiedelt wird. Für sie ist Amazonien ein Symbol für Freiheit und Gerechtigkeit. Amazonien gibt Sincha das Gefühl, dass es auf dieser Welt so etwas wie Heimat und Sicherheit gibt, einen Ort, an dem man als Frau selbstbestimmt und voll Stolz leben kann." Kathinka senkt ihren Kopf und ihre Stimme wird noch leiser. „Sincha würde ihr Leben für ihre Ideale opfern. Das bewundere ich sehr an ihr."
„Und ich finde das strohdumm."
Kathinka ignoriert meinen Einwurf. „Für mich ist Sincha ebenso ein Symbol, wie Amazonien es für Sincha ist."
„Was meinst du damit?" Langsam verwirrt mich Kathinka.
„Sincha steht für Hoffnung, Siegeswillen, Mut und Überwindung." Kathinka schluckt. „In ihrer Nähe habe ich stets das Gefühl, dass sich all die schlimme Dinge, die einem passieren können, wieder zurechtrücken und zum Besseren wenden. Sincha strahlt Sicherheit, Ehrlichkeit, Wahrheit und Beständigkeit aus. Sie weiß ganz genau, was sie will. Sie kämpft aus tiefster Überzeugung für ihre Ideale und gegen jede noch so große Übermacht, um all die Frauen, für die sie als Heerführerin vereidigt worden ist, verteidigen zu können."
„Du bewunderst die hagere Amazone sehr."
„Ja, das tue ich." Kathinka schnieft. „Ich bin nicht immer ihrer Meinung, aber ihr Mut und ihre Aufrichtigkeit nötigen mir großen Respekt ab."
Langsam beginne ich zu verstehen. „Sincha wurde von den Gnomen misshandelt und verstümmelt", sage ich mit belegter Stimme. „Ihr geliebtes Heimatland steht vor seiner

unmittelbaren Zerstörung und ihre Königin wird höchstwahrscheinlich sterben. All das bereitet ihr überaus große Sorgen, dennoch hadert sie nicht mit dem Schicksal und lamentiert über all das Unglück. Nein, sie beißt die Zähne zusammen, fasst neuen Mut und kämpft unbeirrt weiter."
„Sincha hat es einfach verdient, von einem guten, aufrechten Mann geliebt zu werden. Ich wünsche ihr von Herzen, dass sie ein wenig Glück in der Liebe erfährt. Aber das wird wohl nie geschehen." In Kathinkas rechtem Augenwinkel glitzert eine einzelne Träne. „Das Leben ist nicht gerecht."
„Nein, das ist es nicht." Ich berühre Kathinkas Schulter. „Du hoffst, dass es eines Tages auch für dich wieder Glück und Freude geben wird. Aber du glaubst, wenn es schon für die aufrechte, selbstlose Sincha kein Glück geben kann, dann hast du erst recht keine Chancen, jemals glücklich zu werden."
„Ich bin kein guter Mensch", krächzt Kathinka. „Ich bin oft selbstsüchtig und egoistisch; die anderen Wesen kümmern mich kaum. Auch Amazonien spielt für mich in Wahrheit keine große Rolle. Ich will nur meine Ruhe." Sie wischt mit dem linken Handrücken über ihre Augen. „Und ich will meine Rache. Ich will Erik und Angrias tot sehen. Das steht für mich immer an erster Stelle."
„Und das ist auch gut so", meine ich.
„Was soll an einer egoistischen und rachsüchtigen Frau schon gut sein?"
„Du hast es selbst gesagt. Das Leben ist ungerecht." Ich zeige ihr meine vier spitzen Eckzähne. „Vielleicht hast du ja daher deutlich mehr Chancen auf ein glückliches Leben als Sincha."
Kathinka lacht auf. „Das glaube ich eher nicht."
„Wieso?"
„Weil mich das Schicksal bereits mit einem Paladin bestraft hat, der ein bösartiger Zyniker ist."

Stunden später haben wir den Kostalischen Gipfel überwunden und sind ein gutes Stück Richtung Felsenlande marschiert. Ich gehe als Letzter und sichere nach hinten ab. Meine Sinne sind weiterhin angespannt, auch wenn ich im Augenblick keine unmittelbare Gefahr verspüre. Nach einer Weile befiehlt uns Sincha anzuhalten und ruft mich mit einer knappen Geste an ihre Seite. Mit knirschenden Schritten stapfe ich durch den

knietiefen Schnee zu ihr nach vorne und komme dabei nicht umhin, an mein morgendliches Gespräch mit Kathinka zu denken. Hat es Sincha denn wirklich verdient, ein wenig Glück zu erleben? Ich bin mir da nicht so sicher. Bei den Skriek ist das Glück nie wirklich von äußeren Umständen abhängig gewesen, stets haben sie versucht, in sich selbst wahre Liebe und tiefen Frieden zu finden. Und jahrelang sind das, zumindest im Prinzip, auch meine Vorstellungen von einem guten Leben gewesen; nur dass ich eben nicht Glück und Frieden in mir zu finden gehofft habe, sondern Mut und Kampfeswille. Dennoch bin ich damals den Skriek und damit meiner Mutter deutlich ähnlicher gewesen als all den Menschen mit ihren Begierden und Sehnsüchten, deren Erfüllung sie so verzweifelt in der Außenwelt suchen. Doch seit ich Kathinkas Paladin bin, verstehe ich meine menschliche Seite deutlich besser. Ich habe nun ebenfalls Sehnsüchte und Begierden, die ich stillen möchte. Mittlerweile ist mir jedoch klargeworden, dass ich in der Außenwelt nicht bekommen werde, was ich mir wünsche, da sich Kathinka höchstwahrscheinlich nie mehr zur Gänze von all ihren schlimmen Erlebnissen erholen wird. Damit muss ich mich, wohl oder übel, abfinden. Andererseits, grüble ich, hat ja vielleicht sogar so jemand wie ich ein wenig Anspruch auf ein glückliches und zufriedenes Leben, auch wenn ich nicht mehr als ein Schlächter und Krieger bin? Das einzig Ehrenvolle, das ich bis heute getan habe, ist, dass ich Kathinka beschütze; aber das wiegt natürlich niemals all meine Grausamkeiten und Verfehlungen auf.
Kurz schlucke ich, doch schon wenige Augenblicke später zucke ich mit den Schultern, da ich spüre, dass es mir im Grunde meines Herzens völlig egal ist, ob das Leben gerecht oder ungerecht ist. Ich werde ohnehin stets nur das tun, was mir am meisten nützt oder was ich eben im Moment für richtig erachte.
Bravo! Endlich hast du einmal einen klaren Gedanken!, lobt mich Thurantuh völlig überraschend – und verschwindet ebenso schnell, wie er aufgetaucht ist.
Danke, sage ich leise.
„Du wirkst so nachdenklich." Sincha blickt mich forschend an, als ich endlich neben ihr stehe. „Stimmt irgendetwas nicht?"
„Nein."

„Also gut.“ Die Heerführerin deutet mit ihrem Zeigefinger auf einen dunklen Punkt auf ihrer Landkarte. „Wir sind in etwa hier. Gut drei Meilen vor uns beginnen die Felsenlande. Wenn wir ins Hohe Karst wollen, müssen wir unweigerlich diesen Engpass namens Rote Zinne durchschreiten.“ Ihr Finger rutscht nach Osten. „Es gibt leider keinen anderen Weg.“
„Die Rote Zinne ist sicherlich gut bewacht“, sage ich.
„So ist es.“ Sincha rollt ihre Karte zusammen. „Daher, Skriek, wirst du vorauseilen und dich an den Pass anschleichen. Sondiere die Lage und komme dann unverzüglich zu uns zurück. Wir werden dir währenddessen ein Stück entgegengehen.“
„Jawohl.“ Ich ziehe meine Äxte und reiche sie Sincha. „Die behindern mich nur.“
Meinen Rundschild gebe ich Romaldo. „Pass gut darauf auf.“
„Das werde ich“, versichert der Prinz.
Kathinka tritt zu mir und nimmt meinen Kampfstab. „Sei vorsichtig.“

Der hohe Schnee macht das Vorwärtskommen zwar recht mühsam, aber er hat auch den Vorteil, dass er mich gut vor neugierigen Blicken verbirgt. Nach knapp zwei Meilen sehe ich endlich den Engpass. Er liegt gut hundert Meter unter mir und ist nur über einen breiten Geröllhang zu erreichen, der über und über mit pulvrigem Schnee bedeckt ist; vereinzelt ragen große, spitze Felsbrocken aus dem Weiß rundum. Warum der Pass die Rote Zinne heißt, ist aus meiner Position nicht ersichtlich; weder sind die steilen seitlichen Felswände auch nur annähernd von roter Farbe, noch erinnert die Form des Engpasses an eine Zinne.
Langsam und geduckt schleiche ich durch den Schnee näher heran und nutze die großen Felsspitzen als Deckung. Nach wenigen Metern halte ich erneut an und blicke zum Pass. Nun kann ich beim westlichen Eingang der Roten Zinne ein paar Blockhütten und einen geräumigen Unterstand sehen, der aus massiven Rundhölzern errichtet worden ist. An die zwanzig Wesen, Zwerge und Riesen, wenn mich meine Augen nicht täuschen, lagern derzeit vor dem Unterstand.
Kurz warte ich hinter einer Felsspitze ab, dann schlängle ich mich vorsichtig weiter durch den Schnee, den grauen

Kapuzenmantel eng um mich geschlungen. Bald bin ich so nahe, dass ich einzelne gesprochene Worte verstehen kann. Ich gleite hinter einen breiten, schneebedeckten Granitbrocken und spähe um die Kante.

Direkt vor dem Unterstand sitzen fünf Riesen, drei Männer und zwei Frauen, im Schnee. Sie tragen nur dünne Stoffhosen und ärmellose, vorne offene Felljacken, aber dennoch scheinen sie nicht im Geringsten zu frieren. Ihre graue, rissige Haut beschützt sie vor der eisigen Kälte, die in dem Pass herrscht.

Vor den sitzenden Riesen stehen mehr als ein Dutzend Zwerge, die unter ihren Lederwamsen dicke wollene Unterhemden tragen und mit den Füßen im Schnee aufstampfen. Die Zwerge sind gegen die Kälte nicht so immun wie die Riesen; und sie müssen ihre Köpfe in den Nacken legen, um mit den sitzenden Riesen überhaupt Augenkontakt halten zu können.

Einer der Zwerge, er hat einen Federschmuck an seinem Helm befestigt und ist wohl der Anführer, reibt seine Hände aneinander. „Und du bist sicher, dass sie kommen werden?“, fragt er den größten der fünf Riesen.

„Sie werden kommen, so war ich HamSamKoLo heiße “, knurrt der muskelbepackte Hüne.

Ich zucke innerlich zusammen – HamSamKoLo, der Stammesführer, der mich so abgrundtief hasst, sitzt nur wenige Meter von mir entfernt im Schnee.

HamSamKoLo reicht dem Zwerg zwei Goldbeutel. „Das Schuppenwesen will ich unbedingt lebend. Wenn es geht, lass auch die anderen am Leben.“

„Da sehe ich keine Probleme.“ Der Zwerg spuckt verächtlich aus.

„Unterschätze sie nicht“, knurrt HamSamKoLo. Seine Stimme ist ein überaus tiefer, knarrender Bass. „Das Schuppenwesen und seine Gefährten haben bereits einige von meinen Kriegern getötet.“ Der Riese flucht. „Und sie haben einen verdammten Kobold bei sich, der mit seinen vergifteten Pfeilen wie ein Teufel schießt.“

Innerlich atme ich, zu meiner eigenen Überraschung, bei den soeben gehörten Worten auf. Die Riesen wähnen Gem immer noch bei uns, und das bedeutet, dass sie den kleinen Blaupelz noch nicht entdeckt haben und er wahrscheinlich noch am Leben ist.

„Denk immer daran“, HamSamKoLo kratzt seinen struppigen Bart, „diese Wesen sind gefährliche Kämpfer.“
„Sie sollen nur kommen.“ Der Zwerg wirkt durch HamSamKoLos Worte keineswegs entmutigt. „Ich habe hier am Pass fünfzig Zwergenkrieger stationiert.“
„Nun gut.“ HamSamKoLo erhebt sich aus seiner sitzenden Position und ich starre gebannt zu ihm. Er ist über vier Meter groß, hat gewaltig dicke Muskeln, unzählige schwarze Tätowierungen an den Oberarmen und dem Oberkörper und einen verfilzten Vollbart, der ihm bis zur Brust reicht. In seiner linken Hand hält er einen Speer, dessen Klinge metallen funkelt. „Für mich ist es an der Zeit zu gehen.“
Nun sehe ich, dass aus dem Pass weitere Riesen kommen, die vorhin im Schatten der Felswände vor meinen Augen verborgen gewesen sind. Sie gesellen sich zu HamSamKoLo. Er deutet auf die vier Riesen, die im Schnee sitzen geblieben sind. „Diese vier Krieger lasse ich dir als Unterstützung da.“
Der Zwerg neigt den Kopf. „Einverstanden.“
„Und wie gesagt“, grunzt HamSamKoLo, „wenn du das Schuppenwesen und seine Gefährten gefangen nimmst, gibt es zwei weitere Goldsäcke.“
„Das habe ich nicht vergessen.“ Der Zwerg tritt drei, vier Schritte zurück und legt, so weit es geht, seinen Kopf in den Nacken, trotzdem hat er Mühe, in HamSamKoLos Gesicht zu sehen. „Und wo treffe ich dich?“
Der Riese kratzt eine Tätowierung auf seiner linken Schulter. „In drei Tagen beginnt der Angriff auf Amazonien. Ich stehe einem Zauberer im Wort und werde daher mit meinen Kriegern an der Schlacht teilnehmen.“
„Dann schicke ich eine Nachricht nach Ontron“, meint der Zwerg.
„Mach das.“ Mit einem kurzen Schnauben verabschiedet sich HamSamKoLo von den Zwergen und bricht mit seinen Leuten auf.
Ich ducke mich tief hinter den Granitbrocken und meine Gedanken fliegen, da ich mir sehr wohl vorstellen kann, welchen Zauberer der Riese gemeint hat. Erik Anfohrrnus will also in drei Tagen den Angriff auf Amazonien beginnen. Das ist überaus besorgniserregend. Uns rinnt förmlich die Zeit davon, wir werden es niemals schaffen, die Rote Zinne zu durchqueren,

um dann noch rechtzeitig das Hohe Karst der Grauen Zwerge zu erreichen.
Mit düsterer, mutloser Miene sehe ich mich um. Mein Blick schweift über die felsigen Wände der Roten Zinne vor mir. Wenn ich allein wäre, würde es mir keine große Mühe bereiten, den Pass ungesehen zu überqueren. Aber meine Gefährten haben keine scharfen Krallen an Händen und Füßen. Sie würden daher bei dem Versuch, die Rote Zinne zu besteigen, unweigerlich abstürzen. Außerdem können sie mit ihren schwachen menschlichen Augen nur bei Tage den Aufstieg wagen, und dann wäre es für die Zwerge ein Leichtes, meine Gefährten zu entdecken. Ich seufze innerlich. Warum sind meine Gefährten nur so schlecht für die verschneiten Berge gerüstet? Langsam und vorsichtig ziehe ich mich von meinem Beobachtungsposten zurück. Aus den Augenwinkeln sehe ich, wie ein kleines Tier, höchstwahrscheinlich eine Maus, über den Schnee huscht – und da kommt mir plötzlich eine ungewöhnliche, nicht ganz ungefährliche Idee.

32

„In deinem schuppigen Kopf befinden sich anscheinend nur Spinnweben!“, faucht Clarina. „Das ist die schwachsinnigste Idee, die ich jemals gehört habe!“
„Ich kann deinen Kopf wie eine Walnuss zerquetschen!“, schnappe ich zurück. „Also halte einfach deinen Mund, dumme Amazone!“
Clarina lässt sich von meinen Worten nicht einschüchtern. „Wenn du wirklich glaubst, dass ich mich in eine Maus verwandeln lasse, dann bist du noch dämlicher, als ich gedacht habe.“
„Seit wann denkst du denn?“ Ich zeige ihr meine vier spitzen Eckzähne und bin ein wenig stolz auf mich, dass ich der rothaarigen Amazone soeben Konter gegeben habe.
„Skriek, ganz ruhig“, mischt sich Kathinka ein. „Deine Idee ist zwar etwas unausgegoren, aber ich finde es gut, dass du dir etwas überlegt hast.“
„Unausgegoren?“, höhnt Clarina und spuckt demonstrativ in den Schnee. „Skrieks Idee ist völliger Blödsinn und wird uns

allen unweigerlich den Tod bringen."
„Hast du eine besseren Vorschlag, wie wir ungesehen durch die Rote Zinne kommen?", knurre ich die Amazone an.
„Bevor ich freiwillig in den Tod stürze, gehe ich lieber kämpfend unter", knurrt Clarina zurück.
„Niemand wird in den Tod stürzen." Ich wende mich mit grimmigem Gesichtsausdruck an Kathinka. „Erkläre doch du der dummen Amazone, was deine Wandelmagie alles vermag."
„Skriek, hör mir bitte zu", sagt Kathinka und versucht, den Blickkontakt mit mir zu vermeiden. „Natürlich könnte ich theoretisch die beiden Amazonen und Romaldo und Knut in Mäuse verwandeln, aber das Problem dabei ist, dass ihre Verwandlung nur von sehr kurzer Dauer wäre." Kathinka räuspert sich. „Weißt du, Skriek, meine Wandelmagie hat viel mit der natürlichen Beschaffenheit eines Wesens zu tun. Wenn ich Sincha von einer Menschenfrau in einen Menschenmann verwandle, benötige ich nur wenig von meiner magischen Kraft. Möchte ich Sincha aber in einen Kobold transformieren, dann brauche ich schon deutlich mehr. Noch mehr von meinem magischen Potenzial wird verbraucht, wenn ich eine Menschenfrau in ein Tier verwandle." Kathinka dreht ihr Gesicht zu mir und blickt jetzt direkt in meine Augen. Ihre Stimme klingt weich und ich spüre, dass sie Sorge hat, mich mit ihren Worten vor den Kopf zu stoßen.
„Sprich einfach weiter", sage ich daher zu ihr.
Sie nickt. „Vier Menschenwesen in Mäuse zu verwandeln, würde mich an die Grenzen meiner Kräfte bringen. Und die Transformation würde höchstens eine halbe Stunde anhalten." Sie räuspert sich erneut. „Wenn sich nun, so wie du es geplant hast, die Amazonen und die harbaischen Brüder als verwandelte Mäuse in deinem Reiserucksack befinden und du nächtens und heimlich durch die Rote Zinne kletterst, dann ist davon auszugehen, dass dir nicht genügend Zeit bleibt." Sie berührt sanft meine Schulter. „Ich weiß ja, wie stark und schnell du bist, aber es ist selbst dir unmöglich, die Rote Zinne in einer knappen halben Stunde zu durchqueren. Unsere Gefährten würden sich in deinem Reiserucksack viel zu früh zurückverwandeln und dann würdest du von ihrem gemeinsamen Gewicht unweigerlich in die Tiefe gezogen werden. Und das wäre unser aller Ende."

Ich senke den Kopf, da ich einsehe, dass Kathinka recht hat. Eine halbe Stunde ist wirklich zu kurz. In dieser Zeit schaffe ich es niemals, die steilen, glatten Felswände der Roten Zinne zu überklettern; und schon gar nicht in der Nacht, wenn meine Sicht noch zusätzlich eingeschränkt ist. Resigniert seufze ich.
„Ich habe es ja gesagt“, dröhnt Clarina triumphierend. „Die Idee der Eidechse ist reiner Irrsinn.“
Wütend balle ich meine Finger zu Fäusten und knurre Clarina herausfordernd an.
Sie zeigt mir ein hämisches Lächeln. „Knurre nur“, sagt sie, „aber wie es scheint, fehlen dir wieder einmal die Worte.“ Sie geht einen Schritt auf mich zu. „Du bist und bleibst ein Hohlkopf.“
Jetzt reicht es mir. Meine Hand schnellt nach vorne und Clarina weicht hastig einen Schritt zurück. Ich will schon nachsetzen, doch da stellt sich mir Romaldo in den Weg.
„Skriek, ich verstehe deinen Zorn“, sagt er besänftigend, „aber mit einer Schlägerei ist keinem von uns gedient.“
Ich verenge überrascht meine Augen und halte inne. Irgendwie habe ich mich immer noch nicht zur Gänze daran gewöhnt, dass sich Romaldos Verhalten so stark verändert hat. Er spricht ruhig und respektvoll mit mir und kein Hohn liegt in seiner Stimme.
„Aus dem Weg, Prinz aus Harba!“ Meine Eckzähne schlagen aufeinander.
„Bitte, Skriek, lass es gut sein und schlucke deinen Groll hinunter.“ Er blickt auffordernd auf meine Fäuste.
Ich kämpfe mit mir. Soll ich Clarina mit ihrem vorlauten Mundwerk wirklich völlig ungeschoren davonkommen lassen?
Da stellt sich Kathinka neben mich. „Mein Paladin, sei friedlich.“
„Na, schön.“ Langsam und murrend lasse ich meine Hände sinken, aber meine geballten Fäuste behalte ich bei.
„Danke.“ Kathinka schenkt mir ein Lächeln.
Währenddessen wendet sich Romaldo mit einer fließenden Bewegung an Clarina.
„Du solltest Skriek nicht unnötig provozieren“, sagt er. „Er macht sich Gedanken und versucht, eine Lösung für unsere Probleme zu finden. Das erscheint mir durchaus ehrenhaft.“
Clarina schluckt zu Romaldos Worten und ihre grauen Augen blitzen kurz wütend auf, doch rasch hat sie sich wieder im Griff

und neigt nur stumm den Kopf.
Ich spüre, wie erneuter Zorn in mir hochschießt. Wie kann es Romaldo wagen, mich gegenüber der Amazone zu verteidigen? Meine Kämpfe trage ich immer noch selbst aus, und niemand, auch nicht ein Königssohn aus Harba, hat das Recht, sich schützend vor mich zu stellen.
Wütend gehe ich mit geballten Fäusten einen Schritt auf Romaldo zu. Kathinka ahnt jedoch, was ich vorhabe, und greift schnell nach meinem Ärmel. „Skriek", raunt sie ungehalten, „jetzt ist es aber genug. Hier und jetzt wird es keine Schlägereien geben."
„Ich trage meine Scharmützel immer noch selber aus!", fauche ich sie an.
„Romaldo und Clarina sind nicht deine Feinde." Kathinkas Augen blicken plötzlich hart und um ihren Mund bildet sich ein grimmiger Zug. „Ich will, dass unter uns Frieden herrscht, mein Paladin. Immerhin sitzen wir alle im selben Boot."
„Du willst also Frieden innerhalb unserer Gruppe?" Ich klinge grimmig. „Das einzige, Kathinka Ebensa, was ich dir im Moment anbieten kann, ist nicht mehr als ein kurzfristiger Waffenstillstand. Frieden wird es ganz sicher keinen geben."
„Du bietest also einen Waffenstillstand an?"
„Ja, aber nicht mehr."
„Nun gut. Damit bin ich auch zufrieden." Kathinka lehnt sich mit ihrem Kopf an meine Schulter und blickt unschuldig zu mir hoch. Eine Windböe kommt auf und spielt mit ihren Haaren.
Ich stehe ein wenig verdattert da und weiß nicht so recht, was ich jetzt tun soll. Nach einer kurzen Weile öffne ich widerwillig meine Fäuste. Nach und nach kommt mir der Verdacht, dass mich Kathinka schon wieder mühelos überrumpelt hat.
Während ich noch grübelnd dastehe und es sogar ein wenig genieße, dass sich Kathinka immer noch an mich lehnt, richtet Romaldo erneut das Wort an mich. „Verzeih mir, wenn ich dich in deiner Ehre gekränkt habe. Ich weiß selbstverständlich, dass du keine Hilfe benötigst."
„Irgendwie, Prinzlein", schnarre ich gereizt, „warst du mir früher sympathischer."
Romaldo lächelt. „Ja, das kann ich mir gut vorstellen."
Sincha, die die ganze Zeit über schweigend und nachdenklich etwas abseits von uns gestanden ist, tritt einen Schritt auf mich

zu. „Und du bist sicher, Skriek“, fragt sie, „dass an die fünfzig Zwerge bei der Roten Zinne stationiert sind?“
„Ja.“ Ich nicke. „Und vier Riesen.“
„Grumpf“, sagt Knut murrend.
„Nein.“ Sincha schüttelt den Kopf. „Einen Kampf können wir nicht riskieren. Die Übermacht ist viel zu groß.“
„Aber was machen wir dann?“ Kathinka stampft gegen die Kälte mit den Füßen auf. „Wir müssen durch diesen verdammten Engpass.“
„Und das eiligst“, stimmt Sincha zu. „In drei Tagen beginnt der Angriff auf meine Heimat.“
„Was wäre, wenn wir gar nicht zu den Grauen Zwergen reisen?“, überlegt Clarina. „Wir könnten uns nach Süden wenden, entlang der Lyntrischen Klippe marschieren und dann über das Granitner Tor nach Amazonien absteigen.“
„Erina Jastantino hat uns dringend geraten, bei König Bethul-Ento und seinen Kriegern um Hilfe anzufragen“, meint Sincha. „Diesen Rat können wir nicht einfach so in den Wind schlagen.“
„Einer Zauberin kann man zwar nicht vertrauen“, sage ich, „aber Erina hat mit Erik Anfohrrnus einen Kampf auf Leben und Tod ausgefochten. Und das bedeutet ja wohl, dass sie eindeutig auf unserer Seite gestanden ist. Daher erscheint es mir richtig, die Grauen Zwerge aufzusuchen.“
„Ich bin mit Skriek einer Meinung“, sagt Kathinka.
„Ja, wir müssen zu den Grauen Zwergen“, meint auch Romaldo.
„Grumpf“, stimmt Knut zu.
„Das sehe ich auch so.“ Sincha blickt zu Clarina.
„Ja.“ Clarina nickt. „Im Endeffekt glaube ich auch, dass wir uns nach Erinas Ratschlag richten sollten.“
„Nun gut.“ Sincha kratzt sich unter ihrer Augenhöhle. „Damit sind wir wieder bei unserem Ausgangspunkt angelangt. Wie kommen wir ungesehen durch die Rote Zinne?“
Nachdenklich starre ich auf meine kralligen Hände und plötzlich kommt mir eine neue Idee. „Kathinka“, sage ich, „du hast vorhin gemeint, dass mein Vorschlag mit den transformierten Mäusen unausgegoren war.“
„Ja, das habe ich.“
„Und wie wäre es“, ich blicke in die Runde, „wenn du unsere vier Gefährten in Skriek verwandeln würdest?“

„Was?“ Kathinka blinzelt überrascht mit ihren wunderschönen veilchenblauen Augen.
„Skriek haben spitze Krallen an Zehen und Fingern und überaus scharfe Augen. Die Krallen können unsere Gefährten als eine Art Steigeisen verwenden. Und mit den Skriekaugen können sie genug sehen, um auch in der Nacht zu klettern.“ Ich hebe meine Hände, sodass alle meine Krallen betrachten können. „Die Skriek sind den Menschen nicht völlig unähnlich. Wahrscheinlich kostet dir so eine Verwandlung nicht sehr viel von deiner magischen Kraft.“
„Ja, das könnte gehen. Und ich würde bei unseren Gefährten die Größe unverändert lassen, das spart zusätzlich Magie ein.“ Kathinka zieht nachdenklich an ihrer Unterlippe. „Meiner Schätzung nach müsste die Verwandlung dann gut vier Stunden anhalten.“
„Das gibt uns genügend Zeit“, sage ich.
„Wer hätte das gedacht?“, raunt Clarina ganz leise zu Sincha, aber dank meiner Skriekohren kann ich sie trotzdem verstehen. „Der Echsenmann scheint ja doch mehr als nur Spinnweben in seinem Kopf zu haben.“

In der Roten Zinne herrscht nächtens eine eisige Kälte und selbst unser mühsamer Aufstieg kann unsere unterkühlten Knochen kaum erwärmen. Ich klettere als Erster, knapp hinter mir kommen Sincha, Clarina, Knut und Romaldo. Über mir flattert Kathinka in ihrer Rabengestalt und erkundet unseren Weg.
Immer wieder blicke ich zurück und betrachte kurz meine Gefährten. Sincha und Clarina haben ihre Größe beibehalten, aber nun sind sie völlig kahl und rote Schuppen zieren ihren Körper. Ihre blauen, pupillenlosen Skriekaugen funkeln manchmal, wenn das fahle Mondlicht sich im hellen Schnee spiegelt.
Knut und Romaldo haben ihre Statur ebenfalls behalten und ich muss sagen, Knut ist der mit Abstand fetteste Skriek, den ich jemals gesehen habe. Seine blauen Schuppen spannen sich so eng um seinen voluminösen Körper, dass es fast scheint, als ob sie jeden Augenblick aufplatzen könnten.
Die Zwillinge haben die typischen goldenen Augen von Skriekmännern erhalten und wirken mit ihren Krallen und

spitzen Zähnen durchaus furchteinflößend.
Überraschenderweise kommen wir recht zügig voran. Ich habe mir ja anfangs gedacht, dass die Amazonen und die Zwillinge einige Mühe haben werden, mit ihren skriekischen Körpern zurechtzukommen, doch das ist nicht der Fall gewesen. Überaus geschickt sind die vier mit ihren spitzen Krallen umgegangen. Nun klettern sie unmittelbar hinter mir keuchend und fluchend entlang eines schmalen, verschneiten Grats und über steile, eisige Felswände und sind nicht viel langsamer als ich. Wieder einmal komme ich nicht umhin, von Kathinkas Wandelmagie sehr beeindruckt zu sein. Sincha, Clarina, Romaldo und Knut haben zwar ihre körpereigene Kraft und Schnelligkeit behalten, aber ansonsten, wenn man jetzt einmal ihre Körpergrößen außer Acht lässt, sehen sie den Skriek völlig ähnlich.
„Wie weit ist es noch?“, schnauft Sincha hinter mir.
„Gleich ist es geschafft.“ Ich werfe einen Blick nach unten. Am Fuße der Roten Zinne haben die Zwerge schon vor Stunden mehrere Lagerfeuer entzündet, der Schein der Flammen reicht aber nicht bis zu uns.
Ein Dutzend Zwerge steht Wache, doch das bekümmert mich nicht. Selbst wenn sie ihre Köpfe in die Nacken legen und mit schmalen Augen zu uns hochstarren, können sie uns unmöglich entdecken. Wir sind schon zu weit vorgedrungen, um noch von Zwergenaugen entdeckt zu werden.

Am nächsten Morgen fällt kein Schnee. Langsam verziehen sich auch die letzten Wolken und endlich scheint wieder einmal die Sonne. Ihre Strahlen treffen mein Gesicht und ich genieße die Wärme für einen flüchtigen Moment. Dann besinne ich mich wieder darauf, dass ich meine Umgebung stets wachsam im Auge behalten muss, und blicke mich rasch um. Doch, Thurantuh sei Dank, von den Zwergen ist weit und breit nichts zu sehen und ich atme durch. Unsere List scheint geklappt zu haben; die Zwerge von König Sinnly wissen nicht, dass wir heimlich in ihr Felsenland eingedrungen sind. Und wenn es nach mir geht, dann kann das noch lange so bleiben.
Sincha, die seit einer Weile neben mir geht, richtet das weiche Tuch, das sie um ihren Kopf gebunden hat, um ihre leere Augenhöhle zu verdecken. Ich blicke sie von der Seite an.
„Wie war es denn so, eine Skriekfrau zu sein?“, frage ich.

„Akzeptabel." Weiße Wolken schweben aus ihrem Mund. „Aber ich bleibe lieber eine Amazone."
Kathinka, die vor Sincha und mir geht, dreht sich zu uns um. Sie macht einen überaus müden Eindruck und unter ihren Augen sind dunkle Ringe. Die gestrige Nacht hat ihr sehr viel von ihrer Magie gekostet und nun sind ihre Kräfte erschöpft. Eigentlich müsste sie sich ausruhen und ein paar Stunden schlafen, aber das geht hier im Feindesland am helllichten Tag natürlich nicht. Ohnehin drängt uns die Zeit und wir wollen so schnell wie möglich die Felsenlande hinter uns lassen.
„Sincha, ich könnte dich für kurze Zeit in eine hübsche Prinzessin mit wogendem Busen und wallendem Haar verwandeln." Kathinka grinst trotz ihrer Müdigkeit spitzbübisch. „Ich denke, das würde deine Chancen bei einem bestimmten Prinzen, dessen Namen ich nicht nennen will, deutlich erhöhen."
„Ich führe dein dummes Geschwätz auf akuten Schlafmangel zurück", grummelt Sincha.
„Ja, ich bin todmüde." Kathinka gähnt herzhaft. „Aber mein Angebot steht trotzdem."
Sinchas heiles Auge funkelt verärgert. „Weißt du, Formwandlerin, dass bei uns Amazonen gegrillte Raben als Delikatesse gelten?"
Kathinka muss trotz ihrer Erschöpfung lachen. „Ich mag dich, Sincha. Und wenn du so grimmig wie jetzt bist, finde ich dich ganz besonders amüsant."
„Sei einfach ruhig!" Sincha stapft knurrend weiter.
Ich werfe ihr einen überraschten Seitenblick zu. Die amazonische Heerführerin hat ebenso wie ich ihre Schwierigkeiten damit, bei verbalen Geplänkeln mit Kathinka als Siegerin hervorzugehen. Irgendwie beruhigt mich das.

Drei Stunden später luge ich um eine hohe Schneewechte und stelle fest, dass mich meine Ohren nicht getäuscht haben. Vor uns lagert eine Zwergenpatrouille, bestehend aus zwölf schwerbewaffneten Kriegern. Leise ziehe ich meinen Kopf wieder zurück und robbe zu meinen Gefährten, die einige Meter hinter mir im tiefen Schnee hocken.
„Da vorne lagern vierzehn Zwerge", flüstere ich.
Clarina starrt auf ihre Landkarte. „Wenn wir einen Umweg

nach Norden machen, müssten wir die Zwerge umgehen können." Sie deutet auf einen grau eingezeichneten Berggipfel. „Von hier könnten wir über diese Bergkette nach Osten klettern", ihr Finger gleitet nach rechts, „und dann müssten wir hier", sie tippt mit ihrem Fingernagel auf eine grüne Fläche, „den Oliggischen Wald erreichen. Von dort sind es nur mehr wenige Meilen bis ins Hohe Karst."
„Schon wieder ein Umweg", murre ich.
„Nein", sagt Sincha, „keine Umwege mehr. Übermorgen beginnt der Angriff auf Amazonien. Wir dürfen keine Zeit mehr verlieren." Sie nimmt die Landkarte aus Clarinas Hand und zeigt auf unseren derzeitigen Standort. „Von hier aus sind es noch gut zehn Meilen bis zur südlichen Grenze des Hohen Karsts." Ihr spitzes Kinn spannt sich entschlossen an. „Und diese zehn Meilen werden wir auf direktem Weg zurücklegen."
„Und was ist mit den Kriegern, die da vorne lagern?", fragt Kathinka und deutet mit dem Daumen in Richtung der Zwerge.
„Nun, diese Zwerge sind uns im Weg." Der Krummsäbel scheint förmlich in Sinchas rechte Hand zu springen, so schnell zieht sie ihre Waffe. „Also werden wir sie aus dem Weg räumen." Mit ihrer verstümmelten linken Hand fasst sich nach ihrem Hüftschild.

Wir gehen weder besonders strategisch noch besonders leise vor. Mit wildem Gebrüll und scharfen Schneiden stürzen wir uns vehement auf die völlig überraschten Zwerge. Ich lasse meine Äxte wirbeln und in Rüstungen und Zwergenfleisch schneiden. Neben mir singen die amazonischen Krummsäbel. Romaldo tanzt mit seinem Rapier von Zwerg zu Zwerg und verteilt Schmerz und Tod. Knut steht ihm nicht nach, nur agiert der feiste Kerl deutlich weniger elegant und geschmeidig. Seine Kriegskeule mäht durch die Reihen der Zwerge und zertrümmert Knochen. Kathinka will sich anfangs darauf beschränken, die Schläge der Zwerge mit ihrem Zauberstab zu blockieren; aber schon nach wenigen Augenblicken zersplittern zwei solide Zwergenäxte dank Kathinkas magischem Können. Von ihren Erfolgen ermutigt, geht sie in den Angriff über und lässt ihren Stab krachend hernieder sausen.
Es dauert nur wenige Minuten, dann liegen die hartgesottenen Zwerge tot im niedergetrampelten, firnigen Schnee.

Wir sind bis auf ein paar Schrammen und Kratzer unversehrt geblieben. Zufrieden schnaufend ringen wir nach Atem und sehen uns an. Wieder einmal haben wir einen Kampf siegreich überstanden. Die harbaischen Brüder danken Ganthron, Clarina und Sincha schicken ein kurzes Gebet an Ama. Kathinka hebt ihren Zauberstab in die Höhe und jubelt. „Thurantuh, mächtiger Kriegsgott, ich danke dir!“
Ich stehe neben ihr und schlage meine Armbänder aneinander. „Du wirst noch eine wahre Dienerin Thurantuhs.“
„Thurantuh und ich sind mittlerweile schon richtig gute Freunde geworden“, grinst Kathinka. „Irgendwann werde ich mit ihm wohl auf ein Bier gehen.“
Ich zucke erschrocken zusammen.
Thurantuh, bitte verzeih der Formwandlerin ihre unbedachten und respektlosen Worte, flehe ich. Sie hat aus purem Übermut gesprochen.
Ich bin sehr gerne mit der wunderschönen Frau befreundet, knurrt Thurantuh.
Oh! Ich weiß im ersten Moment gar nicht, was ich sagen soll. Thurantuh verschwindet schnaubend aus meinem Hinterkopf. Irgendwie habe ich das Gefühl, dass ich ihm manchmal ein wenig auf die Nerven gehe.

Wir reinigen unsere blutigen Schneiden im Schnee und raffen unsere Sachen zusammen. Da ruft Clarina eine Warnung und deutet nach Westen. Ein Trupp Zwerge, an die dreißig Krieger stark, kommt über eine Bergkuppe herangestürmt. Einer der Zwerge zieht ein Signalhorn aus seinem Gürtel und pustet hinein. Ein tiefer, langgezogener Ton erklingt. Augenblicke später wird er aus nördlicher Richtung erwidert.
„Verdammt!“, flucht Sincha.

Seit einer guten Stunde eilen wir durch Eis und Schnee. Die Zwerge sind uns dicht auf den Fersen. Zwei weitere Trupps, aus südlicher Richtung kommend, haben sich unseren Verfolgern angeschlossen. Wir werden wie die Hasen gejagt, und unsere Verfolger kommen beharrlich näher, da Kathinka zusehends an Geschwindigkeit verliert. Die Verwandlung der beiden Amazonen und der harbaischen Brüder in Skriek sowie der Kampf mit den Zwergen haben ihr zu viel von ihrer Kraft

gekostet. Lange wird sie diese Rennerei durch die tiefverschneite felsige Landschaft nicht mehr durchhalten. Mehrmals bin ich schon versucht gewesen, ihr zuzurufen, dass sie sich in einen Raben verwandeln soll, aber ich habe es dann doch jedes Mal bleiben lassen. Erst heute Morgen habe ich zwei Adler und einen Bergfalken am Himmel ihre Kreise ziehen gesehen. Kathinka wäre für diese Vögel in ihrer Rabengestalt eine allzu leichte Beute.
„Wie weit ist es noch bis zum Hohen Karst?“ will Romaldo keuchend wissen.
„Zwei, drei Meilen“, schnauft Sincha.
„Das können wir schaffen.“ Romaldo rutscht ein wenig im Schnee, kann sich aber auf den Beinen halten.
Knut läuft neben seinem Bruder. Dicke Schweißtropfen spritzen von seiner Glatze. „Grumpf?“, fragt er über seine Schulter nach hinten.
„Keine Sorge, Knut“, hechelt Kathinka. „Ich schaffe es schon.“
Der Weg vor uns wird zusehends schmäler und steiler. Rutschend und fluchend kämpfen wir uns nach oben.
„Hinter dieser Kuppe wird es wieder flacher“, versucht uns Sincha Mut zuzusprechen.
Ich lasse mich ein Stück zurückfallen, ergreife Kathinkas Hand und ziehe sie ein paar Meter nach oben, da meine kralligen Zehen auch im glatten Schnee stets guten Halt finden.
Gebückt und schwitzend klettern wir mühsam weiter. Die Zwerge kommen immer näher, aber noch ist genügend Abstand zwischen ihnen und uns.
„Gleich sind wir oben.“ Clarina ringt nach Atem.
Ich drehe mich erneut zu Kathinka um, fasse ihren Zauberstab an einem Ende und halte ihn fest, sodass sie ihn als eine Art Steighilfe benutzen kann. „Nur mehr wenige Meter“, sage ich zu Kathinka.
Sie nickt nur knapp, da sie mittlerweile zu wenig Luft zum Reden hat, und zieht sich mit einem Ächzen nach oben.
Plötzlich fluchen Sincha und Clarina; Sekundenbruchteile später höre ich, wie Knut grumpft und Romaldo sein Rapier zieht.
Rasch drehe ich mich von Kathinka weg und hebe meinen Kopf. Jetzt sehe ich auch, was meine Gefährten schon einen Augenblick früher bemerkt haben: Auf der Kuppe tauchen an

die dreißig Zwerge auf. Sie halten stramm gespannte Rundbögen in ihren Händen, mit denen sie entschlossen auf uns zielen.

33

Sincha, Clarina, Knut und Romaldo halten nach Atem ringend inne und heben ihre Arme, um den schwerbewaffneten Zwergen anzuzeigen, dass sie sich ergeben und keinen Widerstand leisten wollen. Das scheint mir auch überaus vernünftig zu sein, denn die metallenen Spitzen der zwergischen Pfeile, die drohend auf uns zeigen, ersticken von vornherein jede Gegenwehr im Keim.
Kathinka hält noch immer ein Ende ihres Zauberstabes umklammert und saugt keuchend Luft in ihre Lungen. Ich halte das andere Ende des Stabes und bin mir nicht sicher, ob ich loslassen und ebenfalls meine Hände heben soll. Es ist hier so steil, dass ich befürchte, Kathinka könnte den Hang hinabrutschen, wenn ich ihren Stab nicht mehr festhalte.
Da dreht sie mir ihr schweißüberströmtes Gesicht zu. „Lass endlich den verdammten Stab los!", zischt sie mich an und wirkt überaus gereizt.
Meine kralligen Finger lösen sich von dem Rundholz und besorgt betrachte ich Kathinka. Anfangs rutscht sie leicht abwärts, doch dann drückt sie die Absätze ihrer Stiefel entschlossen in den firnigen Schnee und geht in die Knie, sodass sie ein wenig Halt findet und ihre Rutschpartie beenden kann.
Einer der Zwerge tritt mit gespanntem Rundbogen einen Schritt nach vorne. Sein Helm ist mit drei gebogenen Hörnern verziert und weist ihn als Anführer des gut dreißig Krieger und Kriegerinnen umfassenden Zwergentrupps aus. Mein Blick huscht vom Anführer zu den restlichen Zwergen. Die meisten Männer haben lange, geflochtene Bartzöpfe, in die sie Ringe und Edelsteine geknüpft haben; die Frauen hingegen haben links und rechts zwei dicke Zöpfe, die bis zu ihren Hüften reichen und voller Bänder und Ketten sind. Ansonsten sehen sich die Männer und Frauen recht ähnlich; alle sind klein, gedrungen, wuchtig und breitschultrig. In ihren Gürteln stecken

Messer und Dolche, auf ihren Rücken befinden sich prall gefüllte Köcher. Manch ein Zwerg besitzt auch einen Rundschild oder ein Kurzschwert.
„Schuppenwesen, Menschenfrau, haltet eure Hände in die Höhe, damit ich sie sehen kann!“, befiehlt der Zwergenanführer knarrend und sein Pfeil zeigt nun direkt auf Kathinka.
Hastig komme ich seinem Befehl nach, während ich aus der Ferne höre, wie jener andere Zwergentrupp, der uns seit Stunden verfolgt, immer näher herankommt. Mir wird klar, dass wir endgültig in der Falle sitzen.
Kathinka wirkt mit einem Mal recht störrisch und macht keine Anstalten, ihre Arme zu heben. Immer noch schwer nach Atem ringend, richtet sie ihr Wort direkt an den Anführer der Zwerge.
„Das Bastolische Schloss schickt uns!“, ruft sie den Hang hinauf. „Die Zauberin Erina Jastantino hat eine dringende Botschaft für deinen König.“
Ich starre sie an. Hat sie jetzt endgültig den Verstand verloren? Wie kann sie den feindlichen Zwergen nur erzählen, dass wir von Erina geschickt worden sind? Nun ist unser Leben endgültig verwirkt.
„Beweise deine Worte, Menschenfrau!“ Der Pfeil des Zwerges bewegt sich keinen Millimeter.
Kathinka deutet ungerührt auf ihren Zauberstab. „Erina Jastantino hat mir diesen Stab mitgegeben. Er soll euch zeigen, dass wir im Auftrag einer Zauberin des Bastolischen Schlosses reisen.“
Der Zwerg steht einen Moment unentschlossen da, schließlich nickt er bedächtig. „Nun gut.“ Er deutet uns, dass wir näher herankommen sollen. „Ich werde euch zu König Bethul-Ento bringen.“
Kathinka hat Mühe, am steilen Hang aufzustehen, und ich reiche ihr helfend meine Hand. „Bethul-Ento?“, frage ich leise.
„Hast du die Embleme auf den Wamsen der Zwerge nicht gesehen?“
„Nein.“
„Sie tragen das Zeichen des Grauen Hammers auf ihrer linken Brustseite. Dieser Zwergentrupp gehört zu den Grauen Zwergen des Hohen Karstes.“
„Wir haben also unser Ziel erreicht“, schnaufe ich und ziehe Kathinka nach oben.

Sincha, Clarina, Romaldo und Knut haben mittlerweile die oberste Spitze der Kuppe erreicht und helfen Kathinka und mir die letzten Meter nach oben; währenddessen sind die Grauen Zwerge weiterhin überaus wachsam. Vier Kriegerinnen bedrohen uns mit ihren Rundbögen und warnen uns so vor jeder unüberlegten Bewegung.
„Wir müssen rasch hier weg“, sagt Sincha zu dem zwergischen Anführer. „König Sinnlys Krieger verfolgen uns.“
„Das ist mir nicht entgangen“, schnarrt der Zwerg und bleibt stur auf seinem Platz stehen.
Nun hören wir die Rufe von König Sinnlys heranstürmenden Kriegern noch deutlicher, sie sind nur mehr eine knappe halbe Meile entfernt und kommen rasch näher.
„Schnell!“, drängt Sincha. „Noch können wir ihnen entkommen.“
„Ich will diesen verräterischen Felsenratten aber nicht entkommen.“ Die raue Stimme des Zwerges knarrt bedrohlich und mir wird klar, dass er jener Gattung von Zwergen angehört, denen man besondere Sturheit nachsagt.
Da Widerstand zwecklos ist, warten wir, bis König Sinnlys Zwerge heran sind. Mit erhobenen Äxten und Beilen verharren sie am Fuße der steilen Kuppe. Einige haben gespannte Armbrüste in ihren Händen, mit denen sie nach oben zielen. Insgesamt, zähle ich überblicksartig, sind es an die hundert Zwerge, und somit sind sie den Grauen Zwergen auf der Kuppe gut um das Dreifache an Anzahl überlegen.
Liebend gerne würde ich meinen Rundschild und eine meiner Äxte ziehen, aber die vier Zwerginnen halten uns weiter mit ihren Rundbögen in Schach, und daher will ich im Augenblick nichts riskieren; doch ich weiß, dass in einem Kampf viel Unvorhergesehenes passieren kann. Vielleicht ergibt sich ja eine Möglichkeit, meine Waffen einzusetzen, wenn die Zwerge gegeneinander kämpfen und nicht mehr so sehr auf uns achten.
„Keinen Schritt weiter!“, ruft der Anführer der Grauen Zwerge nach unten. „Sonst spicken wir euch mit unseren Pfeilen!“
Einer von König Sinnlys Zwergen tritt nach vorne und legt seinen Kopf in den Nacken, um zu uns hochsehen zu können.
„Ihr befindet euch in unserem Reich. Hier herrscht noch König Sinnly. Liefert uns die sechs Wesen unverzüglich aus und verschwindet dann von unserem Land!“

Der graue Zwerg spuckt in den Schnee. „Das sehe ich anders. Dieses Gebiet hier gehört meinem König Bethul-Ento."
„Wenn ihr auf der Kuppe verharrt, werdet ihr alle sterben", droht der andere Zwerg.
„Hast du unsere Rundbögen vergessen, Felsenratte?", höhnt der Graue Zwergenanführer.
Der andere Zwerg flucht. Seine Krieger drängen nach vorne. Anfangs vermute ich, dass die beiden verfeindeten Lager noch eine Weile das eine oder andere böse Wort miteinander wechseln werden, doch als ich all die grimmig entschlossenen Gesichter ringsum sehe, wird mir klar, dass Zwerge lieber zur Tat schreiten, als endlos zu debattieren. Ganz grundsätzlich gesehen, ist mir dieser Wesenszug nicht unsympathisch.
Knurrend greifen König Sinnlys Zwerge an. Die ersten Armbrustbolzen zischen den Hang hinauf.
Während meine Gefährten und ich uns eiligst zu Boden werfen, erwidern die Grauen Zwerge beinahe stoisch den Angriff. Ihre Pfeile lösen sich surrend von den Bogensehnen und sausen die Kuppe hinab. Krachend und schmatzend schlagen sie in Rüstungen und Wamse und bringen Tod und Verderben.
In Windeseile legen die Grauen Zwerge neue Pfeile an und schießen eine zweite Salve ab.
Am Boden der Kuppe wird geflucht, gebrüllt und gestorben. Ein gutes Dutzend Zwerge, gespickt von Pfeilen, windet sich im eigenen Blut. Die Rundbögen der Grauen Zwerge sind so kraftvoll, dass man mit ihren Pfeilen beinahe mühelos Schilde und Eisenteile durchschießen kann.
Die Grauen Zwerge lassen ein drittes Pfeilgeschwader fliegen. Erneut stirbt eine Handvoll von König Sinnlys Zwerge einen schmerzhaften Tod.
Es folgt eine vierte und letzte Salve, dann haben König Sinnlys Krieger endgültig genug. So kampfeslustig die Zwerge aus dem Felsenland auch sein mögen, sie sehen schließlich doch ein, dass die steile Kuppe den Grauen Zwergen einen zu großen strategischen Vorteil verschafft. Die überlebenden Zwerge wenden sich hastig zur Flucht und geben ordentlich Fersengeld; gut und gern an die zwanzig tote Kameraden lassen sie am Fuße der steilen Kuppe zurück.
Ich liege immer noch mit dem Bauch im Schnee, als mich eine Zwergin mit ihrem Stiefel anstößt und zum Aufstehen

auffordert. Unwillig rapple ich mich hoch.
Ein Stück links von mir sitzen zwei Zwerge blutend im Schnee. Der eine hat einen Armbrustbolzen in die Schulter bekommen, der andere in den Oberschenkel. Ohne viel Federlesen werden die Bolzen entfernt, Salben aufgetragen und die Wunden notdürftig verbunden. Die knorrigen Zwerge geben kaum einen Laut des Schmerzes von sich und lassen mit unbewegter Miene die Prozedur über sich ergehen.
Neben mir lacht der Anführer der Zwerge dröhnend. „Bei Julandha! Sie fliehen wie die Schneehasen!“ Dann blickt er zu uns. „Ihr scheint ebenso mutig wie König Sinnlys Felsenratten zu sein.“ Damit spielt er sehr unverhohlen darauf an, dass meine Gefährten und ich uns recht hektisch und bäuchlings vor den heransausenden Armbrustbolzen in Sicherheit gebracht haben.
Sincha geht auf den Spott des Grauen Zwerges nicht ein. Sie klopft Schnee von ihrer Kleidung und stellt sich mit energisch nach vorne gestrecktem Kinn vor ihn hin. „Ich bin Sincha Ankonski“, sagt sie. „Eine amazonische Heerführerin.“ Sie deutet auf Clarina. „Und das ist Leutnant Clarina Haffina.“
„Du bist also Sincha Ankonski. Von dir habe ich schon einiges gehört.“ Seine Augen verengen sich neugierig und eine Weile begafft er die einäugige Amazone. Schließlich besinnt er sich aber seiner Manieren und verbeugt sich knapp vor ihr. „Ich bin Captain Kantul-Lanto, der Befehlshaber dieser Einheit.“
„Vielen Dank, dass ihr uns vor König Sinnlys Kriegern beschützt habt“, sagt Sincha.
„Das habe ich nicht euretwegen getan“, brummt Kantul-Lanto. „Die Felsenratten haben einfach eine Abreibung verdient.“ Er dreht sich zu Kathinka. „Und wer bist du?“
„Ich bin Kathinka Ebensa.“ Sie hebt ihren Zauberstab demonstrativ ein Stück an. „Das Bastolische Schloss schickt mich.“
Der Zwergenanführer beugt sich zu ihr und schnuppert kurz mit seiner dicken Knollennase an Kathinka. „Du bist keine Zauberin, aber ich rieche trotzdem eine starke Magie an dir.“
„Ich bin eine von Erina Jastantinos Elevinnen“, schwindelt Kathinka, ohne dabei rot zu werden.
Ich halte Kathinkas Lüge für wenig glaubwürdig, aber Kantul-Lanto ist mit dieser Auskunft anscheinend zufrieden, denn er

nickt Kathinka kurz und akzeptierend zu. „Also, gut. Dann werde ich euch jetzt zu meinem König bringen.“ Er schnippt mit seinen dicken Fingern und seine Leute fordern uns augenblicklich und unmissverständlich dazu auf, all unsere Waffen abzugeben. Um die Zwerge nicht zu vergrämen, gehorchen wir. Lediglich Kathinka darf ihren Zauberstab behalten.

Wir marschieren in einem strammen Tempo über Fels und Schnee. Die Luft ist frisch und klar, am Himmel verziehen sich nach und nach die Wolken und auch heute lässt sich die Sonne wieder blicken. Unseren Augen bietet sich ein herrlicher Ausblick auf schneebedeckte Gipfel, steile Rinnen und graue Felsmassen. Sincha hat vorhin zu Kathinka gemeint, dass das Hohe Karst überaus tückisch ist und man sich stets vor Felsspalten und Erdlöchern in Acht nehmen muss. Angeblich sind schon viele Wesen in Spalten und Löcher gestürzt und nie mehr wiedergefunden worden. Nun, das mag schon sein, aber deswegen mache ich mir keine großen Sorgen. Die Grauen Zwerge werden ja wohl einen sicheren Weg durch das Hohe Karst kennen, das immerhin ihre Heimat ist, und dafür sorgen, dass wir alle unbeschadet ihrem König vorgeführt werden – jetzt, da sie Kathinkas Geschichte geschluckt haben, dass sie eine Gesandte des Bastolischen Schlosses ist.
Im Moment, das muss ich zugeben, bin ich eigentlich recht froh darüber, wie alles gelaufen ist. Ich habe vorhin nicht mehr ernsthaft daran geglaubt, dass wir König Sinnlys Kriegern entkommen und die Grauen Zwerge erreichen werden. Aber, Thurantuh sei Dank, ist dieses Mal das Glück auf unserer Seite gestanden.
Tief atme ich ein und spüre, dass ich mich erstmals seit Wochen wieder ein wenig sicherer fühle. Hier im Pulk der Grauen Zwerge sind wir gut geschützt vor feindlichen Angriffen; und selbst wenn uns dunkle Boten entdecken, können sie nicht viel ausrichten. Das Hohe Karst wird von König Bethul-Ento regiert, der sich nicht am Krieg gegen die Amazonen beteiligt, daher ist es, im Moment zumindest, für Erik Anfohrrnus und seine Spießgesellen tabu.
Erneut sauge ich Luft in meine Lungen. Ja, ich fühle mich hier unter all den waffenstarrenden Zwergen recht sicher – und auch

frei und unbeschwert, wie ich erstaunt feststelle. Seit ein, zwei Stunden habe ich nicht mehr ständig das Bedürfnis, wachsam über meine Schultern zu blicken. Ich trage auch nicht länger die Sorge in mir, dass hinter jedem Strauch oder Baum ein Meuchelmörder auf uns lauert. Nach und nach wird mir bewusst, unter welchem Druck wir alle die letzten Wochen über gestanden sind. Aber jetzt scheint fürs Erste ja alles gut zu werden. Die Grauen Zwerge haben uns in ihre Obhut genommen und bringen uns nun zu ihrem König, ganz so, wie es uns Erina Jastantino angeraten hat. Und die Zauberin wird ja wohl wissen, was wir tun müssen, um zumindest eine winzige Chance gegen Erik und die anderen beiden Reliquienträger zu haben.

Nach gut drei Stunden machen wir eine kurze Rast und stärken uns. Sincha und Kathinka versuchen, mit Captain Kantul-Lanto ins Gespräch zu kommen, aber der Zwerg ist, wie alle anderen aus seinem Trupp, überaus wortkarg. Hinzu kommt noch, dass er zu vorsichtig und erfahren ist, um auf die zahlreichen Fragen von Sincha und Kathinka näher einzugehen. Er begnügt sich meist damit, irgendetwas Unverständliches zu murren.
Während Kathinka von Minute zu Minute übellauniger dreinblickt, ist es mir ganz recht, dass die Zwerge kaum ihren Mund aufbekommen. Ich hätte ohnehin nicht gewusst, was ich mit den gedrungenen, grimmigen Wesen besprechen sollte. Was sie denken, oder wie sie leben, interessiert mich einfach nicht.
Eine Zwergin, die neben mir im Schnee hockt, reicht mir einen Zipfel ihrer Hartwurst, und ich bin ein wenig überrascht, dass sie ihr Essen mit mir teilt. Dankend nehme ich die Wurst an und schiebe sie in meinen Mund. Meine vier spitzen Fangzähne drücken sich in das geräucherte Fleisch; plötzlich spüre ich ein böses, beißendes Ätzen auf meiner Zunge. Nach Luft schnappend und mit Tränen in den Augen schlucke ich den Wurstzipfel. Er brennt durch meine Kehle, und ich habe ein Gefühl in meinem Hals, als würde Säure hindurch rinnen. Die Zwerge, wird mir klar, lieben ungewöhnlich scharfes Essen. Röchelnd greife ich zu meinem Trinkschlauch und trinke mit gierigen Schlucken, um das Brennen in Mund und Kehle etwas zu mildern.

Die Zwergin neben mir zeigt ein überaus verächtliches Grinsen. „Du hast den zarten Gaumen eines Kleinkindes!“
„Ich bin beinahe doppelt so groß wie du!“, fahre ich sie wütend an. „Halte daher besser deinen Mund, Zwergin, wenn du deine Zähne behalten willst!“
„Größe hat nichts mit Kraft zu tun.“ Die Zwergin funkelt mich an. „Schuppenwesen, ich wette, du kannst trotz deiner gut zwei Meter Körperlänge nicht einen einzigen geraden Schuss mit meinem Rundbogen zuwege bringen.“
So, jetzt hat sie mich herausgefordert! Wütend strecke ich meine Hand aus. „Gib mir deinen kleinen Bogen.“
Einen Moment zögert sie, dann nickt sie und steht auf. Mit einer ruhigen Bewegung löst sie den Rundbogen vom Gürtel an ihrer Hüfte und reicht ihn mir, zusätzlich gibt sie mir auch noch einen Pfeil aus ihrem Köcher.
Ich nehme den Bogen in meine krallige Hand und bin ein wenig überrascht, wie schwer er ist. Um seine Enden sind Lederschnüre gewickelt, sein Schaft ist aus stabilem Schwarzholz und alles in allem misst der Bogen im nicht angespannten Zustand gut einen Meter.
Die Zwergin deutet auf eine verkrüppelte Latsche, die an die hundert Schritte entfernt ist. „Du wirst niemals treffen“, sagt sie.
„Bei Thurantuh!“, schnarre ich, lege den Pfeilschaft auf das obere Ende des Bogengriffes und die Nocke an die Sehne. Mit Zeige- und Mittelfinger ziehe ich an der Sehne und schnaufe verwundert auf. Die Sehne lässt sich erstaunlich schwer nach hinten ziehen. Bei den Zwergen hat das Spannen des Bogens vorhin so leicht ausgesehen. Mit einigem Ingrimm setze ich meine Muskeln ein und endlich lässt sich die Sehne nach hinten ziehen. Ich spanne den Bogen voll durch und ziele; dann lasse ich die Sehne los und mein Pfeil fliegt vorwärts.
Leider habe ich alles andere als gut gezielt, und so grinsen die Zwerge erneut hämisch, als sie sehen, dass ich die Latsche um gut drei Meter verfehle.
Mit verächtlicher Miene nimmt die Zwergin den Rundbogen aus meinen Händen. „Schau zu und staune“, sagt sie zu mir. Mit einer einzigen fließenden Bewegung zieht sie einen Pfeil aus ihrem Köcher, legt ihn an, spannt den Bogen und schießt. Rasend schnell fliegt der Pfeil dahin und seine Spitze bohrt sich zielgenau in die Latsche. Die Zwerge rundum brummen

anerkennend.
„Schuppiger, du hast nicht nur den empfindlichen Gaumen eines Kleinkindes, du schießt auch wie ein Kind“, pflaumt mich die Zwergin an.
Mein Arm schnellt nach vorne und umschließt blitzschnell ihre Gurgel. Die Kralle meines Daumens bohrt sich in ihren Hals und ritzt ihre Zwergenhaut, sodass ein dünner Blutfaden fließt.
„Ich habe zwar nicht getroffen“, knurre ich, „aber ich habe es immerhin geschafft, den Pfeil abzuschießen.“ Ich zeige ihr meine vier Eckzähne. „Glaubst du, dass du es schafft, meinen Griff zu überleben?“
Die Zwergin wird leicht käsig im Gesicht und die Augen treten aus ihren Höhlen. Nach Luft ringend greift sie zu einem Messer, das in ihrem breiten Ledergürtel steckt. Die Bewegung entgeht mir aber nicht und mit meiner freien Hand schlage ich zu. Meine Krallen treffen ihren Handrücken, erneut fließt Blut und die Zwergin lässt ihr Messer im Gürtel stecken.
Ich höre, wie links und rechts von mir Waffen gezogen und Flüche ausgestoßen werden.
„Bei Julandha!“ Captain Kantul-Lanto klingt ernsthaft erbost. „Lass sofort Gylla-Zyna los!“
„Verdammt, Skriek!“, faucht Kathinka und ihre Stimme überschlägt sich fast vor Ärger. „Lass die Zwergin frei!“
„Skriek“, sagt Romaldo, „denke daran, dass wir in Frieden kommen.“
„Beherrsche dich augenblicklich!“, fordert Sincha.
„Grumpf“, stimmt Knut zu.
„Du heißt also Gylla-Zyna“, sage ich zu der Zwergin.
„Ja, so nennt man mich“, keucht sie mühsam, da ich weiterhin recht fest zudrücke.
„Dein Name gefällt mir.“ Ich zeige ihr ein knappes Lächeln und lasse los.
Schwer nach Luft schnappend sinkt Gylla-Zyna in den Schnee. Captain Kantul-Lanto eilt zu ihr und untersucht rasch ihren Hals.
Währenddessen baut sich Kathinka vor mir auf. „Hast du jetzt völlig den Verstand verloren? Wie kannst du nur so unbeherrscht sein und der Zwergin an die Gurgel gehen?“
„Sie hat mich verspottet und als Kleinkind bezeichnet“, verteidige ich mich ein wenig lahm.

„Du bist ...“ Bevor Kathinka weiterreden kann, steht plötzlich Captain Kantul-Lanto neben mir. „Gylla-Zyna hat nur einen blutigen Kratzer am Hals, ansonsten geht es ihr gut.“ Er klopft mir auf die Schulter. „Skriek, du bist ein Wesen, das seine Ehre zu verteidigen weiß. Das gefällt mir.“
„Danke“, sage ich.
Kantul-Lanto nickt mir kurz zu. „Lasst uns weitermarschieren“, befiehlt er dann.
„Du hast mehr Glück als Verstand“, raunt Kathinka.
„Ich weiß eben, wie man mit Zwergen umgehen muss“, raune ich zurück.

34

Über Nacht haben wir in einem kleinen Dorf gelagert, das so winzig war, dass es nicht einmal einen Namen hatte. Captain Kantul-Lanto hat am Abend bereits zwei seiner Krieger vorausgeschickt, um König Bethul-Ento unsere Ankunft anzukündigen.
Wir marschieren nun schon seit den frühen Morgenstunden durch Schnee und Eis. Es ist, Thurantuh sei Dank, nicht so kalt wie in der vergangenen Woche, da auch heute wieder die Sonne vom wolkenlosen Himmel scheint und uns ein wenig wärmt.
Unser Weg führt Richtung Nordosten und steigt die meiste Zeit über leicht an. Die Luft wird merklich dünner und die Berge vor uns zeigen zerklüftete Felswände und hohe, schneebedeckte Gipfel. Mir wird klar, dass das Hohe Karst seinen Namen nicht ohne Grund trägt.
Kathinka geht schon seit Stunden neben mir her, ihren Zauberstab fest in der Hand, den Blick starr nach vorne gerichtet. Eine seltsame Anspannung liegt um ihre Mundwinkel, und ich frage mich, worüber sie sich im Augenblick gerade Sorgen macht. Grübelt sie darüber nach, wie sie König Bethul-Ento dazu überreden kann, die Reliquie der Amazonen ins Bastolische Schloss zu bringen? Oder hat sie dunkle Gedanken über den drohenden Untergang des amazonischen Reiches? Vielleicht überlegt sie auch, wie sie endlich Rache an König Angrias und Erik Anfohrrnus nehmen kann?
Nun, ich weiß es nicht, und es ist mir im Moment auch herzlich

egal, woran Kathinka soeben denkt. Ich will mich nicht mit unnötigen Sorgen quälen. Endlich sind wir einmal keiner unmittelbaren Gefahr ausgesetzt und können ein wenig befreiter durchatmen. Und diesen Umstand, finde ich, sollte man doch ein wenig genießen und schätzen; das Leben bringt ohnehin genug dunkle Zeiten mit sich.
Ich blicke zu den weißen Gipfeln, die vor uns in der Sonne glitzern, und seufze kurz. Noch wohler würde ich mich jetzt nur fühlen, wenn ich wieder meine Waffen hätte, aber das wird wohl noch dauern; bevor sich König Bethul-Ento nicht auf unsere Seite geschlagen hat, werden die Grauen Zwerge unsere Waffen nicht herausrücken.
„Skriek, warum seufzt du?", fragt Kathinka.
„Ich vermisse meine Waffen."
„Hm." Sie blickt zu mir hoch. „In ein, zwei Stunden werden wir die Thonysche Kaverne erreichen, in der König Bethul-Ento residiert."
Kathinkas veilchenblauer Blick irritiert mich ein wenig, da er so skeptisch und besorgt ist. „Machst du dir Sorgen?"
„Ja, wegen dir", sagt sie. „Du warst gestern recht unbeherrscht."
„Die Zwergin hatte es verdient."
„König Bethul-Ento ist nicht eben für seinen Großmut bekannt. Wir müssen sehr diplomatisch vorgehen, wenn wir unser Anliegen durchbringen wollen."
„Pah! Du machst dir viel zu viele Gedanken." Ich schnaufe verächtlich. „Wir sagen den Grauen Zwergen einfach, was wir von ihnen wollen. Dann werden sie uns schon helfen. Sie scheinen mir ja recht vernünftig zu sein."
Kathinka geht auf meine Worte nicht ein, ihr Blick wird sogar noch eindringlicher. „Du magst keine Trolle, Gnome und Kobolde. Riesen und Zauberer verachtest du sogar. Aber die Zwerge scheinen dir nicht unsympathisch zu sein. Sag mir, warum?"
„Es stimmt schon, dass ich die Zwerge recht gut leiden kann", bestätige ich. „Weißt du, Kathinka, vor vielen Jahren, als ich noch mit meiner Mutter bei meiner alten Höhle lebte, traf ich eines Tages auf einen Zwerg namens Perty. Er war schwer verletzt und meine Mutter versuchte, ihn gesund zu pflegen. Mit der Zeit freundeten sich Perty und ich ein wenig an und wir

vertrieben uns die Zeit damit, dass ich seinen Geschichten lauschte, die er liebend gern zum Besten gab. Dieser Perty verfügte nicht nur über einen schier unerschöpflichen Vorrat an Geschichten, er hatte neben zahlreichem Krimskrams auch zwei Äxte bei sich. Eines Tages nahm ich die Blattschneiden der beiden Äxte an mich und schmiedete sie auf längere Stiele, damit sie für meine Größe die richtige Länge hatten. So wurden damals aus den beiden Zwergenäxten meine ganz speziellen Kampfäxte."
„Perty hat dir seine Äxte freiwillig gegeben?"
„Sozusagen." Ich räuspere mich. „Der Zwerg war damals schon todkrank und es brauchte nicht viel Überredungskunst von mir, um an seine Äxte zu gelangen." Dass ich meine scharfen Krallen vor seine Zwergennase gehalten und ihm einen überaus schmerzhaften Tod angedroht habe, wenn er seine Äxte nicht augenblicklich herausrückt, braucht Kathinka ja nicht zu wissen. Sie reagiert manchmal recht ungehalten, wenn sie der Meinung ist, ich wäre unnötig grob. „Perty", fahre ich fort, „hat mir auch gezeigt, wie man mit den Äxten kämpft. So manche Finte habe ich von ihm gelernt."
„Und Perty war ein Grauer Zwerg?", will Kathinka wissen.
„Nein." Ich schüttle den Kopf. „Perty war ein altgedienter Veteran von König Sinnly. Er investierte nach dem Ende seiner Militärzeit seinen Lohn in einen Planwagen und zog als Händler durch die Lande."
„Dann trägst du also die Axtblätter von einem Zwerg aus dem Felsenland mit dir herum." Kathinka runzelt die Stirn. „Da werden die Grauen Zwerge aber überaus erfreut sein!"
„Das ist doch kein Problem", sage ich im Brustton der Überzeugung. „Es spricht ja klar für mich und meine Kampfkraft, wenn ich einem Feind seine Waffen abnehme. Die Grauen Zwerge werden das auch so sehen."
„Das könnte sogar sein", meint Kathinka nach kurzem Überlegen. „Skriek, du scheinst besser als wir anderen zu wissen, wie die Grauen Zwerge denken. Vielleicht solltest du ja an meiner statt die Verhandlungen mit König Bethul-Ento führen."
Ich nicke. „Das könnte ich machen."
„Andererseits", Kathinka zieht ihre Nase kraus, „könnte es bei einer von dir geführten Verhandlung schnell zu einem Duell auf

Leben und Tod kommen. Das will ich doch lieber nicht riskieren."
„Ich bin wesentlich friedliebender und umgänglicher, als du denkst, Kathinka Ebensa."
„Nichts für ungut, Skriek, aber jetzt bist du unrealistisch."
Ich knurre.

Endlich kommt der Eingang zu der Thonyschen Kaverne in Sichtweite und wir beschleunigen noch einmal unsere Schritte. Vor uns sind zahlreiche Stände, Buden und gedrungene Holzhäuser, aus deren Schloten und Kaminen Rauch in den klaren blauen Himmel steigt. Ein Wachtrupp schwerbewaffneter Zwerge kommt auf uns zu und es ist offensichtlich, dass wir bereits erwartet werden. Dutzende Zwergenkinder und auch viele erwachsene Zwerge, die vorhin noch durch den Schnee gewuselt und ihren Besorgungen nachgegangen sind, schließen sich den Zwergenkriegern an und eilen uns ebenfalls entgegen.
Captain Kantul-Lanto führt uns entschlossenen Schrittes durch die stetig größer werdende Zwergenmenge und auf das große, gut bewachte Haupttor zu, das aus massivem Stahl besteht und gut und gerne an die drei Meter misst. Zwei Zwerge könnten übereinanderstehend problemlos das Tor durchschreiten. Links und rechts von den Flügeln sind zahlreiche Schießscharten angebracht, und im Näherkommen sehe ich, dass einige Meter über dem Tor Pechnasen und Ölrinnen in den grauen Stein der Felswand gemeißelt worden sind. Für eine angreifende Armee dürfte es kein leichtes Unterfangen sein, den Eingang zur Thonyschen Kaverne zu überwinden.
Immer mehr Zwerge scharen sich um uns, und ich kann erste Rufe und Fragen hören. Captain Kantul-Lanto befiehlt mit lauter Stimme, dass man das Tor öffnen soll. Mehrere Wachen folgen augenblicklich seiner Anordnung. Knarrend und ächzend öffnen sich die riesigen Torflügel, und ich kann vor uns einen breiten Gang erkennen.
Die Wächter bauen sich neben dem geöffneten Tor auf, und Captain Kantul-Lanto bedeutet uns, ihm zu folgen. Die Menge bleibt, von den Wachen und deren grimmigen Blicken zurückgehalten, vor dem Tor stehen und blickt uns neugierig hinterher.

Wir gehen raschen Schrittes den breiten Gang entlang, der anfangs beinahe geradeaus führt. An den grauen Granitwänden schimmern seltsame Pilze, die ein grünes Licht verströmen und für ausreichend Helligkeit hier im Berg sorgen. Die Temperatur ist deutlich wärmer als im Freien und die Luft erstaunlich klar und frisch. Weiter und weiter geht es, und wir gelangen immer tiefer in das Innere des grauen Bergmassivs. Bald kommen wir an die erste Treppe, die in den Fels geschlagen worden ist, und steigen die Stufen abwärts. Noch immer haben die Grauen Zwerge keine Fackeln entzündet, aber das ist auch nicht notwendig. Je länger unser Weg abwärts führt, desto mehr Licht verströmen die grünen Pilze an den Wänden und ich komme nicht umhin, diese ungewöhnlichen Pflanzen wiederholt mit einiger Neugier zu betrachten.
Am Ende der Treppe, die weit über hundert Stufen hat, erreichen wir das erste unterirdische Dorf. Die Häuser sind nah an den Fels gebaut. Es gibt Balkone und Terrassen. Aus den Fenstern spähen Zwerge, einige öffnen sogar ihre Türen und werfen uns fragende Blicke zu. Captain Kantul-Lanto ignoriert seine Landsleute und drängt uns weiter vorwärts. Nach einiger Zeit und zwei weiteren Dörfern kommen wir an einen Gang, der leicht ansteigt und zu einer Treppe führt, die sich steil nach oben windet. Stufe um Stufe steigen wir hinauf, und langsam verliere ich jedes Zeitgefühl. Ich habe auch zusehends Mühe, mich hier herunten zu orientieren. Meine Sinne sagen mir zwar, dass wir meist Richtung Südosten marschieren, aber ich bin mir nicht ganz sicher, ob das auch stimmt. Der massive Fels, die grauen Wände, das grüne Schimmerlicht und all die Stufen und Stollen beanspruchen meine Sinne und führen dazu, dass meine Augen tränen und ein unangenehmer Druck auf meinen Schläfen lastet.
Irgendwann erreichen wir ein Plateau, das einen gewissen Rundblick erlaubt, und ich erkenne, dass die Steindecke über uns gut und gern mehr als zwanzig Meter von meinem Kopf entfernt ist. Wir rasten kurz und stärken uns mit Brot, Käse und Wasser. Dann geht es über eine steile Treppe abwärts und wir gelangen in eine Höhle, die eine Art Vorraum bildet; auf den Steinwänden zeichnen die Lichtpilze bizarre Schattenbilder. Meine scharfen Skriekaugen erkennen ein hohes, mit Eisen beschlagenes Tor, das von sechs Grauen Zwergen mit langen

Hellebarden bewacht wird. Wenn mich nicht alles täuscht, haben wir endlich den Thronsaal erreicht.
Captain Kantul-Lanto setzt sich erneut an die Spitze unseres Trupps und fordert uns auf, ihm zu folgen.
Die sechs zwergischen Wächter schieben die riesigen Torflügel zur Seite und lassen uns unbehelligt eintreten.
Mit wachen Blicken trete ich durch das Tor und sehe mich rasch um. Mir bietet sich ein großartiger, völlig unerwarteter Anblick. Der Thronsaal von König Bethul-Ento befindet sich in einer riesigen Kaverne, die so gewaltige Ausmaße hat, dass man die Decke und die rückwärtige Wand nur als entfernte graue Flächen ausmachen kann. Hunderte Wasserbecken sind von den Zwergen aus dem harten Fels mit Hammer und Meißel herausgeschlagen worden und bilden nun ein Kunstwerk, wie ich es noch nie zuvor gesehen habe. Von einem unterirdischen Wasserfall, der knapp unter der Höhlendecke in die Kaverne eintritt, plätschert glitzerndes Wasser in ein erstes großes Auffangbecken. Von dort verteilt sich das Wasser über zwei flache Rinnen in zwei weitere Becken. Der Inhalt jeden Beckens teilt sich erneut auf zwei weitere auf, bis die Becken am Boden der Kaverne schließlich eine schier unglaubliche Anzahl erreicht haben. Von diesen fließt das Wasser in eine Art See, der den hinteren Teil der Kaverne bedeckt. Ein Gluckern und Rauschen, das von dem herabfließenden Wasser erzeugt wird, liegt in der Luft und erschafft eine ganz eigene Melodie. Dadurch, dass in all den Steinbecken Tausende von winzigen Edelsteinen von den Grauen Zwergen eingelassen worden sind, glitzert und schimmert die Kaverne in einem Licht, das zugleich sanft und magisch anmutet. Die riesigen grünen Leuchtpilze an den Wänden tun ein Übriges, um eine Lichtkaskade zu erschaffen, die einem schier den Atem nimmt.
Ich kann nicht verhehlen, dass ich eine Weile mit offenem Mund dastehe und den ungewöhnlichen Anblick und das melodiöse Wasserrauschen auf mich einwirken lasse. Meinen Gefährten ergeht es ebenso. Alle stehen wir ergriffen da und sagen kein Wort.
Nach einer Weile stupst uns Captain Kantul-Lanto mit seinem schwieligen Zeigefinger an und fordert uns unmissverständlich auf, weiterzugehen.
Erst nach ein paar Schritten bemerke ich, dass unmittelbar vor

den Wasserbecken ein goldener Thron steht, auf dem ein unglaublich fetter Zwerg sitzt. Das muss König Bethul-Ento sein. Als ich noch näher an den Thron herankomme, sehe ich, dass seine grauen Bartzöpfe bis zu seinen Knien reichen. Er lümmelt auf seinem Thron, und sein gewaltig runder, wabbelnder Bauch scheint, ähnlich all dem Wasser ringsum, bodenwärts zu fließen. König Bethul-Ento hat große Hände und muskulöse Unterarme, die trotz aller Fettleibigkeit von einer nicht zu unterschätzenden Körperkraft zeugen. Über seinem kurzen, wulstigen Hals befindet sich ein speckiges rundes Gesicht mit einer rot geäderten Knollennase und zwei listig dreinblickenden Äuglein. Auf dem Kopf trägt er eine Krone, die mit funkelnden Rubinen und Smaragden besetzt ist, in der Hand hält er ein goldenes Zepter. Hermelinfelle umschmiegen seine breiten Schultern, er trägt ein graues Wams, dessen Nähte bedrohlich spannen, und einen breiten Ledergurt, der an manchen Stellen unter seinem fetten Bauch hervorlugt. Jeder seiner zehn wurstartigen Finger wird von großen, goldenen Ringen geschmückt, deren Edelsteine in den verschiedensten Farben funkeln. Neben König Bethul-Ento lehnt ein scharfgeschliffenes Schwert am Thron, darüber ist das Zeichen der Grauen Zwerge, ein grauer Hammer, in eine Steinplatte gemeißelt. Links und rechts vor dem Grauen Zwergenkönig stehen wachsame Krieger, die Rundbögen in den Händen halten. Captain Kantul-Lanto kniet vor seinem König nieder und senkt sein Haupt.
„Mein König, möge Göttin Julandha dir stets Segen bringen und alle Wege des Steins dir Reichtum und Macht bescheren“, schnarrt er.
„Erhebe dich, mein Captain!“ König Bethul-Entos Stimme klingt erstaunlich hell für einen Zwerg. „Laut den voraus geeilten Boten sind dies also die Gesandten des Bastolischen Schlosses.“ Er blickt interessiert zu uns herüber und ich kann in seinen Augen erneut eine wache Intelligenz erkennen.
„Wir haben sie nahe der Grenze zu den Felsenlanden aufgegriffen“, sagt Captain Kantul-Lanto. „König Sinnlys Krieger haben sie verfolgt.“
„So, so.“ König Bethul-Ento dreht seinen massigen Schädel endgültig in unsere Richtung. „Wer ist euer Sprecher?“, will er wissen.

Kathinka tritt nach vorne. „Sei gegrüßt, König Bethul-Ento, mächtiger Herrscher des Grauen Zwergenreiches.“ Sie verbeugt sich tief und ehrerbietig, dann richtet sie sich wieder auf. „Man nennt mich Kathinka Ebensa und ich bin eine Elevin der Zauberin Erina Jastantino.“ Kathinka hebt ihren Zauberstab ein wenig an, in der Hoffnung, dadurch ihre Lüge glaubwürdiger erscheinen zu lassen.
„Die herbe Erina ist mir wohlbekannt“, sagt König Bethul-Ento. „Sie war schon mehrmals in der Thonyschen Kaverne auf Besuch und mir stets als Gast hochwillkommen. Daher frage ich mich, warum sie jetzt eine Elevin schickt und nicht persönlich vor meinem Thron erscheint?“
„Erina wurde vom Hohen Rat nach Ontron geschickt, um die bevorstehenden Kampfhandlungen zu überwachen“, schwindelt Kathinka ungerührt. „Das Bastolische Schloss ist in großer Sorge, dass die Reliquie der Amazonen, der grüne Smaragdkelch, in die falschen Hände geraten könnte.“
„Die Reliquie der Amazonen“, murmelt König Bethul-Ento versonnen und ein knappes Lächeln stiehlt sich in sein pausbäckiges Gesicht. „Zahlreiche Mythen ranken sich um den Smaragdkelch.“
„Erina Jastantino wurde beauftragt, den Smaragdkelch sicher ins Bastolische Schloss zu bringen“, fährt Kathinka fort. „Sie benötigt aber deine Hilfe.“
„Meine Hilfe?“ König Bethul-Entos listige Augen heften sich auf Clarina. „Rothaarige Amazone, du warst einst bei uns, wenn ich mich nicht irre. Wie lautet noch schnell dein Name?“
Clarina verbeugt sich. „Ich bin Leutnant Clarina Haffina. Und dein Gedächtnis trügt dich nicht. Vor vielen Wintern genoss ich deine Gastfreundschaft.“
„Warum bist du nicht bei deiner Königin und verteidigst dein Land?“
„Weil ich beauftragt wurde, den Smaragdkelch zu beschützen.“
„Wer hat dich beauftragt?“
„Meine Königin“, sagt Clarina mit fester Stimme.
„Ich verstehe nicht ganz.“ König Bethul-Ento wirkt für einen Moment verwirrt.
Da tritt Sincha nach vorne und verbeugt sich ebenso tief vor dem Zwergenkönig, wie Kathinka und Clarina es zuvor getan haben. „Ich bin Heerführerin Sincha Ankonski“, erklärt sie,

nachdem sie sich wieder aufgerichtet hat. „Mächtiger König, ich werde dir alles erklären.“
Bethul-Ento neigt seinen massigen Schädel. „Von dir, Heerführerin Sincha Ankonski, habe ich schon sehr viel gehört. Du bist weit über die amazonischen Lande hinaus für deinen Mut und deine Kühnheit bekannt. Es mir eine Ehre, dich hier in der Thonyschen Kaverne begrüßen zu dürfen.“
„Vielen Dank.“ Sincha verbeugt sich ein zweites Mal.
„Nun, Heerführerin, sprich zu mir.“ König Bethul-Ento lehnt sich in seinem goldenen Thron zurück, legt sein Zepter in den Schoß und verschränkt über seinem fetten Bauch die beringten Finger ineinander.
„Meine Königin“, sagt Sincha Ankonski mit belegter Stimme, „ist die erste Dienerin der Amazonen. Sie wurde vor über hundert Jahren vom Smaragdkelch als neue Herrscherin erwählt und setzte seither alles daran, das Überleben von uns Amazonen zu sichern. Nun stehen aber übermächtige Gegner vor unseren sieben Pforten, und so wie es aussieht, wird Amazonien fallen.“
Sincha schluckt. „Die heiligen Gesetze von Ama verbieten es, unsere Königin auszuliefern, daher werden wir kämpfen, bis Amazonien gefallen ist.“
„Gesetze sind oft recht mühsam“, murmelt König Bethul-Ento, „aber wenn sie heilig sind und von einer Göttin kommen, müssen sie unbedingt befolgt werden.“
„So ist es“, stimmt Sincha zu. „Daher beauftragte mich meine Königin, wohlwissend, dass ihr Ende naht, mich ins Bastolische Schloss zu begeben und die Zauberer darum zu bitten, unsere heilige Reliquie sicher in Gewahrsam zu nehmen.“
„Meine Herrin Erina Jastantino“, fügt Kathinka hinzu, „wurde vom Hohen Rat beauftragt, die Reliquie sicherzustellen. Deswegen ist sie unverzüglich nach Ontron gereist. Nun befürchtet sie aber, dass während des Kampfes die Reliquie entwendet werden könnte.“
„Wenn Krieg herrscht, geht jede Ordnung verloren“, sagt König Bethul-Ento.
„Erina Jastantino ist in großer Sorge, dass sie alleine die Reliquie nicht ins Bastolische Schloss bringen kann“, sagt Kathinka, „und bittet daher dich, mächtiger König, um Hilfe.“
„Was befürchtet die herbe Erina denn?“, fragt Bethul-Ento beinahe beiläufig.

„Wie du sicherlich weißt, geht das Bastolische Schloss stets diplomatisch und behutsam vor, da es kein Volk vor den Kopf stoßen will.“ Kathinka streicht eine dunkle Haarsträhne zurück, die ihre Nase kitzelt. „Aber im Vertrauen kann ich dir sagen, dass meine Herrin aus sicherer Quelle weiß, dass die Riesen von HamSamKoLo und die Krieger von König Sinnly nicht nur planen, an der Eroberung Amazoniens teilzunehmen, nein, sie wollen auch die heilige Reliquie stehlen und um teure Goldtaler an den Meistbietenden verkaufen.“
„Diese miesen Schweine!“, zischt König Bethul-Ento. Wut ist plötzlich in seinem Gesicht zu sehen und sein monströser Fettbauch beginnt vor Ingrimm zu schwabbeln.
„Erina glaubt, dass sie die Reliquie alleine nicht beschützen kann“, fährt Kathinka fort. „Meine Herrin weiß sehr wohl, dass du nicht nur ein erbitterter Feind von König Sinnly bist, sondern auch ein entschiedener Gegner aller Riesen. Daher bittet sie dich um deine Hilfe.“
„Nun gut.“ König Bethul-Entos dicke Finger greifen nach einem grauen Barthaarzopf. „Ich verfüge über tapfere Krieger, das ist unbestritten. Aber eine Schlacht birgt unzählige Gefahren und es wäre überaus traurig, wenn meine Krieger einen zu frühen Tod erleiden müssten.“
„Sincha Ankonski“, sagt Kathinka, „weiß einen geheimen Zugang, der uns direkt in die unteren Gewölbe von Ontron führt, wo der Smaragdkelch aufbewahrt wird. Höchstwahrscheinlich kommt es gar nicht zu einer Feindberührung. Erina Jastantino möchte aber trotzdem sichergehen, dass sie den Smaragdkelch unbehelligt ins Bastolische Schloss bringen kann. Wenn du uns einen starken Trupp Krieger mitgibst, wird es keiner wagen, uns anzugreifen.“
„Dennoch bleibt ein gewisses Risiko für meine Krieger.“
„Erina lässt dir ausrichten, dass das Bastolische Schloss dich reichlich belohnen wird“, sagt Kathinka, der von all den Lügen wahrscheinlich schon der Kopf raucht.
„Wie reichlich?“
„So reichlich, dass König Sinnly vor deinem Reichtum erzittern wird.“
„Oh!“ König Bethul-Ento schmatzt genießerisch. „Man weiß ja, dass das Bastolische Schloss über unermessliche Schätze verfügt.“

„Wenn du es klug angehst“, lockt Kathinka, „kannst du bald der alleinige Herrscher über alle Zwerge sein.“
„Das klingt nicht uninteressant.“ König Bethul-Ento grunzt, dann wendet er überraschend den Kopf nach rechts und deutet mit seinem goldenen Zepter in meine Richtung. „Und wer sind die drei Männer an deiner Seite?“
„Das sind Knut, Romaldo und Skriek. Erina hat sie mir zu meinem Schutz mitgegeben.“ Kathinka beugt sich nach vorne. „Kann ich mit deiner Hilfe rechnen, mächtiger König?“
„Bei Julandha, ich muss es mir noch überlegen.“ Er schnippt mit Daumen und Zeigefinger seiner linken Hand. „Fansul-Husto, komm zu mir.“
Die Zwerge rund um den Thron machen Platz und ein alter knorriger Zwerg mit klobigen Händen, langen Bartzöpfen und grauer Mütze tritt nach vorne.
„Dies ist“, sagt König Bethul-Ento, „Hauptmann Fansul-Husto, der Oberbefehlshaber meiner hier stationierten Garnison. Er berät mich in allen militärischen Belangen.“
Fansul-Husto verbeugt sich tief vor seinem König, dann nickt er Kathinka, Sincha und uns anderen knapp zu.
„Mein Hauptmann“, Bethul-Ento dreht an seinem Zepter, „wie schätzt du die Lage ein? Ist es möglich, dem Bastolischen Schloss zu helfen?“
Fansul-Husto wiegt seinen Kopf. „Das Unternehmen birgt einige Gefahren, aber meine Krieger sind gut ausgebildet und fürchten keinen Feind. Und es ist mir immer eine Freude, wenn ich König Sinnlys Felsratten ein Schnippchen schlagen kann.“ Er kratzt seine faltige Wange. „Außerdem sollte man die Bitte einer Zauberin niemals abschlagen.“
„Ja“, stimmt König Bethul-Ento zu, „das ist ein gewichtiges Argument.“ Er wendet sich an Kathinka. „Nun denn, Elevin von Erina Jastantino, du hast es selbst gehört. Mein Hauptmann unterstützt die Pläne deiner Herrin und da will ich nicht hinten anstehen.“ Er hebt seine linke Hand und die Edelsteine an den Ringen blitzen auf. „So werden meine Krieger euch also begleiten und dafür Sorge tragen, dass die Reliquie in das Bastolische Schloss gebracht wird.“
Kathinka, Clarina und Sincha atmen neben mir erleichtert auf und die harbaischen Brüder sind ebenfalls sichtlich zufrieden, dass der Graue Zwergenkönig uns seine Unterstützung

versichert hat. Ich hingegen bin doch ein wenig verwundert, wie schnell unserem Anliegen entsprochen wurde. Und, um der Wahrheit die Ehre zu geben, hege ich auch ein gewisses Misstrauen gegenüber König Bethul-Ento, obwohl er unsere Geschichte anscheinend ohne größere Bedenken geglaubt hat. Wenn er nur etwas genauer nachgefragt hätte, wäre unser Lügengebäude bald in sich zusammengebrochen, da bin ich mir sicher; außerdem ist König Bethul-Ento alles andere als dumm oder blauäugig. Warum, stelle ich mir daher die Frage, hat er nicht etwas mehr insistiert und nachgebohrt? Immerhin geht es ja um das Wohl und Wehe seiner Zwergenkrieger, die König Bethul-Ento ganz sicher nicht vorschnell verlieren möchte; doch ohne genaue Kenntnis der Lage setzt er seinen Kriegern erheblichen Gefahren aus. Aber vielleicht hat er unserem Anliegen ja auch nur deshalb so vorbehaltlos zugestimmt, weil wir behauptet haben, im Auftrag von Erina Jastantino unterwegs zu sein. Zauberern wird in allen Reichen großer Respekt, ja beinahe Unterwürfigkeit entgegengebracht, und es könnte daher durchaus sein, dass es Bethul-Ento einfach nicht wagt, eine vermeintliche Bitte des Bastolischen Schlosses abzuschlagen. Dass Kathinka auch noch versprochen hat, dass die Grauen Zwerge von den Zauberern reichlich entlohnt werden, wenn sie die Reliquie beschützen, mag ein Übriges dazu beigetragen haben, dass Bethul-Ento so rasch bereit gewesen ist, uns zu helfen. Trotzdem bleibt ein kleiner Rest von Misstrauen in mir und ich beschließe, die nächsten Tage überaus wachsam zu sein.
König Bethul-Ento will sich soeben auf seinem Thron ein wenig aufrichten, als ein Raunen durch die Menge geht. Ich drehe meinen Kopf zur Seite und sehe, wie sich eine Zwergenfrau mit energischen Schritten einen Weg nach vorne bahnt. Für eine Zwergin ist sie ungewöhnlich groß und überragt sogar so manchen Zwergenkrieger um Haupteslänge. Im Gegensatz zu den anderen Zwerginnen hat sie keine geflochtenen Zöpfe, die links und rechts bis zu den Hüften reichen; ihr strohblondes Haar ist kurz geschnitten und endet oberhalb der Schultern. Die Zwergin hat ungewöhnlich blasse, wasserblaue Augen, die wütend blitzen. Im ersten Moment habe ich sogar gedacht, dass sie blind ist, da ihre Augen so wässrig verschwommen erscheinen, aber als sie näherkommt, sehe ich,

dass sie über einen sehr scharfen Blick verfügt. Um ihre Stirn liegt ein silberner Reif, der mit einem einzelnen roten Rubin besetzt ist. Sie trägt eine grüne knielange Toga, schwarze Hosen und derbe braune Stiefel. Ein schmaler Ledergurt ist um ihre Hüften gebunden, an dem eine Bergbarte befestigt ist. Die Bergbarte ähnelt einer Kampfaxt, hat aber einen deutlich längeren Stiel und nur ein Schneideblatt, das nach außen hin spitz zuläuft.

König Bethul-Ento ist es mittlerweile gelungen, seinen fetten Oberkörper leicht anzuheben. Er schnauft, als er seine für einen Zwerg so ungewöhnlich helle Stimme an die heraneilende Zwergin richtet. „Tul-Lyna, meine ungestüme Hamyne, was gibt es?“

„Was ist eine Hamyne?“, flüstere ich zu Kathinka.

„Als Hamyne bezeichnen die Zwerge ihre oberste Priesterin“, flüstert Kathinka zurück.

Die erboste Zwergin ist mit wenigen Schritten am Thron angelangt und verbeugt sich nur äußerst knapp vor ihrem König. „Mein König, ich erhebe Einspruch“, sagt sie. Ihre Stimme klingt rau. Jetzt, wo sie so nahe neben mir und den anderen steht, kann ich sehen, dass die Zwergin eine seltsam helle, beinahe weiße Haut, kräftige Unterarme und dicke Muskeln hat. Und sie ist wütend wie ein gereizter Sumpflöwe; auch das ist nicht zu übersehen.

„Wir dürfen keine Krieger nach Ontron entsenden!“, fordert sie unverhohlen. „Unzählige Zwerge werden sterben, wenn sie in eine kriegerische Auseinandersetzung hineingezogen werden.“

„Das Bastolische Schloss benötigt unsere Hilfe.“ König Bethul-Ento klingt unwirsch und leicht angesäuert.

„Das ist doch gar nicht bewiesen“, kontert Tul-Lyna. „Wir haben nur die Geschichte dieser schwarzhaarigen Menschenfrau.“

„Sie heißt Kathinka Ebensa, ist eine Elevin von Erina Jastantino und trägt als Beweis für ihr Ansinnen einen Zauberstab mit sich.“ Der Graue Zwergenkönig dreht ungehalten an dem großen Ring an seinem linken Zeigefinger.

„Ich glaube dieser Kathinka Ebensa kein Wort.“ Tul-Lyna stampft auf. „Ich bin mir sicher, dass sie lügt und unsere Krieger in eine Falle locken will.“

„Warum sollte ich das tun?“, fragt Kathinka vorwurfsvoll und

wendet sich direkt an die Zwergin. „Sage mir doch, welchen Vorteil ich davon hätte, wenn Zwergenkrieger getötet werden?“
Tul-Lyna fixiert Kathinka mit ihren wasserhellen Augen. „Ich bin die Hamyne der Grauen Zwerge und der Magie durchaus kundig.“ Sie deutet auf Kathinka. „Ich spüre genau, dass du keine Elementarmagie in dir trägst. Wie kannst du dann eine Elevin der Zauberin sein?“
„Erina Jastantino hat auch Eleven, die eine andere Magie als die Elementarmagie wirken“, sagt Kathinka.
Tul-Lyna verzieht höhnisch ihre Lippen. „Dann nenne mir doch einen weiteren Eleven der Zauberin, der keine Elementarmagie in sich trägt.“
Kathinkas veilchenblaue Augen verengen sich für einen unmerklichen Moment verärgert, bevor sie mit triumphierender Stimme spricht. „Ein Kobold namens Gemtiolinko Emtandulus Karansymphby dient Erina Jastantino als Eleve. Er hat, so wie ich, keine Elementarmagie in sich. Der Kobold wirkt als Kristallträger und Orakel seine Magie.“
Die Hamyne grunzt ungehalten; sie hat wohl nicht erwartet, dass Kathinka ihr so gut Konter geben würde.
„Entspricht es der Wahrheit, was uns Kathinka Ebensa über den Kobold erzählt?“, will König Bethul-Ento von der Zwergenpriesterin wissen.
Mürrisch nickt sie. „Ja, es gibt einen Kobold namens Gemtiolinko, der Erinas Eleve ist.“ Sie spuckt verächtlich aus. „Aber das besagt gar nichts. Diese Menschenfrau kann rein zufällig von dem Kobold erfahren haben.“
„Bei allem Respekt, Tul-Lyna, ich denke, jetzt ist es genug.“ Der fette Zwergenkönig schnauft. „Ich habe Kathinka Ebensa und ihren Gefährten meine Zustimmung gegeben und dabei bleibt es auch.“
Um Tul-Lynas Mundwinkel zuckt es wütend und ihre milchigweiße Gesichtsfarbe bekommt eine leichte Rötung. Mit einem Knurren reißt sie ihre Bergbarte aus ihrem Ledergürtel und hält sie theatralisch in die Höhe. „Dann fordere ich in meiner Eigenschaft als Hamyne und bei unserer Göttin Julandha einen Steinkreis.“
In der Zwergenmenge rumort es, erste Rufe werden laut.
Tul-Lyna erhebt ihre Stimme. „Julandha und der Steinkreis sollen entscheiden, ob die Fremden die Wahrheit sagen.“

König Bethul-Ento wirkt ernstlich böse. „Hamyne, wie kannst du es wagen, ein Ansuchen des Bastolischen Schlosses zu verwehren?“
„Ich verwehre gar nichts.“ Tul-Lyna wirkt wild entschlossen. „Ich unterstelle die Entscheidung über unser weiteres Vorgehen dem Urteil unserer Göttin.“ Sie hebt ihre Bergbarte noch ein weiteres Stück an. „Der Steinkreis soll entscheiden! Der Steinkreis soll entscheiden!“
Einige Zwerge im Thronsaal geben deutlich vernehmbar ihre Zustimmung. Anscheinend verspricht der Steinkreis ein gewisses Spektakel, das sie sich nicht entgehen lassen wollen.
„Bedenke, was du einforderst“, mahnt König Bethul-Ento die Zwergenhamyne. Seine hohe Stimme klingt aber resigniert und ohne Nachdruck; ich vermute daher stark, dass er nicht die Macht besitzt, einen Steinkreis zu verhindern.
„Julandha wird uns den Weg weisen!“ Tul-Lynas Stimme dröhnt durch den Saal und die scharfe Spitze ihrer Bergbarte funkelt im grünen Schimmerlicht. „Und ich, eure Hamyne, werde im Steinkreis um die Wahrheit und den rechten Weg kämpfen.“ Sie wirbelt die Bergbarte über ihren Kopf. „Julandha! Julandha! Julandha!“
Die Zwerge stimmen im Chor mit ein. Ein ohrenbetäubender Lärm erfüllt die Kaverne und übertönt sogar das kaskadenartige Rauschen der herabfließenden Wassermassen.
„Nun gut.“ Mit einer müden Geste hebt der Graue Zwergenkönig seine beringte Hand. „Dann soll es so sein.“
Erneut jubeln die Zwerge frenetisch und die Hamyne tanzt im Kreis. Ihre wasserhellen Augen sprühen vor Kampfeslust.
Der Graue Zwergenkönig schlägt mit seinem Zepter mehrmals gegen die Außenwand seines Throns, bis die Zwerge endlich verstummen und er sich Gehör verschaffen kann.
„Hamyne“, schnarrt er, „wen wählst du als Gegner für den Steinkreis? Wer soll sich in einem Duell mit dir messen?“
Tul-Lyna senkt langsam ihre Bergbarte, bis die Spitze auf Kathinka zeigt. „Ich fordere die schwarzhaarige Menschenfrau zum Duell.“
Kathinka wird leicht blass um die Nase.
„Hah!“, stichle ich. „Wessen Verhandlungsgeschick hat jetzt zu einem Duell geführt?“
„Dafür kann ich ja wohl nichts“, schnappt Kathinka.

35

Meine Gefährten und ich stehen etwas abseits und äugen skeptisch zu den Zwergen, die emsig durch den großen Thronsaal eilen und Steine heranschleppen, die sie in Form eines gut vierzig Meter durchmessenden Kreises auslegen. Mehrere Priesterinnen erteilen Befehle und richten jene Steine aus, die noch kein perfektes Rund bilden.
König Bethul-Ento hat währenddessen nach einem Krug Wein verlangt, aus dem er schlürfend und gierig trinkt. Rote Weinperlen tropfen von seinen wulstigen Lippen, rinnen entlang seiner langen grauen Bartzöpfe und vermitteln den Eindruck, als ob er soeben rohes, blutiges Fleisch gegessen hätte. Langsam wende ich den Blick von ihm ab und betrachte Kathinka, die neben mir steht und ein besorgtes Gesicht macht. Nachdem sie gerade eben recht ungehalten auf meine harmlose Bemerkung über das bevorstehende Duell mit Tul-Lyna reagiert hat, beschließe ich, ihr etwas Mut zuzusprechen.
„Sei unbesorgt“, sage ich. „Die Zwergenhamyne ist keine Gegnerin für dich.“
„Hast du nicht gesehen, welch dicke Muskeln und kräftige Unterarme dieser milchhäutige Grottenolm hat?“ Kathinka wirkt reichlich gereizt.
„Du bist beinahe ebenso stark und schnell wie eine Amazone. Die Zwergin hat gegen dich nicht die geringste Chance.“
„Ihre Bergbarte ist aber verdammt scharf. Wenn sie mich mit dieser krähenschnabelähnlichen Spitze erwischt, werde ich bluten wie ein Schwein.“
„Kathinka, du hast den Zauberstab.“ Ich versuche, überzeugend zu klingen. „Du musst nur den ersten Schlag blockieren, alles Übrige erledigt dann deine Magie. Die Bergbarte der Zwergin wird in tausend Stücke zerspringen und wenn sie dann waffenlos ist, kannst du sie mit einem schnellen, kraftvollen Hieb unschädlich machen.“
Kathinka zieht ihre Schultern hoch, ganz so, als ob sie frösteln würde. „Ich habe trotzdem ein ungutes Gefühl. Immerhin ist diese Tul-Lyna eine Hamyne, eine hohe Priesterin. Sie wird sich zu wehren wissen.“

„Über welche Magie verfügen eigentlich Zwergenpriesterinnen?“, will Clarina wissen.
Kathinka zuckt mit den Schultern. „Ihre Magie hat irgendetwas mit Steinen zu tun.“
Romaldo streicht über seinen Schnurrbart. „So weit ich weiß, können Hamynen dank ihrer Zwergenmagie vor allem Erzadern und Edelsteine durch dicke Felswände hindurch aufspüren. Diese Eigenschaft macht sie für die gierigen Zwerge auch so überaus wertvoll. Ich habe gehört, dass die meisten Erze und Edelsteine von den Hamynen gefunden werden. Deshalb haben diese Priesterinnen auch einen so hohen Stellenwert innerhalb der zwergischen Gesellschaft und werden beinahe unterwürfig verehrt.“
„Diese Magie hat aber für einen Kampf keine Bedeutung“, meint Clarina nach kurzem Überlegen.
„So ist es.“ Romaldo nickt ihr zu und Clarina zeigt ihm daraufhin ein einnehmendes Lächeln. Ich bin wieder einmal erstaunt, wie offensichtlich die rothaarige Amazone um Romaldos Gunst buhlt.
„Trotzdem dürfen wir die Hamyne auf keinen Fall unterschätzen“, knurrt Sincha, der Clarinas Lächeln ganz und gar nicht recht ist. „Der Erfolg unserer Mission hängt davon ab, ob Kathinka das Duell siegreich besteht.“
„Sie wird diese Tul-Lyna nach wenigen Sekunden zu Boden geschlagen haben“, prophezeie ich.
Kathinka drückt meinen Oberarm. „Danke, Skriek.“ Ihre Lippen zeigen ein kaum angedeutetes Lächeln. „Und wenn ich verliere, wirst du mich rächen, nicht wahr?“
„Selbstverständlich“, dröhne ich im Brustton der Überzeugung. „Ich werde diesen Thronsaal in ein Schlachtfeld verwandeln. Zwergenblut wird in Strömen fließen.“
Kathinka seufzt gottergeben. „Dann kann ich nur hoffen, dass es nie soweit kommt.“

Wenige Minuten später ist der Steinkreis fertig ausgelegt. König Bethul-Ento erhebt sich schwerfällig von seinem Thron. Sein fetter Bauch hängt bis zu seinen Knien, und der Zwergenkönig hat sichtlich Mühe, aufrecht stehenzubleiben. In seiner rechten Hand hält er immer noch den Weinkrug, der mittlerweile halb leer ist. Mit seiner beringten Linken vollführt

er eine herrische Geste und bedeutet uns, erneut vor seinen Thron zu treten.
Gemessenen Schrittes, mit Kathinka in unserer Mitte, kommen wir näher.
„Bei Julandha!“, ruft der Graue König und seine hohe Stimme überschlägt sich beinahe. „Man bringe mir die beiden Bergkristalle.“
Die Zwergenmenge teilt sich und eine Zwergenpriesterin, die so wie Tul-Lyna eine Toga, klobige Stiefel und eine Bergbarte trägt, bahnt sich ihren Weg zum König. In ihren Händen hält sie ein großes, rotes Kissen, auf dem zwei Bergkristalle liegen.
„Priesterin Hul-Tupla, sind die Kristalle geweiht und bereit?“, fragt der König.
Die Zwergin neigt den Kopf. „Sie sind es, mein König.“
„Gut.“ Bethul-Ento nimmt einen weiteren kräftigen Schluck aus dem Weinkrug. „Hul-Tupla, erkläre unseren Gästen die Regeln des Steinkreisduells.“
„Wie du wünschst.“ Die Zwergenpriesterin wendet sich an uns und sucht den Blickkontakt mit Kathinka. Dann spricht sie mit fester, deutlich vernehmbarer Stimme. „Der Steinkreis durchmisst vierzig Meter und ist unserer Göttin Julandha geweiht. Im Steinkreis wird mittels eines Duells herausgefunden, worin der Wille unserer Göttin besteht. Der Kampf endet, wenn eine der beiden Kämpferinnen bewusstlos, kampfunfähig oder tot ist. Wenn eine Kämpferin den Steinkreis verlässt, hat sie den Kampf ebenfalls verloren.“ Hul-Tuplas Stimme wird eine Spur eindringlicher. „Jede Kämpferin muss jemanden erwählen, der ihrem Herzen am nächsten steht. Derjenige wird neben König Bethul-Entos Thron stehen und einen dieser Bergkristalle in den Händen halten. Wenn das von einer Kämpferin ausgewählte Wesen den Bergkristall während des Steinkreisduells loslässt, dann hat damit auch die Kämpferin dieses Wesens das Duell verloren.“
Kathinka schluckt. „Ich verstehe nicht ganz.“
„Du wirst gleich verstehen“, schnarrt die Zwergenpriesterin und hebt das rote Kissen mit den beiden an die dreißig Zentimeter langen, daumendicken Bergkristallen ein wenig an. „Wähle deinen Kristall, Elevin von Erina Jastantino!“
Ohne groß zu überlegen nimmt Kathinka den Kristall zu ihrer Rechten und hält ihn hoch. „Er wiegt fast nichts“, flüstert sie

verwundert. „Es dürfte keine Mühe sein, den Kristall stundenlang festzuhalten."
„Das wird sich noch weisen." Hul-Tupla zeigt ein hämisches Gesicht. „Und nun", fordert sie Kathinka auf, „lege den Kristall vor dir auf dem Boden ab!"
Kathinka gehorcht zögernd.
„Tritt einen Schritt zurück!", befiehlt die Zwergin.
Erneut gehorcht Kathinka eher zögerlich. Ihr scheint bei der ganzen Sache nicht wohl zu sein und ich überlege, ob sie als magisches Wesen etwas Besorgniserregendes verspürt, das mir verborgen bleibt.
„Nun zu euch", sagt die Priesterin zu meinen Gefährten und mir. „Stellt euch in einem Halbkreis vor Kathinka Ebensa auf, damit der Kristall seine Wahl treffen kann."
Murrend und reichlich skeptisch nehmen wir unsere Plätze ein. Ich stelle mich von Kathinka aus gesehen ganz nach rechts, neben mir sind Romaldo und Knut, dann kommen Sincha und Clarina.
Hul-Tupla zieht ihre Bergbarte aus ihrem Gürtel und berührt mit der Krähenschnabelspitze behutsam den am Boden liegenden Bergkristall. „Julandha, verehrte Göttin des Steins!", ruft sie. „Zeige uns, für welches Wesen das Herz dieser Duellantin schlägt!" Ein Lichtfunke springt von der Barte auf den Kristall über und ein Zucken geht durch den Stein. Schweigend geht Hul-Tupla nun einige Schritte rückwärts und verharrt in angespannter Bewegungslosigkeit.
Kathinka schluckt vernehmlich und starrt irritiert auf den Bergkristall, der sich langsam zu bewegen beginnt. Seine Spitze vibriert und wandert merklich nach links, wo Sincha und Clarina stehen. Dann ruckt er nach rechts und nähert sich Knut. Knarrend dreht er sich mit der Spitze an dem feisten Mann vorbei und zeigt zunehmend mehr auf Romaldo; dabei wird der Bergkristall immer langsamer, bis er beinahe vollständig still steht. Seine Spitze vibriert kaum mehr und zeigt unmittelbar auf Romaldo, der ein überraschtes Gesicht macht. Ihm ist die ganze Sache sichtlich unangenehm. Auch Kathinkas veilchenblaue Augen weiten sich erschrocken. Ich merke, wie sich mein Herz zusammenzieht und sich meine kralligen Hände zu Fäusten ballen. Kathinka muss mich erwählen! Ich bin ihr Paladin, ihr Beschützer! Der Kristall darf nicht vor Romaldo stehen bleiben.

Das kann ich nicht ertragen. Thurantuh, hilf mir!, heule ich in Gedanken.
Habe Vertrauen! Thurantuh ist plötzlich da und klingt ungewohnt sanft. *Kathinka Ebensa hat sich mir für diese Reise verschworen, also kann sie nur dich erwählen. Meine Diener würden niemals einen Andersgläubigen bevorzugen.*
Bist du sicher?, frage ich voll Zweifel und Sorge.
Das bin ich. Thurantuh zieht sich aus meinen Gedanken zurück.
Wenig später sehe ich, dass der Bergkristall erneut ruckt. Seine Spitze dreht sich Stück für Stück weiter nach rechts; bald ist sie zur Gänze an Romaldo vorbei und hält zitternd vor mir an, wo der Kristall schließlich völlig still liegen bleibt.
Ich atme durch. Thurantuh sei Dank, der Bergkristall hat mich erwählt.
Neben mir seufzen Romaldo und Kathinka überaus erleichtert auf und auch Knut grumpft erfreut.
„Es war ja klar, dass der Kristall meinen Paladin erwählt", sagt Kathinka und versucht dabei selbstsicher zu wirken. Leider kenne ich sie mittlerweile aber zu gut und weiß daher ganz genau, dass sie alles andere als sicher gewesen ist, dass ich erwählt werde. Genauso gut hätte es sein können, dass der Kristall auf den bildhübschen, charmanten Romaldo zeigt.
Kathinka tritt zu mir. Ihre Augen sind leicht verschleiert und durch meinen Kopf brennt ein bösartiger Gedanke: Was ist, wenn Thurantuh den Kristall beeinflusst hat? Vielleicht hat er seine Macht gewirkt, damit er nicht beschämt dasteht, wenn Kathinka nicht mich erwählt?
Schuppenkopf, schnappt Thurantuh, *du traust mir mehr Macht zu, als ich besitze. Hier ist Julandhas Gebiet. Niemals würde ich mich mit der Zwergengöttin anlegen, nur um deine zarten Gefühle zu schonen.*
Verzeih mir, stammle ich in Gedanken und spüre, wie mich plötzlich eine Woge des Glücks erfüllt. Ich gehe Kathinka einen Schritt entgegen und schließe sie stürmisch in meine Arme. „Du hast mich erwählt!", frohlocke ich und drücke sie überschwänglich an mich, da ich meiner Freude kaum Herr werde.
„Das hast du messerscharf beobachtet", schnauft Kathinka. „Und wenn du mich noch fester an deine Brust presst, dann brauche ich zu dem Duell erst gar nicht anzutreten."

„Oh!“ Ich lasse sie hastig los. „Verzeih mir.“
„Jetzt ist alles gut, Skriek“, sagt Kathinka und ist mit einem Schlag überaus ernst. Ihr Blick sucht den meinen.
„Ja, das ist es.“ Ich nicke und unsere Blicke verschmelzen.
Hul-Tupla neigt kurz und anerkennend den Kopf vor Kathinka.
„Der Bergkristall ist vor jedem deiner Gefährten vorübergezogen. Das zeigt uns, dass du alle deine Begleiter schätzt und das wiederum spricht für dein großes Herz.“
„Danke“, sagt Kathinka.
„Hebe nun den Bergkristall auf und reiche ihn an deinen schuppigen Begleiter weiter. Er muss ihn mit seiner linken Hand, der Herzhand, ergreifen.“
„Ja, das werde ich mit Freuden tun.“ Kathinka gibt mir den Bergkristall und schenkt mir ein süßes Lächeln, sodass mir ganz leicht ums Herz wird.
Anschließend fasst Hul-Tupla mich am rechten Oberarm und führt mich näher zu Bethul-Entos Thron heran, wo ich zur Linken des Königs stehenbleiben muss. Der Graue König, der immer noch steht und sichtlich mehr und mehr Mühe hat, nicht nach vorne zu kippen, nickt mir verdrießlich zu.
Die Zwergenpriesterin tritt nun vor ihre Hamyne und reicht ihr den zweiten Bergkristall.
„Leg ihn vor dir ab, Tul-Lyna“, sagt sie.
Die milchfarbene Zwergin mit den wasserhellen Augen wirkt ruhig und siegessicher, als sie den Bergkristall ergreift und zu Boden legt.
Wie auf ein geheimes Kommando eilen mehrere Zwergenfrauen, darunter auch zwei Kriegerinnen, zu ihrer Hamyne und stellen sich im Halbkreis vor ihr auf. Schließlich kommt auch noch ein Zwergenmädchen schüchtern näher. Es hat eine ebenso helle, weiße Haut wie die Hamyne und stellt sich ganz außen hin.
„Julandha, verehrte Göttin des Steins!“, ruft Hul-Tupla und zieht ihre Bergbarte. „Zeige uns, für welches Wesen das Herz dieser Duellantin schlägt!“ Ein Lichtfunke springt von der Barte auf den Kristall über und ein Zucken geht durch den Stein.
Alle halten den Atem an, als der Kristall sich langsam von links nach rechts an all den Zwerginnen vorbei dreht, bis er schließlich sehr bestimmt und kaum vibrierend vor dem kleinen Zwergenmädchen verharrt.

„Siehst du“, sagt die Hamyne zu dem Zwergenmädchen, „du bist mein ganz besonderes Juwel.“
„Danke, Tante Tully“, stammelt die Kleine. „Danke, danke.“
Die Hamyne streicht über das weizenblonde Haar ihrer Nichte. „Und nun werde ich für dich das Duell gewinnen.“
„O ja, tu das, Tante Tully“, jubelt die Kleine.
Die Hamyne überreicht ihrer Nichte mit einem breiten Lächeln den Bergkristall, dann wird die Kleine von Hul-Tupla an die rechte Seite des Thrones geführt.
Ich blicke zu dem Mädchen, das den Kristall ehrfurchtsvoll in seiner linken Hand hält. Auch wenn der Kristall nur ein sehr geringes Gewicht hat und daher selbst von der kleinen Zwergin sehr lange gehalten werden kann, bin ich mir absolut sicher, dass dieses Mädchen für mich wahrlich keine Gegnerin ist; ich werde meinen Bergkristall auf jeden Fall deutlich länger in meiner kralligen Hand behalten. Diese Runde, denke ich, geht schon einmal eindeutig an Kathinka und mich, auch wenn ich den Sinn der Bergkristalle nicht recht verstehe.
Der König steht wankend da. „Bringt die Kelche“, befiehlt er lispelnd und leicht angetrunken.
Ein älterer Zwergendiener mit grauen Gamaschen und gebeugtem Rücken eilt zum Thron, ein Tablett, auf dem zwei leere Kelche stehen, mit sich tragend.
Kathinka und Tul-Lyna werden aufgefordert, ebenfalls zum Thron zu kommen.
Der alte Zwergendiener kniet nieder und hält das Tablett mit den beiden leeren Kelchen vor den gewaltigen Fettbauch des Grauen Königs.
„Wie es Brauch und Sitte bei uns Grauen Zwergen ist“, sagt Bethul-Ento und muss sich dabei ziemlich anstrengen, um noch so einigermaßen nüchtern zu klingen, „werden vor dem Steinkreisduell die Kelche der Fairness getrunken. Sie sind ein Zeichen dafür, dass der Kampf ehrenhaft und ohne Hinterlist ausgetragen werden muss.“ Der König rülpst verhalten. „Nun denn.“ Er hebt seinen fast leeren Weinkrug und gießt in den ersten Kelch ein wenig Wein. Mit einer unsicheren Geste reicht er ihn Kathinka, die ihn mit sichtlichem Unbehagen ergreift. Sie will wohl nicht von dem Wein trinken; der König hat schon mehr als genug davon für sich selbst abgezweigt und dabei ist wohl so mancher Speichelfaden in den Krug hineingelangt, aus

dem nun der König Kathinka eingeschenkt hat.
„Trink den Kelch leer bis auf den Grund“, sagt der König. Kathinka kann ihren Ekel kaum verhehlen, trotzdem setzt sie den Kelch tapfer an ihre Lippen und schluckt den Wein in zwei großen Zügen hinunter.
„Wunderbar.“ Der König gönnt sich selbst einen großen Schluck, bevor er tapsig nach dem zweiten Kelch greift und reichlich ungeschickt mit Kelch und Krug zu hantieren beginnt. Ich stehe seitlich von ihm und plötzlich verengen sich meine blauen Skriekaugen überrascht. Wenn mich nicht alles täuscht, hat der Zwergenkönig soeben in einer unglaublich raschen Bewegung den Schmuckstein auf dem Ring seines linken Zeigefingers leicht angehoben und aus einem geheimen Hohlraum ein wenig dunkle Flüssigkeit in den Weinkrug geleert. Misstrauisch blicke ich zu den anderen, aber anscheinend hat niemand sonst mitbekommen, was der Zwergenkönig soeben getan hat. Wahrscheinlich, so vermute ich, ist es den anderen aus ihrer Position vor dem Thron auch gar nicht möglich gewesen, das ausgesprochen kurze Auf- und Zuklappen des Schmucksteins zu bemerken; aber von meinem Platz aus habe ich einen ganz anderen Blickwinkel. Hinzu kommt noch, dass meine Skriekaugen wesentlich schärfer sind als die Augen der anderen hier im Thronsaal.
Kurz überlege ich, ob ich etwas sagen soll, doch dann lasse ich es bleiben. Meinetwegen soll Bethul-Ento seiner Hamyne nur ruhig irgendein aufputschendes Zeug, das ihre Körperkraft verstärkt, heimlich in den Wein leeren, sie wird trotzdem keine ernsthafte Gegnerin für Kathinka darstellen.
Die Hamyne ergreift den Kelch und trinkt ebenfalls hastig in zwei Schlucken, dann verzieht sie angewidert den Mund.
„Dein Wein, mein König“, schnarrt sie, „war auch schon einmal besser.“
„Da hast du recht“, stimmt der König zu und schleudert den Weinkrug hinter sich. Krachend zersplittert er am Boden und der letzte Rest des Weines fließt über den Stein und bildet kleine Pfützen, die rasch von zwei Zwergendienern aufgewischt werden.
Unwillig zolle ich dem Zwergenkönig Respekt. Das hat er soeben sehr geschickt gemacht. Nun gibt es nicht mehr den geringsten Beweis dafür, dass sich die Hamyne mit einem

speziellen Trank gestärkt hat. Aber, wie schon gesagt, das kratzt mich nicht. Kathinka wird die Zwergenpriesterin innerhalb weniger Augenblicke besiegt haben, da bin ich mir ganz sicher.
Der Graue König reckt sich zu seiner vollen Körpergröße und räuspert sich. „Macht euch für das Duell im Steinkreis bereit."
Entschlossenen Schrittes und erhobenen Hauptes geht die Hamyne in den Steinkreis und zieht ihre spitze Bergbarte aus ihrem Gürtel. Mit einer selbstsicheren Geste hebt sie ihre Waffe an. „Für Julandha!", ruft sie und die Zwerge im Thronsaal jubeln. „Für Julandha!"
Kathinka betritt mit deutlich weniger Effekthascherei den Steinkreis, beinahe schüchtern steht sie da, nimmt eine Verteidigungsposition ein und hält ihren Zauberstab schräg vor ihren Oberkörper. Das ist sehr klug von ihr, da sie dadurch die Hamyne dazu auffordert, den ersten Angriff zu setzen. Sobald Kathinka diesen mit ihrem Stab abwehrt, wird ihre Magie wirken und die Bergbarte zerstören. Dann ist die Zwergin entwaffnet und Kathinkas Schlägen schutzlos ausgesetzt.
Der König räuspert sich erneut. „Julandha möge uns Weisheit und Gerechtigkeit schenken. Unsere Zeit im Steinkreis ist nur von flüchtiger Dauer und oft voll Schmerz, doch nur im Steinkreis wird uns die Wahrheit offenbart und uns der Weg gezeigt. Bei Julandha, das Duell möge beginnen!"
Der Zwergenkönig hat noch kaum fertig gesprochen, da stürzt die Hamyne auch schon wild entschlossen und mit grimmig verzogenen Lippen auf Kathinka zu. Ihre Bergbarte saust heran, doch Kathinka ist gut vorbereitet und blockt mit einer fließenden Bewegung den Angriff der Zwergin. Die spitze Schneide der Bergbarte kracht auf den Zauberstab und ich will schon innerlich jubilieren; doch es geschieht nichts weiter, als dass Kathinka von der Wucht des Hiebes zwei Schritte rückwärts taumelt. Für einen kurzen Moment kann ich Unglauben und sogar Angst in Kathinkas Gesicht erkennen. Ihre Magie wirkt im Steinkreis nicht, ihr Zauberstab kann seine Kräfte nicht freisetzen. Nun muss sie sich in einem Duell Stab gegen Barte beweisen, und das ist ein überaus ungleicher Wettkampf. Die scharfe Barte mit dem krähenschnabelähnlichen Schneideblatt ist einem einfachen Holzstab in einer Auseinandersetzung deutlich überlegen. Das wird in diesem Moment auch Kathinka bewusst und sie geht auf

Distanz zu der Hamyne, um die größere Reichweite ihres Stabes besser nützen zu können.
Knurrend blicke ich für einen kurzen Augenblick zu dem Grauen König. Möglicherweise hat die dunkle Flüssigkeit in dem Ring etwas damit zu tun, dass die Hamyne von Kathinkas Magie verschont bleibt. Selbst wenn sich der Zwergenkönig und seine oberste Priesterin darüber uneins sind, ob sie uns wegen des Smaragdkelchs unterstützen sollen, so verhindert es ihr Zwergenstolz trotz allem, dass ein Zwerg gegen ein anderes Wesen verliert. Und so wie es aussieht, muss nun Kathinka die Rechnung dafür bezahlen.
Ich drehe meinen Kopf wieder zu dem Steinkreis und den beiden kämpfenden Frauen. Kathinka ist weiterhin in der Defensive. Nur ihre katzengleiche Gewandtheit hat bis jetzt verhindert, dass sie von der Hamyne getroffen wurde. Tänzelnd und schattengleich huscht Kathinka von links nach rechts, weicht einen Schritt zurück, taucht unter einem Schlag hindurch oder rollt sich geschmeidig zur Seite ab. Dabei achtet sie penibel darauf, auf keinen Fall den Steinkreis zu verlassen, denn dann hätte sie augenblicklich verloren.
Soeben schlägt die Hamyne wuchtig von oben herab nach Kathinka, die erneut ausweichen kann, doch mittlerweile ist ihr Gesicht schweißüberströmt und sie atmet bereits keuchend. Die Hamyne setzt unerbittlich nach; trotz ihres muskelbepackten, gedrungenen Körpers ist sie nicht viel langsamer als Kathinka. Und an Kraft scheint sie ihr deutlich überlegen zu sein. Wenn es Kathinka einmal gelingt, einen Schlag der Zwergin zu blocken, dann wird sie dennoch von der Wucht der Bergbarte zurückgedrängt. Kathinkas Konterschläge werden hingegen von der Zwergin beinahe mühelos zur Seite gewischt.
Immer schneller treibt die Hamyne Kathinka vor sich her, ihre Schläge kommen unverändert hart und präzise. Da saust ihr Fuß heran und überrascht Kathinka; sie wird an der Hüfte getroffen, taumelt rückwärts und muss für einen kurzen Moment ihre Deckung aufgeben. Die Zwergin nützt dies rücksichtslos aus und Kathinka wird von der scharfen Schneide der Barte an der Schulter getroffen. Sie schreit schmerzvoll auf, während sie hastig zur Seite hechtet, um dem nächsten Schlag zu entgehen. Die Zwerge, die rund um den Steinkreis stehen, jubeln erfreut und feuern ihre Hamyne noch stärker an.

Die Gesichter meiner Gefährten hingegen sind aschfahl und voll dunkler Sorge. Ich selbst habe schon nach dem ersten Treffer für mehrere Sekunden erschrocken den Atem angehalten; mittlerweile macht sich ein Gefühl von Panik in mir breit. Kathinka ist gegen die milchigweiße, kampferprobte Zwergin mit den wasserhellen Augen völlig chancenlos.
Plötzlich spüre ich eine seltsame Hitze in meiner linken Hand. Durch mein angespanntes, sorgenvolles Beobachten des Kampfes habe ich anfangs gar nicht bemerkt, dass der Bergkristall in meiner Hand immer wärmer und wärmer wird. Doch nun ist es mir nicht mehr möglich, die zunehmende Hitze zu ignorieren. Der Bergkristall, stelle ich irritiert fest, hat seine helle Farbe verändert und strahlt nun in einem dunklen Orange, das sich mehr und mehr zu Rot verändert. Ich blicke zu dem Zwergenmädchen, das im Gegensatz zu mir weiterhin völlig ruhig und unbeeindruckt dasteht, obwohl ihr Bergkristall ebenfalls bereits leicht rötlich schimmert.
Thurantuh, flehe ich verzweifelt, hilf mir!
Die Hitze des Kristalls nimmt weiter zu, und nun wird die vorhin noch unangenehm stechende Wärme zu einem beinahe nicht mehr ertragbaren Schmerz. Ich stöhne auf. Dann schreie ich. Meine Gefährten starren besorgt und verwirrt zu mir herüber, während ich keuchend, fluchend und vor Schmerz mit den Zähnen knirschend in die Knie gehe. Und der Bergkristall wird noch heißer, nun glüht er schon in einem hellen Rot. Ich stammle ein Gebet, während mir der Schmerz in meiner linken Hand schwarze Flecken vor die Augen treibt.
Währenddessen hat Kathinka zwei weitere Wunden davongetragen; eine, die sie an der Hüfte erhalten hat, ist so tief, dass Hose und Wams von ihrem Blut bereits dunkel gefärbt sind.
Kathinka erträgt ebenso wie ich großes Leid, wiederholt ächzt sie auf und ihr Gesicht ist eine Maske des Schmerzes. Ihre Abwehr wird immer schwächer, ihre Gegenschläge sind zaghaft und unpräzise. Kathinka schüttelt den Kopf, anscheinend hat sie durch all den Blutverlust und die Schmerzen Mühe, klar zu sehen. Die Hamyne greift erneut an und ich habe den Eindruck, dass sie nun mit Kathinka ein grausames Spiel spielt. Ihre Faust donnert heran und ich höre bis zu mir herüber, wie Kathinkas Nase bricht. Ein Blutschwall schwappt aus ihren Nasenlöchern

und über ihren Mund, während sie verzweifelt versucht, etwas Distanz zwischen sich und die Hamyne zu bringen.
Da merke ich, dass ich zu brüllen begonnen habe. Der Kristall glüht nun dunkelrot und ich spüre, wie meine linke Handinnenfläche große Brandblasen wirft, während meine kralligen Finger mit dem Kristall zu verschmelzen scheinen. Schreiend kippe ich aus meiner knienden Position zu Seite und nur mehr schiere Willenskraft und purer Trotz lassen mich weiter den Kristall festhalten.
„Halte durch, mein schuppiger Gefährte! Halte durch! Bleib stark!“, ruft mir Romaldo Mut zu, aber ich kann seiner Stimme entnehmen, dass er nicht mehr daran glaubt, dass wir das Steinkreisduell siegreich bestehen werden.
Ich schreie erneut, während mein verschwommener Blick zu dem kleinen Zwergenmädchen rechts vom Thron huscht; ihr Kristall ist nun ebenso dunkelrot wie meiner. Die Kleine steht aber immer noch aufrecht da und vermittelt einen sehr entschlossenen, zuversichtlichen Eindruck.
Wut und Scham kochen gleichermaßen in mir hoch. Ein Zwergenmädchen besiegt mich! Das darf doch nicht wahr sein! Erneut schreie ich, obwohl ich das gar nicht möchte, aber die Schmerzen sind zu groß.
Kathinka hat nun, so wie alle anderen im Thronsaal, registriert, dass ich kurz davor bin, den Kristall loszulassen. Mitleid und Trauer sind für einen Augenblick in ihren Augen zu erkennen, als sie mir einen hastigen Blick zuwirft. Doch schon Sekundenbruchteile später braucht sie wieder all ihre Sinne für den Kampf mit der Hamyne. Aber sie ist nicht mehr schnell genug, all die Anstrengungen fordern ihren Tribut, und der Zwergin gelingt es, Kathinka eine weitere Wunde zuzufügen. Ihre Barte trifft Kathinkas linken Oberschenkel und reißt eine klaffende Wunde. Kathinka ist nur mehr ein verzweifeltes Bündel aus Schmerz, Blut und Angst. Immer langsamer werden ihre Bewegungen, und erneut wuchtet die Zwergin mit einem kalten Lächeln ihre Faust auf Kathinkas ohnehin schon gebrochene Nase.
Wieder schießt ein Blutschwall aus Kathinkas Nasenlöchern, und aus ihrer Kehle dringt ein zutiefst gequältes Keuchen. Sie taumelt rückwärts, ihre Kräfte erlahmen. Mit schier unmenschlicher Anstrengung kann sie noch einmal einem

Schlag der Hamyne ausweichen, doch dann ist die Zwergin schon wieder heran und hämmert ihr höhnisch lächelnd mit einem Aufwärtstritt die Ferse gegen das Brustbein. Stoßartig strömt aller Atem aus Kathinkas Lungen, und sie sackt nach hinten zu Boden. Ihr Blick wird glasig, der Stab fällt aus ihren Händen, und mit einer Geste schierer Verzweiflung hebt sie ihren rechten Arm, in der irrwitzigen Hoffnung, den letzten, alles entscheidenden Schlag der Zwergin doch noch abwehren zu können.

Ein Raunen und Stöhnen geht durch die Zwergenmenge, als die Hamyne ihre Bergbarte hebt, um das Steinkreisduell endgültig zu beenden.

Doch da beginnt die oberste Zwergenpriesterin plötzlich mit ihren fahlen Augenlidern zu blinzeln, ihre Lippen zittern unkontrolliert und weißer Speichel rinnt über ihr Kinn. Wankend, die Finger ihrer rechten Hand weiterhin fest um den Griff der Bergbarte verkrampft, bewegt sie sich vor und zurück, unfähig den letzten Schlag zu setzen. Ein wütendes Grunzen entringt sich ihrer Brust und Schweiß fließt in Strömen aus all ihren Poren. Sie setzt all ihre Willenskraft ein, um die Barte auf Kathinka hernieder sausen zu lassen, doch ihr Körper ist wie paralysiert. Unfähig, sich zu bewegen, sabbert sie weiter Speichel, der sich auf ihrem Kinn sammelt.

Kathinka zögert nicht lange. Mit einem bösartigen Knurren stemmt sie sich hoch, fasst ihren Stab und donnert ihn mit all der Kraft, die ihr noch verblieben ist, auf den Kopf der Hamyne. Diese verdreht die Augen und knickt ein. Die Bergbarte fällt aus ihrer Hand und kracht mit der spitzen Schneide voran auf den Boden. Kathinka schlägt erneut zu. Und dann noch einmal. Die Hamyne sackt bewusstlos zur Seite.

„Du verfluchter weißer Grottenolm!“, brüllt Kathinka außer sich vor Wut und beginnt, die Zwergenpriesterin mit Fußtritten zu malträtieren.

Rasch eilen mehrere Zwerge herbei und ziehen die tobende Kathinka von der Hamyne weg.

Ich richte mich auf und eine unbeschreibliche Erleichterung erfasst mich. Schon mit dem ersten Schlag, den Kathinka gegen den Kopf der Hamyne geführt hat, ist der Bergkristall erloschen. Mittlerweile liegt er neben mir am Boden und ich starre auf meine linke Handinnenfläche. Sie ist rot, entzündet und

verschrumpelt. Unzählige Blasen sind zu sehen und weiterhin tobt ein großer Schmerz in ihr.
Aber darauf achte ich gar nicht. Mühsam rapple ich mich hoch und eile auf Kathinka zu, die sich nun, nachdem sie endlich von der Hamyne abgelassen hat, schwer auf ihren Kampfstab stützt. Sie atmet mit offenem Mund keuchend ein und aus, da sie durch ihre zweimal gebrochene Nase keine Luft mehr bekommt. Zwergenpriesterinnen scharen sich um die immer noch bewusstlose Hamyne, zwei stehen auch neben Kathinka und greifen nach Verbänden und Salben.
„Nun denn, so ist es also entschieden!“, dröhnt plötzlich die so ungewöhnlich helle Stimme des Zwergenkönigs durch den Thronsaal. „Julandha hat uns den Weg gezeigt. Wir werden die Reliquie der Amazonen beschützen und zu den Zauberern in das Bastolische Schloss bringen.“
Als ich den fetten Grauen König mit den listigen Augen so überaus selbstzufrieden dastehen sehe, kommt mir trotz all meiner Erleichterung über unseren Sieg ein ungewöhnlicher Verdacht.

36

Seit dem Kampf im Steinkreis sind mehrere Stunden vergangen; ich wüsste aber nicht einmal in etwa zu sagen, wie spät es derzeit ist. In die unterirdischen Kavernen dringt niemals Tageslicht und man kann sich daher nicht am Sonnenstand orientieren. Vor kurzem haben jedoch die meisten der grün schimmernden Pilze an den Wänden, wie von Zauberhand gelenkt, ihr Glühen eingestellt, und der Thronsaal wurde in einen sinisteren Halbschatten gehüllt. Der König hat allen mit seiner hohen Stimme eine gute und erholsame Nacht gewünscht und uns dann höflich aufgefordert, den Thronsaal zu verlassen. Zwergendiener mit großen Gamaschen an den Füßen haben uns zu geräumigen, schmucken Höhlen mit stabilen Eichentüren und weichen Betten geführt, in denen wir nächtigen können. Kathinkas Wunden sind verbunden, ihre Nase ist gerichtet und mit einem Zwergenzauber geheilt worden, dennoch scheint sie noch große Schmerzen zu haben. Mit zusammengebissenen Zähnen hat sie mit mir eine Wohnhöhle ausgesucht, die etwas

abseits von den anderen liegt und uns ein gewisses Maß an Abgeschiedenheit gewährt. Vor einer Weile ist Kathinka von zwei kleinen Zwergenmädchen neue Kleidung gebracht worden. Ihre alten Sachen sind voll Blut gewesen und die Bergbarte hat irreparable Risse verursacht, sodass Kathinka dringend neue Kleider benötigt hat. Die Zwergenmädchen haben eine Hose und ein Hemd gebracht, die wohl einst einem ostalischen Soldaten gehörten. Die Hose ist zwar sauber gewaschen, aber für Kathinka um den Bauch zu weit und an den Beinen etwas zu lang. Mit einem Gürtel hat sich Kathinka beholfen und die Hose an der Taille enger geschnallt. Anschließend hat sie sie an den Knöcheln aufgesteckt und sich das blaue Leinenhemd angezogen, dessen Ärmel zu lang und zu weit für sie sind. „Ich sehe wie eine Vogelscheuche aus“, hat sie gemault.
„Nein, Kathinka, du bist wunderschön“, habe ich gesagt.
„Skriek, du hast keine Ahnung“, hat sie zurückgegeben und mit grimmiger Miene ihre Fransenjacke über das blaue Hemd gezogen. „Morgen besorge ich mir passende Kleidung“, hat sie abschließend gebrummt.
Wenig später haben wir unsere Waffen zurückbekommen, dann hat uns ein Diener auch noch ein Tablett mit Speisen und gewürztem Wein gebracht. Kathinka und ich haben rasch unseren Hunger und Durst gestillt. Anschließend hat Kathinka trotz all ihrer Schmerzen vorgeschlagen, dass wir einen Spaziergang durch die Thonysche Kaverne machen könnten, da es im Reich der Grauen Zwerge sicherlich viel Interessantes zu sehen gibt. Ich habe zustimmend genickt und meine Kampfäxte in die Halterungen hinter meinem Rücken geschoben.
Nun spazieren wir durch eine geräumige Höhle; vier haben wir schon besichtigt und sind immer noch beeindruckt von dem, was die Zwerge in diesem unterirdischen Reich alles erschaffen haben. Es gibt Steige und Hängebrücken, die sich viele Meter über dem Erdboden von Felswand zu Felswand erstrecken. Gelegentlich trifft man auf Springbrunnen, in deren Mitte steinerne Figuren sind, die Zwergenkrieger oder Priesterinnen darstellen. In der letzten Höhle, durch die wir gegangen sind, ist ein großer Schrein gewesen, der mit Dutzenden Bergkristallen geschmückt und, zumindest meint dies Kathinka, der Zwergengöttin Julandha geweiht ist.
Wir gelangen durch einen gewundenen Gang in eine weitere

Höhle, die noch weitläufiger und geräumiger als die vorhergehenden ist. Hier gibt es zahlreiche Wasserbecken, die ähnlich wie im Thronsaal von Wasser gespeist und gefüllt werden, das aus einer schmalen Öffnung an der Höhlendecke ins Innere der Höhle tritt. Neben den Wasserbecken verläuft eine in den Stein gehauene Treppe steil nach oben. An drei Stellen gibt es halbkreisförmige Ebenen, die mit Rundbögen versehen sind. Dort stehen Steinbänke, auf denen man sich niederlassen kann, um all die fein ziselierten Wasserbecken und das herab rauschende, von Becken zu Becken fließende Wasserspiel zu betrachten. Auch in dieser Höhle sind mittlerweile ein Großteil der grün schimmernden Pilze erloschen; die wenigen, die noch glühen, hüllen alles in ein schummriges, dunkelgrünes Licht, das bizarre Schatten an die felsigen Wände wirft.
Kathinka zieht seit einigen Minuten ihr verletztes Bein, das vorhin im Steinkreis von der Spitze der Bergbarte getroffen worden ist, merklich nach, und ich frage sie, ob sie nicht lieber umdrehen und in unsere Wohnhöhle zurückkehren möchte. Kathinka verneint. „Lass uns dort hinaufgehen“, sagt sie und zeigt zu der obersten Rundfläche. „Auf der Steinbank kann ich mich ausruhen und all die Wasserbecken und Muster bewundern.“
„Wie du wünschst“, murmle ich und gehe voran.
Es dauert eine Weile, bis Kathinka all die Stufen emporgestiegen ist und sich endlich schnaufend auf der Steinbank niederlassen kann. Von hier oben, gut und gern dreißig Meter über dem Boden, haben wir einen herrlichen Ausblick. Direkt neben uns sind zwei Wasserbecken, von denen das Wasser über schmale Rohre geleitet auf drei weitere Becken hinabfließt, die knapp einen Meter unterhalb der beiden oberen Becken aus dem Fels ragen.
Kathinka lässt versonnen ihren Blick kreisen, und ein wehmütiges Lächeln legt sich auf ihre Lippen. Ich sitze schweigend neben ihr und betrachte meine linke Hand, die nach dem Steinkreisduell von einer zwergischen Heilpriesterin dick mit Salben beschmiert und anschließend verbunden worden ist.
„Wie fühlt sich deine Hand an?“, will Kathinka wissen.
„Besser.“ Ich drehe die Innenseite nach oben. „Die Heilpriesterin hat mir gesagt, dass ich sie morgen schon wieder

ganz normal benutzen kann. Der Bergkristall hat, Thurantuh sei Dank, keinen dauerhaften Schaden hinterlassen."
„Werden Narben auf der Innenfläche deiner Hand bleiben?"
„Nein."
Kathinka seufzt. „Es ist wohl mein Schicksal, dass stets nur ich Narben davontrage."
„Wie geht es deinen Wunden?"
„Die Stiche und Schnitte an Schultern, Hüfte und Oberschenkel sind von den Heilpriesterinnen gut vernäht worden." Kathinka blinzelt. „Trotzdem werden erneut Narben zurückbleiben."
„Das tut mir leid", sage ich und ergreife ihre Hand.
Kathinka zuckt mit den Schultern. „Im Grunde spielt es ja keine Rolle, ob ich ein paar Narben mehr oder weniger am Körper trage."
Ich glaube ihr nicht, was sie sagt, da ihre Stimme so belegt und kratzig klingt und ich den Eindruck habe, dass Kathinka Mühe hat, die Tränen zurückzuhalten.
„Hast du noch große Schmerzen?", frage ich mit besorgter Miene.
„Es geht." Erneut blinzelt sie. „Vor allem meine Nase tut weh. Die zwergischen Heilpriesterinnen haben sie zwar gut gerichtet und ihre Salben kühlen angenehm, aber dennoch befürchte ich, dass meine Nase schief zusammenwächst und ein unansehnlicher Höcker bleibt." Eine Träne glitzert in ihrem rechten Auge. „Diese Hamyne hatte eine beinahe diebische Freude daran, mir Schmerzen zuzufügen."
„Du hast ihr mehrere Rippen mit deinen Fußtritten gebrochen", erinnere ich, um sie ein wenig zu trösten.
Kathinka seufzt tief. „Ich hasse es, wenn ich die Kontrolle über mich verliere."
„Die Hamyne hat jeden Tritt verdient", knurre ich.
Kathinka schüttelt langsam und wie mir scheint, auch recht traurig, den Kopf. „Das kann schon sein. Trotzdem schäme ich mich wegen meiner Unbeherrschtheit vor mir selbst."
Ich will nicht länger mit Kathinka über Dinge reden, die sie schmerzen, daher versuche ich, das Thema zu wechseln. „Der Bergkristall hat mich als jenes Wesen erwählt, das deinem Herzen am nächsten steht", sage ich.
„Hast du je daran gezweifelt?" Kathinka wendet mir ihr Gesicht zu und sucht meinen Blick.

„Ehrlich gesagt, das habe ich des Öfteren." Meine vier spitzen Eckzähne schlagen aufeinander. „Man hat mich nicht nur einmal als Monster bezeichnet."
„Ich weiß, dass du an dir selbst zweifelst." Kathinka spricht leise, beinahe flüsternd, und ihr Blick ist weiterhin sehr eindringlich. „Aber du solltest nicht an mir zweifeln."
„Der Bergkristall hat sehr lange vor Romaldo verharrt."
„Das hat dir Angst gemacht, nicht wahr?"
„Ich betete zu Thurantuh, dass er mir hilft", schnarre ich.
„Und hat er dir denn geholfen?"
„Nein. Hier im Zwergenreich herrscht Julandha."
„Siehst du? Es war allein meine Entscheidung."
„Auf jeden Fall hat der Kristall sehr lange auf Romaldo gezeigt", beharre ich, wohlwissend, dass ich mich damit auf dünnes Eis begebe. „Und das bedeutet ja wohl, dass du ihn sehr gerne magst."
„Dich mag ich aber lieber."
Meine Lider senken sich halb über meine blauen, pupillenlosen Skriekaugen. „Und das hat Romaldo auch das Leben gerettet."
Kathinkas Lippen verziehen sich zu einem knappen Lächeln. „Romaldo liegt mir am Herzen. Er hat sich zu einem überaus guten Gefährten entwickelt, den ich sehr schätze und achte. Mittlerweile ist er sehr wichtig für unsere Gruppe. Romaldo spricht uns allen Mut zu und sorgt dafür, dass wir weiterhin voll Zuversicht und Vertrauen sind."
„Aber im Endeffekt", brumme ich, „hat der Bergkristall mich erwählt."
„Der Bergkristall hat dich nicht erwählt", korrigiert mich Kathinka. „Mein Herz hat dich erwählt." Sie starrt mir in die Augen. „Und ich hätte gedacht, dass du darüber glücklicher bist."
Ich senke betreten den Kopf. „Verzeih mir. Es ist ..." Ich möchte ihr gerne sagen, dass es mir immer noch sehr schwerfällt zu glauben, dass mich Kathinka wahrhaftig mag, da es mir, wenn ich ehrlich bin, nahezu unmöglich erscheint, dass sie von meiner oft recht ruppigen Art und meinem schuppigen Äußeren nicht abgestoßen wird. Ich weiß ja, dass Kathinka mir schon mehrmals und sehr eindringlich versichert hat, dass sie mich akzeptiert und wertschätzt, so wie ich bin; aber ein Teil von mir kann dies einfach nicht wahrhaben. Da ich jedoch nicht

weiß, wie ich ihr meine Gefühle erklären soll, breche ich mitten im Satz ab und schweige.
„Wir haben alle Narben", sagt Kathinka und legt die Innenfläche ihrer linken Hand an meine Wange. „Deine, Skriek, sind vor allem innerlich. Du glaubst, dass allein deine Mutter dich wahrhaftig geliebt hat. All die anderen Wesen, so meinst du, fühlen sich von dir abgestoßen."
„So ist es doch."
„Möglicherweise fühlen sich wirklich sehr viele Wesen von dir abgestoßen, das will ich gar nicht bestreiten." Kathinka streicht zart über meine Wange. „Aber es gibt doch auch noch mich. Und es tut mir weh, wenn du daran zweifelst, dass du meinem Herzen ganz nahe bist."
„Ich ..."
„Der Bergkristall hat dir die Wahrheit gezeigt. Nun ist es an der Zeit, dass du diese Wahrheit auch akzeptierst."
„Aber ..."
„Es gibt kein Aber." Kathinka klingt bestimmt. Ihre veilchenblauen Augen blicken ehrlich und offen.
Langsam beginne ich zu verstehen. Kathinka will nicht nur, dass ich die Wahrheit des Bergkristalls anerkenne. Es ist ihr auch wichtig, dass sie mir zeigen kann, wie sehr sie selbst an den Bergkristall glaubt; denn wenn der Bergkristall recht hat, dann bedeutet das, dass ihre Wunden aus der Vergangenheit langsam heilen und sie wieder Berührungen und Zärtlichkeiten zulassen kann.
„Ich verstehe, Kathinka Ebensa", sage ich mit brüchiger Stimme.
Einen Moment verharrt sie still, bevor sie nickt. „Ja, ich denke, das tust du tatsächlich." Sie nimmt mich in ihre Arme und drückt mich an sich.
Eine ganze Weile sitzen wir auf der Steinbank und halten uns einfach nur fest; da höre ich plötzlich Schritte, die trotz all dem Rauschen rundum bis an mein Ohr dringen.
„Da kommt jemand", flüstere ich.
Kathinka löst sich aus meinen Armen und wir spähen nach unten. Es ist Sincha Ankonski, die ganz allein die Höhle betritt. Sie trägt ihre Krummsäbel überkreuz am Rücken und hat nun eine schwarze Augenklappe anstatt ihres Tuches, das sie bisher stets getragen hat, um ihre leere Augenhöhle zu verhüllen.

Vermutlich hat sie sich von einer der emsigen Zwerginnen ein weiches Lederstück besorgt, das sie bearbeiten konnte. Auf jeden Fall gibt ihr die schwarze Augenklappe ein noch grimmigeres Aussehen, als es das Tuch bis jetzt ohnehin schon getan hat.
Raschen Schrittes eilt Sincha zu einem breiten Wasserbecken, das am Fuße der Höhle steht, und setzt sich auf die vordere Kante, wobei sie penibel darauf achtet, von dem herabfließenden Wasser nicht bespritzt zu werden. Kurz richtet sie ihre neue Augenklappe, dann hebt sie den Kopf und starrt sinnend zu der gegenüberliegenden Felswand, wo zahlreiche Nischen und Rillen zu sehen sind, die von den letzten beiden Schimmerpilzen, die an dieser Wand noch scheinen, spärlich beleuchtet werden.
„Sollen wir uns bemerkbar machen?“, frage ich flüsternd.
„Nein. Sincha will ihre Ruhe haben. Wir warten hier oben ab, bis sie wieder geht.“
„Das kann aber dauern.“
„Findest du es nicht schön hier mit mir?“, fragt Kathinka und ihre Stimme bekommt ein dunkles Timbre.
„O doch“, sage ich und schließe sie erneut in meine Arme.
Da höre ich weitere Schritte. Zu meiner Überraschung ist es Romaldo, der in die Höhle tritt und zielstrebig auf Sincha zugeht.
„Ich habe dich gesucht“, sagt er zu der Amazone.
„Nun, und jetzt hast du mich gefunden“, schnarrt Sincha.
„Was sagen sie?“, will Kathinka wissen, die ihre Wange an meine Brust gelegt hat. „Verstehst du etwas?“
„Mit meinen Skriekohren verstehe ich jedes Wort.“
„Dann sage mir leise weiter, was die beiden miteinander zu besprechen haben. Ich will alles hören, was da unten vor sich geht.“
„Du bist überaus neugierig, Kathinka Ebensa.“
„So ist es. Und jetzt hör genau zu und erzähle mir alles ganz ausführlich.“
„Wie du willst.“ Ich spitze meine Ohren.
„Darf ich mich zu dir setzen?“, fragt Romaldo soeben.
„Meinetwegen.“ Sincha rückt ein Stück zur Seite.
„Ich habe von einer Zwergin gehört, dass der Angriff auf Amazonien begonnen hat.“ Romaldo schiebt seinen

breitkrempigen Hut aus der Stirn. „Die erste Pforte soll bereits gefallen sein."
„Das habe ich auch gehört." Sincha klingt seltsam teilnahmslos. Mürrisch starrt sie auf ihren abgeschnittenen Daumenstumpf.
„Morgen brechen wir mit zahlreichen Zwergenkriegern auf. Wenn alles gut geht, erreichen wir Ontron in drei Tagen."
„In drei Tagen werden nicht alle Pforten überwunden sein." Sincha streicht über ihren Daumenstumpf. „Wir werden rechtzeitig eintreffen."
„Ja, das hoffe ich." Romaldo klingt nicht sehr zuversichtlich.
„Was bereitet dir Sorgen, Prinz aus Harba?", fragt Sincha, die seine Zweifel durchaus herausgehört hat.
„Die erste Pforte wurde unglaublich schnell eingenommen", sagt Romaldo langsam. „Ich befürchte, dass König Angrias und Erik Anfohrrnus heimlich ihre Reliquienmagie einsetzen."
„Erik ist ein verschlagener Schakal!" Sincha spuckt verächtlich aus.
„Das ist er", stimmt Romaldo zu. „Und ich wünschte, ich hätte die Macht, den bösartigen Zauberer zu töten. Aber ich befürchte, dass meine harbaische Magie gegen ihn nichts vermag." Romaldo hebt seine linke Augenbraue an. „Damals, als Erik im Herbstgewitter vor Knut und mir geflohen ist, dachte ich, dass wir eine ernsthafte Chance hätten, ihn zu besiegen. Aber leider ist alles anders gekommen. Erik konnte, obwohl geschwächt, fliehen und Knut wurde von einem silbernen Blitz getroffen."
„Du vermisst deinen Bruder immer noch."
„Ja, Sincha, das tue ich." Romaldos Stimme klingt sehr rau und belegt. „Es ist schlimm, Knut jeden Tag zu sehen, mit ihm zu sprechen und neben ihm einherzugehen, ohne zu spüren, was er in seiner Seele empfindet." Romaldo schüttelt traurig den Kopf. „Manchmal habe ich das Gefühl, dass ein Teil von mir einfach gestorben ist. Es fühlt sich beinahe so an, als ob mir ein Arm oder ein Auge fehlen würden." Er stoppt abrupt, als ihm bewusst wird, was er da sagt. Er blinzelt. „O, Sincha, bitte verzeih mir meine unbedachten Worte. Ich wollte dich nicht kränken oder an schmerzliche Erlebnisse erinnern."
„Es ist schon gut", brummt Sincha.
„Nein, das ist es nicht." Romaldo greift vorsichtig nach ihrer Hand und sie lässt ihn gewähren. „Ich habe kein Recht, über mein Schicksal zu lamentieren. Du musstest viel größeres Leid

als ich ertragen und dennoch jammerst du nicht eine einzige Sekunde. Du bist so stark und selbstbeherrscht. Ich sollte mir ein Beispiel an dir und deinem Großmut nehmen."
„Ich sagte es schon, es ist alles gut. Ich nehme dir deine Bemerkung nicht krumm, da ich weiß, dass du mich nicht kränken wolltest. Du hast mir von deinem inneren Schmerz erzählt und warst aufgewühlt. Man kann in so einer Situation nicht auf jedes seiner Worte achten."
„Ich danke dir für dein Verständnis." Romaldo betrachtet das hagere Gesicht der Amazone. „Lange Zeit benahm ich mich dir gegenüber wie ein Scheusal. Und das tut mir aufrichtig leid. In meiner selbstgerechten Überheblichkeit merkte ich gar nicht, wie sehr ich dir unrecht tat."
„Ich war auch nicht immer nur freundlich zu dir", brummt Sincha, deren Hand immer noch von Romaldo gehalten wird.
„Nein, Sincha Ankonski, die Schuld lag ganz allein bei mir."
„Nun gut, wenn du meinst", lächelt Sincha.
Romaldo lächelt zurück und drückt ihre Hand, sagt aber vorerst kein weiteres Wort.
„Du hast vorhin gesagt, dass du nach mir gesucht hast", meint Sincha nach einer Weile. „Warum suchst du nach mir, Prinz aus Harba?"
„Heute Nacht möchte ich nicht alleine sein." Romaldo räuspert sich, als er sieht, dass sich Sinchas gesundes Auge überrascht zusammenzieht. „Bitte höre mir zu."
„Ich höre zu."
„Morgen brechen wir nach Ontron auf und werden Tag und Nacht in Begleitung von Zwergen sein. Wenn wir Amazonien erreichen, werden wir uns unverzüglich ins Kampfgetümmel stürzen. Stur, wie wir beide nun einmal sind, werden wir nicht eher ruhen, bis wir die Reliquie in unseren Händen haben. Und falls uns dies tatsächlich gelingt, müssen wir unverzüglich ins Bastolische Schloss reisen. Das heißt, wir werden viele Wochen in Begleitung der Zwerge verbringen und keine Zeit für uns haben, die wir abgeschieden von den anderen verbringen können."
„Ach, und deswegen möchtest du heute Nacht die Zeit mit mir verbringen?" Sincha klingt leicht angriffig, dennoch lässt sie ihre Hand in der von Romaldo.
„Wir haben keine gemeinsame Zukunft. Höchstwahrscheinlich

werden wir beide in den nächsten Tagen sterben.“ Romaldo klingt sehr ernst. „Sincha, es gibt nichts, was ich dir versprechen oder anbieten könnte. Aber ich weiß, dass ich die heutige Nacht nicht alleine verbringen will.“

„Du bist sehr ehrlich“, schnarrt Sincha und sucht Romaldos Blick. „Was ist mit Clarina?“

„Ich mag Clarina sehr gerne“, sagt Romaldo. „Aber meine Seele fühlt sich der deinen viel näher. Und ich denke, du weißt ganz genau, dass dem so ist.“

Sincha nickt. „Ja, Prinz aus Harba, das weiß ich. Und, ehrlich gesagt, ich mag heute Nacht auch nicht alleine sein.“ Sie steht von der Kante des Wasserbeckens auf, ohne dabei Romaldos Hand loszulassen. „Lass uns gehen.“

„Jawohl, Mylady“, grinst Romaldo freundlich.

„Oho“, sage ich, nachdem die beiden die Höhle verlassen haben. „Die zwei sind ja richtige Turteltauben. Nicht wahr, Kathinka?“

Ich senke den Kopf und drehe ihn zu Kathinka, die immer noch mit ihrer Wange an meiner Brust lehnt. Sie blickt zu mir hoch und ich sehe mit einigem Staunen, dass Tränen über ihre Wangen fließen. „Warum weinst du?“

„Skriek“, schluchzt sie, „ich weine, weil ich jetzt weiß, dass alles gut wird. Mein magischer Traum wird sich erfüllen.“

„Meinst du jenen Traum, in dem du gesehen hast, dass Amazonien gerettet wird?“

„Ja, diesen Traum meine ich.“ Kathinka wischt über ihre tränennassen Wangen.

„Und wie kommst du darauf?“, will ich wissen.

„Romaldo erwählt nicht die hübsche Clarina, sondern die entstellte Sincha. Er hört auf seine Seele und vertraut darauf, das sie ihm den rechten Weg weist.“ Weitere Tränen kullern aus ihren veilchenblauen Augen. „Und du begreifst endlich, dass mein Herz ganz allein dir gehört.“ Sie schluckt. „Das besagt doch ganz eindeutig, dass sich die Dinge zum Guten wenden können. Die Gerechtigkeit wird siegen, Skriek. Ganz so, wie es mein magischer Traum mir vorausgesagt hat.“

Ich knurre ungehalten, da ich beim besten Willen nicht weiß, was Kathinkas Traum damit zu tun hat, dass Romaldo und Sincha die Nacht miteinander verbringen. Ob der Prinz und die Amazone sich der körperlichen Liebe hingeben oder nicht, wird nicht den geringsten Einfluss auf den Ausgang der Schlacht

nehmen. Und dass ich endlich akzeptiere, dass Kathinka mich fest in ihr Herz geschlossen hat, wird Erik Anfohrrnus und König Angrias ganz sicher nicht zu Fall bringen.
Es scheint mir von Kathinka reichlich naiv und dumm zu sein, von unserem Verhalten auf ihren magischen Traum und dessen Wahrheitsgehalt zu schließen. Wenn sie im Augenblick nicht innerlich so berührt wäre, würde ich ihr klipp und klar sagen, wie unrealistisch sie ist, aber angesichts ihres tränenüberströmten Gesichts halte ich mich zurück; obwohl ich nicht verhindern kann, dass erneut ein unwilliges Knurren meinen Mund verlässt.
Kathinka scheint von meiner gegenteiligen Meinung gar nichts mitzubekommen. Mit einem seligen Lächeln blinzelt sie ihre Tränen weg und nähert ihr Gesicht dem meinen.
„Skriek“, flüstert sie. „Alles wird gut.“
Ich knurre ein drittes Mal.
„Hör auf zu knurren und küss mich“, sagt Kathinka.
Ich tue, wie mir geheißen, und als ich ihre salzigen Tränen auf meiner Zunge spüre, denke ich mir, dass es manchmal auch etwas Gutes hat, wenn man unrealistisch ist.

37

Es ist ein unangenehmes Gefühl, aus der wohlig warmen Kaverne wieder ins Freie zu treten. Fröstelnd ziehe ich die Schultern hoch und blicke zu dem frühmorgendlichen, bewölkten Himmel. Es schneit zwar nicht, aber der bissige Nordwind, der an meinem Umhang zupft, kündet bereits von weiterem Schneefall. In den nächsten Tagen wird es, wenn mich meine Sinne nicht täuschen, tiefwinterlich werden.
Murrend gehe ich ein paar Schritte über den festgetrampelten Schnee vor dem riesigen Haupttor. Rundum ist ein Geschiebe und Gedränge, da zahlreiche Zwerge, vor allem Kinder und Alte, noch einen letzten Blick auf den abmarschierenden Kriegstrupp werfen wollen. Gelegentlich hört man aufmunternde Zurufe, da und dort werden Glücksamulette überreicht und zusätzlicher Proviant zugesteckt.
Langsam, aber dennoch zielstrebig, bahne ich mir meinen Weg durch die Menge, bis ich endlich vor Captain Kantul-Lanto zum

Stehen komme. Aus seinem Mund tanzen weiße Wolkenfäden, als er mich mit wenigen, knappen Worten begrüßt. „Reihe dich bei deinen Gefährten ein", sagt er.
Ich nicke und gehe ein paar Schritte nach links, wo bereits Kathinka und die anderen auf mich warten.
„Wo warst du?", will Kathinka wissen und ihre Augen suchen meinen Blick.
„Ich habe in einer Seitenkaverne zu Thurantuh gebetet", murmle ich, „und dabei wohl die Zeit übersehen."
„Nun, jetzt bist du ja da." Sie berührt meinen Oberarm und schenkt mir ein weiches Lächeln. „Bei der bevorstehenden Schlacht brauche ich meinen Paladin an meiner Seite."
„Mach dir keine Sorgen, Kathinka Ebensa."
„Die mache ich mir doch immer, Skriek. So gut müsstest du mich eigentlich schon kennen."
Bevor ich darauf noch etwas erwidern kann, geht ein unterdrücktes Raunen durch die Menge. Ich wende den Kopf und sehe, wie sich die Hamyne Tul-Lyna mit verkniffenem Gesicht vorwärts schiebt. Sie ist in dicke Pelze gehüllt. Auf ihrem Kopf sitzt etwas schief eine Murmeltiermütze, unter der ihr strohblondes Haar hervorlugt; an ihrer linken Seite trägt sie ihre krähenschnabelartige Bergbarte, auf den Rücken hat sie einen metallenen Rundschild geschnallt.
Sie baut sich vor Captain Kantul-Lanto auf und nickt ihm äußerst unfreundlich zu. „Von mir aus können wir aufbrechen", schnarrt sie, und ihrer gepressten Stimme ist zu entnehmen, dass sie alles andere als erfreut ist.
„Willkommen in meinem Trupp", sagt Kantul-Lanto höflich. Es ist ihm nicht anzumerken, ob er sich an der Unfreundlichkeit der Hamyne stört; ruhig und gelassen steht er da.
Kathinka ist nicht ganz so entspannt. Mit fünf, sechs eiligen Schritten läuft sie zu dem Zwergencaptain. „Die Hamyne wird uns doch wohl nicht begleiten?", fragt sie blaffend.
Kantul-Lanto zuckt nur müßig mit den Schultern, sagt aber kein Wort; damit will er wohl andeuten, dass die Anwesenheit der Zwergenpriesterin weder seine Entscheidung ist, noch dass er gewillt ist, dagegen etwas zu unternehmen.
Tul-Lyna ist deutlich gesprächiger als der Captain. Wütend funkelt sie Kathinka an. „Ich bin die Hamyne der Grauen Zwerge, Schwarzhaarige. Es ist meine verdammte Pflicht, den

Kriegern meines Volkes bei ihrem wahnwitzigen Vorhaben beizustehen."
„Aber du hast das Duell im Steinkreis verloren", entgegnet Kathinka.
„Meine Göttin Julandha hat mir im Steinkreis gezeigt, wohin unser Weg uns führen soll." Ihre wasserhellen Augen starren böse geradeaus. „Wir werden den Smaragdkelch sicher ins Bastolische Schloss bringen, ganz so, wie meine Göttin es will." Die Hamyne spuckt verächtlich aus. „Obwohl ich mich immer noch wundere, wie so eine dünne Menschenfrau wie du mich besiegen konnte."
„Du hast es eben selbst gesagt", meint Kathinka ungerührt. „Es war der Wille deiner Göttin Julandha."
„Scheint so", murrt die Hamyne grimmig und mir wird klar, dass die blonde Zwergenpriesterin ihre Niederlage noch lange nicht verdaut hat. Wahrscheinlich empfindet sie es als große Schande, den Kampf im Steinkreis gegen eine Menschenfrau verloren zu haben. So stolz und selbstherrlich, wie sie sich gibt, sinnt sie bestimmt auf Rache, um ihre Schmach zu tilgen; daher nehme ich mir vor, in den nächsten Tagen ganz besonders gut auf Kathinka aufzupassen.
Der Zwergencaptain dreht sich um und richtet das Wort an seinen waffenstarrenden Kriegstrupp, der in geschlossener Formation vor ihm steht.
„Ihr seid", sagt Kantul-Lanto, „meine besten Krieger und Kriegerinnen. Jeder und jede von euch hat in unzähligen Kämpfen Mut und Geschick bewiesen. Nun hat mir unser geliebter König Bethul-Ento die ehrenvolle Aufgabe übertragen, den heiligen Smaragdkelch der Amazonen zu beschützen und zu den Zauberern ins Bastolische Schloss zu bringen."
Ein unterdrücktes Raunen geht durch den achtzig Krieger umfassenden Kampftrupp, eine Zwergin spitzt sogar die Lippen zu einem kurzen, überraschten Pfiff.
„Wir werden", fährt Captain Kantul-Lanto fort, „rasch und zügig marschieren. König Bethul-Entos Späher haben mir vorhin berichtet, dass bereits die zweite Pforte der Amazonen gefallen ist."
Sincha und Clarina stöhnen gequält auf, während Romaldo und Kathinka einhellig und verbittert fluchen. Knut grumpft wütend; ich hingegen bleibe still stehen und frage mich, was die anderen

eigentlich erwartet haben. Erik Anfohrrnus und König Angrias machen keine halben Sachen, sie werden die Amazonen mit aller Macht angreifen und sicherlich kein Zögern oder Erbarmen kennen.
„Die Zeit drängt", sagt Kantul-Lanto. „Doch wir sind schnell und entschlossen. In drei Tagen werden wir, so Julandha dies will, Ontron erreichen. Und nun ergreift eure Rundbögen und folgt mir nach. Möge der ewige Stein all unsere Wege beschützen."
Der Zwergencaptain dreht sich um seine Achse und marschiert entschlossen los.
„Für Julandha!", rufen die achtzig Krieger und Kriegerinnen mit rauer Stimme und setzen sich nun ebenfalls in geordneter Formation in Bewegung.
Ich kann mir nicht helfen, aber die Zwerge sind mir durchaus sympathisch. Sie benutzen nicht mehr Worte als unbedingt nötig und machen kein großes Tamtam darum, dass sie soeben in eine Schlacht ziehen, in der sie höchstwahrscheinlich mit Hexern, Hexen, Riesen und tausenden Elitesoldaten die Klingen kreuzen werden. Selbst die Zwergenkinder und die umstehenden Alten machen einen recht entspannten Eindruck, als der Kriegstrupp losmarschiert. Man hört aufmunternde Worte und den einen oder anderen Ruf, aber im Großen und Ganzen geht alles sehr gesittet und undramatisch vonstatten.
„Ich mag die Zwerge", raune ich Kathinka ins Ohr.
„Das glaube ich gern", raunt Kathinka zurück. „Die Zwerge sind ebenso mundfaul und stur wie du."

Wir marschieren in einem zügigen Tempo stundenlang Richtung Südwesten. Vor einiger Zeit hat der scharfe Wind endlich etwas nachgelassen und beißt nicht mehr so bösartig in unsere Wangen. Lange Zeit ist Kathinka einträchtig neben mir hergegangen, doch vor wenigen Minuten ist sie nach vorne geeilt und hat sich zu Sincha gesellt. Nun stecken die beiden Frauen die Köpfe zusammen und tuscheln miteinander. Ich kann mir lebhaft vorstellen, worum sich ihr Gespräch dreht; sie werden die Erlebnisse der gestrigen Nacht ausführlich bereden. Knurrend raffe ich meinen Mantel fester um meine Schultern. Mir wäre es deutlich lieber, wenn sich Kathinka manchmal ebenso mundfaul wie ich verhalten würde.

Vor mir lässt sich die Hamyne Stück für Stück zurückfallen, bis sie schließlich neben mir hergeht. Sie stapft ein wenig ungelenk und steif durch den Schnee. Ich vermute, dass ihre gebrochenen Rippen trotz aller Bemühungen der zwergischen Priesterinnen noch nicht völlig geheilt sind. Kathinka hat wahrlich heftig zugetreten, und das erfüllt mich mit einigem Stolz.
„Man nennt dich also Skriek“, sagt die Hamyne zu mir.
„Hm“, murre ich unfreundlich. Was will die milchhäutige Zwergenpriesterin von mir?, frage ich mich in Gedanken. Ich kann die Hamyne überhaupt nicht leiden, vor allem deswegen, weil sie eine offensichtliche Freude daran gehabt hat, Kathinka im Steinkreis Schmerzen zuzufügen.
„Du bist ein Mischwesen, nicht wahr?“
„Hm.“
„Halb Mensch, halb Skriek, vermute ich.“
„Hm.“
„Und du wirst in ganz Euptonien gesucht.“
„Was?“ Ich drehe überrascht den Kopf zu ihr.
„Meine Spione haben mir die Steckbriefe gezeigt. König Angrias hat eine hohe Belohnung auf dich und deine Freunde ausgesetzt.“ Ihre wässrigen Augen werden noch eine Spur trüber. „Der Hübsche und der Dicke sind magische Zwillinge. Und diese Kathinka Ebensa, die angeblich eine Elevin von Erina Jastantino ist, ist in Wahrheit eine Formwandlerin.“
Ich starre eine Weile in ihr mürrisches Gesicht. „Warum“, frage ich schließlich mit belegter Stimme, „hast du das gestern nicht deinem König gesagt?“
„Weil mein überaus kluger König eure Steckbriefe ebenfalls gesehen hat.“
„Aber ...“
„Bethul-Ento hasst König Angrias aus ganzem Herzen. Dass ihr von Angrias gejagt werdet, ist in Bethul-Entos Augen ein guter Grund, euch zu vertrauen.“
„Erina Jastantino hat uns tatsächlich zu euch geschickt. Wir kommen im Auftrag der Zauberin.“
„Ach ja?“
Ich nage nachdenklich an meiner Unterlippe, da ich mir nicht sicher bin, wie viel ich der Hamyne erzählen soll; aber in mir ist bereits so viel Überdruss wegen all der Ränke, Listen und Geheimnisse, die wir haben, dass ich ein großes Bedürfnis

verspüre, einfach die schlichte Wahrheit zu sagen.
Die Hamyne scheint irgendwie zu spüren, was in mir vorgeht.
„Was immer du mir erzählst“, sagt sie, „hat keinen Einfluss auf dieses Unterfangen. König Bethul-Ento hat befohlen, dass wir den Smaragdkelch beschützen. Und genau das werden wir auch tun.“
Ich fasse einen Entschluss. „Dann höre mir jetzt gut zu, milchhäutige Zwergin.“ Ich räuspere mich kurz. „Erina Jastantino ist wahrscheinlich bereits tot. Erik Anfohrrnus hat sie im Zhokanischen Gebirge schwer verwundet. Wir haben die Zauberin nach dem Kampf gefunden. Sie litt große Qualen und hatte tiefe Wunden, die nicht heilen wollten. Große Flächen ihrer Haut waren verbrannt und ihr Hals war stark angeschwollen. Mit letzter Kraft teilte sie uns mit, dass wir zu euch, den Grauen Zwergen, reisen sollen, um euch um euren Beistand zu bitten.“
„Der sanftmütige Erik soll Erina angegriffen haben?“, wundert sich die Hamyne.
„Er besitzt einen blauen Siegelring“, erkläre ich. „Dieser Ring ist eine Reliquie und verleiht ihm große Macht. Er hat Erina Jastantino mühelos besiegt und ihr voll böser Freude unsagbare Schmerzen zugefügt.“
„Warum sollte Erik so etwas tun?“ Tul-Lynas Stimme ist nur mehr ein heiseres Flüstern; die ansonsten so selbstsichere Zwergin ist mit einem Schlag sehr kleinlaut und verunsichert.
„Er hat sich mit König Angrias und einer Hohepriesterin aus Hestard verbündet. Alle drei besitzen Reliquien. Nun wollen sie noch die vierte Reliquie, den Smaragdkelch der Amazonen. Nur wenn man, so sagen es zumindest die Legenden, vier Reliquien besitzt, kann man die fünfte, die Reliquie der wahren Macht, die im Dunkel der Zeit verloren ging, wiederfinden.“
„Ich kenne diese Legenden.“ Tul-Lyna senkt den Kopf und verfällt in ein beharrliches Schweigen, das viele Minuten andauert. Schließlich spuckt sie verächtlich in den Schnee.
„Skriek, ich glaube dir. Deine Geschichte erklärt so einiges, worüber ich mir in letzter Zeit Gedanken gemacht habe.“
„Du solltest dir lieber über deinen König Gedanken machen“, schnarre ich.
„Wieso?“
„Ich habe gesehen, wie er vor dem Steinduell den Schmuckstein

seines Ringes heimlich angehoben und eine dunkle Flüssigkeit in deinen Wein geleert hat. Anfangs dachte ich, es wäre ein Stärkungsmittel, das dir helfen sollte, den Kampf gegen Kathinka zu gewinnen. Doch nachdem du im Steinkreis so plötzlich und überraschend erstarrt bist, glaube ich das nicht mehr."

„König Bethul-Ento hätte niemals bei einem Steinkreisduell betrogen! Niemals!" Mehr will sie dazu ganz offensichtlich nicht sagen. Das ohnehin schon mürrische Gesicht der Hamyne wird noch eine Spur grimmiger. Wieder verfällt sie in ein minutenlanges Schweigen, bis sie schließlich den Kopf hebt und den Blickkontakt mit mir sucht. „Du erzählst mir viele interessante Dinge, Skriek."

„Nun, das ist kein Wunder. Mein Leben ist ja auch überaus interessant", prahle ich ein wenig vor der Zwergin.

Sie nickt. „Was hast du eigentlich mit der Formwandlerin zu schaffen?"

„Ich bin ihr Beschützer, ihr Paladin. Bei meinem Gott Thurantuh habe ich mich darauf verschworen."

„Thurantuh ist dein Gott?" Die Hamyne schluckt. „Ja, dein Leben scheint wahrlich interessant zu sein."

„Auch Kathinka verehrt Thurantuh." Dass dies nur für diese Reise gilt, sage ich nicht. Alles, so meine ich, muss die Zwergin auch nicht wissen.

„Ach ja?" Ihre wasserhellen Augen ziehen sich zusammen. „Und du teilst das Lager mit der Menschenfrau?"

Ich räuspere mich ein wenig. „Sozusagen."

Ihre Augen werden noch schmäler und bilden nur mehr Schlitze, als sie mich weiter sinnend betrachtet. Schließlich huscht ein knappes Lächeln über ihr Gesicht, das sie plötzlich beinahe freundlich erscheinen lässt. „Die Menschenfrau verwehrt dir die körperliche Liebe, nicht wahr?"

„Wir haben uns gestern Nacht lange geküsst. Und Kathinka hat sich nicht vor mir geekelt. Ganz im Gegenteil. Ihre Seele war der meinen ganz nah", schnappe ich gekränkt und fühle mich von der Zwergin ziemlich überrumpelt.

„Eure Seelen waren einander nah? Ach, wie schön." Die Hamyne zeigt erneut ein knappes Lächeln, während ihre Augen immer noch wie hinter einem Schleier verborgen sind. „Wenn du mehr als nur seelische Nähe suchst, dann komme heute

Nacht zu mir unter meine Decke."
„Was?" Ich glaube, meinen Ohren nicht zu trauen.
„Du brauchst nicht schüchtern zu sein, Skriek. Du gefällst mir überaus gut."
„Ich bin hässlich", stammle ich.
„Du bist interessant", erwidert die Hamyne.
„Ich werde heute Nacht nicht zu dir unter die Decke kriechen", sage ich mit so fester Stimme, wie ich nur kann; trotzdem habe ich das Gefühl, dass ich recht unsicher und kratzig klinge. „Ich liebe Kathinka und bin ihr treu."
„Du enttäuschst mich."
„Außerdem", fahre ich bissig fort, „gefällt mir deine milchigweiße Haut nicht."
„Sie wird dir schon noch gefallen. Da bin ich mir ganz sicher." Sie lacht ein drittes Mal und ich merke zu meinem Erstaunen, dass mir die Hamyne gar nicht mehr so unsympathisch ist. Ehrlich gesagt fühle ich mich durch ihr Angebot sogar ein wenig geschmeichelt und mit einem Schlag tut es mir leid, dass ich ihre so ungewöhnlich weiße Haut verunglimpft habe.
„Zwergin, du hast schöne Augen", sage ich daher.
Nun lacht sie ein viertes Mal. „Du darfst mich Tully nennen."

Am dritten Tag unseres Marsches sind wir alle deutlich angespannter als am Beginn unserer Reise, da wir laut Captain Kantul-Lanto heute am späten Vormittag endlich die äußere Nordwand von Ontron erreichen werden. Mit hastigen Griffen haben wir unsere Reiserucksäcke gepackt und unsere Schlafdecken aufgerollt. Das Frühstück ist rasch und schweigend eingenommen worden, dann sind wir hurtig aufgebrochen. Captain Kantul-Lanto ist, so wie an jedem vorherigen Tag auch, seinem achtzigköpfigen Zwergentrupp forsch vorausgeschritten; seine Krieger sind ihm in geschlossener Marschformation hinterher geeilt. Wir anderen hingegen nehmen keine fixen Positionen innerhalb des Trupps ein. Mehrmals bin ich für kurze Strecken neben Romaldo hergegangen, und der Prinz hat mir sehnsüchtig von Harba und seinen sonnigen Stränden erzählt, während vereinzelt Schneeflocken um unsere Köpfe getanzt sind. Zwischen uns beiden ist schon länger kein Groll mehr, und ich bin versucht zu glauben, dass Kathinkas Prophezeiung, dass Romaldo und ich

eines fernen Tages einen Kampf auf Leben und Tod ausfechten werden, schlicht und ergreifend nicht stimmt. Einmal ist sogar Clarina neben mir einen Geröllhang hinabgestiegen. Wir haben uns zwar nicht unterhalten, aber ich habe den Eindruck gewonnen, dass sie meine Nähe mittlerweile etwas besser erträgt.
Die meiste Zeit über bin ich aber neben Kathinka ausgeschritten; dann sind stets die Erinnerungen an jene Nacht vor drei Tagen in der unterirdischen Höhle in mir hochgestiegen, als sich Kathinka und ich sehr lange geküsst und gestreichelt haben, ohne dass sich Kathinka vor mir geekelt hat.
Ich genieße diese Erinnerungen sehr und habe die Hoffnung, dass Kathinka und ich nach der Endschlacht um Amazonien endlich wieder etwas Ruhe und Abgeschiedenheit haben werden. Hier unter all den Zwergen findet es Kathinka unschicklich, mich zu küssen. Sie meint, dass uns nächtens alle Zwerge anstarren würden. Das stimmt zwar nicht, aber ich will mit ihr deswegen nicht streiten. In den letzten Monaten habe ich gelernt zu warten, ein paar Wochen mehr oder weniger machen mir daher nicht allzu viel aus; vor allem, da ich mir jetzt sicher bin, für wen Kathinkas Herz schlägt. Außerdem ist jetzt nur wichtig, dass wir die bevorstehende Schlacht überleben, alles andere wird sich dann schon fügen, da bin ich mir sicher. Kathinka wird mir gehören und wir werden irgendwo in Frieden leben. Ja, wenn wir überleben, wird alles gut. Leider habe ich seit Stunden so ein unangenehmes Gefühl, das mich vor Gefahr und Verrat warnt und mich ganz unruhig macht. Vorhin erst habe ich deswegen einen Zwerg recht rüde angeschnauzt, der bei einem Abstieg unabsichtlich an meiner Hüfte angestoßen ist. Die Hamyne, die neben mir geklettert ist, hat daraufhin feixend gemeint, dass ich deswegen so gereizt bin, weil ich die Hosen wegen der bevorstehenden Schlacht voll habe. Ich habe ihr nur meine vier scharfen Eckzähne gezeigt und sie ansonsten keiner Entgegnung gewürdigt.
Überhaupt ist die Hamyne die letzten Tage über immer wieder um mich herumgeschwänzelt und hat ganz offensichtlich das Gespräch mit mir gesucht. Gelegentlich haben ihre Augen recht verheißungsvoll gefunkelt, auch wenn sie seit unserem ersten Gespräch nichts mehr davon gesagt hat, dass ich zu ihr unter die Decke kommen soll.

Knapp zwei Stunden sind seit unserem morgendlichen Aufbruch vergangen. Wir haben mittlerweile heimlich und unbemerkt das Felsenland von König Sinnly ohne Schwierigkeiten durchquert; nur einmal haben wir aus der Ferne eine feindliche Zwergenpatrouille gesehen, vor der wir uns kurzzeitig versteckt haben, bis sie weitergezogen ist. Ganz grundsätzlich sind in den Felsenlanden derzeit nur sehr wenige Zwerge unterwegs, was laut Sincha ein untrügliches Zeichen dafür ist, dass König Sinnly einen Großteil seiner Truppenverbände vor die Pforten Ontrons verlagert hat.
Ich greife meinen Kampfstab etwas fester, während ich einen schneebedeckten, leicht abschüssigen Abhang hinabsteige. Neben mir klettert Kathinka und zeigt ein überaus entschlossenes, angespanntes Gesicht.
Nach einer Weile machen wir eine kurze Rast. Tul-Lyna gesellt sich zu uns und reicht mir ein Stück Schimmelkäse. „Er ist in meiner eigenen Höhle gereift“, sagt sie.
„Danke, Tully.“ Ich beiße hinein und bin überrascht, wie gut und süßlich er schmeckt. Meist ist das Essen der Zwerge ja unglaublich scharf und würzig.
„Starke Männer brauchen ausreichend zu essen“, sagt die Hamyne mit schmeichelnder Stimme.
Kathinka wirft ihr daraufhin mehrere böse Blicke zu, die Tul-Lyna ungerührt erwidert. Schließlich scheint es sie aber doch zu nerven, noch länger neben der frostigen Kathinka zu stehen. Sie schenkt mir noch ein kurzes Lächeln, das vor allem Kathinka herausfordern soll, dann trollt sie sich und geht zu Knut, der ihr freundlich zugrumpft.
„Wie es aussieht, Skriek“, schmollt Kathinka, „hast du jetzt eine neue Verehrerin.“
„Ja“, stimme ich zu, „Tully kann mich richtig gut leiden.“ Ich werfe Kathinka einen Seitenblick zu und beschließe, sie ein wenig aus der Reserve zu locken. „Bist du eifersüchtig, Kathinka Ebensa?“
„O ja!“ Sie bläst die Backen auf. „Ich brenne vor Eifersucht. Ich bin außer mir vor Zorn und Wut. Am liebsten wäre es mir, wenn ich diesem milchhäutigen Grottenolm noch im Steinkreis die Schädeldecke eingeschlagen hätte.“
„Du klingst ganz schön gewalttätig“, sage ich überrascht.

„Bei Thurantuh, Skriek! Dein Kriegsgott beeinflusst mich stärker, als ich gedacht habe. Ich werde noch ein richtiger Berserker."
Ich suche ihren Blick, doch sie hat den Kopf gesenkt und ich kann daher ihre Augen nicht sehen, da ihre langen schwarzen Haare ihr ins Gesicht hängen. Aber wenn mich nicht alles täuscht, hat ihre Stimme soeben recht belustigt geklungen. Murrend streiche ich eine ihrer schwarzen Haarsträhnen zur Seite und sehe, dass ihre Augen vergnügt funkeln.
„Du bist gar nicht eifersüchtig", schnarre ich gereizt.
„O doch! Und wie!", sagt sie und ihre veilchenblauen Augen funkeln noch immer vergnügt, was mich mittlerweile ziemlich reizt.
„Tully hat mir angeboten, dass ich die Nacht bei ihr unter der Decke verbringen kann", sage ich leise. „Sie findet mich interessant und will mit mir körperliche Liebe machen."
„Ach ja?" Das vergnügte Funkeln verschwindet augenblicklich aus Kathinkas Augen.
„Ja."
„Nun gut." Kathinka stößt ihren rechten Zeigefinger verärgert gegen meine breite Brust. „Diese milchige Zwergin wird mich noch kennenlernen. Du gehörst mir ganz allein."
„Oho", sage ich.
„Jawohl: oho!", faucht Kathinka. „Und ich verbiete dir, dass du sie weiterhin mit Tully anredest. Nenne sie gefälligst Tul-Lyna. So heißt sie ja schließlich, nicht wahr? Oder noch besser, rede einfach überhaupt nicht mehr mit ihr."

Eineinhalb Stunden später kommen wir in geschlossener Formation über eine flache Kuppe und sehen in der Ferne Amazonien. Das Reich ist an drei Seiten von hohen felsigen Bergen umgeben. Nur im Westen ist freies, ebenes Land. Dort haben die Amazonen sieben mächtige Pforten errichtet, die sich von Felswand zu Felswand ziehen und jeden Feind abhalten sollen. Ein breiter, rauschender Fluss namens On mäandert durch das Tal. Südlich des Flusses im hinteren Drittel des Tales liegt die amazonische Hauptstadt Ontron, die ihren Namen von dem nahen Fluss ableitet.
Der Himmel ist bewölkt, dennoch können wir von unserer erhöhten Position einige Meilen weit ins Land sehen. An vielen

Stellen steigt dicker, schwarzer Rauch auf und zahlreiche Feuer brennen. Schreie sind keine zu vernehmen, da wir von den Kampfplätzen zu weit entfernt sind, aber wir können unschwer erkennen, dass es zuhauf Kriegsgerät gibt, vor allem Belagerungstürme, Triböcke, Onager, Skorpione und Rammen.
„Da! Seht!“ Sincha, die zutiefst erschüttert ist, zeigt mit ihrer ausgestreckten Hand nach rechts. Südwind ist soeben aufgekommen und weht nun den dichten, schwarzen Rauch von den sieben halbmondförmig angeordneten Pforten weg. Ich folge Sinchas ausgestreckter Hand mit den Blicken und fluche. Nur mehr die beiden innersten Pforten, die die letzten Bastionen vor der Hauptstadt Ontron bilden, sind noch intakt; in den fünf äußeren Pforten hingegen fehlen riesige Mauerstücke und es gibt breite, ebenerdige Lücken, in die immer mehr und mehr angreifende Soldaten drängen. Die Lücken erwecken den Eindruck, als ob ein wütender Gott mit seiner überdimensional großen Hand Steine und Mörtel aus den Pforten herausgerissen hätte.
Ich weiß, dass Triböcke, Onager und Rammen niemals solche klaffenden Löcher in die Pforten hätten schlagen können. Da ist eindeutig Reliquienmagie am Werk gewesen.
Als für einen kurzen Moment der Himmel aufreißt und einzelne Sonnenstrahlen durchlässt, verengen sich meine Augen, und ich versuche mir einen genaueren Überblick zu verschaffen; rasch erkenne ich, dass die amazonische Verteidigung zusehends erlahmt.
Riesen und Zwerge stürmen unaufhaltsam vorwärts und mähen alles nieder, was sich ihnen in den Weg stellt. Ganze Bataillone ostalischer Bogenschützen feuern Salve um Salve auf die Zinnen der Wehrgänge oberhalb der zweiten Pforte ab, während ostalische Piken- und Speerträger Schritt um Schritt vorwärts marschieren. Triböcke spucken Feuerbälle, Belagerungstürme werden näher herangeschoben und Brandpfeile und Widerhaken mit dicken Kletterseilen abgeschossen; Rammen wummern gegen Stein und Holz.
Ein großer Trupp, der aus Riesen und Zwergen besteht, stürzt sich auf jene Amazonen, die es nicht mehr rechtzeitig hinter die beiden letzten, bis jetzt noch unversehrten Pforten geschafft haben; doch die tapferen Frauen sind nicht bereit, auch nur einen Zoll weit nachzugeben. Todesmutig und verbissen leisten

sie Widerstand bis zuletzt. Dolche fliegen punktgenau und bringen Schmerz und Tod. Die Riesen und Zwerge sind aber zu zahlreich und allein ihre Masse drängt die Amazonen Stück für Stück zurück, bis sie nicht mehr ausweichen können und unerbittlich in die Enge gedrängt werden; aber auch noch aus zahlreichen Wunden blutend und von Schwert und Axt getroffen, kämpfen die Frauen wie wild gewordene Teufel weiter und nehmen noch im Sterben zahlreiche Gegner mit in den Tod.
Ich sehe einen großen Pulk an Gildenkriegern aus Yestshire; darunter sind einige Mineure, Giftmischer und Feuerbändiger, die ihr geheimes Wissen einsetzen, um Feuerbrünste und Giftwolken auf die Amazonen zu werfen. Kriegerinnen seilen sich aus geheimen Luken ab und stürzen sich todesmutig und mit gezückten Krummsäbeln auf die Gildenkrieger, um sie von ihren Gräueltaten abzuhalten – wohlwissend, dass sie selbst diese Attacke nicht überleben werden.
In der Ferne eilt ein Trupp Hexer und Hexen heran und wirkt seine bösartige Elementarmagie. Amazonische Bogenschützen nehmen die dunklen Wesen ins Visier und spicken sie mit Pfeilen. Doch da eilen schon weitere dunkle Truppen heran und attackieren die Bogenschützinnen, sodass diese eiligst hinter den Zinnen Schutz suchen müssen.
Fünfzig Ritter aus Salur mit eisernen Helmen und langen Lanzen reiten soeben auf zwei Dutzend Amazonen zu, die blutend und verletzt einen Seiteneingang der zweiten Pforte verteidigen und nicht bereit sind, vor der schieren Übermacht zurückzuweichen. Krummsäbel kracht auf Lanze. Die Amazonen wüten unter den Rittern. Reiterlose Pferde stürmen wiehernd davon.
Da donnert ein weiterer Reiterverband aus Salur mit fliegenden Hufen und wohl gerüstet heran. Zehn Amazonenkriegrinnen sprinten aus dem Haupteingang der zweiten Pforte, eilen ihren Gefährtinnen zu Hilfe und schleudern ihre Speere in die Flanke der salurischen Ritter. Dann ziehen sie ihre Krummsäbel, reihen sich zwischen den anderen Kriegerinnen ein und kämpfen voll Trotz und Ingrimm gegen die unaufhörlich heranstürmenden Massen an. Wie eine hehre Phalanx aus Stahl und Entschlossenheit stehen die Amazonen da und weichen keinen Millimeter zurück. Die einst so stolzen salurischen Ritter

winden sich vor Schmerzen in ihrem eigenen Blut und der Tod hält reichlich Ernte unter ihnen.
Doch da strömt ein Trupp ostalischer Schwertkämpfer heran und hilft den salurischen Verbündeten. Nun ist die Übermacht zu groß, zu erdrückend. Amazone um Amazone haucht ihr Leben aus, doch jede von ihnen fordert einen überaus hohen Blutzoll von ihren Widersachern. Schließlich wird aber auch die letzte Kriegerin gestellt und von Schwertern durchbohrt.
Am Himmel ziehen schwarze Raben ihre Kreise und beobachten hämisch krächzend, wie Amazonien seine Endschlacht schlägt.
Die Amazonen kämpfen mit dem Mut der Verzweiflung; sie sind stark, tapfer und diszipliniert. Entschlossen wehren sie sich mit allen Mitteln, die ihnen zur Verfügung stehen. Heißes Öl und flüssiges Pech werden auf die Angreifer gekippt und Steine nach unten geschleudert; Bogenschützinnen halten wehrhaft stand und verteidigen die Wehrgänge bis zuletzt. Amazonische Reitertrupps wagen heldenhafte Ausfälle, um ihren Gefährtinnen etwas Luft zu verschaffen. In den Nahkämpfen lassen die kampferprobten Amazonen ihre Krummsäbel fliegen und töten unzählige Gegner. Immer wieder stoßen kleine Einheiten von vier, fünf Amazonen vor und stellen sich den Riesen und Zwergen.
Die Amazonen kämpfen heroisch für ihr Land und ihre Freiheit, aber die Übermacht ist zu groß, zu erdrückend. Aller Mut, alle Opferbereitschaft sind vergebens. Das ist leider nicht zu übersehen.
Romaldo legt fürsorglich seinen Arm um Sincha, deren Gesicht aschfahl und voller Verzweiflung ist.
Neben mir sinkt Clarina in die Knie. Tränen laufen über ihre tätowierten Wangen.
„Wir kommen zu spät“, stammelt sie. „Amazonien ist verloren.“

38

Seit gut einer halben Stunde können wir Amazonien nicht mehr sehen, da die hohen, zerklüfteten Berge ringsum uns beim Näherkommen die Sicht verstellen. Wenn wir unsere Blicke

jedoch nach oben richten, dann zeigt sich uns ein Bild, das nichts Gutes verheißt. Immer dichter werdende Rauchschwaden verdecken den Himmel und zeugen davon, dass weitere Kriegsfeuer entlang der Pforten entzündet worden sind. Die ostalische Armee und ihre Verbündeten marschieren unaufhaltsam vorwärts, es ist nur mehr eine Frage der Zeit, bis auch die letzte Pforte fällt und der Angriff auf Ontron beginnen kann.
Sincha und Clarina klettern Schulter an Schulter die steilen Berghänge nach unten und ich denke, dass es ganz gut ist, wenn sie im Augenblick nichts von der Schlacht sehen. Zu grausam, zu eindringlich sind die Bilder all der gefallenen, verstümmelten Amazonen gewesen, die verzweifelt gegen eine zahlenmäßig weit überlegene, unaufhaltsam vorwärts drängende Streitmacht Widerstand geleistet haben. Und all jenen Kämpferinnen, die noch am Leben sind, ist ein ähnliches Schicksal gewiss. Sie werden ebenfalls von der schieren Übermacht ihrer Angreifer zu Boden getreten werden; das wissen leider auch Sincha und Clarina nur zu gut. Ihre Mienen sind völlig erstarrt und grimmig böser Zorn glimmt in ihren Augen, der aber nicht darüber hinwegtäuschen kann, dass sie mit einem Schlag aller Hoffnungen beraubt worden sind. Amazonien ist nicht mehr zu retten; jetzt geht es nur mehr darum, die Reliquie rechtzeitig vor König Angrias, der Hohepriesterin und Erik Anfohrrnus in Sicherheit zu bringen. All unsere großen Pläne, all unser Sinnen auf Rache und Genugtuung werden sich niemals erfüllen. Wie sehr haben wir uns doch gewünscht, bei der Endschlacht Erik Anfohrrnus und König Angrias von Angesicht zu Angesicht gegenüberzustehen und sie für all ihre Lügen und Listen zu bestrafen. Wie naiv, wie unrealistisch sind wir doch gewesen! Die unzähligen Massen an Kriegern, die gegen die amazonischen Pforten anströmen, sind von so gewaltigen Ausmaßen, dass es unmöglich ist, auch nur in die Nähe von Erik Anfohrrnus oder König Angrias zu gelangen. Woher haben wir nur den Glauben genommen, den beiden Reliquienträgern so nahe zu kommen, dass wir sie zur Rechenschaft ziehen können? Unser einfältiges, viel zu hoffnungsvolles Wünschen hat unseren Blick für die Realität vollkommen verstellt. Wenn wir nur etwas klüger gewesen wären, hätten wir uns sofort nach dem misslungenen

Attentat in Yestshire nach Norden begeben und keinen weiteren Gedanken an Amazonien und seinen Smaragdkelch verschwendet.
Unwillig schüttle ich den Kopf, da ich mich selbst auch nicht von aller Schuld an unserer jetzigen Situation freisprechen kann. Mein Sehnen nach Rache hat mich ebenfalls blind dafür gemacht, wie die Dinge tatsächlich stehen.
Nach einer Weile erreichen wir den Fuß einer Felswand. Vor uns liegt ein gut hundert Meter breites, ebenes Gelände, das in südwestlicher Richtung abrupt endet und in eine steil abfallende Klamm übergeht. Wir stellen uns an den oberen Rand der Klamm und blicken nach unten. Bis jetzt ist es nicht nötig gewesen, Steigeisen und Kletterseile zu verwenden, aber für diesen Abstieg werden wir beides benötigen – zumindest all meine Begleiter. Dank meiner kralligen Hände und Füße sind auch diese steilen Felswände unmittelbar vor mir kein Hindernis, für das ich irgendwelche Hilfsmittel benötigen würde.
Mit geübten Griffen schnallen die Zwerge Steigeisen unter ihre Stiefelsohlen. Captain Kantul-Lanto reicht auch welche an meine Begleiter weiter, anschließend werden die Seile verteilt und an den schlanken Stämmen mehrerer Tannen, die am Rande der Klamm wachsen, festgezurrt. Sincha will, dass wir die Seile an Ort und Stelle lassen, da sie uns später, falls notwendig, die Flucht erleichtern sollen.
Hurtig und ohne innezuhalten geht es abwärts. Die Zwerge sind sehr geschickt beim Abseilen und stehen meinen Gefährten in nichts nach. Schon nach wenigen Minuten erreichen wir den Boden der Klamm.
„Lasst die Steigeisen hier zurück“, sagt Sincha, „wir brauchen sie jetzt nicht mehr.“ Sie deutet uns mit einer knappen Geste, ihr zu folgen.
Die Zwerge nehmen wieder eine geschlossene Marschformation an und eilen, mit Captain Kantul-Lanto an der Spitze, Sincha im Laufschritt hinterher.
Neben mir läuft die Hamyne. „Freust du dich schon auf den Kampf?“, fragt sie.
Ich nicke. „Meine Äxte werden reichlich Arbeit bekommen.“
„Ich habe dich zwar noch nie kämpfen gesehen“, sagt die Zwergin, „aber ich bin mir sicher, dass du ein überaus fähiger

Krieger bist.“
„Das bin ich, Tully.“ Ich zeige ihr meine vier spitzen Eckzähne. „Bis jetzt habe ich noch jeden Kampf gewonnen.“ Das stimmt zwar nicht ganz, aber immerhin habe ich bis jetzt zumindest jede Auseinandersetzung überlebt, und das gibt mir, so meine ich, durchaus das Recht, mich vor der Hamyne als nahezu unbesiegbarer Krieger darzustellen.
Kathinka holt knurrend zu uns auf. „Hau ab, Zwergin!“, schnarrt sie gereizt. „Ich habe mit meinem Paladin zu reden.“
„Formwandlerin, irgendwann werde ich mit dir erneut die Klingen kreuzen.“ Tul-Lyna wirft Kathinka einen mörderischen Blick zu. „Und ich bin ja gespannt, wer dann als Siegerin aus dem Kampf hervorgeht.“
„Mach Platz!“, faucht Kathinka.
Für kurze Zeit läuft Tul-Lyna stur neben mir weiter, doch dann zuckt sie demonstrativ gleichgültig mit den Schultern, um Kathinka damit anzuzeigen, dass es für sie im Moment nicht die geringste Rolle spielt, ob sie neben mir einher laufen kann oder nicht, und lässt sich schrittweise zurückfallen.
„Was gibt es, meine eifersüchtige Schöne?“, frage ich mit einem süffisanten Lächeln.
„Ich habe dir doch klipp und klar gesagt, dass du den milchigweißen Grottenolm nicht Tully nennen sollst.“
Kathinkas Augenbrauen bilden einen geraden Strich, der ihrem Gesicht einen sehr ärgerlichen Ausdruck verleiht. „Genau genommen, Skriek, sollst du überhaupt nicht mit ihr reden. Sie ist ein böses Weib, das mir große Schmerzen zugefügt hat.“
„Sie ist jetzt unsere Verbündete“, brumme ich ungehalten, da es mir überhaupt nicht passt, wenn mir Kathinka Vorhaltungen macht.
„Sei nicht naiv“, schnappt Kathinka. „Die Hamyne sinnt doch nur auf Rache.“
„Ich glaube, dass Tully eine aufrechte Zwergin ist.“
„Verdammt! Nenn sie nicht Tully!“
„Tully, Tully, Tully“, sage ich.
„Gut, Skriek, du willst also Streit!“ Kathinka klingt nun ernsthaft böse.
„Du sollst mich nicht reizen, Kathinka Ebensa, indem du mir Verbote erteilst!“
„Ach ja?“

Bevor Kathinka weiterreden kann, ist Clarina an unserer Seite. „Hört sofort mit eurem Gekeife auf!“, fordert die rothaarige Amazone unmissverständlich. „Amazonien brennt und wird bald endgültig zerstört sein, und ihr streitet wie die kleinen Kinder.“ Ihre grauen Augen sind voll Ingrimm. Wenn man aber genauer hinsieht, dann kann man vor allem eine kaum bezähmbare Trauer darin erkennen; der Untergang Amazoniens zerreißt Clarina das Herz.
„Verzeih uns“, murmelt Kathinka ein wenig beschämt. „Aber diese Hamyne scharwenzelt ständig um Skriek herum und macht ihm schöne Augen.“
„Die Hamyne stellt für dich keine Gefahr da. Jeder weiß doch, dass der Schuppenkopf dir völlig ergeben ist, Formwandlerin.“
„Das will ich auch hoffen“, sagt Kathinka.
„Ich habe aber trotzdem meinen eigenen Kopf, Kathinka Ebensa.“ Meine Eckzähne schlagen aufeinander.
„Beschäftigt euch einfach nur mit dem bevorstehenden Kampf!“ Clarina wirft uns noch einen letzten bösen Blick zu, dann trabt sie nach vorne.

Sincha lässt uns vor einer glatten, grauen Felsenwand anhalten. „Hier“, sagt sie, „ist ein geheimer Eingang ins Innere des Berges.“ Ihre rechte Hand gleitet über den Stein, bis sie eine kleine Vertiefung spürt. Sie drückt mit ihrem Zeigefinger fest hinein, dann tritt sie rasch zwei Schritte zurück. Erst geschieht nichts, doch schon nach wenigen Augenblicken ist ein seltsames Knarren zu hören. Langsam und wie von Zauberhand bewegt, beginnt ein Teil der Felswand sich zu verschieben, und eine schmale Öffnung ins Innere des Berges entsteht.
Wir sind alle recht beeindruckt von dem, was wir soeben gesehen haben.
„Amazonische Priesterinnen“, erklärt Sincha, „haben mit Amas Hilfe diesen Geheimgang erschaffen.“ Sie tritt durch den Spalt und fordert uns auf, ihr rasch zu folgen. Fackeln werden entzündet und man hört das eine oder andere kurze Gebet. Nachdem wir alle dicht gedrängt in einen niedrigen Gang getreten sind, der tief ins Innere des Berges zu führen scheint, geht Clarina zu einer Felsnische, drückt einen Hebel und die Öffnung schließt sich wieder. Wenn man die Felswand jetzt von außen sieht, würde man niemals vermuten, dass wir soeben mit

achtzig Zwergenkämpfern in das Innere des Berges getreten sind.
Captain Kantul-Lanto ist von dem Steinportal sichtlich angetan. „Eure Priesterinnen vermögen Großes“, sagt er zu Sincha.
Die Heerführerin nickt kurz. „Nicht nur Zwerge können den Stein magisch bearbeiten.“
„Das ist wohl wahr“, gibt Captain Kantul-Lanto ein wenig widerwillig zu.

Es geht stetig abwärts. Der Gang ist stellenweise so niedrig, dass ich meinen Kopf einziehen muss, und der Fels rundum bedrückt mich; ich bin froh, wenn wir durch das Bergmassiv hindurch sind und endlich Ontron erreichen.
Nach einer Weile sehe ich, wie die Fackelträger am Kopf des Zuges plötzlich anhalten. Wir anderen, die hinter ihnen gegangen sind, schließen rasch auf.
Durch einen schmalen Durchgang kommen wir auf ein Plateau, das am Rande einer riesigen Kaverne liegt, deren Decke so hoch ist, dass wir sie, da wir nur über spärliches Fackellicht verfügen, nicht sehen können. Vor uns geht es an die zweihundert Meter abwärts. Die Felsen sind aber zerklüftet und bieten guten Halt, sodass man ohne größere Probleme hinabklettern kann. Rechter Hand rauscht ein mächtiger, tosender Wasserfall in die Tiefe, und seine Gischttröpfchen befeuchten die Luft ringsum.
„Ist das der On?“, will Romaldo von Sincha wissen.
„Es ist ein abgezweigter, unterirdischer Seitenarm“, sagt Sincha. „Er fließt über diesen Wasserfall hinab bis nach Ontron und füllt unsere Wassertanks mit frischem, klarem Wasser.“ Sincha schluckt zu ihren Worten; sie muss wohl daran denken, dass bald keine Wasserversorgung für Amazonien mehr nötig sein wird.
Die Heerführerin strafft ihre Schultern und wendet sich an uns alle. „Wenn wir diese Felswand nach unten klettern, kommen wir an einen weiteren Geheimgang, der direkt ins Heiligtum meines Volkes führt. Wir sind jetzt schon tief unter Ontron und es geht noch weiter abwärts.“ Sincha zupft ihre Augenklappe zurecht. „Der Fels, auf dem Ontron erbaut wurde, ist mit zahlreichen Gängen und Tunneln durchzogen, von denen mehrere direkt in die Heilige Halle führen, wo unser

Smaragdkelch aufbewahrt wird. Wir müssen schnell dorthin gelangen und die Reliquie in Sicherheit bringen.“ Entschlossen macht sich Sincha an den Abstieg, und wir anderen folgen.
Ich klettere zwischen Knut und einer grimmigen Zwergenkriegerin. Neben uns schäumt der Wasserfall beharrlich in die Tiefe und macht die Felsen nass und rutschig, sodass jeder gut darauf achtet, stets sicheren Halt zu haben. Meter um Meter geht es abwärts und meine Gedanken gleiten in die Vergangenheit. Vor vielen Monaten bin ich schon einmal in den unterirdischen Gängen von Ontron gewesen. Die Amazonen haben damals Kathinka, Knut, Romaldo und mich vor ihre Königin geführt und uns aufgefordert, einen heiligen Eid auf ihre Göttin Ama zu leisten. Wir haben damals geschworen, alles in unserer Macht Stehende zu unternehmen, um König Angrias zu töten. Dann hat die Königin den Smaragdkelch der Reihe nach auf unsere Unterarme gedrückt und ein heftiger Schmerz hat uns zu Boden geworfen. Der Smaragdkelch hat in unsere Unterarme ein seltsames Spinnennetzmuster gebrannt, das ein feines Narbengewebe gebildet hat und immer noch deutlich zu sehen ist.
Die Königin hat damals gemeint, dass wir nun Amazonien auf immer verschworen sind. Nun, ich spüre davon nicht viel. Mein einziges Anliegen ist es, die bevorstehenden Kämpfe heil zu überstehen und Kathinka vor allen Gefahren zu beschützen. Das Schicksal von Amazonien hingegen kümmert mich wenig. Auch wenn ich den kriegerischen Frauen nichts Böses will und ihnen sogar wünsche, dass ihr Land erhalten bleibt, so ist es doch so, dass in wenigen Stunden die Entscheidung gefallen ist und wir Amazonien mit oder ohne Smaragdkelch verlassen – zumindest all jene, die die bevorstehenden Kämpfe überleben werden. Und ich hoffe sehr, dass ich zu ihnen gehöre. Wenn dies der Fall ist, dann ist Amazonien für mich Geschichte. Viel zu lange schon hänge ich am Gängelband der Amazonen und reise kreuz und quer durch alle Lande, um mitzuhelfen, den Smaragdkelch vor König Angrias und Erik Anfohrrnus Zugriff zu beschützen. Mittlerweile habe ich davon mehr als genug und bin froh, wenn der Kelch, so wie es uns Erina Jastantino geraten hat, endlich im Bastolischen Schloss bei den Zauberern ist. Vielleicht gibt es dann ja sogar eine Möglichkeit, Amazonien wieder neu aufzubauen. Wer weiß? Auf jeden Fall ist das dann

nicht mehr mein Problem; sollen die Amazonen doch tun, was sie wollen, ich werde mich nobel heraushalten. Obwohl, das muss ich zugeben, ich bin damals von der Amazonenkönigin, als ich sie zum ersten und bisher einzigen Mal gesehen habe, doch recht beeindruckt gewesen. Sie bietet schon einen ungewöhnlichen, beinahe bizarren Anblick.
Die Amazonenkönigin ist so groß wie ich und spindeldürr. Alle ihre Zähne sind spitz und machen seltsam klackernde Geräusche, wenn sie spricht. Ihre fahle Haut ist über und über mit Spinnweben und Spinnen tätowiert, und wenn sie sich bewegt, hat man den Eindruck, als ob tausende Spinnen über ihre Haut krabbeln würden. Damals, als ich sie in der unterirdischen Heiligen Halle gesehen habe, hat sie ein schulterfreies, enganliegendes, an den Seiten bis zu den Hüften geschlitztes Kleid getragen, das überaus freizügig gewirkt hat und nur wenig von ihrem so ungewöhnlich hageren Körper verborgen hat. Doch auch mit diesem Kleid, das meiner Meinung nach für eine Königin nicht angemessen gewesen ist, hat sie eine Aura der Macht, Kraft und Entschlossenheit umgeben, der sich niemand hat entziehen können; der grüne Smaragdkelch hat die amazonische Königin mit seiner Magie überaus mächtig gemacht.
Als ich unten ankomme, kehren meine Gedanken in die Gegenwart zurück. Vor uns ist eine so ebene Fläche, wie sie in der Natur nicht vorkommt, und ich vermute daher stark, dass auch hier die Magie von amazonischen Priesterinnen am Werk gewesen ist. Die Fläche hat einen Durchmesser von vielen hundert Metern und ist frei von jeglicher Kante oder Stufe. Rasch hat Sincha die Fläche überquert und sich vor eine kahle Felswand gestellt. Neben ihr verschwindet der Seitenarm des Ons, der ein gutes Stück hinter uns noch als Wasserfall in die Tiefe geschäumt ist, im felsigen Boden.
„In diesem Stein ist eine weitere Geheimtür versteckt“, sagt Sincha und zeigt auf den Fels. „Es sind von hier aus nur mehr eineinhalb Meilen bis zur Heiligen Halle. Aber bevor wir weitermarschieren, muss ich euch noch etwas zeigen.“ Sie deutet nach oben. „Man kann es von hier aus nicht sehen, aber direkt über uns schweben tausende Tonnen Stein in der Luft, die nur durch Amas Magie gesichert sind.“
Wir legen unsere Köpfe in die Nacken und schlucken

vernehmlich; in meinem Bauch macht sich ein banges, mulmiges Gefühl breit. Die Tausenden freischwebenden Tonnen Stein wirken auf mich wie eine tödliche Bedrohung. Sinchas Versicherung, dass Amas Macht uns vor ihnen schützt, beruhigt mich da kaum.
„Hiermit", Sincha deutet auf einen grau metallenen, geschickt verborgenen Hebel, der in den Stein eingelassen ist, „kann man die Steinlawine auslösen." Sie blickt in die Runde. „Höchstwahrscheinlich werden wir auf demselben Weg fliehen, über den wir jetzt gekommen sind." Ihr Blick sucht Romaldo. „Wenn Clarina oder ich im Kampf fallen sollten, dann wisst ihr jetzt, was ihr zu tun habt. Die magische Steinlawine wird jegliche Verfolger aufhalten."
Romaldo tritt zu Sincha. „Ich werde nicht zulassen, dass du stirbst", flüstert er.
„Bleib einfach an meiner Seite", flüstert Sincha zurück.
„Bis zum letzten Atemzug", verspricht Romaldo.

Wir eilen durch die Geheimtür, sorgsam darauf bedacht, nur ja nicht an dem grau metallenen Hebel anzukommen. Vor uns liegt ein schmaler Gang, der sich durch Stein und Fels windet. Neue Fackeln werden entzündet, und wir laufen weiter. Dann hören wir auf einmal vor uns Schreie und Schmerzenslaute sowie das Klirren von Metall auf Metall. Vor uns wird unerbittlich gekämpft.
Der Endkampf um den Smaragdkelch hat begonnen und mir wird klar, dass wir jetzt am Ende einer langen Reise angekommen sind; doch wir sind nicht mehr dieselben und auch unsere Ziele haben sich verändert. Vor wenigen Monaten haben wir noch nach Amazonien gewollt, um Erik Anfohrrnus und König Angrias für ihren bösen Verrat an uns zu bestrafen und zu töten, wohlwissend, dass wir eine Auseinandersetzung mit ihnen höchstwahrscheinlich nicht überleben werden. Es ist in meinen Augen ohnehin ein Wunder, dass wir bis hierher allen Gefahren des langen Marsches quer durch Euptonien getrotzt haben; auch wenn einige von uns neue Narben erhalten haben, andere wiederum verstümmelt oder in ihrer Seele gespalten worden sind. Aber immerhin haben wir überlebt, das allein zählt. Nur, wie gesagt, unsere Ziele sind nicht mehr dieselben. Wir können nicht mehr darauf hoffen, unsere Rache

zu erhalten, unser ganzes Trachten ist jetzt dahingehend gerichtet, den Smaragdkelch zu beschützen. Und das ist weder das, was ich mir vorgestellt habe, noch ist es das, wofür ich mich bereit erklärt habe, diese beschwerliche Reise auf mich zu nehmen.
Innerlich seufze ich. Wieder einmal werde ich von Wesen dazu gebracht, etwas zu tun, was ich eigentlich nicht tun möchte. Ich will Rache nehmen und dann, zusammen mit Kathinka, meine Ruhe haben. Der Smaragdkelch oder Amazonien interessieren mich nicht wirklich.
Du bist ein Krieger, murrt Thurantuh, *und auf dich wartet eine Schlacht. Was willst du mehr, undankbarer Schuppenkopf?*
Ich neige demütig mein Haupt. Verzeih mir, mächtiger Kriegsgott!
Lass einfach deine Äxte Blut kosten!
Das werde ich tun, verspreche ich in Gedanken.
Erneut ertönen vor uns Kampfgeräusche und Schmerzensschreie. Wir sind mittlerweile ganz nahe an die Heilige Halle herangekommen. Nur mehr wenige Meter trennen uns von den Kämpfenden.
Die Zwerge greifen nach ihren Rundbögen und legen Pfeile an die Sehnen. Sincha zieht mit der rechten Hand ihren Krummsäbel, mit der verstümmelten Linken hält sie einen Rundschild. Ich greife ebenfalls zu meinem Schild, da ich befürchte, dass zahlreiche Pfeile und Bolzen durch die Luft schwirren werden. In meiner kralligen rechten Hand liegt der Griff meiner Kampfaxt gut und vertraut. Ich küsse das scharfe Schneideblatt und bete kurz zu Thurantuh. Kathinka hält ihren Zauberstab kampfbereit mit beiden Händen, ihr Gesicht glüht vor Anspannung und Aufregung. Clarina hat ihre zwei Krummsäbel gezogen, ihr Mund bildet einen geraden Strich grimmiger, verzweifelter Entschlossenheit.
Knut hebt seine Keule und berührt damit die Spitze von Romaldos Rapier. Die harbaischen Brüder nicken einander zu.
„Für Ganthron", sagt Romaldo.
„Grumpf."
Sincha gibt das Zeichen, und wir schleichen rasch und leise heran.
Der schmale Gang endet hinter einer leichten Biegung und vor uns liegt die riesige Heilige Halle der Amazonen. Pechfackeln

leuchten an den Wänden, unzählige Öllampen und Kerzen sind ringsum befestigt; die tausenden Lichter spenden eine seltsame, flackernde Helligkeit und werfen zuckende Schatten.
Mein Blick huscht von links nach rechts.
Weit über zweihundert ostalische Schergen, unter ihnen Speerwerfer, Kurzschwert- und Axtkämpfer, Bogenschützen und Lanzenträger, sind bis hier unten vorgedrungen. Es sind alles kampferfahrene, abgebrühte Krieger, die zu kämpfen verstehen und von einem hünenhaften Menschen, der ein Stück hinter der letzten Angriffslinie steht, angeführt werden; in seinen Händen hält er ein langstieliges Kriegsbeil. Links und rechts wird er von gut drei Dutzend Hexen und Hexern flankiert, die ihre Magie wirken.
Die Amazonen sind schwer in Bedrängnis. Die Kriegerinnen haben zwar bereits eine große Anzahl an ostalischen Schergen mit ihren Wurfdolchen und Krummsäbeln getötet, dennoch werden sie immer weiter zurückgedrängt und müssen bereits an die dreißig Todesopfer in den eigenen Reihen beklagen. Rundum liegen leblose, verstümmelte Kriegerinnen, die von der schieren Überzahl ihrer Gegner niedergerungen worden sind. Die noch am Leben befindlichen Amazonen kämpfen weiterhin mit dem Mut der Verzweiflung, während sich unter ihren Stiefelsohlen Lachen aus Blut sammeln, das aus den klaffenden Wunden ihrer gefallenen Gefährtinnen strömt.
Vor einem Steinaltar, auf dem sich der grüne Smaragdkelch befindet, steht die Amazonenkönigin hoch erhobenen Hauptes. Sie hat zwei große, blutverschmierte Krummsäbel in den Händen, und ihr langer, spindeldürrer Körper steckt in einer schwarzen, ledernen Kriegermontur. Ihre Stimme dröhnt klackernd durch die Heilige Halle, als sie ihre Befehle ruft. Um die Königin haben sich an die zwei Dutzend amazonische Kriegerinnen als lebende Schutzschilde geschart, von denen die meisten bereits aus zahlreichen Wunden bluten.
Etwas seitlich stehen achtzehn amazonische Priesterinnen. Auf ihren kahlgeschorenen Köpfen spiegeln sich die Flammen der Fackeln und Öllampen. Sie tragen weiße Togen und Sandalen. In ihren Händen halten sie goldene Sicheln, mit denen sie die magischen Angriffe der Hexer und Hexen blockieren und kontern.
„Wie ist das möglich?“, wundert sich Kathinka, als sie all die

ostalischen Schergen sieht. „Die letzten Pforten können doch nicht so schnell gefallen sein."
„Dahinter steckt ganz sicher Erik Anfohrrnus", knurre ich. „Und jetzt, meine Schöne, lass uns kämpfen!"
„O ja, mein Paladin!" Sie fasst ihren Zauberstab noch fester; dann stürmen wir los.
Die Zwerge fächern nach rechts aus und schießen eine erste Pfeilsalve ab. Fauchend fliegen die Pfeile los und bohren sich in Menschenfleisch. Dutzende ostalische Soldaten sterben, ehe sie wissen, wie ihnen geschieht. Schon schießen die Grauen Zwerge zielsicher die zweite Salve ab. Die Überlebenden der vorderen ostalischen Kampflinie wollen fliehen, um nicht wie ihre Waffenbrüder von Zwergenpfeilen durchbohrt zu werden, doch von hinten drängen weitere Kriegertruppen in die Halle und versperren ihnen den Fluchtweg. Unter ihnen sind auch Riesen und Zwerge sowie Feuerbändiger aus Yestshire, die ihre Flammenzungen gegen die amazonische Königin schleudern.
Als die Grauen Zwerge die dritte Salve abschießen wollen, greifen die Hexer und Hexen von Angrias ein und attackieren die Bogenschützen mit Erde, Luft, Metall, Holz, Feuer und Wasser. Zahlreiche Zwerge sterben, doch davon lässt sich Captain Kantul-Lanto nicht entmutigen; entschlossen richten die Zwerge ihre Rundbögen auf die dunklen Wesen.
Währenddessen sind Kathinka und ich bei den ostalischen Schergen angekommen. Meine Kampfaxt fliegt, mein Schild blockt und schützt. Schlag für Schlag spüre ich, wie ich langsam, aber unaufhaltsam in einen Blutrausch komme und immer tiefer in die ostalische Kampfformation vordringe. Da stellt sich ihr großer Anführer mit seinem Kriegsbeil in meinen Weg und ich hechte kraftvoll vorwärts. Meine Axt schwirrt pfeilschnell durch die Luft und durchbricht mühelos seine Verteidigung; dann braucht es nur noch zwei Schläge, und sein bärtiger Schädel ist von seinem leblosen Körper getrennt.
Als die Schergen sehen, dass ihr Anführer so sang- und klanglos gefallen ist, beginnen sie vor mir zurückzuweichen. Der Kampfesmut verlässt sie, was wohl auch daran liegen mag, dass ich viele von ihren Kameraden innerhalb kürzester Zeit erschlagen habe. Doch so schnell lasse ich Angrias Krieger nicht entkommen. Mein Schlachtruf dröhnt durch die Heilige Halle und ich setze unerbittlich nach. Meine Axt wütet, das Blut

rauscht in meinen Ohren und ich teile mächtige, alles niedermähende Hiebe aus. Neben mir ficht Kathinka. Sie ist schnell, wendig und überaus tödlich. Etwas seitlich von ihr sehe ich Romaldo und Knut, die sich soeben auf einen Pulk von König Sinnlys Zwergenkriegern stürzen.
Rechts vor mir wüten Sincha und Clarina. Die beiden Amazonen haben die Kriegerinnen neu formiert und um sich geschart. Nun zucken Krummsäbel durch die Luft und fordern ihren Blutzoll. Die Amazonen kämpfen voll Zorn und Mut. Allein die Anwesenheit ihrer Heerführerin scheint ihren Schlägen neue Kraft zu verleihen. Scherge um Scherge fällt vor ihnen zu Boden. Dann stehen sie plötzlich sechs waffenstarrenden Riesen gegenüber, aber auch da gibt es kein Innehalten. Augenblicklich stellen sich die Kriegerinnen den hünenhaften Wesen. Wirbelnd und beinahe tänzerisch stechen und schlagen sie zu und töten die Riesen, die von dem vehementen Angriff der Amazonen sichtlich überrascht werden. Doch mit lautem Gebrüll eilen vier weitere Riesen heran. Ich geselle mich mit einem Schrei an meinen Gott Thurantuh zu den Amazonen und spalte wuchtig einen Riesenschädel. Neben mir zertrümmert Kathinka die Kniescheibe einer Riesin mit ihrem Zauberstab, und zwei Amazonen geben der schreienden Hünin den Rest.
Da spüre ich einen heftigen Schlag gegen meine Schulter und weiche taumelnd zur Seite aus. Eine Riesin mit hoch erhobener Eisenstange setzt mir nach. Bevor sie aber erneut zuschlagen kann, bohrt sich das krähenschnabelartige Schneideblatt einer Bergbarte in ihren Unterleib.
„Danke, Tully“, schnarre ich und stürze mich auf den nächsten Riesen.
„Du sollst sie, verdammt nochmal, nicht Tully nennen!“, faucht Kathinka unmittelbar hinter mir und zerbricht mit einem wütenden Hieb den Helm eines ostalischen Speerkämpfers.
Währenddessen geraten die Grauen Zwerge von König Bethul-Ento immer mehr in Bedrängnis. Acht dunkle Wesen, fünf Hexen, drei Hexer, töten Zwerg um Zwerg mit ihrer finsteren Magie.
Wie auf ein geheimes Kommando stürmen plötzlich die amazonischen Priesterinnen, mit der Königin in ihrer Mitte, vorwärts. Die dunklen Wesen sehen die Gefahr und schleudern

ihre Elementarmagie auf die Priesterinnen. Diese kontern mit ihren Goldsicheln und wehren die Angriffe geschickt ab. Die Königin hingegen kümmert sich gar nicht um die magischen Attacken und Gegenattacken. Mit einem Satz ist sie mitten unter den dunklen Wesen, und ihre so ungewöhnlich langen Krummsäbel bringen Tod und Verderben. Innerhalb weniger Augenblicke liegen die dunklen Wesen enthauptet am Boden und ich zolle der Königin innerlich meinen tiefsten Respekt. Sie ist eine großartige Kriegerin.
Schulter an Schulter töten Knut und Romaldo, nachdem sie eben noch eine Handvoll Zwerge aus König Sinnlys Reich erschlagen haben, mit gezielten Hieben die letzten Feuerbändiger aus Yestshire.
Die Königin wendet sich nun von den geköpften Hexern und Hexen ab und direkt den noch verbliebenen Gegnern zu. Als die ostalischen Schergen, Riesen und Zwerge dies sehen, wenden sie sich zur Flucht und geben ordentlich Fersengeld.
Die letzten noch lebenden Grauen Zwerge schießen unter Anleitung von Captain Kantul-Lanto, dessen rechte Wange völlig blutverschmiert ist, eine Pfeilsalve auf die Flüchtenden ab.
Sincha und ihre Kriegerinnen setzen ihnen nach und eilen bis zu den großen Metallflügeln jenes Tores, das den Haupteingang zur Heiligen Halle bildet. Ächzend und keuchend verschließen sie das riesige Tor, und erst jetzt sehe ich, dass ein großer Teil des rechten oberen Flügels herausgesprengt ist und die Ränder spitze, fransige Zacken bilden. Dieses Tor wird keinem weiteren Ansturm standhalten.
Sincha befiehlt ihren Kriegerinnen, das Tor zu bewachen, dann eilt sie zusammen mit Clarina zu ihrer Königin, die neben dem Altar zu Boden gesunken ist und von ihren Priesterinnen aufgeregt umringt wird.
Ich laufe neben Kathinka und Knut Richtung Altar.
„Grumpf, grumpf?“ Knut klingt überaus besorgt.
Kathinka blickt sich hektisch um. „Wo ist Romaldo?“
„Ich weiß es nicht“, sage ich. „Eben noch habe ich gesehen, wie er einen Feuerbändiger erstochen hat.“
„Grumpf?“
„Romaldo ist nichts geschehen“, versucht Kathinka, Knut zu beruhigen. „Und jetzt lasst uns endlich hören, was Sincha mit

ihrer Königin zu bereden hat."
„Grumpf", gibt Knut seine Zustimmung.
Die Königin sitzt am Boden, mit dem Rücken an den Altar gelehnt, und ihr Atem geht keuchend.
Clarina und Sincha sinken vor ihr auf die Knie.
„Verzeih mir, meine Königin. Ich habe versagt", sagt die Heerführerin; ihre Stimme ist nicht mehr als ein heiseres, beschämtes Krächzen.
„Du hast dein Bestes getan, meine Tochter", klackert die Königin, und ein dünner Blutsfaden kommt aus ihrem Mund.
„Mein Bestes war nicht gut genug", stammelt Sincha.
„So ist es oft im Leben, meine Tochter." Die Königin zeigt ein flüchtiges Lächeln. „Aber ich denke, du wirst bald eine Möglichkeit erhalten, dich erneut mit ganzer Kraft in den Dienst Amazoniens zu stellen."
„Bei Ama, meine Königin, ich werde wie ein Teufel kämpfen!", verspricht die Heerführerin und ihre Zähne schlagen entschlossen aufeinander.
Die Königin hebt ihre Hand und streicht sanft über Sinchas Augenklappe, dann fällt ihr Blick auf Sinchas linken Daumenstumpf. „Du hast viel gelitten."
„Das ist unwichtig."
„Ja, vermutlich." Die Königin nickt müde.
„Erina Jastantino will, dass wir den Smaragdkelch ins Bastolische Schloss zu den Zauberern bringen, damit er vor Erik Anfohrrnus und König Angrias sicher ist."
„Die Gerüchte stimmen also", sagt die Königin mit gepresster Stimme. „Erik und Angrias machen gemeinsame Sache. Ich habe es insgeheim schon seit ein paar Wochen befürchtet. Aber ich wollte nicht wahrhaben, dass Erik ein Verräter ist. So viele Jahrzehnte ist er ein guter Freund Amazoniens gewesen." Die Amazonenkönigin senkt sinnend ihren Kopf, doch schon Momente später hebt sie ihn wieder und richtet ächzend ihren Oberkörper auf. „Nun gut, Erina Jastantinos Wille geschehe." Sie wendet sich an eine Priesterin. „Reiche mir den Smaragdkelch."
„Ja, meine Königin." Die kahlgeschorene Priesterin langt zum Altar, wo der Smaragdkelch steht.
Wieder einmal bin ich verblüfft darüber, wie unscheinbar diese Reliquie doch wirkt; sie ist klein, grün und windschief und

macht den Eindruck, als wäre derjenige, der den Kelch hergestellt hat, ein unerfahrener Lehrling gewesen.
Mit einem Seufzer nimmt die Königin den Smaragdkelch entgegen. „So ist also alles entschieden.“
„Sollten wir nicht doch weiterkämpfen?“, fragt Sincha, die ganz offensichtlich ihre Probleme damit hat, das Heiligtum der Amazonen an die Zauberer des Bastolischen Schlosses abzuliefern.
„Dieser Kampf ist längst vorbei. Aber es wird für dich bald einen neuen geben.“ Die Königin presst ihre Lippen an den Rand des Kelches, und ein winziger grüner Funke springt von der Reliquie auf die Königin über; ihre Augen funkeln für einen Moment überaus zufrieden.
„Die Zeit drängt, also hört mir alle gut zu.“ Während sie spricht, öffnet sie mit ihrer freien Hand mühsam die unteren drei Knöpfe ihres Wamses und alle erstarren. Sie hat eine tiefe, blutende Wunde im Bauch, aus der spitze Metallteile ragen.
„Als die Feuerbändiger aus Yestshire das Tor zur Heiligen Halle gesprengt haben, wurde ich bei dem Versuch, das Tor zu verteidigen, schwer verwundet. Das Metall hat sich tief in meinen Körper gefressen und lässt sich nicht mehr entfernen.“
„Bei Ama! Nein!“, stöhnen Sincha und Clarina. Auch wir anderen sind erschüttert.
Die Königin hustet kurz und gequält. „Amazonien braucht eine neue Königin. Mein Leben geht rasch zu Ende und ich muss den Kelch weiterreichen.“ Sie ergreift Sinchas Hand. „Und zwar an dich, meine Tochter.“
„Aber, bei Ama, das geht doch nicht“, stammelt Sincha.
„Bisher hat der Kelch immer eine Priesterin als Königin erwählt. Ich bin nur eine Kriegerin.“
Die glatzköpfigen Priesterinnen nicken zustimmend zu Sinchas Worten. Eine von ihnen tritt einen Schritt nach vorne. „Meine Königin, nur aus dem Kreis von uns Priesterinnen darf die neue Königin erwählt werden.“
Eine zweite ergreift das Wort. „Es war von jeher Tradition, dass eine Priesterin Amazonien anleitet. Nur wir Priesterinnen stehen unserer Göttin Ama nahe genug, um ihren Willen zu erkennen.“
„So ist es“, sagen die restlichen Priesterinnen einhellig und mit Überzeugung.

„Die Zeiten ändern sich“, schnarrt die Königin unbeirrt, ihr Blick gleitet langsam von Priesterin zu Priesterin. „Der Kelch hat schon vor ein paar Monden zu mir gesprochen, aber ich konnte ihn lange Zeit nicht verstehen. Sein Wunsch blieb mir unbegreiflich. Doch vorhin, als Sincha so überraschend in die Heilige Halle gestürmt ist und zusammen mit ihren Gefährten unsere Feinde zurückgedrängt hat, wurde mir alles klar. Ich sah sie kämpfen, ich sah ihren Mut und ihre Entschlossenheit. Sie ist die geborene Anführerin. Sincha ist diejenige, die uns erretten wird.“ Sie blickt tief in Sinchas verbleibendes Auge. „Strecke deine Hand aus.“
„Aber ...“
„Tu es, damit irgendwann und irgendwo ein neues, ein stärkeres Amazonien erbaut werden kann. Wir brauchen jetzt keine friedfertigen Priesterinnen. Wir brauchen jetzt eine starke, entschlossene, kampferfahrene Kriegerin, damit die Ideen und Träume von Amazonien weiterleben können.“
„Aber ...“, sagen nun auch die Priesterinnen und klingen hellauf empört.
„Schweigt still! Ich habe als Königin meinen Willen kundgetan und den habt ihr vorbehaltlos zu respektieren. Alles andere wird der Smaragdkelch entscheiden.“
Die Priesterinnen senken ihre kahlgeschorenen Köpfe mit zusammengebissenen Zähnen. Die Haut über ihren Backenknochen strafft sich wütend; die glatzköpfigen Frauen sagen aber kein weiteres Wort, trotz allen Unwillens akzeptieren sie weiterhin die unantastbare Autorität ihrer Königin.
Plötzlich stöhnt die Königin auf. Schreckliche Schmerzen quälen erneut ihren geschundenen Körper. Nur mit Mühe kann sie noch sprechen. „Sincha, so höre meinen letzten Befehl. Bringe die Reliquie zu den Zauberern und bitte sie um Unterstützung. Du musst ein neues Amazonien errichten.“
„Ja, meine Königin.“ Tränen tropfen aus Sinchas heilem Auge.
„Dann ist alles besprochen, meine Tochter“, seufzt die Königin. „Strecke deinen Arm aus und halte den Kelch gut fest. Er wird letztendlich die Entscheidung fällen.“
Sincha tut, wie ihr geheißen, und die Priesterinnen beginnen zögerlich und recht unwillig mit einem auf- und abschwellenden Singsang. Nach einer kurzen Weile werden die

Stimmen der Priesterinnen aber entschlossener, voller und tiefer, und ein ungewöhnliches Klangbild erfüllt die Heilige Halle.
„Bei Ama! Mögen unsere Netze stark, sicher und beständig sein“, intoniert die Königin. „Bei Ama! Eine neue Zeit beginnt! Ama, große geliebte Göttin, schenke uns eine neue Königin! Darum bitten wir aus ganzem Herzen! Ama, beschenke uns neu!“
„Ama, Ama, Ama!“, singen die Priesterinnen, und die Schneiden ihrer goldenen Sicheln beginnen zu glühen.
Plötzlich ist ein heller, grüner Schein rund um den Smaragdkelch zu sehen und Sincha beginnt zu schreien. Schreckliche Schmerzen rasen durch ihren Körper, ihre Beine und Arme verkrampfen sich in unmenschlicher Qual, und Speichel spritzt von ihren Lippen; dennoch hält sie den Kelch weiter unbeirrt fest.
Und dann, ebenso schnell, wie der grüne Schimmer gekommen ist, verschwindet er auch wieder. Keuchend und brabbelnd senkt Sincha ihren Arm. Schweiß perlt von ihrer Stirn.
Zu meiner nicht geringen Verblüffung stelle ich fest, dass sich in ihrem eintätowierten Spinnennetz auf der Wange nun vier neue schwarze Spinnen befinden, offensichtlich ein Zeichen Amas, dass sie Sincha als neue Königin akzeptiert.
Ob Sincha, frage ich mich, auch so spindeldürr und groß wie die alte Königin wird und ebensolch spitze Zähne bekommt? Wird mit der Zeit auch ihr Körper voll schwarzer Spinnen sein?
Die Priesterinnen und Clarina verneigen sich tief vor ihrer neuen Königin; auch Knut, Kathinka, die Zwerge und ich neigen die Köpfe. Für einen kurzen Moment tut es mir für Sincha leid, dass Romaldo jetzt nicht hier ist und an ihrer Seite steht. Hoffentlich hat der Prinz aus Harba während des Kampfes nicht etwas Unüberlegtes getan und dafür mit seinem Leben bezahlt. Ich würde sein Ende durchaus ein wenig bedauern.
„Meine Königin“, sagt die alte Königin zu Sincha, „reiche mir noch einmal den Kelch. Ich muss einen letzten Kampf ausfechten.“
„Mit wem?“
„Mit König Angrias.“
„Mit Angrias?“ Sincha ist sichtlich erstaunt.
„Er kommt hierher“, sagt die alte Königin. „Ich spüre es ganz

genau."
„Wir werden dich beschützen."
„Nein, ihr werdet fliehen. Und ich versuche, Angrias, so lange es geht, aufzuhalten", klackert die Königin und erneut tritt Blut aus ihrem Mund. Sie hustet kläglich. „Gib mir noch einmal den Smaragdkelch", wiederholt sie.
Zögernd reicht Sincha ihr die Reliquie.
„Danke, meine Tochter." Der Kelch beginnt in den Händen der alten Königin zu schimmern. „Ama, geliebte Göttin, gib mir noch einmal Kraft!" Ein Ruck geht durch den dürren Körper, und die eintätowierten Spinnen auf ihrer Haut scheinen sich noch schneller und emsiger als sonst zu bewegen. Und dann hebt sich eine Hautfalte über ihre Hüfte, und dann noch eine links davon, und noch eine. Es ist ein Ziehen und Drücken und Pressen, das grässlich anzusehen ist, doch schließlich sind alle Metallteile im Bauch der alten Königin mit blasser Haut überzogen. „Danke, Ama, danke!" Mit einer schnellen, fließenden Bewegung steht sie auf und reicht den Kelch an Sincha weiter, die nun ebenfalls aufgestanden ist. „Verwahre ihn gut, meine Tochter."
„Das werde ich tun." Sincha ergreift die Reliquie und gibt sie in einen Stoffbeutel, dessen Öffnung sie penibel festzurrt. Dann knüpft sie den Beutel mit zahlreichen Knoten an ihrem Hüftgürtel fest.
Die alte Königin umarmt Sincha. „Ich bin stolz auf dich."
„Amazonien wird neu erstehen", verspricht Sincha und erwidert die Umarmung lange und innig, bevor sich die beiden Frauen voneinander lösen.
Sincha wirkt mit einem Mal entschlossen und bestimmt. „Wir brechen auf! Alle zu mir!"
Priesterinnen, Kriegerinnen und Zwerge folgen ihrem Ruf. Sincha stellt sich zu mir. „Romaldo ist verschwunden", flüstert sie leise in mein Ohr. „Kannst du noch eine Weile bei meiner Königin in der Heiligen Halle ausharren? Vielleicht taucht er ja noch auf."
„Ich warte, bis Angrias und seine Schergen das ramponierte Tor aufgebrochen haben. Dann eile ich euch hinterher."
Kathinka, die offensichtlich alles mitangehört hat, nickt mir zu. „Sobald du Angrias siehst, verschwinde von hier. Ich werde in der Zwischenzeit darauf achten, dass die Lawine der

schwebenden Steine nicht voreilig ausgelöst wird."

39

Kurz stehe ich unentschlossen da und betrachte die Königin, die vor dem Altar verharrt. Ihr Blick ist zum Haupttor gerichtet und ihre Unterkiefer mahlen. Ich kann mich des Eindrucks nicht erwehren, dass sie sich innerlich auf ihren baldigen Tod vorbereitet. Ihre Haltung drückt Gram und großen Kummer aus. Tiefe Falten graben sich rund um ihren Mund in ihre tätowierte Haut, und ein dunkler Schmerz ist in ihren pupillenlosen Augen zu erkennen. Amazonien hat Jahrtausende jeder Bedrohung standgehalten, doch unter ihrer Regentschaft wird es fallen, und das nur durch Eriks Verrat; und vielleicht auch ein wenig wegen ihres ungerechtfertigten Vertrauens, das sich der hinterlistige Zauberer über die Jahrzehnte hinweg erschlichen hat. Es muss der alten Königin das Herz zerreißen, dass ausgerechnet sie es ist, die Amazoniens Niedergang, wenn auch ungewollt und unwissend, mitbesiegelt hat. Irgendwie fühle ich mich beinahe veranlasst, ein paar Worte mit ihr zu wechseln, da ich aber nicht genau weiß, was ich sagen soll, knurre ich nur verhalten und trabe langsam zu den Leichen, die zuhauf in der Heiligen Halle liegen. Vielleicht ist ja auch Romaldo unter den Gefallenen? Das würde ich ihm zwar nicht wünschen, aber ich habe keine andere Erklärung, wo er sonst abgeblieben ist.
Weit und breit kann ich jedoch keine Spur von ihm entdecken; sein breitkrempiger Hut und sein aufgebauschter Rüschenmantel sind eigentlich nur schwer zu übersehen. Sicherheitshalber drehe ich ein paar Leichen um, die in etwa seine Statur haben und auf dem Bauch liegen, sodass ich ihr Gesicht nicht sehen kann; wie ich aber nicht anders erwartet habe, ist Romaldo nicht unter ihnen.
So wende ich mich wieder von all den Toten ab und stelle mich vor den Fluchtgang. Eine Fackel, die in einer eisernen Halterung an der Wand befestigt ist, wirft ihr flackerndes Licht über mich, und ich beschließe, sie zu schnappen, sobald Angrias auftaucht, und schnellstmöglich zu fliehen. Eigentlich wäre es deutlich vernünftiger, gleich jetzt von hier zu verschwinden, da ich nicht mehr daran glaube, dass Romaldo

noch einmal in die Heilige Halle zurückkehren wird. Wenn er im Eifer des Gefechtes ostalische Schergen verfolgt hat, wird er es, sobald er wieder ruhigeren Blutes ist, tunlichst vermeiden, hierher zurückzukommen. Höchstwahrscheinlich wird er sich einen eigenen Fluchtweg suchen. Geschickt und kampferfahren, wie er nun einmal ist, traue ich ihm ohne Weiteres zu, dass er heil und unversehrt aus Ontron fliehen kann. Vermutlich wird er sich unverzüglich Richtung Bastolisches Schloss begeben; immerhin weiß er ja, dass wir die amazonische Reliquie dorthin bringen wollen.

Und dann kommt mir ein neuer Gedanke. Romaldo hat ja auf unserer Reise wiederholt davon gesprochen, dass er sich an König Edwin aus Salur und dessen Sohn für die erlittene Schmach rächen will. Nun, ich kann mir durchaus vorstellen, dass er wagemutig genug ist, die Wirren einer Schlacht auszunutzen, um sich auf die Suche nach König Edwin zu begeben.

„Es ist Zeit für dich zu gehen", klackert die amazonische Königin mitten in meine Gedanken hinein. „Angrias wird jeden Augenblick hier sein." Sie setzt sich in Bewegung und geht gemessenen Schrittes einige Meter in Richtung Haupttor.

Überrascht darüber, dass sie mit mir spricht, neige ich den Kopf ein wenig. „Möge Ama dich beschützen", sage ich.

Die Königin erwidert darauf nichts. Entschlossen hebt sie ihre beiden Krummsäbel an und atmet leise aus.

Da meiner Meinung nach alles gesagt wurde, was zu sagen ist, nehme ich die Fackel aus der Halterung und werfe einen letzten Blick auf die Königin, froh darüber, endlich die Heilige Halle verlassen zu können.

Nach wenigen Schritten höre ich ein heftiges Bersten, Augenblicke später zersplittern die Flügel des Haupttores. König Angrias scheint angekommen zu sein.

Ich will soeben den nächsten Schritt setzen, da spüre ich voll Entsetzen, dass mich *mahamsanazu* befällt. Eine gewaltige Neugierde braust durch meine Eingeweide und hemmt mich augenblicklich. Vor vielen Wochen in den Ephtalonischen Hügeln, als Sincha und Clarina den elften Vollmond zelebriert haben, hat mich mein *mahamsanazu* das letzte Mal befallen. Damals ist es aber nicht so stark gewesen, und ich konnte mit einiger Willensanstrengung widerstehen; heute jedoch ist es von einer Urgewalt, der ich nichts entgegenzusetzen habe. Knurrend und mit mir selbst zutiefst hadernd, drehe ich mich um und gehe zurück zum Höhleneingang. In meinem Innersten weiß ich, dass es sinnlos ist, sich dagegen zu wehren; mein *mahamsanazu* wird erst wieder ruhen, wenn es seine Neugierde gestillt hat.

Mit schmalen Augen verharre ich direkt beim Eingang, den Körper eng an die felsige Wand gedrückt.

König Angrias schreitet soeben, begleitet von zahlreichen dunklen Wesen, durch das zerstörte Haupttor. Er ist schlank, beinahe hager, und von mittelgroßer Gestalt. Eine dunkle Maske, bei der nur die Augenschlitze frei sind, bedeckt sein Gesicht. Hunderte winzige Diamanten sind in die Maske gestickt und funkeln nun im Licht der Fackeln, Kerzen und Öllampen. Angrias trägt schwarze, enganliegende Lederkleidung, schwarze Stiefel, die bis knapp unter seine Kniekehlen reichen, und schwarze Lederhandschuhe. Seinen rechten Oberarm schmückt ein bronzener Armreif, und ich erkenne sofort, dass dieser Armreif eine Reliquie der Macht ist. Angrias sieht wohl keine Veranlassung mehr, die Reliquie noch länger vor den Augen seiner Untertanen zu verbergen.

Mit einer ruhigen Bewegung zieht er im Vorwärtsgehen sein Rapier und hält es vor seinen hageren Oberkörper. Seine Waffe ist bei weitem nicht so edel wie die von Romaldo, aber sie scheint ebenso scharf und tödlich zu sein. Angrias macht zwei weitere Schritte auf die Königin zu. Eine unglaubliche Kraft strömt von ihm aus, die alles rundum in ihren Bann zu ziehen scheint. Angrias verkörpert Grausamkeit, Tod und Verderben.

„So stehen wir uns also erstmals von Angesicht zu Angesicht gegenüber“, sagt die Amazonenkönigin ohne Angst. „Obwohl dein Antlitz ja verhüllt ist. Vielleicht aus Scham über all deine Gräueltaten?“

Ich weiß, warum die Königin das Gespräch mit Angrias sucht; sie will für Sincha und all die anderen noch zusätzlich Zeit gewinnen.

„Amazone, ich werde dich jetzt töten.“ Angrias Stimme klingt so brüchig und trocken, dass man meinen könnte, er hätte seit Jahren kein Wort gesprochen.

„Du scheinst nicht sehr mutig zu sein, wenn du so viele dunkle Wesen zur Unterstützung benötigst“, höhnt die Königin.

„Ich kämpfe alleine gegen dich.“ Angrias bedeutet mit seiner linken Hand den Hexern und Hexen, dass sie auf ihren Plätzen verharren sollen. Klaglos folgen sie seinem Befehl.
Er hebt die Spitze seines Rapiers und geht weiter unbeirrt vorwärts.
Kurz habe ich den Eindruck, als ob die Königin noch etwas sagen will, doch sie sieht wohl ein, dass Angrias nicht länger mit einem Wortgeplänkel hinzuhalten ist. So geht sie entschlossen in Kampfposition.
Mein Körper erbebt von der Intensität meines *mahamsanazu*. Gespannt halte ich den Atem an, als die Königin und Angrias aufeinander losstürmen.
Die Königin schwingt gedankenschnell ihre beiden Krummsäbel; zischend fauchen sie durch die Luft. Der linke Säbel zielt auf Angrias Hals, der rechte auf seine linke Hüfte. Die Königin ist schnell wie ein Pfeil und eine herausragende Kämpferin, dennoch weicht Angrias ihrem Angriff mit einer leichten Körperdrehung schattengleich und mühelos aus. Ansatzlos geht er zum Gegenangriff über; er ist mit seinem Rapier so schnell, dass man der zustoßenden Bewegung mit dem freien Auge fast nicht folgen kann. Mit einem satten Schmatzen bohrt sich die Spitze seines Rapiers in das Herz der Amazonenkönigin. Ihr hagerer, tätowierter Körper erzittert seufzend.
Angrias zieht das Rapier aus der tiefen Wunde und schlägt noch einmal zu. Mit einem hässlichen Schmatzen löst sich der Kopf der Königin von ihrem Körper.
Ich starre entsetzt auf die geköpfte Leiche der Königin. Angrias ist eiskalt, und so überaus mächtig. Dank seiner Reliquie erscheint er mir beinahe unbesiegbar.
Die amazonische Königin ist eine Kämpferin gewesen, die normalerweise keinen Gegner zu fürchten gebraucht hat, aber gegen Angrias ist sie völlig chancenlos gewesen. Der ganze Kampf hat nicht länger als zwei, drei Sekunden gedauert.
Da beißt eine sengende Hitze in meine Wange. Bei all der Anspannung habe ich gar nicht gemerkt, dass ich die Fackel in meiner Hand zu nahe an mein Gesicht gehalten habe. Schnell hebe ich sie ein Stück an und knurre verhalten, aber auch überaus erleichtert; mein *mahamsanazu* ist endlich erloschen. Nun bin ich wieder frei.

Schnell wende ich mich von der Heiligen Halle ab und beginne zu laufen. Angrias bemerkt mich jedoch, und er sieht wohl auch die sich bewegende, flackernde Fackel in meinen Händen.
„Haltet das Wesen auf!“, ruft er seinen Untergebenen zu.
Ich beschleunige meinen Lauf. Hinter mir krachen Metallspitzen gegen den nackten Fels, eine Lohe züngelt an meiner linken Schulter vorbei und ich spüre, wie mich ein heftiger Windstoß streift. Doch dann bin ich um die erste Biegung und zumindest für kurze Zeit vor weiteren magischen Angriffen sicher. Meine kralligen Füße trommeln über den felsigen Boden. Keuchend und schwitzend sprinte ich mit aller Kraft, die in mir ist.
Die dunklen Wesen hinter mir nehmen die Verfolgung auf. Die Fackel behindert mich, aber ich kann sie nicht loslassen. Hier im Gang ist es so dunkel, dass ich selbst mit meinen Skriekaugen nichts sehen könnte. Weiter und weiter geht mein Lauf; mittlerweile brennen meine Oberschenkel, aber ich werde nicht langsamer. Endlich sehe ich vor mir einen Lichtschimmer. Im Näherkommen erkenne ich, dass Kathinka und Sincha neben einem Durchgang stehen und Fackeln in den Händen halten. Der Anblick der beiden Frauen gibt mir neue Zuversicht und scheint meine Kräfte zu verstärken. Ich werde noch eine Spur schneller; hinter mir ist von den dunklen Wesen nichts mehr zu hören. Anscheinend haben sie meiner Geschwindigkeit nichts entgegenzusetzen.
Kathinka und Sincha winken und rufen. Ich sprinte die letzten fünfzig Meter, dann bin ich bei ihnen und springe vorwärts. Kathinka und Sincha folgen mir eiligst in die riesige unterirdische Kaverne. Mit einer raschen Bewegung verschließt Sincha den steinernen Durchgang hinter mir
„Wo warst du so lange?“, fragt Kathinka besorgt.
Ich bin so außer Atem, dass ich nur *„mahamsanazu“* keuchen kann; doch Kathinka scheint das als Erklärung zu genügen, da sie verstehend nickt.
„Was ist mit der Königin?“, will Sincha wissen.
„Tot ... Angrias … hat sie ... geköpft“, schnaufe ich, schwer nach Luft schnappend.
„Dafür wird er bezahlen.“ Sincha spannt ihr spitzes Kinn an.
„Und wo ist Romaldo?“
Stumm schüttle ich den Kopf.

„Nun gut. Romaldo ist zäh. Er wird überleben.“ Sincha schluckt verhalten. „Und jetzt verschwindet von hier“, sagt sie zu Kathinka und mir. „Ich werde in wenigen Augenblicken die schwebenden Steine lösen.“
Hechelnd raffe ich mich auf und gehe über die so ungewöhnlich ebene Fläche zu den anderen, die vor der steilen, hoch aufragenden Wand warten, an der wir erst vor knapp zwei Stunden hinabgeklettert sind. Captain Kantul-Lanto und die Hamyne Tul-Lyna stehen eng nebeneinander und unterhalten sich leise. Neben ihnen wachen die überlebenden Grauen Zwergenkrieger mit ihren Rundbögen, an deren Sehnen immer noch kampfbereit Pfeile angelegt sind. Überblicksartig zähle ich sie. Zehn Zwerge und sechs Zwerginnen von den einst achtzig sind noch am Leben. Die Grauen Zwerge haben für ihre Unterstützung reichlich bezahlt, und das, da bin ich mir sicher, wird Tul-Lyna alles andere als freuen.
Rechts von den Grauen Zwergen haben sich ein Dutzend amazonische Kriegerinnen und an die zwanzig Priesterinnen gruppiert. Clarina ist mitten unter ihnen, von einer Schramme auf ihrer Stirn tropft ein dünner Blutsfaden. Etwas abseits steht Knut mit hängenden Schultern. Nun kommt er auf mich zu.
„Grumpf?“, fragt er.
Kathinka muss nicht für mich übersetzen, ich weiß auch so, dass er sich nach Romaldos Verbleib erkundigt.
„Ich habe ihn nicht gesehen“, sage ich, immer noch etwas außer Atem. „Vermutlich sucht er nach König Edwin.“
„Grumpf.“ Knut nickt kurz. Anscheinend hat er bezüglich Romaldo ähnliche Überlegungen wie ich angestellt.
„So dumm wird Romaldo doch nicht sein“, ärgert sich Kathinka. „Allein hat er keine Chance. Die salurischen Soldaten werden ihn töten.“
„Grumpf, grumpf“, meint Knut.
„Nein, dein Bruder ist nicht mutig!“ Kathinka funkelt Knut an. „Er ist dumm und rachsüchtig!“
„Grumpf. Grumpf, grumpf.“
„Was nützt ihm seine Ehre, wenn er tot ist?“
„Grumpf!!!“ Knut stapft verärgert davon.
„Hast du ihn jetzt gekränkt?“, will ich von Kathinka wissen.
„Vermutlich.“
„Stellt euch nahe an die Wand!“, ruft Sincha. „Schließt eure

Augen und haltet euch Mund und Nase zu. Es wird gleich ordentlich stauben."
Gehorsam treten wir näher an die schroffe, steil hinter uns aufragende Wand heran. Neben uns tost der Nebenarm des Ons und besprüht uns mit schäumender Gischt.
Sincha blickt zu uns herüber, die wir gut vierhundert Meter von ihr entfernt sind. Schließlich ist sie mit unserer Aufstellung zufrieden und zieht mit aller Kraft einen im Stein eingelassenen Metallhebel nach unten. Der Hebel knarrt so stark, dass ich es bis zu mir herüber hören kann. Schließlich rastet der Hebel ein und Sincha beginnt zu laufen. Ihre Füße fliegen dahin und ich registriere mit einiger Verwunderung, dass die hagere Amazone mir bei einem Sprint beinahe ebenbürtig ist.
Nach wenigen Sekunden erreicht sie uns und drückt sich an einer freien Stelle eng an die Felsenwand.
Kathinka blickt herausfordernd zu Sincha; der wilde Lauf der Amazone hat ihr zu denken gegeben. „Hältst du es für klug, dass ausgerechnet die neue Königin die Verankerung der schwebenden Steine löst und dabei ihr Leben unnötig riskiert? Auch eine von deinen Kriegerinnen hätte den Hebel nach unten drücken können."
„An deiner Stelle, Formwandlerin, würde ich jetzt den Mund halten", sagt Sincha mit einem brummigen Unterton.
Und dann beginnt ein gewaltiges Rumpeln. Tausende Tonnen Stein lösen sich von der Decke und sausen abwärts. Wuchtig krachen sie auf den felsigen Boden unmittelbar vor dem geheimen Eingang, türmen sich übereinander und verursachen einen Höllenlärm. Staub und Schutt bilden dunkle Wolken, die sich nach und nach über die gesamte Fläche verteilen. Wir schließen unsere Augen und halten den Atem an. Es dauert eine ganze Weile, bis alles vorüber ist. Blinzelnd blicken wir uns um. Eine gewaltige Masse aus Felsbrocken, Steinen und Splittern liegt vor dem geheimen Zugang und versperrt ihn. So schnell, denke ich, wird uns niemand mehr über diesen Weg verfolgen. Hustend klopfe ich mir, ebenso wie all die anderen, den grauen Felsenstaub aus den Kleidern.
Über uns an der steinernen Decke, wo eben noch tausende Tonnen Fels geschwebt sind, erstrahlt nun ein gelbliches Licht, das reichlich Helligkeit spendet. Wieder einmal bin ich über die Magie der amazonischen Priesterinnen erstaunt.

Auch die anderen sperren Münder und Augen auf und schnaufen überrascht.
„Ama ist wahrlich groß“, sagt Clarina mit Ehrfurcht in der Stimme.
„Das ist sie“, murmeln die Amazonen ringsum.
Nach und nach erlöschen die Fackeln, da wir sie jetzt nicht mehr benötigen; wir haben auch ohne sie ausreichend Licht.
Sincha richtet das Wort an uns. „Lasst uns rasch aufbrechen. Wir dürfen trotz allem keine Zeit verlieren. Das Bastolische Schloss wartet auf uns.“
„Wozu diese Eile, Sincha Ankonski?“, fragt Captain Kantul-Lanto herausfordernd.
Sincha dreht sich zu dem Grauen Zwergencaptain. „Die Reliquie ist erst sicher, wenn sie in den Händen des Hohen Rates ist.“
„Das sehe ich ganz anders.“ Kantul-Lanto zieht sein Kurzschwert.
Wie auf ein geheimes Kommando spannen die überlebenden sechzehn Zwerge ihre Rundbögen und zielen unmissverständlich auf Sincha. Die Hamyne, die unmittelbar neben dem Captain steht, zeigt ein mürrisches Gesicht und ihr Unterkiefer spannt sich an.
„Was soll das, Captain Kantul-Lanto?“ knurrt Sincha. „Befehle deinen Kriegern augenblicklich, die Bögen zu senken!“
„Die Bögen werden gesenkt, sobald du uns die Reliquie ausgehändigt hast.“ Kantul-Lanto hebt sein Kurzschwert an; er wirkt bedrohlich und zu allem entschlossen.
Die Amazonen, Kriegerinnen wie Priesterinnen, wollen sich um Sincha scharen, um sie vor den Pfeilen zu beschützen. Kathinka und Knut machen ebenfalls einen Schritt in Richtung Sincha. Ich verharre argwöhnisch auf meinem Platz und äuge zu den Grauen Zwergen. Sie sind uns an Anzahl unterlegen, aber ihre gespannten Rundbögen geben ihnen klar alle Trümpfe in die Hand.
„Keine Bewegung, oder ich lasse die Pfeile fliegen!“, droht der Zwergencaptain.
„Bleibt auf euren Plätzen“, sagt Sincha. Ihre grünen Augen funkeln Kantul-Lanto an. „Die Reliquie gehört uns Amazonen.“
„Das sieht König Bethul-Ento aber ganz anders“, höhnt der Zwerg. „Und jetzt händige mir die Reliquie aus, wenn dir dein

Leben lieb ist, neue Königin von Amazonien."
Da stellt sich die Hamyne vor den Captain. „Kantul-Lanto, was ist in dich gefahren? Wie kannst du es wagen, die heilige Reliquie der Amazonen für dich zu beanspruchen?"
„Ich handle im Auftrag unseres Königs. Er will die Reliquie für uns Graue Zwerge."
„Warum denn, bei Julandha?", schnappt die Hamyne erbost.
„Ist das nicht offensichtlich, Tul-Lyna?" Er zeigt mit der Spitze seines Kurzschwerts auf die Zwergenpriesterin. „Die Riesen und König Sinnlys Felsenratten werden sich nach der Eroberung Amazoniens hemmungslos bereichern. Sie werden alle Waffen und Kriegsmaschinen an sich nehmen und ihre Schatztruhen mit Gold und Edelsteinen füllen. Sollen wir Grauen Zwerge wieder einmal leer ausgehen und noch weiter an Einfluss verlieren?" Er spuckt aus. „Nein, niemals! Wir Grauen Zwerge werden wieder zu alter Größe gelangen. Vielleicht werden wir sogar noch mächtiger als je zuvor."
Mir wird schlagartig klar, warum König Bethul-Ento damals in der Thonyschen Kaverne unsere Geschichte akzeptiert hat, ohne sie groß zu hinterfragen: Es ist von Anfang an seine Absicht gewesen, die Reliquie für sich zu gewinnen.
„Das, was du vorhast, Kantul-Lanto, ist ohne Plan und Verstand." Die wasserhellen Augen der Hamyne fixieren den Zwergencaptain furchtlos, obwohl er sein Kurzschwert immer noch drohend erhoben hat.
„Das ist es nicht! König Bethul-Ento erkannte sofort, welche Möglichkeiten sich für uns Graue Zwerge durch die Heerführerin und ihre Gefährten ergeben. Die scheinbar uneinnehmbare Heilige Halle stand uns plötzlich offen. Die Amazonen waren bereit, uns in ihr Heiligtum zu führen. Wir brauchten keine Pforten zu überwinden und keinen Krieg zu führen. Mit lediglich achtzig Kriegern drangen wir bis zu der Reliquie vor. Uns gelang, was bisher als unmöglich galt. Und König Bethul-Ento erkannte diese Möglichkeit sofort, als die Heerführerin in die Thonysche Kaverne kam. Das, Hamyne, unterscheidet eben einen guten König von einem schwachen."
„Das ist Irrsinn!"
„Irrsinn wäre es, auf die Macht des Kelches zu verzichten."
„Die Zauberer des Bastolischen Schlosses werden uns reich belohnen, wenn wir ihnen die Reliquie überbringen", sagt die

Hamyne. „Die Elevin von Erina Jastantino hat es uns versprochen."
„Die Zauberer werden uns mit Almosen abspeisen."
„Die Reliquie muss in Sicherheit gebracht werden. Sie darf nicht in die falschen Hände gelangen", beharrt Tul-Lyna.
„König Bethul-Entos Hände sind genau die richtigen", sagt der Zwergencaptain. „Wenn die Zauberer unbedingt die Reliquie wollen, dann müssen sie mit reichlich Gold dafür bezahlen."
„Und wenn sie das nicht tun?"
„Dann erhält eben der Meistbietende den Smaragdkelch. Oder die Reliquie bleibt bei uns im Grauen Zwergenreich." Seine Augen verengen sich. „Als Hamyne müsstest du ihre Magie doch zu schätzen wissen. König Bethul-Ento hofft, dass du mit der Reliquie arbeitest und uns so zu neuer Größe führst."
„Niemals, Captain! Der Steinkreis hat entschieden, dass wir die Reliquie zu den Zauberern ins Bastolische Schloss bringen sollen!"
„So wie ich es sehe, hat der Steinkreis lediglich gewollt, dass wir die Reliquie holen."
„Kantul-Lanto, versündige dich nicht an Julandhas Willen", warnt die Hamyne.
„Du hast den Kampf gegen die Menschenfrau verloren", sagt der Zwerg. „Wenn es Julandhas Wille gewesen wäre, dass wir in unserem Reich tatenlos verharren, dann hättest du den Kampf im Steinkreis gewonnen."
Die Hamyne schluckt. Ihr scheint plötzlich etwas klar zu werden. „König Bethul-Ento hat mich doch tatsächlich mit Gift aus seinem Ring betäubt. Ich wollte den Worten des Schuppenwesens nicht glauben, da es bis jetzt für mich unvorstellbar war, dass man in einem Steinkreisduell betrügen kann. Doch es ist durch König Bethul-Ento geschehen. Der Kampf war eine einzige Farce. Er wollte von vornherein die Reliquie stehlen. Er hat den Steinkreis entweiht und sich gegen unsere Göttin Julandha versündigt."
„Achte auf deine Worte, Priesterin!", warnt Kantul-Lanto.
„Zwerge", richtet die Hamyne das Wort an die Bogenschützen, „es ist schweres Unrecht, was hier geschehen soll. Julandha wird uns dafür bestrafen. Hört auf mich! Ich bin eure erwählte Priesterin. Senkt die Waffen und helft den Amazonen!"
Die Grauen Zwerge scharren unruhig mit den Füßen, einige

murren verhalten. Die Worte der Hamyne geben ihnen zu denken.
Kantul-Lanto erkennt, dass er handeln muss, um seine Krieger bei der Stange zu halten. Wütend drückt der Zwergencaptain die Spitze seines Kurzschwertes an den weißen Hals der Hamyne; ein dünner Faden roten Blutes fließt aus der Wunde. Die Hamyne erstarrt, mehr aus Erstaunen denn aus Schmerz. Niemals hätte sie gedacht, dass der Captain die Waffe gegen sie erheben und sie mit einem Schnitt verletzen würde.
„Hier hast du keine Befehlsgewalt, Hamyne!“ Kantul-Lanto spricht lauter. „Hier und jetzt gilt allein König Bethul-Entos Wille! König Bethul-Ento gab uns einen klaren Befehl. Und den werden wir, wie es sich für aufrechte Krieger gehört, unbeirrt befolgen.“
Die Grauen Zwerge verstummen und fügen sich der Befehlsgewalt ihres Captains.
Die Hamyne will etwas sagen, doch da drückt Kantul-Lanto die Schwertspitze noch fester gegen ihren milchigweißen Hals, und so kommt nur ein dumpfes Knurren aus ihrer Kehle.
Der Captain richtet sein Wort an Sincha, ohne dabei Tul-Lyna aus den Augen zu lassen oder gar den Druck der Schwertspitze auch nur ein wenig zu mindern. „Gib mir unverzüglich die Reliquie, Amazone, oder du wirst sterben!“
„Niemals gebe ich sie kampflos her!“ Sincha wirkt wild entschlossen. „Die Reliquie gehört uns Amazonen.“
„Du bist sehr dumm, Sincha Ankonski.“ Captain Kantul-Lanto seufzt kurz. „Schießt!“
Die Zwerge lassen die Sehnen los und augenblicklich rasen die Pfeile auf uns zu.

40

Alles geht furchtbar schnell. Die Amazonen wollen sich als lebende Schutzschilde vor ihre Königin werfen, aber ich erkenne bereits im Ansatz, dass dafür die Zeit nicht reicht. Todbringend sausen die Pfeile heran. Doch da, mit einem Schlag, stoppen sie mitten in der Luft und verharren einen winzigen Augenblick, bevor sie klappernd auf dem Steinboden zum Liegen kommen.

Captain Kantul-Lanto erstarrt. Die Hand mit dem Kurzschwert, das den Hals der Hamyne geritzt hat, zittert. Speichel tropft von seinen Lippen und in seine Bartzöpfe. Die Hamyne zögert nicht lange. Sie tritt rasch einen Schritt zurück und rammt ihre Faust gegen die Hüfte des Zwergencaptains. Kantul-Lanto kippt zur Seite und kommt bäuchlings zum Liegen – da sehe ich, dass drei Giftpfeile in seinem Genick stecken.
Für die Amazonen gibt es nun kein Halten mehr. Wütend und mit blank gezogenen Krummsäbeln stürzen die Kriegerinnen vorwärts. Die Zwergenkrieger lassen ihre Rundbögen fallen und greifen zu Kurzschwert, Beil und Keule. Metall trifft auf Metall. Die kahlgeschorenen Priesterinnen zeichnen mit ihren goldenen Sicheln magische Symbole in die Luft und wenig später stehen zwei Zwerge in Flammen.
Drei Amazonen wollen sich im Kampfeseifer auf die Hamyne stürzen, doch das lasse ich nicht zu. Knurrend stelle ich mich vor Tul-Lyna und halte meinen Rundschild schützend hoch.
„Die Zwergin ist eine Verbündete."
Überraschend gesellt sich Kathinka zu mir. „Die Hamyne gehört zu uns", sagt sie. Ihr Zauberstab zeigt auf die Amazonen. „Kümmert euch um die anderen Zwerge."
Doch da ist nicht mehr viel zu tun. Soeben metzeln zwei Kriegerinnen den letzten Zwerg nieder, alle anderen liegen bereits in ihrem eigenen Blut. Dem ungestümen Zorn der Amazonen haben sie nicht viel entgegenzusetzen gehabt, auch wenn zwei Kriegerinnen bei dem Kampf ihr Leben gelassen haben.
„Ich danke euch", sagt Tul-Lyna zu Kathinka und mir.
„Gern geschehen, Tully." Mein Blick sucht den von Kathinka.
„Meinetwegen, dann nenne den hässlichen Grottenolm eben Tully", schnarrt Kathinka. „Sie scheint ja ganz in Ordnung zu sein."
„Ich bin nicht hässlich." Tul-Lyna drückt zwei Finger auf die blutende Wunde an ihrem Hals. „Ich bin ungewöhnlich." Ihre Mundwinkel sinken nach unten. „Mein König hat mich hintergangen und betrogen. Er hat den Steinkreis und damit alles, was uns Grauen Zwergen heilig ist, mutwillig verraten. Seine unüberlegte Machtgier hat sein klares Denken vernebelt. Julandha wird bitterliche Rache nehmen."
Kathinka sucht ihren Blick. „Wirst du uns weiterhin helfen,

Zwergin? Der Smaragdkelch muss ins Bastolische Schloss gebracht werden. Kommst du mit uns?“
„Ja.“ Tul-Lyna nickt. „Ich werde alles in meiner Macht Stehende tun, um Julandhas Willen zu erfüllen.“
„Nun, wenn das so ist, dann werde ich dich ab jetzt auch Tully nennen“, lächelt Kathinka knapp.
„Tu das.“ Die Hamyne lächelt ebenso knapp zurück. „Und irgendwann werde ich dich zu einem neuen Duell herausfordern.“
„Wann immer du willst“, sagt Kathinka. „Und jetzt ist es an der Zeit, einen alten Freund zu begrüßen.“
Mit einem breiten Grinsen dreht sie sich nach links, geht in die Hocke und umarmt Gem. „Es tut unendlich gut, dich wiederzusehen.“
„Kathinka, ich bin so froh, dass ich rechtzeitig gekommen bin.“ Der kleine Kobold zerdrückt ein paar Tränen.
„Guter Schuss“, sage ich zur Begrüßung.
„Sei gegrüßt, mein schuppiger Kamerad.“ Er hält mir über Kathinkas Schulter hinweg seine haarige Pfote entgegen und ich drücke sie kurz.
Beinahe widerstrebend löst er sich aus Kathinkas Armen.
„Kommt mit mir. Erina ist schon wieder bewusstlos geworden.“ Sein rundes Gesicht ist voll Sorge. „Es hat ihr alle Kraft gekostet, die Pfeile der Zwerge aufzuhalten. Sie ist seit Eriks Angriff nur mehr ein Schatten ihrer selbst. Eigentlich ist es ein Wunder, dass sie überhaupt noch lebt.“
„Wo ist Erina?“, fragt Kathinka.
„Dort oben.“ Gem zeigt zu der gut zweihundert Meter hohen Felswand. „Sie liegt zirka auf halber Höhe. Man kann sie von hier aus nicht sehen.“
Sincha tritt zu uns und begrüßt den Kobold mit einem freundlichen Nicken. „Danke für deine Hilfe.“
„Jetzt braucht Erina eure Hilfe“, drängt Gem.

Wir haben an die hundert Meter Kletterei hinter uns gebracht, als wir endlich bei der bewusstlosen Zauberin anlangen. Sie liegt verkrümmt am Boden und ich sehe, dass sie stark abgemagert ist und schrecklich schwach aussieht. Dunkle Schatten liegen unter ihren geschlossenen Augen und ihre Lippen sind schmal und blutleer. Ihre Haut ist an vielen Stellen

voll großflächiger Brandwunden und nässt, ihr Atem geht so flach, dass er kaum zu vernehmen ist. Der Zauberstab ist aus ihren kraftlosen Fingern geglitten und zur Seite gerollt.
Gut zwanzig Meter links von unserer Stelle tost der Seitenarm des Ons als Wasserfall in die Tiefe und spuckt seine schäumende Gischt in die Luft. Erina, die mit einer amazonische Kampfmontur bekleidet ist und ihre Haare zu zahlreichen Zöpfen geflochten hat, ist über und über mit Wasser besprüht und tropfnass.
„Sie hat sich als Amazone verkleidet“, sage ich verwundert.
„Erina will nicht erkannt werden“, erklärt Gem und geht neben seiner Herrin in die Hocke.
Zwei Priesterinnen knien nun ebenfalls neben dem Kobold nieder und betrachten kurz die Zauberin, bevor sie ihre goldenen Sicheln über Erinas Brustkorb halten und zahlreiche Symbole formen.
„Wie hast du uns gefunden?“, will Sincha von dem Kobold wissen. „Dieser Geheimgang ist nur uns Amazonen bekannt.“
„Erina ist eine Zauberin. Sie spürte, dass ihr in großer Gefahr seid, und beschloss daher, euch trotz aller Schmerzen und Gefahren zu folgen. Beinahe hätten wir eure Spur nicht gefunden und die geheimen Eingänge übersehen.“ Gem zeigt seine gelben Zähne. „Wir sollten allen angebrannten Kupferkesseln danken, dass ich so ein fabelhafter Kristallamuletttträger bin. Meine Orakelmagie ist wirklich beeindruckend.“
„Ein Kristallamulett, eine Zauberin, fabelhafte Orakelmagie und ein überaus selbstbewusster Kobold.“ Sincha nickt. „Ich denke, das erklärt so einiges.“
Gem neigt ein wenig schelmisch den Kopf. „Ehrlich gesagt, wir hatten auch einiges Glück. Und wir fanden eure Seile und Steigeisen. Das erleichterte die ganze Sache.“
„Was du nicht sagst.“
Gem räuspert sich. „Du hast die Reliquie gerettet, nicht wahr?“
„Ja, blaupelziger Gefährte.“ Sincha klopft auf den ausgebeulten Lederbeutel, der an ihrem Gürtel befestigt ist. „Zumindest das ist mir gelungen.“
„Wo ist Romaldo?“
„Vermutlich jagt er König Edwin.“ Sincha verzieht das Gesicht. „Er will wohl die Ehre Harbas wiederherstellen.“

Gem erkennt hinter Sinchas Worten die Sorge, die sie sich um Romaldo macht. „Er ist ein harbaischer Zwilling“, sagt Gem daher. „Seine Magie wird ihn beschützen.“
„Bei Ama, das hoffe ich aus ganzem Herzen!“ Sincha atmet seufzend aus.
Eine der beiden Priesterinnen, die neben Erina kniet, hebt ihren Kopf. „Meine Königin“, sagt sie zu Sincha, „die Zauberin wird noch eine Weile bewusstlos sein, aber sie wird überleben.“
„Bei allen Kupferkesseln, das sind gute Nachrichten!“, frohlockt Gem; dann stutzt er plötzlich und blickt neugierig und voll Staunen zu Sincha. „Du bist die neue Königin Amazoniens?“
„Das ist eine lange Geschichte.“ Sincha zupft ihre Augenklappe zurecht. „Wir müssen weiter.“
„Dann erzähle mir die Geschichte eben später, Königin.“ Gem hüpft zur Seite, greift sich Erinas Zauberstab mit seiner Pelzpfote und wendet sich an Knut. „Kannst du Erina tragen?“
„Grumpf“, bestätigt Knut. Mühelos hebt er die Zauberin hoch und legt sie, sorgsam darauf bedacht, dass er ihr nicht wehtut, über seine linke Schulter; so hat er zumindest seinen rechten Arm noch frei zum Klettern.
Bis zur oberen Kante der Wand müssen wir noch gut hundert Meter überwinden. Das ist keine Kleinigkeit, aber, Thurantuh sei Dank, sind die Felsen zerklüftet und rissig und bieten genug Möglichkeiten, an ihnen emporzusteigen.
„Es geht weiter!“, ruft Sincha und zieht sich an einem Felsvorsprung geschickt nach oben.
Da klirrt laut und vernehmlich Gems Kristallamulett. Er wird leichenblass im Gesicht. „Gefahr! Große Gefahr!“, haucht er.
Wir verharren.
„Was ist los?“, will die Hamyne wissen.
Da hören wir ein seltsames Knarren und Ziehen.
„Seht! Die Steine!“, ruft eine Amazone und zeigt zu dem verschütteten Geheimgang.
Wie von Geisterhand bewegt, schweben die riesigen Felsblöcke zur Seite.
„Klettert weiter!“, treibt Sincha uns an. „Wir müssen von hier weg!“
Doch es ist bereits zu spät. Krachend zerbersten die Felsen, die den Geheimgang verschlossen haben. Steinsplitter schwirren

wirbelnd durch die Luft.
Drei Wesen schreiten selbstsicher durch all den aufgewirbelten Staub in unser Blickfeld. Ich erkenne sie augenblicklich. Es sind Erik Anfohrrnus, König Angrias und die Hohepriesterin aus Hestard.
Hinter den dreien strömen zahlreiche Hexer und Hexen heran, es sind auch einige ostalische Speerträger dabei, ganz zum Schluss kommen noch gut zwei Dutzend Bogenschützen.
Erik geht voran und der Siegelring an seinem rechten Zeigefinger strahlt in einem hellen blauen Licht. Links von ihm schreitet König Angrias einher; sein bronzener Armreif ist voll Magie. Rechts stolziert die Hohepriesterin erhobenen Hauptes durch den sich langsam setzenden Felsenstaub. Sie ist wie immer wunderschön; heute trägt sie ein enganliegendes, knielanges, goldenes Kleid, das kaum etwas von ihrer herrlichen weiblichen Figur verhüllt. An einem schmalen Ledergurt, der ihre formvollendeten Hüften umschließt, sind zwei spitzzulaufende, unterarmlange Dolche befestigt. Ihre silberne Halskette funkelt machtverheißend.
„Die Reliquienträger sind da“, flüstert Gem ergriffen.
Wir starren alle nach unten und schlucken schwer, da uns die schiere Macht der drei den Atem nimmt.
„Ah, so sehen wir uns also wieder“, begrüßt uns Erik freundlich und hebt seine beringte Hand. „Wie schön, dass ihr alle wohlauf und munter seid.“
„Verschwindet von hier!“, brüllt Sincha zu ihm hinunter.
Die drei halten wie auf ein geheimes Kommando an. Die vor ihnen liegenden Leichen der Grauen Zwerge und der beiden Amazonen ignorieren sie völlig.
„Tja, meine einäugige Amazone, das ist leider nicht möglich.“ Erik seufzt lange. „Eine deiner Priesterinnen besitzt etwas, das wir gerne haben möchten.“
Sincha ist für einen Augenblick überaus verdutzt.
„Erik kann spüren, dass wir die Reliquie haben“, flüstert Kathinka in Sinchas Ohr, „aber er kann sie zwischen all den magischen Wesen nicht genau orten. Er weiß nicht, wer von uns den Smaragdkelch bei sich hat.“
„Ich trage uralte Steinmagie in mir“, raunt die Hamyne.
„Ach, du beherrschst die Steinmagie! Wie überaus interessant!“ Gem bläst seine Backen auf. „Nun, und ich verfüge über

Orakelmagie.“ Er hebt einen Stummelfinger. „Kathinka ist eine Formwandlerin.“ Er nimmt weitere Finger zu Hilfe. „Knut ist ein harbaischer Zwilling. Die amazonischen Priesterinnen tragen Amas Magie in sich. Und Sincha ist als Königin nun ebenfalls von der Reliquienmagie berührt. Das alles dürfte Erik doch erheblich verwirren.“
„Eigentlich ist es logisch, wenn er den Smaragdkelch bei einer amazonischen Priesterin vermutet“, ergänzt Kathinka leise.
„Ich verstehe.“ Sincha tritt zwei Schritte nach vorne. „Erik, du wirst den Smaragdkelch niemals bekommen!“, ruft sie nach unten. „Lass von deinem schändlichen Vorhaben ab! Die Reliquie gehört allein uns Amazonen!“
„Nun, da bin ich etwas anderer Meinung.“ Völlig ungerührt hebt er seine beringte Hand ein Stück an. Ein blauer Strahl zischt aus dem Ring, und ehe wir uns versehen können, bohrt sich der Strahl in das Herz einer amazonischen Priesterin, umhüllt ihren Körper und reißt sie in die Tiefe. Mit einem hässlichen Klatschen schlägt sie am Boden auf und bleibt leblos und verkrümmt liegen.
Wir schreien unsere Wut hinaus und drohen mit unseren Waffen, wohlwissend, dass dies nur leere Gesten sind; für die drei Reliquienträger stellen wir nicht die geringste Gefahr dar. Gem, dessen Optimismus im Gegensatz zu uns anderen anscheinend niemals versiegt, legt zehn Giftpfeile in sein magisches Blasrohr. „Einer wird treffen“, murmelt er. „Einer wird treffen.“
Erik streicht über seine lange Nase. „Da habe ich wohl eine Niete gezogen“, sagt er mit einem geringschätzigen Blick auf die verkrümmte Leiche. Jetzt, wo die Priesterin tot vor seinen Füßen liegt und von uns anderen getrennt ist, kann er sehr wohl spüren, ob sie die Reliquie bei sich trägt oder nicht.
Mit einem Lächeln wendet er sich an die Hohepriesterin. „Liebste, willst du es einmal probieren?“
„Gerne, mein Lieber.“ Sie zieht einen Dolch und zeigt nach oben. Zwei silberne Strahlen zucken aus seiner Spitze und rasen aufwärts. Sekundenbruchteile später werden zwei weitere Priesterinnen in die Tiefe gerissen. Sie sind bereits tot, als ihre Körper am Boden aufschlagen.
Die Hohepriesterin wirft einen kurzen Blick auf die beiden amazonischen Priesterinnen. „Wie schade! Ich habe heute wohl

auch kein Glück."
„Flieht!" Sincha wendet den drei Reliquienträgern den Rücken zu und läuft eiligst zu einer Felskante. Wir anderen folgen ihrem Beispiel augenblicklich.
Da sausen weitere Strahlen heran und schnappen sich unerbittlich zwei Priesterinnen, die mit durchbohrten Herzen in die Tiefe gerissen werden.
„Ja, macht es ein wenig interessanter für uns", dröhnt Eriks Stimme zu uns herauf.
Wir fluchen, schreien, toben. Hektik bricht aus. Da kommen schon wieder Strahlen herangesaust und holen sich zwei weitere Priesterinnen.
Rasch blicke ich über meine Schulter nach unten. Nun hat auch König Angrias sein Rapier gezogen, aus dessen Spitze ebenfalls todbringende, magische Strahlen entweichen.
„Wir werden alle sterben", jammert Gem verzweifelt.
„Klettert weiter!" Sincha ist unmittelbar neben mir, ihr Gesicht ist schweißüberströmt und voller Verzweiflung. Ein bronzener Strahl fächert knapp über ihren Kopf hinweg und holt sich die nächste Priesterin. Ein silberner Strahl schlägt seitlich von mir ein und zerfetzt zwei Kriegerinnen. Die Hohepriesterin scheint es nicht mehr so genau damit zu nehmen, wen sie tötet; ob es eine Priesterin oder ein anderes Wesen trifft, spielt für sie anscheinend nicht länger eine Rolle.
Ich hebe den Kopf und sehe, wie einer Amazone, die unmittelbar neben Kathinka klettert, der linke Arm von einem blauen Strahl abgetrennt wird. Eine rote Blutfontäne spritzt aus ihrem Armstumpf; die Kriegerin verliert den Halt und stürzt kreischend in die Tiefe.
„Wir haben schon mehr als die Hälfte erwischt", feixt Erik. „Ich denke, einer der nächsten Treffer wird uns die Reliquie bescheren."
„Verdammt soll der Zauberer sein!", flucht Sincha, die immer noch neben mir klettert und sich soeben an einer Kante nach oben ziehen will.
Mein Blick fällt auf den Lederbeutel an ihrem Gürtel, in dem sich der Smaragdkelch befindet, und ich treffe schweren Herzens eine Entscheidung. Im Endeffekt bin ich vor allem Kathinkas Paladin und es ist meine oberste Pflicht, sie vor jedem Unheil zu beschützen; daher habe ich jetzt eigentlich gar

keine andere Wahl, als zu handeln.
Rasch schneiden meine Krallen den Lederbeutel von Sinchas Gürtel.
Ich beuge mich nach hinten und hebe meinen Arm.
„Nein!!!“ Sinchas Stimme überschlägt sich panisch. Sie will mir in den Arm fallen, doch ich bin schneller als sie. Mit einem mächtigen Ruck schleudere ich den Lederbeutel samt Smaragdkelch in den tosenden Seitenarm des Ons, der neben uns abwärts donnert.
„Da habt ihr eure Reliquie!“, brülle ich zu den dreien.
Jetzt erst registrieren auch meine anderen Gefährten, was ich getan habe.
Sincha stürzt sich wutentbrannt auf mich. „Du verfluchter Narr! Was hast du getan?“
Ich habe Mühe, mich ihrer Fäuste zu erwehren. „Sincha, ich rette unser aller Leben. Die drei hätten uns alle, einen nach dem anderen, aus der Wand gepflückt.“
Sincha setzt einen weiteren Schlag, der aber deutlich weniger fest als die vorhergehenden ausfällt. „Die Reliquie ist jetzt für immer verloren! Amazonien ist verloren!“ Die schiere Verzweiflung verzerrt ihr Gesicht zu einer Grimasse.
Ich blocke ihren nächsten Hieb mit meinem Unterarm. „Wenn du überlebst, kannst du irgendwo ein neues Amazonien aufbauen. Wenn wir jetzt alle sterben, hat Erik endgültig gewonnen.“
„Skriek hat recht“, stimmt mir Kathinka zu. Ihr Gesicht ist bleich, ihre veilchenblauen Augen sind voll Schmerz.
„Wir müssen die Zeit nutzen“, sagt Tul-Lyna.
„Welche Zeit?“ Sincha lässt von mir ab und blickt sich um.
Die Hamyne zeigt wortlos nach unten.
Erik, Angrias und die Hohepriesterin stehen vor dem rauschenden Fluss, in den ich den Smaragdkelch geworfen habe.
Die Hexen, Hexer und ostalischen Soldaten gruppieren sich um die drei.
Wir scheinen im Moment keine Rolle zu spielen, da sie uns völlig ignorieren.
Sincha atmet keuchend aus. „Skriek, verzeih mir. Ich denke, du hast das Richtige getan und uns wertvolle Zeit erkauft.“
„Es gibt nichts zu verzeihen.“ Ich nicke ihr zu. „Und jetzt lass uns weiterklettern. Es sind noch viele Meter bis zur oberen

Kante."
„Ja, lass uns klettern", stimmt Sincha zu.
Ich habe noch keine zwei Meter hinter mich gebracht, als ich ein seltsames Raunen unter mir vernehme. Neugierig blicke ich nach unten.
König Angrias macht sich soeben bereit, in den Nebenfluss des Ons zu springen. Er schnallt sein Rapier ab und überreicht es Erik. Der bronzene Armreif auf seinem Oberarm schimmert in einem dunklen Braun, als er sich an den Rand des Flusses stellt und seine Arme hebt. Mit einer geschmeidigen Bewegung hechtet er kopfüber in den Strom. Rundum schäumt das Wasser.
Ich habe genug gesehen und klettere hastig weiter. Knut müht sich vor mir mit der immer noch bewusstlosen Zauberin und ich nehme sie ihm ab. Mit meinen Krallen bin ich deutlich besser als der dicke Knut geeignet, sie über Fels und Stein zu tragen. Nach und nach schließe ich auf und ziehe mich beinahe zeitgleich mit den anderen über die letzte Kante nach oben. Schnaufend gehe ich ein paar Schritte, dann lege ich die Zauberin vorsichtig am Boden ab. Wir haben das obere Plateau erreicht und nun liegt eine steile Felsenwand von über zweihundert Metern Höhe zwischen uns und den Reliquienträgern; aber ich weiß, dass das nicht genügt. Höchstwahrscheinlich werden wir nirgends auf der Welt mehr sicher sein. Die Reliquienträger sind zu mächtig, ihre Magie macht sie nahezu unbesiegbar.
Ich wende mich von der bewusstlosen Zauberin ab und blicke zu den anderen, die alle am oberen Rand der Felsenwand stehen und gebannt nach unten starren. Neugierig, was es da zu sehen gibt, gehe ich zu ihnen. Dabei komme ich nicht umhin, die noch überlebenden Amazonen zu zählen. Neben Sincha und Clarina stehen noch sieben Kriegerinnen und vier Priesterinnen. Die Reliquienträger haben schlimm gewütet. Selbst wenn Sincha, Clarina und die restlichen Frauen heil davonkommen sollten, wird es wohl ein Ding der Unmöglichkeit, ein neues Amazonien zu erbauen; viel zu viele Amazonen haben bereits ihr Leben eingebüßt.
Ich stelle mich zwischen Kathinka und Gem, der schon wieder sein mit Giftpfeilen gefülltes Blasrohr in den Pfoten hält, und betrachte das Geschehen unter mir.
Zahlreiche große Blasen blubbern auf der Oberfläche des

Flusses. Es schäumt und zischt. Wasserfontänen schießen aus den Fluten und bilden bizarre Formen.
Da gibt es Bewegung am Eingang und ein weiterer Trupp ostalischer Schergen eilt in Laufformation heran. Kurz vermeine ich, ein bekanntes Gesicht unter all den Soldaten zu erkennen, doch dann stellt sich ein Speerträger in mein Sichtfeld.
Ich wende mich wieder dem Fluss zu und sehe mit einigem Erstaunen, dass soeben Angrias verhüllter Kopf zwischen all den blubbernden Blasen auftaucht. Langsam hebt sich sein Körper weiter und weiter empor. Die Wasserfontänen lösen sich auf, und auch das Zischen und Schäumen lässt deutlich nach. Durch Angrias Körper, der mittlerweile bis zu den Hüften aus dem Wasser ragt, geht ein starker Ruck, dann schwebt er durch die Fluten und steuert zielgenau das Ufer an, wo bereits Erik Anfohrrnus und die Hohepriesterin ungeduldig auf ihn warten. Angrias hebt triumphierend seine behandschuhte Rechte und es ist nun für alle deutlich zu sehen, dass er den Lederbeutel mit dem Smaragdkelch in seiner Hand hält.
„Toller Wurf, Echsenmann!“, pflaumt mich Clarina an. Ihr ohnehin schon bleiches Gesicht hat in den letzten Sekunden noch etwas mehr an Farbe verloren.
„Ich hätte die Reliquie bis Hestard werfen können, und die Reliquienträger hätten sie trotzdem gefunden“, knurre ich.
„Ja, vermutlich.“ Clarina senkt bedrückt den Kopf.
Angrias hat mittlerweile das Ufer erreicht. Wasser perlt von seiner ledernen Bekleidung, als er ein paar Schritte auf Erik und die Hohepriesterin zugeht.
Die Hohepriesterin eilt ihm mit einem bezaubernden Lächeln entgegen.
In der rechten Hand hält sie immer noch ihren Dolch, als sie vor Angrias zum Stehen kommt. Ihre Augen strahlen Angrias verheißungsvoll an. Doch plötzlich saust ihr Arm pfeilschnell nach vorne. Die Spitze ihres Dolches bohrt sich mitten in Angrias Herz. Silberne Funken sprühen. Angrias will sich wehren, seine Faust schnellt hoch, doch die Hohepriesterin blockt den Schlag mühelos. Immer noch lächelt sie und ihr Gesicht erstrahlt in unglaublicher Schönheit. Bedächtig dreht sie den Dolch und erneut sprühen silberne Funken. Dann reißt sie den Dolch aus der tiefen Wunde und tänzelt zwei Schritte

rückwärts.
Angrias röchelt, der Lederbeutel mit dem Smaragdkelch entgleitet seinen kraftlosen Fingern und rollt zur Seite. Langsam sinkt Angrias in die Knie und schnappt geräuschvoll nach Luft; doch sein Schicksal ist bereits besiegelt. Mit einem letzten Zucken kippt er zur Seite und bleibt leblos liegen. Dunkelrotes Blut fließt aus der Herzwunde und verteilt sich über dem schwarzen Leder seines Wamses.
Die Hexer und Hexen stehen starr da und rühren keinen Finger. Die Allmacht Eriks und der Hohepriesterin scheint sie mehr als nur einzuschüchtern.
Auch die ostalischen Soldaten verharren still und zeigen keinerlei Anzeichen von Aggression oder Wut, obwohl ihr Herrscher doch soeben meuchlings ermordet worden ist. Klaglos akzeptieren alle die neuen Machtverhältnisse.
Die Hohepriesterin greift nach dem Lederbeutel, öffnet ihn und zieht den Smaragdkelch heraus. „Nun ist er mein!“, jubelt sie so laut, dass wir sie auch hier auf der obersten Kante der Steilwand verstehen können. Ehrfürchtig und immer noch selig lächelnd befestigt sie den Smaragdkelch an ihrem Gürtel
Erik ist in der Zwischenzeit zu dem toten Angrias getreten und streift den bronzenen Armreif von Angrias Oberarm. Mit einem zufriedenen Seufzen verstaut er die Reliquie in einer Seitentasche seiner Toga. Dann gibt er zwei Feuerhexen, die neben ihm stehen, ein Zeichen. Die beiden dunklen Frauen treten vor, heben ihre Arme und wirken Magie. Blaurotes Zauberfeuer kommt aus ihren Händen und verbrennt Angrias Körper innerhalb weniger Augenblicke zu einem Häufchen Asche.
Erik nickt zufrieden. Die Hohepriesterin kommt geschmeidigen Schrittes auf ihn zu und küsst seine Wange.
Clarina, die die letzte Minute über in düsterem Schweigen und mit gesenktem Kopf neben mir ausgeharrt hat, bildet mit ihren Händen einen Trichter. „Ich weine Angrias wahrlich keine Träne nach!“, brüllt sie nach unten. „Aber, Erik Anfohrrnus, jetzt lässt du schon deine engsten Verbündeten ermorden! Du bist schlimmer als jeder gemeine Dieb!“ Ihre Stimme ist voll Verachtung. „Du bist ein Mörder und Verräter! In allen sieben Höllen sollst du schmoren!“
Erik hebt seinen Kopf und schiebt seinen Schlapphut ein wenig

nach hinten, um besser zu uns hinaufsehen zu können.
„Wie immer, rothaarige Amazone, ziehst du voreilige Schlüsse", sagt er. Er spricht ganz normal, da wir ihn aber trotzdem gut verstehen können, vermute ich, dass er seine Stimme mit Luftmagie verstärkt.
„Angrias", fährt Erik fort, „und das wisst ihr alle, war ein Schlächter und Tyrann. Er hatte Freude daran, andere Wesen zu quälen." Erik seufzt. „Wenn er nicht zufällig die Reliquie gefunden hätte, wäre ich niemals bereit gewesen, mit ihm auch nur an einem Tisch zu sitzen. Aber die Dinge waren nun einmal, wie sie waren. Ich brauchte ihn. Und so gab ich vor, dass er mein Verbündeter sei." Erik zieht an seiner langen Nase. „Aber seien wir doch ehrlich. Angrias Grausamkeit hätte in Euptonien über kurz oder lang zu zahlreichen Bürgerkriegen geführt. Mir war daher immer klar, dass ich ihn loswerden muss. Und heute war endlich der Zeitpunkt für sein Dahinscheiden gekommen." Er verneigt sich in Richtung Hohepriesterin. „Meine Liebste hat diese Aufgabe zu meiner vollsten Zufriedenheit erledigt."
„Ich bin eine Reliquienträgerin", schnurrt sie; ihre weiche, tiefe Stimme reicht bis zu uns und zeugt von unerschütterlichem Selbstvertrauen. „Meine Göttin Haspanarte ist stark und erfüllt mich mit Macht und Magie. Niemand kann mich besiegen."
„Ja, meine Liebe", stimmt Erik zu. „Du bist wahrlich einzigartig." Er verneigt sich erneut vor ihr.
Dann wendet er sich wieder uns zu. „Euptonien braucht einen gütigen Herrscher."
„Ach, und das bist dann wohl du?", dröhnt Clarina.
„Wiederum, rothaarige Amazone, irrst du dich." Er hebt theatralisch seinen rechten Arm. „Darf ich vorstellen? Hier kommt der neue Herrscher von Euptonien."
Der Pulk aus ostalischen Soldaten neben dem Eingang der riesigen Kaverne löst sich auf, und Romaldo, der Prinz aus Harba, tritt nach vorne.
„Applaus für König Romaldo!", ruft Erik und klatscht in die Hände. „Applaus, Applaus!"
Die dunklen Wesen und all die Schergen ringsum folgen Eriks Beispiel und klatschen und jubeln; aber recht verhalten, wie mir scheint.
Neben mir erzittert Kathinka. Ihre Unterlippe bebt. „Das ist der Verrat", stammelt sie. „Das ist der Verrat, von dem Erina

gesprochen hat. Romaldo ist der Verräter."
Tröstend ziehe ich sie in meine Arme. „Mir war der eitle Schnösel schon immer unsympathisch", sage ich.
Kathinka schluchzt auf. „Ich habe ihn wirklich gemocht. Er schien voll Ehre zu sein. Aber", sie schluchzt erneut, „er ist nicht mehr als ein niederträchtiger Wurm. Allein wegen seinem schlechten Gewissen hat er sein Verhalten in letzter Zeit geändert. Er gab sich nur freundlich und rechtschaffen, um seinen Betrug für sich selbst erträglicher zu machen. Aber er hatte stets das Ziel, uns zu hintergehen."
„Er ist wahrlich ein niederträchtiger Wurm", stimme ich Kathinka zu.
Sincha steht stocksteif da. Eine Träne rinnt aus ihrem heilen Auge und sie schnappt hörbar nach Luft. Dass Romaldo uns alle hintergangen hat, ist für sie ein überaus schwerer Schlag, der sie tief in ihrer Seele verletzt. Hilflos und voll Ingrimm ballt sie ihre Fäuste.
Knut löst sich aus seiner Erstarrung. „Grumpf?", brüllt er. „Grumpf?"
„Mein geliebter Bruder", ruft Romaldo zurück, „ich hatte keine andere Wahl! Ganthron ist mein Zeuge!"
Erik seufzt. „Ich werde euch alles erklären", sagt er. „Damals, als ich scheinbar vor Gemtiolinkos Pfeilen und dem Herbstgewitter geflohen bin, hatte ich nur eines im Sinn, nämlich Romaldo auf mich einzuschwören. Schon immer ist es mein Plan gewesen, Romaldo an Angrias Stelle zu setzen. Daher schickte ich Romaldo auch zusammen mit den Amazonen nach Yestshire, um ihn stets im Auge zu behalten und, zumindest einigermaßen, für seine Sicherheit zu sorgen. Nach der Ermordung von König Edwins Sohn im Turm von Yestshire erteilte ich meinem alten Freund Juseph Amantinuh den Auftrag, euch zu töten. Romaldo jedoch, und bei Bedarf auch Knut, sollte er verschonen. Leider war Juseph ein wenig unaufmerksam und so gelang es euch, ihn zu besiegen." Erik seufzt lange. „Nun, zumindest hat Romaldo überlebt. Und darum ging es ja eigentlich, nicht wahr? Romaldo ist ein Königssohn aus gutem Hause, er hat vorzügliche Manieren und einen wachen Geist. Ich könnte mir wahrlich keinen besseren Regenten für ein geeintes Euptonien vorstellen." Erik blickt zu Romaldo. „Bei den Ephtalonischen Höhlen achtete ich darauf,

dass die hestardischen Meuchlerinnen Romaldo nicht tödlich verletzten. Aber er und sein Bruder kämpften ja überaus tapfer und so musste ich nicht eingreifen. Die Meuchlerinnen schickte meine geliebte Hohepriesterin natürlich nur los, um Angrias zu täuschen. Er sollte meinen, dass wir ernsthaft versuchen, euch zu töten."

„Und was ist mit den Hexen und Hexern?", brüllt Sincha. „Sie hätten uns beinahe erwischt."

„Angrias wollte euch lebend. Es wäre für mich ein Leichtes gewesen, euch alle zu befreien. Zumindest Romaldos Leben hätte ich immer gerettet." Erik dreht sich zum Eingang der Kaverne und bedeutet all den Soldaten, die mittlerweile gut eine Anzahl von hundert erreicht haben, zur Seite zu treten. Dann hebt er seine beringte Hand und wirkt Reliquienmagie. Knarrend verschließen mehrere Felsbrocken den Eingang.

„So, nun sind wir völlig ungestört und unter uns", sagt er. „Wo bin ich eigentlich mit meiner Geschichte stehen geblieben? Ach ja. Wie gesagt, es ging immer nur um Romaldo. Mit einer List lockte ich ihn und Knut hinter mir her und ritt geradewegs in das Herbstgewitter. Meine geliebte Hohepriesterin hat mir ihre Reliquie, die silberne Halskette, geliehen. Mit dieser Kette gelang es mir, Romaldo und Knut zu täuschen. Knut wurde nicht von einem silbernen Blitz getroffen, sondern von meiner Reliquienmagie. Es war wichtig, die Seelen der harbaischen Brüder zu trennen, damit Knut nichts von Romaldos Vorhaben spürte oder zumindest ahnte."

„Geliebter Bruder", ruft Romaldo zu uns herauf, „ich habe alles in meiner Macht Stehende getan, um dich zu retten. Erik hätte dich augenblicklich getötet, wenn ich nicht auf seinen Willen eingegangen wäre. Ich musste einen heiligen harbaischen Bluteid schwören, dass ich von nun an Erik Anfohrrnus diene. Als Gegenleistung versprach er mir, dich am Leben zu lassen. Nur wegen dir habe ich geschworen! Bruder, du weißt doch, was ein harbaischer Bluteid bedeutet."

„Grumpf!!!"

„Unsere Ehre ist nicht besudelt!" Romaldo zieht sein Rapier. Blutflecken sind auf der Klinge zu erkennen.

„Romaldo sagt die Wahrheit", meint Erik. „In meiner Großzügigkeit war ich sogar bereit, einen salurischen Elitetrupp, mit König Edwin und seinem Sohn an der Spitze, in die

unterirdischen Gänge von Ontron zu führen. König Edwin war ja der irrigen Meinung, dass die amazonische Königin den Auftrag zur Ermordung seines älteren Sohnes gegeben hat. Er brannte innerlich vor Hass und Zorn. So war es nicht weiter schwierig, ihn in die unterirdischen Gänge zu locken. Ich versprach ihm, dass er eigenhändig und höchstpersönlich die Königin töten darf. Diese Gelegenheit zur Rache wollte sich König Edwin natürlich nicht entgehen lassen. Nur zu bereitwillig folgte er mir ins Innere des Berges. In einem der Gänge tötete ich dann seine Elitesoldaten. Nun, und Romaldo erledigte, wie vereinbart, den Rest."
„Ich habe König Edwin und seinen Sohn in einem fairen Kampf getötet!", ruft Romaldo. „Knut, die Ehre unseres Vaters, und auch die von Harba, ist wiederhergestellt!"
„Wie überaus praktisch es doch ist, dass nun auch König Edwin und sein Sohn tot sind!", ruft Kathinka zornentbrannt nach unten. „Jetzt hat auch das große Salur keinen Herrscher mehr!"
„Romaldo wird über ganz Euptonien herrschen", sagt Erik Anfohrrnus.
„Er wird vor allem nach deiner Pfeife tanzen, verfluchter Zauberer!" Kathinka spuckt verächtlich aus.
„Nun, das wird er wohl tun", räumt Erik ein. „Also, wie sieht es aus? Dies ist mein letztes Angebot an euch. Schließt ihr euch mir an?"
Knut schüttelt drohend seine Keule. Kurz sieht es so aus, als ob er seine Waffe nach seinem Bruder werfen will, doch dann hält er inne und sinkt mit einem lauten Schluchzen in die Knie. Tränen rinnen über seine feisten Wangen und versickern in seinem struppigen Bart. „Grumpf, grumpf", stöhnt er verzweifelt.
„Seid nicht dumm!", ruft Romaldo zu uns herauf. „Schließt euch uns an!"
„Niemals!", brülle ich. Meine kralligen Finger bilden Klauen. „Ich werde bis zuletzt gegen euch kämpfen!"
„Gut gesprochen, mein schuppiger Freund", meint Gem und bläst die Backen auf. Mit einem starken Pusten schickt er zehn Giftpfeile auf die Reise.
Romaldos Rapier huscht in einem irrwitzigen Zickzack hin und her. Dank seiner harbaischen Magie gelingt es ihm, neun Pfeile abzuwehren; doch der zehnte trifft seine rechte Wange und

bohrt sich tief ins Fleisch.
„Stirb, verdammtes Verräterschwein!“, faucht Gem grimmig. Von der einst so unterwürfigen Verehrung für Romaldo ist bei dem blaubepelzten Kobold nichts übriggeblieben.
Romaldo röchelt und reißt den Giftpfeil aus der Wunde.
„Hilf mir, Erik“, stammelt er. Schmerzen beuteln seinen Körper
„Selbstverständlich.“ Erik wirkt Magie und ein hellblaues Licht umspielt für einen Moment Romaldos Kopf.
„Ich habe das Gift aus deinem Körper entfernt“, sagt Erik und seufzt. „Aber ich fürchte, dass deine Schönheit etwas gelitten hat.“
Romaldo stöhnt. Er scheint immer noch Schmerzen zu haben; ächzend greift er zu seiner Wange und erstarrt. Dicke Adern und wulstige Narben spannen sich über seine rechte Gesichtshälfte. Das Lid seines rechten Auges ist voller dunkler Flecken und bedeckt den halben Augapfel. Sein rechter Mundwinkel ist versengt, Teile der rechten Unterlippe fehlen gänzlich. Aber auch seine linke Gesichtshälfte ist ramponiert und voller Flecken. Das Gift aus Gems Pfeil hat schlimm gewütet. Romaldo ist nun hässlich und völlig entstellt; von dem einst so gutaussehenden Mann ist nichts mehr geblieben.
„Nun denn.“ Erik blickt zu uns hoch. „Ich denke, wir haben eure Antwort vernommen. Jetzt ist alles entschieden.“
„Nein, warte!“, ruft Romaldo. Seine Stimme klingt äußerst spröde und kratzig. Er hat wegen all der Narben und Wunden offensichtlich Mühe, zu sprechen. „Erik, du hast mir versprochen, dass Knut und die anderen drei Tage Vorsprung bekommen, wenn sie sich uns nicht anschließen. Dann erst nimmst du die Verfolgung auf.“ Romaldo hustet kläglich. „Drei Tage, Erik, das war unsere Abmachung. Du hast es versprochen.“
„Ja, in der Tat, das war unsere Abmachung.“ Erik Anfohrrnus zögert; kurz blickt er zu der Hohepriesterin, die ihm bejahend zunickt.
Erik räuspert sich. „Nun gut, Romaldo, ich werde mich an mein Versprechen halten.“ Der Zauberer senkt seinen Arm.
„Verschwindet von hier!“, ruft er zu uns hinauf. „In drei Tagen werde ich die Verfolgung aufnehmen.“ Er wendet sich, ohne uns weiter zu beachten, an die Hohepriesterin. „Welch herrlicher Tag, meine Liebste. Wir haben nun alle vier

Reliquien in unserem Besitz. Alles hat sich ganz wunderbar gefügt. Das sollten wir feiern."
„Ja, lass uns feiern und fröhlich sein." Die Hohepriesterin zeigt schon wieder ihr bezauberndes Lächeln. „Ach, Erik, mein Lieber, ist das Leben nicht wunderschön?"

Wir sind zutiefst erschüttert; dunkle Wut und schiere Verzweiflung schnüren uns die Kehlen zu.
Die amazonischen Kriegerinnen und Priesterinnen bilden einen Kreis und umarmen sich trostsuchend.
Sincha und Clarina halten sich in stiller Verzweiflung an den Händen. Die wasserblassen Augen der Hamyne sind voll Sorge und Kummer. Knut presst seine Wurstfinger krampfhaft um den Griff seiner Keule. Kathinka schmiegt sich erneut in meine Arme. Gem hockt besorgt bei der immer noch bewusstlosen Erina Jastantino und streicht ihr über die Wange.
Nach einer Weile tritt eine amazonische Kriegerin zu Sincha. „Meine Königin, was sollen wir jetzt tun?"
Sincha lässt Clarinas Hände los, ihr Gesicht ist düster, ihre Stimme voll Trauer und Schwermut. „Ich weiß es nicht", sagt sie leise.
Knut tritt mit erhobener Keule nach vorne. Seine Schweinsäuglein funkeln grimmig entschlossen. „Grumpf!", knurrt er wütend. „Grumpf, grumpf!"

ENDE

Liebe Leute,
wenn euch meine Geschichte gefallen hat,
würde ich mich freuen,
wenn ihr mir auf Amazon eine Rezension schreibt.
Danke.
Euer K. A. Stone

Bücher von K. A. Stone:

Die Legende von Skriek:
(Fantasy - Trilogie)
Das Attentat
Der Smaragdkelch
Die Fahlen Lande

Der Stein der Verdammnis
(epische Fantasy, zwei Bände)
Die weißen Magier
Der Versprochene

Frau Weber Krimis:
Frau Weber und der Mond
Frau Weber und die Mönche
Frau Weber und die Liebe
Frau Weber und der Clown
Frau Weber und der Bogenschütze

31800331R00253

Printed in Poland
by Amazon Fulfillment
Poland Sp. z o.o., Wrocław